SERIE INFINITA

M

El Circo

DE LOS

Extraños

DARREN SHAN

Montena

Título original: *Cirque du Freak, The Vampire's Assistant, Tunnels of Blood*
Cubierta: Random House Mondadori / Judith Sendra

Primera edición: febrero de 2010

© 2000, Darren Shan
© 2010, Random House Mondadori, S. A.
   Travessera de Gràcia, 47-49. 08021 Barcelona
© 2010, Concepción Rodríguez González, por la traducción de *The Vampire's Assistant y Tunnels of Blood*
© 2001, Alejandro Pérez Viza, por la traducción de *Cirque du Freak*
Imagen de la cubierta cedida por Universal Pictures Spain

Printed in Spain – Impreso en España

ISBN: 978-84-8441-556-5
Depósito legal: B-6-2010

Compuesto en Fotocomposición 2000, S. A.
Impreso en Novagrafik
Pol. Ind. Foinvasa
c/ Vivaldi, 5
08110 Montcada i Reixac

Encuadernado en Bronco

GT 1 5 5 6 5

Para mis abuelitos… esos fuertes y viejos carrozas.

En la OBE (Order of the Bloody Entrails,
la «Orden de las Entrañas Sangrientas»), se lo dedico a:
Caroline «Rastreadora» Paul, Paul «el Expoliador» Litherland,
Jo «El Jaguar» Williamson y Zoë «la Zombi» Clarke.

También para:
Biddy «Jekyll» y Liam «Hide»,
Gillie «Profanadora de Tumbas» Russel
y Biddy «la Novia».

Para la horrible y escalofriante pandilla de HarperCollins,
para Emma y Chris (de «Ghouls Are Us»),
y Declan, el «señor feliz» original.

LIBRO I

EL
TENEBROSO
CIRCO
DE LOS
EXTRAÑOS

INTRODUCCIÓN

Siempre me han fascinado las arañas. Cuando era más joven las coleccionaba. Pasaba horas y más horas husmeando en el viejo y polvoriento cobertizo que había al fondo de nuestro jardín en busca de telarañas, a la caza de posibles depredadoras de ocho patas al acecho. Cuando encontraba una, la llevaba dentro y la dejaba suelta en mi habitación.

¡Eso sacaba de quicio a mi madre!

Normalmente, la araña se escabullía al cabo de uno o dos días como máximo y no volvía a verla más, pero a veces se quedaban rondando por allí más tiempo. Tuve una que hizo una telaraña encima de mi cama y permaneció montando guardia como un centinela durante casi un mes. Cuando me iba a dormir, imaginaba a la araña bajando con sigilo, metiéndose en mi boca, deslizándose garganta abajo y poniendo montones de huevos en mi tripa. Más tarde, pasado el tiempo de incubación, las crías de araña salían del huevo y me devoraban vivo desde dentro.

Me encantaba sentir miedo cuando era pequeño.

Cuando tenía nueve años, mis padres me regalaron una pequeña tarántula. No era venenosa ni muy grande, pero fue el mejor regalo que me habían hecho nunca. Desde que me despertaba hasta que me acostaba, jugaba con aquella araña prácticamente a todas horas. La obsequiaba con todo tipo de manjares: moscas y cucarachas y gusanos diminutos. La malcrié.

Hasta que un día hice una estupidez. Había estado viendo unos dibujos animados en los que uno de los personajes era succionado por una aspiradora. No le pasaba nada. Salía de la bolsa cubierto de polvo, sucio y hecho una furia. Era muy divertido.

Tan divertido que yo también lo probé. Con la tarántula.

Ni que decir tiene que las cosas no sucedieron precisamente igual que en los dibujos animados. La araña quedó reducida a un montón de pedacitos. Lloré mucho, pero era demasiado tarde para las lágrimas. Mi mascota estaba muerta por mi culpa y ya no podía hacer nada al respecto.

Mis padres pusieron el grito en el cielo; casi les da un ataque cuando descubrieron lo que había hecho: la tarántula les había costado una cantidad de dinero considerable.

Me dijeron que era un idiota irresponsable y a partir de aquel día nunca más me permitieron tener una mascota, ni siquiera una vulgar araña de jardín.

He empezado contando esta vieja anécdota por dos razones. La primera resultará obvia a medida que se vaya desvelando el contenido de este libro. La otra es la siguiente:

Esta es una historia real.

No espero que me creas —ni yo me lo creería si no lo hubiera vivido—, pero esa es la verdad. Todo lo que explico en este libro sucedió tal y como lo cuento.

Lo que pasa con la vida real es que, cuando haces alguna estupidez, sueles acabar pagándola. En las novelas, los protagonistas pueden cometer tantos errores como quieran. No importa lo que hagan, porque al final todo sale bien. Derrotan a los malos, arreglan las cosas y todo acaba guay.

En la vida real, las aspiradoras matan a las arañas. Si cruzas una calle sin mirar en mitad del tráfico, eres arrollado por un coche. Si te caes de un árbol, te rompes algún hueso.

La vida real es horrible. Es cruel. No le importan los protagonistas heroicos y los finales felices y cómo deberían ser las cosas. En
la vida real, las cosas malas suceden. La gente muere. Las luchas se
pierden. A menudo vence el mal.

Solo quería dejar esto bien claro antes de empezar.

Una cosa más: en realidad, no me llamo Darren Shan. En este
libro todo es verdad menos los nombres. He tenido que cambiarlos
porque… bueno, cuando llegues al final lo entenderás.

No he utilizado ningún nombre real, ni el mío, ni el de mi hermana, ni el de mis amigos, ni el de mis profesores. El de nadie. Ni
siquiera te diré cómo se llama mi ciudad ni mi país. No me atrevo.

Pero, bueno, vale ya de introducción. Cuando quieras, empezamos. Si se tratara de una historia inventada, empezaría de noche,
en medio de un tormentoso vendaval, con ulular de lechuzas y
extraños ruidos y crujidos debajo de la cama. Pero es una historia
real, así que tengo que empezar por donde realmente comenzó.

Todo empezó en un lavabo.

CAPÍTULO UNO

Yo estaba sentado en el lavabo del colegio, tarareando una canción. Llevaba los pantalones puestos. Casi al final de la clase de inglés, me había encontrado mal. Mi profesor, el señor Dalton, es estupendo para ese tipo de cosas. Es listo, y sabe perfectamente cuándo estás fingiendo y cuándo hablas en serio. Me echó una mirada cuando levanté la mano y dije que me encontraba mal, luego asintió y me dijo que fuera al lavabo.

—Vomita lo que sea que te haya sentado mal, Darren —dijo—, y luego mueve el culo y vuelve a clase.

Ojalá todos los profesores fueran tan comprensivos como el señor Dalton.

Al final no vomité, pero seguía sintiendo náuseas, así que me quedé en el lavabo. Oí el timbre que señalaba el final de la clase y cómo todo el mundo salía corriendo al recreo. Yo quería unirme a ellos, pero sabía que al señor Dalton se le agotaría la paciencia si me veía tan pronto en el patio. No es que si se la juegas se ponga furioso, pero se sume en un mutismo absoluto y no vuelve a hablarte en una eternidad, y eso es casi peor que tener que soportar cuatro gritos.

Así que allí estaba yo, tarareando, mirando el reloj, esperando. Entonces oí que alguien gritaba mi nombre.

—¡Darren! ¡Eh, Darren! ¿Te has caído dentro o qué?

Sonreí. Era Steve Leopard, mi mejor amigo. El verdadero apellido de Steve era Leonard, pero todo el mundo le llamaba Steve Leopard. Y no solo porque sonara parecido. Steve era lo que mi madre llama «un salvaje». Allá donde fuera se armaba la gorda, se metía en peleas, robaba en las tiendas. Un día —todavía iba en cochecito— encontró un palo puntiagudo y se dedicó a pinchar con él a todas las mujeres que pasaban por su lado (¡no hay premio por adivinar dónde se lo clavaba!).

Era temido y desdeñado en todas partes. Excepto por mí. Yo había sido su mejor amigo desde la escuela Montessori, donde nos conocimos. Mi madre dice que me dejaba llevar por su rebeldía, pero a mí me parecía sencillamente un gran chico cuya compañía me encantaba. Tenía un temperamento violento, y pillaba unas rabietas verdaderamente terroríficas cuando no estaba en sus cabales, pero en esos casos yo me limitaba a largarme a toda prisa, y, una vez que se había tranquilizado, volvía a aparecer.

La reputación de Steve se había suavizado con los años —su madre le llevó a ver a un montón de excelentes orientadores que le enseñaron cómo controlarse—, pero seguía siendo una pequeña leyenda en el patio del colegio, no era la clase de chico con el que uno quisiera meterse en líos, por mucho que fuera más grande o mayor que él.

—Eh, Steve —respondí—. Estoy aquí.

Golpeé la puerta para que supiera detrás de cuál estaba.

Se precipitó hacia allí y yo abrí. Sonrió al verme sentado y con los pantalones puestos.

—¿Has vomitado? —preguntó.

—No —le contesté.

—¿Y te parece que vas a hacerlo?

—Quizá —dije.

Entonces me incliné hacia delante y emití un sonido parecido a una arcada. ¡Arrrgh! Pero Steve Leopard me conocía demasiado bien como para dejarse engañar.

—Lústrame un poco las botas, ya que estás agachado —dijo, y se echó a reír cuando hice como si escupiera en sus zapatos y los frotara con un pedazo de papel higiénico.

—¿Me he perdido algo en clase? —pregunté mientras me incorporaba.

—Qué va —dijo—, la mierda de siempre.

—¿Has hecho el trabajo de historia? —volví a preguntar.

—No tiene que estar hecho hasta mañana, ¿no? —replicó él preocupado. Steve siempre anda olvidándose de las tareas escolares.

—Pasado mañana —le dije.

—Ah —suspiró, tranquilizándose—. Mejor aún. Creía que… —Hizo una pausa y frunció el entrecejo—. Espera un momento —añadió—. Hoy es jueves. Pasado mañana será…

—¡Te he pillado! —grité dándole un puñetazo en el hombro.

—¡Ay! —protestó él—. Me has hecho daño.

Se frotó el brazo, pero me di perfecta cuenta de que en realidad no le dolía.

—¿Sales fuera? —preguntó luego.

—Había pensado en quedarme aquí y admirar el paisaje —dije, volviéndome a apoyar contra la tapa del váter.

—Qué lástima —dijo él—. Íbamos perdiendo por cinco a uno cuando he venido. Probablemente ahora ya perdamos por seis o siete. Te necesitamos.

Estaba hablando de fútbol. Jugamos un partido todos los días, a la hora del recreo. Mi equipo suele ganar, pero últimamente habíamos perdido a un montón de nuestros mejores jugadores. Dave Morgan se rompió la pierna. Sam White cambió de colegio cuando su familia se mudó. Y Danny Curtain había dejado de jugar al fútbol para poder pasarse todo el recreo con Sheila Leigh, la chica que le gusta. ¡Qué imbécil!

Yo soy el mejor delantero de nuestro equipo. Como defensores y centrocampistas los hay mejores que yo, y Tommy Jones sin duda es el mejor guardameta del colegio. Pero en ataque soy el único capaz de mantener el tipo y marcar religiosamente cuatro o cinco tantos al día.

—De acuerdo —dije, y me puse en pie—. Os salvaré. Esta semana he marcado tres goles diarios. Sería una lástima romper la buena racha.

Pasamos de largo por delante de los mayores —que estaban fumando en los lavabos como siempre— y fuimos a toda prisa hasta mi taquilla para que yo pudiera cambiarme de ropa y ponerme las zapatillas de deporte. Antes tenía un par magnífico que había ganado en un concurso de escritura. Pero los cordones se me habían roto hacía meses y la goma de los lados estaba empezando a despegarse. ¡Y, además, me habían crecido los pies! El par que tengo ahora está bien, pero no es lo mismo.

Perdíamos por ocho a tres cuando entré en el terreno de juego. No era un auténtico campo de fútbol, sino solo un patio alargado con las porterías pintadas en cada extremo. Quienquiera que las hubiera pintado era un completo idiota. ¡Había puesto el larguero más alto de un lado que del otro!

—¡No pasa nada, ha llegado Campeón Shan! —grité mientras entraba corriendo en el campo.

Muchos de los jugadores se echaron a reír o soltaron gritos de protesta, pero noté que a mis compañeros de equipo les subía la moral y cómo los del equipo contrario empezaban a preocuparse.

Empecé a lo grande y metí dos goles en menos de un minuto. Parecía que pudiéramos volver a empatar o incluso ganar. Pero se acabó el tiempo. Si hubiera llegado antes nos habría ido bien, pero pitaron el final del partido justo cuando estaba empezando a cogerle el tranquillo, así que perdimos por nueve a siete.

Cuando salíamos del campo, apareció corriendo en el patio Alan Morris, jadeante y acalorado. Son mis tres mejores amigos: Steve Leopard, Tommy Jones y Alan Morris. Debemos de ser los cuatro tíos más estrambóticos del mundo, porque solo uno de nosotros —Steve—, tiene apodo.

—¡Mirad lo que he encontrado! —chilló Alan, agitando un pedazo de papel empapado delante de nuestras narices.

—¿Qué es eso? —preguntó Tommy, intentando atraparlo.

—Es… —empezó a decir Alan, pero se detuvo cuando el señor Dalton nos soltó un grito.

—¡Vosotros cuatro! ¡Adentro! —rugió.

—¡Ya vamos, señor Dalton! —bramó Steve a su vez.

Steve es el preferido del señor Dalton y se permite con toda impunidad cosas que los demás no podríamos decir o hacer. Como cuando suelta alguna que otra palabrota al contar una de sus historias. Si yo utilizara alguna de las palabras del repertorio de Steve, hace tiempo que me habrían expulsado.

Pero el señor Dalton siente debilidad por Steve, porque es especial. A veces, en clase, es brillante y lo hace todo bien, y en cambio otras veces es incapaz de deletrear su propio nombre. El señor Dalton dice que es una especie de *idiot savant*, que significa que es ¡un genio estúpido!

En cualquier caso, por mucho que sea su favorito, ni siquiera Steve puede permitirse llegar tarde a clase. Así que, fuera lo que fuese lo que Alan había encontrado, tendría que esperar. Nos arrastramos de vuelta a clase, sudorosos y cansados tras el partido, y empezamos con la siguiente asignatura.

Poco imaginaba yo que el misterioso pedazo de papel de Alan cambiaría mi vida para siempre. ¡Para peor!

CAPÍTULO DOS

Después del recreo volvíamos a tener al señor Dalton, en clase de historia. Estábamos estudiando la Segunda Guerra Mundial. A mí no me entusiasmaba demasiado, pero a Steve le parecía fascinante. Le encantaba todo lo que tuviera que ver con las matanzas y la guerra. A menudo decía que de mayor quería ser mercenario, un soldado que combate por dinero. ¡Y hablaba en serio!

Después de historia teníamos matemáticas, y además —increíble—, ¡el señor Dalton por tercera vez! Nuestro profesor de mates estaba enfermo, y los otros tenían que suplirle lo mejor que pudieran a lo largo del día.

Steve estaba en el séptimo cielo. ¡Tres clases seguidas con su profesor favorito! Era la primera vez que el señor Dalton nos daba mates, y Steve empezó a hacerse notar; le dijo por qué punto del libro íbamos y le explicó algunos de los problemas más capciosos como si estuviera hablando con un crío. Al señor Dalton no le importó. Conocía a Steve y sabía perfectamente cómo manejarle.

Por regla general, el señor Dalton sabía cómo gobernar el barco —sus clases son divertidas pero siempre acabamos aprendiendo algo—, pero no era muy bueno en matemáticas. Ponía todo su empeño, pero nosotros notábamos que aquello le sobrepasaba, y mientras él se esforzaba por resolver algún problema —la cabeza enterrada en el libro de matemáticas, Steve a su lado haciéndole «útiles» sugerencias—, los demás empezamos a movernos, a hablar y a pasarnos notas unos a otros.

Le envié una nota a Alan pidiéndole que me dejara ver el misterioso papel que había traído consigo. Al principio se negó a hacerlo circular, hasta que se dio por vencido, después de mandarle insistentes notas. Tommy se sentaba solo dos sitios más allá, así que le llegó a él primero. Lo desdobló y empezó a estudiarlo. Mientras leía se le iluminó la cara y se quedó literalmente con la boca abierta. Cuando me lo pasó a mí —tras haberlo leído tres veces— enseguida supe por qué.

Era un cartel, un folleto publicitario de una especie de circo ambulante. En la parte superior se veía la imagen de una cabeza de lobo. El lobo tenía la boca abierta y le goteaba saliva de entre los dientes. Al pie del folleto podían verse las imágenes de una araña y una serpiente, de aspecto maligno también.

Justo debajo del lobo, en grandes letras capitales, se leían las palabras:

CIRCO DE LOS EXTRAÑOS

Y más abajo, en letras más pequeñas:

¡SOLO DURANTE UNA SEMANA! – ¡CIRCO DE LOS EXTRAÑOS! VEA:
¡SIVE Y SEERSA, LOS GEMELOS DE GOMA!
¡EL CHICO SERPIENTE! – ¡EL HOMBRE LOBO! – ¡GERTHA DIENTES! – ¡LARTEN CREPSLEY Y SU ARAÑA ADIESTRADA, MADAME OCTA! – ¡ALEXANDER CALAVERA!
¡LA MUJER BARBUDA! – ¡HANS EL MANOS!
¡RHAMUS DOSTRIPAS, EL HOMBRE MÁS GORDO DEL MUNDO!

Debajo había una dirección en la que se podían comprar entradas y obtener información sobre el lugar en que se ofrecía el espectáculo. Y al pie, justo sobre las imágenes de la serpiente y la araña:

¡NO APTO PARA COBARDES!
¡RESERVADO EL DERECHO DE ADMISIÓN!

«¿Circo de los Extraños?», murmuré para mis adentros.

Estaba claro que se trataba de un circo, pero… ¿«de los Extraños»? ¿Se referían a gente rarita ? ¿A frikis? Eso parecía.

Empecé a leer el cartel de nuevo, absorto en los dibujos y las descripciones de los artistas. De hecho, estaba tan ensimismado que me olvidé del señor Dalton. No me acordé de él hasta que me di cuenta de que el aula estaba en silencio. Levanté la vista y vi a Steve de pie, solo, al fondo de la clase. Me sacó la lengua y sonrió. Sentí que se me erizaban los pelos de la nuca, miré por encima del hombro y… allí estaba el señor Dalton, detrás de mí, leyendo el cartel con los labios apretados.

—¿Qué es eso? —me espetó, arrebatándome el papel de las manos.

—Propaganda, señor —respondí.

—¿De dónde lo has sacado? —preguntó. Parecía enfadado de verdad. Nunca le había visto tan alterado—. ¿De dónde lo has sacado? —volvió a preguntar.

Me pasé la lengua por los labios nerviosamente. No sabía qué contestar. No estaba dispuesto a implicar a Alan —y sabía que él no iba a confesar por iniciativa propia: hasta los mejores amigos de Alan saben que no es el tipo más valiente del mundo—, pero tenía la mente bloqueada y era incapaz de pensar en alguna mentira razonable. Por fortuna, intervino Steve.

—Es mío, señor —dijo.

—¿Tuyo? —parpadeó lentamente el señor Dalton.

—Lo encontré cerca de la parada del autobús, señor —continuó Steve—. Un hombre mayor lo tiró al suelo. Pensé que parecía interesante, así que lo recogí. Tenía intención de preguntarle a usted más tarde, al acabar la clase.

—Ah. —El señor Dalton intentó no mostrarse halagado, pero noté que así era como se sentía—. Eso es otra cosa. No hay nada de malo en tener una mente inquieta. Siéntate, Steve.

Steve se sentó. El señor Dalton puso un poco de masilla adhesiva Blu-Tack en el cartel y lo pegó a la pizarra.

—Hace mucho tiempo —dijo, dando golpecitos al cartel— existían espectáculos de auténtica gente rara. Había hombres codiciosos y sin escrúpulos que con engaños conseguían enjaular a personas con malformaciones y...

—Señor, ¿qué significa «con malformaciones»? —preguntó alguien.

—Personas que no tienen el mismo aspecto que los demás —respondió el señor Dalton—. Una persona con tres brazos o con dos narices; otra sin piernas; otra demasiado bajita o demasiado alta... Aquellos embaucadores exhibían a esa pobre gente, que en realidad no son distintos a ninguno de nosotros excepto por su aspecto, y les llamaban «extraños». Cobraban al público por contemplarlos e incitaban a los asistentes a reírse y a burlarse de ellos. Trataban a los así llamados «extraños» como si fueran animales. Les pagaban una miseria, les pegaban, los vestían con harapos, nunca les permitían lavarse.

—Eso es una crueldad, señor —dijo Delaina Price, una chica que se sentaba cerca de la primera fila.

—Sí —convino él—. Los espectáculos de extraños eran una crueldad, creaciones monstruosas. Por eso me enojo cuando veo estas cosas. —Arrancó el cartel de la pizarra—. Los prohibieron hace años, pero con demasiada frecuencia uno oye rumores de que siguen existiendo.

—¿Usted cree que el Circo de los Extraños es un espectáculo de extraños auténticos? —pregunté.

El señor Dalton estudió el cartel de nuevo y sacudió la cabeza.

—Lo dudo —dijo—. Lo más probable es que no sea más que un cruel engaño. Con todo —añadió—, aun en el caso de que fuera auténtico, espero que nadie de los aquí presentes sueñe siquiera con ir.

—Oh, no, señor —dijimos todos a una.

—Porque los espectáculos de extraños eran algo horrible —dijo—. Pretendían equipararse a los circos decentes, pero no eran más que

22

pozos de maldad. Cualquiera que asistiera a uno de esos espectáculos sería tan malvado como quienes los regentan.

—Tiene uno que ser muy retorcido para tener ganas de asistir a ese tipo de espectáculos, señor —convino Steve. Y, acto seguido, me miró, me guiñó un ojo y vocalizó sin pronunciarlo en voz alta—: ¡Iremos!

CAPÍTULO TRES

Steve convenció al señor Dalton de que le permitiera conservar el cartel. Le dijo que lo quería para colgarlo en la pared de su habitación. El señor Dalton no estaba dispuesto a dárselo, pero luego cambió de opinión. Si bien arrancó la dirección escrita al pie del folleto antes de entregárselo.

A la salida de clase nos reunimos los cuatro —Steve, Alan Morris, Tommy Jones y yo— en el patio y estudiamos detenidamente el satinado cartel.

—Tiene que ser una farsa —dije.

—¿Por qué? —preguntó Alan.

—Los espectáculos de extraños ya no están permitidos —le expliqué—. Los hombres lobo y los chicos serpiente fueron ilegalizados hace años. Lo ha dicho el señor Dalton.

—¡No es ninguna estafa! —insistió Alan.

—¿De dónde lo has sacado? —preguntó Tommy.

—Lo robé —dijo Alan en voz baja—. Es de mi hermano.

El hermano mayor de Alan era Tony Morris, el más camorrista de todo el colegio hasta que le echaron. Es grandullón, malo y feo.

—¿Que se lo has robado a Tony? —solté un grito sofocado—. ¿Es que quieres que te mate?

—Nunca sabrá que he sido yo —dijo Alan—. Lo tenía guardado en unos pantalones que mamá metió en la lavadora. Al cogerlo, lo sustituí por un papel en blanco. Pensará que la tinta se ha diluido.

—Muy listo —aprobó Steve.

—¿Y de dónde lo sacó Tony? —pregunté yo.

—Se lo dio un tipo con el que se cruzó en un callejón —dijo Alan—. Uno de los artistas del circo, un tal señor Crepsley.

—¿El de la araña?

—Sí —respondió Alan—, pero no la llevaba encima. Era de noche y Tony volvía del bar.

Tony no tiene edad suficiente como para que le sirvan en un bar, pero anda por ahí con tíos más mayores que le piden las bebidas.

—El señor Crepsley le dio el papel a Tony —prosiguió Alan— y le dijo que llevan un espectáculo de extraños y actúan clandestinamente en pueblos y ciudades de todo el mundo. Le dijo que tienes que llevar un cartel para poder comprar entradas, y que solo se las venden a gente en la que confían. Se supone que no puedes hablarle a nadie del espectáculo. Yo lo descubrí porque Tony estaba alegre, como se pone cuando bebe, y no pudo mantener la boca cerrada.

—¿Cuánto cuestan las entradas? —preguntó Steve.

—Quince libras cada una —dijo Alan.

—¡Quince libras! —gritamos todos a una.

—¡Nadie estará dispuesto a pagar quince libras solo para ver a un puñado de bichos raros! —resopló Steve.

—Yo sí —dije.

—Y yo también —me apoyó Tommy.

—Y yo —añadió Alan.

—Claro —dijo Steve—, pero no podemos permitirnos tirar a la basura quince libras porque no las tenemos. Así que no hay que darle más vueltas, ¿no?

—¿Qué significa eso de darle vueltas? —preguntó Alan.

—Significa que no podemos pagarnos las entradas, así que no importa si queremos comprarlas o no —le explicó Steve—. Es fácil decir que «comprarías» algo cuando sabes perfectamente que «no puedes».

—¿Cuánto tenemos? —preguntó Alan.

—Dos miserables peniques —reí. Era una frase que mi padre decía a menudo.

—Me gustaría ir —dijo Tommy tristemente—. Suena fantástico. Y volvió a examinar el cartel.

—Al señor Dalton no se lo parecía tanto —dijo Alan.

—Precisamente a eso me refiero —contestó Tommy—. Si al «señor» no le gusta, entonces tiene que ser súper. Todo lo que los adultos detestan suele ser genial.

—¿Seguro que no tenemos bastante? —pregunté—. Quizá hagan descuento a los menores.

—No creo que dejen entrar a menores —dijo Alan, pero de todas formas me confesó cuánto tenía él—. Cinco libras con setenta.

—Yo tengo exactamente doce libras —dijo Steve.

—Yo seis libras y ochenta y cinco peniques —informó Tommy.

—Y yo tengo ocho libras con veinticinco —añadí—. En total es más de treinta libras —dije sumando mentalmente—. Mañana nos dan la paga. Si lo juntamos todo…

—Pero las entradas ya están casi agotadas —interrumpió entonces Alan—. La primera función fue ayer. Acaba el martes. Si vamos, tiene que ser o mañana por la noche o el sábado; nuestros padres no nos dejan salir ninguna otra noche. El tipo que le dio a Tony el cartel le dijo que las entradas para esas dos noches casi se habían agotado ya. Tendríamos que comprarlas esta misma noche.

—Vaya, tanto rollo para nada —dije, poniendo cara de chulo.

—Puede que no —dijo Steve—. Mi madre guarda un fajo de billetes en casa en un jarrón. Podría coger prestado un poco de dinero y devolverlo cuando nos den la paga.

—¿Estás hablando de robar? —pregunté.

—Estoy hablando de «tomar prestado» —me espetó—. Solo es robar si no lo devuelves. ¿Qué decís?

—¿Y cómo conseguiremos las entradas? —preguntó Tommy—. Mañana hay cole, así que esta noche no nos dejarán salir de casa.

—Yo puedo escaparme —dijo Steve—. Me encargaré de comprarlas.

—Pero el señor Dalton ha roto la parte que tenía la dirección —le recordé—. ¿Cómo sabrás adónde ir?

—La he memorizado —sonrió—. Bueno, ¿vamos a pasarnos la noche aquí buscando excusas o nos decidimos de una vez?

Nos miramos unos a otros; luego fuimos asintiendo en silencio.

—Muy bien —dijo Steve—. Vamos corriendo cada uno a nuestra casa, cogemos la pasta y volvemos a encontrarnos aquí. Decid a vuestros padres que habéis olvidado un libro o algo así. Juntaremos todo el dinero y yo añadiré lo que falte del bote de mi casa.

—¿Y qué pasará si no puedes robar… quiero decir, tomar prestado el dinero? —pregunté.

Se encogió de hombros.

—Entonces no hay negocio. Pero nunca lo sabremos si ni siquiera lo intentamos. Y ahora venga, ¡deprisa!

Dicho esto, se marchó a todo correr. Momentos después, Tommy, Alan y yo nos decidimos y echamos a correr también.

CAPÍTULO CUATRO

Aquella noche no conseguía pensar en otra cosa que en el espectáculo de extraños. Intenté olvidarme, pero no podía, ni siquiera mientras miraba mis programas favoritos por la tele. Sonaba muy raro: un chico serpiente, un hombre lobo, una araña adiestrada... Yo me sentía especialmente excitado por la araña.

Mis padres no notaron que pasara nada, pero Annie sí. Annie es mi hermana pequeña. Puede llegar a ponerse bastante pesada, pero la mayor parte del tiempo es tranquila y sabe cómo comportarse. Cuando me porto mal, no va corriendo con el cuento a mamá, y sabe guardar un secreto.

—¿Qué te pasa? —me preguntó después de cenar.

Estábamos solos en la cocina, lavando platos.

—Nada —dije.

—Sí, te pasa algo —dijo ella—. Llevas toda la noche muy raro.

Sabía que seguiría preguntando hasta sonsacarme la verdad, así que le expliqué lo del espectáculo de extraños.

—Suena fantástico —convino conmigo—, pero te será imposible entrar.

—¿Por qué? —pregunté.

—Apuesto algo a que no dejan entrar a menores. Tiene pinta de ser un espectáculo para adultos.

—Probablemente no dejarían entrar a una niñata como tú —le contesté poniéndome antipático—, pero los chicos y yo entraremos sin problemas.

Eso la puso de mal humor, así que le pedí perdón.

—Lo siento —dije—, no quería decir eso. Es solo que me fastidia pensar que quizá tengas razón, Annie, ¡y daría cualquier cosa por poder asistir!

—Tengo un pote de maquillaje que te puedo prestar —dijo—. Puedes pintarte arrugas y cosas así. Te hará parecer mayor de lo que eres.

Sonreí y le di un gran abrazo, cosa que no hago muy a menudo.

—Gracias, hermanita —dije—, pero no hace falta. Si entramos, entramos, y, si no, no pasa nada.

No hablamos mucho más del asunto. Acabamos de secar los platos y nos fuimos a toda prisa a la sala a ver la tele. Papá llegó a casa a los pocos minutos. Trabaja en edificios en construcción por toda la zona, y a menudo llega tarde. A veces viene de mal humor, pero aquella noche estaba de buenas, y le dio a Annie varias vueltas haciéndola volar.

—¿Ha pasado algo emocionante hoy? —preguntó tras decirle hola a mamá y darle un beso.

—He vuelto a meter otros tres goles seguidos en el recreo —le contesté.

—¿De veras? —dijo—. Magnífico. Bien hecho.

Bajamos al mínimo el volumen del televisor mientras papá cenaba. Le gusta tener un poco de paz y tranquilidad mientras come, y a menudo nos pregunta cosas o nos cuenta anécdotas de su jornada de trabajo.

Al cabo de un rato, mamá se fue a su habitación para dedicarse a sus álbumes de sellos. Es coleccionista de sellos y se lo toma muy en serio. Yo también los coleccionaba, cuando era más pequeño y me divertía con cualquier cosa.

Asomé la nariz para ver si tenía algún sello nuevo con animales exóticos o arañas. No tenía ninguno. Mientras estuve allí con ella, la tanteé a ver qué decía de los espectáculos de extraños.

—Mamá —dije—, ¿has estado alguna vez en un espectáculo de extraños?

—¿Un qué? —preguntó, concentrada en los sellos.

—Un espectáculo de extraños —repetí—. Con mujeres barbudas, hombres lobo y chicos serpiente.

Levantó la vista y me miró atónita.

—¿Un chico serpiente? —preguntó—. ¿Y qué demonios es un chico serpiente?

—Es un… —me interrumpí al darme cuenta de que no lo sabía—. Bueno, no importa —dije—. ¿Has estado alguna vez en uno de esos espectáculos?

Negó con la cabeza.

—No. Son ilegales.

—Si no fueran ilegales y llegara uno a la ciudad —dije—, ¿tú irías?

—No —dijo estremeciéndose—. Ese tipo de cosas me dan miedo. Además, no me parece justo para las personas a las que convierten en un espectáculo.

—¿Qué quieres decir? —pregunté.

—¿Cómo te sentirías tú —dijo— si te metieran en una jaula para ser exhibido? ¿Te gustaría?

—¡Pero yo no soy ningún extraño! —dije malhumorado.

—Ya lo sé —contestó. Se rió y me besó en la cabeza—. Tú eres mi angelito.

—¡No hagas eso, mamá! —refunfuñé mientras me secaba la frente con la mano.

—Tonto —sonrió—. Pero imagínate que tuvieras dos cabezas o cuatro brazos, y que alguien se te llevara y te exhibiera para que la gente se burlara de ti. Eso no te gustaría, ¿verdad?

—No —contesté, arrastrando los pies.

—En cualquier caso, ¿a qué viene todo eso de los espectáculos de extraños? —preguntó—. ¿Has estado despierto hasta tarde, mirando películas de terror?

—No —dije.

—Porque ya sabes que a tu padre no le gusta que mires…

—No me he quedado hasta tarde, ¿vale? —la corté.

Es realmente irritante cuando los padres no te escuchan.

—Vale, vale, don Gruñón —dijo—. No hace falta que grites. Si no te gusta mi compañía, baja a ayudar a tu padre a quitar las malas hierbas del jardín.

Yo no quería ir, pero mamá estaba enfadada porque le había gritado, así que me fui abajo camino de la cocina. Papá estaba entrando por la parte trasera y me vio.

—Así que era aquí donde te escondías —bromeó—. ¿Estás demasiado ocupado para ayudar a un pobre viejo esta noche?

—A eso iba —le dije.

—Demasiado tarde —dijo sacándose las botas de goma—. Ya he terminado.

Observé cómo se ponía las zapatillas. Tiene unos pies enormes. ¡Calza un 46! Cuando era pequeño, solía montarme en sus pies y pasearme sobre ellos. Era como subirse a dos largos monopatines.

—¿Qué vas a hacer ahora? —pregunté.

—Escribir —contestó.

Papá tiene amigos por correspondencia en todo el mundo, en América, Australia, Rusia y China. Él dice que le gusta mantener contacto con sus vecinos de la aldea global, ¡aunque yo creo que no es más que una excusa para encerrarse en su estudio y echar un sueñecito!

Annie estaba jugando con sus muñecas y esas cosas. Le pregunté si quería venir a mi habitación a jugar un partido de tenis de cama, utilizando un calcetín como pelota y los zapatos a modo de raquetas, pero estaba demasiado ocupada arreglando a sus muñecas para un supuesto picnic.

Fui a mi habitación y cogí mis cómics de la estantería. Tengo montones de cómics fabulosos, *Superman*, *Batman*, *Spiderman* y *Spawn*. *Spawn* es mi favorito. Es un superhéroe que había sido demonio en el infierno. Algunos cómics de *Spawn* son un poco espeluznantes, pero me gustan precisamente por eso.

Pasé el resto de la noche leyendo cómics y poniéndolos en orden. Antes solía intercambiarlos con Tommy, que tiene una buena colección, pero como a menudo se le derramaban las bebidas sobre las cubiertas y le caían migas entre las páginas, decidí dejar de hacer trueques.

La mayoría de las noches me iba a la cama hacia las diez, pero mamá y papá se olvidaron de mí, y me quedé despierto hasta casi las diez y media. Entonces papá vio luz en mi habitación y subió. Fingió estar enfadado, pero no lo estaba realmente. A papá no le importa demasiado que me quede despierto hasta tarde. Es mamá quien me da la lata con eso.

—A la cama —dijo—, o mañana me será imposible despertarte.

—Solo un minuto, papá —le dije—, lo justo para guardar los cómics y lavarme los dientes.

—De acuerdo —dijo él—, pero rapidito.

Metí los cómics en su caja y los volví a colocar en la estantería que tenía encima de la cama.

Me puse el pijama y fui a lavarme los dientes. Me tomé mi tiempo, cepillándomelos lentamente, y ya eran casi las once para cuando me metí en la cama. Me tumbé boca arriba, sonriendo. Estaba muy cansado y sabía que me quedaría dormido en cuestión de segundos. Lo último que pensé fue en el Circo de los Extraños. Me preguntaba qué aspecto tendría un chico serpiente, y lo larga que sería la barba de la mujer barbuda, y lo que harían Hans el Manos y Gertha Dientes. Pero sobre todo, soñé con la araña.

CAPÍTULO CINCO

A la mañana siguiente, Tommy, Alan y yo esperábamos a Steve junto a la puerta de entrada, pero aún no había dado señales de vida cuando sonó el timbre que marcaba el inicio de las clases y tuvimos que entrar.

—Apuesto a que se ha quedado durmiendo —dijo Tommy—. No pudo conseguir las entradas y ahora no quiere dar la cara.

—Steve no es así —dije.

—Espero que me devuelva el cartel —intervino Alan—. Aunque no podamos ir, me gustaría tenerlo. Lo colgaría encima de la cama y...

—¡No puedes tenerlo colgado, estúpido! —se rió Tommy.

—¿Por qué no? —preguntó Alan.

—Porque Tony lo vería —le dije.

—Ah, claro —dijo Alan desanimado.

Lo pasé fatal en clase. Primero teníamos geografía, y, cada vez que la señora Quinn me preguntaba algo, me equivocaba en la respuesta. Por regla general, la geografía es el tema que mejor domino, porque aprendí mucho de eso cuando coleccionaba sellos.

—¿Te acostaste tarde, Darren? —preguntó cuando respondí mal por quinta vez.

—No, señora Quinn —mentí.

—A mí me parece que sí —sonrió—. ¡Tienes más bolsas en los ojos de las que se puedan encontrar en todo el supermercado!

Todos se echaron a reír, incluido yo, a pesar de ser el blanco de la broma… la señora Quinn no solía hacer chistes.

La mañana fue pasando penosamente, como cuando uno se siente sin ilusiones o decepcionado. Para pasar el rato, me puse a pensar en el espectáculo de extraños. Me autosugestioné hasta estar convencido de que yo era uno de los extraños; el dueño del circo era un tipo horrible que los azotaba a todos, incluso cuando hacían bien su papel. Todos los extraños le odiaban, pero era tan corpulento y malvado que nadie decía nada. Hasta que un día empezaba a azotarme a mí con demasiada frecuencia, ¡y yo me convertía en lobo y le arrancaba la cabeza de un mordisco! Todo el mundo se alegraba y quería que yo fuera el nuevo dueño.

Era una historia bastante buena para soñar despierto.

Entonces, pocos minutos antes del descanso, se abrió la puerta y… adivina quién entró por ella: ¡Steve! Detrás de él iba su madre, que le dijo algo a la señora Quinn, quien por su parte asintió con una sonrisa. Luego la señora Leonard se marchó y Steve caminó con desgana hasta su sitio y se sentó.

—¿Dónde te habías metido? —susurré enojado.

—He ido al dentista —contesté—. Olvidé avisaros de que tenía que ir.

—¿Qué ha pasado con…?

—Ya basta, Darren —dijo la señora Quinn.

Me callé al instante.

En el recreo, Tommy, Alan y yo casi asfixiamos a Steve. Los tres le gritábamos y tirábamos de él al mismo tiempo.

—¿Has conseguido las entradas? —pregunté yo.

—¿De verdad has ido al dentista? —quiso saber Tommy.

—¿Dónde está mi cartel? —preguntaba Alan.

—Paciencia, chicos, paciencia —dijo Steve, apartándonos a empujones y riendo—. Todo lo bueno se hace esperar.

—Vamos, Steve, no nos tomes el pelo —le insistí—. ¿Las tienes o no?

—Sí y no —dijo él.

—¿Y qué significa eso exactamente? —resopló Tommy.

—Significa que tengo buenas noticias, malas noticias y noticias de locos —dijo—. ¿Por dónde queréis que empiece?

—¿Noticias de locos? —pregunté perplejo.

Steve nos arrastró a un lado del patio, comprobó que no había nadie cerca y empezó a hablar en un susurro.

—Conseguí el dinero —dijo—, y me deslicé fuera de casa a las siete, mientras mamá hablaba por teléfono. Crucé la ciudad a toda prisa hasta el garito de las entradas, pero ¿sabéis a quién me encontré al llegar allí?

—¿A quién? —preguntamos.

—¡Al señor Dalton! —dijo él—. Le acompañaba una pareja de policías. Estaban sacando a rastras a un tipo pequeñajo del garito (en realidad, no era más que una barraca diminuta) cuando de repente se oyó un fuerte estallido y una enorme nube de humo los envolvió a todos. Cuando la nube se disipó, el pequeñajo había desaparecido.

—¿Y qué hicieron el señor Dalton y la policía? —preguntó Alan.

—Inspeccionaron la barraca, echaron un vistazo por los alrededores y se fueron.

—¿No te vieron? —preguntó Tommy.

—No —dijo Steve—. Estaba bien escondido.

—Así que no conseguiste las entradas —dije yo con tristeza.

—No he dicho eso —objetó.

—¿Las conseguiste? —pregunté sofocadamente.

—Di media vuelta para marcharme —dijo él— y me encontré con el tipo pequeñajo detrás de mí. Era diminuto, y llevaba una capa larga que le cubría de pies a cabeza. Vio que llevaba el cartel en la mano, me lo cogió y me dio las entradas. Yo le entregué el dinero y...

—¡Las tienes! —rugimos encantados.

—Sí —sonrió. Luego su rostro se ensombreció—. Pero hay un problema. Ya os he dicho que tenía malas noticias, ¿os acordáis?

—¿De qué se trata? —pregunté pensando que las habría perdido.

—Solo me vendió dos —dijo Steve—. Tenía dinero suficiente para las cuatro, pero no quiso cogerlo. No pronunció palabra, se limitó a dar golpecitos sobre la parte del cartel en la que decía «reservado el derecho de admisión» y luego me entregó una tarjeta en la que se explicaba que el Circo de los Extraños solo vendía dos entradas por cartel. Le ofrecí más dinero del que costaban —tenía casi setenta libras en total—, pero no quiso aceptarlo.

—¿Solo te vendió dos entradas? —preguntó Tommy consternado.

—Pero eso significa que… —empezó a decir Alan.

—… solo podemos ir dos —concluyó Steve. Nos miró de hito en hito con una mirada implacable—. Dos de nosotros tendrán que quedarse en casa.

CAPÍTULO SEIS

Era viernes por la tarde, el final de la semana lectiva, el inicio del fin de semana, y todos reían y corrían a sus casas lo más deprisa posible, encantados de sentirse libres. Excepto por cierto grupito de cuatro desdichados que vagaban por el patio del colegio, con aspecto de estar esperando el inminente fin del mundo. ¿Sus nombres? Steve Leonard, Tommy Jones, Alan Morris y yo, Darren Shan.

—No es justo —protestó Alan—. ¿Quién ha oído hablar nunca de un circo que solo te permite comprar dos entradas? ¡Es absurdo!

Todos estábamos de acuerdo con él, pero no podíamos hacer nada al respecto, aparte de rondar por el patio y dar patadas al suelo con cara de pocos amigos.

Por fin, Alan hizo la pregunta que todos teníamos en mente:

—Entonces, ¿quién se queda con las entradas?

Nos miramos unos a los otros y agitamos la cabeza indecisos.

—Bueno, Steve tiene que quedarse con una por fuerza —dije—. Ha puesto más dinero que los demás y fue a comprarlas, así que le corresponde una, ¿estamos de acuerdo?

—De acuerdo —dijo Tommy.

—De acuerdo —dijo Alan.

Creo que se quedó con las ganas de discutirlo, pero sabía que no se saldría con la suya.

Steve sonrió y cogió una de las entradas.

—¿Quién se viene conmigo? —preguntó.

—Yo traje el cartel —se apresuró a decir Alan.

—¡Eso no cuenta! —le dije—. Steve debería poder elegir.

—¡De eso nada! —rió Tommy—. Tú eres su mejor amigo. Si le dejamos elegir, te escogerá a ti. Yo voto por que peleemos por la entrada. Tengo guantes de boxeo en casa.

—¡Ni hablar! —chilló Alan.

Es esmirriado y nunca se mete en peleas.

—Yo tampoco quiero pelear —dije.

No es que sea cobarde, pero sabía que no tenía la menor oportunidad enfrentándome a Tommy. Su padre le enseña a boxear como un auténtico púgil y hasta tienen su propio saco de entrenamiento. Me habría derribado en el primer asalto.

—Juguémonoslo a quien saque la pajita más corta —dije, pero Tommy no aceptó mi propuesta.

Tiene una mala suerte horrorosa y nunca gana en ese tipo de juegos.

Seguimos discutiendo hasta que a Steve se le ocurrió una idea.

—Ya sé qué podemos hacer —dijo abriendo su cartera escolar.

Arrancó las dos páginas centrales de un cuaderno y, con ayuda de la regla, las cortó cuidadosamente en trocitos de un tamaño aproximado al de la entrada. Luego sacó la fiambrera del desayuno, ya vacía, y echó dentro los pedazos de papel.

—La cosa funciona así —dijo sosteniendo en alto la segunda entrada—. Echo esto aquí dentro, tapo y lo agito, ¿vale? —Todos asentimos—. Os ponéis los tres hombro con hombro y yo os echo los papeles por encima de la cabeza. El que atrape la entrada gana. Yo y el ganador devolveremos a los otros dos su dinero en cuanto nos sea posible. ¿Os parece justo, o alguien tiene una idea mejor?

—A mí me parece bien —dije.

—No sé —rezongó Alan—. Yo soy el más joven. No puedo saltar tan alto como…

—Deja de quejarte —dijo Tommy—. Yo soy el más bajito de los tres y no me importa. Además, la entrada puede salir por debajo

38

del montón, bajar flotando e ir a parar justo en el lugar idóneo para que lo pille el más bajo.

—De acuerdo —dijo Alan—. Pero sin empujar.

—Vale —dije—. Nada de violencia.

—Estoy de acuerdo —asintió Tommy.

Steve tapó el recipiente y lo agitó a conciencia.

—Preparaos —dijo.

Nos retiramos a cierta distancia de Steve y nos pusimos en fila. Tommy y Alan estaban muy juntos, pero yo me mantuve un poco apartado, con la idea de tener espacio suficiente para mover los brazos.

—Muy bien —dijo Steve—. Lo lanzaré todo por los aires a la de tres. ¿Todos listos?

Los tres asentimos.

—Uno... —dijo Steve.

Y vi cómo el sudor perlaba la cara de Alan alrededor de los ojos.

—Dos... —dijo Steve.

Y a Tommy se le crisparon los dedos.

—¡Y tres! —gritó Steve, al tiempo que sacaba la tapa y lanzaba los papeles bien alto por los aires.

Un soplo de brisa empujó los pedazos de papel directamente hacia nosotros. Tommy y Alan empezaron a gritar y manotear salvajemente. Era imposible distinguir la entrada entre los fragmentos de papel.

Estaba a punto de empezar a agarrar papeles a voleo cuando, de repente, sentí la urgente necesidad de hacer algo de lo más extraño. Puede parecer una locura, pero siempre he creído que lo mejor es seguir mis impulsos o presentimientos.

Así que lo que hice fue cerrar los ojos, extender las manos como si fuera ciego, y esperar que sucediera un milagro como por arte de magia.

Como seguramente todo el mundo sabe, cuando uno intenta hacer algo que ha visto en una película, por regla general, no funciona. Como cuando intentas derrapar con la bicicleta o elevarte por los aires con el monopatín. Pero muy de vez en cuando, cuando menos lo esperas, todo coincide.

Durante un segundo noté cómo los papeles revoloteaban entre mis manos. Estaba a punto de atraparlos, pero algo me decía que no era todavía el momento. Luego, acto seguido, una voz interior me gritó: «¡AHORA!».

Cerré rapidísimamente las manos.

El viento amainó y los pedazos de papel cayeron al suelo. Abrí los ojos y vi a Alan y Tommy de rodillas, buscando la entrada.

—¡Aquí no está! —dijo Tommy.

—¡No la encuentro por ninguna parte! —gritó Alan.

Dejaron de buscar y levantaron la vista hacia mí. Yo no me había movido. Estaba quieto y en silencio, las manos cerradas con fuerza.

—¿Qué tienes en las manos, Darren? —preguntó Steve en voz baja.

Me lo quedé mirando, incapaz de responder. Era como si estuviera soñando, como un sueño en el que no podía moverme ni hablar.

—Él no la tiene —dijo Tommy—. Es imposible. Tenía los ojos cerrados.

—Puede ser —contestó Steve—, pero algo hay en esos puños apretados.

—Ábrelos —añadió Alan, dándome un empujón—. Veamos qué escondes ahí.

Miré a Alan, luego a Tommy, después a Steve. Y entonces, muy lentamente, abrí la mano derecha.

No había nada.

Se me encogió el corazón… y el estómago. Alan sonrió y Tommy empezó a buscar de nuevo por el suelo, intentando encontrar la entrada perdida.

—¿Y la otra mano? —preguntó Steve.

Bajé la mirada hasta mi mano izquierda, cerrada en un puño. ¡Casi me había olvidado de ella! Lentamente, aún más lentamente que antes, la abrí.

Había un pedazo de papel de color verde justo en el centro de la palma de la mano, pero estaba boca abajo, y, como no llevaba

40

nada escrito por detrás, tuve que darle la vuelta, aunque solo fuera para asegurarme. Y allí estaba, en letras rojas y azules, el nombre mágico:

CIRCO DE LOS EXTRAÑOS.

La tenía. ¡La entrada era mía! ¡Iba a ir al espectáculo de extraños con Steve!

—¡¡¡SSSÍÍÍÍÍÍÍÍÍ!!! —grité, lanzando un puñetazo al aire.

¡Había ganado!

CAPÍTULO SIETE

Las entradas eran para la función del sábado, lo que resultaba perfecto, puesto que así tendría la oportunidad de hablar con mis padres y preguntarles si podía quedarme a dormir en casa de Steve el sábado por la noche.

No les dije nada del espectáculo de extraños, porque sabía que me dirían que no si se enteraban. Me hizo sentirme mal no decirles toda la verdad, pero en realidad tampoco se podía decir que les hubiera mentido: me había limitado a mantener la boca cerrada.

El sábado no acababa de pasar lo suficientemente rápido. Intenté mantenerme ocupado, que es la mejor manera de conseguir que el tiempo pase sin notarlo, pero no podía dejar de pensar en el Circo de los Extraños, deseando que llegara la hora de ir hacia allí. Estaba de bastante mal humor, cosa rara en mí, y mucho más siendo sábado, y mamá se alegró de perderme de vista cuando llegó la hora de partir hacia casa de Steve.

Annie sabía que iría al espectáculo de extraños y me pidió que le llevara algo, una fotografía si podía, pero le dije que no permitían entrar con cámaras fotográficas (así lo especificaba la entrada), y no tenía bastante dinero para comprarle una camiseta. Le dije que le compraría un pin si los tenían, o un póster, pero con la condición de que lo tuviera escondido y no les dijera a mamá y papá de dónde lo había sacado en caso de que lo encontraran.

Papá me dejó en casa de Steve a las seis en punto. Me preguntó a qué hora quería que me recogiera por la mañana. Le dije que hacia el mediodía ya iba bien.

—No veáis películas de terror, ¿vale? —dijo antes de marcharse—. No quiero que vuelvas a casa con pesadillas.

—¡Oh, papá! —protesté—. Pero si todos los de mi clase ven películas de terror.

—Escucha —dijo—. No me importa que veas una vieja película de Vincent Price, o alguna de las menos terroríficas de Drácula, pero nada de esas horribles películas modernas, ¿de acuerdo?

—Vale —prometí.

—Buen chico —dijo, y se alejó en su coche.

Fui a toda prisa hasta la casa y toqué el timbre cuatro veces, que era el código secreto que tenía con Steve. Él debía de estar esperando justo allí, porque abrió la puerta de inmediato y tiró de mí hacia dentro.

—Ya era hora —gruñó, y luego señaló hacia las escaleras—. ¿Ve esa colina? —preguntó, hablando como un soldado en una película bélica.

—Sí, señor —dije dando un golpe de tacones.

—Tenemos que tomarla al amanecer.

—¿Utilizaremos rifles o ametralladoras, señor? —pregunté.

—¿Se ha vuelto loco? —espetó—. Jamás podríamos transportar una ametralladora entre todo ese lodo.

Señaló la alfombra con un gesto de cabeza.

—Lo mejor serán los rifles, señor —convine.

—Y si nos capturan —me advirtió—, guarde la última bala para usted.

Empezamos a subir las escaleras como dos soldados, disparando armas imaginarias contra enemigos imaginarios. Era infantil, pero muy divertido. Steve «perdió» una pierna durante el ascenso y tuve que ayudarle a subir hasta la cima.

—¡Me habéis arrebatado una pierna —gritó desde el descansillo—, y podéis quitarme hasta la vida, pero jamás conseguiréis conquistar mi país!

43

Era un discurso conmovedor. Por lo menos, conmovió a la señora Leonard, que vino desde la sala del piso inferior a ver qué era todo aquel jaleo. Sonrió al verme y me preguntó si quería comer o beber algo. No me apetecía nada. Steve dijo que a él sí le apetecía un poco de caviar con champán, pero no lo dijo en un tono divertido, así que no me reí.

Steve no se lleva bien con su madre. Vive solo con ella —su padre se marchó cuando Steve era pequeño— y siempre están discutiendo y gritando. No sé por qué. Nunca se lo he preguntado. Hay ciertas cosas de las que no hablas con tus amigos si eres chico. Las chicas sí pueden hablar de esas cosas, pero si eres chico tienes que hablar de ordenadores, fútbol, guerras y cosas de ese tipo. Los padres no son un tema interesante.

—¿Cómo nos escaparemos esta noche? —pregunté en un susurro, mientras la madre de Steve volvía a la sala.

—No hay problema —dijo Steve—. Ella va a salir.

A menudo la llamaba «ella» en lugar de «mamá».

—Cuando vuelva pensará que estamos acostados.

—¿Y si lo comprueba?

Steve se echó a reír desagradablemente.

—¿Entrar en mi habitación sin que la llame? No se atrevería.

No me gustaba Steve cuando hablaba de esa forma, pero no se lo dije para evitar que cogiera una de sus rabietas. No quería hacer nada que pudiera echar a perder el espectáculo.

Steve sacó algunos de sus cómics de terror y los leímos en voz alta. Steve tiene cómics fantásticos, pensados solo para adultos. ¡Mis padres se subirían por las paredes si supieran de su existencia!

Steve tiene también montones de revistas viejas y libros sobre monstruos y vampiros y hombres lobo y fantasmas.

—¿La estaca tiene que ser necesariamente de madera? —pregunté al acabar de leer un cómic de Drácula.

—No —dijo él—. Puede ser de metal o de marfil, incluso de plástico, con tal de que sea lo bastante resistente como para llegar a atravesar directamente el corazón.

—¿Y eso mataría a un vampiro? —pregunté.

—Siempre —dijo él.

Fruncí el entrecejo.

—Pero me dijiste que había que cortarles la cabeza y rellenarla de ajo y echarla al río.

—Algunos libros dicen que eso es lo que hay que hacer —admitió—, pero eso hay que hacerlo para asegurarse de que matas también el espíritu del vampiro, además del cuerpo, así no puede volver en forma de fantasma.

—¿Puede un vampiro volver en forma de fantasma? —pregunté con los ojos abiertos como platos.

—Probablemente, no —dijo Steve—. Pero, si dispones de tiempo y quieres asegurarte, vale la pena cortarles la cabeza y deshacerse de ella. No puedes correr riesgos cuando se trata de vampiros, ¿no te parece?

—Claro —dije estremeciéndome—. ¿Y qué me dices de los hombres lobo? ¿Se necesitan balas de plata para acabar con ellos?

—Creo que no —dijo Steve—. Me parece que con balas normales es suficiente. Puede que tengas que disparar un montón de veces, pero acaban por funcionar.

Steve sabe todo lo que hay que saber acerca de cualquier cosa que tenga que ver con lo terrorífico. Se ha leído todos los libros de terror que puedan existir. Él dice que cada historia contiene por lo menos un poquito de verdad, aunque la mayoría no sean más que invenciones.

—¿Tú crees que el hombre lobo del Circo de los Extraños será un hombre lobo de verdad? —pregunté.

Steve sacudió la cabeza.

—Por lo que yo he leído —dijo—, los hombres lobo de los espectáculos de extraños no son más que hombres muy peludos. Algunos son más animales que personas, y comen gallinas vivas y cosas así, pero no son hombres lobo. Un verdadero hombre lobo no resultaría práctico para esos espectáculos, porque solo puede convertirse en lobo cuando hay luna llena. Cualquier otra noche sería una persona normal y corriente.

—Ah —dije—. ¿Y el chico serpiente? ¿Tú crees que…?

—Eh —rió—, guárdate las preguntas para luego. Los espectáculos de hace mucho tiempo eran horribles. Los dueños solían matar de hambre a sus extraños, los tenían encerrados en jaulas y los trataban como si fueran basura. Pero no sé cómo será el que vamos a ver. Puede que ni siquiera sean extraños auténticos: quizá sean solo gente disfrazada.

El espectáculo de los extraños se celebraba en un lugar cercano al otro extremo de la ciudad. Teníamos que salir no mucho más tarde de las nueve para estar seguros de llegar a tiempo. Hubiéramos podido coger un taxi, pero habíamos preferido utilizar la mayor parte de nuestro dinero para reponer el que Steve le había cogido a su madre. Además, era más divertido pasear. ¡Le añadía misterio al asunto, todo era más espectral!

Nos contamos historias de fantasmas mientras caminábamos. Fue Steve quien habló la mayor parte del tiempo, ya que él sabe mucho más que yo al respecto. Estaba en plena forma. A veces olvida los finales de las historias, o confunde los nombres, pero aquella noche no. ¡Aquello era mejor que estar con Stephen King!

Era una larga caminata, más larga de lo que habíamos imaginado, y casi llegamos tarde. Tuvimos que hacer el último medio kilómetro corriendo. Jadeábamos como perros cuando llegamos allí.

El local era un viejo teatro en el que antiguamente se pasaban películas. Había pasado por delante una o dos veces antes. Steve me contó una vez que estaba cerrado porque se había caído un niño del anfiteatro y se había matado. Dijo que aquel lugar estaba embrujado. Le pregunté a mi padre, y él me dijo que todo aquello no era más que una sarta de mentiras. A veces es difícil decidir si tienes que creerte las cosas que te explica tu padre o bien las que te explica tu mejor amigo.

Fuera no había ningún nombre ni cartel anunciador, y tampoco había coches aparcados por las cercanías, ni cola para entrar. Nos detuvimos justo enfrente, doblados hacia delante hasta que recuperamos el aliento. Luego nos erguimos y miramos el edificio. Era alto y sombrío, y estaba construido con piedras grises. Tenía un montón de ventanas rotas, y la puerta parecía la boca abierta de un gigante.

—¿Estás seguro de que es aquí? —pregunté, intentando disimular el miedo.

—Eso decía en las entradas —dijo Steve, y lo comprobó una vez más para asegurarse—. Sí, aquí es.

—Quizá la policía lo haya descubierto y los extraños hayan tenido que irse a otro sitio —dije—. Quizá no haya ningún espectáculo esta noche.

—Quizá —dijo Steve.

Le miré y me pasé la lengua por los labios nerviosamente.

—¿Qué crees que debemos hacer? —pregunté.

Me devolvió la mirada y dudó un instante antes de responder.

—Creo que deberíamos entrar —dijo al fin—. Hemos venido desde muy lejos. Ahora sería absurdo volver atrás sin asegurarnos antes.

—Estoy de acuerdo —contesté asintiendo.

Luego levanté la vista para observar aquel espeluznante edificio y tragué saliva. Tenía el mismo aspecto que uno de esos lugares que se suelen ver en las películas de terror, lugares en los que entra mucha gente pero de los que nunca sale nadie.

—¿Estás asustado? —le pregunté a Steve.

—No —dijo.

Pero yo oía cómo le castañeteaban los dientes y supe que estaba mintiendo.

—¿Y tú? —preguntó él a su vez.

—Claro que no —dije.

Nos miramos el uno al otro y sonreímos. Ambos sabíamos que los dos estábamos aterrorizados, pero por lo menos estábamos juntos. Tener miedo es más llevadero cuando no estás solo.

—¿Entramos? —preguntó Steve, intentando adoptar un tono alegre.

—Más vale que sí —dije.

Respiramos hondo, cruzamos los dedos, empezamos a subir las escaleras (había nueve escalones de piedra que llevaban hasta la puerta, todos ellos agrietados y cubiertos de moho) y entramos.

CAPÍTULO OCHO

Nos encontramos en un largo, oscuro y frío pasillo. Yo llevaba la chaqueta puesta, pero tiritaba igualmente. ¡Aquello estaba helado!

—¿Por qué hace tanto frío? —le pregunté a Steve—. Fuera la temperatura es agradable.

—En las casas viejas pasa eso —me dijo.

Echamos a andar. Se veía una luz baja en el otro extremo, de forma que a medida que avanzábamos se iba haciendo más brillante. Eso me reconfortó. De lo contrario, creo que no hubiera podido soportarlo: ¡habría sido demasiado aterrador!

Las paredes estaban rayadas y garabateadas, y algunos trozos del techo estaban desconchados. Era un lugar escalofriante. Ya debía de ser bastante pavoroso a la luz del día, pero ahora eran las diez, ¡faltaban solo dos horas para la medianoche!

—Aquí hay una puerta —dijo Steve deteniéndose.

La empujó hasta que quedó entornada, con un rechinante crujido. Estuve a punto de dar media vuelta y echar a correr. ¡Sonó como si hubiéramos abierto la tapa de un ataúd!

Steve no dejó traslucir su miedo y asomó la cabeza. No dijo nada durante unos instantes, mientras sus ojos se acostumbraban a la oscuridad; luego volvió a cerrarla.

—Son las escaleras que llevan al anfiteatro —dijo.

—¿Desde donde se cayó aquel crío? —pregunté.

—Sí.

—¿Te parece que deberíamos subir? —pregunté.

Negó con la cabeza.

—Creo que no. Ahí arriba está muy oscuro, no hay ni rastro de luz de ningún tipo. Lo intentaremos si no conseguimos encontrar otra entrada, pero creo que…

—¿Puedo ayudaros, chavales? —dijo alguien detrás de nosotros, ¡y casi dimos un brinco del susto!

Nos giramos rápidamente, y allí estaba el hombre más alto del mundo, mirándonos cuan largo era como si fuéramos un par de ratas. Era tan alto que la cabeza casi le tocaba al techo. Tenía unas manos enormes y huesudas, y los ojos tan negros que parecían dos pedazos de carbón incrustados en medio de la cara.

—¿No es un poco tarde para que dos jovencitos como vosotros anden rondando por ahí? —preguntó.

Su voz era tan profunda y ronca como el croar de una rana, pero parecía que apenas moviera los labios. Habría podido ser un gran ventrílocuo.

—Nosotros… —empezó a decir Steve, pero tuvo que interrumpirse y pasarse la lengua por los labios antes de continuar hablando—. Hemos venido a ver el Circo de los Extraños —dijo.

—¿De veras? —El hombre asintió lentamente—. ¿Tenéis las entradas?

—Sí —dijo Steve, mostrando la suya.

—Muy bien —murmuró el hombre. Luego se giró hacia mí y dijo—: ¿Y tú, Darren? ¿Tienes tu entrada?

—Sí —dije rebuscando en el bolsillo.

Entonces me detuve en seco. ¡Sabía mi nombre! Miré de soslayo a Steve, que temblaba de pies a cabeza.

El hombre alto sonrió. Tenía los dientes negros y le faltaban unos cuantos, y su lengua era una especie de mancha sucia y amarillenta.

—Me llamo señor Alto —dijo—. Soy el dueño del Circo de los Extraños.

—¿Cómo sabe el nombre de mi amigo? —preguntó haciendo alarde de valor Steve.

El señor Alto se echó a reír y se inclinó hasta que sus pupilas estuvieron a la misma altura que las de Steve.

—Yo sé muchas cosas —dijo en voz baja—. Sé cómo os llamáis. Sé dónde vivís. Sé que no os gustan vuestros padres.

Se giró hacia mí y dio un paso atrás. Su aliento apestaba.

—Sé que tú no les has dicho a tus padres que venías aquí. Y sé cómo obtuviste tu entrada.

—¿Cómo? —pregunté.

Los dientes me castañeteaban tanto que ni siquiera estaba seguro de que me hubiera oído. Si me había oído, decidió no responder, porque a continuación se irguió y nos dio la espalda.

—Tenemos que darnos prisa —dijo echando a andar. Yo creía que andaría a grandes zancadas, pero no fue así; avanzaba dando pasitos cortos—. La función está a punto de empezar. Ya está todo el mundo sentado y esperando. Llegáis tarde, chicos. Tenéis suerte de que no hayamos empezado sin vosotros.

Dobló por una esquina al final del pasillo. Iba solo dos o tres pasos por delante de nosotros, pero, cuando giramos, le encontramos sentado tras una larga mesa cubierta de una tela negra que llegaba hasta el suelo. Llevaba un sombrero de copa rojo y unos guantes.

—Las entradas, por favor —dijo.

Se inclinó hacia delante, cogió las entradas, abrió la boca y se las puso dentro; ¡luego las masticó hasta convertirlas en pequeños fragmentos y se las tragó!

—Muy bien —dijo—. Ahora ya podéis entrar. Normalmente, los críos no son bienvenidos, pero ya veo que vosotros sois dos jóvenes estupendos y valientes. Haremos una excepción.

Teníamos dos cortinas azules ante nosotros corridas al final del pasillo. Steve y yo nos miramos y tragamos saliva.

—¿Tenemos que ir recto hacia delante? —preguntó Steve.

—Naturalmente —dijo el señor Alto.

—¿No hay ninguna acomodadora? —pregunté.

Se echó a reír.

—Si querías que alguien te cogiera de la manita —dijo—, ¡deberías haberte traído una canguro!

Aquello me enfureció, y por un momento olvidé lo asustado que estaba.

—Muy bien —le espeté, dando un paso hacia delante, para sorpresa de Steve—. Si así tiene que ser…

Me adelanté con rapidez y decisión, y pasé al otro lado de las cortinas.

No sé de qué estarían hechos aquellos cortinajes, pero parecían telas de araña. Me detuve una vez que estuve del otro lado. Me encontraba en un corto pasillo, y otro par de cortinas estaban corridas de pared a pared unos metros más allá frente a mí. Oí un ruido y me encontré con Steve al lado. Oíamos sonidos apagados del otro lado de las cortinas.

—¿Tú crees que no es peligroso? —pregunté.

—Creo que es más seguro seguir que recular —respondió—. No creo que al señor Alto le gustara que nos echáramos atrás.

—¿Cómo crees tú que se ha enterado de todas esas cosas acerca de nosotros? —pregunté.

—Debe de poder leer el pensamiento —replicó Steve.

—Ah —dije, y me quedé pensando en eso unos instantes—. Me ha dado un susto de muerte —admití.

—A mí también —dijo Steve.

Y seguimos adelante.

Era una sala enorme. Se habían llevado las butacas del teatro hacía mucho tiempo, pero en su lugar había sillas de playa. Buscamos con la mirada asientos libres. El teatro estaba a rebosar, pero nosotros éramos los únicos niños. Noté que la gente nos miraba y cuchicheaba.

Los únicos sitios libres estaban en la cuarta fila. Tuvimos que sortear un montón de piernas para llegar hasta ellos, lo cual provocó que la gente refunfuñara a nuestro paso. Al sentarnos nos dimos cuenta de que se trataba de dos buenas localidades, pues se encontraban justo en el centro y no teníamos a nadie delante. Gozábamos de una visión perfecta del escenario, por lo que no nos perderíamos ningún detalle.

—¿Tú crees que venderán palomitas? —pregunté.

—¿En un espectáculo de extraños? —resopló Steve—. ¡Sé realista! Puede que vendan huevos de serpiente u ojos de lagarto, ¡pero me apuesto lo que quieras a que no venden palomitas!

La gente que llenaba el teatro formaba una mezcla de lo más heterogénea. Algunos vestían elegantemente, otros llevaban chándal. Los había tan viejos como las montañas, pero también quien nos llevaba solo unos pocos años a Steve y a mí. Algunos charlaban confiadamente con sus compañeros y se comportaban como si estuvieran en un partido de fútbol; otros estaban sentados en silencio y miraban a su alrededor nerviosamente.

Lo que todos compartíamos era una evidente excitación. Veía en los ojos de muchos espectadores la misma luz que brillaba en los de Steve y en los míos. De alguna manera, todos sabíamos que estábamos a punto de presenciar algo muy especial, algo que no se iba a parecer a nada que hubiéramos visto antes.

Entonces sonaron unos trombones y todo el mundo permaneció en silencio. Los trombones estuvieron sonando una eternidad, cada vez a mayor volumen, y las luces se fueron apagando una a una hasta que la sala quedó oscura como boca de lobo. Empecé a asustarme de nuevo, pero era demasiado tarde para echarse atrás.

De repente, los trombones dejaron de sonar y se hizo un silencio absoluto. Me zumbaban los oídos y durante unos segundos me sentí mareado. Conseguí recuperarme y me senté bien erguido.

En algún lugar de la parte más alta del teatro, alguien conectó un foco de luz verde y el escenario quedó iluminado. ¡Era fantasmagórico! Durante al menos un minuto entero no sucedió nada más. Luego aparecieron dos hombres que arrastraban una jaula. La habían colocado sobre ruedas y estaba cubierta con lo que parecía una enorme alfombra de piel de oso. Cuando llegaron al centro del escenario se detuvieron, soltaron las cuerdas y desaparecieron a toda prisa entre bastidores.

Durante unos segundos más aún… silencio. Luego volvieron a sonar los trombones, tres notas cortas y potentes. La alfombra salió volando de encima de la jaula y el primer extraño nos fue mostrado.

Entonces fue cuando empezó el griterío.

CAPÍTULO NUEVE

No había ninguna necesidad de gritar. El extraño en cuestión era bastante impactante, pero estaba encadenado dentro de la jaula. Creo que la gente que gritaba lo hacía para divertirse, como quien grita en la montaña rusa, no porque estuvieran realmente asustados.

Se trataba del hombre lobo. Era muy desagradable, con el cuerpo cubierto de pelo. No llevaba más que un pedazo de tela alrededor de la cintura, como Tarzán, de forma que podíamos ver sus peludas piernas, vientre, espalda y brazos. Llevaba una larga y enmarañada barba que le cubría casi todo el rostro. Tenía los ojos amarillos y los dientes rojos.

Sacudió los barrotes de la jaula entre rugidos. Era bastante terrorífico. Mucha más gente aún se puso a gritar cuando él rugió. Yo mismo estuve a punto de gritar, pero no quería comportarme como una criatura.

El hombre lobo siguió sacudiendo los barrotes y brincando hasta que se calmó. Cuando estuvo sentado sobre el trasero como hacen los perros, apareció en escena el señor Alto y declamó:

—Damas y caballeros —dijo, y aunque su voz era ronca y hablaba bajo, todo el mundo oía lo que estaba diciendo—, bienvenidos al Circo de los Extraños, el hogar de los seres humanos más notables del mundo.

»Somos un circo muy antiguo —prosiguió—. Llevamos quinientos años haciendo giras, conservando lo grotesco de generación en generación. Nuestro repertorio ha cambiado en muchas ocasiones, pero nunca nuestro objetivo, que no es otro que dejarles atónitos y aterrorizados. Les presentaremos actuaciones tan espantosas como extravagantes, actuaciones que ustedes no podrían encontrar en ningún otro lugar del mundo.

»Aquellos que sean especialmente asustadizos es mejor que se vayan ahora —advirtió—. Estoy seguro de que algunas personas han venido aquí esta noche pensando que se trataba de una broma. Quizá pensaban que nuestros extraños eran solo actores disfrazados, o inofensivos inadaptados. ¡No es así! Todo lo que verán esta noche es real. Todos y cada uno de nuestros artistas es único. Y ninguno de ellos es inofensivo.

Con esas palabras acabó su presentación y se retiró del escenario. A continuación aparecieron dos bonitas mujeres con trajes de brillantes colores y abrieron el portillo de la jaula del hombre lobo. Había unas cuantas personas que parecían asustadas, pero nadie abandonó la sala.

Cuando salió de la jaula, el hombre lobo se dedicó a ladrar y aullar, hasta que una de las señoritas le hipnotizó con los dedos. La otra hablaba a la multitud.

—Tienen que estar muy callados —dijo con acento extranjero—. El hombre lobo no podrá hacerles daño mientras esté bajo nuestro control, pero cualquier sonido demasiado fuerte podría despertarle, ¡y entonces resultaría mortífero!

Cuando les pareció el momento adecuado, bajaron del escenario y pasearon al hipnotizado hombre lobo por todo el teatro. Tenía el pelo de un color gris sucio y caminaba encorvado, con los dedos colgando a la altura de las rodillas.

Las señoritas no se apartaban de su lado y advertían a la gente que permaneciera en silencio. Te dejaban acariciarle si querías, pero tenías que hacerlo suavemente. Steve le frotó la espalda cuando pasaron junto a nosotros, pero yo tenía miedo de que pudiera despertar y morderme, así que no lo hice.

54

—¿Qué tacto tenía? —pregunté, conservando la serenidad en la medida que me era posible.

—Pinchaba —replicó Steve—, como un erizo. —Se llevó los dedos a la nariz y olfateó—. Y huele raro, como a goma quemada.

El hombre lobo y las señoritas que le acompañaban iban por la mitad de las filas de asientos cuando se oyó un fuerte estallido: ¡PUM! No sé lo que causó aquel ruido, pero de repente el hombre lobo empezó a rugir y apartó a empujones a las chicas.

La gente empezó a gritar, y los que estaban más cerca brincaron fuera de sus asientos y echaron a correr. Hubo una mujer que no fue lo bastante rápida, y el hombre lobo se abalanzó sobre ella y la tiró al suelo. Ella chillaba fuera de sí, pero nadie se atrevía a intentar ayudarla. Él la hizo rodar sobre el suelo hasta tenerla boca arriba y enseñó los dientes. La mujer levantó una mano con intención de apartarle de un empujón, pero sus dientes cayeron implacables y... ¡se la cercenaron de un mordisco!

Un par de personas se desmayaron al ver eso, y otras muchas empezaron a chillar y a correr. Entonces, como salido de la nada, apareció el señor Alto por detrás del hombre lobo y le rodeó con sus brazos. El hombre lobo se revolvió unos instantes, pero el señor Alto le susurró algo al oído y se calmó. Mientras el señor Alto se lo llevaba de vuelta al escenario, las dos señoritas tranquilizaron a la muchedumbre y rogaron que todo el mundo volviera a ocupar sus asientos.

Mientras la multitud dudaba sin saber qué hacer, la mujer a la que le habían arrancado una mano de un mordisco no dejaba de gritar. La sangre le salía a borbotones de la muñeca, manchando el suelo y a otras personas. Steve y yo la mirábamos atónitos, con la boca abierta, preguntándonos si moriría.

El señor Alto volvió del escenario, recogió la mano cercenada y soltó un estridente silbido. Dos personas con batas azules y encapuchadas se acercaron a toda prisa. Eran bajitas, no mucho más grandes que yo o Steve, pero tenían los brazos y las piernas muy gruesos, y estaban muy musculadas. El señor Alto incorporó a la mujer y le susurró algo al oído. Ella dejó de gritar y se sentó muy quieta.

El señor Alto le cogió la muñeca, luego buscó en su bolsillo y sacó un saquito de cuero. Lo abrió con la mano que le quedaba libre y espolvoreó un centelleante polvo rosado sobre la sangrante muñeca. A continuación colocó la mano bien prieta contra la herida e hizo una seña a las dos personas vestidas de azul. Estas sacaron un par de agujas y gran cantidad de bramante anaranjado. Y entonces, para gran sorpresa de todos los presentes en el teatro, ¡empezaron a coser la mano a la muñeca de la mujer!

Las personas de azul estuvieron cosiendo durante cinco o seis minutos. La mujer no sentía ningún dolor, a pesar de que las agujas le atravesaban la carne, formando un círculo alrededor de su muñeca. Cuando terminaron, guardaron las agujas y el hilo sobrante y volvieron al lugar de donde fuera que hubiesen salido. En ningún momento se quitaron las capuchas, así que no sabría decir si se trataba de hombres o mujeres. Cuando se hubieron marchado, el señor Alto le soltó la mano a la mujer y se apartó ligeramente de ella.

—Mueva los dedos —dijo.

La mujer le miraba fijamente sin comprender.

—¡Mueva los dedos! —repitió él, y esta vez ella los movió. ¡Se movían!

Todo el mundo emitió un grito sofocado. La mujer se miraba fijamente los dedos como si no pudiera creer que eran reales. Volvió a moverlos. Luego se puso en pie y levantó la mano por encima de la cabeza. La sacudió tan fuerte como pudo, ¡y estaba como nueva! Se veían los puntos, pero ya no había sangre, y los dedos parecían funcionar a la perfección.

—Se pondrá bien —le dijo el señor Alto—. Los puntos se desprenderán solos en un par de días. Entonces estará curada del todo.

—¡Quizá no baste con eso! —gritó alguien, y un hombre corpulento y con la cara colorada se adelantó—. Soy su marido —dijo—, y en mi opinión tenemos que ir a buscar un médico y a la policía. ¡No puede usted soltar a un animal salvaje como ese entre una multitud! ¿Qué habría pasado si le llega a arrancar la cabeza de un mordisco?

—Entonces estaría muerta —dijo el señor Alto tranquilamente.

—Escuche, tío —empezó a decir el marido, pero el señor Alto le interrumpió.

—Dígame, señor —dijo el señor Alto—, ¿dónde estaba usted cuando el hombre lobo la atacó?

—¿Yo? —preguntó el hombre.

—Sí —dijo el señor Alto—. Usted es su marido. Estaba sentado a su lado cuando la bestia escapó. ¿Por qué no acudió en su ayuda?

—Bueno, yo… No había tiempo que perder… Yo no podía… No estaba…

No importaba lo que dijera, el marido no podía salir bien parado porque no había más que una respuesta verdadera: había huido, preocupado solo por sí mismo.

—Escúcheme —dijo el señor Alto—. Se lo advertí con franqueza. Dije que este espectáculo podía ser peligroso. Este no es un bonito y tranquilo circo en el que nada puede salir mal. Aquí puede haber errores y estas cosas suceden, y ha habido veces en que otras personas han salido mucho peor paradas que su esposa. Esa es la razón por la que este circo está proscrito. Esa es la razón por la que debemos actuar en viejos teatros al abrigo de la noche. La mayoría de las veces todo va como la seda y nadie resulta herido. Pero no podemos garantizarle absoluta seguridad.

El señor Alto se giró formando un círculo y pareció mirar a todos los presentes a los ojos mientras giraba.

—¡No podemos garantizar la seguridad de nadie! —bramó— No es probable que tengamos otro incidente parecido, pero puede suceder. Lo diré una vez más: si tienen miedo, váyanse. ¡Váyanse ahora, antes de que sea demasiado tarde!

Unas pocas personas se marcharon. Pero la mayoría se quedó a ver el resto del espectáculo, incluso la mujer que había estado a punto de perder una mano.

—¿Quieres que nos marchemos? —le pregunté a Steve, medio esperando que me dijera que sí.

Todo aquello era muy excitante y yo estaba emocionado, pero también asustado.

—¿Te has vuelto loco? —dijo él—. Esto es fabuloso. No querrás marcharte, ¿no?

—De ninguna manera —mentí, y esbocé una tímida sonrisa.

¡Si no hubiera tenido tanto miedo a quedar como un cobarde! Habría podido marcharme y todo habría ido bien. Pero no, tenía que comportarme como un gran hombre y quedarme allí sentado hasta el final. Si supieras cuántas veces he deseado haberme marchado en aquel mismo momento todo lo deprisa que me lo hubiera permitido mi cuerpo sin mirar atrás…

CAPÍTULO DIEZ

En cuanto el señor Alto hubo abandonado el escenario y todos hubimos ocupado de nuevo nuestros asientos, el segundo extraño, Alexander Calavera, salió a la palestra. Era más una actuación cómica que de terror, que era justo lo que necesitábamos para tranquilizarnos tras aquel aterrador principio. Se me ocurrió mirar por encima del hombro y vi a dos de las personas encapuchadas de azul limpiando de rodillas la sangre del suelo.

Alexander Calavera era el hombre más escuálido que haya visto nunca. ¡Era casi un esqueleto! Parecía totalmente descarnado. Hubiera podido resultar aterrador, de no ser por su amplia y amigable sonrisa.

Danzaba sobre el escenario al ritmo de una extraña música. Iba vestido de bailarín de ballet, y tenía un aspecto tan ridículo que pronto estuvo todo el mundo riendo. Al rato dejó de bailar y empezó a hacer estiramientos. Aseguraba ser contorsionista (gente que tiene los huesos como de goma, y puede doblarlos en cualquier dirección).

Para empezar, echó la cabeza hacia atrás de tal manera que parecía que se la hubiesen cortado. Se dio la vuelta para que pudiéramos ver su rostro vuelto del revés, y luego… ¡continuó flexionándose hasta que la cabeza tocó al suelo! Entonces puso las manos por la parte posterior de los muslos abiertos y pasó la cabeza entre ellos, adelantándola hasta que volvimos a verla de frente. ¡Era como si le brotara del vientre!

Con eso arrancó una buena salva de aplausos del público, tras la cual se reincorporó y empezó a retorcerse de arriba abajo como una soga trenzada. Siguió enroscándose más y más, y llegó a dar cinco vueltas, hasta que los huesos empezaron a crujir bajo tanta tensión. Permaneció en esa postura durante un minuto y luego empezó a desenrollarse a una velocidad increíble.

A continuación cogió dos baquetas de vibrafonista. Golpeó con una de ellas una de sus descarnadas costillas. ¡Abrió la boca y brotó una nota musical! Tenía el mismo timbre que un piano. Luego cerró la boca y golpeó una costilla del otro lado de su cuerpo. Esta vez emitió una nota más audible y aguda.

Tras «afinar» un poco más, ¡abrió la boca y empezó a tocar melodías! Interpretó «London Bridge Is Falling Down», unas cuantas canciones de los Beatles y las sintonías de algunos programas de televisión muy conocidos.

Aquel esquelético personaje abandonó el escenario bajo una lluvia de vítores que le pedían más. Pero ningún extraño sale nunca a dar un bis.

Después de Alexander Calavera salió Rhamus Dostripas, tan extremadamente gordo como extremadamente flaco era Alexander. ¡Era eNORme! Las tablas del escenario crujieron bajo su peso.

Se acercó al borde y empezó a fingir que estaba a punto de dejarse caer encima del público. Vi la cara de inquietud de algunas personas de las primeras filas, y algunos hasta se apartaron de un brinco cuando le tuvieron delante. Y no les culpo: ¡si caía sobre ellos los dejaría transparentes como el papel de fumar!

Se detuvo en el centro del escenario.

—Hola —dijo—. Tenía una bonita voz, grave y sonora—. Me llamo Rhamus Dostripas, ¡y es cierto que tengo dos tripas! Nací así, igual que algunos animales. Los médicos se quedaron perplejos y decidieron que era un extraño. Por eso me enrolé en este espectáculo y estoy aquí esta noche.

60

Aparecieron las mujeres que habían hipnotizado al hombre lobo con dos mesitas de ruedas cargadas de comida: pasteles, patatas fritas, hamburguesas, cajas de dulces y verduras. ¡Allí había cosas que ni siquiera había visto nunca, ya no digamos probarlas!

—Ñam, ñam —dijo Rhamus.

Señaló un enorme reloj que bajaba del techo sujeto por sogas y que se detuvo a unos tres metros por encima de su cabeza.

—¿Cuánto tiempo calculan ustedes que necesito para comerme todo esto? —preguntó señalando la montaña de comida—. Hay un premio para quien más se acerque.

—¡Una hora! —gritó alguien.

—¡Cuarenta y cinco minutos! —bramó otro.

—Dos horas, diez minutos y treinta y tres segundos —chilló una tercera persona.

Pronto estuvimos todos apostando. Yo dije una hora y tres minutos. Steve, veintinueve minutos. La apuesta más baja era diecisiete minutos.

Cuando todo el mundo hubo apostado, el reloj se puso en marcha y Rhamus empezó a comer. Comía a la velocidad de la luz. Movía los brazos tan deprisa que apenas podías verlos. Parecía no cerrar la boca en ningún momento. Iba echando comida en ella, engullía y seguía adelante.

Todos estábamos encandilados. Yo me sentía enfermo solo con verlo. ¡Había quien realmente «estaba» enfermo!

Por fin, Rhamus se zampó el último bollo y el reloj se detuvo.

¡Cuatro minutos y cincuenta y seis segundos! ¡Se había tragado todo aquello en menos de cinco minutos! No podía creerlo. Parecía imposible, incluso para alguien que tuviera dos tripas.

—No ha estado mal —dijo Rhamus—, pero habría tomado un poco más de postre.

Mientras todos aplaudíamos riendo, las mujeres de los vestidos brillantes retiraron las mesas vacías y sacaron otra llena de estatuillas de cristal, tenedores, cucharas y pedazos de chatarra.

—Antes de empezar —dijo Rhamus—, tengo que advertirles de que no intenten hacer esto en sus casas. Yo puedo comer cosas que matarían de indigestión a las personas normales. ¡No quieran imitarme! Podrían morir en el intento.

Empezó a comer. De entrante se tragó sin pestañear un par de tornillos y tuercas. Cuando hubo engullido unos cuantos puñados más, sacudió su enorme y redondeado vientre y oímos el tintineo del metal en su interior.

¡Contrajo el vientre y escupió todos los tornillos y tuercas! Si hubieran sido solo uno o dos, habría podido pensar que los escondía bajo la lengua o en los carrillos, pero ¡ni siquiera la enorme boca de Rhamus Dostripas era capaz de contener aquella montaña de hierro!

A continuación se comió las estatuillas de cristal. Masticaba el vidrio hasta hacerlo añicos antes de tragárselo con un sorbo de agua. Luego se comió las cucharas y los tenedores. Las doblaba en forma de círculo con las manos y las dejaba caer en la boca cuello abajo. Explicó que su dentadura no era lo bastante fuerte como para masticar metal.

Después se tragó una larga cadena metálica y se quedó quieto aguantándose el vientre con las manos. Este empezó a rugir y temblar. No fui consciente de lo que estaba sucediendo hasta que dio una arcada y vi aparecer de nuevo el extremo de la cadena por su boca.

Cuando hubo sacado la cadena por completo, ¡las cucharas y los tenedores estaban engarzados en ella! Había conseguido pasar la cadena por todas las anillas con el estómago. Era increíble.

Cuando Rhamus salió del escenario, pensé que nadie podía superar una actuación como aquella.

¡Me equivocaba!

CAPÍTULO ONCE

Tras Rhamus Dostripas, dos de las personas encapuchadas de azul recorrieron la sala vendiendo chucherías. Había cosas muy chulas, como moldes de chocolate con la forma de los tornillos y tuercas que Rhamus Dostripas se había comido, y muñecos de goma de Alexander Calavera que podías doblar y estirar como quisieras. Y también había jirones de la peluda piel del hombre lobo. Yo compré una de esas: era dura y fuerte, afilada como un cuchillo.

—Habrá más sorpresas —anunció el señor Alto desde el escenario—, así que no se lo gasten todo ahora.

—¿Cuánto vale la estatuilla de cristal? —preguntó Steve.

Era igual a las que Rhamus Dostripas había desmenuzado. La persona encapuchada de azul no dijo nada; se limitó a enseñar un cartelito con el precio.

—No sé leer —dijo Steve—. ¿Podría decirme cuánto vale?

Miré fijamente a Steve, preguntándome por qué había mentido. La persona oculta tras la capucha azul continuó sin hablar. Esta vez el encapuchado (o encapuchada) sacudió la cabeza nerviosamente y siguió adelante, sin dar tiempo a que Steve dijera nada más.

—¿A qué estás jugando? —pregunté.

Steve se encogió de hombros.

—Quería oír su voz —dijo— para ver si era humano.

—Pues claro que es humano —repuse sorprendido—. ¿Qué otra cosa podría ser?

—No lo sé —dijo él—. Por eso preguntaba. ¿No te parece extraño que lleven la cara cubierta todo el rato?

—Puede que se avergüencen —dije.

—Quizá —replicó, pero noté que no creía que se tratara de eso.

Cuando los que vendían chucherías hubieron terminado, le llegó el turno al siguiente extraño. Era la mujer barbuda, y al principio pensé que se trataba de una broma, porque ¡no tenía barba!

El señor Alto se puso en pie tras ella y dijo:

—Damas y caballeros, este es un número muy especial. Truska acaba de incorporarse a nuestra pequeña familia. Es una de las más increíbles artistas que haya visto nunca, pues posee un talento verdaderamente único.

El señor Alto se retiró. Truska era muy guapa, y llevaba un vestido evasé de color rojo con muchas y sugerentes aberturas. Muchos de los hombres presentes en el teatro empezaron a toser y a revolverse en sus asientos.

Truska se acercó al borde del escenario para que pudiéramos verla mejor y dijo algo que sonó como un ladrido de foca. Se puso las manos en la cara, una a cada lado y se acarició la piel con suavidad. Luego se tapó la nariz con dos dedos mientras se hacía cosquillas en la barbilla con la otra mano.

Sucedió algo extraordinario: ¡le empezó a crecer la barba! Brotaban pelos por todas partes: primero por la barbilla, después sobre el labio superior, luego las mejillas, y, finalmente, toda la cara. Era una barba larga, rubia y cerrada.

Dejó que le creciera por espacio de diez u once minutos. Entonces apartó los dedos de la nariz, bajó del escenario y se mezcló entre la gente, dejando que le acariciaran y tiraran de la barba.

La barba seguía creciendo mientras ella pasaba por entre el público, hasta que ¡acabó llegándole a los pies! Cuando alcanzó el fondo del teatro, dio media vuelta y volvió al escenario. Aunque no corría la menor brisa, parecía andar con el pelo al viento, acariciando con él las caras de los espectadores al pasar.

Cuando hubo vuelto al escenario, el señor Alto pidió al público si alguien tenía unas tijeras. Muchas mujeres las llevaban encima. El señor Alto invitó a algunas de ellas a subir.

—El Circo de los Extraños entregará un lingote de oro macizo a quien sea capaz de cortarle la barba a Truska —dijo sosteniendo en alto un pequeño lingote amarillo para demostrarnos que no hablaba en broma.

Aquello resultaba de lo más excitante, y durante los siguientes diez minutos casi todos los presentes en el teatro intentaron cortarle la barba. ¡Pero nadie pudo! Nada era lo bastante fuerte para cortar aquella barba, ni siquiera una podadera de jardinería que el propio señor Alto puso a su disposición. ¡Lo más curioso era que su tacto continuaba siendo suave, como si fuera cabello normal y corriente!

Cuando todo el mundo se dio por vencido, el señor Alto desapareció del escenario y Truska se colocó en el centro de nuevo. Se acarició las mejillas y se apretó la nariz como había hecho antes, ¡pero esta vez la barba fue acortándose como si creciera al revés! Bastaron un par de minutos para que todos los pelos hubieran desaparecido y ella recuperara exactamente el mismo aspecto que tenía al principio. Se retiró bajo el estruendo de los aplausos para dejar paso casi de inmediato al siguiente número.

Se llamaba Hans el Manos. Empezó por hablarnos de su padre, que había nacido sin piernas. El padre de Hans aprendió a caminar con las manos con la misma seguridad con la que el resto de la gente lo hacía con los pies, y les había explicado a sus hijos su secreto.

Dicho esto, Hans se sentó, levantó las piernas y se pasó los pies por detrás del cuello. Se apoyó en las manos y caminó con ellas por el escenario; luego se levantó de un brinco y retó a cuatro hombres elegidos al azar entre el público a que hicieran una carrera contra él. Ellos podían correr con las piernas; por su parte, él lo haría con las manos. Prometió como premio un lingote de oro a quien fuera capaz de vencerle.

Se utilizaron los pasillos del teatro como pista para la carrera y, a pesar de su desventaja, Hans les ganó a los cuatro con facilidad.

Declaró que en sprint era capaz de recorrer cien metros en ocho segundos con las manos, y nadie en el teatro lo puso en duda. A continuación realizó unas cuantas acrobacias realmente espectaculares con las que nos demostró que una persona podía arreglárselas igualmente bien con piernas o sin ellas. Su número no era especialmente emocionante, pero sí muy atractivo.

Cuando Hans se retiró hubo una pequeña pausa antes de que reapareciera el señor Alto.

—Damas y caballeros —dijo—, nuestra siguiente actuación es también única y sorprendente. Puede ser bastante peligrosa, así que les ruego que no hagan ruido ni aplaudan hasta que nosotros les digamos que ya no hay peligro.

Se hizo un silencio sepulcral. ¡Después de lo que había pasado con el hombre lobo, nadie necesitaba que le repitieran las cosas!

Cuando le pareció que el silencio era aceptable, el señor Alto se fue del escenario. Mientras salía gritó el nombre del siguiente extraño, pero fue un grito como con sordina:

—¡El señor Crepsley y madame Octa!

Atenuaron la iluminación y apareció en el escenario un hombre con un aspecto escalofriante. Era alto y delgado, tenía la piel muy blanca y un solitario y pequeño mechón de pelo anaranjado en la coronilla. Una enorme cicatriz le cruzaba la mejilla izquierda. Le llegaba hasta la comisura de los labios, y daba la sensación de que tirara de la boca hacia un lado de la cara.

Llevaba ropa de color granate y sostenía una cajita de madera, que colocó sobre una mesa. Una vez que se hubo sentado, se volvió hacia el público y nos miró de frente. Sonrió con una inclinación de cabeza. Cuando sonreía resultaba aún más estremecedor, ¡como un payaso loco que vi una vez en una película de terror! Luego empezó a explicar en qué consistía su número.

Me perdí la primera parte de su parlamento porque no estaba atento al escenario. Miraba a Steve. Y es que cuando apareció el señor Crepsley se hizo un silencio total, con la única excepción de una persona que había dado un sonoro respingo.

Steve.

Miraba fijamente y lleno de curiosidad a mi amigo. Estaba casi tan pálido como el señor Crepsley y temblaba de arriba abajo. Hasta dejó caer el muñeco de goma de Alexander Calavera que había comprado.

Tenía la mirada fija en el señor Crepsley, como si no pudiera despegarla de él, y cuando vi cómo miraba al extraño, el pensamiento que cruzó mi mente fue: «¡Parece que haya visto un fantasma!».

CAPÍTULO DOCE

—No es cierto que todas las tarántulas sean venenosas —dijo el señor Crepsley.

Tenía una voz profunda. Conseguí apartar la mirada de Steve y prestar atención a lo que sucedía en el escenario.

—La mayoría son tan inofensivas como una araña corriente de cualquier otro lugar del mundo. Y las venenosas no suelen tener más veneno que el justo para matar criaturas muy pequeñas.

»¡Pero algunas son mortales! —prosiguió—. Las hay capaces de matar a un hombre con una sola picadura. Son raras, solo se encuentran en lugares remotos, pero existen.

»Y yo tengo una de esas arañas —dijo abriendo la cajita.

Pasaron unos segundos sin que sucediera nada, pero entonces apareció la araña más grande que hubiera visto nunca. Era de color verde, púrpura y rojo, y tenía largas patas peludas y un cuerpo enorme y rechoncho. No me daban miedo las arañas, pero aquella era terrorífica.

La araña avanzó lentamente. Luego flexionó las patas como si se agazapara, como si esperase al acecho una mosca.

—Madame Octa me acompaña desde hace varios años —dijo el señor Crepsley—. Es mucho más longeva que las arañas corrientes. El monje que me la vendió dijo que algunas de sus congéneres habían vivido hasta veinte o treinta años. Es una criatura increíble, a la vez, venenosa e inteligente.

Mientras él hablaba, una de las personas encapuchadas de azul sacó una cabra al escenario. Balaba lastimeramente e intentaba escapar. La persona encapuchada la ató a la mesa y se retiró.

La araña empezó a moverse al ver y oír a la cabra. Avanzó hasta el borde de la mesa y allí se detuvo, como si estuviera esperando una orden. El señor Crepsley sacó del bolsillo del pantalón un pequeño pito —él lo llamó flauta— y tocó unas cuantas notas cortas. Madame Octa saltó al vacío de inmediato y fue a aterrizar en el cuello de la cabra.

Cuando la araña cayó sobre ella, la cabra dio un brinco y empezó a balar más fuerte. Madame Octa hizo caso omiso, siguió adelante y se acercó unos centímetros más a la cabeza. Cuando estuvo preparada, ¡sacó los quelíceros y los hundió en el cuello de la cabra!

La cabra se quedó petrificada, con los ojos abiertos de par en par. Dejó de balar y, a los pocos segundos, se desplomó. Creí que estaba muerta, pero noté que todavía respiraba.

—Con esta flauta domino la voluntad de madame Octa —dijo el señor Crepsley, y yo aparté la mirada de la cabra tirada en el suelo.

Esgrimió la flauta lentamente por encima de su cabeza.

—Aunque llevemos juntos mucho tiempo, no es una simple mascota, y sin duda me mataría si alguna vez pierdo esto.

»La cabra está paralizada —dijo—. He adiestrado a madame Octa para que no mate del todo con la primera picadura. Si la abandonáramos a su suerte, la cabra acabaría por morir (no hay antídoto contra la picadura de madame Octa), pero tenemos que acabar con todo esto rápidamente.

Tocó su flauta y madame Octa subió por el cuello de la cabra hasta detenerse junto a la oreja. Sacó los quelíceros de nuevo y mordió. La cabra se estremeció, y quedó inerte.

Estaba muerta.

Madame Octa saltó de la cabra y avanzó hacia la parte delantera del escenario. La gente de las primeras filas se alarmó hasta el extremo de que algunos dieron un brinco. Pero se quedaron petrificados con una escueta orden del señor Crepsley.

—¡No se muevan! —silbó—. Recuerden lo que se les ha advertido: ¡cualquier ruido inesperado puede significar la muerte!

Madame Octa se detuvo al borde del escenario y se irguió sobre sus dos patas traseras, ¡como un perro! El señor Crepsley tocó suavemente la flauta y la araña empezó a caminar hacia atrás, todavía sobre sus dos patas. Cuando llegó a la altura de la pata más cercana de la mesa, se giró y subió de un salto.

—Ahora están a salvo —dijo el señor Crepsley, y la gente de las primeras filas volvió a ocupar sus asientos, lo más lenta y silenciosamente que fueron capaces.

»Pero por favor —añadió—, no hagan ruido, porque si lo hacen puede que me ataque a mí.

No sé si el señor Crepsley sentía realmente miedo o no era más que parte de la actuación, pero parecía asustado. Se secó el sudor de la frente con la manga derecha de la chaqueta, volvió a llevarse la flauta a los labios y tocó una extraña y breve melodía.

Madame Octa levantó la cabeza y pareció saludar inclinándola levemente. Caminó sobre la mesa hasta ponerse frente al señor Crepsley. Él bajó la mano derecha y la araña empezó a subir por su brazo.

La sola idea de aquellas largas y peludas patas caminando por encima de su piel me hacía sudar de pies a cabeza. ¡Y eso que a mí me encantan las arañas! Las personas a las que les dan miedo debieron de morderse las uñas hasta sangrar de puros nervios.

Cuando hubo recorrido todo el brazo, siguió subiendo por el hombro, el cuello, la oreja, y no se detuvo hasta colocarse encima de la cabeza, donde se agazapó. Parecía una especie de sombrero de lo más extravagante.

Al cabo de un momento, el señor Crepsley empezó a tocar la flauta de nuevo. Madame Octa se puso a descender por el otro lado de la cara, siguiendo el trazo de la cicatriz, y paseó por su rostro hasta quedar boca arriba sobre el mentón. Entonces secretó un hilo de seda y se descolgó por él.

Ahora colgaba a unos diez centímetros por debajo de la barbilla, y poco a poco empezó a mecerse de lado a lado. Pronto consiguió columpiarse tan alto que llegaba de oreja a oreja. Tenía las patas flexionadas, y desde donde yo estaba sentado parecía una bola de lana.

De repente hizo un movimiento extraño, y el señor Crepsley echó atrás la cabeza con tal fuerza que la araña salió volando por los aires. El hilo se rompió y ella empezó a dar vueltas de campana. Observé cómo subía y bajaba por el aire. Pensaba que aterrizaría encima de la mesa, pero no fue así. ¡En realidad, fue a caer justo en la boca del señor Crepsley!

Casi me puse enfermo con solo imaginar a madame Octa deslizándose garganta abajo hasta el estómago. Estaba convencido de que le picaría, de que iba a matarle. Pero la araña era mucho más lista de lo que yo creía. Mientras caía, abrió las patas y se apoyó con ellas en los labios.

Él levantó la cabeza para que pudiéramos verle bien la cara. Tenía la boca completamente abierta, y madame Octa estaba suspendida entre sus labios. Su cuerpo latía dentro y fuera de la boca; parecía un globo que él estuviera hinchando y deshinchando.

Me pregunté dónde estaría la flauta y cómo se las arreglaría ahora para dominar a la araña. Entonces apareció el señor Alto con otra flauta. No tocaba tan bien como el señor Crepsley, pero sí lo bastante como para que madame Octa se diera por enterada. Ella se paró a escuchar, y luego pasó de un lado a otro de la boca del señor Crepsley.

Al principio no sabía lo que estaba haciendo, así que estiré el cuello para ver mejor. Al ver los restos blancos en los labios del señor Crepsley lo entendí: ¡estaba tejiendo una telaraña!

Cuando hubo terminado, se dejó caer desde el mentón, como había hecho antes. Una telaraña grande y tupida ocupaba la boca del señor Crepsley. ¡Y empezó a lamerla y masticarla! Se la comió toda, luego se acarició la tripa (con mucho cuidado de no tocar a madame Octa) y dijo:

—Delicioso. No hay nada más sabroso que una buena telaraña recién hecha. En el lugar del que vengo son un manjar.

Hizo que madame Octa jugara encima de la mesa con una pelota, y hasta que se sostuviera en equilibrio sobre ella. Luego dispuso diminutos aparatos de gimnasia, pesas en miniatura, cuerdas y anillas, y le hizo hacer ejercicios con ellas. Era capaz de hacerlo todo con la misma destreza que un ser humano: levantar pesas, trepar por la cuerda y colgarse de las anillas.

A continuación sacó una minúscula cena esmeradamente servida. Había platos, cuchillos y tenedores diminutos, así como vasos chiquititos. Los platos estaban llenos de moscas muertas y otros pequeños insectos. No sé qué era lo que contenían los vasos.

Madame Octa tomó su cena con una pulcritud admirable. Era perfectamente capaz de coger los cubiertos —cuatro cuchillos y tenedores a la vez— y comer con ellos. ¡Tenía hasta un falso salero con el que sazonó uno de los platos!

Creo que fue cuando bebía del vaso cuando decidí que madame Octa era la mascota más extraordinaria que hubiera visto nunca. Habría dado cualquier cosa por poseerla. Sabía que era imposible —mamá y papá no me dejarían tenerla aun en el caso de que pudiera comprarla—, pero eso no evitaba que lo deseara con todas mis fuerzas.

Al terminar su número, el señor Crepsley volvió a meter a la araña en su caja y saludó con una inclinación a un público enfervorecido. Oí decir a alguien que era injusto haber matado a la pobre cabra, pero había sido sensacional.

Me giré hacia Steve para comentarle lo extraordinaria que me había parecido la araña, pero él observaba fijamente al señor Crepsley. Ya no parecía asustado, pero tampoco tenía un aspecto del todo normal.

—Steve, ¿qué te pasa? —pregunté.

No respondió.

—¿Steve?

—¡Chist! —musitó, y no pronunció ni una palabra hasta que el señor Crepsley se hubo ido. Observó atentamente cómo aquel hombre de aspecto extravagante desaparecía entre bambalinas. Luego se volvió hacia mí y balbució:

—¡Es increíble!

—¿La araña? —pregunté—. Ha sido fantástico. ¿Cómo crees tú que lo hace para…?

—¡No estoy hablando de la araña! —me espetó—. ¿A quién le importa un estúpido arácnido? Hablo de… del señor Crepsley.

Se interrumpió un instante antes de pronunciar su nombre, como si hubiera estado a punto de llamarle de alguna otra forma.

—¿El señor Crepsley? —pregunté desconcertado—. ¿Qué tiene él de fantástico? Lo único que ha hecho es tocar la flauta.

—Tú no lo entiendes —se impacientó Steve—. No sabes quién es en realidad.

—¿Y tú sí lo sabes? —pregunté.

—Sí —dijo—, ya que lo preguntas, sí que lo sé.

Se frotó la barbilla; pareció inquietarse de nuevo.

—Solo espero que él no se dé cuenta de que lo sé. De lo contrario… puede que nunca salgamos con vida de aquí.

CAPÍTULO TRECE

Había otro descanso tras la actuación del señor Crepsley y madame Octa. Intenté que Steve me explicara algo más acerca de la verdadera identidad de aquel hombre, pero sus labios estaban sellados. Lo único que dijo fue:

—Tengo que pensar detenidamente en esto.

A continuación cerró los ojos, agachó la cabeza y se sumió en una profunda reflexión.

Volvieron a vender bagatelas durante el intermedio: barbas como la de la mujer barbuda, muñecos de Hans el Manos y, lo mejor de todo, arañas de goma idénticas a madame Octa. Compré dos, una para mí y otra para Annie. No era lo mismo que poseer la auténtica, pero tendría que conformarme.

También vendían telarañas de caramelo. Compré seis con todo el dinero que me quedaba y me comí dos mientras esperaba a que saliera el siguiente extraño. Sabían igual que las nubes de algodón azucarado. La segunda me la coloqué sobre los labios y la chupé como había hecho el señor Crepsley.

Las luces se atenuaron hasta dejar la sala en penumbra y todos volvieron a ocupar sus asientos. Era el turno de Gertha Dientes. Era una mujer corpulenta, con gruesos muslos, brazos gruesos, cuello grueso y cabeza gorda.

—¡Damas y caballeros, soy Gertha Dientes! —dijo muy seria—. ¡Tengo los dientes más fuertes del mundo! Cuando era niña, mi padre me metió los dedos en la boca jugando, ¡y le corté dos de un mordisco!

Unos cuantos se echaron a reír, pero ella los acalló con una mirada furiosa.

—¡No soy cómica! —disparó—. ¡Si alguien vuelve a reírse de mí bajaré y le arrancaré la nariz de un mordisco!

Aquello sonaba bastante divertido, pero nadie se atrevió a soltar ni una risita.

Hablaba en voz muy alta. Todo lo que decía parecía un grito encerrado entre signos de admiración (¡!).

—¡Dentistas de todo el mundo se han quedado con la boca abierta al ver mi dentadura! —dijo—. ¡Me han examinado en los mejores gabinetes de odontología del mundo, pero nadie ha sido capaz de explicar la causa de que sean tan fuertes! ¡Me han ofrecido grandes cantidades de dinero por prestarme como conejillo de indias, pero me gusta viajar, así que las rechacé!

Cogió cuatro barras de acero, todas de unos treinta centímetros de largo, pero de diferente grosor. Pidió voluntarios y cuatro hombres se apresuraron a subir al escenario. Dio a cada uno de ellos una barra y les pidió que intentaran doblarlas. Pusieron todo su empeño, pero no lo consiguieron. Cuando se dieron por vencidos, ella cogió la barra más delgada, se la llevó a la boca, y ¡la seccionó de un mordisco limpiamente! Devolvió las dos mitades a uno de los hombres. Él se la quedó mirando estupefacto, luego se llevó un extremo a la boca y probó a morder para asegurarse de que era acero auténtico. Sus aullidos de dolor al casi partirse los dientes fueron la mejor prueba de que, en efecto, se trataba de acero.

Gertha hizo lo mismo con la segunda y la tercera barras, cada una de las cuales era más gruesa que la anterior. En cuanto a la cuarta, la más gruesa de todas, la trituró como si fuera una tableta de chocolate.

A continuación, dos de los ayudantes encapuchados de azul sacaron al escenario un enorme radiador, ¡y Gertha lo llenó de agujeros a bocados! ¡Luego le trajeron una bicicleta y la convirtió con los dientes en una pelotita, con ruedas y todo! No creo que hubiera nada en el mundo que Gertha no fuera capaz de masticar si se lo proponía.

Llamó a nuevos voluntarios al escenario. Le entregó a uno de ellos un mazo de hierro y un enorme escoplo, a otro un martillo y un escoplo más pequeño, y al tercero, una sierra eléctrica. Se tendió boca arriba y se colocó el escoplo grande en la boca. Indicó con un movimiento de cabeza al primer voluntario que golpeara con el mazo.

Él levantó el mazo por encima de su cabeza y lo dejó caer. Creí que iba a abrirle la cara, y lo mismo pensó mucha otra gente, a juzgar por los suspiros y por la forma de taparse los ojos de buena parte del público.

Pero Gertha no era estúpida, esquivó el golpe y el mazo se estrelló contra el suelo. Se sentó y escupió el escoplo con desprecio.

—¡Ja! —resopló—. ¿Cree que me he vuelto loca?

Apareció uno de los encapuchados y le quitó el mazo de las manos al espectador.

—¡Solo le necesitaba para demostrar que el mazo es auténtico! —le dijo—. Y ahora —anunció dirigiéndose al resto del público—, ¡observen!

Volvió a tumbarse y se metió el escoplo en la boca. El encapuchado esperó un instante, luego levantó el mazo y lo dejó caer con más fuerza y velocidad que el espectador. Dio de lleno en el escoplo y se oyó un ruido infernal.

Gertha se incorporó. Yo esperaba ver dientes cayéndole de la boca, pero cuando la abrió y extrajo de ella el escoplo, ¡no quedaba más que una punta por ver! Se echó a reír y dijo:

—¡Ja! ¡Creían que había comido más de lo que podía masticar!

Le había llegado el turno de trabajar al segundo voluntario, el que tenía el martillo y el escoplo más pequeños. Le advirtió que tuviera cuidado con las encías y le permitió que colocara el escoplo contra sus dientes e intentara partirlos. Casi se dejó el brazo en su intento por golpear con el martillo con todas sus fuerzas, pero no consiguió hacerles ni un rasguño.

El tercer voluntario intentó cortarlos con la sierra eléctrica. Pasó la máquina de un lado a otro de su boca, saltaban chispas por todas partes, pero, cuando se detuvo y el polvo se hubo disipado, los dientes de Gertha estaban más blancos, resplandecientes y fuertes que nunca.

Tras ella salieron los Gemelos de Goma, Sive y Seersa. Eran idénticos, y ambos contorsionistas, como Alexander Calavera. Su número consistía en trenzar sus cuerpos hasta parecer una sola persona con dos caras en lugar de espalda, o dos troncos sin piernas. Eran muy buenos y fue muy interesante, pero deslucido comparado con el resto de los artistas.

Cuando Sive y Seersa terminaron, salió el señor Alto y nos dio las gracias por nuestra asistencia. Pensé que los extraños volverían a salir a saludar todos en fila, pero no lo hicieron. En lugar de eso, el señor Alto nos anunció que podíamos comprar más baratijas en el vestíbulo al salir. Nos pidió que promocionáramos el espectáculo entre nuestros amigos. Luego volvió a darnos las gracias por asistir y dijo que el espectáculo había terminado.

Me decepcionó un poco que terminara con un número tan flojo, pero era tarde y supongo que los extraños estarían cansados. Me puse en pie, recogí todo lo que había comprado y me giré para decirle algo a Steve.

Miraba fijamente hacia arriba, al palco que había por detrás de mí, con los ojos como platos. Me volví para ver qué demonios estaba mirando, y, cuando lo hice, la gente que teníamos detrás empezó a chillar. Al levantar la mirada, supe por qué.

En el palco había una gigantesca serpiente, una de las más largas que haya visto nunca, ¡y reptaba bajando por una de las columnas hacia la gente que estábamos abajo!

CAPÍTULO CATORCE

La lengua de la serpiente chasqueaba en el aire como un látigo cada vez que la sacaba a la velocidad del relámpago, y parecía tremendamente hambrienta. Su colorido no era muy espectacular —verde oscuro con algunas pinceladas de colores más brillantes aquí y allá—, pero parecía mortífera.

La gente que estaba bajo el palco corrió de nuevo a sus asientos. Todos gritaban y corrían, dejando caer sus cosas por el camino. Hubo desmayos, y algunos cayeron al suelo y fueron aplastados por la turba. Steve y yo tuvimos suerte de encontrarnos cerca de la parte delantera: éramos los más pequeños de todo el teatro, y habríamos mordido el polvo si nos llegamos a ver envueltos en aquella turbamulta.

La serpiente estaba a punto de alcanzar el suelo cuando un potente foco apuntó su haz luminoso directamente sobre su cabeza. El reptil se quedó paralizado, mirando sin parpadear hacia la luz. La gente dejó de correr y el pánico pareció mitigarse. Quienes se habían caído volvieron a ponerse en pie, y, por fortuna, nadie parecía estar herido de gravedad.

Se oyó un ruido a nuestras espaldas. Me giré para mirar de nuevo al escenario. En él había un chico, casi un niño. Debía de tener catorce o quince años, muy delgado, una larga cabellera de un verde amarillento. La forma de sus ojos era extraña, rasgados como los de la serpiente. Llevaba una larga túnica blanca.

El chico emitió un sonido sibilante y alzó los brazos por encima de la cabeza. La túnica cayó a sus pies y todos dejamos escapar un grito de sorpresa. ¡Tenía el cuerpo cubierto de escamas! Todo él despedía resplandecientes reflejos como destellos, verdes, dorados, amarillos y azules. No llevaba puesto más que un minúsculo taparrabos. Se dio la vuelta para que le viéramos la espalda y era igual que por delante, excepto en que algunos reflejos eran más oscuros.

Cuando se volvió de nuevo hacia nosotros, se tendió cuan largo era sobre el abdomen y empezó a reptar fuera del escenario exactamente igual que una serpiente. Fue entonces cuando recordé al chico serpiente que anunciaba el cartel y até cabos.

Al llegar al suelo se puso en pie y caminó hasta el fondo de la sala. Cuando pasó a mi lado vi que sus manos y pies eran muy raros: entre dedo y dedo tenía una fina membrana que los unía. Se parecía un poco a un monstruo que había visto una vez en una película de terror, el que vivía en aquel oscuro lago.

Se detuvo a pocos metros de la columna y se enroscó en el suelo. El foco que había mantenido deslumbrada, yo diría que hipnotizada, a la serpiente se apagó, y esta empezó a moverse de nuevo, a recorrer deslizándose el último tramo de la columna. El chico soltó otra vez un sonido sibilante y la serpiente se detuvo. Recordé haber leído en algún sitio que las serpientes no oyen, pero captan la vibración de los sonidos.

El chico serpiente se arrastró un poco hacia la izquierda, luego hacia la derecha. La cabeza de la serpiente seguía sus movimientos, pero no le atacaba. El chico reptó más cerca de la serpiente, hasta meterse dentro de su radio de acción. Imaginé que saltaría sobre él y le mataría, y sentí deseos de gritarle que corriera.

Pero el chico serpiente sabía lo que hacía. Cuando estuvo lo bastante cerca saltó hacia delante y empezó a acariciar a la serpiente por debajo del maxilar con sus extrañas manos palmeadas. ¡Luego se inclinó y la besó en la nariz!

La serpiente se enroscó en el cuello del chico. Dio un par de vueltas a su alrededor y dejó la cola colgando por encima del hombro y la espalda como un pañuelo.

El chico acarició a la serpiente y sonrió. Pensé que iba a pasear entre el público y a dejar que la acariciáramos, pero no fue así. Lo que hizo fue irse al lado del teatro más alejado de la puerta de salida. Desenroscó la serpiente de su cuello, la colocó en el suelo y volvió a acariciarla por debajo de la mandíbula.

Esta vez abrió mucho la boca; vi claramente los colmillos. El chico serpiente se tendió de espaldas a cierta distancia de la serpiente y luego ¡empezó a reptar hacia ella!

«No —me dije—, espero que no vaya a...»

Pero sí, ¡¡¡introdujo la cabeza entre las fauces abiertas de la serpiente!!!

El chico serpiente permaneció así unos segundos y después, lentamente, sacó la cabeza. Dejó que la serpiente se enroscara una vez más en su cuerpo, luego empezó a dar vueltas y más vueltas sobre sí mismo hasta que el animal le cubrió por completo, con la única excepción de la cara. Se las arregló para ponerse en pie de un salto y sonreír. ¡Parecía una alfombra enrollada!

—Y ahora, damas y caballeros —dijo el señor Alto desde el escenario a nuestras espaldas—, hemos llegado de verdad al final del espectáculo.

Sonrió y desapareció del escenario, desvaneciéndose en el aire entre una nube de humo. Cuando esta se disipó, le vi al fondo del teatro sosteniendo abiertas las cortinas de salida.

Las guapas asistentas y los misteriosos seres encapuchados de azul estaban en pie a ambos lados de él, sosteniendo en brazos bandejas llenas de golosinas. Me arrepentí de no haberme guardado algo de dinero.

Steve no dijo nada mientras hacíamos cola. Yo notaba por la expresión seria de su rostro que todavía estaba pensativo, y sabía por experiencia que era inútil intentar hablar con él. Cuando Steve caía en uno de esos estados de ánimo tan peculiares en él, no había forma humana de hacerle despertar.

Cuando las filas de atrás se hubieron vaciado, echamos a andar hacia el fondo del teatro. Yo llevaba todo lo que había comprado conmigo. También cargaba con lo de Steve, porque estaba tan ensimismado en sus pensamientos que lo hubiera perdido u olvidado en cualquier parte.

El señor Alto estaba al fondo, sosteniendo las cortinas abiertas, sonriendo a todo el mundo. Su sonrisa se hizo más amplia cuando nos acercamos nosotros.

—Bueno, chicos —dijo—, ¿habéis disfrutado del espectáculo?

—¡Ha sido fabuloso! —dije.

—¿No habéis tenido miedo?

—Un poco —admití—, pero no más que cualquier otra persona.

Se echó a reír.

—Sois un par de tipos duros —dijo.

Teníamos gente detrás, así que procuramos darnos prisa para no hacerles esperar. Steve echó una mirada a su alrededor cuando entramos en el corto pasillo que había tras las cortinas dobles, luego se inclinó hacia mí y me susurró al oído:

—Vuelve tú solo.

—¿Qué? —pregunté, deteniéndome en seco. La gente que teníamos detrás estaba charlando con el señor Alto, así que no había prisa.

—Ya lo has oído —dijo él.

—Pero ¿por qué? —pregunté.

—Porque yo no vuelvo —dijo—. Me quedo aquí. No sé exactamente lo que puede pasar, pero tengo que quedarme. Vete a casa; yo te seguiré más tarde, cuando haya…

Su voz se fue apagando mientras me empujaba hacia delante.

Cruzamos las segundas cortinas y entramos en el pasillo con la mesa, la que estaba cubierta por una larga tela negra. La gente que teníamos delante nos daba la espalda. Steve miró por encima del hombro para asegurarse de que nadie le veía y se zambulló debajo de la mesa, oculto por la tela.

—¡Steve! —susurré, temiendo que fuera a meternos en problemas.

—¡Lárgate! —replicó él en otro susurro.

—Pero no puedes… —empecé a decir.

—¡Haz lo que te digo! —me espetó—. Rápido, antes de que nos pillen.

Aquello no me gustaba nada, pero ¿qué otra cosa podía hacer? Steve hablaba en un tono que parecía que fuera a volverse loco si no le hacía caso. Yo había visto a Steve metido en una pelea varias veces, y no era precisamente el tipo de persona con quien uno busca problemas cuando está enfadado.

Eché a andar, doblé la esquina y empecé a bajar por el largo pasillo que llevaba a la puerta principal. Caminaba despacio, pensativo, y la gente que llevaba delante se distanció bastante de mí. Miré por encima del hombro y comprobé que tampoco quedaba nadie detrás de mí.

Y entonces vi la puerta.

Era la misma en la que nos habíamos detenido a la entrada, la que llevaba al palco. Aminoré el paso al cruzar por delante y comprobé una vez más que no hubiera nadie detrás. Nadie.

«Muy bien —me dije—, ¡me quedo! No sé qué se traerá Steve entre manos, pero es mi mejor amigo. Si se mete en problemas, quiero estar aquí para ayudarle.»

Sin darme tiempo a cambiar de opinión, abrí la puerta, me deslicé por ella, la cerré rápidamente tras de mí y permanecí quieto en la oscuridad, con el corazón desbocado.

Estuve allí una eternidad, escuchando cómo se marchaban los últimos espectadores. Oía cómo murmuraban comentando el espectáculo en voz baja, con un matiz de miedo, pero llenos de excitación. Cuando se hubo marchado el último, todo quedó en silencio. Creía que oiría ruidos procedentes del interior del teatro, gente limpiando y volviendo a colocar correctamente las sillas, pero todo el edificio estaba silencioso como un cementerio.

Subí las escaleras. Mis ojos se habían habituado a la oscuridad y veía bastante bien. Las escaleras eran viejas y crujían; me daba un poco de miedo que se desplomaran bajo los pies, arrastrándome a una muerte segura, pero aguantaron.

Al llegar arriba descubrí que estaba justo en el centro del palco. Todo estaba muy sucio y polvoriento allí, y hacía frío. Me estremecí mientras me escabullía hacia la parte delantera.

Tenía una visión perfecta del escenario. Los focos todavía estaban encendidos y podía ver hasta el detalle más pequeño. No había nadie, ni los extraños, ni las guapas asistentas, ni los encapuchados de azul... ni Steve. Volví a sentarme y esperé.

Unos cinco minutos más tarde vislumbré una sombra que se deslizaba lentamente hacia el escenario. Subió de un salto, se puso en pie y miró hacia el centro, donde se detuvo, y giró sobre sus talones.

Era Steve.

Avanzó hacia el ala izquierda, luego se detuvo y se dirigió a la derecha. Volvió a detenerse. Yo veía cómo se mordía las uñas, indeciso sobre qué camino elegir.

Entonces se oyó una voz por encima de su cabeza.

—¿Me buscas a mí? —preguntó aquella voz.

De repente descendió al escenario una extraña figura, sosteniendo con los brazos abiertos una larga capa de color rojo que flotaba tras él como si se tratara de alas.

Steve casi se muere del susto cuando aquella figura aterrizó en el escenario y se hizo un ovillo. Yo di un brinco atrás aterrorizado. Cuando me incorporé sobre las rodillas de nuevo, la misteriosa figura estaba en pie, y pude ver sus ropas de color rojo oscuro, su cabello anaranjado, la piel pálida y la enorme cicatriz.

¡El señor Crepsley!

Steve intentó hablar, pero temblaba tanto que los dientes le castañeteaban.

—He visto cómo me mirabas —dijo el señor Crepsley—. Diste un respingo al verme salir al escenario. ¿Por qué?

—Por... por... porque s... s... sé quién es usted —consiguió balbucir Steve.

—Soy Larten Crepsley —respondió aquel hombre de aspecto siniestro.

—No —replicó Steve—. Sé quién es realmente.

—Ah, ¿sí? —El señor Crepsley sonrió, pero no parecía precisamente divertido—. Y dime, muchachito —se burló—, ¿quién soy «realmente»?

—Su verdadero nombre es Vur Horston —dijo Steve, y el señor Crepsley se quedó con la boca abierta de la sorpresa.

A continuación, Steve dijo algo más, y entonces fui yo quien se quedó con la boca abierta.

—Usted es un vampiro —dijo.

Y el silencio que siguió fue tan largo como terrorífico.

CAPÍTULO QUINCE

El señor Crepsley (o Vur Horston, si es que ese era su verdadero nombre) sonrió.

—Así que me han descubierto —dijo—. No debería sorprenderme. Tenía que suceder tarde o temprano. Dime, chico, ¿quién te ha enviado?

—Nadie —dijo Steve.

El señor Crepsley frunció el ceño.

—Venga, chico —gruñó—, no juegues conmigo. ¿Para quién trabajas? ¿Quién te ha puesto sobre mi pista? ¿Qué quieren de mí?

—No trabajo para nadie —insistió Steve—. En mi casa tengo montañas de libros y revistas sobre vampiros y monstruos. En uno de ellos aparece un retrato de usted.

—¿Un retrato? —preguntó receloso el señor Crepsley.

—Un cuadro —replicó Steve—. Pintado en 1903, en París. Usted estaba con una mujer rica. La historia dice que estuvieron a punto de casarse, pero que ella descubrió que era un vampiro y le abandonó.

El señor Crepsley sonrió.

—Una excusa tan buena como cualquier otra. Sus amigos creyeron que se lo estaba inventando para hacerse la interesante.

—Pero no era ninguna invención, ¿verdad? —preguntó Steve.

85

—No —reconoció el señor Crepsley—, no lo era. Suspiró y miró a Steve fieramente—. ¡Aunque habría sido mucho mejor para ti que lo hubiera inventado! —rugió.

De haber estado en su lugar, habría huido en menos de lo que se tarda en decirlo, pero Steve ni siquiera pestañeó.

—No va usted a hacerme ningún daño —dijo.

—¿Y por qué no iba a hacerlo? —preguntó el señor Crepsley.

—Por mi amigo —dijo Steve—. Se lo he explicado todo sobre usted y, si me sucede algo, irá a la policía.

—No le creerían —resopló el señor Crepsley.

—Es posible —convino Steve—, pero, si desaparezco o me encuentran muerto, tendrán que investigar. Y usted no quiere que eso pase. Montones de policías haciendo preguntas, viniendo por aquí «durante el día»...

El señor Crepsley sacudió la cabeza con repugnancia.

—¡Niños! —gruñó—. Odio a los niños. ¿Qué es lo que quieres? ¿Dinero? ¿Joyas? ¿Los derechos de autor para publicar mi historia?

—Quiero unirme a usted —dijo Steve.

Casi me caigo del palco al oírlo, ¿cómo que unirse a él?

—¿Qué quieres decir? —preguntó el señor Crepsley, tan sorprendido como yo.

—Quiero convertirme en vampiro —dijo Steve—. Quiero que haga de mí un vampiro y me enseñe sus costumbres.

—¡Estás loco! —rugió el señor Crepsley.

—No —dijo Steve—, no estoy loco.

—No puedo convertir a un niño en vampiro —repuso el señor Crepsley—. Si hiciera eso, los generales vampíricos sin duda me matarían.

—¿Quiénes son los generales vampíricos? —preguntó Steve.

—No es asunto tuyo —dijo el señor Crepsley—. Lo único que tienes que saber es que no puede hacerse. No les chupamos la sangre a los niños. Crea demasiados problemas.

—Pues no me cambie de golpe —dijo Steve—. Por mí, de acuerdo. No me importa esperar. Puedo ser su aprendiz. Sé que los vampiros suelen tener ayudantes medio humanos y medio vampiros. Deje que yo sea uno de ellos. Trabajaré duro y demostraré que valgo, y cuando alcance la edad adecuada...

El señor Crepsley se quedó mirando a Steve y consideró su propuesta. Chascó los dedos mientras pensaba y ¡una silla de la primera fila subió volando por los aires hasta el escenario! Se sentó y cruzó las piernas.

—¿Por qué quieres ser vampiro? —preguntó—. No tiene nada de divertido. Solo podemos salir durante la noche. Los humanos nos desprecian. Tenemos que dormir en lugares sucios y decrépitos como este. Nunca podemos casarnos, tener hijos ni establecernos. Es una vida horrible.

—No me importa —dijo Steve resueltamente.

—¿Es porque quieres vivir eternamente? —preguntó el señor Crepsley—. Si se trata de eso, tengo que decirte que... no es verdad. Vivimos muchísimo más que los humanos, pero tarde o temprano también nosotros morimos.

—No me importa —volvió a decir Steve—. Quiero quedarme con usted. Quiero aprender. Quiero convertirme en vampiro.

—¿Y qué me dices de tus amigos? —preguntó el señor Crepsley—. No podrás volver a verlos. Tendrás que abandonar el colegio y también tu casa, y jamás podrás volver. ¿Y tus padres? ¿No les echarás de menos?

Steve movió la cabeza con expresión compungida y la mirada fija en el suelo.

—Mi padre no vive con nosotros —dijo en voz baja—. Apenas le veo. Y mi madre no me quiere. Le trae sin cuidado lo que yo haga. Probablemente, ni siquiera note que me he ido.

—¿Por eso quieres huir? ¿Porque tu madre no te quiere?

—En parte —dijo Steve.

—Si esperas unos cuantos años, tendrás edad suficiente para marcharte por tu cuenta —dijo el señor Crepsley.

—No quiero esperar —replicó Steve.

—¿Y tus amigos? —volvió a preguntar el señor Crepsley. En aquel momento hasta parecía amable, aunque seguía teniendo un aspecto realmente temible—. ¿No echarás a faltar al chico que te acompañaba?

—¿Darren? —preguntó Steve, y asintió—. Sí, echaré en falta a mis amigos, sobre todo a Darren. Pero no importa. Para mí es más importante ser vampiro que mi amistad con ellos. Y si usted no me acepta, ¡iré a la policía y cuando sea mayor me haré cazador de vampiros!

El señor Crepsley ni siquiera sonrió, asintiendo con gravedad.

—¿Lo has pensado bien? —preguntó.

—Sí —dijo Steve.

—¿Estás seguro de que eso es lo que quieres?

—Sí —fue la respuesta.

El señor Crepsley respiró hondo.

—Ven aquí —dijo—. Primero tendré que probarte.

Steve se colocó junto al señor Crepsley. Con su cuerpo me ocultaba la visión del vampiro, así que no sé lo que ocurrió a continuación. Todo lo que sé es que hablaron entre ellos en voz muy baja, y luego oí un sonido parecido al de un gato lamiendo un plato de leche.

Vi cómo Steve, de espaldas a mí, se convulsionaba hasta tal punto que creí que iba a desvanecerse, pero de alguna manera se las arregló para sostenerse en pie. No sé ni cómo explicar lo asustado que yo estaba viendo todo aquello. Sentí deseos de ponerme en pie de un brinco y gritar: «¡No, Steve, detente!».

Pero estaba demasiado asustado para moverme, me aterrorizaba la idea de que, si el señor Crepsley descubría mi presencia, nada podría impedir que nos matara a los dos y nos devorara.

De repente, el vampiro empezó a toser. Apartó a Steve de un empujón y se irguió tambaleándose. Para mi horror, vi que tenía toda la boca de color rojo, embadurnada de sangre, que escupió rápidamente.

—¿Qué pasa? —preguntó Steve, frotándose el brazo sobre el que había caído.

—¡Tu sangre es mala! —gritó el señor Crepsley.

—¿Qué quiere decir? —preguntó Steve. Le temblaba la voz.

—¡Eres malvado! —chilló el señor Crepsley—. Siento el sabor de la amenaza en tu sangre. Estás rabioso.

—¡Eso es mentira! —aulló Steve—. ¡Retírelo!

Steve se abalanzó sobre el señor Crepsley e intentó golpearle, pero el vampiro le tiró al suelo con una sola mano.

—No es buena —gruñó—. Tu sangre es mala. ¡Nunca podrás ser un vampiro!

—¿Por qué no? —preguntó Steve. Había empezado a llorar.

—Porque los vampiros no son los degenerados monstruos que cuenta la leyenda —contestó el señor Crepsley—. Nosotros respetamos la vida. Tú tienes instintos asesinos, y nosotros no somos asesinos.

»No haré de ti un vampiro —insistió el señor Crepsley—. Olvídalo. Vete a tu casa y sigue con tu vida.

—¡No! —gritó Steve—. ¡No lo olvidaré!

Se tambaleó y señaló con el índice tembloroso al corpulento y siniestro vampiro.

—¡Pagará por esto, señor Crepsley! —prometió—. No me importa cuánto tiempo necesite. ¡Algún día, Vur Horston, le seguiré la pista hasta cazarle y le mataré por haberme rechazado!

Steve bajó del escenario de un salto y corrió hacia la salida.

—¡Algún día! —gritó por encima del hombro, y oí cómo se echaba a reír mientras corría; era una risa enloquecida.

Steve se había ido y yo me quedé a solas con el vampiro.

El señor Crepsley, sin moverse del lugar, se quedó sentado mucho rato con la cabeza entre las manos, escupiendo restos de sangre sobre la tarima. Se limpió los dientes con los dedos y luego con un enorme pañuelo.

—¡Niñatos! —resopló en voz alta, y se puso en pie mientras seguía limpiándose la sangre de los dientes; echó una última mirada al patio de butacas (me agaché todavía más, por miedo a que me descubriera), dio media vuelta y desapareció entre bambalinas. Vi cómo la sangre goteaba de sus labios mientras caminaba.

Me quedé donde estaba durante mucho, mucho rato. Fue duro. Nunca en mi vida había estado tan asustado como entonces en aquel palco. Solo deseaba escapar de allí tan rápido como mis piernas me lo permitieran.

Pero me quedé. Me obligué a esperar hasta que estuve seguro de que ninguno de los extraños ni de los ayudantes andaban por allí, luego me deslicé lentamente por el palco, bajé las escaleras, entré en el pasillo, y por fin salí a la noche.

Me quedé delante del teatro unos instantes, mirando la luna, observando detenidamente los árboles hasta que estuve seguro de que no había vampiros al acecho en ninguna de sus ramas. Luego, intentando recuperar la serenidad, corrí a casa. ¡A mi casa, no a la de Steve! En aquel momento no quería estar cerca de mi amigo. Steve me daba casi tanto miedo como el señor Crepsley, ¡quería ser un vampiro! ¿Qué clase de lunático desea realmente ser un vampiro?

CAPÍTULO DIECISÉIS

Aquel domingo no telefoneé a Steve. Dije a mis padres que habíamos medio discutido, y que por eso había vuelto a casa más temprano. No les gustó nada, sobre todo el hecho de que hubiera tenido que volver solo a casa tan tarde. Papá dijo que me dejaba sin
paga por un mes. No discutí. Tal como yo lo veía, todavía salía
bien parado. ¡No quiero ni pensar lo que me hubieran hecho si llegan a enterarse de lo del Circo de los Extraños!

A Annie le encantaron los regalos. Se tragó los caramelos en
un santiamén y jugó con la araña durante horas. Hizo que le explicara hasta el último detalle del espectáculo. Quería saber qué
aspecto tenían todos y cada uno de los extraños y lo que habían
hecho. Puso los ojos como platos cuando le hablé del hombre
lobo y de cómo le había arrancado la mano a una mujer de un
mordisco.

—Me estás engañando. No puede ser verdad —dijo.

—Pues lo es —juré.

—Júramelo.

—Te lo juro.

—¿Me lo juras por tu vida?

—Te lo juro por mi vida —le dije—. Que me quede ciego si
miento.

—¡Vaya! —gritó sofocadamente—. Me hubiera gustado estar allí. Si vuelves a ir, ¿me llevarás contigo?

—Por supuesto —dije—, pero no creo que el espectáculo de los extraños venga a menudo por aquí. Siempre están de gira.

No le dije nada a Annie de que el señor Crepsley fuera un vampiro, ni de que Steve quisiera convertirse en uno de ellos, pero no dejé de pensar en ellos en todo el día. Quería telefonear a Steve, pero no sabía qué decirle. Se empeñaría en preguntarme por qué no había vuelto a su casa, y yo no quería explicarle que me había quedado en el teatro y le había espiado.

¡Increíble, un vampiro de verdad! De pequeño pensaba que existían, pero mis padres y profesores me habían convencido de lo contrario. ¡Bravo por la sabiduría de los adultos!

Me preguntaba cómo eran realmente los vampiros, si de verdad podían hacer todo lo que se decía de ellos en los libros y en las películas. Había visto cómo el señor Crepsley hacía volar una silla por los aires, cómo se dejaba caer desde el techo del teatro y cómo le succionaba la sangre a Steve. ¿Qué otras cosas era capaz de hacer? ¿Podía transformarse en murciélago, desaparecer como el humo, convertirse en rata? ¿Veía su imagen en el espejo? La luz del sol, ¿podía matarle?

Pero pensaba tanto en madame Octa como en el señor Crepsley. Volví a sentir deseos de comprar una araña como aquella a la que pudiera dominar. Si tuviera una araña como madame Octa podría unirme a una troupe de extraños, viajar por el mundo y vivir aventuras maravillosas.

Pasó el domingo. Miré la televisión, ayudé a papá en el jardín y a mamá en la cocina (era parte de mi castigo por haber vuelto a casa solo tan tarde), di un largo paseo por la tarde y soñé despierto con vampiros y arañas.

Llegó el lunes y había que volver al colegio. De camino me puse muy nervioso pensando en lo que iba a decirle a Steve o en lo que él pudiera decirme a mí. Además, no había dormido mucho durante el fin de semana (no es fácil conciliar el sueño cuando uno ha visto a un vampiro de verdad), así que estaba cansado y flojo.

Cuando llegué, Steve estaba en el patio, lo que no era habitual. Por lo general, llegaba antes que él. Se había apartado de los demás y me esperaba. Respiré hondo, fui decidido hacia él y me apoyé en la pared a su lado.

—¿Qué hay? —dije.

—¿Qué hay? —contestó.

Tenía profundas ojeras bajo los ojos; estoy seguro de que había dormido incluso mucho menos que yo durante las dos últimas noches.

—¿Adónde fuiste después del espectáculo? —me preguntó.

—Me fui a mi casa —dije.

—¿Por qué? —preguntó mirándome con suspicacia.

—Al salir estaba muy oscuro y no me fijé por dónde iba. Me equivoqué en alguna esquina y me perdí. Para cuando vi algo que me resultó familiar, estaba más cerca de mi casa que de la tuya.

Intenté que la mentira sonara convincente, y noté que dudaba si creerme o no.

—Seguro que tuviste problemas al llegar —dijo Steve.

—¡Vaya si tuve problemas! —refunfuñé—. Me han dejado sin paga por un mes, y mi padre dice que voy a tener que cuidar del jardín hasta la primavera y ayudar a mi madre en todo lo que me pida. Aun así —añadí con una sonrisa—, valió la pena, ¿no? Quiero decir que el Circo de los Extraños fue algo fantástico, ¿o no?

Steve fijó su mirada en mis ojos por un instante y decidió que le estaba diciendo la verdad.

—Sí —dijo devolviéndome la sonrisa—. Fue genial.

Llegaron Tommy y Alan y tuvimos que explicárselo todo. Steve y yo disimulamos bastante bien. Nadie hubiera dicho que él hubiera hablado con un vampiro el viernes ni que yo lo hubiera visto.

Me di cuenta, a medida que fue pasando el día, de que las cosas habían cambiado para siempre entre nosotros. Aunque me creía, una parte de él desconfiaba. Le pillé mirándome de una forma extraña varias veces, como si le hubiera herido.

Por mi parte, ya no me sentía tan cercano a él. Me daba miedo, tanto lo que Steve le había dicho al señor Crepsley como lo que el vampiro le había contestado. Según el señor Crepsley, Steve era malvado. Me preocupaba. Después de todo, Steve estaba dispuesto a convertirse en vampiro y a matar para conseguir sangre. ¿Cómo podía seguir siendo amigo de alguien así?

Seguíamos charlando acerca de madame Octa a última hora de la tarde. Steve y yo habíamos evitado hablar demasiado sobre el señor Crepsley y su araña. Nos daba miedo mencionar el tema por si se nos escapaba algo. Tommy y Alan seguían importunando y acabamos por explicarles todos los detalles de aquella actuación.

—¿Cómo creéis que dominaba a la araña? —preguntó Tommy.

—Puede que fuera falsa —dijo Alan.

—No era falsa —resoplé—. Ninguno de los extraños era un fraude. Por eso fue tan espectacular. No había duda de que todo era auténtico.

—Y, ¿entonces, cómo la dominaba? —volvió a preguntar Tommy.

—Quizá la flauta fuera mágica —dije—, o puede que el señor Crepsley sepa hipnotizar arañas igual que los hindúes hacen con las serpientes.

—Pero has dicho que el señor Alto también fue capaz de controlar a la araña —dijo Alan— cuando el señor Crepsley la tenía en la boca.

—Ah, sí. Lo había olvidado —dije—. Bueno, supongo que eso significa que tienen que utilizar flautas mágicas.

—No usaron ninguna flauta mágica —dijo Steve.

Había estado silencioso la mayor parte del día, sin decir casi nada sobre el espectáculo, pero Steve jamás podía resistir la tentación de destrozar a alguien con sus argumentos.

—Y, ¿entonces, qué utilizaron? —pregunté.

—Telepatía —respondió Steve.

—¿Tiene eso algo que ver con los teléfonos? —preguntó Alan.

Steve sonrió, y Tommy y yo nos echamos a reír (aunque yo no estaba del todo seguro de lo que significaba «telepatía», y me jugaría algo a que tampoco Tommy lo sabía).

—¡Imbécil! —se burló Steve, y golpeó a Alan en broma.

—Adelante, Steve —dije—, cuéntales lo que significa.

94

—La telepatía es cuando uno puede leer la mente de otra persona —explicó Steve—, o enviarle pensamientos sin hablar. Así es como controlaban a la araña, con el poder de su mente.

—¿Y qué pasa con las flautas? —pregunté.

—O bien son puro espectáculo —dijo Steve—, o bien, y es lo más probable, las necesitan para atraer su atención.

—¿Estás diciendo que cualquiera puede controlarla? —preguntó Tommy.

—Cualquiera que tenga cerebro, sí —dijo Steve—. Y eso te incluye a ti, Alan —dijo sonriendo para mostrar que no lo creía realmente.

—¿No será también necesario utilizar una flauta mágica, saber cómo tocarla ni nada de eso? —preguntó Tommy.

—No lo creo —respondió Steve.

Luego cambiamos de tema —fútbol, creo—, pero yo ya no prestaba atención. Porque, de repente, un nuevo pensamiento había empezado a darme vueltas en la cabeza, haciéndome bullir de ideas el cerebro. Me olvidé de Steve, de los vampiros y de todo lo demás.

—¿Quieres decir que cualquiera puede dominarla? —dije.

—Cualquiera con cerebro, sí.

—¿No necesitas una flauta mágica, ni saber tocarla, ni nada?

—Me cuesta imaginarlo, creo que es innecesaria.

Las palabras de Tommy y Steve se me quedaron grabadas en la cabeza, no podía dejar de repetirlas mentalmente, como un cedé rayado.

«Cualquiera» podía controlarla. Y ese cualquiera podría ser yo. Si lograba apoderarme de madame Octa y comunicarme con ella podría ser mi mascota y la dominaría y…

No. Era una locura. Quizá pudiera dominarla, pero nunca la poseería. Era del señor Crepsley y no había forma humana de separarlos, ni con dinero, ni con joyas ni con…

Vi la solución de repente, como un fogonazo. La manera de arrebatársela. La forma de hacerla mía. ¡Chantaje! Si amenazaba al vampiro con alertar a la policía, tendría que entregármela.

Pero la sola idea de encontrarme frente a frente con el señor Crepsley me aterrorizaba. Sabía que no era capaz de hacer aquello. Y eso solo me dejaba una opción: ¡tenía que robarla!

CAPÍTULO DIECISIETE

El mejor momento para robar la araña era por la mañana temprano. Habiendo actuado hasta tan tarde, lo más probable era que la mayoría de los miembros del Circo de los Extraños durmieran hasta las ocho o las nueve. Me escabulliría dentro de su campamento, encontraría a madame Octa, la atraparía y echaría a correr. Si no lo veía posible, es decir, si había actividad, simplemente daría media vuelta, volvería a casa y me olvidaría del asunto.

Lo más difícil era elegir el día. El miércoles era ideal: el último pase estaba programado para la noche anterior, así que con toda probabilidad el circo habría levantado el campamento antes de mediodía y habría emprendido la marcha hacia su siguiente destino antes de que el vampiro pudiera despertar y descubrir el hurto. Pero ¿qué pasaría si partían nada más acabar el espectáculo, en mitad de la noche? En ese caso, perdería mi gran oportunidad.

Tenía que ser al día siguiente mismo, el martes. Eso significaba que el señor Crepsley dispondría de toda la noche del martes para buscar su araña —es decir, a mí—, pero ese era un riesgo que tendría que asumir.

Me acosté un poco más temprano de lo habitual. Estaba cansado y me apetecía dormir, pero sentía tal excitación que no sabía si sería capaz. Le di un beso de buenas noches a mamá y estreché la mano a papá. Ellos creyeron que estaba intentando ganármelos para recuperar la paga, pero lo hice por si me pasaba algo en el teatro y no volvía a verlos.

Tengo una radio despertador, y programé la alarma para las cinco de la mañana, me puse los auriculares y los conecté a la radio. Así me despertaría bien temprano sin molestar a nadie.

Me invadió el sueño antes de lo que pensaba y dormí de un tirón hasta la mañana. Si había soñado algo, no lo recordaba.

Lo primero que recuerdo es que la alarma estaba sonando. Al oírla refunfuñé, me di la vuelta y me senté en la cama frotándome los ojos. Dudé unos instantes de dónde estaba o de por qué estaba despierto tan temprano. Entonces recordé la araña y mi plan, y sonreí de alegría.

Pero la sonrisa pronto se desvaneció de mi rostro, porque de repente me di cuenta de que la alarma del despertador no sonaba por los auriculares. ¡Debía de haber tirado del cable mientras dormía, desconectándolos! Di un salto en la cama y desconecté la alarma de un manotazo, luego me senté en la penumbra de primera hora de la mañana, con el corazón desbocado, escuchando con atención hasta los ruidos más insignificantes.

Cuando estuve seguro de que mis padres seguían dormidos, me deslicé fuera de la cama y me vestí lo más silenciosamente que pude. Fui al lavabo, y a punto estuve de vaciar la cisterna; hasta el último momento no pensé en el ruido que iba a hacer. Aparté rápidamente la mano del tirador y me sequé el sudor de la frente. ¡Aquello sí que lo hubieran oído, seguro! Por los pelos. Tendría que ser más cuidadoso en el teatro.

Me deslicé escaleras abajo y salí a la calle. Estaba empezando a salir el sol, y prometía ser un día luminoso.

Caminaba deprisa y tarareaba canciones para darme ánimo. Estaba hecho un manojo de nervios; casi me volví atrás una decena de veces. En una ocasión llegué a dar media vuelta y empecé a andar hacia casa, pero entonces recordé cómo colgaba la araña de la mandíbula del señor Crepsley y los trucos que había hecho y acabé de decidirme.

No sabría explicar por qué madame Octa era tan importante para mí, ni qué razón me impulsaba a poner mi vida en peligro para conseguirla. Cuando miro atrás pienso que ya no estoy seguro de qué fue lo que me hizo seguir adelante. Era simplemente una imperiosa necesidad que no podía eludir.

El ruinoso edificio parecía aún más tétrico a la luz del día. Se veían grandes grietas en la fachada, agujeros roídos por las ratas, telarañas en todas las ventanas. Se me estremeció todo el cuerpo y me apresuré a refugiarme en la parte trasera. Estaba desierta. Viejas casas vacías, solares repletos de chatarra, montañas de desechos. Más tarde, a lo largo del día, habría gente en movimiento por allí, pero a aquella hora parecía una ciudad fantasma. Ni siquiera vi un solo gato o un perro.

Tal como había imaginado, había un montón de sitios por los que poder colarse en el teatro. Tenía dos puertas y muchas ventanas entre las que elegir.

Había varios coches y caravanas aparcados en el exterior del edificio. No vi que llevaran ningún cartel o fotografía publicitarios, pero estaba seguro de que pertenecían al Circo de los Extraños. De repente caí en la cuenta de que probablemente los extraños durmieran en las caravanas. Si el señor Crepsley tenía su hogar en una de ellas, mi plan se había ido a pique.

Me colé dentro del teatro, donde hacía aún más frío que la noche del sábado, y recorrí un largo pasillo de puntillas, luego otro, ¡y otro más! La parte trasera parecía un laberinto, y empezó a preocuparme la idea de no encontrar el camino de vuelta. Quizá debiera volver atrás y traer conmigo un rollo de cuerda con el que marcar el recorrido que hacía y…

¡No! Era demasiado tarde para eso. Si me marchaba ahora, jamás conseguiría tener el arrojo suficiente para volver. Tendría que confiar en mi memoria para recordar el camino y decir una oración a la hora de volver sobre mis pasos.

No había señales de ningún extraño, y empecé a pensar en que había tomado el camino equivocado, que quizá estaban todos en las caravanas o en los hoteles más cercanos. Llevaba veinte minutos buscando y, tras tanto caminar, me pesaban las piernas. Quizá lo mejor fuera abandonar mi delirante plan.

Estaba a punto de marcharme cuando encontré un tramo de escaleras que bajaban hacia el sótano. Me quedé allí quieto durante lo que me pareció una eternidad, mordiéndome los labios, preguntándome si debía o no bajar. Había visto suficientes películas de terror como para saber que el sótano es el lugar más probable para encontrar a un vampiro, pero también había visto muchas en las que el protagonista bajaba a un sótano parecido, y ¡lo único que conseguía era que le atacaran, le mataran y le descuartizaran!

Por fin respiré hondo y empecé a bajar. Mis zapatos hacían mucho ruido, así que me los quité y recorrí el camino en calcetines. Topé con montones de astillas, pero estaba tan nervioso que ni siquiera noté el dolor.

Cerca del pie de la escalera había una enorme jaula. Me acerqué a ella y miré a través de los barrotes. Allí estaba el hombre lobo, tumbado boca arriba, dormido y roncando. Mientras le observaba, se revolvió y gimió. Me aparté de un brinco de la jaula. ¡Si se despertaba, sus aullidos atraerían la atención de todos los extraños que estuvieran en el segundo piso!

Al tambalearme hacia atrás, pisé algo que me pareció blando y viscoso. Volví la cabeza lentamente y vi que debajo de mis pies se encontraba el chico serpiente. Estaba tendido sobre el suelo; y su serpiente, con la cola enroscada a su alrededor y los ojos completamente abiertos.

No sé cómo me las arreglé para no gritar ni desmayarme, pero de alguna manera me mantuve en pie con bastante serenidad, y eso me salvó. Porque, a pesar de tener los ojos abiertos, la serpiente estaba profundamente dormida. Lo supe por la forma en que respiraba: lenta, pesadamente, aspirando y espirando con regularidad.

Intenté no pensar en lo que habría pasado si hubiera caído encima de él y la serpiente, despertándolos.

Todo tiene un límite. Eché una última ojeada al oscuro sótano, prometiéndome a mí mismo que me marcharía si no conseguía ver al vampiro. Pasaron unos segundos sin que viera nada, y me disponía a largarme cuando noté la presencia de lo que podía haber sido una gran caja junto a una de las paredes.

Podía haber sido una gran caja, pero no lo era. Sabía de sobra lo que realmente era. ¡Era un ataúd!

Tragué saliva y me acerqué cautelosamente. Medía unos dos metros de largo y ochenta centímetros de ancho. La húmeda madera estaba oscura y sucia. Tenía grandes manchas de moho donde se movían montones de cucarachas.

Me gustaría poder decir que tuve suficiente valor para levantar la tapa y echar un vistazo, pero naturalmente no tuve tanta presencia de ánimo. ¡La sola idea de tocar aquel ataúd me producía escalofríos!

Busqué la jaula de madame Octa. Estaba seguro de que no podía encontrarse muy lejos de su amo, y en efecto, allí estaba, en el suelo, junto a la cabecera del ataúd, cubierta con un gran paño rojo.

Levanté el paño, miré para asegurarme, y, sí, era ella, con el vientre palpitando, sus ocho patas crispadas. Vista tan de cerca, tenía un aspecto horrible y terrorífico, y por un instante consideré la posibilidad de dejarla. De repente, todo aquello me pareció una estupidez, y la idea de tocar sus patas peludas o de dejar que se paseara por encima de mi cara me llenó de espanto.

Pero solo un auténtico cobarde hubiera dado marcha atrás. Así que cogí la jaula y la coloqué en el centro del sótano. La llave colgaba de la cerradura y una de las flautas estaba atada a los barrotes.

Saqué la nota que había escrito en casa la noche anterior. Era muy sencilla, pero escribirla me había costado una eternidad. La leí mientras la pegaba a la tapa del ataúd con un poco de pegamento.

Señor Crepsley:

Sé quién es usted y lo que es. Me he llevado a madame Octa y pienso conservarla. No se moleste en buscarla. No vuelva nunca a esta ciudad. Si lo hace, le diré a todo el mundo que es un vampiro, le darán caza y le matarán. No soy Steve. Steve no sabe nada de esto. Cuidaré bien de la araña.

Naturalmente, no la firmé.

Probablemente, mencionar a Steve no fuera una buena idea, pero estaba seguro de que el vampiro pensaría inevitablemente en él, así que lo hice solo para no involucrarle.

Una vez colocada la nota, había llegado el momento de irse. Cogí la jaula y subí las escaleras todo lo deprisa que pude (y lo más silenciosamente posible). Volví a ponerme los zapatos y encontré la salida. Era más fácil de lo que había imaginado: los pasillos y vestíbulos parecían más luminosos tras la oscuridad del sótano. Una vez fuera, caminé lentamente, rodeando el edificio, hasta la puerta principal del teatro y luego eché a correr hacia mi casa, sin detenerme, dejando atrás el teatro, el vampiro y el miedo. ¡Dejándolo todo atrás, excepto a madame Octa!

CAPÍTULO DIECIOCHO

Llegué a casa unos veinte minutos antes de que se levantaran mis padres, oculté la jaula de la araña en el fondo de mi armario bajo un montón de ropa, dejando suficientes resquicios como para que madame Octa pudiera respirar. Allí estaría segura: mamá dejaba en mis manos la limpieza de la habitación, y casi nunca entraba en ella.

Me metí en la cama y fingí dormir. Papá vino a despertarme a las ocho menos cuarto. Me puse la ropa de colegio y bajé, bostezando y estirándome como si realmente me acabara de despertar. Desayuné rápidamente y volví a subir a toda prisa para comprobar que madame Octa estaba bien. No se había movido desde que la robara. Sacudí ligeramente la jaula, pero ella ni se inmutó.

Me habría gustado poder quedarme en casa para no perderla de vista, pero eso era imposible. Mamá siempre se da cuenta cuando finjo estar enfermo. Es demasiado lista como para dejarse engañar.

Aquel día me pareció más largo que una semana entera. Los segundos duraban como horas, ¡y hasta el recreo se me hizo pesadísimo! Intenté jugar al fútbol, pero sin ganas. En clase no pude concentrarme y respondí con estupideces a todas las preguntas, incluso a las más sencillas.

Por fin acabó y pude correr a casa, donde lo primero que hice fue subir a la habitación.

Madame Octa no se había movido del sitio. Empecé a tener miedo de que estuviera muerta, pero la veía respirar. Entonces se me ocurrió: ¡estaba esperando su comida! Ya había visto antes a otras arañas en ese estado. Podían permanecer inmóviles durante horas, esperando el momento de su próxima comida.

No estaba seguro de cómo alimentarla, pero imaginaba que no sería muy distinto de lo que comían las arañas comunes. Bajé apresuradamente al jardín, deteniéndome solo para coger un tarro de mermelada vacío de la cocina.

No me costó mucho hacerme con un par de moscas muertas, unos cuantos bichos y un largo y sinuoso gusano. Entré corriendo con el tarro de mermelada oculto bajo la camiseta para que mamá no lo viera y empezara a hacer preguntas.

Cerré la puerta de mi habitación y encajé una silla contra ella para que nadie pudiera entrar, luego coloqué la jaula de madame Octa sobre mi cama y retiré el paño.

Noté que a la araña le molestaba la luz. Estaba a punto de abrir la jaula y echarle comida cuando recordé que me las veía con una araña venenosa que podía matarme a la menor picadura.

Levanté el tarro por encima de la jaula, elegí uno de los bichos vivos y lo dejé caer entre los barrotes. Aterrizó sobre el lomo de la araña, agitó sus patas en el aire y consiguió darse la vuelta. Intentó escapar, pero no llegó demasiado lejos.

En cuanto se movió, madame Octa se abalanzó sobre su víctima. En cuestión de segundos, pasó de la inmovilidad absoluta, como la de una larva, a estar encima del insecto con los quelíceros en ataque.

Engulló al bicho en un santiamén. Habría bastado para alimentar a una araña común durante un par de días, pero para madame Octa no era más que un aperitivo ligero. Volvió a su lugar en medio de la jaula y me miró como diciendo: «Muy bien, no ha estado mal. Pero ¿y la comida?».

Le eché todo el contenido del tarro. El gusano le plantó cara, retorciéndose y elevándose desesperadamente, pero los quelíceros cayeron sobre él, lo partieron en dos, y luego fue descuartizado. Me pareció que el gusano era lo que más le había gustado.

Se me ocurrió una idea y fui a buscar mi diario, que estaba debajo del colchón. Era mi más preciada posesión y, gracias a que lo escribo todo en él, ahora puedo contar esta historia. De todas formas, la recuerdo casi de memoria, pero, siempre que me bloqueo, no tengo más que abrir el diario y comprobar los hechos.

Abrí el diario por la última página y escribí todo lo que sabía sobre madame Octa: lo que el señor Crepsley había dicho de ella durante el espectáculo, los trucos que sabía hacer, la comida que le gustaba… Señalé con una cruz sus alimentos preferidos y con dos cruces los que la apasionaban (por el momento, solo el gusano). De este modo iría aprendiendo la mejor forma de alimentarla, y qué debía darle como premio cuando quisiera que me demostrara sus habilidades.

A continuación, le subí un poco de comida de la nevera: queso, jamón, lechuga y lomo ahumado. Se lo comió todo. ¡Al parecer, iba a estar muy ocupado intentando alimentar a aquella repugnante señorita!

La noche del martes fue terrible. Me preguntaba qué pensaría el señor Crepsley cuando se despertara y encontrara mi nota en lugar de la araña. ¿Haría caso de mi advertencia o vendría en busca de su mascota? Era posible, puesto que ellos dos se comunicaban telepáticamente; ¡podría seguirle la pista hasta mí!

Pasé horas sentado en la cama con los brazos formando una cruz sobre el pecho. No estaba seguro de que aquella cruz fuera a servir de algo. Sabía que en las películas funcionaba, pero recordaba habérselo comentado una vez a Steve, y él dijo que la cruz por sí misma no era eficaz, que solo funcionaba si la persona que la utilizaba era en verdad buena.

Sobre las dos de la madrugada me quedé, por fin, dormido. Si el señor Crepsley hubiera venido, yo habría estado completamente indefenso, pero, afortunadamente, cuando me desperté por la mañana, no había indicios de que él hubiera estado allí, y madame Octa seguía en el armario.

Me sentí mucho mejor el miércoles, sobre todo cuando me asomé por el viejo teatro y vi que el Circo de los Extraños ya no estaba. Los coches y las caravanas habían desaparecido. No quedaba ni rastro del espectáculo de extraños.

¡Lo había conseguido! ¡Madame Octa era mía!

Para celebrarlo me compré una pizza. De jamón y pimientos. Mis padres quisieron saber qué festejaba. Les dije que simplemente tenía ganas de comer algo distinto, les ofrecí compartirla —también a Annie— y se quedaron tranquilos.

Le di los restos a madame Octa, que se mostró encantada. Corrió arriba y abajo por la jaula haciendo desaparecer hasta la última miga. Escribí una nota en mi diario: «¡Premio especial, un trozo de pizza!».

Pasé los dos días siguientes intentando que se habituara a su nuevo hogar. No la dejé salir de la jaula, pero la transporté por toda la habitación para que pudiera ver todos los rincones y conociera el lugar. No quería que se pusiera nerviosa cuando por fin la soltara.

Pasaba todo el tiempo hablándole, explicándole mi vida y cómo eran mi familia y mi hogar. Le dije lo mucho que la admiraba, el tipo de comida que le iba a dar y los trucos que haríamos juntos. Puede que no entendiera todo lo que le decía, pero parecía comprenderme.

El jueves y el viernes fui a la biblioteca al salir del colegio y leí todo lo que pude encontrar sobre arañas. Había montones de cosas que hasta entonces no sabía, como que pueden tener hasta ocho ojos y que los hilos de sus telarañas son fluidos pegajosos que se endurecen con el contacto con el aire. Pero ningún libro mencionaba la existencia de arañas con talento artístico o poderes telepáticos. Y tampoco pude encontrar imágenes de arañas como madame Octa. Parecía que ninguno de los autores de esos libros hubiera visto nunca una igual. ¡Era única!

Cuando llegó el sábado, decidí que había llegado el momento de dejarla salir de la jaula e intentar algunos trucos. Había practicado con la flauta y era capaz de tocar bastante bien algunas melodías sencillas. Lo difícil era transmitirle pensamientos a madame Octa mientras tocaba. Me iba a resultar muy complicado, pero estaba convencido de que lo conseguiría.

Cerré puertas y ventanas. Era sábado por la tarde. Papá estaba trabajando y mamá se había ido de compras con Annie. Estaba completamente solo, así que, si algo salía mal, sería solo culpa mía, y yo sería el único en sufrir las consecuencias.

Coloqué la jaula en el centro de la habitación. No había alimentado a madame Octa desde la noche anterior. Imaginé que no querría colaborar atiborrada de comida. Los animales también pueden ser perezosos, igual que los humanos.

Destapé la jaula, preparé la flauta y solo entonces me atreví a girar la llave y abrir lentamente la puertecita. Di un paso atrás y me agaché hasta colocarme a su altura para que pudiera verme.

Madame Octa no se movió durante un tiempo. Al cabo de un rato empezó a avanzar hacia la puerta, se detuvo y pareció husmear el aire. La vi demasiado gorda como para pasar por la estrecha trampilla y empecé a sospechar que la había alimentado en exceso. Pero, de alguna manera, se las arregló para encogerse y salir con facilidad.

Se sentó en la alfombra frente a la jaula, su enorme cuerpo rechoncho palpitando. Creí que quizá caminaría rodeando la jaula para inspeccionar el espacio, pero no mostró la menor curiosidad por la habitación.

¡Tenía los ojos clavados en mí!

Tragué saliva e intenté que no percibiera el miedo que me atenazaba. Era difícil, pero me las arreglé para no echarme a temblar o a llorar. La flauta se había deslizado sobre mi barbilla mientras miraba a la araña anonadado, pero la seguía sujetando. Había llegado el momento de empezar a jugar, así que me la coloqué entre los labios para empezar a soplar.

El sonido de la flauta la hizo reaccionar. Dio un gigantesco salto. Volaba por el aire con las mandíbulas abiertas, los quelíceros en posición de ataque, agitando las peludas patas… ¡directamente hacia mi cara desprotegida!

CAPÍTULO DIECINUEVE

Si llega a alcanzarme, me habría clavado los quelíceros y yo habría muerto. Pero tenía la suerte de mi lado, y, en lugar de aterrizar sobre mi carne, se estrelló contra el borde de la flauta y salió despedida hacia un lado.

Fue a caer encima de una pelota y pareció aturdida durante un par de segundos. Reaccioné al instante, consciente de que mi vida dependía de la rapidez, y empecé a tocar la flauta como un loco. Tenía la boca seca, pero a pesar de todo seguía soplando, no osaba parar para humedecerme los labios.

Madame Octa ladeó la cabeza al oír la música. Intentó sostenerse sobre sus patas mientras daba tumbos de un lado a otro, como borracha. Cogí aire en un suspiro y empecé a tocar una melodía bastante más suave, para que no se me cansaran los pulmones ni los dedos.

«Hola, madame Octa —dije mentalmente, cerrando los ojos y concentrándome—. Me llamo Darren Shan. Ya te lo había dicho antes, pero no sé si me habrás oído. Ni siquiera estoy seguro de que puedas oírme ahora.

»Soy tu nuevo dueño. Voy a tratarte muy bien; te traeré montones de insectos y carne. Pero solo si te portas bien y haces todo lo que te diga y no vuelves a atacarme.

107

Ella había dejado de tambalearse y parecía mirarme fijamente. No estaba seguro de si captaba mis pensamientos o bien estaba preparándose para atacar de nuevo.

«Ahora quiero que te levantes sobre las patas traseras —dije mentalmente—. Quiero que te levantes sobre tus dos patas traseras y me hagas una inclinación».

Tardó unos segundos en responder. Yo seguía tocando y pensando, pidiéndoselo, ordenándoselo, suplicándoselo. Por fin, cuando ya casi estaba sin aliento, se alzó sobre sus dos patas como yo quería. Luego hizo una pequeña inclinación y se relajó, esperando mi siguiente orden.

¡Me obedecía!

La siguiente orden que le di fue que volviera a su jaula. Hizo lo que le pedía, y en esta ocasión solo tuve que pensarlo una vez. En cuanto estuvo dentro, cerré la puerta y me caí de culo, dejando que la flauta se me desprendiera de la boca.

¡Menudo susto me había dado cuando saltó sobre mí! ¡El corazón me latía tan deprisa que por un momento pensé que me saldría por la boca! Me quedé una eternidad tendido en el suelo, sin poder apartar la vista de la araña, pensando en lo cerca que había estado de la muerte.

Aquello hubiera debido de servirme de advertencia. Cualquier persona sensata habría dejado la puerta definitivamente cerrada y se hubiera olvidado de la posibilidad de jugar con una mascota tan mortífera. Era demasiado peligroso. ¿Qué habría pasado si no hubiera tenido la flauta? Mamá podía haberme encontrado muerto al volver a casa. ¿Y si entonces la araña la atacaba a ella, o a papá, o a Annie? Solo la persona más estúpida del mundo volvería a correr un riesgo tan grande.

¡Detente, Darren Shan!

Era una locura, pero no podía detenerme. Además, tal y como lo veía yo, no tenía sentido haberla robado si era para tenerla encerrada en una estúpida jaula.

Esta vez fui un poco más listo. Abrí el pestillo pero no la puerta. En lugar de eso, le ordené que abriera ella misma mientras tocaba la flauta. Lo hizo, y cuando salió parecía más indefensa que un gatito; hacía todo lo que le comunicaba mentalmente.

Conseguí que hiciera montones de trucos. Le hice dar brincos por la habitación como si fuera un canguro. Luego hice que se colgara del techo e hiciera dibujos con sus telarañas. Después levantamiento de pesas (un boli, una caja de cerillas, una canica).

A continuación le ordené que se sentara en uno de mis coches teledirigidos. Lo puse en marcha, y ¡parecía que fuera ella quien estaba conduciendo! Estrellé el coche contra una pila de libros, pero a ella la hice saltar en el último momento para que no se hiciera daño.

Jugué con ella durante toda una hora, y habría seguido gustoso el resto de la tarde, pero oí que mamá llegaba a casa, y sabía que le parecería raro que no saliera de mi habitación en todo el día. Lo último que deseaba era que ella o papá se entrometieran en mis asuntos privados.

Así que volví a meter a madame Octa en el armario y troté escaleras abajo, intentando actuar con naturalidad.

—¿Estabas escuchando un cedé arriba? —preguntó mamá.

Tenía cuatro bolsas llenas de ropa y sombreros, que estaba desenvolviendo sobre la mesa de la cocina en compañía de Annie.

—No —dije.

Me ha parecido oír música.

—Estaba tocando la flauta —expliqué como de pasada.

Ella dejó lo que estaba haciendo.

—¿Tú? —preguntó—. ¿Tú tocando la flauta?

—Sé tocar —dije—. Tú misma me enseñaste cuando tenía cinco años, ¿recuerdas?

—Lo recuerdo —contestó, y se rió—. Y también me acuerdo de cuando cumpliste los seis y me dijiste que las flautas eran cosa de chicas. ¡Juraste que jamás volverías a acercarte a una!

Me encogí de hombros como sin darle importancia.

—He cambiado de idea —dije—. Ayer al volver del colegio me encontré una flauta, y me preguntaba si aún me acordaría de tocar.

—¿Dónde la encontraste?

—En la calle.

—Espero que la hayas lavado antes de metértela en la boca. No quiero ni imaginarme cuánta gente la habrá chupado antes.

—La he lavado —mentí.

—Qué bonita sorpresa.

Sonrió, me acarició la cabeza y me dio un empalagoso beso en la mejilla.

—¡Eh! ¡Quita! —protesté.

—Te nos vas a convertir en un Mozart. Ya lo estoy viendo: tú tocando el piano en una enorme sala de conciertos, con un bonito traje blanco, tu padre y yo en la primera fila…

—Sé un poco realista, mamá —dije con una risita—. No es más que una flauta.

—Cosas más raras se han visto.

—En este caso sería demasiado raro —se burló Annie.

Le saqué la lengua a modo de respuesta.

Los dos días que siguieron fueron fabulosos. Jugué con madame Octa siempre que tuve ocasión, le daba de comer todas las tardes (solo necesitaba alimentarse una vez al día, aunque abundantemente). Y no tenía que preocuparme de cerrar la puerta de mi habitación, ya que tanto mamá como papá se mostraron de acuerdo en no entrar cuando oyeran que estaba practicando con la flauta.

Consideré la posibilidad de hablarle a Annie de madame Octa, pero al final decidí esperar un poco más. Controlaba bastante bien a la araña, pero notaba que todavía estaba inquieta conmigo. No dejaría entrar a Annie hasta estar seguro de que no había ningún peligro.

A lo largo de la semana, mi rendimiento en el colegio mejoró, y también mi récord de goles. Para cuando llegó el viernes, había marcado veintiocho. Hasta el señor Dalton estaba impresionado.

—Con tus buenas notas en clase y tu destreza en el campo —dijo—, ¡podrías convertirte en el primer futbolista profesional cum laude! ¡Un híbrido entre Pelé y Einstein!

Sabía que hablaba por hablar, pero aun así fue todo un detalle por su parte.

Me costó una eternidad reunir el valor suficiente para dejar que madame Octa trepara por mi cuerpo y paseara por encima de la cara, pero finalmente, el viernes por la tarde, lo intenté. Toqué la canción que mejor sabía interpretar y no permití que la araña empezara a moverse hasta que le hube comunicado varias veces qué era exactamente lo que quería que hiciera. Cuando me pareció que ambos estábamos preparados, le di la orden y empezó a trepar por la pernera de los pantalones.

Todo fue bien hasta que llegó al cuello. Notar en la piel aquellas patas largas, delgadas y peludas casi me hizo dejar caer la flauta. De haberlo hecho, hubiera podido considerarme persona muerta, pues ella estaba en el lugar perfecto para hundir sus quelíceros. Afortunadamente, conservé la serenidad y seguí tocando.

Siguió trepando por encima de mi oreja izquierda hasta llegar a la cabeza, donde se detuvo a descansar. El cuero cabelludo me picaba justo donde estaba ella, pero fui lo bastante sensato como para no intentar rascarme. Me observé en el espejo y sonreí. Parecía una de esas boinas francesas.

Hice que se deslizara por mi nariz y que se descolgara secretando el hilo con que forma la telaraña. No dejé que se introdujera en la boca, pero sí que se deslizara de un lado a otro como había hecho con el señor Crepsley, y conseguí que me hiciera cosquillas en el mentón con las patas.

Pero no permití que se entretuviera demasiado, ¡no fuera que me echara a reír y se me cayera la flauta!

Cuando la devolví a su jaula aquel viernes por la noche, me sentía como un rey, como si nada pudiera ir nunca mal, como si mi vida entera fuera a ser perfecta. Me iba bien en el colegio y con el fútbol, y tenía una mascota por la que cualquier chico lo hubiera dado todo. No me habría sentido más feliz si me hubiera tocado la lotería o hubiera heredado una fábrica de chocolate.

Entonces, naturalmente, fue cuando todo empezó a ir mal y el mundo entero pareció desmoronarse a mi alrededor.

CAPÍTULO VEINTE

Steve vino a verme el sábado por la tarde a última hora. No habíamos hablado mucho durante la semana; era la última persona a la que esperaba ver. Mamá le franqueó la entrada y me llamó desde abajo. Al llegar a mitad de la escalera le vi, me detuve un instante y le grité que subiera.

Merodeó curioseando por mi habitación como si llevara meses sin pisarla.

—Ya casi había olvidado el aspecto que tenía esta habitación.

—No seas tonto —dije—. Estuviste aquí hace un par de semanas.

—Parece que haga más tiempo. —Se sentó en la cama y me miró. La expresión de su rostro era solemne y melancólica—. ¿Por qué me has estado evitando? —preguntó en voz baja.

—¿Qué quieres decir? —dije fingiendo que no sabía de qué me estaba hablando.

—No me has hecho el menor caso en las últimas dos semanas —dijo él—. Al principio no era evidente, pero cada día pasabas menos tiempo conmigo. Ni siquiera me escogiste para jugar con tu equipo el partido de baloncesto del jueves pasado.

—No eres muy bueno jugando al baloncesto —dije.

Era una excusa muy poco convincente, pero no se me ocurrió nada mejor.

—Al principio estaba confuso —dijo Steve—, pero luego lo vi todo claro. La noche del espectáculo de extraños no te perdiste, ¿verdad? Te quedaste por allí, en el palco probablemente, y viste lo que sucedió entre Vur Horston y yo.

—Yo no vi nada de eso —le espeté.

—¿No? —preguntó.

—No —mentí.

—¿No viste nada?

—¿No me viste hablando con Vur Horston?

—¡No!

—¿Y tampoco…?

—Mira, Steve —le interrumpí—, sea lo que sea lo que pasó entre tú y el señor Crepsley, es asunto tuyo. Yo no estaba allí, no vi nada, no sé de qué me estás hablando. Y ahora sí…

—No me mientas, Darren —dijo.

—¡No estoy mintiendo! —mentí.

—Entonces, ¿cómo puedes saber que estoy hablando del señor Crepsley? —preguntó.

—Porque… —me mordí la lengua.

—Solo he dicho que estuve hablando con Vur Horston —sonrió Steve—. Si no estabas allí, ¿cómo sabes que Vur Horston y el señor Crepsley son la misma persona?

Me derrumbé y me senté en la cama junto a Steve.

—De acuerdo —dije—. Lo admito. Estaba en el palco.

—¿Qué llegaste a ver y a oír exactamente? —preguntó Steve.

—Todo. No alcancé a ver lo que hacía mientras te chupaba la sangre, ni a oír lo que te decía. Pero aparte de eso…

—… todo —concluyó Steve con un suspiro—. Esa es la razón por la que has estado evitándome: porque dijo que yo era malvado.

—En parte —dije—. Pero, sobre todo, por lo que tú dijiste, Steve, ¡le pediste que te convirtiera en vampiro! ¿Qué habría pasado si lo hubiera hecho y hubieras venido a por mí? La mayoría de los vampiros empiezan atacando a las personas más cercanas, ¿no?

—En los libros y las películas, sí —dijo Steve—. Pero esto es diferente. Esto es la vida real. Yo nunca te hubiera hecho daño, Darren.

—Puede que no —dije— y puede que sí. La cuestión es que no quiero ni saberlo. No quiero que sigamos siendo amigos. Podrías ser peligroso. ¿Qué ocurriría si encuentras a otro vampiro y este accede a concederte lo que pides? ¿O si el señor Crepsley tenía razón y eres realmente malvado y…?

—¡No soy malvado! —gritó Steve, y me tumbó en la cama de un empujón. Saltó sobre mi pecho y me clavó los dedos en la cara—. ¡Retíralo! —bramó—. ¡Retíralo o me obligarás a darte la razón, te arrancaré la cabeza y…!

—¡Lo retiro! ¡Lo retiro! —chillé.

Steve se había abalanzado pesadamente sobre mi pecho, el rostro enrojecido y lleno de furia. Hubiera dicho cualquier cosa con tal de quitármelo de encima.

Permaneció sentado sobre mi pecho todavía unos segundos, luego soltó un gruñido y se apartó hacia un lado. Yo me incorporé sofocado, frotándome la cara en el lugar de la magulladura.

—Perdona —musitó Steve—. Me he pasado de la raya. Pero es que estoy trastornado. Lo que me dijo el señor Crepsley me dolió, y también que tú me ignorases. Eres mi mejor amigo, Darren, la única persona con quien realmente puedo hablar. Si perdemos nuestra amistad, no sé qué haré.

Se echó a llorar. Me lo quedé mirando unos instantes, desgarrado por el miedo y la compasión. Luego, lo más noble de mí se impuso y le pasé el brazo por encima del hombro.

—Vale, vale, está bien —dije—. Seguiré siendo tu amigo. Vamos, Steve, deja de llorar, ¿de acuerdo?

Lo intentó, pero necesitó aún un buen rato para contener las lágrimas.

—Debo de tener un aspecto estúpidamente ridículo —dijo por fin, sorbiendo por la nariz.

—No digas tonterías —dije—. Yo sí que soy estúpido. Debería haberme quedado contigo. Fui un cobarde. En ningún momento me paré a pensar lo que pudiera pasarte. Solo pensaba en mí mismo y en madame…

Puse cara de disgusto y dejé de hablar.

Steve me miró con curiosidad.

—¿Qué ibas a decir? —preguntó.

—Nada —dije—. Solo he chasqueado la lengua.

Él soltó un gruñido.

—Mientes muy mal, Shan. Nunca has sabido mentir. Dime qué era lo que ha estado a punto de escapársete.

Le miré a la cara con detenimiento, preguntándome si podía o no explicárselo. Sabía que no debía hacerlo, que solo me traería problemas, pero sentí pena por él. Además, necesitaba contárselo a alguien. Quería mostrar mi maravillosa mascota y los fantásticos trucos que éramos capaces de hacer.

—¿Sabes guardar un secreto? —pregunté.

—Por supuesto —resopló.

—Este es importante. No puedes contárselo a nadie, ¿de acuerdo? Tiene que quedar entre nosotros. Si se te ocurre hablar…

—… tú hablarás de mí y el señor Crepsley —remató Steve sonriendo—. Me tienes atrapado. No importa lo que me digas, sabes que no podría delatarte aunque quisiera. ¿Cuál es ese gran secreto?

—Espera un minuto —dije. Salté de la cama y abrí la puerta de la habitación—. ¿Mamá? —grité.

—¿Sí? —Su voz apagada me llegó desde abajo.

—Estoy enseñándole mi flauta a Steve —chillé—. Quiere aprender a tocarla, pero no nos molestéis, ¿vale?

—Vale —respondió.

Cerré la puerta y sonreí a Steve. Él estaba perplejo.

—¿Tu flauta? —preguntó—. ¿Tu gran secreto es una flauta?

—En parte —contesté—. Escúchame, ¿te acuerdas de madame Octa, la araña del señor Crepsley?

—Pues claro —dijo—. No le presté demasiada atención, pero supongo que nadie podría olvidar a una criatura así. Con aquellas patas peludas, ¡brrr!

Mientras hablaba, abrí la puerta del armario y saqué la jaula. Los ojos le hicieron chiribitas al verla, luego los abrió como platos.

—No será lo que estoy pensando, ¿verdad? —preguntó.

—Eso depende —dije destapando la jaula—. Si lo que estás pensando es que se trata de una araña mortífera con mucho talento... ¡entonces sí!

—¡Por todos los demonios! —gritó sofocadamente, y casi se cae de la cama del susto—. Es una... una... ¿De dónde la has...? ¡Caray!

Yo estaba encantado ante su reacción. Me coloqué junto a la jaula como un padre orgulloso. Madame Octa reposaba al fondo, inmóvil como siempre, sin hacernos el menor caso ni a Steve ni a mí.

—¡Es imponente! —dijo Steve acercándose a rastras para verla mejor—. Es idéntica a la del circo. Es increíble que hayas encontrado una araña tan parecida. ¿De dónde la has sacado? ¿De una tienda de animales? ¿De un zoo?

Mi sonrisa se desvaneció.

—Me la llevé del Circo de los Extraños, naturalmente —dije inquieto.

—¿Del espectáculo de extraños? —preguntó, con el rostro desencajado—. ¿También vendían arañas vivas? Yo no las vi. ¿Cuánto costaban?

Sacudí la cabeza y dije:

—No la compré, Steve. En realidad la... ¿no lo adivinas? ¿Todavía no lo entiendes?

—¿Entender qué? —preguntó.

—Que no es una araña «parecida» —dije—. Que es «la misma» araña. Es madame Octa.

Se me quedó mirando como si no hubiera oído lo que acababa de decirle. Estaba a punto de repetírselo, pero él se me adelantó.

—¿La... la misma? —preguntó con voz temblorosa.

—Sí —dije.

—¿Quieres decir que es... madame Octa? ¿La auténtica madame Octa?

—Sí —repetí, riéndome de su asombro.

—¿Es... la araña del señor Crepsley?

—Steve, ¿qué te pasa? ¿Cuántas veces tengo que decírtelo para que lo...?

—Espera un momento —me cortó sacudiendo la cabeza—. Si realmente es madame Octa, ¿cómo conseguiste hacerte con ella? ¿La encontraste fuera? ¿Te la quisieron vender?

—Nadie vendería una araña tan fantástica como esta —dije.

—Eso pensaba yo —convino Steve—. Pero, entonces, ¿cómo…? Dejó la pregunta en el aire.

—La robé —contesté hinchándome de orgullo—. Volví al teatro el martes por la mañana, me colé, conseguí encontrarla y escapé con ella. Le dejé una nota al señor Crepsley diciéndole que si intentaba recuperarla le explicaría a la policía que era un vampiro.

—Tú… tú… —balbucía Steve.

Se había puesto pálido y parecía a punto de desmayarse.

—¿Te encuentras bien? —pregunté.

—¡Eres… eres… eres un imbécil de remate! —rugió—. ¡Estás loco! ¡Idiota!

—¡Eh! —le grité molesto.

—¡Estúpido! ¡Anormal! ¡Cretino! —chilló—. ¿Te das cuenta de lo que has hecho? ¿Tienes la menor idea de lo serio que es el lío en que te has metido? ¿Sabes que tienes un problema verdaderamente grave?

—¿Cómo? —pregunté aturdido.

—¡Le has robado su araña a un vampiro! —gritó Steve—. ¡Le has robado a un muerto viviente! ¿Qué crees que hará cuando te atrape, Darren? ¿Crees que te dará unos azotes en el culo y te dirá que escribas cincuenta veces «no robaré»? ¿O que se lo dirá a tus padres para que te castiguen sin salir? ¡Estamos hablando de un vampiro! ¡Te cortará el cuello y alimentará con tu cadáver a la araña! ¡Te despedazará y…!

—No, no lo hará —dije tranquilamente.

—Claro que sí —replicó Steve.

—No —dije—, te aseguro que no lo hará. Porque no podrá encontrarme. Robé la araña hace dos martes, así que ya ha tenido casi dos semanas para seguirme la pista, y sin embargo no ha dado señales de vida. Se marchó con el circo y nunca volverá; si sabe lo que le conviene no volverá.

—No sé —dijo Steve—. Los vampiros tienen muy buena memoria y paciencia. Puede que vuelva cuando tú ya seas adulto y tengas hijos.

—Si eso llegara a suceder, ya me preocuparé en su momento de solucionarlo —dije—. Por ahora, sigo indemne. No estaba seguro de conseguirlo, creía que me daría caza hasta matarme, pero no ha pasado nada. Así que deja ya de insultarme, ¿vale?

—Pues aún eres otra cosa que no te he dicho —rió moviendo la cabeza—. Creía que yo era el más lanzado, ¡pero robarle a un vampiro su araña! Jamás lo hubiera pensado de ti. ¿Qué te empujó a hacerlo?

—Tenía que ser mía —le dije—. Cuando la vi en el escenario supe que sería capaz de cualquier cosa para conseguirla. Luego descubrí que el señor Crepsley era un vampiro y pensé que podía hacerle chantaje. Está mal, ya lo sé, pero al fin y al cabo él es un vampiro, así que lo que he hecho ya no es tan malo, ¿verdad? Robar a una mala persona en cierto modo es una buena acción, ¿no te parece?

Steve se echó a reír.

—No sé si será bueno o malo —dijo—. Lo único que sé es que, si alguna vez vuelve a buscarla, no me gustaría estar en tu pellejo.

Examinó una vez más a la araña. Acercó mucho la cara a la jaula (aunque no tanto como para estar al alcance de su picadura) y observó su vientre palpitante.

—¿Ya la has sacado de la jaula? —preguntó.

—Cada día —dije.

Cogí la flauta y toqué una nota. Madame Octa saltó hacia delante un par de centímetros. Steve soltó un chillido y se cayó de culo. Yo me moría de risa.

—¿Puedes dominarla? —balbució.

—Puedo hacer con ella todo lo que viste con el señor Crepsley —dije intentando no parecer fanfarrón—. Es bastante fácil. No hay ningún peligro siempre que seas capaz de concentrarte. Pero si dejas divagar tus pensamientos aunque solo sea un segundo…

Me pasé un dedo por la garganta y solté un largo gruñido, como si me estuvieran degollando.

—¿Has dejado que tejiera una telaraña entre tus labios? —preguntó Steve.

Le brillaban los ojos.

—Todavía no —dije—. No me gusta la idea de dejar que se me meta en la boca: el solo hecho de imaginármela deslizándose garganta abajo me horroriza. Además, necesito un ayudante que la controle mientras teje la telaraña, y hasta ahora he estado solo.

—Hasta ahora —Steve sonrió—, pero ya no. —Se puso en pie y dio una palmada—. Hagámoslo. Muéstrame cómo se usa ese precioso pito de latón y déjala a ella conmigo. A mí no me da miedo dejarla entrar en mi boca. Venga, vamos. ¡Vamos, vamos, vamos, vamos, vamos!

No pude evitar la excitación de aquella locura. Sabía que era una imprudencia permitir el contacto directo entre Steve y la araña tan pronto —debería haberme asegurado antes de que él la conociera mejor—, pero no hice caso del sentido común y me dejé llevar por su vehemencia.

Le dije que no podía tocar la flauta todavía, no hasta que hubiera practicado, pero sí jugar con madame Octa mientras yo la controlaba. Le expliqué en cuatro palabras las maravillas que íbamos a hacer y me aseguré de que lo hubiera entendido todo bien.

—El silencio es vital —dije—. No digas nada. No te atrevas siquiera a silbar. Porque si me distraes y pierdo el control sobre ella...

—Vale, vale —suspiró Steve—. Ya lo sé. No te preocupes. Puedo ser completamente mudo cuando me lo propongo.

Cuando estuve preparado, abrí la jaula de madame Octa y empecé a tocar. Le di una orden y empezó a avanzar. Oí cómo a Steve se le aceleraba la respiración, un poco asustado ahora que la araña estaba ya fuera, pero no mostró el menor indicio de querer que paráramos, así que seguí tocando y empecé con los juegos que ya se habían convertido en rutina para la araña.

Dejé que hiciera un montón de cosas por su cuenta antes de permitir que se acercara a Steve. Durante la última semana había desarrollado enormemente su capacidad de aprendizaje. La araña se había ido habituando a mi mente y a mi manera de pensar, y había aprendido a obedecer mis órdenes casi antes de que acabara de transmitírselas. Por mi parte, me había dado cuenta de que era capaz de reaccionar ante la más escueta de las instrucciones. Solo tenía que formular unas pocas palabras para que se pusiera en acción.

Steve observaba el espectáculo en completo silencio. Estuvo a punto de aplaudir varias veces, pero se contuvo a tiempo, sin dejar que sus palmadas emitieran el menor sonido. En lugar de aplaudir, me mostraba su entusiasmo levantando los pulgares y vocalizando en silencio palabras como «fantástico», «súper», «brillante» y otras parecidas.

Cuando llegó el momento de que Steve participara, le hice la señal que habíamos acordado antes de empezar. Él tragó saliva, respiró hondo y asintió. Se puso en pie y avanzó por un lado, de forma que yo no perdiera de vista a madame Octa. Luego se puso de rodillas y esperó.

Cambié de melodía y transmití nuevas órdenes. Madame Octa se quedó quieta, escuchando. Cuando supo lo que le pedía, empezó a caminar hacia Steve. Vi cómo él se estremecía y se humedecía los labios. Iba a suspender el número y enviar a la araña de vuelta a su jaula, pero entonces mi amigo dejó de temblar y pareció tranquilizarse, así que decidí continuar.

No pudo reprimir un escalofrío cuando empezó a trepar por la pernera de sus pantalones, una reacción de lo más natural. Yo mismo continuaba estremeciéndome a veces al sentir sus peludas patas en contacto con mi piel.

Ordené a madame Octa que trepara por su nuca y le hiciera cosquillas en las orejas con las patas. Soltó una risita inaudible y los últimos vestigios de miedo se disiparon. Ahora que le veía más tranquilo me sentí del todo seguro y conduje a la araña hasta su cara, donde tejió pequeñas telarañas sobre sus ojos, se deslizó por el puente de la nariz y se balanceó por las comisuras de sus labios.

Tanto Steve como yo estábamos disfrutando de lo lindo. Ahora que tenía un ayudante podía hacer muchas más cosas.

La araña estaba sobre su hombro derecho, a punto de deslizarse brazo abajo, cuando se abrió la puerta y entró Annie.

Normalmente, Annie nunca entra en mi habitación sin llamar antes. Es muy buena, no como otras niñas de su edad, y casi siempre llama educadamente y espera mi respuesta. Pero aquella tarde, por pura mala suerte, irrumpió en la habitación sin avisar.

—Eh, Darren, ¿dónde está mi...? —empezó a decir, pero se interrumpió en el acto.

Vio a Steve y a la monstruosa araña en su hombro, con los quelíceros centelleantes, como si estuviera a punto de picarle, e hizo lo natural.

Gritó.

El chillido me sobresaltó. Giré instintivamente la cabeza, la flauta se me cayó de los labios y toda la concentración se desvaneció. Mi vínculo con madame Octa se rompió. Ella agitó la cabeza, dio un par de rapidísimos pasos hacia la garganta de Steve, sacó los quelíceros y pareció sonreír.

Steve soltó un grito de espanto y se puso en pie de un salto. Intentó desembarazarse de la araña de un manotazo, pero trastabilló y erró el golpe. Sin darme tiempo a intentar recuperar el control sobre ella, madame Octa agachó la cabeza, veloz como una serpiente y ¡hundió profundamente sus envenenadas armas en el cuello de mi amigo!

CAPÍTULO VEINTIUNO

Steve se puso rígido a los pocos segundos de que la araña le picara. Los alaridos quedaron ahogados en su garganta, tenía los labios amoratados y los ojos tan abiertos que parecían a punto se salírsele de las órbitas. Durante lo que pareció una eternidad (aunque, en realidad, no pudieron haber pasado más de tres o cuatro segundos) se tambaleó. Luego se desplomó contra el suelo como si fuera un fardo.

Aquella caída le salvó. Igual que con la cabra en el espectáculo del Circo de los Extraños, la primera picadura dejó a Steve sin sentido, pero no le mató. Justo antes de que mi amigo se derrumbara, vi a la araña recorriendo su cuello en busca del lugar preciso, preparándose para asestar la segunda picadura mortal.

Pero la caída la desorientó. Se desprendió del cuello de Steve y necesitó unos segundos para volver a saltar sobre él.

Aquellos segundos eran todo lo que a mí me hacía falta.

Estaba conmocionado, pero la visión de aquel horrible arácnido surgiendo por encima del hombro de Steve como un extraño sol emergiendo tras el horizonte al amanecer me devolvió instantáneamente a la realidad. Me agaché a recoger la flauta, me la metí en la boca casi hasta la garganta y emití la nota más potente que había emitido en toda mi vida.

«¡DETENTE!», grité mentalmente, y madame Octa dio un brinco de más de medio metro.

«¡Vuelve a entrar en la jaula!», ordené. Ella bajó de un salto del cuerpo de Steve y corrió por el suelo de la habitación. En cuanto cruzó los barrotes de la puerta, me abalancé sobre la jaula y la cerré de golpe.

Una vez que tuve a madame Octa a buen recaudo, concentré toda mi atención en Steve. Annie seguía chillando, pero no podía ocuparme de ella antes de examinar a mi envenenado amigo.

—¿Steve? —pregunté, agachado muy cerca de su oreja, suplicando en mi interior que respondiera de alguna manera—. ¿Estás bien, Steve?

No hubo respuesta. Todavía respiraba, así que estaba seguro de que seguía con vida, pero eso era todo. Lo único que hacía era eso, respirar. No podía hablar ni mover los brazos. Ni siquiera era capaz de guiñar un ojo.

Noté la presencia de Annie detrás de mí. Había dejado de gritar, pero seguía temblando como una hoja.

—¿Está... está... muerto? —preguntó con un hilo de voz.

—¡Claro que no! —rezongué—. ¿No ves que todavía respira? Mírale el vientre y el pecho.

—Pero... ¿por qué no se mueve? —preguntó.

—Está paralizado —le dije—. La araña le ha inoculado un veneno que paraliza las extremidades. Es como si se hubiera quedado dormido, con la diferencia de que su cerebro sigue activo, así que puede verlo y oírlo todo.

Yo no sabía si todo eso era cierto. Esperaba que sí. Si el veneno había respetado los pulmones y el corazón, era posible que tampoco hubiera afectado al cerebro. Pero si había llegado a entrar en la cabeza...

Era una idea demasiado horrible para pensar siquiera en ella.

—Steve, voy a ayudarte —dije—. Creo que si te movemos el efecto del veneno se irá disipando.

Le agarré del pecho por detrás y conseguí ponerle de pie. Era corpulento, pero ni siquiera noté su peso. Le arrastré por la habitación, sacudiéndole los brazos y las piernas, sin dejar de hablarle, diciéndole que todo iría bien, que no había suficiente veneno en una sola picadura como para matarle, que se recuperaría.

Pasaron diez minutos sin que notara ningún cambio, y empezaba a estar demasiado cansado como para seguir arrastrándole. Le dejé caer sobre la cama y luego coloqué su cuerpo en la posición que me pareció más cómoda para él. Tenía los párpados abiertos. Sus ojos tenían algo raro que me asustaba, así que se los cerré, pero entonces parecía un cadáver, así que se los volví a abrir.

—¿Se pondrá bien? —preguntó Annie.

—Desde luego —dije intentando adoptar un tono positivo—. Los efectos del veneno desaparecerán dentro de un rato, y entonces se sentirá como nuevo. Solo es cuestión de tiempo.

No creo que ella creyera una sola palabra, pero no dijo nada; se limitó a sentarse en el borde de la cama y a observar el rostro de Steve sin quitarle ojo, como un halcón. Entonces me pregunté por qué mamá no había subido a ver qué pasaba. Fui hasta la puerta abierta y me paré a escuchar desde las escaleras. Se oía el motor de la lavadora funcionando en la cocina bajo mis pies. Eso lo explicaba todo: nuestra lavadora es vieja y ruidosa. Cuando está en funcionamiento, uno no oye absolutamente nada desde la cocina.

Cuando volví, Annie ya no estaba en la cama. Estaba tirada en el suelo, observando a madame Octa.

—Es la araña del espectáculo de extraños, ¿verdad? —preguntó.

—Sí —admití.

—¿La venenosa?

—Sí.

—¿Cómo la conseguiste? —preguntó ella.

—Eso no importa —contesté ruborizándome.

—¿Cómo es que estaba suelta fuera de su jaula? —preguntó Annie.

—La he dejado salir yo —dije.

—¿Que tú qué?

—No era la primera vez —le expliqué—. Hace cerca de dos semanas que la tengo. He jugado con ella montones de veces. Es completamente seguro siempre y cuando no haya ruido. Si tú no hubieras entrado tan de repente, la araña estaría…

—No, no hagas eso —protestó—. No me eches a mí la culpa. ¿Por qué no me habías hablado de ella? Si lo hubiera sabido, no habría entrado sin llamar.

—Iba a hacerlo —dije—. Esperaba solo a estar seguro de que no había peligro. Pero vino Steve y…

No fui capaz de seguir hablando.

Volví a meter la jaula en el armario para apartar de mi vista a madame Octa. Me senté en la cama junto a Annie y me quedé mirando la figura inmóvil de Steve. Estuvimos los dos allí sentados durante casi una hora, sin decir nada, simplemente observando.

—No creo que se recupere —dijo ella finalmente.

—Dale un poco más de tiempo —supliqué.

—No creo que el tiempo le sea de gran ayuda —insistió—. Si fuera a recuperarse, ahora ya tendría que moverse aunque solo fuera un poco.

—¿Y tú qué sabes? —pregunté con acritud—. No eres más que una cría. ¡No sabes nada de nada!

—Tienes razón —convino sin inmutarse—. Pero tú tampoco sabes mucho más que yo, ¿no es cierto?

Asentí con un movimiento de cabeza.

—Pues entonces deja de fingir que lo sabes todo —dijo ella.

Apoyó una mano en mi brazo y sonrió valientemente para demostrarme que no pretendía hacerme sentir mal.

—Tenemos que decírselo a mamá —dijo—. Tenemos que pedirle que suba a ver esto. Quizá ella sepa qué hacer.

—¿Y si no es así? —pregunté.

—Entonces tendremos que llevarle al hospital —dijo Annie.

Sabía que tenía razón. Lo había sabido desde el primer momento. Simplemente me negaba a admitirlo.

—Esperemos un cuarto de hora más —dije—. Si para entonces no se ha movido, llamaremos a mamá.

—¿Un cuarto de hora? —preguntó indecisa.

—Ni un minuto más —le prometí.

—De acuerdo —consintió.

Nos sentamos de nuevo en silencio a observar a nuestro amigo. Yo pensaba en madame Octa y en cómo iba a explicárselo a mamá. Y a los médicos. ¡Y a la policía! ¿Me creerían cuando les dijera que el señor Crepsley era un vampiro? Lo dudaba mucho. Pensarían que estaba mintiendo. Quizá me metieran en la cárcel. Podían decir que, puesto que la araña era mía, yo era el único culpable. ¡Era posible que me acusaran de asesinato y me encarcelaran!

Consulté el reloj. Quedaban tres minutos. Ningún cambio en Steve.

—Annie, tengo que pedirte un favor —dije.

Me miró con suspicacia.

—¿De qué se trata?

—No quiero que menciones a madame Octa —dije.

—¿Es que te has vuelto loco? —gritó—. ¿Cómo vas a explicar si no lo que ha sucedido?

—No lo sé —admití—. Diré que en ese momento yo había salido de la habitación. Las marcas de la picadura son diminutas. Parecen insignificantes picaduras de avispa, y cada vez se ven menos. Puede que los médicos ni las vean.

—No podemos hacer eso —dijo Annie—. Puede que necesiten examinar a la araña. Quizá…

—Annie, si Steve muere me echarán la culpa a mí —dije en voz baja—. Hay ciertas cosas que no puedo explicarte, que no puedo explicarle a nadie. Lo único que puedo decir es que, si sucede lo peor, yo cargaré con toda la culpa. ¿Sabes lo que les hacen a los asesinos?

—Eres demasiado joven para ser juzgado por asesinato —dijo, pero su voz no sonó demasiado convincente.

—No, eso no es cierto —le dije—. Soy demasiado joven para que me encierren en la prisión normal, pero tienen centros especiales para menores. Me encerrarán en uno de ellos hasta que cumpla los dieciocho y entonces… Por favor, Annie. —Me eché a llorar—. No quiero ir a la cárcel.

Ella también empezó a llorar. Nos echamos uno en brazos del otro sollozando como bebés.

—No quiero que se te lleven —gimoteó—. No quiero perderte.

—Entonces, ¿prometes no decir nada? —pregunté—. ¿Querrás volver a tu habitación y fingir que no has visto ni oído nada de todo esto?

Asintió con tristeza.

—Pero solo mientras no me parezca que la verdad podría salvarle —puntualizó—. Si los médicos dicen que no pueden salvarle a menos que encuentren al animal que le ha picado, lo diré todo, ¿de acuerdo?

—De acuerdo —concedí.

Se puso en pie y se dirigió a la puerta. A mitad de camino se detuvo, dio media vuelta, volvió sobre sus pasos y me besó en la frente.

—Te quiero, Darren —dijo—, pero cometiste una estupidez imperdonable trayendo esa araña a esta casa, y, si Steve muere, en mi opinión, tú serás el único culpable.

Salió a toda prisa de la habitación sollozando.

Esperé unos minutos, con la mano de Steve entre las mías, rogándole que se recobrara, que diera alguna señal de vida. Cuando vi que mis plegarias no surtían efecto, me puse en pie, abrí la ventana (para que hubiera una explicación de cómo el misterioso atacante había entrado), respiré hondo y corrí escaleras abajo llamando a mi madre.

CAPÍTULO VEINTIDÓS

Las enfermeras de la ambulancia le preguntaron a mi madre si Steve era diabético o epiléptico. Ella no estaba segura, pero creía que no. También preguntaron por posibles alergias, pero les explicó que ella no era su madre y no lo sabía.

Yo pensaba que nos llevarían con ellos en la ambulancia, pero nos dijeron que no había espacio suficiente. Apuntaron el número de teléfono de Steve y el nombre de su madre, pero no la encontraron en casa. Un de las enfermeras le pidió a mi madre que siguiera a la ambulancia con el coche hasta el hospital, donde tendría que rellenar un montón de formularios para que pudieran empezar a examinarle. Se mostró de acuerdo y nos metió a Annie y a mí en el coche. Papá todavía no había llegado a casa, así que le llamó desde el móvil para decirle dónde estábamos. Dijo que venía inmediatamente.

Fue un viaje deprimente. Yo estaba sentado en la parte de atrás, intentando evitar la mirada de Annie, sabiendo que mi obligación era decir la verdad, pero estaba demasiado asustado como para hacerlo. Lo peor de todo era saber que, si hubiera sido yo quien estuviera en coma, Steve habría confesado de inmediato.

—¿Qué ha pasado ahí arriba? —preguntó mamá por encima del hombro.

Conducía lo más rápido posible sin superar el límite de velocidad, así que no podía girarse a mirarme. Me pareció una suerte: no creo que hubiera sido capaz de mentirle mirándola a la cara.

—No estoy seguro —dije—. Estábamos charlando. En algún momento tuve que ir al lavabo. Y al volver a mi habitación…

—¿No viste nada? —preguntó.

—No —mentí, mientras notaba cómo se me ponían coloradas las orejas de vergüenza.

—No lo comprendo —murmuró—. Estaba completamente rígido, y la piel se le amorataba por momentos. Pensé que estaba muerto.

—A mí me parece que es una picadura de algún bicho —dijo Annie.

Estuve a punto de darle un codazo en las costillas, pero en el último segundo recordé que dependía de ella si quería guardar mi secreto.

—¿Una picadura? —preguntó mamá.

—Tenía un par de marcas en el cuello —dijo Annie.

—Ya las he visto —dijo mamá—. Pero no creo que sea eso, cariño.

—¿Y por qué no? —insistió Annie—. Si ha entrado alguna serpiente o una… araña y le ha mordido…

Me miró y se ruborizó un poco al recordar su promesa.

—¿Una araña? —Mamá negó con la cabeza—. No, cariño, las picaduras de araña no dejan a la gente en coma, al menos no por estos alrededores.

—Entonces, ¿qué le pasa? —preguntó Annie.

—No estoy segura —replicó mamá—. Puede que le sentara mal algo que haya comido, o que haya sufrido un ataque al corazón.

—Los niños no tienen ataques de corazón —protestó Annie.

—Claro que sí —dijo mamá—. Es un poco raro, pero puede suceder. En cualquier caso, los médicos lo aclararán todo. Saben más que nosotros de estas cosas.

No estaba habituado a los hospitales, así que estuve curioseando por ahí mientras mamá rellenaba los formularios. Era el lugar más blanco que hubiera visto nunca: paredes blancas, suelos blancos, batas blancas. No había mucha gente, pero se oía un rumor constante, crujido de somieres y toses, el zumbido de las máquinas, cuchillos cortando, médicos hablando en voz baja.

Nosotros no hablamos mucho mientras estábamos allí sentados. Mamá dijo que habían admitido a Steve y que le estaban reconociendo, pero que podía pasar bastante tiempo antes de que descubrieran lo que le pasaba.

—Parecían optimistas —dijo.

Annie tenía sed, así que mamá me envió con ella a buscar bebidas a la máquina del rincón. Annie miró a su alrededor mientras yo echaba las monedas para asegurarse de que nadie pudiera oírnos.

—¿Cuánto tiempo más piensas esperar? —preguntó.

—Hasta que sepa qué opinan los médicos —le dije—. Esperaremos a que le reconozcan. Con un poco de suerte, descubrirán de qué tipo de veneno se trata y podrán curarle ellos.

—¿Y si no es así? —preguntó ella.

—Entonces se lo diré —prometí.

—¿Y qué pasará si muere antes? —preguntó en voz baja.

—No morirá —dije.

—Pero ¿y si…?

—¡Eso no pasará! —resoplé—. Y no hables así. Ni siquiera pienses en esa posibilidad. Tenemos que esperar lo mejor. Tenemos que creer que saldrá de esta. Mamá y papá siempre nos han dicho que los pensamientos positivos ayudan realmente a los enfermos, ¿no es verdad? Necesita que creamos en él.

—Lo que él necesita es la verdad —refunfuñó, pero no insistió en el tema. Llevamos los refrescos al banco y allí bebimos en silencio.

Papá no tardó en llegar, ataviado todavía con su ropa de trabajo. Besó a mamá y a Annie y a mí me dio un resuelto apretón en el hombro. Llevaba las manos sucias y me dejó marcada su señal en la camiseta, pero no me molestó en absoluto.

—¿Alguna novedad? —preguntó.

—Todavía no —dijo mamá—. Le están reconociendo. Puede que pasen horas antes de que sepamos algo.

—¿Qué le ha pasado, Angela? —preguntó papá.

—Aún no lo sabemos —dijo mamá—. Tendremos que esperar.

—Odio esperar —se quejó papá, pero no tenía elección, así que tuvo que hacerlo, igual que el resto de nosotros.

Pasaron dos horas sin que sucediera nada nuevo, hasta que llegó la madre de Steve. Estaba tan pálida como Steve, y tenía los labios apretados. Vino directa hacia mí, me agarró por los hombros y me zarandeó con violencia.

—¿Qué le has hecho? —chilló—. ¿Le has hecho daño a mi chico? ¿Has matado a mi Steve?

—¡Ya basta! ¡Basta! —intervino papá.

La madre de Steve no le hizo el menor caso.

—¿Qué le has hecho? —volvió a gritar, zarandeándome aún con más fuerza. Yo intentaba decir «nada», pero me castañeteaban los dientes—. ¿Qué le has hecho? ¿Qué le has hecho? —repetía.

De repente dejó de zarandearme, me soltó y se desplomó contra el suelo, donde se echó a llorar como una criatura.

Mamá se levantó del banco y se agachó junto a la señora Leonard. Le acarició la cabeza y le susurró palabras de consuelo, luego la ayudó a levantarse y la hizo sentarse a su lado. La señora Leonard seguía llorando, y entre gemido y gemido murmuraba lo mala madre que había sido y cuánto debía de odiarla Steve.

—Vosotros dos, id a jugar a otro sitio —nos dijo mamá a Annie y a mí.

Empezamos a retirarnos.

—¡Darren! —gritó mamá a mis espaldas—. No hagas caso de lo que te ha dicho. No quiere echarte a ti la culpa. Solo está asustada.

Asentí tristemente. ¿Qué diría mamá si supiera que la señora Leonard tenía razón y que yo era el único culpable?

Annie y yo encontramos un par de máquinas recreativas que nos mantuvieron entretenidos. Al principio no me sentía capaz de jugar, pero a los pocos minutos me olvidé de Steve y del hospital, concentrando toda mi atención en los juegos. Era agradable sustraerse de las preocupaciones de la vida real, aunque solo fuera por un rato, y lo cierto es que, si no me hubiera quedado sin monedas, podría haber seguido jugando toda la noche.

Cuando volvimos a nuestros asientos, la señora Leonard se había tranquilizado y estaba fuera con mamá, rellenando formularios. Annie y yo nos sentamos, y el tiempo de espera se reanudó.

Annie empezó a bostezar hacia las diez de la noche, y a mí también se me estaba contagiando el sueño. Mamá nos miró y ordenó que nos fuéramos a casa. Empecé a protestar, pero me hizo callar sin contemplaciones.

—Aquí ya no podéis hacer nada —dijo—. Os telefonearé en cuanto sepamos algo, por muy tarde que sea, ¿de acuerdo?

Vacilé. Era mi última oportunidad de mencionar la araña. Estuve a punto de irme de la lengua, pero me sentía cansado y no encontraba las palabras adecuadas.

—De acuerdo —dije sombríamente antes de marcharme.

Papá nos llevó a casa en coche. Me preguntaba qué haría él si le hablaba de la araña, del señor Crepsley y todo lo demás. Me habría castigado, de eso estoy seguro, pero no fue esa la razón por la que no se lo conté: seguí callando porque sabía que se sentiría avergonzado por mis mentiras y de que hubiera antepuesto mi propio bienestar al de Steve. Tenía miedo de que me odiara.

Para cuando llegamos a casa, Annie ya estaba dormida. Papá la cogió en brazos y la llevó a la cama. Yo subí lentamente a mi habitación y empecé a desnudarme. No dejaba de maldecirme a mí mismo interiormente.

Papá se asomó mientras me quitaba la ropa.

—¿Estarás bien? —preguntó.

Asentí.

—Steve se recuperará —dijo—. Estoy seguro. Los médicos saben lo que hacen. Le dejarán como nuevo.

Asentí una vez más, incapaz de responder con palabras. Papá se quedó en el umbral unos instantes, luego suspiró, dio media vuelta y bajó haciendo resonar los pies en la escalera hasta su estudio.

Estaba colgando los pantalones en el armario cuando me fijé en la jaula de madame Octa. La saqué lentamente. Ella estaba inmóvil en el centro, respirando con regularidad, más impasible que nunca.

Examiné a la multicolor araña, y no me sentí impresionado por lo que veía. Era un colorido brillante, es cierto, pero aquel bicho era feo, peludo y repugnante. Empecé a sentir que la odiaba. Ella era el auténtico malo de la historia, ella era la que había picado a Steve sin una buena razón para hacerlo. La había alimentado y cuidado, y había jugado con ella. Y así era como me lo pagaba.

—¡Monstruo sangriento! —gruñí, zarandeando la jaula—. ¡Engendro ingrato!

Di otra sacudida a la jaula. Ella se agarró con fuerza a los barrotes. Lo cual me enfureció, y empecé a agitar violentamente la jaula de un lado a otro, intentando que se soltara, deseando hacerle daño.

Empecé a correr en círculo, haciendo dar vueltas a la jaula que llevaba agarrada por el asa. Maldecía, le gritaba todos los insultos que se me ocurrían, deseando que estuviera muerta, deseando no haberla visto nunca, deseando tener el suficiente coraje para sacarla de la jaula y aplastarla.

Finalmente, cuando mi rabia alcanzó su punto culminante, arrojé la jaula lo más lejos de mí que pude. No me paré a pensar hacia dónde la lanzaba, y me sobresalté al verla salir volando por la ventana a la oscuridad de la noche.

Me quedé mirando cómo desaparecía por los aires y corrí tras ella. Me daba miedo que se abriera al chocar contra el suelo, pues sabía que si los médicos no eran capaces de salvar a Steve por sus propios medios, quizá lo consiguieran con la ayuda de madame Octa: si tenían la posibilidad de estudiarla, quizá descubrieran cómo curarle. Pero si se me escapaba...

Corrí a la ventana. Era demasiado tarde como para intentar atrapar la jaula, pero al menos vería dónde caía. Observé cómo daba vueltas por los aires, mientras rogaba para que no se rompiera. Me pareció que tardaba una eternidad en llegar al suelo.

Justo antes de que tocara el suelo, una mano salió disparada de entre las sombras de la noche y la atrapó al vuelo.

¿Una mano?

Me asomé hasta sacar medio cuerpo fuera de la ventana para ver mejor. Era una noche oscura, y al principio no pude ver quién estaba allá abajo. Pero entonces el dueño de la mano dio un paso adelante y se dejó ver.

Lo primero que vi fueron sus arrugadas manos sosteniendo la jaula. Luego sus largos ropajes de color rojo. Después su pelo crespo y anaranjado. Y luego su larga y fea cicatriz. Por fin, aquella sonrisa que mostraba sus afilados dientes.

Era el señor Crepsley. El vampiro.

¡Y estaba mirando hacia arriba, sonriéndome!

CAPÍTULO VEINTITRÉS

Me quedé petrificado en la ventana, esperando que de un momento a otro se convirtiera en murciélago y subiera volando, pero lo único que hizo fue agitar la jaula suavemente para asegurarse de que madame Octa estaba bien.

Luego, sin dejar de sonreír, dio media vuelta y desapareció. La noche pareció engullirle en cuestión de segundos.

Cerré la ventana y corrí a refugiarme en la cama, donde empecé a hacerme confusas preguntas mentalmente. ¿Cuánto tiempo había estado allá abajo esperando? Si sabía dónde estaba madame Octa, ¿por qué no había venido a buscarla antes? Yo había imaginado que estaría furioso, y sin embargo parecía divertido. ¿Por qué no me había degollado como pronosticó Steve?

Era imposible dormir. Estaba más aterrorizado ahora que la noche después de haber robado la araña. Por lo menos entonces había podido aferrarme a la idea de que no sabía quién era el ladrón y no podría encontrarme.

Pensé en la posibilidad de contárselo todo a papá. Al fin y al cabo, había por ahí un vampiro que sabía dónde vivíamos y que tenía buenas razones para tenernos inquina. Papá tenía que saberlo. Tenía que ponerle sobre aviso para darle la oportunidad de preparar algún tipo de defensa. Pero...

No me creería. Sobre todo ahora que ya no tenía a madame Octa. Me imaginé a mí mismo intentando convencerle de que los vampiros existían realmente, de que uno de ellos había estado en nuestra casa y de que podía volver. Pensaría que estaba chiflado.

Conseguí echar una cabezada cuando amaneció del todo, pues sabía que el vampiro no podría atacarme hasta la puesta de sol. No dormí mucho, pero me sentó bien poder descansar un poco, y al despertar tenía las ideas más claras. Tras darle muchas vueltas a la cabeza, caí en la cuenta de que no tenía por qué estar asustado. Si el vampiro hubiera querido matarme, lo habría hecho la noche anterior, cuando me pilló desprevenido. Por alguna razón, no quería verme muerto, o por lo menos todavía no.

Liberado de esa preocupación, pude concentrarme en Steve y en mi auténtico dilema: decidir si decía la verdad o no. Mamá se había quedado en el hospital toda la noche, cuidando de la señora Leonard y telefoneando a vecinos y amigos para ponerles al corriente de lo que le había sucedido a Steve. Si ella hubiera estado en casa, quizá se lo habría contado todo, pero la sola idea de decírselo a mi padre me infundía pavor.

Nuestra casa estaba muy silenciosa aquel domingo. Papá hizo huevos revueltos con salchichas para desayunar, y se le quemaron como le pasa siempre que cocina él, pero aquel día no se puso a maldecir. Yo a duras penas pude saborear la comida mientras la engullía. No tenía ni pizca de apetito. La única razón por la que comí fue para intentar fingir que aquel era un domingo como cualquier otro.

Mamá telefoneó cuando estábamos acabando. Habló bastante rato con papá. Él, por su parte, no dijo mucho; se limitó a emitir escuetos gruñidos de asentimiento. Annie y yo permanecimos sentados en silencio, intentando oír lo que le decía mamá. Cuando terminó de hablar volvió a la mesa y se sentó.

—¿Cómo está? —pregunté.

—No muy bien —contestó papá—. Los médicos no saben qué hacer. Al parecer, Annie tenía razón: se trata de veneno. Pero no es ningún veneno conocido. Han enviado muestras a expertos de otros hospitales, con la esperanza de que alguien pueda arrojar alguna luz sobre la situación. Pero...

Sacudió la cabeza.

—¿Se morirá? —preguntó en voz baja Annie.

—Es posible —dijo papá.

Me alegró que fuera sincero. Ocurre demasiado a menudo que los adultos mienten a los niños cuando se trata de asuntos importantes. Personalmente, prefiero saber la verdad sobre la muerte a que me mientan.

Annie se echó a llorar. Papá la cogió en brazos y la acunó en su regazo.

—Eh, eh, no hay por qué llorar —dijo—. Aún no está todo perdido. Todavía está vivo. Ni los pulmones ni el cerebro parecen estar afectados. Si consiguen descubrir alguna forma de combatir el veneno que hay en su cuerpo se pondrá bien.

—¿Cuánto tiempo le queda? —pregunté.

Papá se encogió de hombros.

—Con su fortaleza, los médicos podrían mantenerle con vida toda una eternidad conectado a diferentes máquinas.

—¿Quieres decir como si estuviera en coma? —pregunté.

—Exactamente.

—¿Y cuánto tiempo le queda antes de que tengan que conectarle?

—Ellos creen que aún puede aguantar unos días —respondió papá—. No pueden decirlo con seguridad, puesto que en realidad no saben a qué se enfrentan, pero, en su opinión, pasarán aún un par de días antes de que le empiece a fallar el aparato cardiorrespiratorio.

—¿El qué? —preguntó Annie entre sollozos.

—El corazón y los pulmones —le explicó papá—. Mientras eso funcione, se puede considerar que sigue vivo. Tienen que utilizar un gota a gota para alimentarle, pero por lo demás todo funciona correctamente. Los verdaderos problemas empezarán cuando deje de respirar por sí solo, si es que eso llega a suceder.

Un par de días. No era mucho tiempo. El día anterior tenía toda la vida por delante. Ahora le quedaban un par de días.

—¿Podría ir a verle? —pregunté.

—Esta tarde, si te sientes con ánimos —dijo papá.

—Me sentiré con ánimos —prometí.

Esta vez había más ajetreo en el hospital, que estaba lleno de visitantes. Nunca había visto tantas cajas de bombones y ramos de flores. Todo el mundo parecía llevar una de las dos cosas. Yo quería comprar algo para Steve en la tienda del hospital, pero no tenía dinero.

Esperaba encontrar a Steve en el pabellón infantil, pero estaba en una habitación individual, porque los médicos querían estudiar su caso, y también porque no estaban seguros de que lo que tenía no fuera contagioso. Tuvimos que ponernos mascarillas y guantes y largas batas verdes antes de entrar.

La señora Leonard estaba dormida en una silla. Mamá nos indicó por señas que no hiciéramos ruido. Tras abrazarnos, se puso a hablar con papá.

—Han llegado un par de resultados de otros hospitales —le dijo, la voz apagada por la mascarilla—. Todos negativos.

—Tiene que haber alguien que sepa de qué se trata —dijo papá—. ¿Cuántos tipos de veneno distintos puede haber?

—Miles —dijo ella—. Han enviado muestras a hospitales extranjeros. Es de esperar que alguno de ellos lo conozca, pero pasará algún tiempo antes de que respondan.

Observé a Steve mientras ellos hablaban. Estaba pulcramente tapado en la cama. Tenía un gotero en un brazo, y un montón de cables en el pecho. Había marcas de agujas en los lugares en los que los médicos le habían pinchado para extraer muestras de sangre. Su rostro estaba pálido y rígido. ¡Tenía un aspecto horrible!

Afloraron las lágrimas a mis ojos y no podía parar de llorar. Mamá me rodeó con sus brazos y me estrechó contra ella, pero solo consiguió empeorar aún más las cosas. Intenté hablarle de la araña, pero lloraba demasiado desconsoladamente como para que mis palabras fueran inteligibles. Mamá siguió abrazándome, besándome e intentando cortar mi llanto, y acabé por abandonar mi empeño.

Llegaron más visitas, todos familiares de Steve, y mamá decidió que lo mejor era dejarles solos con Steve y su madre. Nos llevó fuera, me quitó la mascarilla y me enjugó las lágrimas con un pañuelo de papel.

—Así —dijo—. Eso está mejor.

Me sonrió y me achuchó hasta que le devolví la sonrisa.

—Se pondrá bien —prometió—. Ya sé que tiene muy mal aspecto, pero los médicos están haciendo todo lo que pueden. Tenemos que confiar en ellos y esperar lo mejor, ¿de acuerdo?

—De acuerdo —suspiré.

—A mí me ha parecido que tenía bastante buen aspecto —dijo Annie, estrechándome la mano. Le sonreí agradecido.

—¿Vienes a casa con nosotros? —le preguntó papá a mamá.

—No estoy segura —dijo ella—. Creo que debería quedarme un poco más por si…

—Angela, tú ya has hecho bastante —dijo papá con firmeza—. Seguro que no has dormido en toda la noche, ¿no?

—No mucho —admitió mamá.

—Y, si ahora te quedas, hoy tampoco dormirás. Venga, Angie, vámonos. —Papá siempre la llama Angie cuando quiere mostrarse cariñoso para convencerla de algo—. Hay otras personas que pueden ocuparse de Steve, aparte de su madre. Nadie te pide que lo hagas tú todo.

—De acuerdo —cedió ella—. Pero volveré esta noche por si me necesitan.

—Vale —dijo él, y abrió la marcha hacia el coche.

No había sido una visita muy larga, pero no protesté. Me alegraba de poder marcharme de allí.

De camino a casa no dejé de pensar en Steve, en su mal aspecto y en lo que lo había provocado. Pensé en el veneno que corría por sus venas y me pareció casi seguro que los médicos fracasarían. Estaba convencido de que ningún doctor del mundo se había enfrentado nunca con el veneno de una araña como madame Octa.

Por muy mal que hubiera visto a Steve, sabía que estaría mucho peor al cabo de un par de días. Le imaginé conectado a una máquina de respiración asistida, el rostro cubierto por la mascarilla, tubos introduciéndose en su cuerpo. Era horrible.

Solo había una manera de salvar a Steve. Y yo sabía quién era la única persona que conocía aquel veneno y cómo combatir sus efectos.

El señor Crepsley.

Mientras aparcábamos a la entrada de casa y bajábamos del coche, me decidí: le seguiría la pista y le obligaría a hacer lo que pudiera por Steve. En cuanto oscureciera, me escaparía de casa y encontraría al vampiro dondequiera que se hubiera ocultado. Y si no conseguía sonsacarle información que me permitiera volver con una cura para Steve...

En ese caso, no volvería nunca.

CAPÍTULO VEINTICUATRO

Tuve que esperar hasta casi las once. Me hubiera marchado más temprano, mientras mamá estaba en el hospital, pero un par de amigos de papá pasaron por casa con sus hijos y tuve que ejercer de anfitrión.

Mamá volvió a casa sobre las diez. Estaba cansada, así que papá se las arregló para deshacerse de las visitas lo antes posible. Tomaron una taza de té y charlaron un rato en la cocina; luego se acostaron. Esperé a que se durmieran y me escabullí escaleras abajo y salí por la puerta trasera.

Atravesé veloz la oscuridad como un cometa. Me movía tan rápido que nadie me vio ni oyó. En un bolsillo, llevaba un crucifijo que había encontrado en el joyero de mamá y, en el otro, una botella de agua bendita que uno de los amigos del colegio de papá nos había enviado hacía años. No era capaz de hallar una estaca. Pensé en llevar un cuchillo afilado en su lugar, pero probablemente solo hubiera conseguido cortarme. Soy un poco torpe con los cuchillos.

El viejo teatro estaba desierto y oscuro como boca de lobo. Esta vez entré por la puerta principal.

No tenía la menor idea de lo que iba a hacer si no encontraba al vampiro, pero de alguna manera presentía que estaría allí. Tenía una sensación parecida a la de aquel día en que Steve lanzó por los aires los pedacitos de papel con la entrada ganadora mezclada entre ellos, cerré los ojos y la atrapé a ciegas. Era cosa del destino.

Me costó un buen rato encontrar el sótano. Llevaba una linterna, pero las pilas estaban casi agotadas y a los dos minutos empezó a parpadear hasta apagarse, dejándome en la más completa oscuridad, mientras me movía a tientas como un topo. Cuando encontré los escalones, empecé a bajar sin pensármelo dos veces, para no dar tiempo a que aflorara el miedo.

Cuanto más descendía más aumentaba la claridad, hasta que llegué abajo y vi cinco grandes cirios encendidos. Eso me sorprendió —¿acaso no se suponía que los vampiros le tenían pavor al fuego?—, pero también me alegró.

El señor Crepsley me esperaba en el otro extremo del sótano. Estaba sentado frente a una mesita jugando un solitario.

—Buenos días, señor Shan —dijo sin levantar la vista.

Me aclaré la garganta antes de replicar.

—No es por la mañana —aclaré—. Estamos en mitad de la noche.

—Para mí es por la mañana —dijo; luego alzó la mirada y sonrió.

Sus dientes eran largos y afilados. Nunca había estado tan cerca de él como entonces, y había albergado la esperanza de descubrir todo tipo de detalles —dientes rojos, orejas largas, ojos sesgados—, pero tenía el mismo aspecto que cualquier otro ser humano, aunque tremendamente feo.

—Me estaba esperando, ¿no? —pregunté.

—Sí —asintió.

—¿Cuánto tiempo tardó en descubrir dónde estaba madame Octa?

—La encontré la misma noche que la robaste —dijo.

—Y, entonces, ¿por qué no se la llevó?

Se encogió de hombros.

—Iba a hacerlo, pero me dio por pensar en qué clase de chico se atrevería a robarle a un vampiro, y decidí que quizá más adelante pudieras serme útil.

—¿Para qué? —pregunté, intentando disimular que me temblaban las rodillas.

—Esa es la cuestión, ¿para qué? —replicó burlonamente.

Chasqueó los dedos y las cartas que había sobre la mesa se apilaron y metieron en su caja por sí solas. Las dejó a un lado e hizo crujir sus nudillos.

—Dime, Darren Shan, ¿para qué has venido? ¿Para volverme a robar? ¿Todavía deseas poseer a madame Octa?

Negué con la cabeza.

—¡No quiero volver a ver a ese monstruo jamás! —resoplé.

Se echó a reír.

—Pobrecita, se va a poner muy triste si oye esas palabras.

—No se burle de mí —le advertí—. No me gusta que me tomen el pelo.

—Ah, ¿no? —preguntó—. ¿Y qué piensas hacer si continúo?

Saqué el crucifijo y la botella de agua bendita y los alcé en el aire.

—¡Le atacaré con esto! —bramé, esperando que él cayera hacia atrás paralizado de miedo.

Pero no fue así. En lugar de eso, sonrió, volvió a chasquear los dedos y, de repente, el crucifijo y la botella de plástico habían desaparecido de mis manos y habían ido a parar a las suyas.

Observó detenidamente el crucifijo, soltó una risita y lo arrugó como si fuera de papel de aluminio hasta convertirlo en una pelotita. Luego destapó la botella de agua bendita y se la bebió de un trago.

—¿Sabes lo que más me gusta? —dijo—. Me encanta la gente que ve montones de películas de terror y lee libros de miedo. Porque se creen lo que leen y oyen, y aparecen cargando cosas estúpidas, como crucifijos y agua bendita en lugar de traer armas con capacidad de hacer daño de verdad, como pistolas o granadas de mano.

—¿Quiere decir que… los crucifijos… no le hacen ningún daño? —balbucí.

—¿Y por qué iban a hacérmelo? —preguntó.

—Porque usted es… el mal —dije.

—Ah ¿sí?

—Sí. Tiene que serlo. Usted es un vampiro Los vampiros son el mal.

—No deberías creer todo lo que te dicen. Es cierto que nuestros gustos son un tanto exóticos. Pero que nos guste beber sangre no significa que seamos malvados. ¿Acaso los murciélagos vampiro son malvados cuando les chupan la sangre a las vacas y los caballos?

—No —dije—. Pero eso es distinto. Son animales.

—También los humanos son animales —me dijo—. Si un vampiro mata a un ser humano, entonces sí, es la personificación del mal. Pero el que se limita a chupar un poco de sangre para llenar su pobre estómago hambriento… ¿Qué tiene eso de malo?

No encontré respuesta. Me sentía aturdido y ya no sabía en qué creer. Estaba a su merced, solo e indefenso.

—Ya veo que no estás de humor para disquisiciones filosóficas —dijo—. Muy bien. Reservaremos las discusiones para otro momento. Pero, dime, Darren Shan, si no se trata de mi araña, ¿qué es lo que quieres?

—Le picó a Steve Leonard —le dije.

—Al que todos conocen por Steve Leopard —dijo él asintiendo—. Un asunto feo. En cualquier caso, los chicos pequeños que juegan con cosas que no entienden, difícilmente pueden quejarse si luego…

—¡Quiero que usted le ayude! —le interrumpí gritando.

—¿Yo? —preguntó, haciéndose el sorprendido—. Pero si yo no soy médico. No soy un especialista. No soy más que un artista de circo. Un extraño. ¿Recuerdas?

—No —dije—. Usted es más que eso. Sé que usted puede salvarle. Sé que tiene poder suficiente para hacerlo.

—Es posible —dijo—. La picadura de madame Octa es mortal, pero siempre hay un antídoto para cada veneno. Quizá yo tenga la cura. Quizá tenga un frasco de suero capaz de hacer que tu amigo recupere sus funciones vitales.

—¡Sí! —grité lleno de júbilo—. ¡Lo sabía! ¡Lo sabía! ¡Lo…!

144

—Pero puede que sea un frasco pequeño —dijo el señor Crepsley, levantando un largo y huesudo dedo para hacerme callar—.
Puede que solo tenga una pequeña cantidad de suero. Quizá sea un
líquido precioso. Quizá quiera guardarlo para una auténtica emergencia, por si acaso madame Octa me pica alguna vez a mí. Puede
que no quiera malgastarlo con un crío.

—No —repliqué en voz baja—. Tiene que dármelo. Tiene que
utilizarlo con Steve. Se está muriendo. No puede permitir que
muera.

—Pues claro que puedo —rió el señor Crepsley—. ¿Qué tengo
yo que ver con tu amigo? Ya oíste lo que dijo la noche que estuvo
aquí: ¡dijo que cuando fuera mayor se haría cazador de vampiros!

—No hablaba en serio —balbucí—. Solo lo dijo porque estaba
enfadado.

—Quizá —musitó el señor Crepsley acariciándose la barbilla y
la cicatriz con aire, pensativo—. Pero te lo volveré a preguntar:
¿por qué razón tendría que salvar yo a Steve Leopard? Pagué muy
caro el suero, y no puedo reponerlo.

—Pagaré por él lo que me pida —grité.

Y, al parecer, eso era lo que esperaba escuchar. Lo percibí en sus
ojos, en la forma en que los entornó, en cómo luego se encorvó
hacia delante, sonriendo. Por eso no había querido recuperar a madame Octa aquella primera noche. Por eso no había abandonado la
ciudad.

—¿Pagar? —preguntó maliciosamente—. Pero si no eres más
que un crío. Es imposible que tengas suficiente dinero para comprar el remedio.

—Le pagaré poco a poco —prometí—. Cada semana durante
cincuenta años, o el tiempo que usted me diga. Cuando sea mayor
tendré trabajo y le entregaré todo mi dinero. Se lo juro.

Negó con la cabeza.

—No —dijo suavemente… Tu dinero no me interesa.

—¿Y qué es lo que le interesa? —pregunté en voz baja—. Estoy
seguro de que tiene un precio. Por eso me ha estado esperando, ¿no
es cierto?

—Eres un jovencito muy inteligente —dijo—. Lo supe en cuanto me desperté y vi tu nota en lugar de la araña. Me dije a mí mismo: «Larten, este chico es de lo más notable, un auténtico prodigio. Llegará lejos».

—Ahórrese todo ese rollo y dígame cuánto quiere —resoplé.

Se echó a reír groseramente, luego se puso serio.

—¿Recuerdas de qué hablamos Steve Leopard y yo? —preguntó.

—Naturalmente —repliqué—. Él quería convertirse en vampiro. Usted le dijo que era demasiado joven, así que él le propuso convertirse en su aprendiz. A usted en principio le pareció bien, pero luego descubrió que era una persona malvada y se negó.

—Más o menos —convino—. Excepto, acuérdate, que no me entusiasmaba la idea de tener un ayudante. Pueden resultar útiles, pero también ser una carga.

—¿Adónde quiere llegar? —pregunté.

—Lo he pensado mejor desde entonces —dijo—. He decidido que no es tan mala idea después de todo, especialmente ahora que me he desvinculado del Circo de los Extraños y tendré que arreglármelas por mi cuenta. Un aprendiz de vampiro podría ser justo lo que me recomendaría el médico hechicero.

Sonrió por el pequeño chiste que acababa de hacer.

Yo fruncí el ceño.

—¿Quiere decir que ahora sí permitiría que Steve se convirtiera en su ayudante?

—¡Por todos los cielos, no! —gritó—. ¿Aquel monstruo? No quiero ni imaginar las atrocidades que cometería cuando fuera adulto. No, Darren Shan, no quiero que Steve Leopard sea mi asistente.

Me señaló con su largo y huesudo dedo una vez más, y supe lo que iba a decir antes de que lo dijera.

—¡Me quiere a mí! —susurré, adelantándome a sus palabras.

Y su oscura y siniestra sonrisa me indicó que había dado en el clavo.

CAPÍTULO VEINTICINCO

—¡Está loco! —grité, tambaleándome hacia atrás—. ¡De ninguna manera me convertiré en su ayudante, aprendiz o lo que sea! ¡Debe de estar loco para haber pensado una cosa así!

El señor Crepsley se encogió de hombros.

—Entonces Steve Leopard morirá —se limitó a decir.

Dejé de retroceder.

—Por favor —supliqué—, tiene que haber alguna otra manera.

—Esto no admite discusión —dijo—. Si quieres salvar la vida de tu amigo tendrás que unirte a mí. Si te niegas, no tenemos nada más que hablar.

—¿Y si yo…?

—¡No me hagas perder más tiempo! —gritó, dando un golpe sobre la mesa—. Llevo dos semanas viviendo en este sucio agujero lleno de pulgas, cucarachas y piojos. Si no te interesa mi oferta, dilo y márchate. Pero no me hagas perder el tiempo con otras posibilidades porque no las hay.

Asentí lentamente y me acerqué un poco más a él.

—Cuénteme más detalles de lo que supone ser un aprendiz de vampiro —dije.

Él sonrió.

—Serás mi compañero de viaje —me explicó—. Viajarás conmigo por todo el mundo. Serás mis ojos y mis manos durante el día.

—Pues claro que duele —se rió él—. También a mí me hace daño. ¿Acaso creías que convertirse en vampiro resulta fácil? Ve acostumbrándote al dolor. Te queda mucho por delante.

Se llevó dos de mis dedos a la boca y chupó un poco de sangre. Le observé enjuagándose la boca con ella para comprobar su calidad. Por fin asintió y se la tragó.

—Es sangre buena —dijo—. Podemos proceder.

Apretó sus dedos contra los míos. Durante unos segundos sentí que se me adormecían los extremos de los brazos. Entonces noté que la sangre pasaba de mi cuerpo al suyo a través de mi mano izquierda, mientras que por la derecha me entraba la sangre de él.

Fue una extraña sensación de hormigueo. Notaba cómo su sangre me subía por el brazo derecho, luego bajaba por el costado y volvía a subir por la izquierda. Cuando me llegó al corazón sentí un dolor lacerante que casi hizo que me desmayara. Lo mismo le sucedió al señor Crepsley; vi cómo apretaba los dientes, sudoroso.

El dolor continuó hasta que la sangre del señor Crepsley bajó por mi brazo izquierdo y empezó a fluir de nuevo por su cuerpo. Permanecimos unidos un par de segundos más, hasta que él se apartó de un empujón. Caí de espaldas contra el suelo. Me sentía mareado y enfermo.

—Dame los dedos —dijo el señor Crepsley. Observé cómo se chupaba los suyos—. Mi saliva curará las heridas. De lo contrario, seguirías perdiendo sangre hasta morir.

Bajé la vista hacia mis manos y vi cómo se derramaba la sangre. Estirándolas hacia él, dejé que el vampiro se las metiera en la boca y pasara su áspera lengua por las yemas de los dedos.

Cuando las dejó, la hemorragia había cesado. Me sequé los restos de sangre con un pedazo de tela. Me examiné los dedos y comprobé que ahora tenían diez diminutas cicatrices.

—Así es como se reconoce a un vampiro —me dijo el señor Crepsley—. Hay otras maneras de transformar a un humano, pero los dedos son el método más sencillo y menos doloroso.

—¿Ya está? —pregunté—. ¿Ya soy medio vampiro?

—Sí —contestó él.

—No noto ninguna diferencia —le dije.

—Tendrán que pasar unos días antes de que los efectos se manifiesten —dijo—. Siempre hay un período de adaptación. De lo contrario, el shock podría ser excesivo.

—¿Y cómo se convierte uno en vampiro del todo? —pregunté.

—De la misma manera. Solo que hay que permanecer unidos más tiempo, de forma que te entre en el cuerpo más cantidad de sangre de vampiro.

—¿Qué podré hacer con mis nuevos poderes? —pregunté—. ¿Podré transformarme en murciélago?

Su risotada retumbó en toda la estancia.

—¡Un murciélago! —chilló—. No creerás en esas estúpidas historias, ¿no? ¿Cómo podría transformarse alguien de tu corpulencia o de la mía en una diminuta rata voladora? Usa el cerebro, chico. ¡No podemos transformarnos en murciélagos, ratas o humo más de lo que somos capaces de transformarnos en barcos, aviones o gorilas!

—Entonces, ¿qué podemos hacer? —pregunté.

Se rascó la barbilla.

—Son demasiadas cosas para explicártelas todas ahora —dijo—. Tenemos que atender a tu amigo. Si no toma el antídoto antes de mañana por la mañana, el suero no funcionará. Además, hay mucho tiempo por delante para hablar de poderes secretos.

Y añadió sonriendo:

—Se podría decir que tenemos todo el tiempo del mundo.

CAPÍTULO VEINTISÉIS

El señor Crepsley me condujo escaleras arriba y salimos del edificio. Caminaba sin titubear en la oscuridad. Me pareció que mi visión había mejorado, pero puede que simplemente se me hubieran acostumbrado los ojos y aquella sensación no tuviera nada que ver con la sangre de vampiro que llevaba en las venas.

Una vez fuera, me dijo que me colgara de sus hombros.

—Cógete del cuello. No te sueltes ni hagas movimientos bruscos.

Mientras me encaramaba a sus hombros, bajé la vista y noté que llevaba zapatillas de deporte. Me pareció extraño pero no dije nada.

Cuando me hubo cargado a la espalda, se puso a correr. Al principio no noté nada raro, pero enseguida empecé a darme cuenta de lo veloces que pasaban los edificios a mi lado. Las piernas del señor Crepsley no parecían moverse tan deprisa. Por el contrario, ¡era como si el mundo se moviera más aprisa y nosotros pasáramos de largo!

Llegamos al hospital en un par de minutos. Lo normal era tardar veinte minutos andando a buen paso.

—¿Cómo ha hecho eso? —pregunté bajando al suelo.

—La velocidad es algo relativo —dijo ajustándose su capa roja sobre los hombros, apresurándose a arrastrame de nuevo entre las sombras, donde no podíamos ser vistos.

Y esa fue su única respuesta.

—¿En qué habitación está tu amigo? —preguntó.

Le dije el número de habitación en que se encontraba Steve. Levantó la vista, se puso a contar ventanas, asintió para sus adentros y me dijo que volviera a subir a su espalda. Cuando estuve bien acomodado, caminó hacia la pared exterior del hospital, se quitó las zapatillas de deporte y apoyó los dedos de manos y pies en el muro. Y entonces sacó las uñas… ¡y las hundió en los ladrillos!

—Hummm —murmuró—, es un poco endeble, pero aguantará. No te dejes llevar por el pánico si resbalamos. Puedo caer de pie sin problemas. Hace falta mucha altura para matar a un vampiro.

Empezó a trepar por el muro, clavando las uñas en él, adelantando una mano, luego un pie, después la otra mano y el otro pie, un paso detrás de otro. Se movía deprisa y con agilidad, y en cuestión de segundos estuvimos en la ventana de Steve, agazapados en el alféizar, al acecho.

No estaba muy seguro de la hora, pero sin duda era muy tarde. Aparte de Steve, no había nadie en la habitación. El señor Crepsley tanteó la ventana. Estaba cerrada. Apoyó los dedos de una mano junto al cristal, a la altura del pestillo, y chasqueó los de la otra.

¡El pestillo se abrió con un clic! Levantó la ventana y entró en la habitación. Me bajé de su espalda. Mientras él comprobaba que la puerta estuviera bien cerrada, yo examiné a Steve. Su respiración era más irregular, y llevaba tubos nuevos por todo el cuerpo, conectados a máquinas de aspecto amenazador.

—El veneno ha surtido efecto muy rápidamente —dijo el señor Crepsley, mirándole por encima de mi hombro—. Puede que sea demasiado tarde para salvarle la vida.

Al oír esas palabras se me heló la sangre en las venas.

El señor Crepsley se inclinó sobre Steve y le levantó un párpado. Durante unos segundos que me parecieron larguísimos siguió mirando el globo ocular de Steve mientras con la otra mano sostenía su muñeca, tomándole el pulso. Por fin emitió un gruñido.

—Hemos llegado a tiempo —dijo, y sentí que se me henchía el corazón—. Pero es una suerte que te hayas decidido. Unas pocas horas más y estaría desahuciado.

—Limítese a poner manos a la obra y curarle —le espeté, sin querer enterarme de lo cerca que estaba de la muerte mi mejor amigo.

El señor Crepsley rebuscó en uno de sus incontables bolsillos y sacó un pequeño vial de vidrio. Encendió la lámpara de la mesilla de noche y puso el frasco al trasluz para examinar el suero.

—Tengo que tener cuidado —me dijo—. Este antídoto es casi tan letal como el veneno. Un par de gotas más de la cuenta y…

No tuvo necesidad de acabar la frase.

Ladeó la cabeza de Steve y me dijo que se la sostuviera en esa posición. Apoyó una de sus uñas en el cuello de Steve y le hizo un pequeño corte. Empezó a brotar sangre de la herida. La taponó con un dedo, mientras con la otra mano le quitaba el tapón de corcho al frasco.

Se lo llevó a los labios y se dispuso a beber.

—Pero ¿qué hace? —pregunté.

—Tengo que morderle para inoculárselo. Un médico podría inyectárselo, pero yo no entiendo de agujas ni cosas parecidas.

—¿Es seguro? —pregunté—. ¿No le transmitirá ninguna enfermedad?

El señor Crepsley sonrió.

—Si quieres llamar a un médico, eres libre de hacerlo. De lo contrario, tendrás que tener un poco de fe en un hombre que ya hacía esto mucho antes de que tu abuelo naciera.

Se llenó la boca de líquido y lo paladeó. Luego se inclinó hacia delante y cubrió el corte con los labios. Hinchó los carrillos y empezó a inocularle el suero a Steve.

Al terminar volvió a sentarse y se secó los labios. Escupió los restos del líquido.

—Siempre me da miedo tragarme esta porquería accidentalmente. Cualquier noche de estas aprenderé a hacerlo de forma menos peligrosa.

Estaba a punto de contestarle cuando Steve se movió. Flexionó el cuello, enderezó la cabeza, levantó los hombros. Sus brazos y piernas se convulsionaron espasmódicamente y sin control. Con el rostro crispado empezó a gemir.

—¿Qué está pasando? —pregunté, temiendo que algo hubiera ido mal.

—Todo va bien —dijo el señor Crepsley, dejando el frasco a un lado—. Estaba al borde de la muerte. El viaje de vuelta nunca es agradable. Sufrirá un poco, pero sobrevivirá.

—¿Tendrá efectos secundarios? ¿No quedará paralítico o algo así?

—No. Se pondrá bien. Sentirá cierta rigidez y se resfriará fácilmente, pero, por lo demás, será el de siempre.

Steve abrió los ojos de repente y nos miró. Una expresión de perplejidad cruzó su rostro e intentó decir algo. Pero tenía la boca paralizada; puso los ojos en blanco y luego los volvió a cerrar.

—¿Steve? —grité sacudiéndolo—. ¿Steve?

—Esto le ocurrirá con frecuencia —dijo el señor Crepsley—. Pasará toda la noche en un estado semiconsciente, despertándose y durmiéndose alternativamente. Pero por la mañana ya estará del todo despierto, y cuando llegue la tarde se levantará y pedirá la cena. Venga, vámonos.

—Quiero quedarme un rato más para asegurarme de que se recupera —repliqué.

—De lo que quieres asegurarte es de que no te haya engañado. Mañana volveremos y verás que se encuentra bien. Ahora tenemos que irnos. Si nos quedamos…

¡De repente se abrió la puerta y entró una enfermera!

—¿Qué está pasando aquí? —gritó sorprendida de vernos—. ¿Quién demonios son…?

El señor Crepsley reaccionó con rapidez, agarró el cubrecamas de Steve y se lo lanzó a la enfermera. Ella cayó al suelo, intentando desembarazarse de la tela que se le enredaba en las manos.

—Vamos —dijo entre dientes el señor Crepsley, corriendo hacia la ventana—. Tenemos que irnos inmediatamente.

Miré fijamente la mano que me tendía, luego a Steve, a la enfermera y hacia la puerta abierta.

El señor Crepsley retiró la mano.

—Ya veo —dijo tristemente—. No quieres seguir adelante con nuestro pacto.

Titubeé, abrí la boca para contestar y luego —actuando sin pensar— me di la vuelta y eché a correr hacia la puerta.

Creí que me detendría, pero no hizo nada, se limitó a aullar a mis espaldas:

—¡Muy bien! ¡Corre, Darren Shan! No te servirá de nada. Ahora eres una criatura de la noche. ¡Eres uno de los nuestros! Volverás. Volverás arrastrándote, pidiendo ayuda de rodillas. ¡Corre, estúpido, corre!

Y se echó a reír siniestramente.

Su risa me persiguió por el pasillo y escaleras abajo hasta que llegué a la puerta principal. Mientras corría, miraba continuamente por encima del hombro, esperando que en cualquier momento se abalanzara sobre mí, pero llegué a casa sin notar el menor indicio de su presencia, ni de su olor, ni de sonido alguno.

Lo único que persistía era su risa, que resonaba en mi cerebro como la maldición de una bruja.

CAPÍTULO VEINTISIETE

Me hice el sorprendido cuando mamá colgó el teléfono aquel lunes por la mañana y me dijo que Steve se había recuperado. Estaba emocionada y se puso a dar saltos de alegría conmigo y con Annie en la cocina.

—¿Y se ha restablecido él solito? —preguntó papá.

—Sí —dijo ella—. Los médicos no lo entienden, pero lo único que importa es que se encuentra bien.

—Increíble —murmuró papá.

—Puede que sea un milagro —dijo Annie, y tuve que girar la cabeza para ocultar una sonrisa. ¡Un milagro!

Mientras mamá salía para ir a visitar a la señora Leonard, me encaminé hacia el colegio. Estaba medio asustado pensando que la luz del sol quizá me quemara, pero naturalmente no fue así. El señor Crepsley me había dicho que podría moverme libremente durante el día.

De vez en cuando me preguntaba si aquello no había sido más que una pesadilla. Al recordar lo ocurrido, todo me parecía una locura. En el fondo de mi corazón sabía que era real, pero intentaba no creérmelo, y a veces casi llegaba a conseguirlo.

Lo que más detestaba era la idea de tener que estar atrapado en mi cuerpo durante tantísimo tiempo. ¿Cómo podía explicárselo a mamá, a papá y a los demás? En solo dos años tendría un aspecto ridículo, sobre todo en el colegio, en una clase rodeado de chicos que parecerían mucho mayores que yo.

Fui a visitar a Steve el martes. Ya se había levantado de la cama y estaba sentado mirando la televisión mientras se zampaba una caja de bombones. Se mostró encantado de verme y me habló de su estancia en el hospital, la comida, los juegos que le dejaban las enfermeras para entretenerse, los regalos que se amontonaban.

—Tendré que dejar que me piquen arañas venenosas más a menudo —bromeó.

—Yo en tu lugar no lo convertiría en una costumbre —le dije—. Puede que la próxima vez no te salga bien.

Se me quedó mirando fijamente.

—¿Sabes?, los médicos están desconcertados —dijo Steve—. No saben qué es exactamente lo que casi me causa la muerte, y tampoco saben cómo he podido superarlo.

—¿No les has dicho nada de madame Octa? —pregunté.

—No —dijo—. No me pareció que fuera la mejor idea del mundo. Te habría creado problemas a ti.

—Gracias, Steve.

—¿Qué pasó con la araña? —preguntó—. ¿Qué hiciste con ella después de que me picara?

—La maté —mentí—. Sentí pánico y la pisoteé con todas mis fuerzas hasta que no quedó ni rastro.

—¿De verdad?

—De verdad.

Asintió lentamente, sin quitarme los ojos de encima ni un momento.

—Al despertar —dijo—, tuve la sensación de que te veía. Debí de equivocarme, porque era una noche muy oscura. Pero fue como soñar despierto. Hasta me pareció ver a alguien contigo, alto y feo, vestido de rojo, con el pelo anaranjado y una larga cicatriz que le cruzaba la mejilla izquierda.

No dije nada. No podía. Sin levantar la vista del suelo, empecé a retorcerme las manos.

—Otra cosa curiosa —dijo—. La enfermera que me encontró, ya despierto, jura que había dos personas en la habitación, un hombre y un chico. Los médicos creen que la imaginación le ha jugado una mala pasada y han dicho que no tiene importancia. Pero es raro, ¿no te parece?

—Muy raro —convine, incapaz de mirarle a los ojos.

Empecé a notar cambios en mi cuerpo durante los dos días siguientes. Me costaba mucho conciliar el sueño, me pasaba la noche andando arriba y abajo. Se me agudizó el oído; era capaz de oír conversaciones que tenían lugar muy lejos. En el colegio, oía las voces que llegaban desde dos aulas más allá, como si no hubiera paredes entre ellas.

Mi cuerpo se hizo más atlético. Podía correr por el patio durante el recreo sin sudar ni una gota. Nadie aguantaba mi ritmo. También era más consciente de mi físico y perfectamente capaz de controlarlo. Era mucho más hábil con la pelota de fútbol, hacía con ella lo que me daba la gana, driblaba a mis contrincantes a voluntad. Solo el jueves marqué dieciséis goles.

También aumentó mi fortaleza. Era capaz de hacer tantas flexiones como quisiera. La musculatura era la misma —por lo menos, yo no notaba ningún músculo nuevo—, pero una extraña fuerza que nunca antes había experimentado recorría todo mi cuerpo. Todavía tenía que ponerla a prueba, pero estaba convencido de que podía ser inmensa.

Intentaba ocultar mis nuevas facultades, pero era difícil. Justifiqué el hecho de que alcanzara mayor velocidad y jugara mejor al fútbol explicando que entrenaba el doble, pero había otras cosas más difíciles de esconder.

Como ocurrió el jueves, cuando sonó el timbre después del recreo. El portero al que ya le habían metido dieciséis goles acababa de sacar de puerta. La pelota venía hacia mí, así que levanté la mano derecha para atraparla. La cogí, pero al apretar, ¡hundí sin darme cuenta las uñas y la reventé!

Y una noche, mientras estaba cenando en mi casa, me sentí incapaz de concentrarme en lo que hacía. Oía discutir a los vecinos y tenía toda mi atención puesta en sus argumentaciones. Estaba comiendo patatas fritas y salchichas, y de golpe noté que la comida estaba más dura de lo normal. Bajé la mirada y me di cuenta de que... ¡estaba triturando el tenedor hasta convertirlo en añicos! Por fortuna, nadie lo vio, y me las arreglé para tirarlo disimuladamente a la basura mientras lavaba los platos.

Steve llamó el jueves por la noche. Le habían dado de alta en el hospital. Le habían ordenado reposo por unos días y no tenía por qué volver al colegio hasta pasado el fin de semana, pero me explicó que había convencido a su madre de que tenía que dejarle ir al día siguiente mismo si no quería que se volviera loco de aburrimiento.

—¿Me estás diciendo que tienes ganas de venir al colegio? —le pregunté perplejo.

—Suena raro, ¿verdad? —rió—. Siempre estoy buscando excusas para quedarme en casa. ¡Y ahora que tengo una auténtica, quiero ir! Pero no sabes lo tétrico que resulta estar solo y encerrado todo el día. Ha sido divertido durante un par de días, pero una semana entera... ¡Brrr!

Pensé en decirle a Steve la verdad, pero no estaba seguro de cómo iba a tomárselo. Él había deseado convertirse en vampiro. No me parecía que fuera a gustarle la idea de que el señor Crepsley me hubiera elegido a mí en lugar de a él.

Y contárselo a Annie era sencillamente impensable. Ella no había vuelto a mencionar a madame Octa desde la recuperación de Steve, pero a menudo la sorprendía observándome. No sé qué le pasaba por la cabeza, pero imagino que debía de ser algo así: «Steve está mejor, pero no gracias a ti. Tuviste la oportunidad de salvarle la vida y no lo hiciste. Has mentido y has puesto en peligro su vida solo por no meterte en líos. ¿Habrías hecho lo mismo si se hubiera tratado de mí?».

Steve fue el centro de atención aquel viernes. Toda la clase se apiñó a su alrededor suplicándole que explicase lo que le había pasado. Querían saber qué le había envenenado, cómo había conseguido sobrevivir, qué tal le había ido en el hospital, si tenía alguna cicatriz y todo ese tipo de cosas.

—No sé qué era lo que me picó o mordió —dijo él—. Fue en casa de Darren. Yo estaba sentado junto a la ventana. Oí un ruido, pero no tuve tiempo de ver qué era antes de sentir la mordedura y desmayarme.

Nos habíamos puesto de acuerdo en explicar los dos lo mismo cuando le visité en el hospital.

Nunca me había sentido tan extraño como aquel viernes. Pasé toda la mañana con la mirada errática, sintiéndome fuera de lugar. Me parecía un sinsentido. «Yo no tendría que estar aquí —me repetía para mis adentros—. Ya no soy un chico normal y corriente. Debería estar ganándome la vida como aprendiz de vampiro. ¿De qué van a servirme ahora el inglés, la historia y la geografía? Este ya no es mi medio natural.»

Tommy y Alan le hablaron de mis maravillas en el campo de fútbol.

—Últimamente corre como el viento —dijo Alan.

—Y juega como Pelé —añadió Tommy.

—¿De veras? —preguntó Steve, mirándome de una forma extraña—. ¿Y a qué se debe ese cambio tan espectacular, Darren?

—No ha cambiado nada —mentí—. Es solo que tengo una buena racha. La suerte me sonríe.

—¡Vaya con el Señor Modestia! —rió Tommy—. El señor Dalton ha dicho que quizá le promocione para que le fichen en el equipo de los subdiecisiete. ¡Imagínate! ¡Uno de nosotros jugando con los subdiecisiete! Nadie de nuestra edad ha jugado nunca en ese equipo.

—No —musitó Steve—, es verdad.

—¡Bah! Lo ha dicho por decir —intervine, intentando cambiar de tema.

—Es posible —dijo Steve—. Quizá.

Aquel día durante el recreo jugué mal ex profeso. Me daba perfecta cuenta de que Steve estaba muy suspicaz. No creo que supiera lo que estaba pasando, pero me notaba algo distinto. No corrí exageradamente y dejé pasar ocasiones en las que, por regla general, habría metido gol sin necesidad siquiera de los poderes especiales.

Mi táctica funcionó. Para cuando acabó el partido, había dejado de estudiar cada movimiento que yo hacía y volvía a bromear conmigo como siempre. Pero al día siguiente sucedió algo que lo echó todo a perder.

Alan y yo corríamos tras la pelota. Él no tenía por qué ir a buscarla, puesto que estaba yo más cerca. Pero Alan era un poco más joven que el resto de nosotros y a veces actuaba como un estúpido. Pensé en retirarme, pero estaba harto de jugar mal. El final del recreo se acercaba y quería marcar por lo menos un gol. Así que decidí que, si de mí dependía, Alan Morris podía irse al infierno. Aquella pelota era mía, y si se interponía en mi camino... ¡duro con él!

Tuvimos un encontronazo justo antes de llegar a la pelota. Alan soltó un grito y salió volando por los aires. Sonreí de satisfacción, controlé la pelota con un pie y me giré hacia la portería.

La visión de la sangre me hizo parar en seco.

Alan había caído mal y se había hecho un corte en la rodilla izquierda. Era una herida fea, y no dejaba de sangrar a chorros. Él se había echado a llorar y ni siquiera intentaba taparla con un pañuelo de papel o un pedazo de tela.

Alguien chutó la pelota por debajo de mi pie y se la llevó. No hice caso. Tenía la mirada fija en Alan. Más concretamente, en la rodilla de Alan. Más concretamente todavía, en la sangre de Alan.

Di un paso hacia él. Y otro. Ahora estaba encima de él, cubriéndole con mi sombra. Levantó la mirada y debió de ver algo extraño en mi rostro, porque dejó de llorar y se me quedó mirando con inquietud.

Caí de rodillas y, sin tiempo a darme cuenta de lo que estaba haciendo, cubrí la herida de su pierna con la boca y... ¡empecé a chuparle la sangre y a tragármela!

Solo duró unos segundos. Yo tenía los ojos cerrados y la boca anegada de sangre. Tenía un sabor delicioso. No estoy seguro de cuánto hubiera chupado ni hasta qué punto hubiera podido hacerle daño a Alan. Afortunadamente, no tuve ocasión de descubrirlo.

Fui consciente de estar rodeado de gente y abrí los ojos. Casi todos habían dejado de jugar y me miraban horrorizados. Aparté los labios de la rodilla de Alan y miré alrededor a mis amigos, preguntándome cómo iba a explicarles aquello.

De repente se me ocurrió la solución: me puse en pie de un brinco y abrí los brazos. Grité:

—¡Soy el señor de los vampiros! —chillé—. ¡El rey de los inmortales! ¡Os chuparé la sangre a todos!

Se me quedaron mirando perplejos; luego se echaron a reír. ¡Creyeron que era una broma! Pensaron que solo simulaba ser un vampiro.

—Estás chiflado, Shan —dijo alguien.

—¡Qué asqueroso! —chilló una chica, al ver que la sangre me resbalaba goteando por el mentón—. ¡Deberían encerrarte!

Sonó el timbre que anunciaba que había que volver a clase. Me sentí satisfecho de mí mismo. Creí que había conseguido engañar a todo el mundo. Pero entonces vi a alguien al fondo del corrillo que me hizo palidecer. Era Steve, y la expresión sombría de su rostro me hizo comprender exactamente lo que acababa de suceder. No se había dejado engañar en absoluto.

Él lo sabía.

CAPÍTULO VEINTIOCHO

Aquella noche evité a Steve y corrí directamente a casa. Estaba confuso. ¿Por qué había atacado a Alan? Yo no quería beberme la sangre de nadie. No había estado buscando ninguna víctima. ¿Cómo había podido abalanzarme sobre él como un animal salvaje? ¿Y qué pasaría si eso volvía a sucederme? ¿Y si la próxima vez no había nadie cerca que pudiera detenerme y yo empezaba a chupar hasta…?

No, aquella idea era una locura. La visión de la sangre me había cogido por sorpresa, eso era todo. No me lo esperaba. Esa experiencia me serviría de aprendizaje y la siguiente vez sería capaz de contenerme.

Todavía tenía el sabor de la sangre en la boca, así que fui al cuarto de baño y me la enjuagué con varios vasos de agua, y me lavé los dientes.

Me escruté en el espejo. Tenía la misma cara de siempre. No tenía los dientes ni más largos ni más afilados. Los ojos y las orejas eran los de siempre. Tenía el mismo cuerpo de siempre. Nada de músculos de más, nada de peso añadido, ningún nuevo mechón de pelo. La única diferencia visible eran las uñas, que se habían endurecido y estaban más oscuras.

Pero, entonces, ¿por qué actuaba de aquella forma tan rara?

Deslicé una uña sobre el cristal del espejo e hice una larga y profunda rayada.

«Voy a tener que ir con cuidado con estas uñas», pensé para mis adentros.

Aparte de haber atacado a Alan, no creía estar gravemente desquiciado. De hecho, cuanto más pensaba en ello, menos espantoso me parecía. De acuerdo, sí, me costaría mucho tiempo madurar, y tendría que estar alerta ante la sangre fresca. Esa idea me intranquilizaba.

Pero, aparte de eso, la vida podía ser agradable. Era más fuerte que nadie de mi edad, más rápido y más ágil. Podía ser atleta, boxeador o futbolista. Puede que mi edad fuera un factor en contra, pero, si tenía suficiente talento, eso no tendría importancia.

¡Imagínate: un vampiro futbolista! Ganaría millones. Aparecería en shows televisivos, la gente escribiría libros acerca de mí, harían una película sobre mi vida, y hasta era posible que alguna banda famosa me pidiera que cantara con ellos. Quizá encontrara trabajo en el mundo del cine como especialista haciendo de doble de otros niños. O incluso...

Un golpe en la puerta interrumpió el hilo de mis pensamientos.

—¿Quién es? —pregunté.

—Annie —contestaron—. ¿Aún no estás listo? Llevo una eternidad esperando para utilizar el baño.

—Entra —le dije—. Ya estoy.

Entró.

—¿Otra vez admirando tu belleza delante del espejo? —preguntó.

—Por supuesto —sonreí—. ¿Por qué no?

—Si yo tuviera una cara como la tuya, me mantendría bien alejada de los espejos —dijo con una risilla.

Iba envuelta en una toalla. Abrió los grifos de la bañera y puso la mano debajo del agua para comprobar que no estaba demasiado caliente. Luego se sentó en el borde y se me quedó mirando con detenimiento.

—Tienes un aspecto un poco raro —dijo.

—No es verdad —le contesté. Entonces, mirándome al espejo, pregunté—: ¿En serio?

—Sí —dijo ella—. No sé qué es, pero te veo algo distinto.

—Son imaginaciones tuyas —repliqué yo—. Soy el mismo de siempre.

—No —repuso sacudiendo la cabeza—. Estás claramente…

La bañera empezó a desbordarse, así que dejó de hablar un instante, se giró y cerró los grifos. Cuando se inclinó sobre ellos, se me clavaron los ojos en la curva de su cuello y se me secó la boca de repente.

—Como te decía, tienes un aspecto… —empezó a decir, incorporándose.

Se interrumpió al percibir mi mirada.

—¿Darren? —preguntó inquieta—. Darren, pero ¿qué…?

Alcé la mano derecha y ella permaneció en silencio. Abrió los ojos como platos y se quedó mirando fijamente y muda mis dedos, mientras yo los movía lentamente, primero de un lado a otro y luego en pequeños círculos. No estaba muy seguro de cómo lo hacía, pero ¡la estaba hipnotizando!

—Ven aquí —gruñí con un profundo tono de voz.

Annie se puso en pie y obedeció. Se movía como una sonámbula, con los ojos en blanco, los brazos y las piernas rígidos.

Cuando se detuvo ante mí, reseguí el perfil de su cuello con los dedos. Mi respiración se había tornado pesada y lenta, y la veía como entre una espesa niebla. Me pasé la lengua por los labios muy despacio y oí el ruido de mis tripas. En el cuarto de baño hacía tanto calor que parecía un horno; veía las gotas de sudor deslizándose por el rostro de Annie.

Di un rodeo hasta ponerme detrás de ella, sin apartar en ningún momento las manos de su carne. Notaba sus venas palpitantes mientras las acariciaba, y cuando presioné en la base del cuello, una de ellas se hinchó, hermosa y azul, como pidiendo que la sajaran hasta vaciarla.

Saqué los dientes y me incliné sobre ella, con las mandíbulas completamente abiertas.

En el último momento, cuando mis labios rozaban su cuello, vi mi propio reflejo en el espejo, y afortunadamente eso bastó para detenerme.

Mi rostro en el espejo era una máscara retorcida, un rostro irreconocible, en el que solo se veían mis ojos enrojecidos que parecían cubrirlo por completo, lleno de profundas arrugas y con una mueca perversa. Levanté la cabeza para mirar más de cerca. Era y no era yo. Era como si dos personas distintas compartieran un solo cuerpo: un chico normal, un ser humano, y un animal salvaje de la noche, un ser sobrenatural.

Mientras observaba, aquella horrible máscara se desvaneció junto con la necesidad de beber sangre. Me quedé mirando a Annie, horrorizado. ¡Había estado a punto de morderla! ¡Me habría alimentado de mi propia hermana!

Me alejé de ella tambaleándome entre sollozos y me cubrí la cara con las manos, aterrorizado por el espejo y por lo que pudiera ver en él. Annie retrocedió trastabillando y recorrió con la mirada extraviada el techo del cuarto de baño.

—¿Qué me está pasando? —preguntó—. Me siento rara. Había entrado para darme un baño, ¿no? ¿Ya está listo?

—Sí —dije en voz baja—. Ya está preparado.

Yo también estaba preparado. ¡Preparado para convertirme en vampiro!

—Te dejaré sola —dije, y salí.

En el vestíbulo me dejé caer contra la pared, donde me quedé un par de minutos respirando profundamente e intentando tranquilizarme.

No podría controlarme. La sed de sangre era algo que no sería capaz de vencer. Ahora ya ni siquiera podría permitirme la vista de sangre derramada. El mero hecho de pensar en ella había bastado para despertar el monstruo que había en mí.

Llegué tambaleándome hasta mi habitación y me derrumbé sobre la cama, y lloré, pues sabía que mi vida como ser humano había terminado. Ya no podría seguir viviendo sin más como el Darren Shan de siempre. El vampiro que había en mí era incontrolable. Tarde o temprano me obligaría a hacer algo horrible y acabaría por asesinar a mamá, o a papá, o a Annie.

No podía permitir que eso sucediera. ¡No podía! Mi vida había dejado de tener importancia, pero no la de mis amigos y la de mi familia. Si quería protegerlos tendría que irme lejos de allí, a algún lugar en el que no pudiera causar daño.

Esperé a que cayera la noche y luego salí. Esta vez no quería marcharme por ahí hasta que mis padres estuvieran dormidos. No me atrevía, porque sabía que uno de ellos vendría a mi habitación antes de acostarse. Ya me lo estaba imaginando, mamá inclinándose sobre mí para darme un beso de buenas noches y llevándose un susto de muerte cuando la mordiera en el cuello.

No dejé ninguna nota ni me llevé nada. No me sentía capaz de pensar en esas cosas. Lo único que sabía era que tenía que marcharme, y cuanto antes mejor. Cualquier cosa que retrasara mi huida empeoraría la situación. Caminé a buen paso y pronto alcancé la entrada del teatro. Ya no me parecía tenebroso. Me había acostumbrado a verlo. Además, los vampiros no tienen nada que temer de los edificios sombríos y malditos.

El señor Crepsley me estaba esperando tras la puerta principal.

—Te he oído llegar —dijo—. Te has entretenido más de lo que pensaba en el mundo de los humanos.

—Le he chupado la sangre a uno de mis mejores amigos —le dije—. Y he estado a punto de morder a mi hermana pequeña.

—Pues has salido bien parado —dijo—. Muchos vampiros matan a alguien cercano antes incluso de darse cuenta de que están condenados.

—No hay vuelta atrás, ¿no? —pregunté con tristeza—. ¿No existe ninguna pócima capaz de devolverme la naturaleza humana o de evitar que ataque a la gente?

—Lo único que puede detenerte ahora —dijo él— es la consabida estaca atravesándote el corazón.

—Pues qué bien —suspiré—. No me entusiasma, pero supongo que no tengo elección. Soy suyo. No volveré a escaparme. Haga conmigo lo que quiera.

Crepsley asintió lentamente.

—Es probable que no creas lo que voy a decirte —dijo—, pero sé por lo que estás pasando y lo siento por ti. —Sacudió la cabeza apesadumbrado—. Pero no hay nada que hacer. Tenemos mucho trabajo por delante y no nos podemos permitir el lujo de perder el tiempo. Vamos, Darren Shan —me dijo cogiéndome de la mano—. Tienes que trabajar muy duro hasta que asumas tu cometido y consigas demostrar que sirves como aprendiz.

—¿Y qué tengo que hacer? —pregunté desconcertado.

—Lo primero que hay que hacer —contestó con una sonrisa taimada— es... ¡matarte!

CAPÍTULO VEINTINUEVE

Pasé mi último fin de semana despidiéndome en silencio. Visité todos y cada uno de mis lugares favoritos: la biblioteca, la piscina, el cine, los parques, el estadio de fútbol. A algunos sitios fui con mamá o con papá, a otros con Alan Morris o Tommy Jones. Me hubiera gustado pasar un rato con Steve, pero no podía soportar la idea de enfrentarme a él.

Tuve la sensación, con bastante frecuencia, de que alguien me seguía; notaba que se me erizaban los pelos de la nuca. Pero ninguna de las veces que me giré para comprobarlo conseguí ver a nadie. Finalmente, lo atribuí al nerviosismo y acabé por no hacer caso.

Cada minuto pasado con mi familia o mis amigos me parecía especial. Prestaba mucha atención a sus rostros y sus voces, para no olvidarlos. Sabía que nunca volvería a ver a aquellas personas, y eso me desgarraba las entrañas, pero no había otro remedio. Ya no había vuelta atrás.

Nada de lo que hicieran podía parecerme mal aquel fin de semana. Los besos de mamá no me abochornaban, las órdenes de papá no me molestaban, los estúpidos chistes de Alan ya no me incordiaban.

Pasé más tiempo con Annie que con nadie. Era la persona a quien más iba a echar en falta. La llevé a caballito y la cogí en brazos para columpiarla y la llevé al estadio de fútbol conmigo y con Tommy. ¡Hasta jugué con sus muñecas!

A veces tenía ganas de llorar. Miraba a mamá o a papá, o a Annie, y me daba cuenta de hasta qué punto los quería, de lo vacía que en adelante estaría mi vida sin ellos. En esos momentos tenía que girarme y respirar muy hondo. Hubo un par de veces en que eso no fue suficiente y tuve que marcharme a toda prisa para poder llorar en privado.

Creo que intuían que algo no iba bien. Un sábado por la noche mamá vino a mi habitación y se quedó conmigo una eternidad, arropándome en la cama, contándome cosas, escuchándome. Hacía años que no pasábamos tanto tiempo juntos de esa forma. Cuando se marchó, lamenté no haber disfrutado con ella de más noches como aquella.

Por la mañana, papá me preguntó si había alguna cosa de la que quisiera hablar con él. Me dijo que era un chico en edad de crecimiento y que iba a experimentar muchos cambios en mi vida, que él sabría comprender bruscas alteraciones en mi estado de ánimo o el hecho de que quisiera independizarme si era el caso. Pero él siempre estaría allí dispuesto a escucharme.

«¡Tú sí, pero seré yo quien no estará!» Sentí ganas de llorar, pero permanecí en silencio, asentí y le di las gracias.

Me comportaba lo mejor que podía. Quería que, por lo menos al final, les quedara una buena impresión de mí, que me recordaran como a un buen hijo, un buen hermano, un buen amigo. No quería que nadie me tuviera en mal concepto una vez que me hubiera ido.

Aquel domingo papá iba a llevarnos a cenar a un restaurante, pero les pedí que nos quedáramos en casa. Aquella iba a ser nuestra última comida juntos, y quería que fuera algo especial. Cuando mirara atrás al cabo de los años, quería poder recordarnos a todos juntos, en casa, una familia feliz.

Mamá cocinó mi plato favorito: pollo, patatas asadas, mazorca de maíz. Annie y yo tomamos zumo de naranja natural. Mamá y papá compartieron una botella de vino. De postre tomamos pastel de queso con fresas. Todo el mundo estaba de excelente humor.

Entonamos juntos algunas canciones. Papá contó unos chistes horribles. Mamá tocó una melodía con un par de cucharas. Annie recitó unos poemas. Jugamos a mil cosas e hicimos payasadas entre todos.

Hubiera deseado que aquel día no acabara nunca. Pero, naturalmente, todos los días tienen que acabarse, y finalmente, como sucede siempre, se puso el sol y la oscuridad de la noche cubrió el cielo.

Al poco rato, papá levantó la vista, luego consultó su reloj.

—Hora de irse a la cama —dijo—. Mañana tenéis que ir al colegio, los dos.

«No —pensé—, yo no. Ya no tendré que ir al colegio nunca más.»

Esa idea hubiera debido de alegrarme… pero lo único que podía pensar era: «No ir al colegio significa que ya no habrá nunca más ni señor Dalton, ni amigos, ni fútbol, ni excursiones».

Retrasé el momento de irme a la cama todo lo que pude. Tardé siglos en quitarme la ropa y ponerme el pijama; y otro tanto más para lavarme las manos, la cara y los dientes. Luego, cuando ya no podía entretenerme más, bajé a la sala, donde mamá y papá estaban charlando. Levantaron la vista, sorprendidos de verme.

—¿Estás bien, Darren? —preguntó mamá.

—Muy bien —dije.

—¿No te encuentras mal?

—Estoy bien —le aseguré—. Solo quería daros las buenas noches.

Abracé a papá y le besé en la mejilla. Luego hice otro tanto con mamá.

—Buenas noches —les dije a los dos.

—Esto es digno de pasar a la historia. —Papá se rió, frotándose la mejilla en el punto en que le había besado—. ¿Cuánto tiempo hacía que no venía a darnos un beso de buenas noches, Angie?

—Demasiado. —Mamá sonrió, acariciándome la cabeza.

—Os quiero —les dije—. Sé que no os lo he dicho con mucha frecuencia, pero es verdad. Os quiero a los dos, y siempre os querré.

—También nosotros te queremos —dijo mamá—. ¿No es así, Dermont?

—Claro que sí —dijo papá.

—Bueno, pues díselo —insistió ella.

Papá suspiró.

—Te quiero, Darren —dijo, poniendo los ojos en blanco de una forma que sabía que me haría reír. Luego me dio un abrazo—. De verdad —volvió a decir, esta vez muy serio.

Los dejé solos. Me detuve un momento detrás de la puerta, para escucharlos, me resistía a marcharme.

—¿A qué crees que ha venido eso? —preguntó mamá.

—Críos —resopló papá—. ¿Quién sabe lo que tienen en la cabeza?

—Algo le pasa —dijo mamá—. Ya hace algún tiempo que está raro; se comporta de una forma extraña.

—Puede que tenga novia —sugirió papá.

—Quizá —dijo mamá sin mucha convicción.

Ya me había entretenido bastante. Si continuaba allí, corría el riesgo de irrumpir corriendo en la habitación y explicárselo todo. Y, si lo hacía, ellos me impedirían seguir adelante con el plan del señor Crepsley. Dirían que los vampiros no existen y harían todo lo posible por mantenerme a su lado, a pesar del peligro.

Pensé en Annie y en lo cerca que había estado de morderla, y supe que no podía permitir que me retuvieran.

Subí penosamente las escaleras camino de mi habitación. La noche era cálida y la ventana estaba abierta. Eso era importante.

El señor Crepsley me esperaba en el armario. Salió de él cuando me oyó cerrar la puerta.

—Me estaba asfixiando ahí dentro —se quejó—. Siento que madame Octa haya tenido que pasar tanto tiempo en…

—Cállese —le espeté.

—No tienes por qué ser grosero —dijo con desdén—. No era más que un comentario.

—Bueno, pues no haga comentarios —repuse—. Puede que para usted no sea importante este lugar, pero para mí sí lo es. Todo esto ha sido mi hogar, mi habitación, mi armario, desde siempre, incluso desde antes de lo que puedo recordar. Y esta noche será la última vez que lo vea. Son mis últimos momentos aquí. Así que no me ofenda, ¿vale?

—Lo siento —dijo él.

Eché una última y prolongada mirada a la habitación. Por fin sonreí tristemente. Saqué una bolsa de debajo de la cama y se la pasé al señor Crepsley.

—¿Qué es esto? —preguntó receloso.

—Unas cuantas cosas personales —le dije—. Mi diario, una foto de mi familia. Y un par de tonterías más. Nada que vayan a echar en falta. ¿Quiere guardármelo?

—Sí —dijo.

—Pero solo si me promete que no husmeará —repuse yo.

—Los vampiros no tienen secretos entre ellos —dijo.

Pero, cuando vio la cara que ponía, titubeó ligeramente, se encogió de hombros y prometió:

—No lo abriré.

—De acuerdo —dije respirando hondo—. ¿Tiene la pócima?

Asintió y me entregó un pequeño frasco de color oscuro. Examiné su contenido. Era un líquido oscuro, denso y maloliente.

El señor Crepsley se colocó detrás de mí y me puso las manos en el cuello.

—¿Está seguro de que funcionará? —le pregunté nerviosamente.

—Confía en mí —dijo.

—Siempre había pensado que cuando se le rompe el cuello a alguien no puede volver a andar ni moverse —dije.

—No —replicó—. Los huesos del cuello no importan. La parálisis solo aparece cuando está afectada la médula espinal, un largo tronco nervioso que pasa por el centro del cuello. Tendré cuidado de no dañarla.

—¿No les parecerá raro a los médicos? —pregunté.

—No lo comprobarán —dijo—. La pócima reducirá tanto el ritmo cardíaco que no tendrán la menor duda de que estás muerto. Verán que tienes el cuello roto y la conclusión les parecerá obvia.

Si fueras más viejo quizá se plantearan practicarte una autopsia. Pero a ningún médico le gusta abrir a un niño.

»Bueno, ¿tienes perfectamente claro lo que va a suceder y cómo tienes que actuar? —preguntó.

—Sí —dije.

—No puede haber errores —me advirtió—. Al menor fallo por tu parte, todos nuestros planes se irán al traste.

—¡No soy estúpido! ¡Sé lo que tengo que hacer! —le espeté.

—Entonces hazlo —dijo él.

Y lo hice.

Con un gesto de irritación, me tragué el contenido del frasco. Hice una mueca de disgusto al sentir su sabor, luego me estremecí mientras el cuerpo se me empezaba a poner rígido. No me dolió mucho, pero una gélida sensación recorrió mis huesos y venas. Me empezaron a castañetear los dientes.

Pasaron diez minutos hasta que el veneno dejó sentir sus mortíferos hechizos. Pasado ese tiempo, no podía mover ninguna de mis extremidades, los pulmones habían dejado de funcionar (bueno, sí funcionaban, pero muy, muy lentamente) y se me había parado el corazón (no del todo, pero sí lo bastante como para que su latido fuera indetectable).

—Ahora voy a romperte el cuello —dijo el señor Crepsley.

Con una rápida sacudida me giró la cabeza hacia un lado y oí un seco chasquido. No notaba ninguna sensación, mis sentidos estaban muertos.

—Eso es —dijo—. Con esto será suficiente. Ahora te tiraré por la ventana.

Me arrastró hasta la ventana y se detuvo un instante, respirando el aire de la noche.

—Tengo que tirarte lo bastante fuerte para que parezca auténtico —dijo—. Puede que te rompas algún hueso en la caída. Empezará a dolerte cuando los efectos de la pócima desaparezcan, dentro de unos días, pero luego ya te curaré. ¡Vamos allá!

Me cogió en volandas, se quedó quieto un momento y me arrojó al exterior.

Caí rápidamente, vi la fachada de la casa pasar borrosa ante mí con un zumbido y aterricé pesadamente sobre la espalda. Seguía teniendo los ojos abiertos y me quedé mirando un desagüe a los pies de la casa.

Pasó un rato antes de que descubrieran mi cuerpo, así que permanecí allí tendido, escuchando los sonidos de la noche. Al fin, un vecino me vio y se acercó a ver qué pasaba. No pude verle la cara, pero oí su grito sofocado cuando me dio la vuelta y vio mi cuerpo sin vida.

Corrió hasta la entrada principal de la casa y llamó a la puerta. Le oí llamar a gritos a mi madre y a mi padre. Luego sus voces mientras él les conducía hasta la parte trasera. Creían que les estaba tomando el pelo o que se había equivocado. Mi padre caminaba deprisa, airado y murmurando para sus adentros.

Los pasos se detuvieron cuando giraron la esquina y me vieron. Durante un eterno y terrible minuto, se hizo un silencio sepulcral. Luego papá y mamá corrieron hacia mí y me cogieron en brazos.

—¡Darren! —chilló mamá, apretándome contra su pecho.

—Suéltale, Angie —dijo bruscamente papá, liberándome de su abrazo y recostándome sobre la hierba.

—¿Qué le pasa, Dermont? —gimió mamá.

—No lo sé. Debe de haberse caído.

Papá se puso en pie y miró hacia la ventana abierta de mi habitación. Vi cómo cerraba los puños.

—No se mueve —dijo mamá, conservando la serenidad. Luego se agarró a mí con saña—. ¡No se mueve! —gritó—. No se mueve. Está...

Una vez más, papá le apartó las manos. Llamó por señas a nuestro vecino y dejó a mamá en sus manos.

—Llévela dentro —dijo en voz baja—. Llame a una ambulancia. Yo me quedaré aquí y me ocuparé de Darren.

—¿Está... muerto? —preguntó el vecino.

Al oír esas palabras, mamá ahogó un grito y hundió la cara entre las manos.

Papá negó suavemente con la cabeza.

—No —contestó, dándole a mamá un ligero apretón en el hombro—. Solo está paralizado, igual que su amigo.

Mamá dejó caer las manos.

—¿Como Steve? —preguntó medio esperanzada.

—Sí —sonrió papá—. Y saldrá de esta igual que Steve. Y ahora id a buscar ayuda, ¿de acuerdo?

Mamá asintió y se marchó a toda prisa acompañada del vecino. Papá mantuvo la sonrisa hasta que ella estuvo fuera del alcance de su vista, luego se inclinó sobre mí, me examinó los ojos y me buscó el pulso. Al no encontrar signos de vida, volvió a tenderme en el suelo, me apartó un mechón de pelo de los ojos y luego hizo algo que yo nunca habría imaginado que vería.

Se echó a llorar.

Y así es como se inició una nueva y desdichada etapa de mi vida: la de la muerte.

CAPÍTULO TREINTA

Los médicos no tardaron mucho en pronunciarse. Yo no respiraba, ni tenía pulso ni efectuaba el menor movimiento. En su opinión, era un caso clarísimo.

Lo peor era ser consciente de lo que sucedía a mi alrededor. Deseé haber pedido al señor Crepsley que me diera otra pócima para dormir. Era terrible oír a mamá y papá llorando, a Annie chillando que volviera en mí.

Al cabo de un par de horas empezaron a llegar los amigos de la familia, provocando con su presencia un nuevo estallido de sollozos y gemidos.

Me habría gustado evitarlo. Hubiera preferido escapar con el señor Crepsley en mitad de la noche, pero él me había dicho que eso era imposible.

—Si huyes —había dicho—, nos seguirán. Colgarán pósteres por todas partes, proporcionarán fotografías tuyas a la policía y las publicarán en los periódicos. No tendremos ni un instante de paz.

La única manera era fingir mi muerte. Si me creían muerto, sería libre. Nadie se pone a buscar a una persona muerta.

Ahora, al ver la tristeza que había provocado, maldecía tanto al señor Crepsley como a mí mismo. No hubiera debido hacerlo. No tenía que haberles hecho pasar por todo aquello.

De todas formas, si uno lo miraba por el lado positivo, aquello significaría una especie de punto y final. Estaban tristes, y seguirían estándolo durante algún tiempo, pero acabarían superándolo (eso esperaba). Si hubiera huido, su aflicción podría haber durado para siempre: quizá hubieran vivido el resto de sus vidas esperando mi vuelta, buscándome, creyendo que algún día volvería.

Apareció el encargado de pompas fúnebres e hizo salir de la habitación a todas las visitas. Entre él y una enfermera me desnudaron y examinaron mi cuerpo. Estaba recuperando en parte mis sentidos; noté sus frías manos palpando y pellizcando.

—Está en excelentes condiciones —dijo en voz baja a la enfermera—. Terso, fresco y sin marcas, ileso. Este me va a dar muy poco trabajo. Solo un poco de colorete rojo en las mejillas y ya está.

Me levantó los párpados. Era un hombre rechoncho y de aspecto alegre. Temí que detectara rastros de vida en mis ojos, pero no fue así. Se limitó a girarme la cabeza suavemente de un lado a otro, lo que hizo crujir los huesos rotos del cuello.

—Qué criatura tan frágil es el hombre —suspiró, y continuó con su exploración.

Aquella misma noche me llevaron de vuelta a casa y me tendieron sobre una larga mesa cubierta con una enorme tela, de modo que la gente pudiera pasar a darme el último adiós.

Era extraño oír a toda aquella gente hablando de mí como si yo no estuviera presente, especulando acerca de mi vida y de cómo había sido de bebé, de lo buen chico que era y del buen hombre en que me habría convertido de haber vivido lo bastante.

Menudo susto se habrían llevado si me hubiera incorporado gritando: «¡Buuu!».

El tiempo iba pasando lentamente. Creo que no soy capaz de explicar lo aburridísimo que fue permanecer allí tendido y en silencio hora tras hora, sin poder moverme, ni reír, ni rascarme la nariz. ¡Ni siquiera podía mirar fijamente al techo porque tenía los ojos cerrados!

Tenía que tener cuidado, puesto que poco a poco iba recuperando los sentidos. El señor Crepsley me había avisado de que eso pasaría, de que empezaría a sentir picores y hormigueo mucho antes de recobrarme del todo. No podía moverme, pues el menor esfuerzo por mi parte podía provocar una sacudida o un espasmo, con lo que corría el riesgo de dar al traste con toda aquella farsa.

La picazón casi me volvió loco. Intentaba no pensar en ello, pero era imposible. Tenía picores por todas partes que me recorrían el cuerpo de arriba abajo como diminutas arañas. Lo peor era en la cabeza y el cuello, donde tenía los huesos rotos.

La gente empezó por fin a marcharse. Debía de ser bastante tarde, porque la estancia pronto quedó vacía y completamente silenciosa. Me quedé un rato allí tumbado, solo, disfrutando del ansiado silencio.

Y entonces oí un ruido.

Alguien estaba abriendo la puerta de la habitación, muy lenta y cautelosamente.

Oí pasos que avanzaban por la estancia hasta detenerse junto a la mesa. Se me heló la sangre en las venas, y no precisamente a causa de la pócima. ¿Quién andaba allí? Por un momento pensé que podría tratarse del señor Crepsley, pero él no tenía por qué merodear por el interior de la casa. Habíamos establecido una cita para más adelante.

Fuera quien fuese, hombre o mujer, mantenía un silencio absoluto. Pasaron dos minutos sin que se oyera el menor sonido.

Luego sentí unas manos en mi cara.

Me levantó los párpados y enfocó mis pupilas con una pequeña linterna. La habitación estaba demasiado oscura como para que pudiera ver quién era. Emitió un gruñido, me cerró los párpados y, abriéndome la boca con esfuerzo, depositó algo en la lengua: por la textura parecía un pedazo de papel muy fino, pero tenía un extraño sabor amargo.

Tras retirar aquello de mi boca, me cogió las manos y examinó las yemas de los dedos. A continuación oí el sonido de una cámara tomando fotografías.

Finalmente me clavó un objeto afilado que me pareció una aguja. Tuvo cuidado de no pincharme en lugares en los que pudiera sangrar y no se acercó a ninguno de mis órganos vitales. Había recobrado parcialmente la sensibilidad, aunque no del todo, así que la aguja no me dolió mucho.

Hecho esto, se marchó. Oí sus pasos cruzar la habitación, tan cautelosamente como antes, después cómo se abría y se volvía a cerrar la puerta, y eso fue todo. El visitante, quienquiera que fuese, se había ido, dejándome perplejo y un poco asustado.

A primera hora de la mañana siguiente apareció papá y se sentó conmigo. Habló largo y tendido, explicándome todo lo que había proyectado con respecto a mí, el colegio al que habría ido, el trabajo que hubiera querido para mí. Lloró un montón.

Casi al final, entró mamá y se sentó con él. Lloraron uno en brazos del otro intentando consolarse mutuamente. Dijeron que todavía tenían a Annie y que quizá podrían tener otro hijo o adoptarlo. Por lo menos había sido una muerte rápida y sin dolor. Y siempre les quedarían sus recuerdos.

Odié ser la causa de tanto dolor. Hubiera dado cualquier cosa por ahorrárselo.

Aquel día, más tarde, hubo mucho ajetreo. Trajeron un ataúd y me colocaron dentro. Vino un sacerdote y se sentó con la familia y los amigos. No paraba de entrar y salir gente de la habitación.

Oí gritar a Annie que dejara de hacer el tonto y me incorporara de una vez. Habría sido mucho mejor que se la hubieran llevado de allí, pero supongo que no querían que creciera pensando que le habían negado la oportunidad de despedirse de su hermano.

Finalmente pusieron la tapa al ataúd y la fijaron con tornillos. Me levantaron de la mesa y me sacaron hasta el coche fúnebre. Nos dirigimos lentamente hacia la iglesia, donde no pude oír casi nada de lo que se decía. Después, acabada la misa, me llevaron al cementerio, y allí sí escuché hasta la última palabra de la prédica del sacerdote, mezclada con los sollozos y gemidos de los parientes.

Y luego me enterraron.

CAPÍTULO TREINTA Y UNO

Los ruidos se fueron apagando a medida que me iban bajando por aquel oscuro y húmedo agujero. Noté una sacudida cuando el ataúd golpeó contra el fondo, seguida del sonido, parecido al de la lluvia, de los primeros puñados de tierra arrojados sobre la tapa.

Después hubo un largo silencio, hasta que los sepultureros empezaron a echar paladas de tierra en la tumba.

Los primeros terrones sonaron como ladrillos. Eran golpes sordos, lo bastante fuertes como para hacer que el sarcófago vibrara. A medida que la fosa se fue llenando de la tierra que se iba apilando entre mí y el mundo de la superficie, los sonidos de los vivos se fueron amortiguando hasta convertirse en remotos murmullos.

Al final eran solo débiles ruidos de golpes, cuando aplanaban el montículo de tierra.

Y luego, silencio absoluto.

Yacía en la silenciosa oscuridad, escuchando cómo se asentaba la tierra, imaginando el ruido que hacían los gusanos reptando hacia mí por entre el lodo. Había imaginado que sería espantoso, pero en realidad resultaba bastante apacible. Allí abajo me sentía protegido, a salvo del mundo.

Para pasar el rato, me puse a pensar en las últimas semanas, el cartel anunciador del espectáculo de extraños, la extraña fuerza que me empujó a conseguir una entrada con los ojos cerrados, mi primera imagen del oscuro teatro, la fresca y tranquila galería en la que había visto a Steve hablando con el señor Crepsley.

Había demasiados momentos decisivos. Si me hubiera quedado sin entrada, ahora no estaría aquí. Si no hubiera ido al espectáculo, ahora no estaría aquí. Si no hubiera remoloneado por ahí para enterarme de qué tramaba Steve, ahora no estaría aquí. Si no hubiera robado a madame Octa, ahora no estaría aquí. Si no hubiera aceptado la oferta del señor Crepsley, ahora no estaría aquí.

Todos los «síes…» del mundo, pero eso no cambiaba nada. Lo hecho, hecho estaba. Si pudiera retroceder en el tiempo…

Pero no podía. El pasado había quedado atrás. Lo mejor que podía hacer ahora era dejar de pensar en lo ocurrido. Había llegado el momento de olvidar el pasado y pensar en el presente y el futuro.

A medida que pasaban las horas, iba recobrando el movimiento. Primero en los dedos, que se cerraron en un puño y se separaron del pecho, donde me los había colocado entrecruzados el encargado de las pompas fúnebres. Los flexioné varias veces, lentamente, rascándome para aliviar el picor que sentía en las palmas de las manos.

A continuación abrí los ojos, pero no fue de gran ayuda. Abiertos o cerrados, allí abajo daba igual: todo era absoluta oscuridad.

Con la recuperación de la sensibilidad vino el dolor. Me hacía daño la espalda en el punto en que me había golpeado al caer por la ventana. Los pulmones y el corazón —tras haber permanecido un tiempo sin respirar y latir— me dolían. Tenía las piernas agarrotadas, el cuello rígido. ¡Lo único que no me dolía era el dedo gordo del pie derecho!

Fue al recuperar la respiración cuando empecé a preocuparme por el aire del ataúd. El señor Crepsley había dicho que podría sobrevivir más de una semana en aquel estado parecido al coma. No necesitaba comer, ni ir al lavabo, ni respirar. Pero, ahora que había recuperado la respiración, fui consciente de la escasa cantidad de aire de que disponía y de lo rápidamente que iba a consumirla.

No me dejé llevar por el pánico. Eso me habría hecho jadear y gastar más aire. Mantuve la calma y respiré lentamente. Permanecí allí tendido lo más quieto posible: el movimiento le obliga a uno a respirar más aire.

No tenía forma de calcular el tiempo. Intenté contarlo mentalmente, pero me perdía una y otra vez, y tenía que empezar de nuevo.

Canté en silencio y me expliqué historias entre dientes. Ojalá me hubieran enterrado con una tele o una radio, pero supongo que no hay mucha demanda de ese tipo de cosas entre los muertos.

Al fin, tras lo que me parecieron siglos y siglos, llegaron a mis oídos ruidos indicadores de que alguien estaba cavando.

Excavaba más deprisa que cualquier ser humano, tan rápido que ni siquiera parecía que estuviese cavando, sino más bien succionando la tierra. Llegó hasta mí en lo que debió de ser un tiempo récord, menos de un cuarto de hora. Por lo que a mí concernía, no era ni una décima de segundo demasiado pronto.

Dio tres golpes en la tapa del ataúd, y luego empezó a desatornillar. Tardó un par de minutos, tras lo cual abrió la tapa por completo y yo me encontré bajo el cielo nocturno más bello que hubiera visto nunca.

Respiré hondo y me senté, tosiendo. Era una noche realmente oscura, pero después de haber pasado tanto tiempo bajo tierra a mí me parecía luminosa como el día.

—¿Estás bien? —preguntó el señor Crepsley.

—Muerto de cansancio —sonreí débilmente.

Se rió del chiste.

—Ponte de pie, que pueda examinarte —dijo.

Hice una mueca de dolor al levantarme: tenía agujetas por todo el cuerpo. Me pasó los dedos suavemente por la espalda, luego por la frente.

—Has tenido suerte —dijo—. Ningún hueso roto. Solo unas cuantas contusiones que estarán curadas en un par de días.

Se aupó fuera de la tumba, luego se agachó y me tendió la mano. Yo todavía estaba bastante rígido y dolorido.

—Me siento como un alfiletero aplastado —me quejé.

—Las secuelas tardarán unos cuantos días en desaparecer —informó—. Pero no te preocupes: estás en buena forma. Tenemos suerte de que te hayan enterrado hoy. Si hubieran tardado un día más en meterte bajo tierra te encontrarías mucho peor.

Saltó de nuevo al interior de la fosa y cerró la tapa del ataúd. Cuando salió, cogió su pala y empezó a echar tierra dentro.

—¿Quiere que le ayude? —pregunté.

—No —dijo él—. Solo me haría ir más despacio. Date un paseo e intenta desentumecer los huesos. Te llamaré cuando todo esté listo para marcharnos.

—¿Ha traído mi bolsa? —pregunté.

Asintió indicándome con la cabeza una lápida cercana de la que colgaba la bolsa.

La cogí y comprobé que no hubiera hurgado en ella. No había indicios de que hubiera vulnerado mi intimidad, aunque no podía estar seguro. No me quedaba otro remedio que confiar en su palabra. En cualquier caso, tampoco importaba demasiado: no había nada en mi diario que él no supiera ya.

Fui a dar un paseo por entre las tumbas, ejercitando las extremidades, agitando los brazos y las piernas, disfrutando de ello. Cualquier sensación, aunque fueran agujetas, era mejor que la ausencia total de ellas.

La vista se me había agudizado como nunca antes en mi vida. Era capaz de leer los nombres y las fechas de las lápidas desde varios metros de distancia. Llevaba sangre de vampiro. Después de todo, ¿acaso no pasan los vampiros su vida entera en la oscuridad? Sabía que todavía era un vampiro a medias, pero todo lo que…

¡De repente, mientras pensaba en mis nuevos poderes, surgió una mano de detrás de una de las tumbas, me tapó la boca y me arrastró hacia el suelo, fuera del alcance de la vista del señor Crepsley!

Sacudí la cabeza y abrí la boca para gritar, pero entonces vi algo que me hizo parar en seco. Mi atacante, fuera quien fuese, tenía un martillo y una enorme estaca de madera, cuyo afilado extremo apuntaba ¡directamente a mi corazón!

CAPÍTULO TREINTA Y DOS

—Si te mueves un solo milímetro —me advirtió mi atacante—, te atravesaré con esto sin pestañear.

Esas palabras no me sobrecogieron tanto como constatar a quién pertenecía la familiar voz que las había pronunciado.

—¡¿Steve?! —balbucí, recorriendo con la mirada desde la punta de la estaca hasta el rostro de Steve.

Era él, sin duda, intentando parecer valiente, pero en realidad bastante aterrorizado.

—Steve, pero ¿qué...? —empecé a decir, pero me atajó aguijoneándome con la estaca.

—¡Ni una palabra! —susurró, agazapándose tras la columna de piedra—. No quiero que nos oiga tu «amigo».

—¿Mi...? ¡Ah!, te refieres al señor Crepsley —dije.

—Larten Crepsley, Vur Horston —dijo con desprecio Steve—. Da igual cómo le llames. Es un vampiro. Eso es lo único que me preocupa.

—¿Qué estás haciendo aquí? —susurré.

—Caza de vampiros —masculló, pinchándome de nuevo con la estaca—. ¡Y mira por dónde!, parece que he encontrado dos.

—Escucha —dije más molesto que preocupado (si hubiera querido matarme, lo habría hecho de inmediato, no sentándose primero a charlar un rato, como pasa en las películas)—, si vas a clavarme esa cosa, hazlo. Si lo que quieres es hablar, suéltala. Ya tengo bastantes heridas como para que encima tengas que venir tú a hacerme más agujeros.

Me miró atentamente apartó la estaca unos centímetros.

—¿Qué haces aquí? —pregunté—. ¿Cómo has averiguado el camino?

—Te he seguido —dijo él—. Te seguí todo el fin de semana después de ver lo que le hiciste a Alan. Vi a Crepsley entrando en tu casa. Vi cómo te tiraba por la ventana.

—¡Entonces el que entró a hurtadillas en el salón eras tú!— dije con voz entrecortada, recordando al misterioso visitante de la noche anterior.

—Sí —asintió—. Los médicos se dieron demasiada prisa en firmar tu certificado de defunción. Quería comprobarlo personalmente, para ver si el corazón todavía te hacía tictac.

—¿El pedazo de papel que me pusiste en la boca? —pregunté.

—Papel de tornasol —dijo—. Cambia de color cuando lo colocas sobre una superficie húmeda. Cuando lo colocas sobre un cuerpo «vivo». Eso y las marcas en los dedos me dieron la clave.

—¿Sabes lo de las marcas en los dedos? —pregunté asombrado.

—He leído algo en un libro muy antiguo —dijo—. De hecho, en el mismo libro en que encontré el retrato de Vur Horston. No mencionaban el tema en ningún otro sitio, así que pensé que no se trataba más que de otra leyenda relacionada con los vampiros. Pero entonces examiné tus dedos y...

Se interrumpió y ladeó la cabeza. Noté que ya no se oía cavar. Por un instante se hizo el silencio. Entonces la voz del señor Crepsley susurró desde el otro lado del cementerio.

—Darren, ¿dónde estás? —llamó—. ¿Darren?

Steve palideció de miedo. Oía el latido de su corazón y veía las gotas de sudor que le rodaban por las mejillas. No sabía qué hacer. No se había parado a pensarlo.

—Estoy bien —grité, haciéndole dar a Steve un brinco.

—¿Dónde estás? —preguntó el señor Crepsley.

—Aquí —repliqué mientras me levantaba, sin hacer caso de la estaca de Steve—. Tenía las piernas cansadas y me he tumbado a reposar un momento.

—¿Estás bien? —preguntó.

—Perfectamente —dije—. Descansaré un poco más y luego probaré qué tal las piernas. Deme un grito cuando quiera seguir.

Volví a agacharme, de manera que quedé cara a cara frente a Steve. Ya no parecía tan valiente. La punta de la estaca apuntaba hacia el suelo, había dejado de ser una amenaza, y todo su cuerpo temblaba miserablemente. Me dio pena.

—¿Por qué has venido aquí, Steve? —le pregunté.

—Para matarte —dijo.

—Para matarme... ¿a mí? Por el amor de Dios, y ¿por qué? —pregunté.

—Eres un vampiro —dijo—. ¿No es razón suficiente?

—Pero si tú no tienes nada contra los vampiros —le recordé—. Eras tú quien quería convertirse en uno de ellos.

—Sí —gruñó—, yo «quería», pero «tú» eres el que lo ha conseguido. Lo tenías todo planeado desde el principio, ¿no? Le dijiste que yo era malvado. Hiciste que me rechazara para así tú poder...

—No dices más que tonterías —suspiré—. Yo nunca he querido convertirme en vampiro. Accedí a unirme a él solo para salvarte la vida. Habrías muerto si yo no me hubiera convertido en su aprendiz.

—Una historia de lo más inverosímil. —Resopló—. Y pensar que te creía amigo mío. ¡Ja!

—¡Soy amigo tuyo! —chillé—. Steve, tú no lo entiendes. Yo nunca haría nada para herirte. Detesto lo que me ha pasado. Solo lo hice para...

—Ahórrame el cuento lacrimógeno —dijo sorbiendo por las narices—. ¿Durante cuánto tiempo has estado planeando esto? Debiste de haber ido en su busca aquella noche del espectáculo de extraños. Así es como llegaste hasta madame Octa, ¿no es cierto? Te la entregó a cambio de que te convirtieras en su aprendiz.

—No, Steve, eso no es verdad. No es posible que creas eso.

188

Pero sí lo creía. Se lo notaba en los ojos. Nada de lo que yo pudiera decirle iba a hacerle cambiar de opinión. Por lo que a él respectaba, le había traicionado. Había robado la vida que en su fuero interno consideraba hubiera debido ser la suya. Nunca me perdonaría.

—Me voy —dijo empezando a recular—. Creí que esta noche sería capaz de matarte, pero me equivocaba. Soy demasiado joven. No soy lo bastante fuerte ni lo bastante valiente.

»Pero presta atención a lo que voy a decirte, Darren Shan —prosiguió—. Creceré. Me haré mayor y más fuerte y más valiente. Pienso dedicarme en cuerpo y alma, mi vida entera, a desarrollar mi físico y mi mente, y cuando llegue el momento... cuando esté listo... cuando esté perfectamente entrenado y preparado como es debido... Te daré caza y te mataré —juró—. Me convertiré en el mejor cazador de vampiros que haya existido nunca, y no encontrarás un solo agujero donde ocultarte en el que yo no te encuentre. Ni un agujero, ni un peñasco, ni un sótano.

»Seguiré tu rastro hasta los últimos confines de la tierra si es necesario —dijo con la cara resplandeciente de una rabia demencial—. El tuyo y el de tu mentor. Y cuando te encuentre, ensartaré vuestros corazones con estacas de punta de acero, luego os decapitaré y llenaré vuestras cabezas de ajos. A continuación os quemaré hasta que quedéis reducidos a cenizas y os esparciré sobre las aguas de un río. No quiero correr ningún riesgo. ¡Me aseguraré de que jamás volváis a salir de vuestras tumbas!

Hizo una pausa, sacó un cuchillo y se hizo dos cortes en forma de cruz en la palma de la mano izquierda. La levantó para que yo viera la sangre goteando de la herida.

—¡Sello este juramento con sangre! —declaró. Luego dio media vuelta y echó a correr; en cuestión de segundos desapareció en las sombras de la noche.

Habría podido correr tras él siguiendo su rastro de sangre. Si hubiera llamado al señor Crepsley, le habríamos podido seguir la pista fácilmente y poner fin tanto a la vida de Steve Leopard como a sus amenazas. Hacer eso hubiera sido lo más sensato.

Pero no lo hice. No fui capaz. Era mi amigo...

CAPÍTULO TREINTA Y TRES

El señor Crepsley estaba aplanando el montículo de tierra cuando volví. Le observé trabajar. La pala era grande y pesada, pero él la manejaba como si fuera de papel. Pensé en lo fuerte que debía de ser y en lo fuerte que también yo llegaría a ser algún día.

Consideré la posibilidad de explicarle lo de Steve, pero tenía miedo de que fuera tras él. Steve ya había sufrido bastante. Además, su amenaza era inofensiva. En unas pocas semanas se habría olvidado de mí y del señor Crepsley, en cuanto volviera a entusiasmarse con alguna otra cosa.

Eso esperaba yo.

El señor Crepsley levantó la vista y frunció el ceño.

—¿Estás seguro de que te encuentras bien? —preguntó—. Pareces muy tenso.

—También lo estaría usted si se hubiera pasado todo el día metido en un ataúd —repliqué.

Se echó a reír a carcajadas.

—Señor Shan, ¡he pasado en ataúdes más tiempo del que llevan muchos de los que están realmente muertos!

Golpeó con fuerza la tierra una última vez, luego rompió la pala en mil pedazos y los lanzó por los aires.

—¿Se te va pasando la rigidez? —me preguntó.

—Estoy algo mejor —dije mientras me estiraba para desentumecer los brazos y la cintura—. Pero no me gustaría tener que fingirme muerto demasiado a menudo.

—No —musitó pensativo—. Bueno, esperemos que no vuelva a ser necesario. Es un ardid peligroso. Muchas cosas pueden salir mal.

Le miré fijamente.

—Usted me dijo que estaría totalmente a salvo —le recriminé.

—Te mentí. A veces la pócima se lleva demasiado lejos a quienes la toman, demasiado cerca de la muerte, y nunca vuelven en sí. Y tampoco podía estar seguro de que no decidirían hacerte una autopsia. Y... ¿quieres oír todo esto? —preguntó.

—No —dije sintiendo náuseas—. No quiero.

Enfadado, le lancé un golpe a la cara con todas mis fuerzas, pero lo esquivó fácilmente riendo de aquella forma tan propia de él.

—¡Me dijo que era seguro! —grité—. ¡Me mintió!

—Tuve que hacerlo —dijo él—. Era la única alternativa.

—¿Y qué pasa si me llego a morir? —le espeté.

Se encogió de hombros.

—Tendría un aprendiz menos. No es una gran pérdida. Estoy seguro de que habría encontrado otro.

—Maldito... maldito... ¡Oh!

Di una patada al suelo, furioso. Podría haberle llamado montones de cosas, pero no me gustaba decir palabrotas con muertos de cuerpo presente. Ya le diría luego qué opinaba yo de sus artimañas.

—¿Estás preparado? ¿Podemos marcharnos? —preguntó.

—Deme un minuto —dije.

Subí de un salto a una de las lápidas más altas y me quedé mirando la ciudad. No veía gran cosa desde allí, pero aquella iba a ser la última vez que pudiera echarle un vistazo al lugar en el que había nacido y vivido, así que me tomé mi tiempo, con la sensación de que hasta el último callejón oscuro era como un lujoso *cul-de-sac*, todos los destartalados bungalows como el palacio de un jeque, cada edificio de dos pisos como un rascacielos.

—Con el tiempo, te acostumbrarás a la idea de haberte marchado —dijo el señor Crepsley.

Estaba de pie sobre otra lápida detrás de mí, encaramado a poco más de un suspiro. Su expresión era lúgubre.

—Los vampiros siempre están diciendo adiós. Nunca se quedan demasiado tiempo en ningún sitio. Continuamente debemos desarraigarnos y cambiar de vida. Es nuestro destino.

—La primera vez, ¿es la más dura? —pregunté.

—Sí —dijo asintiendo—, pero nunca resulta fácil.

—¿Y cuánto tiempo pasará hasta que me acostumbre?

—Quizá unas pocas décadas —dijo—. Quizá más.

¡Décadas! Lo decía como si estuviera hablando de meses.

—¿Nunca podemos hacer amigos? —pregunté—. ¿Nunca podemos tener casa, ni esposa, ni familia?

—No —suspiró—. Nunca.

—¿No es una vida un poco solitaria? —pregunté.

—Terriblemente solitaria —admitió.

Asentí tristemente. Por lo menos, estaba siendo honesto. Como ya he dicho, siempre prefiero la verdad —por desagradable que esta pueda ser— a una mentira. Con la verdad uno sabe el terreno que pisa.

—Vale —dije bajando de un salto—, estoy listo.

Cogí mi bolsa y le sacudí el polvo del camposanto.

—Puedes montar detrás de mí —se ofreció el señor Crepsley.

—No, gracias —repliqué educadamente—. Quizá más tarde, pero por ahora prefiero andar, a ver si consigo desentumecer las piernas.

—Muy bien —dijo.

Me froté el estómago y oí cómo me sonaban las tripas.

—No he comido nada desde el domingo —le dije—. Tengo hambre.

—Yo también —dijo él. Luego me cogió de la mano y sonrió sanguinariamente—. Vamos a «comer».

Respiré hondo e intenté no pensar en qué consistiría el menú. Asentí nerviosamente y le apreté la mano. Dimos media vuelta y dejamos atrás las tumbas. Luego, uno junto al otro, el vampiro y su aprendiz, echamos a andar…

… adentrándonos en la oscuridad.

LIBRO II

EL
APRENDIZ
DE
VAMPIRO

CAPÍTULO UNO

Era una noche cálida y seca, y Stanley Collins había decidido caminar hasta su casa tras la reunión de los boy scouts. No era un paseo largo (menos de un kilómetro y medio), y, aunque la noche estaba oscura, conocía cada paso del camino tan bien como la palma de su mano.

Stanley era jefe del grupo de los exploradores. Adoraba los scouts. Había sido uno de ellos cuando era niño y se había mantenido en contacto al llegar a la edad adulta. Había convertido a sus tres hijos en exploradores de primera y, ahora que ellos ya habían crecido y se habían marchado de casa, ayudaba a los chicos de la localidad.

Stanley aceleró el paso para no coger frío. Solo llevaba unos pantalones cortos y una camiseta, y, a pesar de que la noche era agradable, no tardó en tener la piel de gallina en los brazos y las piernas. Pero no le importaba. Seguro que su esposa le tendría preparado un delicioso chocolate caliente con galletas cuando llegara a casa. Y disfrutaba de esas cosas mucho más después de una buena caminata a paso ligero.

Los árboles flanqueaban el camino a su casa, convirtiéndolo en un lugar oscuro y peligroso para cualquiera que no lo transitara de forma habitual. Sin embargo, Stanley no tenía ningún miedo. Al contrario, le encantaba la noche. Disfrutaba escuchando el crujido de la hierba y los matorrales bajo sus pies.

Crunch. Crunch. Crunch.

Esbozó una sonrisa. Cuando sus hijos eran pequeños, a menudo fingía que había monstruos al acecho en los árboles mientras caminaban de regreso a casa. Hacía ruidos aterradores y sacudía las hojas de las ramas más bajas cuando los chicos no miraban. Algunas veces empezaban a gritar y salían corriendo hacia casa a toda velocidad, y Stanley los seguía sin dejar de reírse.

Crunch. Crunch. Crunch.

En ocasiones, cuando tenía problemas para dormir por las noches, no tenía más que imaginar el sonido de sus pies mientras caminaba hacia casa para lograr conciliar un sueño agradable.

Crunch. Crunch. Crunch.

Era el sonido más reconfortante del mundo, al menos para Stanley. Le proporciona una sensación de lo más placentera saberse solo y completamente a salvo.

Crunch. Crunch. Crunch.

Crac.

Stanley se detuvo y frunció el ceño. El último ruido parecía el de un palo al romperse, pero ¿de dónde había salido? Si hubiera pisado una rama se habría dado cuenta. Y no había vacas ni ovejas en los prados cercanos.

Permaneció inmóvil alrededor de medio minuto, escuchando con curiosidad. Como no se produjeron más ruidos, sacudió la cabeza y sonrió. La imaginación le había jugado una mala pasada, eso era todo. Se lo contaría a su mujer cuando llegara a casa y se reirían un buen rato.

Comenzó a caminar una vez más.

Crunch. Crunch. Crunch.

Bien. Otra vez los sonidos familiares. No había nadie más por allí. En caso contrario, habría oído algo más que el ruido de un palo al romperse. Nadie era capaz de acercarse tan sigilosamente a Stanley J. Collins. Era un jefe de exploradores con mucha experiencia. Su sentido del oído era tan agudo como el de un zorro.

Crunch. Crunch. Crunch. Crunch. Cru…

Crac.

Stanley se detuvo de nuevo y, por primera vez, el miedo empezó a atenazar su palpitante corazón.

Eso no había sido su imaginación. Lo había oído alto y claro. Se había roto una rama en algún lugar por encima de su cabeza. Y antes de que se rompiera… ¿no había oído un leve susurro, como si algo se moviera?

Stanley levantó la vista hacia las copas de los árboles, pero estaba demasiado oscuro para ver nada. Podría haber habido un monstruo del tamaño de un coche y no habría sido capaz de distinguirlo. ¡Diez monstruos! ¡Cien! ¡Mil…!

Venga, aquello era una estupidez. No había monstruos en los árboles. Los monstruos no existían. Todo el mundo lo sabía. Los monstruos no eran reales. Lo más probable era que se tratara de una ardilla, o quizá de un búho, algo tan normal como eso.

Stanley levantó un pie y comenzó a bajarlo de nuevo.

Crac.

Su pie quedó suspendido en el aire, a media zancada, y su corazón comenzó a martillear con fuerza dentro de su pecho. ¡Eso no era ninguna ardilla! El ruido había sido demasiado fuerte. Había algo grande allí arriba. Algo que no debería estar allí. Algo que nunca había estado allí con anterioridad. Algo que…

¡Crac!

El ruido había sonado más cerca esa vez, más abajo, y de pronto Stanley no pudo soportarlo más.

Empezó a correr.

Stanley era un hombre corpulento, pero estaba en buena forma para su edad. Con todo, había pasado mucho tiempo desde la última vez que corrió tan deprisa, y después de unos cien metros comenzó a quedarse sin aliento y a sentir un fuerte dolor punzante en el costado.

Aminoró el paso hasta detenerse y se inclinó hacia delante en un intento por regularizar la respiración.

Crunch.

Levantó la cabeza de golpe.

Crunch. Crunch. Crunch.

¡Los pasos se acercaban a él! Pasos lentos y pesados. Stanley oyó aterrorizado cómo los pasos se aproximaban cada vez más. ¿Acaso el monstruo se le había adelantado avanzando entre los árboles? ¿Habría descendido hasta el camino? ¿Venía a acabar con él? ¿Pretendía…?

Crunch. Crunch.

Los pasos se detuvieron y Stanley atisbó una silueta en la oscuridad. Era más pequeña de lo que esperaba, no más alta que la de un muchacho. Respiró hondo, se enderezó, reunió coraje y avanzó para verla con mayor claridad.

¡No era más que un crío! Un chiquillo de aspecto asustado vestido con ropa sucia.

Stanley esbozó una sonrisa y sacudió la cabeza. ¡Qué estúpido había sido! A su esposa le daría un ataque de risa cuando le contara todo aquello.

—¿Te encuentras bien, hijo? —le preguntó.

El chico no respondió.

Stanley no lo reconoció, pero había un montón de familias nuevas por los alrededores. Ya no conocía a todos los chavales del vecindario.

—¿Puedo ayudarte? —preguntó—. ¿Te has perdido?

El niño negó con la cabeza muy despacio. Había algo extraño en él. Algo que hizo que Stanley se sintiera inquieto. Tal vez se debiera al efecto de la oscuridad y las sombras… pero lo cierto era que el chico parecía muy pálido, muy delgado, muy… hambriento.

—¿Te encuentras bien? —preguntó Stanley una vez más al tiempo que se acercaba un poco—. ¿Puedo ayud…?

¡Crac!

El ruido, fuerte y amenazador, había sonado justo encima de su cabeza. El muchacho saltó hacia atrás de inmediato para apartarse del camino.

Stanley solo tuvo tiempo de levantar la cabeza y ver una enorme forma roja, que debía de ser una especie de murciélago, bajando a través de las ramas de los árboles a tal velocidad que apenas podía seguirla con la mirada.

Un instante después, esa cosa roja estaba encima de él. Stanley abrió la boca para gritar, pero, antes de que pudiera hacerlo, el monstruo le tapó la boca con las manos… ¿o eran garras? Después de un mínimo forcejeo, Stanley se desplomó inconsciente sobre el suelo, sin ver ni oír nada más.

Las dos criaturas de la noche se acercaron a él en busca de alimento.

CAPÍTULO DOS

—Habrase visto, un hombre de su edad con uniforme de los boy scouts… —se burló el señor Crepsley mientras le daba la vuelta a nuestra víctima.

—¿Ha pertenecido alguna vez a un grupo de exploradores? —pregunté.

—En mi época no existían —replicó él.

Dio unas palmaditas a las piernas carnosas del hombre y soltó un gruñido.

—En esta hay un montón de sangre —dijo.

Contemplé al señor Crepsley mientras examinaba la pierna en busca de una vena y vi cómo utilizaba una uña para abrir un pequeño corte. Tan pronto como empezó a manar la sangre, aplastó la boca contra la herida y empezó a succionar. Tenía por norma no desperdiciar ni una gota del «precioso mercurio rojo», como la llamaba en ocasiones.

Yo me quedé a su lado mientras bebía, sin saber muy bien qué hacer. Era la tercera vez que tomaba parte en un ataque, pero todavía no me había acostumbrado a ver a un vampiro chupándole la sangre a un humano indefenso.

Habían pasado casi dos meses desde mi «muerte», pero lo cierto era que me estaba costando mucho adaptarme al cambio. Me resultaba difícil aceptar que mi antigua vida había acabado, que era medio vampiro y que jamás podría cambiar las cosas. Sabía que al final acabaría por dejar atrás mi lado humano. Sin embargo, era más fácil decirlo que hacerlo.

El señor Crepsley levantó la cabeza y se lamió los labios.

—Una buena cosecha —bromeó mientras se apartaba del cuerpo—. Tu turno —me dijo.

Di un paso hacia delante, pero después me detuve y sacudí la cabeza.

—No puedo —afirmé.

—No seas estúpido —gruñó él—. Ya te has negado a hacerlo dos veces. Ha llegado el momento de que bebas.

—¡No puedo! —grité.

—Has bebido sangre de animales —señaló él.

—Eso es distinto. Este es un ser humano.

—¿Y qué? —me espetó el señor Crepsley—. Nosotros no lo somos. Tienes que empezar a tratar a los humanos de la misma manera que a los animales, Darren. Los vampiros no pueden vivir únicamente de la sangre de los animales. Si no empiezas a beber sangre humana, te debilitarás. Si continúas rechazándola, morirás.

—Lo sé —me lamenté—. Ya me lo ha explicado. Y sé que no hacemos daño a aquellos de quienes bebemos, no a menos que bebamos demasiado. Pero... —Encogí los hombros con tristeza.

Él suspiró.

—Está bien. Sé que es difícil, sobre todo cuando no eres más que medio vampiro y tu hambre no es tan apremiante. Dejaré que te abstengas esta vez. Pero debes alimentarte pronto.

Volvió a prestar atención al corte de la pierna del hombre y limpió la sangre (que no había dejado de manar mientras hablábamos). Después llenó su boca de saliva y dejó que esta goteara muy despacio sobre la herida. La frotó con un dedo y, a continuación, se echó hacia atrás para observar lo que ocurría.

La herida se cerró y sanó. En menos de un minuto no quedaba nada más que una pequeña cicatriz que el hombre ni siquiera notaría cuando despertara.

Así es como se protegen los vampiros. A diferencia de lo que ocurre en las películas, no matan a la gente cuando beben, no a menos que estén hambrientos o se dejen llevar y vayan demasiado lejos. Beben pequeñas cantidades, un poco aquí, un poco allá… Algunas veces atacan a personas a plena vista, como acabábamos de hacer nosotros. Otras, se cuelan de madrugada en los dormitorios, en las salas de los hospitales o en las comisarías.

La gente de la que beben casi nunca se da cuenta de que han servido de alimento a un vampiro. Cuando ese hombre despertara, solo recordaría una forma roja descendiendo sobre él. No sería capaz de explicar por qué se había desmayado ni qué le había ocurrido mientras estaba inconsciente.

Si descubría la cicatriz, era más probable que la achacara a una marca alienígena que a un vampiro.

Ja. ¡Alienígenas!

No hay muchas personas que sepan que fueron los vampiros los que en realidad dieron comienzo a las historias de extraterrestres. Era la tapadera perfecta. Gente de todo el mundo despertaba con extrañas cicatrices en sus cuerpos y culpaba de ello a alienígenas imaginarios.

El señor Crepsley había dejado fuera de combate al jefe de los exploradores con su aliento. Los vampiros tienen la capacidad de exhalar un tipo especial de gas que hace que la gente pierda el conocimiento. Cuando el señor Crepsley quería que alguien se durmiera, se echaba el aliento en el hueco de la mano y después apretaba la palma contra la boca y la nariz de la víctima. La persona se desmayaba segundos después, y no despertaba al menos en veinte o treinta minutos.

El señor Crepsley examinó la cicatriz y se aseguró de que había sanado correctamente. Cuidaba bien de sus víctimas. A juzgar por lo que yo había podido ver hasta el momento, parecía un buen tipo… ¡Siempre que se dejara a un lado el hecho de que era un vampiro, claro está!

—Vamos —me dijo mientras se ponía en pie—. La noche es joven. Buscaremos un conejo o un zorro para ti.

—Entonces, ¿no le importa que no beba sangre de este hombre? —quise saber.

El señor Crepsley hizo un gesto negativo con la cabeza.

—Beberás tarde o temprano —contestó—. Cuando estés lo bastante hambriento.

—No —dije en voz baja a sus espaldas cuando él se dio la vuelta y echó a andar—. No lo haré. No de un humano. Jamás beberé sangre humana. ¡Nunca!

CAPÍTULO TRES

Me desperté temprano esa tarde, como de costumbre. Me había ido a la cama poco antes del amanecer, al igual que el señor Crepsley. Sin embargo, aunque él debía dormir hasta que cayera la noche una vez más, yo era libre de levantarme y caminar por el mundo a la luz del día. Era una de las ventajas de ser solo medio vampiro.

Me preparé un desayuno tardío a base de pan con mantequilla (incluso los vampiros deben tomar alimentos normales; no podríamos mantenernos solo con sangre) y me senté frente a la tele del hotel. Al señor Crepsley no le gustaban los hoteles. Por lo general, dormía al aire libre, en un viejo granero, un edificio en ruinas o algún enorme mausoleo, pero eso no iba conmigo. Después de dormir congelado durante una semana, le dije sin rodeos que ya había tenido suficiente. Él refunfuñó un poco, pero al final cedió.

Los últimos dos meses habían pasado bastante rápido, ya que había estado muy ocupado aprendiendo lo que significa ser ayudante de vampiro. El señor Crepsley no era muy buen maestro y no le gustaba tener que repetir las cosas, de modo que yo debía prestar atención y aprender deprisa.

Había adquirido mucha fuerza. Podía levantar grandes pesos y convertir las canicas en polvo estrujándolas entre los dedos. Si saludaba a un humano con un apretón de manos, debía poner mucho cuidado en no romperle los huesos de los dedos. Podía colgarme de una barra y hacer flexiones durante toda la noche, y también lanzar una pelota de béisbol más lejos que cualquier adulto. (Un día medí uno de mis lanzamientos y después miré un libro y descubrí... ¡que había establecido un nuevo récord mundial! Al principio me entusiasmé, pero después me di cuenta de que no podría contárselo a nadie. Aun así, fue agradable averiguar que era el campeón del mundo.)

Mis uñas eran muy gruesas, y solo podía cortármelas con los dientes; los cortaúñas y las tijeras no servían de nada con mis nuevas y durísimas uñas. Y eso era una lata: no dejaba de desgarrarme la ropa al ponérmela o al quitármela, y siempre me hacía algún agujero en los bolsillos cuando metía las manos.

Habíamos recorrido una gran distancia desde aquella noche en el cementerio. Al principio huimos a la velocidad máxima de un vampiro (yo subido a la espalda del señor Crepsley), invisibles al ojo humano, deslizándonos a través de los prados como un par de vertiginosos fantasmas. A eso lo llamaban «relampaguear», por aquello de que te mueves a la velocidad del relámpago. Pero relampaguear resulta de lo más agotador, así que después de un par de noches empezamos a coger el tren y el autobús.

No sé de dónde sacaba el señor Crepsley el dinero necesario para nuestro viaje o para pagar los hoteles y la comida. No había visto que llevara billetero ni tarjetas de crédito, pero cada vez que debía pagar algo, el dinero aparecía.

No me habían crecido los colmillos. Esperaba que lo hicieran, de modo que examiné mis dientes en el espejo todas las noches durante tres semanas, hasta que el señor Crepsley me pilló.

—¿Qué estás haciendo? —me preguntó.

—Comprobar si me han crecido los colmillos —respondí.

Él me observó con detenimiento durante unos segundos y después estalló en carcajadas.

—¡No nos crecen los colmillos, estúpido! —rugió entre risotadas.

—Pero... ¿cómo mordemos a la gente? —quise saber, algo confundido.

—No lo hacemos —me dijo todavía riéndose—. Realizamos un corte con las uñas y succionamos la sangre. Solo utilizamos los dientes en casos de emergencia.

—Entonces, ¿no me crecerán los colmillos?

—No. Tus dientes serán más duros que los de cualquier humano y podrás atravesar la piel y los huesos con ellos si así lo deseas, pero es sucio. Solo los vampiros idiotas utilizan los dientes. Y los vampiros idiotas no suelen durar mucho. Los atrapan y los matan muy pronto.

Me sentí un poco decepcionado al oír eso. Una de las cosas que más me gustaban de las pelis antiguas de terror era el aspecto imponente que tenían los vampiros cuando enseñaban los colmillos.

Sin embargo, después de pensarlo un poco, decidí que era mejor no tener colmillos largos. Si ya resultaba bastante fastidioso agujerear la ropa con las uñas, ¡me encontraría en un serio aprieto si me crecían los dientes y empezaba a arrancarme trozos de los carrillos también!

La mayoría de las viejas historias de vampiros eran falsas. No podíamos cambiar de forma ni volar. Las cruces y el agua bendita no nos hacían el menor daño. Lo único que nos provocaba el ajo era un ataque de mal aliento. Podíamos ver nuestro reflejo en los espejos y proyectábamos sombra.

No obstante, algunos de los mitos sí eran ciertos. Un vampiro no podía ser fotografiado ni filmado con una cámara de vídeo. Pasa algo raro con los átomos de los vampiros que hace que lo único que aparezca en una película sea un borrón oscuro. Yo aún podría ser fotografiado, pero nunca se obtendría una foto clara, sin importar lo buena que fuera la iluminación.

Los vampiros se llevan bien con las ratas y los murciélagos. No podemos transformarnos en ellos, como afirman en algunos libros y películas, pero les caemos bien (nos distinguen de los humanos por el olor de nuestra sangre). A menudo se acurrucaban a nuestro lado mientras dormíamos o nos seguían en busca de restos de comida.

Sin embargo, los perros y los gatos, por alguna razón desconocida, nos odian.

La luz del sol «podría» acabar con un vampiro, pero no rápidamente. Un vampiro podría pasearse a la luz del día si llevara la ropa suficiente encima. No obstante, se broncearía enseguida y comenzaría a ponerse rojo en cuestión de quince minutos. En cuatro o cinco horas, la luz del sol lo mataría.

Una estaca en el corazón nos mataría, por supuesto, pero también una bala, un cuchillo o una descarga eléctrica. Podemos ahogarnos, sufrir un golpe mortal o pillar ciertas enfermedades. Somos más resistentes que la gente normal, pero no indestructibles.

Aún me quedaba mucho por aprender. Mucho más. El señor Crepsley me había dicho que tardaría años en saberlo todo y poder valerme sin ayuda. Decía que un medio vampiro que no sabía lo que hacía acabaría muerto en un par de meses, y que por tanto debía pegarme a él como una lapa, aun cuando no quisiera hacerlo.

Cuando acabé el desayuno, me senté y me entretuve mordiéndome las uñas durante unas cuantas horas. No había nada divertido en la tele, pero aun así no tenía ganas de salir; no sin el señor Crepsley. Nos encontrábamos en una ciudad pequeña, y la gente me ponía nervioso. Me daba miedo que pudieran leer en mi interior, que descubrieran lo que era en realidad y empezaran a perseguirme con estacas.

Cuando llegó la noche, el señor Crepsley apareció frotándose la barriga.

—Estoy hambriento —dijo—. Sé que es temprano, pero saldremos ahora mismo. Debería haber bebido más de aquel estúpido scout crecidito. Creo que daré caza a otro humano. —Me observó con una ceja enarcada—. Tal vez quieras unirte a mí esta vez.

—Tal vez —repliqué, aunque sabía que no lo haría. Eso era lo único que había jurado no hacer jamás. Quizá tuviera que alimentarme a base de sangre animal para mantenerme con vida, pero jamás me daría un festín con uno de los de mi propia especie, sin que me importara lo que dijera el señor Crepsley ni lo mucho que me sonaran las tripas. Era medio vampiro, sí, pero también era medio humano, y la idea de atacar a una persona me provocaba una horrible sensación de angustia y repugnancia.

CAPÍTULO CUATRO

Sangre…

El señor Crepsley pasaba gran parte de su tiempo enseñándome cosas sobre la sangre. Es vital para los vampiros. Sin ella, nos debilitamos, envejecemos y morimos. La sangre nos mantiene jóvenes. Los vampiros envejecen a un ritmo diez veces menor que los humanos (solo envejecen un año de cada diez), pero sin sangre humana envejecemos más rápido que las personas, tal vez veinte o treinta años en el transcurso de un año o dos. Como medio vampiro que era, que envejecen a un ritmo cinco veces inferior al de los humanos, no necesitaba tanta sangre humana como el señor Crepsley… pero debía beber al menos un poco para sobrevivir.

La sangre de los animales (perros, vacas, ovejas) permite a los vampiros mantenerse con vida, pero hay algunos animales de los cuales no pueden (no podemos) beber. Los gatos, por ejemplo. Para un vampiro, beber sangre de gato sería como tragarse una buena cantidad de veneno. Tampoco podemos beber la sangre de los monos, de las ranas, de la mayoría de los peces ni de las serpientes.

El señor Crepsley no me había dicho los nombres de todos los animales peligrosos. Había un montón, lo cual me llevaría mucho tiempo aprenderlos todos. Solo me aconsejó que le preguntara siempre antes de probar algo nuevo.

Los vampiros deben beber sangre humana al menos una vez al mes. La mayoría lo hacen una vez a la semana. De esa forma, no les hace falta tomar mucha cantidad. De lo contrario, si uno se alimenta solo una vez al mes, es necesario succionar mucha sangre en una sola toma.

El señor Crepsley decía que era peligroso pasar demasiado tiempo sin beber. Decía que la sed podía hacer que bebieras más de lo debido y acabaras matando a la persona que te proporcionaba el alimento.

—Un vampiro que bebe con la frecuencia suficiente es capaz de controlarse —dijo—. Uno que lo hace solo cuando no le queda más remedio acabará succionando sangre como un poseso. El hambre que nos atenaza debe ser saciada para poder controlarla.

La sangre fresca era la mejor. Si bebes de un humano vivo, la sangre está llena de nutrientes, lo que te permite no tener que tomar mucha cantidad. Sin embargo, la sangre empieza a estropearse cuando la persona muere. Si te alimentas de un cadáver, tienes que beber mucho más.

—La regla fundamental es no beber nunca de una persona que lleva muerta más de un día —explicó el señor Crepsley.

—¿Cómo podré saber cuánto tiempo lleva muerta una persona? —pregunté.

—Por el sabor de la sangre —contestó él—. Aprenderás a distinguir la sangre buena de la mala. La mala se parece a la leche agria, aunque es bastante peor.

—¿Es peligroso beber sangre mala? —pregunté.

—Sí. Puede provocar enfermedades, locura e incluso la muerte. ¡Grrrrrr!

Podíamos embotellar la sangre fresca y reservarla tanto tiempo como quisiéramos para utilizarla en casos de emergencia. El señor Crepsley guardaba unas cuantas botellas llenas de sangre en el interior de su capa. Algunas veces sacaba una durante la comida, como si se tratara de una pequeña botella de vino.

—¿Es posible sobrevivir a base de sangre embotellada? —le pregunté una noche.

—Durante un tiempo —respondió—. Pero no demasiado.

—¿Cómo la embotella? —pregunté al tiempo que examinaba una de las botellas de cristal. Se parecía a un tubo de ensayo, pero el cristal era más grueso y más oscuro.

—Es bastante complicado —dijo—. Te enseñaré cómo se hace la próxima vez que las rellene.

Sangre...

Era lo que más necesitaba, pero también lo que más temía. Si bebía sangre humana, no habría vuelta atrás. Sería un vampiro durante el resto de mi vida. Si la evitaba, tal vez consiguiera recuperar mi condición humana algún día. Tal vez consiguiera hacer desaparecer la sangre de vampiro que corría por mis venas. Tal vez no muriera. Tal vez solo muriera el vampiro que había en mí. Entonces podría volver a casa con mi familia y mis amigos.

No albergaba muchas esperanzas al respecto (el señor Crepsley me había dicho que era imposible recuperar la condición humana), pero era el único sueño al que podía seguir aferrándome.

CAPÍTULO CINCO

Pasaban los días y las noches, y nosotros seguíamos viajando, deambulando por aldeas, pueblos y ciudades. No me llevaba muy bien con el señor Crepsley. Por agradable que fuera, no podía olvidar que había sido él quien había introducido sangre vampírica en mis venas y había hecho imposible que pudiera quedarme con mi familia.

Lo odiaba. Algunas veces, durante el día, fantaseaba con la idea de clavarle una estaca en el corazón mientras dormía y huir después. Podría haberlo hecho, la verdad, pero sabía que no sobreviviría sin él. Por el momento, necesitaba a Larten Crepsley. Sin embargo, cuando llegara el día en que pudiera valerme por mí mismo...

Tenía a madame Octa a mi cargo. Debía encontrar comida para ella, encargarme de que hiciera algo de ejercicio y limpiar su jaula. No quería hacerlo (detestaba a la araña casi tanto como al vampiro), pero el señor Crepsley decía que, como había sido yo quien la había robado, debía ser yo quien cuidara de ella.

Practicaba algunos trucos con ella de vez en cuando, pero no ponía el corazón en ello. Madame Octa ya no me interesaba, y con el paso de las semanas comencé a dejar de jugar con ella.

Lo único bueno de viajar constantemente es la posibilidad de visitar montones de lugares en los que nunca se ha estado antes y disfrutar de paisajes alucinantes. Me encantaba viajar. No obstante, casi siempre nos desplazábamos de noche y no conseguí ver gran cosa de los alrededores… ¡Menudo rollo!

Un día, mientras el señor Crepsley dormía, me harté de estar encerrado. Le dejé una nota encima de la tele, por si acaso no había regresado aún cuando él despertara, y me marché. Contaba con muy poco dinero y no tenía ni la menor idea de dónde podía ir, pero me importaba un comino. El mero hecho de salir del hotel y pasar un rato a solas me parecía maravilloso.

Era una ciudad grande, pero bastante tranquila. Inspeccioné unos cuantos centros recreativos y me dediqué a jugar en algunas máquinas. Nunca se me habían dado bien los videojuegos, pero con mis nuevos reflejos y habilidades podía hacer casi cualquier cosa que quisiera.

Me pasé todos los niveles, dejé fuera de combate a todos mis oponentes en los torneos de artes marciales y aniquilé a todos los alienígenas que me atacaban desde los cielos en las aventuras de ciencia ficción.

Después di un paseo por la ciudad. Había un montón de fuentes, estatuas, parques y museos que examiné con interés. Pero los museos me recordaron a mamá (a ella le encantaba llevarme a ver las exposiciones) y eso me entristeció: siempre me sentía solo y miserable cuando pensaba en mamá, en papá o en Annie.

Vi a un grupo de chicos de mi edad jugando al hockey en una pista de cemento. Eran ocho jugadores en cada equipo. La mayoría tenían sticks de plástico, aunque algunos contaban con sticks de madera. Utilizaban una vieja pelota de tenis como disco.

Me detuve a observarlos y, al cabo de unos minutos, uno de los chicos se acercó a mí.

—¿De dónde eres? —me preguntó.

—Soy de fuera —contesté—. Me alojo en un hotel con mi padre. —Detestaba llamar así al señor Crepsley, pero era la opción más segura.

—¡No es de aquí! —explicó el chaval a los demás chicos, que habían dejado de jugar.

—¿Es miembro de la familia Addams? —dijo uno a voz en grito, y todos se echaron a reír.

—¿Qué se supone que significa eso? —pregunté ofendido.

—¿Te has mirado en un espejo últimamente? —dijo el chico.

Eché un vistazo a mi ropa polvorienta y comprendí por qué se reían: tenía el aspecto de uno de los personajes de *Bitelchus*.

—Perdí la maleta con mi ropa —mentí—. Esto es lo único que tengo. Aunque pronto me comprarán ropa nueva.

—Eso espero. —El chico sonrió y después me preguntó si sabía jugar al hockey. Cuando le dije que sí, me invitó a jugar con ellos.

—Puedes jugar en mi equipo —dijo al tiempo que me ofrecía un stick de sobra—. Vamos perdiendo seis a dos. Me llamo Michael.

—Hola. Yo soy Darren —repliqué mientras probaba el stick.

Me remangué el bajo de los pantalones y comprobé que los cordones de los zapatos tenían un doble nudo. Entretanto, el equipo contrario marcó otro gol. Michael dijo una palabrota y arrastró la pelota de nuevo hasta la mitad del campo.

—¿Estás listo? —me preguntó.

—Desde luego.

—Pues vamos —dijo. Golpeó la bola en mi dirección y corrió hacia delante, esperando a que se la devolviera.

Llevaba muchísimo tiempo sin jugar al hockey (por lo general, en clase de educación física debíamos elegir entre jugar al hockey o al fútbol, y jamás dejaba pasar la oportunidad de jugar un partido de fútbol), pero, cuando tuve el stick en mis manos y la pelota a mis pies, me dio la impresión de que estaba en plena forma, como si hubiera jugado el día anterior.

Golpeé la pelota de izquierda a derecha unas cuantas veces para cerciorarme de que aún recordaba cómo controlarla; después levanté la mirada y observé la portería.

Había siete jugadores entre el portero y yo. Ninguno de ellos hizo ademán de marcarme. Supongo que les parecía innecesario, ya que todavía iban cinco goles arriba.

Comencé a correr. Un chico corpulento (el capitán del otro equipo) trató de bloquearme, pero lo esquivé sin problemas. Sorteé a otros dos antes de que pudieran reaccionar y después regateé a un cuarto. El quinto jugador se acercó a mí con el stick a la altura de las rodillas, pero salté sobre él con facilidad, engañé al sexto y disparé a puerta antes de que el séptimo y último defensor pudiera interponerse.

Aunque golpeé la pelota con bastante suavidad, salió disparada con mucha más fuerza de la que el guardameta esperaba y entró por la esquina superior derecha de la portería. Rebotó en la pared y la atrapé en el aire.

Me giré con una sonrisa y observé a mis compañeros de equipo. Todavía estaban cerca de la otra portería, mirándome con expresión atónita. Volví a llevar la pelota hasta la línea central y la dejé en el suelo sin decir una palabra. Después me volví hacia Michael y le dije:

—Siete a tres.

Parpadeó lentamente y sonrió.

—¡Vaya que sí! —celebró con alegría antes de chocar la mano con el resto de su equipo—. ¡Creo que vamos a disfrutar con esto!

Durante un rato lo pasé genial: dominaba el juego, bajaba a defender y les lanzaba pases de lo más certeros a mis compañeros. Marqué un par de goles más y di asistencias para otros cuatro. Íbamos por delante nueve a siete, y la cosa no había acabado. El equipo contrario estaba que mordía. Nos obligaron a cederles a dos de nuestros mejores jugadores, pero no supuso ninguna diferencia. Podría haberles entregado a todos salvo a nuestro portero y, aun así, patearles el culo.

Las cosas se pusieron feas. El capitán del otro equipo (Danny) llevaba un buen rato intentando hacerme falta, pero yo era demasiado rápido para él y sorteaba con facilidad su stick alzado y sus zancadillas. Sin embargo, hacia el final comenzó a asestarme puñetazos en las costillas, a pisarme los dedos de los pies y a darme codazos en los brazos. Nada de eso me hacía daño, pero me molestaba. Detesto a la gente que no sabe perder.

Entonces Danny me dio un apretón en un lugar muy, muy doloroso, y eso fue la gota que colmó el vaso. Incluso los vampiros tienen un límite. Solté un grito y me incliné hacia delante, muerto de dolor.

Danny se echó a reír y se alejó con la pelota.

Me enderecé al cabo de unos segundos hecho una furia. Danny se encontraba cerca de la parte central de la pista. Corrí hacia él a toda velocidad. Aparté de un empujón a los jugadores que se interponían entre nosotros (sin preocuparme por averiguar si eran de su equipo o del mío), lo alcancé y descargué mi stick sobre sus piernas. Habría sido una entrada peligrosa si la hubiera hecho un humano, pero cuando el que la hacía era un medio vampiro...

Se oyó un fuerte chasquido. Danny gritó y cayó al suelo. El partido se detuvo de inmediato. Todo el mundo en la pista conocía la diferencia entre un grito de dolor y un alarido de auténtica agonía.

Me erguí con dificultad, arrepentido por lo que había hecho, deseando poder volver atrás. Observé mi stick con la esperanza de descubrir que se había partido en dos, con la esperanza de que fuera eso lo que había producido el chasquido. Pero estaba entero.

Le había roto a Danny las espinillas.

La parte inferior de sus piernas estaba retorcida en un ángulo extraño y la piel de las espinillas parecía desgarrada. Se veía el blanco del hueso entre la sangre.

Michael se inclinó hacia delante para inspeccionar las piernas de Danny. Cuando se irguió de nuevo, sus ojos tenían una expresión horrorizada.

—¡Le has roto las piernas! —exclamó sin aliento.

—No era mi intención... —gimoteé—. Él me apretó los...
—Señalé la zona bajo mi cintura.

—¡Le has roto las piernas! —gritó Michael antes de retroceder para alejarse de mí. Todos los demás hicieron lo mismo.

Me tenían miedo.

Con la respiración agitada, dejé caer el stick al suelo y me marché; sabía que las cosas se pondrían peor si me quedaba a esperar a que vinieran los adultos. Ninguno de los chicos intentó detenerme. Estaban demasiado asustados. Sentían terror al mirarme... a mí... Darren Shan... un monstruo.

CAPÍTULO SEIS

Ya había anochecido cuando regresé. El señor Crepsley estaba despierto. Le dije que debíamos marcharnos de la ciudad de inmediato, pero no le expliqué por qué. Él echó un vistazo a mi cara, asintió y empezó a recoger nuestras cosas.

No hablamos mucho esa noche. Yo no dejaba de pensar que ser medio vampiro era una mierda. El señor Crepsley sabía que me pasaba algo, pero no me molestó con preguntas. No era la primera vez que me mostraba huraño. Se estaba acostumbrando a mis cambios de humor.

Encontramos una iglesia abandonada en la que pasar la noche. El señor Crepsley se tumbó en uno de los largos bancos, y yo improvisé una cama amontonando musgo y maleza sobre el suelo.

Desperté temprano y pasé el día explorando la iglesia y el pequeño cementerio que había al lado. Las lápidas eran antiguas, y muchas de ellas estaban agrietadas y cubiertas de enredaderas. Me entretuve unas cuantas horas limpiando algunas de ellas, quitando los hierbajos y lavando la piedra con agua de un arroyo cercano. Mantuve mi mente alejada del partido de hockey.

Había una familia de conejos en una madriguera cercana. Con el transcurso del día, se acercaron cada vez más para ver qué estaba haciendo. Eran unas criaturas curiosas, sobre todo los más pequeños. En un momento determinado fingí estar dormido y un par de ellos se aproximaron a escasos metros de mí.

Cuando estuvieron todo lo cerca que se atrevían, di un salto y grité: «¡Bu!», y salieron pitando como si les persiguiera el demonio. Uno cayó patas arriba y rodó hasta la entrada de la madriguera.

Eso me animó bastante.

Por la tarde descubrí un supermercado y compré un poco de carne y algunas verduras.

Cuando regresé a la iglesia, hice una hoguera y después cogí el bolso de cazuelas y sartenes que había bajo el banco del señor Crepsley. Hurgué en su interior hasta que encontré lo que buscaba. Se trataba de una pequeña cacerola. La coloqué boca abajo sobre el suelo con mucho cuidado y después presioné la protuberancia de metal que había en la parte superior.

La cacerola se expandió de golpe cuando los paneles plegados se extendieron. En menos de cinco segundos se había transformado en una cacerola de gran tamaño que llené de agua y coloqué sobre el fuego.

Todas las cacerolas y las sartenes que había en el bolso eran así. El señor Crepsley se las había comprado a una mujer llamada Evanna hacía mucho tiempo. Pesaban lo mismo que las normales, pero podían plegarse para que resultara más fácil transportarlas.

Preparé el estofado tal y como el señor Crepsley me había enseñado. El vampiro tenía la firme convicción de que todo el mundo debería saber cocinar.

Llevé los restos de zanahorias y repollo fuera y los dejé junto a la madriguera de los conejos.

Al señor Crepsley le sorprendió encontrar la cena preparada (aunque para él era el desayuno) cuando se despertó. Olfateó el leve vapor que salía del contenido burbujeante de la cacerola y se relamió los labios.

—Podría acostumbrarme a esto. —Esbozó una sonrisa, bostezó, se desperezó y se peinó con los dedos su corto cabello color naranja. Después se rascó la larga cicatriz que recorría el lado izquierdo de su rostro. Todo aquello formaba parte de su rutina diaria.

Siempre había querido preguntarle la causa de esa cicatriz, pero nunca lo había hecho. Una noche, cuando reuniera el coraje necesario, lo haría.

No había mesas, así que cenamos sobre el regazo. Cogí dos de los platos plegables del bolso, los extendí y después busqué cuchillos y tenedores. Serví los alimentos y comimos.

Casi al final, el señor Crepsley se limpió la boca con una servilleta blanca y tosió con incomodidad.

—El estofado estaba muy rico —dijo a modo de cumplido.

—Gracias —repliqué.

—Yo… bueno… Lo cierto es que… —Dejó escapar un suspiro—. Nunca se me han dado muy bien las sutilezas —aseguró—, así que iré directo al grano: ¿qué pasó ayer? ¿Por qué estabas tan preocupado?

Clavé la mirada en mi plato sin saber muy bien si quería responder o no. Entonces, de pronto, le conté toda la historia de principio a fin casi sin tomar aliento.

El señor Crepsley escuchó con atención. Una vez que hube terminado, reflexionó durante un par de minutos antes de hablar.

—Tendrás que acostumbrarte a eso —dijo—. Somos mucho más fuertes, más rápidos y más resistentes que los humanos. Si juegas con ellos, saldrán heridos.

—No pretendía hacerle daño —dije—. Fue un accidente.

El señor Crepsley se encogió de hombros.

—Escucha, Darren, no podrás evitar que esto ocurra de nuevo; no si te relacionas con los humanos. No importa lo mucho que te esfuerces por ser normal, porque no lo eres. Siempre ocurrirán accidentes de este tipo.

—Lo que pretende decir es que ya no podré tener amigos, ¿verdad? —Asentí tristemente—. Eso ya me lo he imaginado sin su ayuda. Por eso estaba tan triste. Me estaba acostumbrando a la idea de que jamás podré volver a casa para ver a mis viejos amigos, pero fue ayer mismo cuando comprendí que tampoco podré hacer nuevos amigos. No me queda más remedio que permanecer con usted. No puedo tener ningún otro amigo, ¿no es así?

El vampiro se frotó la cicatriz y frunció los labios.

—Eso no es cierto —dijo—. Puedes tener amigos. Solo debes ser cuidadoso. Tú...

—¡Con eso no basta! —grité—. Usted mismo lo ha dicho: siempre ocurrirán accidentes similares. Incluso estrecharles la mano es peligroso. ¡Podría rajarles las muñecas con las uñas! —Sacudí la cabeza muy despacio—. No —dije con tono firme—. No pienso poner la vida de la gente en peligro. Soy demasiado peligroso como para tener amigos. Además, en realidad, no puedo tener amigos de verdad.

—¿Por qué no? —preguntó él.

—Los amigos de verdad no guardan secretos entre ellos. Nunca podría contarle a un humano que soy un vampiro. Siempre tendría que mentir y fingir que soy algo que no soy. Siempre tendría miedo de que descubriera en lo que me he convertido y me odiara por ello.

—Ese es un problema que comparten todos los vampiros —señaló el señor Crepsley.

—¡Pero no todos los vampiros son niños! —grité—. ¿Qué edad tenía usted cuando se convirtió? ¿Era ya un hombre? —Él asintió—. Para los adultos, los amigos no son tan importantes. Mi padre me dijo que cuando te haces mayor te acostumbras a no tener tantos amigos. Los adultos tienen trabajos, aficiones y otras cosas con las que mantenerse ocupados. Pero mis amigos eran lo más importante de mi vida, aparte de mi familia. Bueno, usted me arrebató a mi familia cuando introdujo su apestosa sangre dentro de mí. Y ahora también ha arruinado la posibilidad de que vuelva a tener un amigo de verdad. Muchas gracias —dije cabreado—. Gracias por convertirme en un monstruo y por destrozarme la vida.

Estaba al borde de las lágrimas, pero no quería echarme a llorar, no delante de él. Así pues, pinché el último trozo de carne de mi plato con el tenedor y me lo metí en la boca antes de empezar a masticarlo con ferocidad.

El señor Crepsley se quedó callado después de mi estallido de rabia. Yo no sabía si estaba enfadado o arrepentido. Por un momento creí que había ido demasiado lejos. ¿Qué ocurriría si él se diera la vuelta y me dijera: «Si eso es lo que crees, te dejaré seguir tu camino»? ¿Qué haría yo entonces?

Sopesaba la idea de pedirle disculpas cuando el vampiro me sorprendió al decir en voz baja:

—Lo siento. No debería haberte dado mi sangre. Fue una elección desafortunada. Eras demasiado joven. Ha pasado tanto tiempo desde que yo mismo fui niño que había olvidado lo que se siente. Jamás pensé en tus amigos ni en lo mucho que los echarías de menos. Cometí un error al darte mi sangre. Un terrible error. Yo...

Su voz se apagó. Tenía un aspecto tan desdichado que casi sentí pena por él. Pero entonces recordé lo que me había hecho y lo odié de nuevo. No obstante, cuando vi las gotas que había en las comisuras de sus ojos y deduje que eran lágrimas, volví a compadecerme de él.

Me sentía muy confundido.

—Bueno, no tiene sentido lamentarse —dije al final—. No podemos cambiar las cosas. Lo hecho, hecho está, ¿no es así?

—Sí —respondió antes de dejar escapar un suspiro—. Si pudiera, te quitaría el terrible don que te concedí. Pero eso no es posible. Ser vampiro es para siempre. Una vez que alguien se ha transformado, no hay manera de volver atrás. Aun así —dijo mientras reflexionaba—, no es tan malo como crees. Quizá... —Entrecerró los ojos con expresión pensativa.

—¿Quizá... qué? —pregunté.

—Quizá podamos encontrarte algunos amigos —dijo—. No tienes por qué permanecer pegado a mí todo el tiempo.

—No lo entiendo. —Fruncí el ceño—. ¿No estábamos de acuerdo en que no era seguro que me relacionara con humanos?

—No estoy hablando de humanos —aseguró él esbozando una leve sonrisa—. Hablo de gente con poderes especiales. Gente como nosotros. Gente a la que podrás contarle tus secretos...

Se inclinó hacia delante y tomó mis manos entre las suyas.

—Darren —dijo—, ¿qué te parecería regresar y convertirte en un miembro del Circo de los Extraños?

CAPÍTULO SIETE

Cuanto más hablábamos sobre esa idea, más me gustaba. El señor Crepsley dijo que los artistas del circo sabrían lo que era y me aceptarían como uno de los suyos. La plantilla del espectáculo cambiaba sin cesar y casi siempre había alguien que rondaba mi edad. Podría pasar el tiempo con ellos.

—¿Y qué ocurrirá si no me gusta estar allí? —pregunté.

—En ese caso, nos marcharemos —aseguró—. Me gustaba viajar con el circo, pero tampoco puede decirse que me volviera loco. Si te gusta, nos quedaremos. Si no, viajaremos solos otra vez.

—¿No les importará que vaya con ellos? —quise saber.

—Tendrás que ganarte el sustento —replicó él—. El señor Alto insiste en que todo el mundo haga algo. Tendrás que ayudar a instalar las sillas y las luces, vender objetos de recuerdo, limpiar después de la función o encargarte de cocinar. Estarás ocupado, pero no será un trabajo excesivo. Tendremos tiempo de sobra para nuestras lecciones.

Decidimos intentarlo. Al menos dormiríamos en una cama de verdad todas las noches. Tenía la espalda agarrotada de dormir en el suelo.

El señor Crepsley antes debía averiguar dónde se encontraba el circo para poder unirnos a él. Le pregunté cómo iba a hacerlo. Me dijo que podía entrar en contacto con la mente del señor Alto.

—¿Quiere decir que el señor Alto es telépata? —pregunté, recordando la palabra que había utilizado Steve para referirse a la gente que podía hablar con otras personas utilizando solo su mente.

—Más o menos —respondió el señor Crepsley—. No podemos hablar entre nosotros con el pensamiento, pero puedo distinguir su… «aura», por decirlo de alguna manera. Una vez que la haya localizado, será fácil seguirle los pasos.

—¿Yo también puedo localizar su aura? —quise saber.

—No —dijo el señor Crepsley—. La mayoría de los vampiros completos pueden hacerlo (y algunos humanos con ciertos dones), pero los medio vampiros no.

Se sentó en la parte central de la iglesia y cerró los ojos. Permaneció en silencio alrededor de un minuto. Después abrió los párpados y se puso en pie.

—Ya lo he encontrado —dijo.

—¿Tan pronto? —pregunté—. Creí que tardaría más tiempo.

—He buscado su aura muchas veces —explicó el señor Crepsley—. Sé muy bien lo que debo buscar. Localizarlo es tan fácil como encontrar una aguja en un pajar.

—¿No se supone que eso es muy difícil?

—No para un vampiro —señaló él.

Mientras nos preparábamos para marcharnos, me detuve a observar los alrededores de la iglesia. Había algo que me preocupaba, pero no estaba seguro de si era conveniente mencionárselo o no al señor Crepsley.

—Adelante —dijo él, dejándome atónito—. Formula la pregunta que te ronda la cabeza.

—¿Cómo sabía que quería preguntarle algo? —pregunté, estupefacto.

Él se echó a reír.

—No hace falta ser vampiro para saber cuándo un niño siente curiosidad. Hace siglos que te mueres por preguntarme algo. ¿De qué se trata?

Respiré hondo.

—¿Cree en Dios? —pregunté.

El señor Crepsley me miró con expresión extrañada y después asintió muy despacio.

—Creo en los dioses de los vampiros.

Fruncí el ceño.

—¿Los vampiros tienen dioses?

—Por supuesto —contestó él—. Todas las culturas tienen dioses: hay dioses egipcios, hindúes, chinos… Los vampiros no son diferentes.

—¿Y qué pasa con el cielo? —quise saber.

—Creemos en el Paraíso. Está más allá de las estrellas. Cuando morimos, si hemos llevado una buena vida, nuestros espíritus se liberan de sus ataduras terrenales y se elevan más allá de las estrellas y galaxias para llegar por fin a ese mundo maravilloso que hay al otro lado del universo: el Paraíso.

—¿Y los que no han llevado una buena vida?

—Se quedan aquí —dijo—. Permanecen vinculados a la Tierra como fantasmas, condenados a vagar sobre la faz de este planeta para siempre.

Reflexioné sobre eso.

—¿Qué es «una buena vida» para un vampiro? —pregunté—. ¿Qué deben hacer para merecer el Paraíso?

—Vivir decentemente —respondió—. No matar a menos que sea necesario. No hacer daño a la gente. No echar a perder el mundo.

—¿Beber sangre no es algo malo? —quise saber.

—No, si no matas a la persona de la que bebes —contestó el señor Crepsley—. Aunque, a veces, incluso eso puede ser algo bueno.

—¿Matar a una persona puede ser algo bueno? —exclamé, atónito.

El señor Crepsley asintió con seriedad.

—La gente tiene alma, Darren. Cuando mueren, esas almas van al cielo, al Paraíso. Pero es posible conservar parte de ellas aquí. Cuando bebemos pequeñas cantidades de sangre, no nos apoderamos de la esencia de la gente. Sin embargo, cuando bebemos mucho, una parte de las personas entra a formar parte de nosotros.

—¿Cómo es posible? —pregunté con el ceño fruncido.

—Cuando desangramos a alguien, absorbemos parte de sus recuerdos y sus sentimientos —dijo—. Se convierte en parte de nosotros, así que podemos ver el mundo tal y como esa persona lo veía y recordar cosas que, de otra forma, se habrían olvidado.

—¿Qué cosas?

Lo pensó durante un momento.

—Uno de mis más queridos amigos se llama Paris Skyle —contestó—. Es muy viejo. Hace muchos siglos, fue amigo de William Shakespeare.

—¿William Shakespeare? ¿El tipo que escribió todas esas obras de teatro?

El señor Crepsley hizo un gesto afirmativo con la cabeza.

—Obras de teatro y poemas. Pero no toda la poesía de Shakespeare estaba escrita; algunos de sus más famosos versos se habían perdido. Cuando Shakespeare estaba a punto de morir, Paris bebió su sangre (William le pidió que lo hiciera) y fue capaz de localizar en su interior esos poemas perdidos para ponerlos por escrito. El mundo habría sido un lugar mucho peor sin ellos.

—Pero… —Hice una pequeña pausa—. ¿Eso solo se hace con la gente que lo solicita y con aquellos que están muriendo?

—Sí —respondió—. Sería una fechoría matar a una persona sana. Sin embargo, beber de aquellos amigos próximos a la muerte y mantener vivos sus recuerdos y experiencias… es algo bueno, sin duda. —Esbozó una sonrisa—. Vamos —dijo segundos después—. Piensa en ello por el camino. Tenemos que irnos.

Cuando estuvimos listos, me subí a la espalda del señor Crepsley y comenzamos a relampaguear. Aún no me había explicado cómo era capaz de moverse tan rápido. No se trataba de que corriera muy deprisa; era más bien como si el mundo se deslizara bajo sus pies mientras él corría. Me dijo que todos los vampiros completos sabían relampaguear.

Era una maravilla ver cómo el paisaje se alejaba flotando. Subimos colinas y atravesamos vastas praderas, más veloces que el viento. El silencio era absoluto mientras relampagueábamos y nadie nos veía nunca. Era como si estuviéramos envueltos por una burbuja mágica.

Mientras relampagueábamos, me dediqué a pensar en lo que había dicho el señor Crepsley, en lo de mantener vivos los recuerdos de la gente al beber su sangre. No estaba seguro de cómo funcionaba eso, así que me propuse preguntárselo más tarde.

Relampaguear era un trabajo duro; el vampiro estaba sudando y me di cuenta de que comenzaba a jadear. Para ayudarlo, saqué una botella de sangre humana, le quité el corcho y la sostuve junto a sus labios para que pudiera beber.

Él asintió en silencio para darme las gracias, se enjugó el sudor de la frente y siguió adelante.

Por fin, cuando el cielo empezaba a clarear, aminoró el paso y se detuvo. Bajé de su espalda y miré a mi alrededor. Nos encontrábamos en medio de una carretera rural, rodeados de prados y de árboles. No había ni una casa a la vista.

—¿Dónde está el Circo de los Extraños?

—Unos cuantos kilómetros más adelante —dijo al tiempo que señalaba la dirección con el dedo. Estaba arrodillado en el suelo, intentando recuperar el aliento.

—¿Se ha quedado sin fuelle? —pregunté, tratando de contener la risa.

—No. —Me dirigió una mirada asesina—. Podría haber seguido hasta allí, pero no quería llegar con pinta de estar muerto de cansancio.

—Pues será mejor que no descanse demasiado —le advertí—. Está a punto de amanecer.

—¡Sé muy bien qué hora es! —exclamó con aspereza—. Sé más sobre madrugadas y amaneceres que cualquier ser humano. Todavía tenemos tiempo de sobra. Cuarenta y tres minutos, para ser exactos.

—Si usted lo dice...

—Lo digo. —Se puso en pie enfadado y echó a andar. Yo esperé hasta que estuvo un poco por delante de mí y luego corrí para adelantarlo.

—Dese prisa, abuelo —bromeé—. Se está quedando atrás.

—Sigue así —gruñó él—, y verás lo que consigues. Un tirón de orejas y una buena reprimenda.

Comenzó a correr un par de minutos después y ambos trotamos juntos por el camino. Yo estaba de buen humor, más contento de lo que me había sentido en muchos meses. Era agradable sentir entusiasmo por algo.

Dejamos atrás a un grupo de caravanas polvorientas en el camino.

Sus ocupantes acababan de despertarse y empezaban a ponerse en marcha. Una pareja nos saludó con la mano. Tenían un aspecto de lo más curioso: cabello largo y ropas extravagantes que complementaban con pulseras y pendientes raros.

Había pancartas y banderas por todo el campamento. Intenté leerlos, pero resultaba difícil hacerlo mientras corría, y no quería detenerme. Por lo que pude entender, los campistas estaban allí por algo relacionado con una protesta contra una nueva carretera.

El camino estaba lleno de curvas. Después del quinto giro, divisamos por fin el Circo de los Extraños, que estaba instalado en un claro junto a las orillas de un río. Estaba muy tranquilo (supuse que todo el mundo estaría dormido), y, de haber ido en coche sin buscar tiendas y caravanas, seguramente habríamos pasado de largo sin reparar en él.

Era un lugar muy extraño para instalar un circo. No había carpas ni pabellones en los que pudieran actuar los artistas. Imaginé que debían de haber hecho una parada de descanso entre dos ciudades.

El señor Crepsley caminaba con seguridad entre los coches y las caravanas. Sabía con exactitud hacia dónde se dirigía. Yo lo seguí, mucho menos seguro de mí mismo, mientras recordaba la noche que me había escabullido entre aquellos bichos raros para robar a madame Octa.

El señor Crepsley se detuvo frente a una enorme caravana plateada y llamó a la puerta. Se abrió casi de inmediato, y la gigantesca figura del señor Alto apareció ante nosotros. Sus ojos parecían más oscuros que nunca bajo la tenue luz. De no haber sabido lo contrario, habría jurado que no tenía ojos, tan solo dos cuencas negras y vacías.

—Ah, eres tú —dijo con voz grave sin mover apenas los labios—. Me pareció sentir que me buscabas. —Estiró el cuello por encima del señor Crepsley y dirigió la mirada hacia el lugar donde yo aguardaba temblando—. Veo que has traído al chico contigo.

—¿Podemos pasar? —preguntó el señor Crepsley.

—Por supuesto. ¿Qué es lo que se supone que hay que deciros a los vampiros? —Esbozó una sonrisa—. ¿«Entra por tu propia voluntad»?

—Algo así —replicó el señor Crepsley, y al ver la sonrisa en su rostro, supe que se trataba de una vieja broma entre ellos.

Nos adentramos en la caravana y tomamos asiento. Dentro no había casi nada, tan solo unos cuantos estantes con pósters y panfletos del circo, el sombrero de copa rojo y los guantes que le había visto llevar al señor Alto en otras ocasiones, un par de objetos decorativos y una cama abatible.

—No esperaba que volvieras tan pronto, Larten —dijo el señor Alto, que parecía enorme incluso cuando estaba sentado.

—No tenía pensado regresar tan pronto, Hibernius.

¿Hibernius? Vaya nombre más raro. Con todo, le quedaba bien. Hibernius Alto. Sonaba armonioso.

—¿Os habéis metido en problemas? —preguntó el señor Alto.

—No —respondió el señor Crepsley—. Darren no era feliz. Decidí que estaría mejor aquí, rodeado y acompañado de los de su especie.

—Entiendo. —El señor Alto me observó con curiosidad—. Has recorrido un largo camino desde la última vez que te vi, Darren Shan.

—Habría preferido quedarme donde estaba —refunfuñé.

—¿Por qué te marchaste, entonces?

Lo fulminé con la mirada.

—Ya sabe por qué —contesté con frialdad.

Él asintió lentamente.

227

—Entonces, ¿te parece bien que nos quedemos? —preguntó el señor Crepsley.

—Por supuesto —respondió el señor Alto de inmediato—. La verdad es que me alegra tenerte de vuelta. En este momento andamos un poco escasos de personal. Alexander Calavera, Sive y Seersa, y Gertha Dientes se han marchado o bien de vacaciones o por algún motivo personal. Cormac Miembros viene de camino hacia aquí, pero aún tardará en llegar. Larten Crepsley y su asombrosa araña amaestrada serán una valiosísima incorporación a la plantilla.

—Gracias —dijo el señor Crepsley.

—¿Qué pasa conmigo? —pregunté con descaro.

El señor Alto sonrió.

—Tú resultas menos valioso —dijo—, pero bienvenido de igual modo.

Solté un resoplido, pero no dije nada.

—¿Dónde vamos a actuar? —preguntó el señor Crepsley a continuación.

—Aquí mismo —le respondió el señor Alto.

—¿Aquí? —intervine sorprendido.

—¿Acaso te desconcierta? —quiso saber el señor Alto.

—Estamos en mitad de ninguna parte —dije—. Creí que solo actuaban en pueblos y ciudades, donde pueden conseguir un público numeroso.

—Nosotros siempre conseguimos un público numeroso —afirmó el señor Alto—. La gente vendrá sin importar dónde actuemos. Por lo general, elegimos zonas con un mayor número de habitantes, pero para nosotros esta época del año es temporada baja. Como ya he dicho, muchos de nuestros mejores artistas están ausentes, al igual que... otros miembros de nuestra compañía.

El señor Alto y el señor Crepsley intercambiaron una mirada extraña y reservada, y tuve la impresión de que me estaba perdiendo algo.

—Así que nos estamos tomando un respiro —continuó el señor Alto—. No daremos ninguna función hasta dentro de unos días. Estamos descansando.

—Vimos gente en un campamento de camino hacia aquí —dijo el señor Crepsley—. ¿Os han causado algún problema?

—¿Los soldaditos de infantería de los CPN? —El señor Alto se echó a reír—. Están demasiado ocupados defendiendo los árboles y las rocas como para meterse con nosotros.

—¿Qué significa CPN? —pregunté.

—Combatientes Protectores de la Naturaleza —explicó el señor Alto—. Son ecoguerreros. Recorren el país intentando detener la construcción de nuevos puentes y carreteras. Llevan aquí un par de meses, pero se marcharán muy pronto.

—¿Son guerreros de verdad? —quise saber—. ¿Tienen pistolas, granadas y tanques?

Los dos adultos se desternillaron.

—Algunas veces puede llegar a ser un poco lento —señaló el señor Crepsley, muerto de la risa—, pero no es tan estúpido como parece.

Sentí que me ruborizaba, pero me mordí la lengua. Sabía por experiencia que no sirve de nada enfadarse con los adultos cuando se ríen de ti, porque si te enfadas solo consigues que se rían con más ganas.

—Se llaman a sí mismos guerreros —dijo el señor Alto—, pero en realidad no lo son. Se encadenan a los árboles, echan arena en los motores de las excavadoras y arrojan clavos en el camino de los coches. Esa clase de cosas.

—¿Por qué...? —iba a preguntar algo, pero el señor Crepsley me interrumpió.

—No tenemos tiempo para preguntas —dijo—. Dentro de unos minutos saldrá el sol. —Se puso en pie y estrechó la mano del señor Alto—. Gracias por acogernos, Hibernius.

—Es un placer —replicó el señor Alto.

—Confío en que hayas cuidado bien mi ataúd...

—Desde luego.

El señor Crepsley sonrió con alegría y se frotó las manos.

—Es lo que más echo de menos cuando estoy fuera. Será agradable volver a dormir en él.

—¿Y qué pasa con el chico? —preguntó el señor Alto—. ¿Quieres que fabriquemos un ataúd para él?

—¡Ni se le ocurra! —grité—. ¡No conseguirán que me meta en uno de esos otra vez! —Recordé lo que sentí al estar dentro de un ataúd (cuando me enterraron vivo) y me eché a temblar.

El señor Crepsley sonrió.

—Deja que Darren se quede con alguno de los demás artistas —dijo—. Alguien de su edad, si es posible.

El señor Alto lo meditó durante unos instantes.

—¿Qué te parece Evra?

La sonrisa del señor Crepsley se hizo más amplia.

—Sí. Creo que alojarlo con Evra es una maravillosa idea.

—¿Quién es Evra? —pregunté con nerviosismo.

—Lo descubrirás muy pronto —prometió el señor Crepsley al tiempo que abría la puerta de la caravana—. Te dejaré con el señor Alto. Él se encargará de ti. Yo tengo que marcharme.

Tras lo cual, se fue en busca de su adorado ataúd.

Miré por encima del hombro y vi que el señor Alto se encontraba justo detrás de mí. No sé cómo pudo atravesar la estancia con tanta rapidez. Ni siquiera lo oí ponerse en pie.

—¿Nos vamos ya? —preguntó.

Tragué saliva y asentí.

Me guió a través del campamento. Estaba amaneciendo y vi que se encendían las luces en algunas de las tiendas y caravanas. El señor Alto me condujo hasta una vieja tienda gris, lo bastante grande como para dar cobijo a cinco o seis personas.

—Aquí tienes algo para abrigarte —dijo mientras me entregaba unas mantas de lana—. Y una almohada. —No sabía de dónde las había sacado (no las llevaba consigo cuando salió de la caravana), pero estaba demasiado cansado como para hacer preguntas—. Duerme todo lo que quieras. Vendré a buscarte cuando te despiertes para explicarte cuáles son tus obligaciones. Evra cuidará de ti hasta entonces.

Levanté el faldón de la tienda y eché un vistazo al interior. Estaba demasiado oscuro como para ver nada.

—¿Quién es Evra? —pregunté antes de girarme hacia el señor Alto una vez más. Pero ya se había ido, había desaparecido tan rápida y sigilosamente como de costumbre.

Suspiré y me adentré en la tienda con las mantas apretadas contra el pecho. Dejé que el faldón volviera a su lugar y me quedé inmóvil en el interior, esperando a que mis ojos se acostumbraran a la falta de luz. Oí la respiración suave de alguien y logré distinguir en la oscuridad una vaga silueta tumbada en una hamaca al otro lado de la tienda. Busqué un lugar donde echarme. No quería que mi compañero de tienda me pisoteara al levantarse.

Avancé a ciegas. De pronto, algo se deslizó hacia mí en la oscuridad.

Me detuve y clavé la vista al frente, deseando con toda mi alma poder ver algo (incluso a los vampiros les cuesta distinguir las cosas cuando no cuentan con la luz de la luna o de las estrellas).

—¿Hola? —susurré—. ¿Eres Evra? Soy Darren Shan, tu nuevo...

Me callé. El ruido deslizante había alcanzado mis pies. Mientras yo permanecía inmóvil como una estatua, algo carnoso y resbaladizo se enroscó alrededor de mis piernas. Supe de inmediato de qué se trataba, pero no me atreví a bajar la vista hasta que trepó por encima de mi cintura. Por fin, cuando la tuve enrollada alrededor del pecho, reuní el coraje para echar un vistazo y me descubrí mirándole a los ojos a una larga, gruesa y siseante... ¡serpiente!

CAPÍTULO OCHO

Me quedé paralizado de miedo durante más de una hora, observando los ojos fríos y letales de la serpiente, aguardando su ataque.

Al final, cuando la intensa luz del sol matutino comenzó a filtrarse a través de la lona de la tienda, la silueta de la hamaca cambió de posición, se incorporó y miró a su alrededor.

Era el chico serpiente, y pareció sorprendido al verme. Volvió a tumbarse en la hamaca de inmediato y se cubrió con las mantas, como si quisiera protegerse. Entonces vio a la serpiente enroscada alrededor de mí y respiró con tranquilidad.

—¿Quién eres? —preguntó con aspereza—. ¿Qué haces aquí?

Sacudí la cabeza muy despacio. No me atrevía a decir nada por miedo a que el más mínimo movimiento de mis pulmones provocara el ataque de la serpiente.

—Será mejor que respondas —me advirtió—, o le diré que te saque los ojos.

—So... soy... soy Darren Sh... Shan —tartamudeé—. El señor... el señor Alto me dijo que... que entrara aquí. Dijo que... bueno... se supone que soy tu nuevo com... compañero de tienda.

—¿Darren Shan? —El chico serpiente frunció el ceño y después señaló de manera acertada—: Eres el ayudante del señor Crepsley, ¿no?

232

—Sí —respondí en voz baja.

El chico serpiente sonrió.

—¿Sabía que el señor Alto pensaba alojarte conmigo? —Asentí y él se echó a reír—. Nunca he conocido a un vampiro que no tuviera un extraño sentido del humor.

Bajó de la hamaca de un salto, atravesó la tienda, agarró la cabeza de la serpiente y comenzó desenroscarla de mi cuerpo.

—No pasa nada —me aseguró—. En realidad, nunca has corrido peligro. La serpiente estaba dormida. Podrías habértela quitado de encima y ella ni siquiera se habría movido. Tiene un sueño muy profundo.

—¿Estaba dormida? —pregunté con voz aguda—. Pero ¿cómo se ha enroscado a mi alrededor?

Él sonrió.

—Es sonámbula.

—¡¿Sonámbula?! —Lo miré fijamente y después a la serpiente, lo cual no había realizado ni el más mínimo movimiento mientras él la apartaba de mí. Cuando retiró el último de los anillos, quedé libre y pude apartarme a un lado. Tenía las piernas agarrotadas y sentí un millar de pinchazos.

—Una serpiente sonámbula. —Reí con nerviosismo—. ¡Gracias a Dios que no se dedica a comer cuando está dormida!

El chico serpiente acurrucó a su mascota en un rincón y le acarició la cabeza con adoración.

—No te habría comido aunque se hubiera despertado —aclaró—. Ayer se comió una cabra. Las serpientes de su tamaño no necesitan comer muy a menudo.

Se apartó de la serpiente, abrió el faldón de la tienda y salió al exterior. Lo seguí a toda prisa, ya que no quería quedarme allí a solas con el reptil.

Lo examiné con detenimiento. Era tal y como lo recordaba: unos cuantos años mayor que yo, muy delgado, cabello largo de color amarillo verdoso, ojos rasgados y dedos palmeados, tanto en las manos como en los pies; su cuerpo estaba cubierto de escamas verdes, doradas, amarillas y azules. No llevaba puesto más que un pantalón corto.

—Por cierto —dijo—, me llamo Evra Von. —Extendió el brazo y nos estrechamos la mano. Su palma estaba resbaladiza, pero seca. Algunas escamas se soltaron y se quedaron pegadas a mi mano. Parecían trocitos de piel muerta de colores.

—Evra Von… ¿Qué más?

—Solo Von —dijo mientras se frotaba el estómago—. ¿Tienes hambre?

—Sí —contesté antes de acompañarlo en busca de algo para comer.

El campamento era un hervidero de actividad. Puesto que la noche anterior no había habido función, la mayor parte de los rocambolescos artistas y sus ayudantes se habían acostado temprano, así que se habían levantado a trabajar antes de lo acostumbrado.

Me fascinaba aquel trajín constante. No me había dado cuenta de que había tantas personas trabajando para el circo. Creí que solo estaban los artistas y los asistentes que había visto la noche que acudí al espectáculo con Steve, pero cuando miré a mi alrededor vi que aquellos no eran más que la punta del iceberg. Había al menos dos docenas de personas que iban de un lado para el otro o charlaban entre sí, que limpiaban o cocinaban, a las que nunca antes había visto.

—¿Quiénes son todas estas personas?

—La columna vertebral del Circo de los Extraños —respondió Evra—. Conducen, montan las tiendas, lavan la ropa, cocinan, arreglan nuestros disfraces y limpian después del espectáculo. Tienen muchas responsabilidades.

—¿Son humanos normales? —quise saber.

—La mayoría de ellos —contestó.

—¿Cómo han llegado a trabajar aquí?

—Algunos están emparentados con los artistas. Otros son amigos del señor Alto. Otros pasaban por aquí y, como les gustó lo que vieron, se quedaron.

—¿Se puede hacer eso? —pregunté.

—Si al señor Alto le gusta tu aspecto, sí —dijo Evra—. Siempre hay puestos vacantes en el Circo de los Extraños.

Evra se paró junto a una enorme fogata, y yo me detuve junto a él. Hans el Manos (un hombre que podía caminar con las manos y avanzar más deprisa que el velocista más rápido del mundo) estaba sentado sobre un tronco mientras Truska (la mujer barbuda, que dejaba crecer su barba siempre que quería) cocinaba unas salchichas ensartadas en un palo de madera. Había unos cuantos humanos sentados o tumbados alrededor.

—Buenos días, Evra Von —dijo Hans el Manos.

—¿Qué tal, Hans? —replicó Evra.

—¿Quién es tu joven amigo? —preguntó Hans, que me miraba con suspicacia.

—Se llama Darren Shan —contestó Evra.

—¿Darren Shan... en persona? —preguntó con las cejas arqueadas.

—El mismo que viste y calza. —Evra sonrió.

—¿Qué queréis decir con eso de «Darren Shan en persona»? —pregunté.

—Eres famoso por estos lares —dijo Hans.

—¿Por qué? ¿Porque soy... —Bajé la voz—... medio vampiro? Hans rió de buena gana.

—Los medio vampiros no son ninguna novedad. Si tuviera un dólar de plata por cada medio vampiro que he visto, tendría... —Hizo una mueca y se puso a pensarlo—. Veintinueve dólares de plata. Sin embargo, los medio vampiros jóvenes son otra historia. Que yo sepa, nunca había habido un chico de tu edad entre las filas de los muertos vivientes. Dime una cosa: ¿te han inspeccionado los generales vampíricos?

—¿Quiénes son los generales vampíricos? —quise saber.

—Son...

—¡Hans! —gritó una de las señoras que hacían la colada. El hombre dejó de hablar y miró a su alrededor con aire culpable—. ¿Crees que a Larten le gustará que andes contando esas cosas por ahí? —le espetó.

Hans hizo una mueca.

—Lo siento —dijo—. Es el aire de la mañana. No estoy acostumbrado a él. Me hace decir cosas que no debería.

Yo deseaba que explicara lo de los generales vampíricos, pero supuse que sería de mala educación preguntárselo.

Truska examinó las salchichas y sacó un par de ellas del palo para ofrecérnoslas. Sonrió cuando se acercó a mí y dijo algo en una extraña lengua extranjera.

Evra soltó una risotada.

—Quiere saber si te gustan las salchichas o si eres vegetariano.

—¡Esa sí que es buena! —Hans rió entre dientes—. ¡Un vampiro vegetariano!

—¿Hablas su idioma? —le pregunté a Evra.

—Sí —respondió con orgullo—. Todavía lo estoy aprendiendo... es el idioma más difícil que he tratado de aprender... pero soy el único en todo el campamento que entiende lo que ella dice. Se me dan muy bien los idiomas —se jactó.

—¿De qué idioma se trata? —pregunté.

—No lo sé —admitió con el ceño fruncido—. Se niega a decírmelo.

Me pareció muy raro, pero no quise decir nada para no ofenderlo. En lugar de eso, cogí una de las salchichas y le di las gracias a la mujer con una sonrisa. Le di un mordisco y tuve que dejarla caer de inmediato: ¡estaba ardiendo! Evra soltó una carcajada y me pasó un vaso de agua. Bebí hasta que mi boca recuperó la temperatura normal y después soplé la salchicha para enfriarla.

Nos sentamos un rato con Hans, Truska y los demás para comer, charlar y disfrutar del sol matutino. La hierba estaba húmeda por el rocío, pero a ninguno de nosotros nos importaba. Evra me presentó a todos los del grupo. Eran demasiados nombres para recordarlos a la primera, así que me limité a sonreír y a estrechar sus manos.

El señor Alto no tardó en aparecer. En un momento dado no había ni rastro de él, y al siguiente se encontraba justo detrás de Evra, calentándose las manos sobre el fuego.

—Se ha levantado temprano, maese Shan —comentó el señor Alto.

—No podía dormir —le expliqué—. Estaba demasiado... —Eché un vistazo a Evra y sonreí—... tenso.

236

—Espero que eso no reduzca tu capacidad de trabajo —replicó el señor Alto.

—Estaré bien —dije—. Estoy listo para trabajar.

—¿Estás seguro?

—Estoy seguro.

—Eso era lo que quería oír. —Sacó un cuaderno enorme y comenzó a pasar las páginas—. Veamos qué tarea tenemos para ti hoy —dijo—. Dime una cosa: ¿se te da bien cocinar?

—Sé hacer estofado. Me enseñó el señor Crepsley.

—¿Has cocinado alguna vez para treinta o cuarenta personas?

—No.

—Una lástima. Tal vez debas aprender. —Pasó un par de páginas más—. ¿Sabes coser?

—No.

—¿Has lavado ropa con anterioridad?

—¿A mano?

—Claro.

—No.

—Hummm... —Pasó algunas páginas más antes de cerrar el cuaderno de golpe—. De acuerdo —dijo—, hasta que encontremos un puesto para ti, te quedarás con Evra y lo ayudarás con sus tareas. ¿Te parece justo?

—Eso me gustaría.

—¿A ti te parece bien, Evra? —le preguntó al chico serpiente.

—Estupendo —contestó Evra.

—Bien. Pues quedamos así. Evra se encargará de ti hasta nuevo aviso. Haz lo que te pida. Cuando tu compañero de sangre se despierte... —(Se refería al señor Crepsley)— eres libre de pasar la noche con él si así te lo pide. Veremos qué tal te desenvuelves y luego decidiremos cómo podemos utilizar mejor tus talentos.

—Gracias —le dije.

—Es un placer —replicó él.

Esperaba que se desvaneciera de repente, pero en lugar de eso el señor Alto se dio media vuelta y se alejó caminando muy despacio, silbando y disfrutando del sol de la mañana.

—Bueno, Darren —dijo Evra, pasando uno de sus escamosos brazos por encima de mis hombros—, parece que, por el momento, seremos compañeros. ¿Qué te parece?

—Me parece bien… compañero.

—¡Genial! —Me dio una palmada en el hombro y engulló el último trozo de salchicha—. En ese caso, pongámonos manos a la obra.

—¿Qué haremos primero? —pregunté.

—Lo mismo que haremos primero todas las mañanas —respondió Evra—: Sacarle el veneno a los colmillos de mi serpiente.

—Ah —dije—. ¿Es peligroso?

—Solo si te muerde antes de que acabemos —contestó Evra, que se echó a reír al ver mi expresión y me empujó para que caminara hacia la tienda.

CAPÍTULO NUEVE

Evra sacó el veneno a la serpiente sin ayuda (para mi gran alivio) y luego la sacamos fuera y la dejamos sobre la hierba. Cogimos unos cubos de agua y la frotamos con esponjas muy suaves.

Después tuvimos que dar de comer al hombre lobo. Su jaula estaba cerca de la parte trasera del campamento. Soltó un rugido al vernos llegar. Parecía tan enfurecido y peligroso como la noche en que fui a ver el espectáculo del circo con Steve. Sacudía las barras y arremetía contra nosotros cuando nos acercábamos demasiado... ¡y eso que nunca nos acercábamos demasiado!

—¿Por qué es tan agresivo? —pregunté, arrojándole un enorme trozo de carne cruda que él atrapó en el aire con los dientes.

—Porque es un auténtico hombre lobo —dijo Evra—. No es solo alguien con mucho pelo. Es medio humano, medio lobo.

—¿No te parece cruel mantenerlo encadenado? —pregunté antes de lanzarle otro trozo de carne.

—Si no lo hiciéramos, escaparía y mataría a la gente. La mezcla de sangre humana y de lobo lo ha vuelto loco. No mataría solo cuando estuviera hambriento; si estuviera libre, asesinaría constantemente.

—¿No existe una cura? —pregunté. Sentía lástima por él.

—No existe ninguna cura porque no es ninguna enfermedad —explicó Evra—. No es algo que haya pillado; nació así. Es lo que es.

—¿Cómo ocurrió? —quise saber.

Evra me miró con expresión seria.

—¿De verdad quieres saberlo?

Observé al monstruo peludo de la jaula, que desgarraba la carne como si fuera algodón de azúcar, y tragué saliva.

—No —dije—, supongo que no.

Después de eso hicimos unas cuantas tareas más. Pelamos patatas para la cena, ayudamos a reparar el neumático de uno de los coches, pasamos una hora pintando el tejado de una caravana y sacamos a pasear a un perro. Evra me dijo que la mayoría de los días eran así, que solo había que pasearse por el campamento, ver qué trabajos había que hacer y echar una mano aquí y allá.

Al anochecer llevamos una bolsa de basura grande llena de latas y trozos de cristal a la tienda de Rhamus Dostripas, un hombre inmenso capaz de comerse cualquier cosa. Quería quedarme a ver cómo se comía todo aquello, pero Evra me instó a salir cuanto antes. A Rhamus no le gustaba que la gente lo viera comer cuando no estaba actuando.

Disfrutamos de un montón de tiempo libre, y durante los momentos de tranquilidad nos contamos nuestra vida: de dónde éramos y dónde habíamos crecido.

Evra había nacido de padres normales, los cuales se quedaron horrorizados al verlo. Lo abandonaron en un orfanato en el que permaneció hasta los cuatro años, cuando lo compró el malvado dueño de un circo.

—Fue una mala época —dijo en voz baja—. Solía pegarme y tratarme como si fuera una serpiente de verdad. Me mantenía encerrado en una vitrina de cristal y dejaba que la gente pagara para verme y reírse de mí.

Estuvo con ese circo siete largos y miserables años, de gira por ciudades pequeñas, sintiéndose feo, monstruoso e inútil.

Al final, el señor Alto acudió al rescate.

—Se presentó una noche —dijo Evra—. Apareció de repente entre la oscuridad y permaneció junto a mi vitrina durante un buen rato, mirándome. No dijo ni una palabra. Y yo tampoco.

»Luego vino el dueño del circo. No sabía quién era el señor Alto, pero creyó que podría ser un hombre rico interesado en comprarme. Puso un precio y se apartó un poco, a la espera de una respuesta.

»Durante algunos minutos, el señor Alto no dijo nada. Luego, agarró al dueño del circo por el cuello con la mano izquierda. Lo apretó una vez y acabó con él. Cayó al suelo, muerto. El señor Alto abrió la puerta de mi vitrina y dijo: «Vamos, Evra». Creo que el señor Alto es capaz de leer los pensamientos y que por eso conocía mi nombre.

Evra se quedó callado. Su mirada tenía una expresión distante.

—¿Quieres ver algo alucinante? —dijo por fin cuando salió de repente de su ensimismamiento.

—Claro —contesté.

Se giró hacia mí, sacó la lengua, ¡y se tocó la punta de la nariz con ella!

—¡Puaj! ¡Qué asco! —exclamé encantado.

Volvió a meter la lengua en el interior de su boca y sonrió.

—Tengo la lengua más larga del mundo —dijo—. Si mi nariz fuera lo bastante grande, podría meterme la lengua hasta el fondo, bajarla por la garganta y volver a sacarla por la boca.

—¡Venga ya! —dije entre risas.

—Bueno, tal vez no —admitió sin dejar de reír—. Pero, aun así, es impresionante. —Sacó la lengua de nuevo y se lamió las ventanas de la nariz, una después de otra. Era repugnante, pero muy divertido.

—Es la cosa más asquerosa que he visto en mi vida. —Solté una carcajada.

—Seguro que a ti te encantaría poder hacerlo —dijo Evra.

—No lo haría aunque pudiera —mentí—. ¿No se te quedan los mocos pegados a la lengua?

—No tengo mocos —replicó Evra.

—¿Qué? ¿Cómo que no tienes mocos?

—Es cierto —dijo—. Mi nariz es diferente a la tuya. No tiene mocos, ni suciedad, ni pelos. Mi nariz es la parte más limpia de todo mi cuerpo.

241

—¿Y a qué sabe? —pregunté.

—Dale un lametón al vientre de mi serpiente y lo sabrás —respondió—. Sabe igual.

Me eché a reír y le dije que no estaba ni mucho menos tan interesado en saberlo.

Más tarde, cuando el señor Crepsley me preguntó qué había hecho durante el día, le respondí: «He hecho un nuevo amigo».

CAPÍTULO DIEZ

Llevábamos en el circo dos días con sus noches. Me pasaba el día ayudando a Evra, y la noche con el señor Crepsley, aprendiendo cosas sobre los vampiros. Me iba a la cama más temprano que nunca, aunque rara vez me acostaba antes de la una o las dos de la madrugada.

Evra y yo nos convertimos en buenos amigos. Era mayor que yo, pero también algo tímido (probablemente, por los abusos que había sufrido en su infancia), así que formábamos un buen equipo.

El tercer día, al observar los pequeños grupos de caravanas, coches y tiendas, sentí que formaba parte de aquello desde hacía años.

Empezaba a sufrir los efectos de pasar demasiado tiempo sin beber sangre humana. No tenía tanta fuerza como antes, y tampoco podía moverme con la misma rapidez. Mi agudeza visual había disminuido, y lo mismo podía decirse de mi oído y mi olfato. Era mucho más fuerte y rápido que cuando era humano, pero sentía que mis poderes disminuían cada día que pasaba.

No me importaba. Prefería perder algo de fuerza que beber de un humano.

Esa tarde me estaba tomando un respiro con Evra en un extremo del campamento cuando vimos una figura entre los arbustos.

—¿Quién es? —pregunté.

—Un niño de un pueblo cercano —dijo Evra—. Lo he visto por aquí antes.

Observé al chico escondido entre la maleza. Intentaba pasar desapercibido, pero para alguien con mis poderes (por más debilitados que estuviesen) era tan visible como un elefante. Sentía curiosidad por saber qué estaba haciendo, así que me giré hacia Evra y le dije:

—Vamos a divertirnos.

—¿Qué quieres decir? —preguntó él.

—Acércate un poco y te lo diré.

Le susurré mi plan al oído. Él sonrió y asintió antes de ponerse en pie y fingir un bostezo.

—Me voy, Darren —dijo—. Te veré más tarde.

—Hasta luego, Evra —repliqué en voz alta.

Esperé a que se hubiera marchado; luego me levanté y caminé de vuelta hacia el campamento.

Cuando estuve fuera de la vista del chico oculto entre los arbustos, volví atrás escondiéndome tras las caravanas y las tiendas para ocultar mis movimientos. Caminé unos cien metros hacia la izquierda y después avancé con sigilo hasta que vi al chico y me acerqué furtivamente a él.

Me detuve a unos diez metros de él. Estaba más o menos detrás de él, así que no podía verme. Su mirada seguía clavada en el campamento. Miré por encima de su cabeza y vi a Evra, que se había acercado a él incluso más que yo. Mi amigo me hizo una señal de «OK» con el pulgar y el dedo índice.

Me agaché y gemí.

—Ohhhhh —exclamé—. Grrrrrruuuooouuu…

El chico se puso rígido y miró por encima de su hombro con nerviosismo. No podía verme.

—¿Quién está ahí? —preguntó.

—Gruuuaaauuu —gruñó Evra desde el otro lado.

La cabeza del muchacho giró como por un resorte en dirección opuesta.

—¿Quién está ahí? —gritó.

—¡Uh, uh, uh! —resoplé como un gorila.

—No tengo miedo —dijo el muchacho, empezando a retroceder—. Solo intentáis tomarme el pelo.

—¡Hi-hiii-hiiiiii! —chilló Evra.

Sacudí una rama, Evra movió un arbusto y luego arrojé una piedra justo por delante del chico. Su cabeza giraba de un lado al otro como si fuera una marioneta en un intento por examinar todo el lugar. No sabía si era más seguro echar a correr o quedarse quieto.

—Mirad, no sé quiénes sois —comenzó a decir—, pero yo...

Evra se había acercado con sigilo al muchacho y, mientras este hablaba, sacó su lengua extralarga y la deslizó por su cuello al tiempo que imitaba el ruido siseante de las serpientes.

No hizo falta más. El chaval gritó y huyó para salvar su vida.

Evra y yo lo perseguimos, muertos de risa y sin dejar de hacer ruidos extraños. El chico huyó a través de los arbustos espinosos como si ni siquiera estuvieran allí, pidiendo auxilio a gritos.

Nos cansamos de aquello al cabo de unos minutos; pensábamos dejar que se largara, pero entonces el muchacho tropezó y cayó de bruces en una zona de hierba muy alta.

Estiramos el cuello para intentar localizarlo entre la hierba, pero no había ni la menor señal de él.

—¿Dónde está? —pregunté.

—No lo veo —contestó Evra.

—¿Crees que se encuentra bien?

—No lo sé. —Evra parecía preocupado—. Tal vez haya caído en un hoyo grande o algo así.

—¿Chaval? —grité—. ¿Te encuentras bien? —No hubo respuesta—. No tengas miedo. No vamos a hacerte daño. Solo bromeábamos. No queríamos...

Se oyó un ruido susurrante detrás de nosotros y luego sentí una mano sobre mi espalda que me empujó hacia la hierba. Evra cayó conmigo. Cuando nos incorporamos, balbuciendo de asombro, oímos a alguien riéndose a nuestras espaldas.

Nos dimos la vuelta muy despacio y vimos al muchacho, partiéndose de risa.

—¡Os he pillado! ¡Os he pillado! —canturreó—. Os vi venir desde el principio. Solo fingí estar asustado. Os he tendido una trampa. ¡Ja, ja!

Se estaba burlando de nosotros y, aunque nos sentíamos bastante estúpidos, en cuanto nos pusimos de pie y nos miramos el uno al otro, estallamos en carcajadas. Nos había conducido hasta una zona de hierba repleta de semillas verdes y pegajosas y estábamos cubiertos por ellas de la cabeza a los pies.

—¡Pareces una planta andante! —me burlé.

—Pues tú pareces Jolly, el Gigante Verde —replicó Evra.

—Ambos parecéis estúpidos —comentó el chico. Lo miramos fijamente y su sonrisa se apagó un poco—. Bueno, es la verdad —masculló.

—Supongo que esto te parece divertido —gruñí. El muchacho asintió en silencio—. Bueno, pues tengo algo que decirte —dije mientras me acercaba a él con la expresión más malvada que logré componer. Me detuve con una postura amenazadora y después sonreí de oreja a oreja—: ¡Lo es!

El chico se echó a reír, aliviado al ver que apreciábamos el lado divertido del asunto, y luego extendió las manos, una a cada uno de nosotros.

—Hola —saludó mientras se las estrechábamos—. Me llamo Sam Grest. Es un placer conoceros.

—Hola, Sam —dije mientras estrechaba su mano y pensaba para mis adentros: «Parece que este es mi amigo número dos. Genial».

Y Sam se convirtió también en mi amigo. No obstante, para cuando el Circo de los Extraños se puso en marcha, yo deseaba de todo corazón no haber oído nunca su nombre.

CAPÍTULO ONCE

Sam vivía a un kilómetro y medio de distancia, con su madre, su padre, dos hermanos pequeños, una hermanita que apenas andaba, tres perros, cinco gatos, una tortuga y un acuario lleno de peces tropicales.

—Es como vivir en el arca de Noé —dijo—. Intento pasar todo el tiempo posible lejos de casa. A papá y a mamá no les importa. Creen que los niños deben gozar de la libertad necesaria para expresar su individualidad. Siempre y cuando vuelva a casa para dormir por las noches, están contentos. Ni siquiera les preocupa que falte al colegio de vez en cuando. Piensan que la escuela es un sistema déspota de adoctrinamiento, diseñado para aplastar el espíritu y pisotear la creatividad.

Sam hablaba así todo el tiempo. Era más joven que yo, pero nadie lo habría creído al oírle hablar.

—De modo que vosotros dos participáis en el espectáculo, ¿no? —preguntó mientras hacía rodar una cebolleta en vinagre alrededor de su boca (le encantaban las cebolletas en vinagre y siempre llevaba consigo un pequeño tarro de plástico lleno). Habíamos regresado a la zona situada al borde del claro. Evra estaba tumbado en la hierba, yo sentado en una rama baja y Sam había trepado al árbol y se había acomodado por encima de mí.

—¿Qué tipo de espectáculo es? —preguntó antes de que pudiéramos responder a su primera cuestión—. No hay carteles en vuestras caravanas. Al principio pensé que erais turistas. Luego, después de observaros durante un tiempo, llegué a la conclusión de que debíais de ser artistas de algún tipo.

—Somos maestros de lo macabro —dijo Evra—. Dignatarios de las mutaciones. Amos y señores de lo surrealista. —Hablaba así para poder rivalizar con el extraordinario vocabulario de Sam. Me habría gustado poder decir también unas cuantas frases rimbombantes, pero nunca se me habían dado bien las palabras.

—¿Es un espectáculo de magia? —preguntó Sam entusiasmado.

—Es un espectáculo de bichos raros —respondí.

—¿Un espectáculo de bichos raros? —Abrió la boca de par en par y se le escapó un trozo de cebolla. Tuve que moverme bastante rápido para esquivarlo—. ¿Hombres de dos cabezas y demás tipos raros?

—Algo así —dije—. Pero nuestros intérpretes son mágicos, artistas maravillosos; no son solo gente con un aspecto diferente.

—¡Genial! —Miró a Evra—. Por supuesto, me di cuenta desde el principio de que tú eras todo un misterio dermatológico —Hablaba sobre la piel de Evra (lo busqué en un diccionario más tarde)—, pero no tenía ni la menor idea de que había otras personas como tú en la compañía.

Echó un vistazo al campamento con un brillo de curiosidad en los ojos.

—Resulta fascinante. —Dejó escapar un suspiro—. ¿Qué otros ejemplares de rarezas humanas se cuentan entre vuestros miembros?

—Si lo que preguntas es cuántos tipos de intérpretes hay, la respuesta es un montón —dije—. Tenemos una mujer barbuda, como es natural.

—Un hombre lobo —añadió Evra.

—Un tipo con dos vientres —comenté.

Recitamos la lista entera, y Evra mencionó a algunos que yo ni siquiera había visto. La plantilla del Circo de los Extraños cambiaba a menudo. Los artistas iban y venían, dependiendo de dónde se interpretara la función.

Sam estaba muy impresionado y, por primera vez desde que lo conocimos, se quedó sin nada que decir. Escuchó en silencio con los ojos abiertos como platos mientras se comía una a una sus cebolletas y sacudía la cabeza de vez en cuando, como si no pudiera creer lo que escuchaba.

—¡Qué guay! —dijo cuando terminamos—. Debéis de ser los chicos más afortunados del planeta. Vivir en un auténtico circo de personas insólitas, viajar por el mundo, tener acceso a magníficos y solemnes secretos... Daría cualquier cosa por estar en vuestro lugar.

Sonreí para mis adentros. Sabía que no le habría gustado estar en mi lugar, no si conociera toda la historia.

—¡Eh! —exclamó—. ¿Podríais ayudarme a unirme al grupo? Trabajo duro y soy muy listo. Sería una valiosa incorporación. ¿Podría entrar a formar parte de la plantilla? Como ayudante... Por favor...

Evra y yo nos miramos con una sonrisa.

—No lo creo, Sam —dijo Evra—. No suelen admitir a muchos chicos de nuestra edad. Si fueras mayor, o si tus padres desearan unirse, la cosa sería diferente.

—¡Pero a ellos no les importaría! —insistió Sam—. Se alegrarían un montón por mí. Siempre dicen que viajar desarrolla la mente. Estarían encantados con la idea de que viajara alrededor del mundo para vivir aventuras y ver lugares místicos y maravillosos.

Evra hizo un gesto negativo con la cabeza.

—Lo siento. Tal vez cuando seas un poco mayor.

Sam hizo un mohín y le dio una patada a las hojas de una rama cercana; algunas cayeron sobre mí y se me quedaron pegadas al pelo.

—No es justo —masculló—. La gente siempre dice: «Cuando seas mayor...». ¿Qué habría sido del mundo si Alejandro Magno hubiera esperado a ser mayor? ¿Y Juana de Arco? Si hubiera esperado a ser mayor, los ingleses habrían conquistado y colonizado Francia. ¿Quién decide cuándo alguien es lo bastante mayor como para tomar sus propias decisiones? Eso debería decidirlo el propio individuo.

Siguió con la perorata un rato más, despotricando sobre los adultos y el «maldito sistema corrupto», afirmando que había llegado el momento de poner en marcha una revolución juvenil. Era como escuchar a un político chiflado en la tele.

—Si un niño quiere abrir una fábrica de caramelos, permitamos que lo haga —protestó Sam—. Si quiere convertirse en una estrella de fútbol, que así sea. Si quiere ser un explorador y marcharse a islas lejanas habitadas por caníbales, ¡que lo haga! Somos esclavos de la sociedad moderna. Somos…

—Sam —lo interrumpió Evra—, ¿te apetece venir a ver mi serpiente?

Sam esbozó una sonrisa.

—¿Puedo? —exclamó—. Creí que nunca me lo preguntarías. Venga, vamos. —Saltó del árbol y corrió hacia el campamento tan rápido como podía, dejando su discurso a medias. Nosotros lo seguimos más despacio, riéndonos. Nos sentíamos mucho mayores y más sabios de lo que éramos.

CAPÍTULO DOCE

Sam dijo que la serpiente era lo más guay que había visto nunca. No estaba asustado lo más mínimo y no dudó en enroscársela alrededor del cuello como si fuera una bufanda. Formuló un montón de preguntas: «¿Cuánto mide?, «¿Qué come?, «¿Cada cuánto tiempo muda la piel?, «¿De dónde procede?, «¿A qué velocidad puede moverse?».

Evra respondió a todas sus preguntas. Era un experto en serpientes. No había nada que él no supiera sobre el reino de las sierpes. ¡Incluso pudo decirle a Sam el número aproximado de escamas de su mascota!

Después de eso, le hicimos a Sam una visita guiada por el campamento. Lo llevamos a ver al hombre lobo (Sam se quedó callado frente a la caravana del peludo hombre lobo, aterrorizado por la rugiente criatura del interior). Le presentamos a Hans el Manos. Luego nos encontramos con Rhamus Dostripas, que ensayaba su actuación. Evra le preguntó si podíamos mirar y Rhamus nos dio su permiso. A Sam casi se le salieron los ojos de las cuencas cuando vio cómo Rhamus masticaba un cristal hasta convertirlo en pedacitos y después se lo tragaba, volvía a unir las piezas en su estómago y regurgitaba el cristal completo a través de la garganta hasta su boca.

Pensé en sacar a madame Octa para mostrarle a Sam algunos de los trucos que podía realizar con ella, pero no me sentía con ánimos. La falta de sangre humana en mi dieta comenzaba a afectarme: me sonaban las tripas un montón por mucho que comiera, y en ocasiones me entraban náuseas o tenía que sentarme de repente. No quería desmayarme o vomitar mientras la tarántula estuviera fuera de su jaula; sabía por experiencia lo letal que podía llegar a ser si perdías el control sobre ella, aunque solo fuera durante un par de segundos.

Sam se habría quedado allí para siempre, pero estaba oscureciendo y yo sabía que el señor Crepsley no tardaría en despertarse. Evra y yo teníamos trabajo que hacer, así que le dijimos que había llegado la hora de que regresara a su casa.

—¿No puedo quedarme un poquito más? —suplicó.

—Es posible que tu madre te esté buscando para la cena —contestó Evra.

—Podría cenar con vosotros, chicos —dijo Sam.

—No hay comida suficiente —mentí.

—Bueno, de todas formas no tengo mucha hambre —afirmó Sam—. Ya me he comido casi todas las cebolletas.

—Tal vez pueda quedarse —comentó Evra. Yo lo miré fijamente, sorprendido, pero él me guiñó un ojo para asegurarme que solo estaba bromeando.

—¿De verdad? —preguntó Sam emocionado.

—Claro —dijo Evra—. Pero tendrás que ayudarnos con nuestras tareas.

—Haré cualquier cosa —aseguró Sam—. No me importa. ¿De qué se trata?

—Hay que dar de comer al hombre lobo, lavarlo y cepillarlo —dijo Evra.

La sonrisa de Sam se desvaneció.

—¿Al… h… hombre lo… lobo? —preguntó nervioso.

—No pasa nada —le dijo Evra—. Se queda bastante tranquilo después de comer. Casi nunca muerde a sus cuidadores. Si llegara a atacar, mantén la cabeza lejos de su boca y métele el brazo por la garganta. Es mejor perder un brazo que la…

—¿Sabes? —se apresuró a decir Sam—. Creo que sí debería irme a casa. Mi madre dijo algo sobre unos amigos que venían a cenar hoy.

—Vaya, es una lástima. —Evra sonrió.

Sam retrocedió sin dejar de mirar en dirección a la jaula del hombre lobo. Parecía triste por tener que marcharse, así que lo detuve.

—¿Qué harás mañana? —pregunté.

—Nada —respondió él.

—¿Quieres venir por la tarde y pasar un rato con nosotros?

—¡Claro! —replicó Sam de inmediato, aunque luego hizo una pausa—. No tendré que ayudar a dar de comer y a cepillar al… ¿verdad? —Tragó saliva con fuerza.

—No —contestó Evra sin dejar de sonreír.

—En ese caso, aquí estaré. Hasta mañana, chicos.

—Hasta mañana, Sam —le dijimos a la vez.

Hicimos un gesto de despedida con la mano, nos dimos la vuelta y nos alejamos.

—Sam es genial, ¿no te parece? —le pregunté a Evra.

—Es un buen chico —convino mi amigo—. Podría pasar sin toda esa cháchara de sabelotodo y me gustaría que fuera algo menos gallina, pero por lo demás es guay.

—¿Crees que encajaría si se uniera al espectáculo? —pregunté.

Evra resopló con ironía.

—¡Como un ratón en una casa llena de gatos!

—¿Qué quieres decir? —pregunté.

—No todo el mundo está hecho para esta vida. Después de unas cuantas semanas lejos de su familia, obligado a limpiar los aseos y a cocinar para treinta o cuarenta personas, volvería a casa pitando.

—A nosotros nos va bien —dije.

—Nosotros somos diferentes —aseguró Evra—. No somos como el resto de la gente. Estamos hechos para esto. Todo el mundo pertenece a algún lugar. Pues este es el nuestro. Estamos destinados a…

Se calló y frunció el ceño. Observaba algo distante por encima de mi cabeza. Me di la vuelta para ver qué era lo que le preocupaba. Durante algunos segundos no logré distinguir nada, pero después divisé a lo lejos la luz parpadeante de una antorcha encendida que avanzaba a través de la arboleda que había al este.

—¿Qué es eso? —pregunté.

—No estoy seguro —respondió Evra.

Contemplamos durante algunos minutos cómo se aproximaba la antorcha. Atisbé algunas figuras que se movían bajo las ramas de los árboles. No sabía cuántas había, pero debían de ser seis o siete al menos. Luego, cuando se alejaron de los árboles, vi quiénes eran y sentí que se me erizaba la piel del cuello y de los brazos.

Eran esas personitas con capuchas azules que Steve y yo habíamos visto la noche que asistimos al espectáculo, los mismos que ayudaban a vender golosinas y juguetes a los espectadores y que echaban una mano en las actuaciones. Había olvidado a esos extraños asistentes encapuchados. Habían pasado unos cuantos meses desde esa noche, y tenía muchas otras cosas en las que pensar.

Salieron de la arboleda en parejas, una tras otra. Conté doce en total, aunque había un decimotercer miembro, una persona más alta que caminaba detrás de los demás. Era él quien llevaba la antorcha.

—¿De dónde han salido? —le pregunté a Evra en voz baja.

—No lo sé —contestó—. Abandonaron el circo hace unas cuantas semanas. No tengo ni idea de adónde fueron. Casi nunca hablan de sus cosas.

—¿Quiénes son? —quise saber.

—Son… —empezó a responder, pero se quedó callado de repente. Abrió los ojos de par en par a causa del miedo.

Era el hombre que marchaba en la retaguardia, el decimotercero, el miembro más alto del grupo (bien visible ahora que se encontraba más cerca) el que asustaba a Evra.

La gente encapuchada pasó a nuestro lado en silencio. Cuando el misterioso decimotercer miembro del grupo se aproximó, me di cuenta de que vestía de forma diferente al resto. No era muy alto;

solo parecía grande en comparación con los capuchas azules. Tenía el cabello corto y canoso; llevaba unas gafas de cristales gruesos, un estridente traje amarillo y unas botas altas de goma verdes. Estaba bastante gordo y caminaba de manera extraña, contoneándose como un pato.

Sonrió con afabilidad cuando pasó junto a nosotros. Yo le devolví la sonrisa, pero Evra parecía petrificado, incapaz de mover los músculos de su boca.

Los capuchas azules y el hombre de la antorcha se adentraron en el campamento hasta el extremo posterior, donde encontraron una gran zona despejada. Luego los encapuchados empezaron a montar una tienda (debían de llevar el equipo bajo sus capas) mientras el hombre de mayor estatura se dirigía hacia la caravana del señor Alto.

Estudié a Evra. Estaba temblando de arriba abajo y, aunque su rostro jamás se ponía blanco (debido a su color natural), estaba más pálido de lo que jamás lo había visto.

—¿Qué es lo que ocurre? —pregunté.

Él sacudió la cabeza en silencio, incapaz de contestar.

—¿Qué pasa? ¿Por qué estás tan asustado? ¿Quién era ese hombre?

—Él... Esa cosa... —Evra se aclaró la garganta y respiró hondo. Cuando habló, su voz sonó grave, trémula, aterrorizada—: Ese era el señor Tino —dijo, y no pude sacarle ni una palabra más en un buen rato.

CAPÍTULO TRECE

El miedo de Evra fue disminuyendo a medida que avanzaba la tarde, pero tardó bastante en recuperar la normalidad y se mostró bastante nervioso durante toda la noche. Tuve que quitarle el cuchillo y pelar su parte de patatas para la cena, ya que temía que se cortara de cuajo uno de los dedos.

Después de cenar y de ayudar a lavar los platos, le pregunté a Evra por el enigmático señor Tino. Estábamos en la tienda, y Evra jugaba con su serpiente.

No respondió de inmediato, y por un momento llegué a creer que no iba a hacerlo. Sin embargo, al final soltó un suspiro y comenzó a hablar.

—El señor Tino es el líder de los gnomos —dijo.

—¿Los hombrecillos ataviados con esas capas con capuchas azules? —pregunté.

—Sí. Él los llama «gnomos». Es su jefe. No viene mucho por aquí (han pasado dos años desde la última vez que lo vi), pero me pone los pelos de punta cada vez que aparece. Es el hombre más horripilante que he conocido en toda mi vida.

—Pues a mí me parece bastante normal —dije.

—Eso pensé yo la primera vez que lo vi —convino Evra—. Pero espera a hablar con él. Resulta difícil de explicar, pero, cada vez que me mira, tengo la impresión de que pretende asesinarme, despellejarme y asarme como si fuera un pavo.

—¿Se come a la gente? —pregunté asustado.

—La verdad es que no lo sé —afirmó Evra—. Tal vez sí, tal vez no. Pero al mirarlo tienes la sensación de que está a punto de comerte. Y no son tonterías mías; he hablado sobre ello con otros miembros del circo y todos tienen la misma impresión. A nadie le gusta ese hombre. Incluso el señor Alto se pone nervioso cuando el señor Tino está cerca.

—Bueno, a los gnomos debe de caerles bien, ¿no crees? —pregunté—. Lo siguen y acatan sus órdenes, ¿no es así?

—Quizá le tengan miedo —dijo Evra—. Puede que los obligue a obedecer sus órdenes. Tal vez sean sus esclavos.

—¿Se lo has preguntado alguna vez?

—Ellos no hablan —respondió Evra—. No sé si se debe a que no pueden o a que no quieren hacerlo, pero nadie en el circo ha conseguido sacarles ni una sola palabra. Son de mucha ayuda y hacen todo lo que se les pide, pero también son tan silenciosos como muñequitos vivientes.

—¿Alguna vez les has visto la cara? —quise saber.

—Una vez —contestó Evra—. Por lo general, no se quitan nunca la capucha, pero una vez ayudé a un par de ellos a mover una máquina muy pesada. La máquina cayó sobre uno de ellos y lo aplastó. No emitió ningún sonido, a pesar de que debía de padecer un dolor insufrible. Se le cayó la capucha a un lado y pude echar un vistazo a su cara. Era repugnante —aseguró mi amigo en voz baja mientras acariciaba a la serpiente—. Estaba llena de cicatrices y de puntos de sutura que la arrugaban por todas partes, como si un gigante se la hubiera aplastado entre sus garras. No tenía ni nariz ni orejas, y llevaba una especie de mascarilla sobre la boca. Su piel era gris y cadavérica, y sus ojos parecían dos cuencos verdes situados casi en la frente. Tampoco tenía cabello.

Evra se estremeció al recordarlo. Yo también sentí un escalofrío al escuchar su descripción.

—¿Qué le ocurrió? —pregunté—. ¿Murió?

—No lo sé —respondió Evra—. Dos de sus hermanos (siempre pienso en ellos como hermanos, aunque lo más probable es que no lo sean) vinieron y se lo llevaron.

—¿No volviste a verlo nunca?

—Todos parecen iguales —dijo Evra—. Algunos son un poco más bajos o más altos que los demás, pero no hay forma de distinguirlos. Créeme... lo he intentado.

La cosa se ponía más y más extraña. Sentía verdadera curiosidad por el señor Tino y los gnomos. Siempre me habían gustado los misterios. Quizá pudiera resolver aquel. Quizá, con mis poderes de vampiro, pudiera encontrar la forma de comunicarme con una de las criaturas encapuchadas.

—¿De dónde proceden los gnomos? —pregunté.

—Nadie lo sabe —contestó Evra—. Suele haber entre cuatro y seis en el circo. Algunas veces vienen más por su cuenta, y otras el señor Tino trae algunos nuevos. Resulta extraño que no hubiera ninguno aquí cuando llegaste.

—¿Crees que tiene algo que ver con nuestra llegada? —pregunté.

—Lo dudo —dijo Evra—. Lo más probable es que no sea más que una coincidencia. O el destino. —Hizo una pausa—. Por cierto, el nombre de pila del señor Tino es Desmond.

—¿Y qué?

—Siempre le pide a la gente que lo llame «Des».

—¿Y qué? —volví a preguntar.

—Une el nombre con el apellido —me dijo Evra.

Lo hice. El señor Des Tino. Señor Des-Tino. Señor...

—Señor Destino —susurré, y Evra asintió con expresión seria.

Me moría de curiosidad, por lo que le hice a Evra un montón de preguntas más, pero sus respuestas fueron de lo más limitadas. No sabía casi nada del señor Tino, y apenas unas cuantas cosas más de los gnomos: comían carne, tenían un olor muy peculiar, casi siempre se movían con mucha lentitud, no sentían dolor o no eran capaces de demostrarlo, y carecían de sentido del humor.

—¿Cómo sabes eso? —le pregunté.

—Bradley Elástico —respondió Evra de forma enigmática—. Solía participar en el espectáculo. Sus huesos parecían de goma y era capaz de estirar sus brazos y sus piernas.

»No era un tipo muy agradable que digamos. Siempre estaba gastándonos bromas y tenía una risa insoportable. No solo te hacía quedar como un idiota: conseguía que te sintieras como tal.

»En cierta ocasión actuamos en un palacio árabe. Era una función privada para un jeque. El hombre disfrutó con todas las actuaciones, pero sobre todo con la de Bradley. Ambos empezaron a hablar y Bradley le dijo al jeque que no podía llevar joyas porque siempre se le perdían o se le rompían debido a la forma cambiante de su cuerpo.

»El jeque salió corriendo y regresó con un pequeño brazalete de oro. Se lo entregó a Bradley y le pidió que se lo pusiera en la muñeca. Bradley lo hizo. Entonces, el jeque le pidió que intentara quitárselo.

»Bradley engordó y adelgazó el brazo, lo extendió y lo acortó, pero no pudo quitarse el brazalete. El jeque le dijo que era mágico y que solo se quitaba cuando así lo deseaba la persona que lo llevaba puesto. Era un objeto de un valor incalculable, pero se lo entregó a Bradley como regalo.

»Volviendo al tema de los gnomos —dijo Evra—. A Bradley le encantaba tomarles el pelo. Siempre encontraba nuevas formas de burlarse de ellos. Ponía trampas para dejarlos colgados por los pies en el aire, prendía fuego a sus capas, echaba detergente líquido en las cuerdas que utilizaban para que se les resbalaran de las manos, o cola para que se les quedaran pegadas a las palmas. Les ponía chinchetas en la comida, tiraba sus tiendas y los encerraba en las caravanas.

—¿Por qué era tan malo? —pregunté.

—Creo que porque ellos jamás reaccionaban —respondió Evra—. A él le gustaba que la gente se enfadara, pero los gnomos nunca gritaban ni lloraban ni lo insultaban, como si ni siquiera reparasen en sus bromas. Al menos, todo el mundo pensaba que no se daban cuenta…

Evra hizo un ruidito curioso, mitad risa, mitad gemido.

—Una mañana, al levantarnos, descubrimos que Bradley había desaparecido. No estaba en ningún sitio. Lo buscamos, pero al ver que no aparecía, seguimos adelante. No estábamos preocupados; los intérpretes se unen y abandonan el circo cuando les viene en gana. No era la primera vez que alguien se había marchado en mitad de la noche.

»No pensé más en ello hasta una semana después. El señor Tino había venido a vernos el día antes y se había llevado consigo a todos los gnomos salvo a dos. El señor Alto me dijo que debía ayudar a esos dos con sus tareas. Limpié su tienda y enrollé sus hamacas (todos duermen en hamacas). Así fue como conseguí la mía. ¿No te lo había mencionado antes? —No lo había hecho, pero, como no quería distraerlo, no dije nada—. Después de eso —continuó—, lavé su cacerola. Era una enorme cacerola negra colocada sobre una hoguera en mitad de la tienda. El lugar debía de llenarse de humo cada vez que cocinaban, ya que la cazuela estaba cubierta de mugre.

»La saqué de la tienda e intenté raspar la mugre (trozos de carne y de hueso) sobre la hierba. La restregué a conciencia y volví a llevarla al interior. Después decidí recoger los trozos de carne que había en la hierba para dárselos al hombre lobo. «Quien no malgasta, no pasa necesidades», como siempre dice el señor Alto.

»Mientras recogía la carne y los huesos, vi algo que brillaba...

Evra se giró y rebuscó en un bolso que había en el suelo. Cuando se dio la vuelta de nuevo, sujetaba un pequeño brazalete dorado entre los dedos. Dejó que lo observara antes de ponérselo en la muñeca izquierda. Sacudió el brazo tan rápido como pudo, pero el brazalete ni siquiera se movió.

Cuando dejó de mover el brazo, se quitó el brazalete con los dedos de la mano derecha y me lo arrojó. Yo lo examiné, pero no me lo puse.

—¿Es el brazalete que el jeque le regaló a Bradley Elástico? —pregunté.

—El mismo —respondió Evra.

Se lo devolví.

—No sé si se debió a algo perverso que les hizo —dijo Evra mientras acariciaba el brazalete con los dedos—, o a que se hartaron de sus incesantes bromas. Lo único que sé es que, desde entonces, siempre he sido de lo más educado con esas personillas silenciosas ocultas bajo sus capas azules.

—¿Qué hiciste con los restos de... bueno, ya sabes, con los trozos de carne? —pregunté—. ¿Los enterraste?

—¡Demonios, no! —replicó Evra—. Se los eché al hombre lobo, tal y como pensé en un principio. —Luego, al ver mi expresión horrorizada, añadió—: Quien no malgasta, no pasa necesidades, ¿recuerdas?

Lo miré fijamente durante unos segundos y luego me eché a reír. Evra también soltó una carcajada. En menos de un minuto, ambos rodábamos por el suelo con un ataque de risa.

—No deberíamos reírnos. —Contuve el aliento—. Pobre Bradley Elástico. Deberíamos llorar su pérdida.

—Me estoy riendo demasiado como para llorar —jadeó Evra.

—Me pregunto a qué sabría ese hombre...

—No lo sé —dijo Evra—. Pero te apuesto lo que quieras a que su carne parecía de goma.

Eso nos provocó un nuevo ataque de risa. Las lágrimas llenaban nuestros ojos y se deslizaban por nuestras mejillas. Era terrible reírse de aquello, pero no podíamos evitarlo.

En mitad de nuestro ataque, el faldón de la tienda se hizo a un lado para dejar paso a una cabeza inquisitiva. Acto seguido, Hans entró.

—¿Cuál es el chiste? —preguntó, pero no podíamos decírselo. Lo intenté, pero cada vez que empezaba a hablar, me entraba la risa de nuevo.

Él sacudió la cabeza y puso los ojos en blanco. Después, cuando nos calmamos por fin, nos dijo por qué estaba allí.

—Tengo un mensaje para vosotros dos —dijo—. El señor Alto quiere que os presentéis en su caravana lo antes posible.

—¿Qué pasa, Hans? —preguntó Evra. Todavía no había dejado de reír—. ¿Qué quiere de nosotros?

—Él, nada —respondió Hans—. El señor Tino lo acompaña. Es él quien quiere algo de vosotros.

Dejamos de reírnos de inmediato. Hans salió de la tienda sin añadir nada más.

—El señor Ti-Ti-Tino quiere vernos… —balbució Evra.

—Ya lo he oído —repliqué—. ¿Qué crees que querrá?

—No lo s-s-sé —tartamudeó mi amigo, aunque yo sabía lo que pasaba por su cabeza. Lo mismo que por la mía. Pensábamos en los gnomos, en Bradley Elástico y en la enorme cazuela negra llena de restos de carne y huesos humanos.

CAPÍTULO CATORCE

El señor Alto, el señor Crepsley y el señor Tino estaban en la caravana cuando entramos. Evra temblaba como una hoja, no así yo. No obstante, cuando vi la expresión preocupada de los rostros del señor Alto y el señor Crepsley, me di cuenta de lo intranquilos que estaban, y empecé a inquietarme un poco.

—Pasad, chicos —nos dijo el señor Tino a modo de bienvenida, como si esa fuera su caravana y no la del señor Alto—. Sentaos y poneos cómodos, como si estuvierais en vuestra casa.

—Yo me quedaré de pie, si no es molestia —dijo Evra, intentando disimular el castañeteo de sus dientes.

—Como quieras —dijo el señor Tino. Era el único que estaba sentado—. He oído hablar mucho sobre ti, joven Darren Shan —añadió, dirigiéndose a mí. Hacía rodar algo entre sus manos: un reloj de bolsillo con forma de corazón. Su tictac podía oírse cada vez que hacía una pausa al hablar—. Eres un gran chico, sin lugar a dudas —agregó—. Un joven de lo más sorprendente. Sacrificaste todo para salvar a un amigo. No muchas personas harían algo así. Hoy día la gente es muy egoísta. Me alegra ver que todavía hay héroes en el mundo.

—No soy un héroe —dije, aunque me ruboricé por el cumplido.

263

—Por supuesto que lo eres —insistió él—. ¿Qué es un héroe sino una persona que deja todo a un lado por el bien de otra?

Sonreí con orgullo. No entendía por qué Evra le tenía tanto miedo a ese hombre tan extraño y agradable. No había nada terrible en el señor Tino. Casi me caía bien.

—Larten me ha dicho que te muestras reacio a beber sangre humana —continuó el señor Tino—. No te culpo. Es algo horrible y repulsivo. No puedo soportarlo. A menos que sea de niños, por supuesto. Su sangre es absolutamente deliciosa.

Fruncí el ceño.

—No se debe beber su sangre —dije—. Son demasiado pequeños. Si se bebe sangre de un niño pequeño, se corre el riesgo de matarlo.

Sus ojos se abrieron de par en par y su sonrisa se hizo más amplia.

—¿Y? —preguntó con suavidad.

Sentí un escalofrío en la espalda. Si hubiera sido una broma, habría sido de muy mal gusto, pero yo podría haberla pasado por alto (¿no acababa de partirme de risa pensando en el pobre Bradley Elástico?). No obstante, sabía por su expresión que hablaba muy en serio.

De pronto supe por qué todos temían a aquel hombre. Era malvado. No se trataba de que fuera malo o desagradable, sino diabólicamente maligno. Era esa clase de hombre al que uno podía imaginar matando a un millar de personas por el mero placer de escuchar sus gritos.

—¿Sabes? —dijo el señor Tino—, tu rostro me resulta familiar. ¿Nos hemos visto antes, Darren Shan?

Negué con la cabeza.

—¿Estás seguro? —peguntó—. Me resultas muy, muy familiar.

—Yo… lo… recordaría —balbucí.

—No siempre se puede confiar en la memoria. —El señor Tino esbozó una sonrisa—. Puede ser un monstruo de lo más engañoso. De todas formas, da lo mismo. Tal vez te haya confundido con otro.

A juzgar por la forma en que sus labios se retorcieron para formar una sonrisa (¿cómo era posible que un momento antes me hubiera parecido una sonrisa agradable?), deduje que él no lo creía posible. Pero yo estaba seguro de que se equivocaba. Jamás podría haber olvidado a una criatura como él.

—Pongámonos manos a la obra —dijo el señor Tino. Sus manos apretaron el reloj con forma de corazón y, por un segundo, pareció que los dedos resplandecían y se fundían con la tapa. Parpadeé y me froté los ojos. Cuando miré de nuevo, la ilusión (eso debía de haber sido) había desaparecido—. Chicos, vosotros me visteis llegar con mis gnomos —continuó—. Son nuevos adeptos a mi causa y se sienten un poco inseguros con las cuerdas. Por lo general, siempre me quedo a su lado y les enseño lo que tienen que hacer, pero el caso es que debo atender otros asuntos. Con todo, son inteligentes y estoy seguro de que aprenderán.

»Sin embargo, mientras aprenden, me gustaría que vosotros, dos hombres jóvenes y educados, los ayudarais a integrarse en la rutina diaria. No tendréis que hacer demasiado. Lo único que quiero es que busquéis comida para ellos. Tienen un apetito voraz.

»¿Qué os parece, chicos? Vuestros tutores me han dado su permiso. —Inclinó la cabeza para señalar al señor Alto y al señor Crepsley, quienes, a pesar de no sentirse muy satisfechos, parecían resignados—. ¿Ayudaréis al pobre señor Tino y a sus gnomos?

Miré a Evra. Me di cuenta de que mi amigo no quería hacerlo, pero asintió de todos modos. Yo hice lo mismo.

—¡Excelente! —exclamó el señor Tino con alegría—. El joven Evra Von ya sabe lo que les gusta a mis queridos personajillos, estoy seguro. Si tenéis algún problema, decídselo a Hibernius y él os ayudará en lo posible.

El señor Tino hizo un gesto con la mano para hacernos saber que ya podíamos marcharnos. Evra comenzó a retroceder de inmediato, pero yo no me moví de donde estaba.

—Disculpe —dije reuniendo todo el coraje de que fui capaz—, ¿por qué los llama «gnomos»?

El señor Tino se giró muy despacio. Si mi pregunta lo había sorprendido, no lo demostró, aunque noté que los labios del señor Alto y del señor Crepsley adoptaban una mueca de preocupación.

—Porque son pequeños —explicó él con calma.

—Eso ya lo sé —dije—, pero ¿no tienen otro nombre? ¿Un nombre oficial? Si alguien me hablara de «gnomos» pensaría que se refiere a elfos o a duendes.

El señor Tino sonrió.

—Son elfos y duendes —dijo—. Por todo el mundo se oyen cuentos y leyendas sobre personas mágicas de pequeña estatura. Todas las leyendas se originan en algún sitio. Esas leyendas dieron comienzo con mis pequeños y leales amigos.

—¿Acaso me está diciendo que los enanos con las capas azules son elfos? —pregunté incrédulo.

—No —respondió él—. Los elfos no existen. Esos enanos, como tan rudamente los has llamado, fueron vistos hace mucho tiempo por gente ignorante que inventó nombres para ellos: elfos, hadas, duendes... Inventaron historias sobre lo que eran y lo que podían hacer.

—¿Y qué es lo que pueden hacer? —quise saber.

La sonrisa del señor Tino se desvaneció.

—Ya había oído que eras bastante preguntón —refunfuñó—, pero nadie me había dicho que eras tan entrometido. Recuerda, Darren Shan, la curiosidad mató al gato.

—Yo no soy un gato —repliqué con descaro.

El señor Tino se inclinó hacia delante con expresión sombría.

—Si haces más preguntas —susurró—, descubrirás que puedes convertirte en uno. Nada en esta vida es para siempre, ni siquiera la forma humana.

El reloj que tenía entre las manos resplandeció de nuevo con una luz roja, como un corazón de verdad, y decidí que había llegado el momento de marcharme.

—Vete a la cama ahora mismo y descansa bien —dijo el señor Crepsley antes de que me fuera—. Esta noche no habrá lecciones.

—Y levantaos temprano, chicos —añadió el señor Tino mientras hacía un gesto de despedida con la mano—. Mis gnomos siempre están hambrientos por la mañana. No sería prudente por vuestra parte desatender su apetito. Vete tú a saber lo que pasa por sus pequeñas cabecitas (o por sus dientes) cuando pasan mucho tiempo sin comer.

Nos apresuramos a salir por la puerta y corrimos hasta nuestra tienda, donde nos dejamos caer al suelo con el corazón desbocado.

—¿Es que te has vuelto loco? —preguntó Evra cuando recuperó el habla—. Hablarle así al señor Tino, hacerle esas preguntas... ¡Debes de estar chiflado!

—Tienes razón —dije mientras recordaba el encuentro y me preguntaba de dónde había sacado el valor—. Debo de estar chiflado.

Evra sacudió la cabeza enfadado. Era temprano, pero nos metimos en la cama de todas formas. Permanecidos tumbados durante horas, con la mirada clavada en el techo de la tienda. Cuando por fin me dormí, soñé con el señor Tino y su pequeño reloj de bolsillo con forma de corazón. Pero en mis sueños no era un reloj. Era un corazón humano de verdad. Y cuando él lo estrujaba...

Angustia.

CAPÍTULO QUINCE

Nos levantamos temprano y fuimos en busca de comida para los gnomos. Estábamos cansados y de malhumor, así que tardamos un rato en despejarnos.

Pasado un tiempo, le pregunté a Evra qué les gustaba comer a los gnomos.

—Carne —respondió él—. De cualquier clase de animal, no les importa.

—¿Cuántos animales tendremos que atrapar? —pregunté.

—Bueno, en total son doce, pero no comen mucho. Supongo que bastaría con un conejo o un erizo para cada dos. Un animal más grande (un zorro o un perro, por ejemplo) podría alimentar a tres de ellos.

—¿Los erizos son comestibles? —quise saber.

—Para los gnomos, sí —contestó Evra—. No son muy quisquillosos. También comen ratas y ratones, pero tendríamos que cazar un montón para dar de comer a tantos, así que no nos molestaremos en hacerlo.

Cogimos un saco cada uno y nos encaminamos en direcciones diferentes. Evra me dijo que la carne no tenía por qué ser fresca, así que, si encontraba una ardilla o un tejón muertos, podía meterlos en el saco y ahorrarme un poco de tiempo.

Divisé un zorro un par de minutos después de haber iniciado la caza. Tenía un pollo en la boca y se dirigía de camino a su madriguera. Esperé el momento oportuno y salté sobre él desde detrás de un arbusto para inmovilizarlo contra el suelo.

El pollo muerto salió volando de su boca y el zorro se giró, gruñendo, para morderme. Antes de que pudiera atacarme, lo agarré del cuello con rapidez y se lo retorcí bruscamente hacia la izquierda. Se oyó un crujido penetrante y la vida del zorro llegó a su fin.

Metí el pollo en el bolso (una estupenda pieza extra), pero me quedé observando al zorro durante unos minutos. Necesitaba sangre, así que busqué una vena, realicé un pequeño corte y empecé a succionar.

Una parte de mí odiaba aquello (me parecía de lo más inhumano), pero me recordé que ya no era humano. Era medio vampiro. Así era como actuaban los de mi especie. Las primeras veces, me sentía culpable al matar zorros, conejos, cerdos y ovejas. Pero me había acostumbrado. Tenía que hacerlo.

¿Podría acostumbrarme a beber sangre humana? Esa era la cuestión. Esperaba poder evitar alimentarme de los humanos, pero a juzgar por la rapidez con la que me estaba quedando sin energía, sabía que al final tendría que hacerlo... o moriría.

Arrojé el cadáver del zorro al interior del saco y continué la caza. Encontré una familia de conejos lavándose las orejas en un estanque cercano. Me acerqué a rastras tanto como pude y después salté sobre ellos sin previo aviso. Se dispersaron aterrados, pero no antes de que clavara mis afiladas uñas en tres de los más pequeños.

Los añadí al contenido del saco y decidí que era suficiente. Supuse que el zorro, el pollo y los conejos bastarían para alimentar a seis o siete de los capuchas azules.

Encontré a Evra en el campamento. Él había conseguido un perro muerto y un tejón, y se sentía bastante satisfecho consigo mismo.

—El mejor día de caza que he tenido nunca —aseguró—. Además, he encontrado un prado lleno de vacas. Iremos allí esta noche y robaremos una. Con eso podremos alimentar a los gnomos durante un par de días como mínimo.

—¿No se dará cuenta el dueño de las vacas? —pregunté.

—Habrá unas cien —respondió Evra—. Para cuando acabe de contarlas, ya estaremos muy lejos de aquí.

—Pero las vacas valen dinero —dije—. No me importa matar animales salvajes, pero robarle a un granjero es diferente.

—Le dejaremos algo de dinero —comentó Evra con un suspiro.

—¿Dónde lo conseguiremos? —pregunté.

Evra sonrió.

—Lo único que nunca falta en el Circo de los Extraños es dinero —me aseguró.

Más tarde, cuando terminamos nuestras tareas, fuimos a buscar a Sam. Llevaba esperándonos horas escondido entre los arbustos.

—¿Por qué no viniste al campamento? —le pregunté.

—No quería molestar —contestó—. Además, pensé que alguien podría haber dejado suelto al hombre lobo. Ayer me dio la impresión de que no le caí muy bien.

—Se comporta igual con todo el mundo —le dijo Evra.

—Tal vez —replicó Sam—, pero supongo que es mejor no arriesgarse.

Sam estaba preguntón. Era obvio que había pensado mucho en nosotros desde el día anterior.

—¿Nunca llevas zapatos? —le preguntó a Evra.

—No —respondió Evra—. Las plantas de mis pies son muy duras.

—¿Qué ocurriría si pisaras un pincho o un clavo? —preguntó Sam.

Evra sonrió, se sentó en el suelo y le mostró a Sam la planta de su pie.

—Intenta arañarme con una rama afilada.

Sam partió una rama y aguijoneó la planta de Evra. Era como tratar de hacer un agujero en un trozo de cuero duro.

—Puede que un trozo de cristal afilado lograra hacerme un corte —dijo Evra—, pero no hay muchos por el suelo, y mi piel se vuelve más dura cada año que pasa.

—Me gustaría tener una piel así —dijo Sam con cierta envidia. Después se volvió hacia mí—. ¿Por qué llevas siempre la misma ropa? —preguntó.

Bajé la vista para contemplar el traje con el que me habían enterrado. Tenía pensado pedir ropa nueva, pero lo había olvidado.

—Me gusta —dije.

—Jamás he visto a un chico con un traje como ese —aseguró Sam—. No a menos que estuviera en una boda o en un funeral. ¿Te obligan a ponértelo?

—No —respondí.

—¿Les has preguntado a tus padres si te dejan unirte al circo? —preguntó Evra para desviar la atención de Sam.

—No. —Sam dejó escapar un suspiro—. Les he hablado sobre el tema, por supuesto, pero he decidido que será mejor tomármelo con calma. No se lo diré hasta que me marche; quizá cuando ya me haya marchado.

—Entonces, ¿todavía planeas unirte a nosotros?

—¡Claro que sí! —exclamó Sam—. Sé que ayer intentasteis asustarme para que no lo hiciera, pero encontraré la manera de conseguir que me acepten. Esperad y veréis. Seguiré viniendo por aquí. Leeré libros, aprenderé todo lo que hay que saber sobre los espectáculos de personas poco comunes y entonces iré a ver a vuestro jefe para exponerle mi caso. No podrá rechazarme.

Evra y yo intercambiamos una sonrisa. Sabíamos que el sueño de Sam nunca se haría realidad, pero no tuvimos el valor de decírselo.

Fuimos a ver una antigua estación de ferrocarril abandonada de la que Sam nos había hablado y que se encontraba a unos tres kilómetros de distancia.

—Es genial —dijo—. Aquí trabajaban en los trenes: los reparaban, los pintaban y todo eso. Cuando estaba en activo, había mucha gente. Pero inauguraron una estación nueva más cerca de la ciudad y este lugar se arruinó. Es un sitio estupendo para jugar. Hay viejos raíles oxidados, cobertizos vacíos, una garita de vigilancia y un par de antiguos vagones.

—¿Es seguro? —preguntó Evra.

—Mi madre dice que no lo es —contestó Sam—. Es uno de los pocos lugares de los que quiere que me mantenga alejado. Dice que podría caer del tejado de algún vagón, tropezar con los raíles o cosas por el estilo. Pero he estado aquí montones de veces y jamás me ha pasado nada.

Era un día soleado y caminábamos despacio bajo la sombra de los árboles cuando olí algo extraño. Me detuve a olfatear el aire. Evra también percibía el olor.

—¿Qué es eso? —pregunté.

—No lo sé —respondió él mientras olisqueaba el aire a mi lado—. ¿De dónde procede?

—No sabría decirte —contesté. Era un olor agrio, intenso y penetrante.

Sam no había olido nada y seguía caminando delante de nosotros. Cuando se dio cuenta de que no lo seguíamos, se detuvo y se dio la vuelta para ver qué ocurría.

—¿Qué pasa? —preguntó—. ¿Por qué no...?

—¡Te tengo! —gritó una voz detrás de mí y, antes de que pudiera moverme, sentí que una mano firme me agarraba del hombro y me obligaba a girarme. Vi un rostro grande y peludo antes de caer hacia atrás, derribado por la fuerza de esa mano.

CAPÍTULO DIECISÉIS

Caí con fuerza sobre el suelo y me torcí el brazo. Solté un grito de dolor e intenté librarme de la figura peluda que había sobre mí. Antes de que pudiera hacer nada, el hombre estaba agachado a mi lado con una expresión feroz.

—Oye, chaval, no te habré hecho daño, ¿verdad? —Tenía una voz agradable, y comprendí que mi vida no corría peligro. La expresión de su rostro era de preocupación, no de rabia—. No pretendía pasarme tanto —dijo—, solo quería asustarte un poco, para divertirme.

Me senté y me froté el codo.

—Estoy bien —le dije.

—¿Estás seguro? No estará roto, ¿verdad? Tengo hierbas que podrían ayudarte si así fuera.

—Las hierbas no pueden arreglar los huesos rotos —dijo Sam, que se encontraba al lado de Evra.

—Desde luego que no —convino el desconocido—, pero pueden elevarte hasta planos de conciencia en los que las preocupaciones tan mundanas como los huesos rotos no son más que pequeños puntos luminosos del mapa cósmico. —Hizo una pausa y se acarició la barba—. También te achicharran las neuronas, claro está...

La expresión desconcertada del rostro de Sam demostraba que ni siquiera él comprendía ese comentario.

—Estoy bien —dije una vez más. Me puse en pie y moví el brazo—. Solo me lo he torcido. Se me pasará en un par de minutos.

—Me alegra oír eso, colega —dijo el desconocido—. No me gustaría nada ser el causante de algún tipo de daño físico. El dolor da muy mal rollo, chaval.

Lo observé con más detenimiento. Era grande y regordete, con una densa barba negra y una melena descuidada. Sus ropas estaban sucias y estaba claro que no se había bañado desde hacía tiempo, porque olía que apestaba. Ese era el hedor extraño que había detectado. Con todo, el hombre tenía un aspecto bastante afable y me sentí como un estúpido por haber sentido miedo.

—¿Sois de por aquí, chicos? —preguntó.

—Yo sí —contestó Sam—. Estos chicos trabajan en el circo.

—¿En el circo? —El hombre esbozó una sonrisa—. ¿Hay un circo por aquí? Vaya, colega, ¿cómo es posible que no lo haya visto? ¿Dónde está? Me encanta el circo. Nunca pierdo la oportunidad de ver a los payasos en acción.

—No es de esa clase de circos —le dijo Sam—. Es un espectáculo de extraños, de personas poco comunes, de bichos raros… como quiera llamarlo.

—¿Un espectáculo de extraños? —El desconocido clavó la vista en Sam y después en Evra, cuyas escamas de colores lo señalaban como uno de los artistas—. ¿Tú formas parte del espectáculo, colega? —preguntó. Evra asintió con timidez—. No te tratan mal, ¿verdad? —quiso saber el hombre—. No te azotan, ni te escatiman la comida ni te obligan a hacer cosas que no quieres hacer, ¿verdad?

—No. —Evra hizo un gesto negativo con la cabeza.

—¿Estás allí por propia voluntad?

—Sí —respondió Evra—. Todos nosotros. Es nuestro hogar.

—Ah, vale. Eso está bien —dijo el hombre, volviendo a sonreír—. Se oyen muchos rumores sobre esos pequeños espectáculos itinerantes. Y… —Se dio una palmada en la frente—. Ay, colegas, ni siquiera me he presentado, ¿verdad? Algunas veces parezco idiota. Me llamo RV.

—¿RV? Es un nombre muy curioso —señalé.

El hombre tosió con cierta incomodidad.

—Bueno —dijo bajando la voz hasta convertirla en un susurro—, son las siglas de Reggie Verdurieggie.

—¿Reggie Verdurieggie? —pregunté entre risas.

—Sí —respondió—. Reggie es mi verdadero nombre. En el colegio me llamaban Reggie Verdurieggie porque soy vegetariano. La verdad es que nunca me gustó, así que les pedí que me llamaran RV. Algunos lo hicieron, pero no muchos. —Al parecer, el recuerdo hacía que se sintiera desdichado—. Podéis llamarme Reggie Verdurieggie si queréis —nos dijo.

—RV me va bien —le aseguré.

—A mí también —dijo Evra.

—Y a mí —añadió Sam.

—¡Genial! —RV se animó bastante—. Bueno, ahora que ha quedado claro lo de mi nombre, ¿cómo os llamáis vosotros tres?

—Darren Shan —le dije antes de estrecharle la mano.

—Sam Grest.

—Evra Von.

—¿Evra Von... qué más? —preguntó RV, tal y como había hecho yo cuando conocí a Evra.

—Solo Von —respondió mi amigo.

—Ah. —RV esbozó una sonrisa—. ¡Genial!

RV era un ecoguerrero que había acudido a la zona para impedir que se construyera allí una carretera. Era miembro de los CPN (Combatientes Protectores de la Naturaleza) y había viajado por todo el país con el cometido de salvar bosques, lagos, animales y cosas por el estilo.

Se ofreció a enseñarnos su campamento y nosotros aceptamos su invitación de inmediato. La estación de ferrocarril podía esperar. Una oportunidad así no se presentaba todos los días.

Nos habló sin cesar sobre el medio ambiente mientras caminábamos. Nos habló de todas las cosas malas que le estaban haciendo a la madre naturaleza, de los bosques que estaban destruyendo, de los ríos contaminados, de la polución ambiental y de los animales en peligro de extinción.

—¡Y todo eso en nuestro propio país! —exclamó—. No estoy hablando de las cosas que suceden en otros lugares. ¡Fijaos en lo que le estamos haciendo a nuestra propia Tierra!

Los CPN luchaban para salvar la Tierra de la perniciosa codicia de los seres humanos, a quienes no les importaba lo que le estaban haciendo. Viajaban de un lado al otro del país intentando concienciar a la gente de los peligros. Repartían libros y panfletos que enseñaban cómo proteger el medio ambiente.

—Pero no basta con concienciar a la gente —nos dijo RV—. Es un comienzo, pero hay que hacer más. Debemos acabar con la contaminación y la destrucción de los espacios naturales. Mirad este lugar: van a construir una carretera que atravesará un viejo cementerio, un lugar donde la gente enterraba a sus muertos hace miles de años. ¿Os lo imagináis, colegas? ¡Van a destruir parte de la historia solo para que los conductores se ahorren diez o veinte minutos! —RV sacudió la cabeza con aire desdichado—. Esta época es una locura, colegas —dijo—. Las cosas que le hacemos a este planeta… En el futuro (asumiendo que haya uno), la gente verá lo que hemos hecho y nos considerará unos bárbaros idiotas.

Era un férreo defensor del medio ambiente y, después de escucharlo durante un rato, también lo éramos Sam, Evra y yo. No había pensado mucho en ello con anterioridad, pero, después de pasar un par de horas con RV, me di cuenta de que debería haberlo hecho. Como RV decía, aquellos que no reflexionaran y actuaran a tiempo no podrían quejarse cuando el mundo se desmoronara sobre sus cabezas.

Su campamento era un lugar interesante. La gente (alrededor de veinte personas) dormía en cabañas hechas a mano, construidas a base de ramas, hojas y arbustos. La mayoría de ellos estaban tan sucios y olían tan mal como RV, pero también era tan alegres, amables y generosos como él.

—¿Cómo vais a detener la construcción de la carretera? —preguntó Sam.

—Excavaremos túneles bajo tierra —dijo RV—. Y sabotearemos las máquinas que traigan. Y alertaremos a los medios de comunicación. A los tipos ricos no les gusta ser el punto de mira de las cámaras. Un equipo de noticias de televisión es tan eficaz como veinte guerreros activistas.

Evra le preguntó a RV si alguna vez habían luchado cuerpo a cuerpo. RV dijo que los CPN no creían en las confrontaciones violentas, pero a todos nosotros nos quedó claro por la expresión de su rostro que él no estaba muy de acuerdo con eso.

—Si me saliera con la mía —dijo—, les daríamos su merecido. A veces somos demasiado amables. Amigos, si yo estuviera al cargo, ¡les enseñaríamos a esos pavos lo que es achicharrarse en el infierno!

RV nos invitó a quedarnos a comer. La comida no era muy buena (no había carne, tan solo un montón de verduras, arroz y fruta), pero comimos mucho para no parecer maleducados.

También tenían muchas setas (grandes y de extraños colores), pero RV no nos permitió comer ninguna.

—Cuando seáis mayores, colegas —dijo con una risotada.

Nos marchamos poco después de comer. Los miembros de los CPN tenían tareas que hacer y no queríamos ser un estorbo.

RV nos dijo que podíamos volver cuando quisiéramos, pero que lo más probable era que se pusieran en camino en un par de días.

—Aquí casi hemos ganado la batalla —dijo—. Dentro de unos cuantos días tendremos que buscar nuevos horizontes. Las batallas vienen y van, colegas, pero la guerra nunca se acaba.

Nos despedimos con un gesto de la mano y nos encaminamos hacia casa.

—Ese RV es un tipo muy raro —dijo Sam al cabo de un rato—. ¿Os parece normal renunciar a todo para luchar por los animales y el medio ambiente?

—Hace lo que cree correcto —dijo Evra.

—Lo sé —replicó Sam—. Creo que lo que hace es genial. Necesitamos a gente como él. Es una pena que no haya más personas así. No obstante, es una forma extraña de vivir, ¿no os parece? Hay que estar muy entregado a la causa. Creo que no podría convertirme en un guerrero medioambiental.

—Yo tampoco —convine.

—Yo sí —comentó Evra.

—Claro que no —me burlé.

—¿Por qué no? —preguntó él—. Podría coger a mi serpiente e irme a vivir con ellos para luchar por su causa.

—No podrías —insistí.

—¿Por qué no?

—¡Porque no apestas lo suficiente! —bromeé.

Evra hizo una mueca.

—La verdad es que llevaban un poco lejos todo ese rollo de la vida en comuna, ¿eh? —admitió.

—¡Olían peor que mis pies después de llevar los mismos calcetines durante una semana! —exclamó Sam.

—Aun así —comentó Evra—, se me ocurren montones de cosas peores a las que dedicarme cuando sea mayor. No me importaría ser como RV.

—A mí tampoco —dijo Sam.

Yo me encogí de hombros.

—Supongo que podría llegar a acostumbrarme.

Estábamos de buen humor y charlamos sobre los CPN y sobre RV durante todo el trayecto de vuelta al campamento. Ninguno de nosotros se hacía una idea de los problemas que el agradable eco-guerrero causaría muy pronto… ni de la tragedia que ocasionaría sin pretenderlo.

CAPÍTULO DIECISIETE

Los días siguientes transcurrieron muy despacio. Evra y yo nos manteníamos ocupados con nuestras tareas, además de proporcionarles alimentos a los gnomos. Intenté hablar con un par de esas silenciosas criaturillas con capuchas azules, pero ninguno de ellos me miró siquiera cuando les dirigí la palabra.

Resultaba imposible distinguirlos. Uno (o una) de ellos destacaba porque era de mayor estatura que los demás, otro porque era más bajo y otro porque cojeaba de la pierna izquierda. Pero el resto parecían igualitos.

Sam ayudaba cada vez más en el campamento. No lo llevábamos con nosotros cuando íbamos de caza, pero le permitíamos echar una mano en casi todo lo demás. Trabajaba con ganas, ya que estaba decidido a impresionarnos y a ganarse un puesto en el circo.

No vi mucho al señor Crepsley. Él sabía que debía levantarme temprano a fin de conseguir alimentos para los gnomos, así que me dejaba en paz la mayor parte del tiempo. Lo cual me gustaba; no quería que me atosigara para que bebiera sangre humana.

Cormac Miembros llegó una mañana temprano, causando un enorme revuelo.

—Tienes que ver a ese tipo —dijo Evra, arrastrándome tras él—. Es el artista más increíble que ha existido jamás.

Había una gran multitud en torno a Cormac cuando llegamos a la caravana del señor Alto (donde debía presentarse). La gente le daba palmadas en la espalda y le preguntaba qué había hecho y dónde había estado. Él sonreía a todo el mundo, estrechaba sus manos y respondía a sus preguntas. Puede que fuera una estrella, pero no se le había subido a la cabeza.

—¡Evra Von! —exclamó cuando vio al chico serpiente. Se acercó y le dio un abrazo—. ¿Cómo está mi reptil bípedo favorito?

—Bien —respondió mi amigo.

—¿Has mudado la piel últimamente? —preguntó Cormac.

—No —dijo Evra.

—Recuerda —añadió Cormac— que me gustaría quedármela cuando lo hagas. Es muy valiosa. La piel de serpiente humana vale más que el oro en algunos países.

—Puedes quedarte con tanta piel como quieras —le aseguró Evra. Luego me empujó hacia delante—. Cormac, este es Darren Shan, un amigo mío. Es nuevo en el circo, por lo que no te había visto antes.

—¿Nunca has visto a Cormac Miembros? —gritó él, fingiéndose ofendido—. ¿Cómo es posible? Creí que todas las personas de este planeta habían visto al magnífico Cormac Miembros en acción.

—Ni siquiera había oído hablar de ti —le dije.

Se llevó las manos al pecho, como si fuera a darle un infarto.

—¿Qué es lo que haces? —quise saber.

Cormac contempló a la multitud que lo rodeaba.

—¿Creéis que debería hacerle una demostración?

—¡Sí! —gritaron todos entusiasmados.

Cormac echó un vistazo al señor Alto, que se encontraba tras el gentío. El señor Alto suspiró y asintió.

—Más vale que sí —dijo—. No te dejarán en paz hasta que la hagas.

—En ese caso, la haré —decidió Cormac—. Apartaos un poco y dejadme espacio.

La gente retrocedió de inmediato. Yo empecé a hacer lo mismo, pero Cormac puso una mano sobre mi hombro y me dijo que me quedara donde estaba.

—Bueno —dijo dirigiéndose al gentío—, he estado mucho tiempo de viaje y estoy demasiado cansado para realizar el número entero, así que haremos una demostración breve y amena.

Convirtió la mano derecha en un puño y después sacó el dedo índice.

—Darren, ¿te importaría meterte este dedo en la boca? —preguntó.

Miré a Evra, y él me indicó con un gesto que hiciera lo que Cormac me pedía.

—Ahora —dijo Cormac—, muérdelo, por favor.

Lo mordí con suavidad.

—Más fuerte —dijo Cormac.

Lo mordí un poco más fuerte.

—Vamos, chaval —gritó Cormac—. Con más decisión. Utiliza esas mandíbulas. ¿Eres un tiburón o un ratón?

De acuerdo. ¿Quería que lo mordiera fuerte? Pues lo haría.

Abrí la boca y lo mordí rápidamente con la intención de darle un buen susto. Pero fui yo quien se lo llevó, porque ¡atravesé el dedo con los dientes y se lo arranqué de cuajo!

Caí al suelo aterrorizado, y escupí el dedo que había quedado dentro de mi boca. Observé estupefacto a Cormac Miembros. Esperaba que se pusiera a gritar de inmediato, pero se limitó a reírse y a levantar la mano.

No había ni rastro de sangre en la zona donde le había arrancado el dedo, tan solo un muñón blanco e irregular. Y mientras lo observaba sucedió algo increíble: ¡empezó a crecerle un nuevo dedo!

Creí que era cosa de mi imaginación, pero el dedo seguía creciendo a cada segundo que pasaba, y no tardó en adquirir su longitud normal. Cormac lo mantuvo rígido unos instantes más antes de flexionarlo y demostrar que estaba en perfectas condiciones.

La multitud lo vitoreó, y mi corazón recuperó su ritmo normal.

Miré hacia el suelo, donde había escupido el dedo, y vi que el miembro comenzaba a descomponerse. Menos de un minuto después, no quedaba más que un montoncito de polvo grisáceo.

—Siento haberte asustado —dijo Cormac dándome una palmadita en la cabeza.

—No pasa nada —repliqué—. A estas alturas ya debería haber aprendido que en este lugar siempre se debe esperar lo inesperado. ¿Puedo tocar el dedo nuevo? —Él asintió. No parecía distinto de los demás—. ¿Cómo lo haces? —pregunté asombrado—. ¿Es algún truco de ilusionismo?

—Nada de trucos de ilusionismo —dijo—. Por eso me llaman Cormac Miembros. Soy capaz de regenerar mis miembros (dedos de las manos y de los pies, brazos, piernas...) desde que era un bebé. Mis padres descubrieron mi talento cuando sufrí un accidente con un cuchillo de cocina y perdí un trozo de la nariz. Puedo regenerar casi cualquier parte de mi cuerpo. Excepto la cabeza. Aunque lo cierto es que nunca he intentado cortármela. Creo que es mejor no tentar la suerte.

—¿No te duele? —pregunté.

—Un poco —respondió—, pero no mucho. Cuando se cercena uno de mis miembros, el nuevo empieza a crecer casi de inmediato, así que solo hay un par de segundos de dolor. Es algo parecido a...

—¡Vamos, vamos! —gritó el señor Alto interrumpiéndolo—. No tenemos tiempo para descripciones detalladas. Llevamos demasiado tiempo sin dar una función. Ya es hora de que entretengamos al público de nuevo, no sea que se olviden de nosotros o empiecen a creer que nos hemos retirado. ¡Escuchadme todos! —gritó a la multitud al tiempo que daba unas palmadas—. ¡Corred la voz! Se acabó la tregua. ¡Esta noche habrá función!

CAPÍTULO DIECIOCHO

El campamento fue un hervidero de actividad durante toda la tarde. La gente corría de un lado a otro como loca. Unos cuantos se encargaron de montar la carpa. Yo nunca lo había visto antes. Una vez montada, era una visión impresionante: alta, redonda y roja, decorada con imágenes de los artistas.

Evra y yo nos mantuvimos ocupados clavando ganchos al suelo para mantener la carpa en su lugar, colocando los asientos del interior, acondicionando el escenario para el espectáculo, preparando los accesorios de los artistas (tuvimos que hacernos con latas y otros objetos para que Rhamus Dostripas se los comiera, ayudar a trasladar la jaula del hombre lobo al interior de la carpa y cosas por el estilo).

Era una operación a gran escala, pero se llevó a cabo a una velocidad increíble. Todos en el campamento sabían cuál era su lugar y lo que se esperaba de ellos, así que no se produjo ningún momento de pánico en todo el día. Todo el mundo trabajaba en equipo y las cosas salieron rodadas.

Sam vino temprano esa tarde. Yo habría preferido que se quedara por allí para echarnos una mano con nuestras tareas, pero Evra pensaba que sería un estorbo, así que le dije que debía marcharse. Se sintió molesto y apenado, y le dio una patada a un bote de refresco vacío que había delante de él. Me dio un poco de pena, pero de pronto se me ocurrió una forma de animarlo.

—¡Sam! ¡Espera un momento! —grité—. Volveré enseguida —le dije a Evra antes de correr hacia la caravana del señor Alto.

Llamé una vez a la puerta, la cual se abrió en un santiamén. El señor Alto estaba de pie en el interior, y, antes de que yo pudiera abrir la boca, me ofreció dos entradas para el Circo de los Extraños.

Contemplé fijamente las entradas antes de volver a mirar al señor Alto.

—¿Cómo sabía que...?

—Tengo mis métodos —respondió él con una sonrisa.

—No tengo dinero —le advertí.

—Te lo descontaré del sueldo —dijo él.

Fruncí el ceño.

—Pero si no me paga nada...

Su sonrisa se hizo más amplia.

—Soy un tipo muy listo. —Me entregó las entradas y me cerró la puerta en las narices antes de que pudiera darle las gracias.

Corrí hacia Sam y le di las entradas.

—¿Qué es esto? —preguntó.

—Entradas para la función de esta noche —le dije—. Una para ti y otra para RV.

—¡Vaya! —Sam se apresuró a guardarse las entradas en el bolsillo, como si temiera que salieran volando o se desvanecieran—. Gracias, Darren.

—De nada —repliqué—. Lo único malo es que la función es un poco tarde. Empezaremos a las once y no acabaremos hasta cerca de la una de la madrugada. ¿Podrás venir?

—Claro que sí —dijo Sam—. Me escaparé. Mamá y papá se van a la cama a las nueve todas las noches. Son bastante madrugadores.

—Si te pillan —le advertí—, no les digas adónde pensabas ir.

—Mis labios están sellados —prometió antes de marcharse en busca de RV.

A excepción de una cena rápida, no nos tomamos ningún descanso hasta el comienzo del espectáculo. Cuando Evra se marchó para dar de comer a su serpiente, encendí las velas del interior de la carpa. También había que colgar cinco lámparas descomunales, cuatro sobre los espectadores y una sobre el escenario, pero fueron los gnomos quienes se encargaron de eso.

Mags (una mujer muy bonita que vendía objetos de recuerdo y caramelos durante los intermedios) me pidió que la ayudara a preparar los carritos, así que estuve una hora colocando telarañas de caramelo, figuritas de «cristal» comestible y mechones de pelo del hombre lobo. Había una cosa nueva que yo no había visto antes: un pequeño muñeco de Cormac Miembros. Cuando le cortabas una parte de su cuerpo, le crecía una nueva. Le pregunté a Mags cómo funcionaba, pero no lo sabía.

—Es uno de los inventos del señor Alto —me dijo—. Hace un montón de cosas como esta.

Le quité la cabeza al muñeco para asomarme al cuello y verle por dentro, pero le creció una nueva cabeza antes de que pudiera hacerlo.

—Estos muñecos no son eternos —dijo Mags—. Se descomponen a los pocos meses.

—¿Y adviertes de eso a los compradores? —quise saber.

—Por supuesto —contestó ella—. El señor Alto insiste en que los clientes deben saber con exactitud lo que compran. No aprueba que se engañe a las personas.

El señor Crepsley exigió que fuera a verlo media hora antes de que comenzara la función. Se estaba poniendo su traje de escena cuando entré.

—Abrillanta la jaula de madame Octa —ordenó—, y luego cepilla tu traje y aséate un poco.

—¿Por qué? —pregunté.

—Porque vas a salir conmigo —respondió.

Se me iluminaron los ojos.

—¿Quiere decir que participaré en la actuación? —pregunté entusiasmado.

—Tendrás un pequeño papel —contestó—. Puedes traerme la jaula y tocar la flauta cuando madame Octa empiece a tejer una telaraña sobre mi boca.

—Es el señor Alto quien suele encargarse de hacer eso, ¿verdad?

—Normalmente, sí —convino el señor Crepsley—, pero esta noche andamos algo cortos de personal, de modo que él realizará su propia actuación. Además, tú pareces un ayudante más adecuado que él.

—¿Por qué? —quise saber.

—Eres más espeluznante —dijo—. Con esa cara tan pálida y ese horrible traje, pareces un personaje de una película de terror.

Sus palabras me sorprendieron un poco. ¡Nunca había pensado que tenía un aspecto espeluznante! Me miré en el espejo y me di cuenta de que resultaba bastante aterrador. Puesto que no había bebido sangre humana, estaba mucho más pálido de lo que debería. Y el traje polvoriento me daba un aspecto más fantasmal aún. Decidí que buscaría ropa nueva por la mañana.

La función comenzó a las once en punto. No esperaba que viniera una multitud (estábamos en mitad de ninguna parte y no habíamos tenido mucho tiempo para anunciar el espectáculo), pero la carpa estaba a rebosar.

—¿De dónde ha salido toda esta gente? —le susurré a Evra mientras contemplábamos la presentación del hombre lobo que hacía el señor Alto.

—De todas partes —contestó él en voz baja—. La gente siempre se entera de cuándo daremos una función. Además, aunque a nosotros nos lo ha dicho hoy mismo, es probable que el señor Alto supiera desde que montamos el campamento que actuaríamos esta noche.

Observé la función entre bastidores y disfruté incluso más que la primera vez, ya que en esta ocasión conocía a la gente involucrada y me sentía parte de la familia.

Hans el Manos salió después del hombre lobo, seguido por Rhamus Dostripas. Después del primer descanso, el señor Alto salió al escenario y se paseó por el lugar, aunque ni siquiera parecía moverse; sencillamente se desvanecía de un sitio y aparecía en otro. Después salió Truska y luego me llegó el turno de salir a escena con el señor Crepsley y madame Octa.

Las luces eran suaves, pero mi visión vampírica me ayudó a distinguir los rostros de Sam y de RV entre la multitud. Se sorprendieron al verme y aplaudieron con más fuerza que todos los demás. Tuve que disimular mi sonrisa de entusiasmo: el señor Crepsley me había dicho que debía mostrarme desdichado y taciturno para impresionar a la muchedumbre.

Me quedé de pie a un lado mientras el señor Crepsley soltaba un discurso sobre lo letal que era madame Octa; para demostrarlo, abrió la puerta de su jaula mientras un ayudante introducía una cabra en el escenario.

Cuando madame Octa mató a la cabra, se oyó una fuerte e indignada exclamación… que procedía de RV. Supe que no debería haberlo invitado (había olvidado el cariño que les tenía a los animales), pero ya era demasiado tarde para retirar la invitación.

Estaba bastante nervioso cuando me llegó el turno de tocar la flauta para controlar a madame Octa; sentía que todos los ojos de la carpa estaban puestos en mí. Jamás había actuado para una multitud, y durante unos segundos temí no poder mover los labios o haber olvidado la melodía. Sin embargo, una vez que empecé a soplar y a enviarle mis pensamientos a madame Octa, todo salió bien.

Mientras ella tejía su tela sobre los labios del señor Crepsley, comprendí de pronto que en ese instante podía librarme de él si lo deseaba.

Podía hacer que le picara la araña.

La idea me dejó estupefacto. Ya había pensado antes en matarlo, pero nunca en serio, y no había vuelto a hacerlo desde que nos unimos al circo. Y ahora su vida estaba en mis manos. Lo único que hacía falta era un «desliz». Podría alegar que había sido un accidente. Nadie podría demostrar lo contrario.

Contemplé a la araña moviéndose de un lado a otro mientras sus ponzoñosos colmillos resplandecían bajo la luz de las lámparas. Las velas daban mucho calor. Yo estaba sudando a mares. Se me pasó por la cabeza que podría achacar el desliz de los dedos al calor.

Madame Octa seguía tejiendo la telaraña sobre su boca. El señor Crepsley tenía las manos a los costados. No sería capaz de detenerla. Lo único que haría falta sería una nota errónea de la flauta. Una nota desafinada interrumpiría el hilo de pensamientos que nos conectaba y…

No lo hice. Toqué a la perfección y con aplomo. No estaba seguro de por qué le había perdonado la vida al vampiro. Tal vez fuera porque el señor Alto habría sabido que yo lo había asesinado. Tal vez fuera porque necesitaba que el señor Crepsley me enseñara a sobrevivir. Tal vez fuera porque quería convertirme en un asesino.

O tal vez, solo tal vez, fuera porque el vampiro empezaba a caerme bien. Después de todo, me había llevado al circo y me había dejado participar en su actuación. De no ser por él, no habría conocido a Evra ni a Sam. Había sido amable conmigo, tanto como podía serlo.

Fuera cual fuese la razón, no permití que madame Octa matara a su dueño, y al final de la actuación hicimos una reverencia y salimos juntos.

—Estabas pensando en matarme —dijo el señor Crepsley en voz baja una vez que estuvimos entre bastidores.

—¿Qué quiere decir? —pregunté, haciéndome el tonto.

—Ya sabes lo que quiero decir —replicó. Hizo una larga pausa—. No habría funcionado. Había sacado la mayor parte del veneno de los colmillos antes de salir a escena. Cuando mató a la cabra, acabó con lo que le quedaba.

—¿Se trataba de una prueba? —Lo miré fijamente, y mi odio creció de nuevo—. ¡Creía que estaba siendo amable conmigo! —grité—. ¡Y resulta que no era más que una prueba!

El señor Crepsley tenía una expresión seria.

—Tenía que saberlo —dijo—. Debía saber si podía confiar en ti.

—Bueno, pues escuche bien —gruñí mientras que me ponía de puntillas para poder mirarlo a los ojos directamente—. Su prueba no ha servido para nada. No lo he matado esta vez, pero si alguna vez vuelvo a tener la oportunidad de hacerlo, ¡la aprovecharé!

Salí de allí como una exhalación sin decir una palabra más, demasiado cabreado para quedarme a ver a Cormac Miembros o el final del espectáculo. Me sentía traicionado, aunque en el fondo sabía que lo que había dicho el señor Crepsley tenía sentido.

CAPÍTULO DIECINUEVE

El enfado me duró hasta la mañana siguiente. Evra me preguntó sin cesar qué me ocurría, pero no se lo dije. No quería que supiera que se me había pasado por la cabeza la idea de matar al señor Crepsley.

Evra me dijo que había estado con Sam y con RV después de la función.

—A Sam le encantó —me dijo—, en especial, el número de Cormac Miembros. Deberías haberte quedado para ver a Cormac en acción. Cuando se cortó las piernas...

—Lo veré la próxima vez —comenté—. ¿Qué le pareció a RV? Evra frunció el ceño.

—No le hizo mucha gracia.

—¿Se enfadó por lo de la cabra? —pregunté.

—Sí —respondió mi amigo—, pero no solo fue eso. Le dije que le habíamos comprado la cabra a un carnicero, y que el animal habría muerto de todas formas. No obstante, lo que más le indignó en realidad fue ver al hombre lobo, a la serpiente y a la araña del señor Crepsley.

—¿Qué pasa con ellos? —quise saber.

—Le preocupaba que estuvieran siendo maltratados. No le gustaba la idea de que estuvieran encerrados en jaulas. Le dije que, salvo la araña, ninguno de ellos lo estaba. Le dije que el hombre lobo

289

era bastante tranquilo fuera del escenario. Y le mostré mi serpiente y le conté que dormía conmigo.

—¿Se creyó lo del hombre lobo? —pregunté.

—Creo que sí —contestó Evra—, aunque aún parecía receloso cuando se marchó. Además, se mostró muy, muy interesado en sus hábitos alimenticios. Quiso saber con qué los alimentábamos, con qué frecuencia y de dónde sacábamos la comida. Debemos ser cuidadosos con RV. Podría causarnos problemas. Por suerte, se marchará dentro de un par de días; pero, hasta entonces, tendremos que andarnos con mucho ojo.

El día transcurrió con tranquilidad. Sam no apareció hasta bien entrada la tarde, y ninguno de nosotros estaba de humor para juegos. Estaba nublado y todos estábamos un poco desanimados. Sam se quedó solo media hora y después se fue a casa.

El señor Crepsley me ordenó que fuera a su caravana poco después del crepúsculo. Pensé en no ir, pero decidí que sería mejor no fastidiarle demasiado. Era mi tutor, después de todo, y era probable que pudiese echarme del Circo de los Extraños de una patada.

—¿Qué es lo que quiere? —le espeté en cuanto entré.

—Ven aquí, quiero verte mejor —me dijo el vampiro.

Me inclinó la cabeza hacia atrás con sus huesudos dedos y me levantó los párpados para echarle un vistazo al blanco de mis ojos. Me pidió que abriera la boca para poder ver mi garganta. Luego examinó mi pulso y mis reflejos.

—¿Cómo te sientes? —preguntó.

—Cansado —dije.

—¿Te sientes débil? —quiso saber—. ¿Enfermo?

—Un poco.

Soltó un gruñido.

—¿Has bebido mucha sangre últimamente? —preguntó.

—La que se supone que debo beber —contesté.

—Pero no sangre humana, ¿verdad?

—No —respondí en voz baja.

—De acuerdo —me dijo—. Prepárate. Vamos a salir.

—¿De caza? —pregunté.

Sacudió la cabeza.

—A ver a un amigo.

Una vez fuera de la caravana, me subí a su espalda y el señor Crepsley empezó a correr.

Cuando estuvimos lo bastante lejos del campamento, empezó a relampaguear y el mundo se difuminó a nuestro alrededor.

A decir verdad, no me preocupé en saber hacia dónde nos dirigíamos. Estaba más interesado en mi ropa. Había olvidado conseguir un traje nuevo, y, cuanto más lo miraba, peor me parecía el que llevaba puesto.

Tenía decenas de agujeritos y desgarrones, y la suciedad y el polvo hacían que pareciera mucho más pardo de lo que era. Tenía muchas hebras e hilos sueltos, y cada vez que movía un brazo o una pierna, parecía que se me estaba cayendo el pelo.

Jamás me había preocupado por la ropa, pero lo cierto es que no quería parecer un pordiosero. A la mañana siguiente sin falta buscaría algo nuevo que ponerme.

Poco después nos aproximábamos a la ciudad y el señor Crepsley aminoró el paso. Se detuvo frente a la parte trasera de un enorme edificio. Quise preguntarle por qué estábamos allí, pero él se llevó un dedo a los labios para indicarme que guardara silencio.

La puerta trasera estaba cerrada, pero el señor Crepsley colocó una mano sobre ella y chasqueó los dedos de la otra. Se abrió al instante. Me condujo por un largo y oscuro pasillo antes de subir un tramo de escaleras para adentrarnos en un vestíbulo bien iluminado.

Al cabo de unos minutos llegamos hasta un mostrador blanco. El señor Crepsley miró a su alrededor para asegurarse de que estábamos solos y después hizo sonar el timbre que había en una de las paredes.

Alguien apareció tras el panel de cristal que había al otro lado del mostrador. La puerta acristalada se abrió y por ella salió un hombre de pelo castaño con un uniforme blanco y una máscara verde. Parecía un médico.

—¿En qué puedo ayu...? —dejó la pregunta en el aire—. ¡Larten Crepsley! ¿Qué estás haciendo aquí, viejo demonio?

El hombre se quitó la máscara y vi que estaba sonriendo.

—Hola, Jimmy —dijo el señor Crepsley. Ambos se estrecharon la mano e intercambiaron unas sonrisas—. Hacía mucho que no nos veíamos.

—No tanto como me temía —dijo el tal Jimmy—. Oí que te habían matado. Un viejo enemigo de la familia consiguió por fin atravesar tu despreciable corazón con una estaca, o eso decían los rumores.

—No deberías creer todo lo que oyes —dijo el señor Crepsley. Me puso una mano encima del hombro y me empujó hacia delante—. Jimmy, este es Darren Shan, mi compañero de viaje. Darren, este es Jimmy Ovo, un viejo amigo y el mejor patólogo del mundo.

—Hola —dije.

—Es un placer conocerte —dijo Jimmy al tiempo que me estrechaba la mano—. Tú no eres... Bueno, ¿perteneces al «club»?

—Es un vampiro —dijo el señor Crepsley.

—Solo a medias —aclaré—. No soy un vampiro completo.

—Por favor —dijo Jimmy haciendo una mueca—. No utilicéis esa palabra. Sé lo que sois, chicos, y lo acepto, pero esa palabra que empieza por «V» siempre consigue ponerme los pelos de punta. —Fingió un estremecimiento—. Creo que se debe a todas las películas de terror que vi cuando era un crío. Sé que no sois como esos monstruos de las películas, pero me resulta difícil apartar esa imagen de mi mente.

—¿A qué se dedica un patólogo? —quise saber.

—Los patólogos forenses abrimos los cadáveres para averiguar la causa de la muerte —explicó Jimmy—. Aunque no lo hacemos con todos... solo con aquellos que fallecen en circunstancias sospechosas.

—Estamos en el depósito de cadáveres de la ciudad —dijo el señor Crepsley—. Aquí se almacenan los cuerpos de las personas que llegan muertas al hospital o que mueren durante su estancia allí.

—¿Es ahí donde los almacena? —le pregunté a Jimmy mientras señalaba la estancia que había tras la pared de cristal.

—Así es —dijo con tono alegre. Levantó una parte del mostrador y nos invitó a pasar.

Yo estaba nervioso. Esperaba ver decenas de mesas llenas de cadáveres abiertos en canal. Pero no fue así. El único cadáver a la vista era uno que estaba cubierto de la cabeza a los pies con una sábana. Por lo demás, se trataba de una estancia enorme y bien iluminada, llena de grandes cajones incrustados en la pared y de equipos médicos aquí y allá.

—¿Cómo va el negocio? —preguntó el señor Crepsley cuando nos sentamos en unas sillas cercanas al fiambre que había sobre la mesa. Jimmy y mi tutor no parecían prestarle atención a la persona muerta, y, como no quería parecer fuera de lugar, tampoco yo lo hice.

—No muy bien —respondió Jimmy—. Ha habido buen tiempo y no se han producido muchos accidentes de tráfico. No ha habido enfermedades raras, ni intoxicaciones alimentarias ni derrumbamientos de edificios. Por cierto —añadió—, hace unos cuantos años vino a verme un viejo amigo tuyo.

—¿Sí? —replicó el señor Crepsley con tono educado—. ¿De quién se trataba?

Jimmy inspiró con fuerza por la nariz antes de aclararse la garganta.

—¿Gavner Purl? —chilló el señor Crepsley encantado—. ¿Cómo está ese viejo zorro? ¿Tan torpe como siempre?

Empezaron a hablar sobre ese amigo suyo, Gavner Purl. Mientras conversaban, examiné los alrededores, preguntándome dónde se guardaban los cadáveres. Al final, cuando hicieron una pausa para tomar aliento, se lo pregunté a Jimmy. Él se puso en pie y me pidió que lo siguiera. Me condujo hasta los enormes cajones de las paredes y tiró de uno de ellos.

Se produjo un fuerte chirrido y una nube de vapor frío salió del interior del cajón. Cuando se despejó, vi una figura cubierta por una sábana y comprendí que los cajones no eran ni mucho menos archivadores. ¡Eran ataúdes refrigerados!

—Almacenamos los cuerpos aquí hasta que están listos —dijo Jimmy—, o hasta que alguien de su familia viene a recogerlos.

Observé la estancia y conté las filas de cajones.

—¿Hay un cadáver en cada uno? —pregunté.

Jimmy hizo un gesto negativo con la cabeza.

—En estos momentos solo tenemos seis huéspedes, sin contar el que está en la mesa. Como ya he dicho, no es una buena época. Ni siquiera en las temporadas de más trabajo llegamos a utilizar por completo nuestra capacidad de almacenamiento. Es raro que lleguemos a la mitad. Pero nos gusta estar preparados para lo peor.

—¿Tienes algún cadáver reciente? —quiso saber el señor Crepsley.

—Dame un momento para comprobarlo —replicó Jimmy. Consultó un gigantesco cuaderno y pasó unas cuantas páginas—. Hay un hombre que ronda los treinta años —dijo—. Murió en un accidente de coche hace unas ocho horas.

—¿Nada más fresco? —preguntó el señor Crepsley.

—Me temo que no —contestó Jimmy.

El señor Crepsley dejó escapar un suspiro.

—En ese caso tendrá que servir.

—Espere un momento —dije—. No pensará obligarme a beber de una persona muerta, ¿verdad?

—No —dijo el señor Crepsley. Rebuscó en el interior de su capa y sacó unas cuantas de esas botellitas en las que guardaba la reserva de sangre humana—. He venido a recargarlas.

—¡No puede hacer eso! —grité.

—¿Por qué no? —preguntó él.

—No está bien. No es justo beber de los muertos. Además, la sangre se estropearía.

—No será la mejor —convino el señor Crepsley—, pero servirá para embotellarla. Además, no estoy de acuerdo contigo: lo ideal es obtener la sangre de un cadáver, puesto que ya no la necesita. Haría falta mucha para rellenar estas botellas. Demasiado para tomarla de una persona viva.

—No si toma un poco de varias —protesté.

—Cierto —dijo él—. Pero eso requeriría tiempo, esfuerzo y una buena dosis de riesgo. Es más fácil de esta manera.

—Darren no habla como un vampiro —señaló Jimmy.

—Todavía está aprendiendo —masculló el señor Crepsley—. Ahora llévanos hasta el cadáver, por favor. No disponemos de toda la noche.

Sabía que no tenía sentido discutir más, así que cerré la boca y los seguí en silencio.

Jimmy sacó el cadáver de un hombre rubio bastante alto y retiró la sábana. El tipo muerto tenía un horrible moratón en la cabeza y su cuerpo estaba muy pálido, pero por lo demás solo parecía dormido.

El señor Crepsley realizó un corte largo y profundo en el pecho del hombre para dejar al descubierto su corazón. Colocó las botellas al lado del cadáver; después sacó un tubo e introdujo uno de los extremos en la primera de las botellas. Hundió el otro extremo del tubo en el corazón del hombre muerto y luego estrujó el órgano para empezar a bombear.

La sangre comenzó a deslizarse muy despacio por el tubo hacia la botella. Cuando estuvo llena casi hasta el borde, el señor Crepsley sacó el tubo y le puso un tapón de corcho. Introdujo el extremo del tubo en la segunda botella y procedió a rellenarla.

Levantó la primera botella, dio un buen trago y lo paladeó, como si estuviese catando vino.

—Bien —gruñó mientras se lamía los labios—. Es pura. Podemos utilizarla.

Llenó ocho botellas antes de girarse hacia mí con expresión seria.

—Darren —dijo—, sé que eres reacio a beber sangre humana, pero ya es hora de que superes ese miedo.

—No —repliqué de inmediato.

—Vamos, Darren —gruñó—. Esta persona está muerta. Ya no le hace falta la sangre.

—No puedo —dije—. No puedo beber de un cadáver.

—Pero ¡tampoco quieres beber de una persona viva! —explotó el señor Crepsley—. Tendrás que beber sangre humana tarde o temprano. Esta es la mejor forma de empezar.

—Bueno... Escuchad, chicos —dijo Jimmy—. Si vais a alimentaros, creo que debería marcharme...

—¡Silencio! —exclamó el señor Crepsley. Sus ardientes ojos estaban clavados en mí—. Tienes que beber —insistió con firmeza—. Eres el ayudante de un vampiro. Ya es hora de que te comportes como tal.

—Esta noche no —supliqué—. En otra ocasión. Cuando salgamos de caza. De una persona viva. No puedo beber de un cadáver. Es repugnante.

El señor Crepsley suspiró sacudiendo la cabeza.

—Alguna noche te darás cuenta de lo estúpido que estás siendo —dijo—. Solo espero que, cuando llegue ese momento, todavía estemos a tiempo de salvarte.

El señor Crepsley le dio las gracias a Jimmy Ovo por su ayuda y ambos se enfrascaron en una animada conversación sobre el pasado y los amigos comunes. Yo me senté mientras ellos hablaban; me sentía miserable y me preguntaba cuánto más podría aguantar sin sangre humana.

Cuando terminaron, nos dirigimos escaleras abajo. Jimmy nos acompañó y nos dijo adiós con la mano. Era un tipo agradable, y me dio pena haberlo conocido en tan siniestras circunstancias.

El señor Crepsley no dijo una palabra durante el viaje de regreso a casa, y cuando llegamos al Circo de los Extraños me apartó a un lado de mala gana y me señaló con el dedo.

—Si mueres —dijo—, no será culpa mía.

—De acuerdo —repliqué.

—Muchacho estúpido… —murmuró antes de encaminarse a toda prisa hacia su ataúd.

Permanecí despierto un rato más y contemplé la salida del sol. Pensé mucho sobre mi situación, sobre lo que podría ocurrir cuando se me agotaran las fuerzas y empezara a morirme. Un medio vampiro que se niega a beber sangre… Habría resultado muy divertido si no fuera letal.

¿Qué debía hacer? Esa era la pregunta que me mantuvo despierto hasta mucho después de que saliera el sol. ¿Qué debía hacer? ¿Olvidarlo todo y beber sangre humana sin más? ¿O permanecer fiel a mi parte humana y… morir?

CAPÍTULO VEINTE

Me quedé en la tienda la mayor parte del día, y ni siquiera salí a saludar a Sam cuando vino a vernos. Estaba muy triste. Sentía que ya no pertenecía a ese lugar. No era humano y me negaba a ser un vampiro. Estaba atrapado entre ambos mundos.

Dormí mucho esa noche, y al día siguiente me sentía mejor. El sol brillaba en lo alto y, aunque sabía que mis problemas no habían desaparecido, fui capaz de dejarlos a un lado durante un tiempo.

La serpiente de Evra estaba enferma. Había pillado un virus y Evra debía quedarse en la tienda para cuidar de ella.

Cuando Sam apareció, decidimos ir a la vieja estación de ferrocarril abandonada. A Evra no le molestó tener que quedarse. Iría con nosotros otro día.

La estación de trenes era genial. Había un enorme patio circular pavimentado con trozos de piedra, un edificio de tres plantas que en su día había sido la casa del vigilante, un par de cobertizos destartalados y varios vagones abandonados. También había raíles por todas partes, cubiertos de hierba y de maleza.

Sam y yo anduvimos sobre algunos de esos raíles simulando que caminábamos sobre una cuerda floja a varios metros del suelo. Cada vez que uno de nosotros resbalaba, teníamos que gritar y fingir que sufríamos una caída fatal. A mí se me daba mucho mejor que a Sam, ya que los poderes vampíricos hacían que mi sentido del equilibrio fuera mucho más desarrollado que el de cualquier humano.

Exploramos algunos de los viejos vagones. Un par de ellos estaban hechos polvo, pero la mayoría se conservaban bien. Bastante sucios y polvorientos, pero en buenas condiciones. No entendía por qué los habían dejado allí para que se estropearan.

Subimos al tejado de uno de los vagones y nos tumbamos al sol.

—¿Sabes lo que deberíamos hacer? —dijo Sam un rato después.

—¿Qué? —pregunté.

—Convertirnos en hermanos de sangre.

Me incorporé un poco sobre un codo y lo miré fijamente.

—¿Hermanos de sangre? —le dije—. ¿Para qué? ¿Y cómo se hace eso?

—Sería divertido —comentó él—. Nos hacemos un pequeño corte en la mano y después las juntamos y juramos ser los mejores amigos para siempre.

—Eso suena bien —dije—. ¿Tienes un cuchillo?

—Podemos utilizar un trozo de cristal —dijo Sam. Se deslizó por el borde del techo, bajó al suelo y cogió un trozo de cristal de una de las ventanas del vagón. Cuando regresó arriba, se hizo un pequeño corte en la parte más carnosa de la palma de la mano y después me ofreció el cristal.

Estaba a punto de cortarme la piel cuando recordé que por mis venas corría sangre vampírica. Lo más probable es que una pequeña cantidad de mi sangre no le hiciera ningún daño a Sam, pero...

Aparté el cristal y negué con la cabeza.

—No —dije—. No quiero hacerlo.

—Vamos —insistió Sam—. No tengas miedo. Solo tienes que hacerte un cortecito de nada.

—No —repetí.

—¡Cobarde! —gritó él—. ¡Tienes miedo! ¡Gallina! ¡Cobarde! —Después empezó a canturrear—: ¡Cobardica! ¡Cobardica!

—Vale, soy un cobarde —reí. Era más fácil mentir que decir la verdad—. Todo el mundo le tiene miedo a algo. No vi que corrieras el otro día para hacerte cargo del hombre lobo.

Sam compuso una mueca.

—Eso es distinto.

—A cada uno, lo suyo —dije con aire de suficiencia.

—¿Qué significa eso exactamente? —preguntó mi amigo.

—No estoy seguro —admití—. Es algo que mi padre decía muy a menudo.

Bromeamos un rato más antes de bajarnos del vagón y atravesar el patio en dirección a la casa del vigilante. Las puertas se habían podrido con el paso de los años y la mayor parte del cristal de las ventanas se había desprendido. Recorrimos un par de habitaciones pequeñas y luego entramos en una más grande, que debía de haber sido el salón.

Había un enorme agujero en mitad del suelo que evitamos con mucho cuidado.

—Mira hacia arriba —dijo Sam.

Lo hice y descubrí que veía el tejado. Las plantas intermedias se habían desplomado con el paso de los años y lo único que quedaba de ellas eran los bordes irregulares de los lados. Podía ver la luz del sol a través de unos cuantos agujeros que había en el tejado.

—Sígueme —dijo Sam antes de conducirme hasta una escalera que había a un lado de la estancia. Empezó a subir. Lo seguí despacio, ya que no me parecía lo más prudente (los peldaños crujían y parecían a punto de romperse), pero no quería que me llamaran gallina dos veces en el mismo día.

Nos detuvimos en la tercera planta, donde acababan las escaleras. Desde allí se podía tocar el tejado, y lo hicimos.

—¿Podemos salir al tejado? —pregunté.

—Sí —dijo Sam—, pero es demasiado peligroso. Las tejas están sueltas. Podrías resbalarte. Además, podemos hacer algo mejor que subirnos al tejado.

Caminó por uno de los costados de la última planta del edificio. El reborde tendría poco más de medio metro en la mayor parte del trayecto, pero yo mantuve la espalda pegada a la pared, ya que no quería arriesgarme.

—Esta sección del suelo no se vendrá abajo, ¿verdad? —pregunté con nerviosismo.

—Nunca lo ha hecho antes —replicó Sam—. Pero siempre hay una primera vez para todo.

—Gracias por tranquilizarme —mascullé.

Sam se detuvo un poco más lejos. Estiré el cuello para ver qué había más allá y me di cuenta de que habíamos llegado hasta un grupo de vigas. Había seis o siete piezas de madera alargadas que se extendían de un extremo a otro de la habitación.

—Esto era el ático —explicó Sam.

—Ya me lo había imaginado —le dije.

Me miró con una sonrisa.

—Pero ¿a que no imaginas lo que vamos a hacer ahora? —preguntó.

Lo miré fijamente y luego observé las vigas.

—No pretenderás… No pensarás… No querrás caminar sobre ellas, ¿verdad?

—Claro que sí —dijo antes de poner el pie izquierdo sobre la viga.

—Sam, eso no es una buena idea —dije—. Parecías vacilante sobre los raíles. Si te tropiezas aquí…

—Eso no pasará —aseguró—. Abajo solo estaba haciendo el tonto.

Colocó el otro pie sobre el travesaño de madera y comenzó a caminar. Iba despacio, con los brazos extendidos a los lados. Yo tenía el corazón en un puño. Estaba seguro de que se caería. Miré hacia abajo y comprendí que no sobreviviría a una caída como esa. Había cuatro plantas, si se contaba el sótano. Era un buen salto. Un salto mortal.

Sin embargo, Sam consiguió cruzar al otro lado sin problemas. Se dio la vuelta e hizo una reverencia.

—¡Estás como una cabra! —grité.

—No —dijo—, solo soy valiente. ¿Y tú? ¿Te atreves a intentarlo? Será más fácil para ti que para mí.

—¿Qué quieres decir? —pregunté.

—¡Las gallinas tienen alas! —exclamó.

Eso fue la gota que colmó el vaso. ¡Ya le enseñaría yo!

Respiré hondo y empecé a caminar sobre la viga; me movía más rápido que Sam, haciendo buen uso de mis habilidades vampíricas. No miré hacia abajo y traté de no pensar en lo que estaba haciendo. Un par de segundos después había cruzado y me encontraba junto a Sam.

—¡Vaya! —Estaba impresionado—. Creí que no lo harías. Y mucho menos tan rápido.

—Cuando viajas con el circo aprendes unos cuantos trucos —dije satisfecho conmigo mismo.

—¿Crees que yo podría atravesarla tan rápido? —preguntó Sam.

—Yo no lo intentaría si estuviera en tu lugar —le advertí.

—Apuesto lo que quieras a que no eres capaz de hacerlo de nuevo —me desafió.

—Mira y verás —le dije antes de volver a cruzar la viga más rápido aún.

Lo pasé bien un rato cruzando de un lado a otro de cada uno de los travesaños. Después cruzamos a la vez por diferentes vigas sin dejar de gritar y de reírnos.

Sam se detuvo a mitad de la viga y se giró para mirarme.

—¡Oye! —gritó—. Vamos a jugar a los espejos.

—¿Cómo se juega a eso? —pregunté.

—Yo hago algo y tú tienes que imitarme. —Sacudió la mano izquierda por encima de su cabeza—. Algo como esto.

—Ah —dije al tiempo que sacudía la mano—. Está bien, siempre y cuando no saltes al vacío. Te aseguro que no pienso imitarte en eso.

Sam se echó a reír y después hizo una mueca. Yo lo imité. Luego se puso muy despacio a la pata coja. Yo hice lo mismo. A continuación se inclinó hacia delante para tocarse la punta de los pies. Seguí su ejemplo. No podía esperar a que fuera mi turno. Haría unas cuantas cosas (como saltar de una viga a otra) que él no podría imitar. Por una vez, me alegraba de tener sangre vampírica.

Y, fue entonces cuando sucedió.

No hubo ninguna advertencia previa. En un instante comenzaba a incorporarme después de tocarme la punta de los pies, y al siguiente la cabeza me daba vueltas, sentía los brazos flácidos y me temblaban las piernas.

No era el primer mareo que sufría (me ocurría mucho de un tiempo a esa parte), pero antes no le había dado importancia: no tenía más que sentarme y esperar a que el mareo se pasara. Sin embargo, esta vez era diferente. Me encontraba a una altura de cuatro plantas. No había ningún sitio donde sentarse.

Intenté agacharme, creyendo que podría agarrarme a la viga y arrastrarme para ponerme a salvo. No obstante, antes de que pudiera agacharme lo suficiente, mis pies resbalaron y... ¡empecé a caer!

CAPÍTULO VEINTIUNO

Aunque había sido mi sangre vampírica la que me había metido en ese lío sobre las vigas, también fue la que me salvó.

Mientras caía, extendí un brazo (más por desesperación que por otra cosa) y me aferré a la viga con la mano. Si hubiera sido un chico humano normal y corriente, no habría tenido la fuerza suficiente para hacerlo. Pero no era un chico normal y corriente. Era un medio vampiro. Y a pesar de que me encontraba mareado, fui capaz de agarrarme con fuerza y aguantar mi peso.

Me balanceé a cuatro plantas de altura, con los ojos cerrados, colgando de cuatro huesudos dedos y del pulgar.

—¡Darren! ¡Sujétate! —gritó Sam. No hacía falta que me dijera eso… No tenía la menor intención de soltarme—. Ya voy —añadió—. Estaré ahí lo más rápido que pueda. No te sueltes. Y no te dejes llevar por el pánico.

Siguió hablando mientras caminaba; intentó tranquilizarme diciéndome que todo saldría bien, que me rescataría, que tenía que calmarme y que no pasaba nada.

Sus palabras me ayudaban. Me hacían pensar en otras cosas aparte de la caída. De no haber sido por Sam, me habría rendido.

Sentí que avanzaba poco a poco a lo largo de mi viga. La madera crujió y, por un terrible momento, temí que se viniera abajo a causa del peso y que ambos cayéramos en picado al suelo. Sin embargo, la viga aguantó y Sam recorrió la distancia que nos separaba arrastrándose sobre su vientre, bastante deprisa pero con mucho cuidado.

Se detuvo cuando me tuvo a su alcance.

—Ahora —dijo— voy a agarrarte de la muñeca con mi mano derecha. Lo haré muy despacio. No te muevas mientras lo hago y no me agarres con la mano libre, ¿vale?

—Vale —repliqué.

Sentí su mano alrededor de mi muñeca.

—No sueltes la viga —dijo.

—No lo haré —prometí.

—No tengo fuerza suficiente para alzarte —me dijo—, así que te balancearé de un lado a otro. Estira tu brazo libre. Cuando puedas, agárrate a la viga con la otra mano. Si fallas, no tengas miedo, yo seguiré sujetándote. Si consigues aferrarte, quédate quieto durante unos segundos y deja que tu cuerpo descanse un poco. Después te ayudaré a subir. ¿Entendido?

—Entendido, capitán —dije con una sonrisa nerviosa.

—Vamos allá. Recuerda: todo saldrá bien. De acuerdo. Va a funcionar. Saldrás vivo de esta.

Comenzó a balancearme, con suavidad al principio y luego un poco más fuerte. Me dieron tentaciones de aferrarme a la viga tras unos cuantos balanceos, pero me obligué a esperar. Cuando creí que me había balanceado lo bastante alto, estiré los dedos, me concentré en el estrecho tablón de madera e intenté aferrarlo.

¡Y lo conseguí!

Logré relajarme un poco y permitir que los músculos de mi brazo derecho descansaran.

—¿Te sientes preparado para impulsarte hacia arriba? —preguntó Sam.

—Sí —contesté.

—Te ayudaré a subir la parte superior de tu cuerpo —dijo—. Cuando apoyes el estómago sobre la viga, me apartaré y te dejaré espacio para que subas las piernas.

Sam agarró el cuello de mi camisa y de mi chaqueta con la mano derecha (para sujetarme si resbalaba) y me ayudó a impulsarme hacia arriba.

Me raspé el pecho y el estómago contra la viga, pero el dolor no me molestaba. De hecho, me encantaba sentirlo: ¡significaba que estaba vivo!

Cuando estuve a salvo, Sam retrocedió y pude subir las piernas. Me arrastré tras él más despacio de lo que era necesario. Cuando llegué al reborde del suelo, permanecí agachado, y no me puse en pie hasta que alcanzamos las escaleras. Luego me apoyé contra la pared y dejé escapar un largo y tembloroso suspiro de alivio.

—Caray... —dijo Sam, que se encontraba a mi izquierda—. ¡Eso sí que ha sido divertido! ¿Quieres hacerlo otra vez?

Supongo que estaba bromeando.

CAPÍTULO VEINTIDÓS

Más tarde, después de bajar a trancas y barrancas las escaleras (mi sentido del equilibrio todavía estaba tocado, pero iba mejorando), volvimos a los vagones y descansamos a la sombra de uno de ellos.

—Me has salvado la vida —le dije en voz baja.

—No ha sido nada —replicó Sam—. Tú habrías hecho lo mismo por mí.

—Es probable —dije—. Pero no fui yo quien tuve que ayudar. No fui yo quien tuvo que usar la cabeza y actuar con frialdad. Me salvaste, Sam. Te debo la vida.

—Quédatela —bromeó—. ¿Qué iba a hacer yo con ella?

—Hablo en serio, Sam. Estoy en deuda contigo. Si deseas o necesitas cualquier cosa, dímelo y haré cuanto esté en mi mano para ayudarte a conseguirlo.

—¿De verdad?

—Te doy mi palabra —juré.

—Hay una cosa… —dijo.

—Dime cuál.

—Quiero unirme al Circo de los Extraños.

—Saaammmmmm… —gruñí.

—Has preguntado qué quería y te lo he dicho —replicó él.

—Eso no es tan fácil —protesté.

—Sí, sí que lo es —dijo Sam—. Puedes hablar con el dueño y darle buenas referencias de mí. Vamos, Darren, ¿tu promesa iba en serio o no?

—De acuerdo. —Dejé escapar un suspiro—. Hablaré con el señor Alto.

—¿Cuándo?

—Hoy mismo —prometí—. Tan pronto como regrese.

—¡De acuerdo! —Sam hizo ademán de chocar los cinco conmigo.

—Pero si dice que no —le advertí—, se acabó, ¿vale? Haré todo lo que pueda, pero si el señor Alto dice que no, eso significa que no.

—Desde luego —dijo Sam—. Me conformo con eso.

—Tal vez haya algún trabajo para mí también —dijo alguien detrás de mí.

Me di la vuelta con rapidez y descubrí a RV, que sonreía de manera extraña.

—No deberías acercarte a hurtadillas a la gente —protesté malhumorado—. Me has asustado.

—Lo siento, colega —dijo RV, aunque lo cierto es que no parecía muy arrepentido.

—¿Qué estás haciendo aquí? —quiso saber Sam.

—Buscaba a Darren —respondió RV—. No tuve la oportunidad de agradecerle que me invitara al espectáculo.

—No fue nada —dije—. Siento no haber podido ir a verte cuando acabó, pero tenía cosas que hacer.

—Claro —dijo RV, sentándose a mi lado—. Lo entiendo. En un espectáculo de esa envergadura debe de haber muchas cosas que hacer, ¿eh? Apuesto a que estabas muy ocupado, ¿no es así, colega?

—Pues sí.

RV sonrió mirándonos a los dos. Había algo en su sonrisa que me ponía nervioso. No era una sonrisa agradable.

—Dime —dijo RV—, ¿qué tal le va al hombre lobo?

—Está bien —respondí.

—Está encadenado todo el tiempo, ¿verdad? —preguntó RV.

—No —contesté, recordando la advertencia de Evra.

307

—¿No? —RV pareció asombrado—. Siendo una bestia salvaje y peligrosa como es, ¿no está encerrado?

—En realidad, no es peligroso —dije—. No es más que una actuación. En realidad, es bastante manso. —Me di cuenta de que Sam me miraba con los ojos abiertos de par en par. Mi amigo sabía muy bien lo salvaje que era el hombre lobo y no entendía por qué estaba mintiendo.

—Oye, dime una cosa, ¿qué come alguien como él? —quiso saber RV.

—Filetes, chuletas de cerdo, salchichas... —Me obligué a sonreír—. Ese tipo de cosas. Lo compramos todo en el supermercado.

—¿De verdad? ¿Y qué pasa con la cabra a la que picó esa araña? ¿Quién se la comerá?

—No lo sé.

—Evra dijo que vosotros dos le comprasteis la cabra a un granjero de la localidad. ¿Costó mucho dinero?

—La verdad es que no —respondí—. Estaba bastante enferma, así que...

Me callé de inmediato. Evra le había dicho a RV que le compramos la cabra a un carnicero, no a un granjero.

—He estado investigando un poco, colega —dijo RV en voz baja—. La gente de mi campamento ya está lista para seguir adelante, pero yo he dado unas vueltas por ahí, contando vacas y ovejas, haciendo preguntas, buscando huesos. Resulta que han desaparecido varios animales —continuó—. Los granjeros no le dan mucha importancia (no les parece extraño que desaparezcan un par de ellos), pero la verdad es que a mí me intriga. ¿Quién crees tú que puede habérselos llevado, colega?

No respondí.

—Y otra cosa —dijo RV—. Caminaba al lado del río junto al que habéis acampado, y ¿a que no sabes lo que encontré corriente abajo? Un montón de huesecillos y trozos de piel y carne. ¿De dónde crees tú que proceden, Darren?

—No lo sé —dije antes de ponerme en pie—. Tengo que irme. Me necesitan en el circo. Hay mucho trabajo que hacer.

—Siento haberte entretenido —dijo RV con una sonrisa.

—¿Cuándo se marcha tu grupo? —pregunté—. Podría pasar a despedirme antes de que te marches.

—Eso sería muy amable por tu parte —replicó RV—, pero no te preocupes, colega. De momento, no me voy a ninguna parte.

Fruncí el ceño.

—Creí que habías dicho que os marcharíais pronto.

—Los CPN se marchan —dijo—. De hecho, ya se han marchado. Se fueron ayer por la noche. —Esbozó una sonrisa gélida—. Pero yo voy a quedarme un poco más. Hay unas cuantas cosas que me gustaría comprobar.

—Ah. —Solté una palabrota para mis adentros, pero fingí sentirme contento—. Me alegra oír eso. Bueno, ya nos veremos.

—Sí, desde luego —dijo RV—. Me verás, colega, de eso puedes estar seguro. Me verás, y mucho.

Sonreí de mala gana.

—Bueno, pues hasta luego —dije.

—Hasta luego —replicó RV.

—Espera —dijo Sam—. Voy contigo.

—No —le dije—. Ven mañana. Para entonces ya tendré una respuesta del señor Alto. Adiós.

Me alejé antes de que ninguno de ellos pudiera decir algo más.

El interés de RV en la desaparición de los animales me preocupó en un principio, pero comencé a relajarme mientras caminaba de regreso hacia el campamento. A fin de cuentas, no era más que un humano melenudo e inofensivo, mientras que los miembros del Circo de los Extraños éramos criaturas extrañas y poderosas. ¿Qué daño podía hacernos?

CAPÍTULO VEINTITRÉS

Tenía la intención de informar al señor Alto nada más llegar, de hablarle de RV, pero, cuando me dirigía hacia su caravana, Truska (la dama que era capaz de dejarse crecer una barba gigantesca) me aferró del brazo y me hizo señas para que la siguiera.

Me condujo hasta su tienda. Tenía más adornos que la mayoría de las demás tiendas y caravanas. Las paredes estaban cubiertas con espejos y cuadros. Había armarios enormes, varios tocadores y una descomunal cama con dosel.

Truska dijo algo en ese idioma extraño parecido al de las focas antes de situarme en la parte central de la estancia y hacerme una señal para indicarme que no me moviera. Cogió una cinta métrica y me tomó las medidas.

Cuando terminó, frunció los labios y reflexionó durante unos segundos; luego chasqueó los dedos y se acercó a toda prisa a uno de los armarios. Rebuscó en su interior y sacó un par de pantalones. Encontró una camisa en otro ropero, una chaqueta en otro y un par de zapatos en un enorme baúl. Me dejó elegir una camiseta, ropa interior y calcetines entre los que había en el cajón de un tocador.

Me oculté tras un biombo de seda para ponerme la ropa. Evra debía de haberle dicho que quería ropa nueva. Me alegraba de que lo hubiese hecho, porque lo más probable era que me hubiera vuelto a olvidar.

Truska aplaudió brevemente cuando salí y me empujó con rapidez hacia el espejo. Las ropas me sentaban a la perfección y, para mi sorpresa, ¡tenía un aspecto genial! La camiseta era de color verde claro; los pantalones, morado oscuro; y la chaqueta era azul y dorada. Truska encontró un trozo largo de satén rojo y me lo enrolló alrededor de la cintura como si fuera un fajín. Con eso, la imagen estaba completa: ¡parecía un pirata!

—¡Es genial! —le dije—. Lo único que pasa… —dije mientras señalaba mis pies—… es que los zapatos me quedan un poco justos.

Truska se llevó los zapatos y encontró otro par. Eran más grandes que los primeros y la punta se curvaba hacia arriba, como los de Simbad el Marino. La verdad es que eran de lo más guay.

—Gracias, Truska —dije, y me dispuse a marcharme. Pero ella alzó una mano para detenerme. Acercó una silla al más alto de los armarios, se subió encima, estiró los brazos y cogió una gigantesca caja redonda. La dejó en el suelo, la abrió y sacó un pequeño sombrero marrón con una pluma, la clase de sombrero que llevaba Robin Hood.

Antes de que pudiera ponerme el sombrero, ella me obligó a sentarme, cogió unas tijeras y me cortó el pelo, algo que necesitaba con urgencia.

El corte de pelo y el sombrero fueron la guinda del pastel. Apenas me reconocí cuando me miré al espejo.

—Ay, Truska… —dije—. Yo… yo… —No encontraba palabras para agradecérselo, así que la rodeé con los brazos y le di un enorme y torpe beso. Me sentí avergonzado cuando la solté, y me alegré de que ninguno de mis amigos me hubiera visto, pero Truska sonreía de oreja a oreja.

Salí corriendo de allí para mostrarle a Evra mi nuevo aspecto. Él dijo que mi ropa era genial, pero que no le había pedido a Truska que me ayudara. Dijo que la mujer debía de estar harta de verme con una pinta tan andrajosa, que el señor Crepsley le habría pedido que me arreglara un poco o que sencillamente lo había hecho porque le gustaba.

—¡Yo no le gusto! —exclamé.

—¡Truska ama a Darren! —canturreó mi amigo—. ¡Truska ama a Darren!

—Venga, cállate ya, viscosa imitación de reptil —gruñí.

Evra se echó a reír, sin ofenderse lo más mínimo.

—Darren y Truska se quieren a morir —cantó—. Primero se enamoran, luego se casan y luego tendrán vampiritos en masa…

Me abalancé sobre él, lo sujeté contra el suelo y no lo solté hasta que pidió clemencia.

Cuando acabamos, Evra volvió a cuidar de su serpiente y yo salí de la tienda para encargarme da las tareas de ese día. No pude tomarme ni un respiro, ya que debía cubrir a Evra y hacer el trabajo de los dos. Con tanto trajín y la emoción de la ropa nueva, olvidé por completo a RV y que debía hablarle al señor Alto sobre la amenaza del ecoguerrero de investigar la desaparición de los animales.

Si no hubiera sido tan olvidadizo, tal vez las cosas habrían sido diferentes y nuestra estancia allí no habrían acabado en un baño de sangre.

CAPÍTULO VEINTICUATRO

Cuando anocheció, estaba a punto de desmayarme. El trabajo me había dejado completamente exhausto. Evra me había advertido que no durmiera en su tienda esa noche: su serpiente estaba de mal humor a causa de la enfermedad vírica y podría morderme. Así pues, me encaminé hacia la caravana del señor Crepsley y me preparé una cama sobre el suelo, al lado de la jaula de madame Octa.

Me quedé dormido un par de minutos después de tumbarme.

Poco después, mientras soñaba, algo se me quedó atascado en la garganta y me produjo arcadas. Me desperté tosiendo.

Había alguien sobre mí que sostenía una pequeña botella contra mis labios, intentando obligarme a tragar el líquido que contenía. Lo primero que se me vino a la cabeza, por extraño que parezca, fue la aterradora idea de que se trataba del señor Tino.

Mordí el extremo superior de la botella, con lo que me corté los labios y derramé la mayor parte del líquido. El hombre soltó un juramento, me sujetó la barbilla y me abrió la boca. Intentó derramar lo que quedaba del líquido entre mis labios, pero yo lo escupí.

El tipo volvió a decir una palabrota, luego me soltó y se echó hacia atrás. Mientras los latidos de mi corazón recuperaban su ritmo normal, me di cuenta de que no era el señor Tino.

Era el señor Crepsley.

313

—¿Qué demonios intentaba hacer? —exclamé furioso. Estaba demasiado cabreado como para sentir el dolor de los cortes de mis labios.

Él me mostró lo que quedaba en la botellita... una de esas en las que solía guardar sangre humana.

—¡Intentaba obligarme a beber! —grité.

—Debes hacerlo —dijo el señor Crepsley—. Te estás debilitando, Darren. Si continúas así, estarás muerto en menos de una semana. Si no tienes el valor necesario para beber, alguien debe obligarte a hacerlo.

Lo miré con ferocidad. El hombre se sintió incómodo y apartó la vista.

—Trataba de ayudarte —aseguró.

—Si lo intenta de nuevo —dije muy despacio—, lo mataré. Esperaré a que llegue el día, me colaré en su caravana y le cortaré la cabeza.

Él sabía que hablaba en serio, porque asintió con desánimo.

—No volveré a hacerlo —prometió—. Sabía que no funcionaría, pero tenía que intentarlo. Si hubieras tragado aunque fuera un poco, te habría mantenido con vida un poco más, y una vez que hubieras probado su sabor tal vez no te asustara tanto beber de nuevo.

—¡Jamás probaré su sabor! —rugí—. No quiero beber sangre humana. No me importa morir. No la beberé.

—Muy bien. —Suspiró—. Yo he hecho todo lo posible. Si insistes en comportarte como un estúpido, las consecuencias recaerán sobre tus hombros.

—No me estoy comportando como un estúpido... sino como un humano —mascullé.

—Pero tú no eres humano —replicó él en voz baja.

—Lo sé —admití—. Pero quiero serlo. Quiero ser como Sam. Quiero una familia y amigos normales. Quiero envejecer al ritmo normal. No quiero pasarme la vida bebiendo sangre y alimentándome de humanos, preocupado por la luz del sol y los cazadores de vampiros.

—Es una lástima —dijo el señor Crepsley—, pero son las cartas que te ha tocado jugar.

—Le odio —gruñí.

—Es una lástima —repitió—. No te queda más remedio que permanecer a mi lado. Si te sirve de consuelo —añadió—, yo tampoco te tengo mucho aprecio. Convertirte en medio vampiro ha sido el mayor error que he cometido en toda mi vida.

—En ese caso, ¿por qué no me libera? —gimoteé.

—No puedo hacerlo —respondió—. Lo haría si pudiera. Por supuesto, eres libre de marcharte cuando quieras.

Lo miré con expresión recelosa.

—¿De verdad? —pregunté.

—De verdad —dijo—. No me importa. De hecho, preferiría que lo hicieras. De esa forma, ya no estarías bajo mi responsabilidad. No tendría que verte morir.

Sacudí la cabeza muy despacio.

—No logro entenderle —dije.

Él sonrió, casi con ternura.

—Ni yo a ti —señaló.

Nos echamos a reír y las cosas volvieron a la normalidad. No me gustaba que el señor Crepsley hubiera intentado hacer algo así, pero entendía por qué lo había hecho. No se puede odiar de verdad a alguien que trata de hacer lo mejor para ti de todo corazón.

Le conté lo que había hecho ese día, que había ido a la estación de ferrocarril abandonada con Sam y que mi amigo me había salvado la vida. También le dije que había estado a punto de convertirme en el hermano de sangre de Sam.

—Menos mal que te detuviste —dijo el señor Crepsley.

—¿Qué habría ocurrido si no lo hubiera hecho? —quise saber.

—Tu sangre habría contaminado la suya. Habría empezado a gustarle la carne cruda. Habría merodeado por las carnicerías, pegado a los escaparates. Habría envejecido a un ritmo ligeramente inferior de lo normal. No habría sufrido muchos cambios, pero sí los suficientes.

—¿Los suficientes para qué? —pregunté.

—Para volverlo loco —respondió el señor Crepsley—. No habría comprendido lo que le ocurría. Habría pensado que era malvado. No habría sabido por qué su vida había cambiado. En menos de diez años, se habría convertido en un loco de remate.

Me estremecí al pensar lo cerca que había estado de destruir la vida de Sam. Era precisamente por ese tipo de cosas por lo que debía permanecer al lado del señor Crepsley hasta que lo supiera todo sobre los medio vampiros.

—¿Qué piensa de Sam? —pregunté.

—No lo he visto mucho —contestó el señor Crepsley—. Casi siempre viene durante el día. Parece agradable. Muy listo.

—Nos ha ayudado a Evra y a mí con nuestras tareas —dije.

—Lo sé.

—Es muy trabajador.

—Eso he oído.

Me lamí los labios con nerviosismo.

—Quiere unirse al circo —le dije. El rostro del señor Crepsley se ensombreció—. Iba a preguntarle al señor Alto qué le parecía, pero lo olvidé. Se lo preguntaré mañana. ¿Qué cree que me responderá?

—Dirá que debes preguntármelo a mí. Los niños no pueden unirse al Circo de los Extraños a menos que un miembro adulto acepte convertirse en su tutor.

—Yo podría ser su tutor —dije.

—Tú no eres lo bastante mayor. Debería ser yo. Tendría que darte mi permiso. Pero no lo haré.

—¿Por qué? —quise saber.

—Porque es una locura —respondió—. Ya es bastante malo tener a un crío bajo mi responsabilidad. Me niego en rotundo a aceptar a otro. Además, es un humano. Contigo no me queda más remedio, ya que corre sangre vampírica por tus venas. ¿Por qué iba a arriesgar mi cuello por un humano?

—Es amigo mío —dije—. Sería una buena compañía para mí.

El señor Crepsley soltó un resoplido.

—Madame Octa ya es suficiente compañía.

316

—No es lo mismo —gemí.

—Dime una cosa —dijo el señor Crepsley con aire pensativo—: ¿Qué ocurriría si descubre que eres un vampiro? ¿Crees que lo entenderá? ¿Crees que dormirá tranquilo sabiendo que a su mejor amigo le encantaría abrirle la garganta y desangrarlo hasta dejarlo seco?

—¡Yo no haría eso! —exclamé.

—Lo sé —admitió el señor Crepsley—. Pero yo soy un vampiro. Sé cómo eres en realidad. Y también el señor Alto, Evra y los demás. ¿Cómo crees que te vería un humano normal y corriente?

Suspiré con tristeza.

—¿No permitirá que se una a nosotros?

El señor Crepsley empezó a negar con la cabeza, pero se detuvo y asintió muy despacio.

—Está bien —dijo—. Puede unirse a nosotros.

—¿En serio? —Lo miré, atónito. Aunque había continuado protestando por el bien de Sam, nunca creí que le permitirían unirse al circo.

—Sí —dijo el señor Crepsley—. Puede viajar con nosotros y ayudaros a Evra y a ti con vuestras tareas. Pero hay una condición. —El señor Crepsley se inclinó hacia mí y sonrió con malicia—. ¡Tendrá que convertirse también en un medio vampiro! —susurró.

CAPÍTULO VEINTICINCO

Me dio un vuelco el corazón cuando vi a Sam llegar al campamento a la mañana siguiente. Detestaba tener que decepcionarlo, pero sabía que debía hacerlo. No pensaba permitir que el señor Crepsley convirtiera a Sam en un medio vampiro.

Lo había meditado durante la noche, y lo más aterrador era que creía que Sam aceptaría convertirse en medio vampiro si yo le ofrecía esa opción. Aunque era muy inteligente, no creo que se hubiera detenido a considerar la soledad y el horror que implica ser un vampiro.

Corrió hacia mí en cuanto me vio, demasiado nervioso para fijarse en mi ropa y mi corte de pelo nuevos.

—¿Se lo preguntaste? ¿Lo hiciste? —Tenía el rostro iluminado, lleno de esperanza.

—Sí —respondí con una sonrisa triste.

—¿Y?

Sacudí la cabeza.

—Lo siento, Sam. Dijo que no.

La expresión de Sam se vino abajo.

—¿Por qué? —gritó.

—Eres demasiado joven —dije.

—¡Tú no eres mucho mayor! —exclamó.

—Pero yo no tengo padres —mentí—. No tenía hogar cuando me uní al circo.

—Me importan un comino mis padres —aseguró mientras se sorbía la nariz.

—Eso no es cierto —dije—. Los echarías de menos.

—Podría regresar a casa en vacaciones.

—Eso no funcionaría. No estás hecho para la vida en el Circo de los Extraños. Quizá más adelante, cuando seas mayor.

—¡No quiero unirme más adelante! —gritó—. Quiero unirme ahora. He trabajado duro. He demostrado mi valía. Mantuve la boca cerrada cuando le mentiste sobre el hombre lobo a RV ayer. ¿Le contaste eso al señor Alto?

—Le conté todo —dije.

—No te creo —dijo Sam—. Ni siquiera creo que hablaras con él. Quiero verlo en persona.

Me encogí de hombros y señalé la caravana del señor Alto.

—Lo encontrarás allí —dije.

Sam corrió hacia allí furioso, pero después de unos cuantos pasos se detuvo. Dio una patada al suelo con aire abatido y regresó para sentarse a mi lado.

—No es justo —refunfuñó. Las lágrimas se deslizaban por sus mejillas—. Ya me había hecho a la idea de unirme a vosotros. Iba a ser genial. Lo tenía todo planeado.

—Tendrás otras oportunidades —le dije.

—¿Cuándo? —preguntó—. Nunca antes había oído hablar de un espectáculo semejante por aquí. ¿Cuándo volveré a toparme con uno?

No respondí.

—De todas formas, no te habría gustado —dije—. No es tan divertido como crees. Imagínatelo en pleno invierno, cuando hay que levantarse a las cinco de la mañana, ducharse con agua helada y trabajar bajo las ventiscas.

—Eso no me importa —insistió Sam. En ese momento dejó de llorar y en sus ojos apareció un brillo de astucia—. Tal vez pueda ir con vosotros de todas maneras —dijo—. Quizá pueda colarme en una de las caravanas y viajar de polizón contigo. El señor Alto no tendría más remedio que aceptarme.

—¡No puedes hacer eso! —exclamé—. ¡De ninguna manera!

—Lo haré si me da la gana. —Esbozó una sonrisa—. No puedes impedírmelo.

—Sí, sí que puedo —farfullé.

—¿Cómo?

Respiré hondo. Ya era hora de ahuyentar a Sam Grest de una vez por todas. No podía contarle la verdad sobre mí, pero podía inventar una historia casi igual de aterradora, una que lo enviara de vuelta a casa con el rabo entre las piernas.

—Nunca te he contado lo que les ocurrió a mis padres, ¿verdad, Sam? Y tampoco cómo llegué a unirme al espectáculo. —Mi voz sonó grave y firme.

—No —contestó Sam en voz baja—. Me lo he preguntado muchas veces, pero no he querido decirte nada.

—Los maté yo, Sam —dije.

—¡¿Qué?! —Su cara se había quedado blanca.

—Algunas veces me vuelvo loco. Como el hombre lobo. No se sabe cuándo va a ocurrir ni por qué. Estuve en una clínica cuando era pequeño, y parecía que me había recuperado. Mis padres me llevaron a casa en Navidad. Después de la cena discutí con mi padre y perdí los papeles. Lo hice pedazos. Mi madre trató de detenerme, pero también la maté a ella. Mi hermanita pequeña corrió a buscar ayuda, pero la atrapé. Acabé con ella igual que con mis padres. Después de haberlos matado... —Miré a Sam a los ojos. Debía actuar bien si quería que me creyera—... me los comí.

Él me miró estupefacto.

—Eso no es cierto —susurró—. No puede serlo.

—Los maté, me los comí y huí —mentí—. Me encontró el señor Alto, quien se mostró de acuerdo en ocultarme. Fabricaron una jaula especial para mí, para mis momentos de locura. El problema es que nadie sabe cuándo va a ocurrir. Por esa razón, la mayoría de la gente me evita. Con Evra no hay problema, porque es un chico fuerte. Y también lo son algunos de los demás artistas.

320

Pero los humanos normales y corrientes… podría hacerlos pedazos en cuestión de segundos.

—Estás mintiendo —dijo Sam.

Cogí un palo grande que había cerca, lo hice girar entre mis manos y luego me lo metí en la boca. Comencé a masticarlo como si fuera una zanahoria.

—Masticaría tus huesos y los escupiría como si fueran cartílagos —le dije a Sam. Me había cortado los labios con el palo y la sangre me daba un aspecto feroz—. No podrías impedírmelo. Si te unieras al circo, dormirías en mi tienda y serías el primero a quien atacaría. No puedes unirte al Circo de los Extraños —expliqué—. Me encantaría que así fuera… me encantaría tener un amigo… pero no es posible. Acabaría matándote.

Sam intentó decir algo, pero no consiguió abrir la boca. Se había tragado mi gran mentira. Había visto lo suficiente del espectáculo como para saber que allí podían ocurrir cosas como esa.

—Lárgate, Sam —dije con tristeza—. Lárgate y no vuelvas nunca. Es lo más seguro para ti. Lo mejor. Para ambos.

—Darren, yo… yo… —Sacudió la cabeza con incertidumbre.

—¡Vete! —grité al tiempo que golpeaba el suelo con las manos. Le enseñé los dientes y gruñí. Podía hacer que mi voz sonara mucho más grave que la de ningún humano, parecida al gruñido de un animal salvaje.

Sam chilló, se puso en pie con torpeza y corrió hacia el bosque sin volver la vista atrás ni una sola vez.

Lo observé afligido, con la certeza de que mi ardid había funcionado. Jamás regresaría. Nunca volvería a verlo. Nuestros caminos se habían separado y jamás nos encontraríamos de nuevo.

De haber sabido lo equivocado que estaba… Si hubiera tenido la más mínima idea de la espantosa noche que tenía por delante… habría corrido tras él y no hubiera regresado jamás a aquel inmundo circo de sangre, a aquel repulsivo circo de muerte.

CAPÍTULO VEINTISÉIS

Vagaba por ahí como un alma en pena cuando uno de los gnomos me dio unos golpecitos en la espalda. Era el de la cojera.

—¿Qué quieres? —pregunté.

El hombre diminuto (si de verdad era un hombre) ataviado con la capa de capucha azul se frotó la barriga con las manos. Con ello quería indicar que sus hermanos y él tenían hambre.

—Acabáis de desayunar —dije.

Él volvió a frotarse la barriga.

—Es demasiado temprano para comer.

Se frotó la barriga una vez más.

Supe que seguiríamos así durante horas. Él me seguiría pacientemente allí donde fuera y se frotaría la barriga hasta que yo aceptara ir a buscar comida para él.

—De acuerdo —dije de mala gana—. Veré qué puedo encontrar. Pero hoy estoy solo, así que no os quejéis si no regreso con el saco lleno.

El hombrecillo volvió a frotarse la barriga.

Escupí en el suelo y me marché.

No debería haber ido a cazar. Estaba muy débil. Aún podía correr mucho más rápido que cualquier humano y era más fuerte que la mayoría de los chicos de mi edad, pero ya no contaba con mi supervelocidad y mi superfuerza. El señor Crepsley había dicho que moriría en menos de una semana si no bebía sangre humana, y yo sabía que no mentía. Notaba cómo me debilitada. Unos cuantos días más y ni siquiera sería capaz de levantarme de la cama.

Intenté atrapar un conejo, pero no fui lo bastante rápido. El esfuerzo de la caza me dejó empapado en sudor y tuve que sentarme durante unos minutos. Después fui a la carretera en busca de algún animal atropellado, pero no encontré ninguno. Al final, puesto que estaba cansado y me preocupaba un poco lo que ocurriría si regresaba al campamento con las manos vacías (¡los gnomos podían acabar comiéndome a mí!), me dirigí a un prado lleno de ovejas.

Los animales pastaban tranquilamente cuando llegué. Estaban acostumbrados a los humanos y apenas levantaron la cabeza cuando entré en el prado y caminé entre ellos.

Buscaba una oveja vieja, o una que pareciera enferma. De esa forma, no me sentiría tan mal por matarla. Al final encontré una de expresión aturdida con las piernas flacas y temblorosas, y decidí que esa serviría. De todas formas, no parecía quedarle mucho tiempo de vida.

Si hubiera estado en plenas facultades, podría haberle partido el cuello y el animal habría muerto al instante sin sentir ningún dolor. Pero estaba débil y torpe, y no se lo retorcí con la fuerza suficiente.

La oveja empezó a soltar balidos de agonía.

Intentó huir, pero sus piernas no la sostenían. Cayó al suelo y siguió balando de forma lastimera.

Intenté romperle el cuello una vez más, pero no pude. Al final cogí una piedra y rematé la faena. Era una manera sucia y horrible de matar a un animal, y me sentí avergonzando cuando cogí sus patas traseras y la arrastré lejos del rebaño.

Casi había alcanzado la cerca cuando me di cuenta de que había alguien sentado sobre ella, esperándome. Solté la oveja y levanté la vista, esperando encontrarme a un granjero furioso.

Pero no era un granjero.

Era RV.

Y estaba hecho una furia.

—¿Cómo has podido? —gritó—. ¿Cómo has podido matar a un pobre animal inocente de una manera tan cruel?

—Intenté matarla con rapidez —dije—. Traté de romperle el cuello, pero no pude. Iba a dejarla en paz al ver que no podía, pero la pobre estaba sufriendo. Pensé que sería mejor acabar con ella para evitar que sufriera.

—Ha sido muy amable por tu parte, colega —dijo con sarcasmo—. ¿Crees que te darán el premio Nobel de la Paz por eso?

—Vamos, RV —dije—, no te enfades. Estaba enferma. El granjero la habría matado de todas formas. Aunque siguiera con vida, al final, habría acabado en la carnicería.

—Eso no arregla las cosas —señaló furioso—. El mero hecho de que otras personas sean horribles no significa que tú debas serlo.

—Matar animales no es horrible —dije—. No cuando es para comer.

—¿Qué tienen de malo las verduras? —preguntó—. No necesitamos comer carne, chaval. No es necesario matar.

—Algunas personas necesitan carne —discrepé—. Hay quienes no pueden vivir sin ella.

—¡En ese caso deberían morir! —rugió RV—. Esa oveja nunca le ha hecho ningún daño a nadie. En lo que a mí respecta, matarla es peor que matar a un ser humano. Eres un asesino, Darren Shan.

Sacudí la cabeza con tristeza. No tenía sentido discutir con alguien tan cabezota.

—Mira, RV —dije—, no me gusta matar. Me encantaría que todo el mundo fuera vegetariano. Pero las cosas no son así. La gente come carne, y ese es un hecho irrefutable. Solo hago lo que tengo que hacer.

—Bueno, pues ya veremos lo que dice la policía al respecto —dijo RV.

—¿La policía? —fruncí el ceño—. ¿Qué pinta la policía en todo esto?

—Esa oveja que has matado tenía un dueño. —Se echó a reír con crueldad—. ¿Crees que permitirán que te marches sin más? No te arrestarían por asesinar a conejos o a zorros, pero te encerrarán por

324

matar a una oveja. Haré que la policía y los inspectores de sanidad caigan sobre ti con todo el peso de la ley. —Sonrió de oreja a oreja.

—¡No puedes hacerlo! —exclamé con voz ahogada—. A ti no te gustan los policías. Siempre luchas contra ellos.

—Cuando debo hacerlo —convino—. Pero cuando puedo tenerlos de mi lado… —Se echó a reír de nuevo—. Primero te arrestarán a ti, y luego desmantelarán tu campamento. He investigado lo que ocurre allí. He visto cómo tratáis a ese pobre hombre peludo.

—¿El hombre lobo?

—Sí. Lo tenéis enjaulado como si fuera un animal.

—Es que es un animal.

—No —discrepó RV—. El animal eres tú, colega.

—Escucha, RV —dije—, no tenemos por qué ser enemigos. Vuelve al campamento conmigo. Habla con el señor Alto y los demás. Observa cómo vivimos. Lo comprenderás todo en cuanto nos conozcas. No hay necesidad…

—Ahórratelo —dijo con brusquedad—. Voy a llamar a la policía. Nada de lo que digas podrá impedirlo.

Respiré hondo. Me caía bien RV, pero no podía permitir que destruyera el Circo de los Extraños.

—De acuerdo, entonces —dije—. Si no puedo detenerte con palabras, tendrá que ser con actos.

Reuní todas las fuerzas que me quedaban y arrojé la oveja muerta a RV. El animal se estrelló contra su pecho y le hizo caer de la cerca. Gritó, primero a causa de la sorpresa y luego por el dolor que le produjo aterrizar con fuerza contra el suelo.

Salté la valla y me abalancé sobre él antes de que pudiera moverse.

—¿Cómo has hecho eso, chaval? —preguntó en un susurro.

—Da igual —me apresuré a contestar.

—Ningún chico es capaz de lanzar una oveja como lo has hecho tú —dijo—. ¿Cómo…?

—¡Cierra la boca! —grité al tiempo que abofeteaba su barbudo rostro. Él me miró atónito—. Escucha, Reggie Verdurieggie —rugí, utilizando el nombre que detestaba—, y presta atención.

No llamarás a la policía ni a los inspectores de sanidad, porque, si lo haces, la oveja no será el único cadáver que arrastre hasta el Circo de los Extraños hoy.

—¿Qué eres? —preguntó. Su voz sonaba trémula, y su mirada tenía una expresión aterrorizada.

—Seré lo último que verás si te empeñas en fastidiarme —prometí.

Clavé las uñas en el suelo a ambos lados de su rostro y apreté su cabeza entre mis manos, solo lo suficiente para hacerle saber lo fuerte que era.

—Vete de aquí, Reggie —dije—. Ve en busca de tus colegas de los CPN y sigue protestando contra la construcción de nuevos puentes y carreteras. Aquí estás fuera de tu elemento. Mis compañeros del circo y yo somos bichos raros, y los bichos raros no obedecen las mismas leyes que las personas normales. ¿Entendido?

—Estás loco —gimoteó.

—Sí —repliqué—. Pero no tanto como llegarás a estarlo tú si te quedas por aquí y te entrometes en nuestros asuntos. —Me puse en pie y me cargué la oveja a hombros—. De cualquier modo, sería inútil acudir a la policía. Para cuando llegaran al campamento, la oveja habría desaparecido, con huesos y todo. Puedes hacer lo que te venga en gana, RV —añadí—. Quédate o márchate. Acúsame ante la policía o mantén la boca cerrada. Depende de ti. Pero debo decirte una cosa: para los míos y para mí, no eres muy distinto de esta oveja. —La sacudí un poco—. Te mataríamos sin pensárnoslo dos veces, como a cualquier otro animal del campo.

—¡Eres un monstruo! —gritó RV.

—Sí —admití—. Pero solo soy un monstruo pequeño. Deberías ver cómo son los demás. —Esbocé una sonrisa desagradable. Detestaba tener que mostrarme tan cruel, pero sabía que esa era la única forma de conseguir lo que quería—. Hasta la vista, Reggie Verdurieggie —agregué con sarcasmo antes de marcharme.

No miré atrás. No necesitaba hacerlo. Pude oír el aterrorizado castañeteo de sus dientes durante casi todo el camino de regreso al campamento.

CAPÍTULO VEINTISIETE

En esa ocasión fui directamente a ver al señor Alto para contarle lo de RV. Él me escuchó con atención y después dijo:

—Lo has manejado muy bien.

—Hice lo que tenía que hacer —repliqué—. No me siento orgulloso de ello. No me gusta comportarme como un matón ni asustar a la gente, pero no me quedó otro remedio.

—En realidad, deberías haberlo matado —dijo el señor Alto—. De esa forma, no podría hacernos ningún daño.

—No soy un asesino —le aclaré.

—Lo sé. —Soltó un suspiro—. Ni yo tampoco. Es una lástima que no hubiera ningún gnomo contigo. Le habría cortado la cabeza sin pensárselo ni un segundo.

—¿Qué cree que deberíamos hacer? —pregunté.

—No creo que vaya a causarnos muchos problemas —dijo el señor Alto—. Es probable que esté demasiado asustado como para acudir a la policía. Y aun cuando lo hiciera, no existen pruebas contra ti. Sería una complicación indeseable, pero ya hemos hecho muchos tratos con los representantes de la ley en el pasado. Nos las apañaremos.

»Las autoridades sanitarias me preocupan más. Podemos ponernos en marcha y dejarlos atrás, pero la gente del departamento de salud tiende a seguirte como un perro sabueso una vez que ha olfateado tu rastro.

»Nos marcharemos mañana —decidió—. Hay una función programada para esta noche, y no me gusta tener que cancelar un espectáculo con tan poca anticipación. Ningún inspector de sanidad vendrá antes del amanecer, así que nos aseguraremos de habernos ido antes del alba.

—¿No está enfadado conmigo? —pregunté.

—No —dijo—. No es la primera vez que tenemos conflictos con la gente. No es culpa tuya.

Ayudé al señor Alto a decirle a todo el mundo que nos íbamos. La gente se lo tomó bien. La mayoría se dio por satisfecha con el hecho de que se les hubiera avisado con tanta antelación; muchas veces se habían visto obligados a ponerse en marcha en cuestión de un par de horas.

Para mí fue otro día ajetreado. Además de preparar las cosas para la función, debía ayudar a la gente a prepararse para la marcha. Me ofrecí a echar una mano a Truska para recoger sus cosas, pero su tienda ya estaba vacía cuando llegué. Ella se limitó a guiñarme un ojo cuando le pregunté cómo había empaquetado todo tan rápido.

Cuando el señor Crepsley se despertó, le conté nuestros planes de marcharnos. No pareció muy sorprendido.

—Ya llevamos aquí demasiado tiempo —dijo.

Le pedí que me permitiera no participar en la función de esa noche, ya que no me sentía muy bien.

—Debería acostarme temprano —dije—, a ver si consigo dormir bien esta noche.

—No te servirá de nada —me advirtió el señor Crepsley—. Solo hay una cosa que haría que te sintieras mejor, y ya sabes lo que es.

Cayó la noche y pronto llegó la hora del comienzo de la función. Vino otra multitud de gente. Las carreteras estaban bloqueadas por los coches que acudían desde ambos sentidos. Todo el mundo en el circo estaba ocupado, ya fuera preparando la salida a escena, haciendo que la gente se sentara o vendiendo cosas.

Los únicos dos que parecían no tener nada que hacer éramos Evra (que no actuaba porque su serpiente seguía enferma) y yo. Mi amigo dejó a su reptil unos minutos para ver el comienzo del espectáculo. Nos colocamos a un lado del escenario mientras el señor Alto hacía rodar la bola y presentaba al hombre lobo.

Nos quedamos allí hasta el primer descanso y luego salimos fuera para contemplar las estrellas.

—Echaré de menos este lugar cuando nos vayamos —dijo Evra—. Me gusta el campo. En la ciudad no se ven las estrellas.

—No sabía que te interesara la astronomía —comenté.

—No me interesa —replicó él—. Pero me gusta mirar las estrellas.

Empecé a sentirme mareado al cabo de un rato y tuve que sentarme.

—No te encuentras muy bien, ¿verdad? —preguntó Evra.

Sonreí con debilidad.

—He estado mejor.

—¿Sigues sin beber sangre humana? —Sacudí la cabeza. Evra se sentó a mi lado—. Nunca me has dicho exactamente por qué no quieres beberla —dijo—. No puede ser tan diferente de la sangre animal, ¿no?

—No lo sé —dije—. Y no quiero averiguarlo. —Hice una pausa—. Temo volverme malvado si bebo sangre humana. El señor Crepsley dice que los vampiros no son malvados, pero yo creo que sí. Creo que cualquiera que considere a los seres humanos como animales tiene que ser malvado.

—Pero si eso es lo que hace falta para mantenerte con vida… —dijo Evra.

—Así es como se empieza —dije—. Me digo a mí mismo que es para mantenerme con vida. Juro que jamás beberé más de lo necesario. Pero ¿qué ocurrirá si no puedo contenerme? Necesitaré más y más a medida que me haga mayor. ¿Qué ocurrirá si no puedo controlar la sed? ¿Qué pasará si mato a alguien?

—No creo que pudieras hacerlo —dijo Evra—. No eres malvado, Darren. Y no creo que una buena persona pueda hacer cosas malvadas. Siempre y cuando consideres la sangre humana como una medicina, todo irá bien.

—Quizá —dije sin convicción—. De cualquier forma, por ahora, estoy bien. No tendré que tomar una decisión definitiva hasta dentro de un par de días.

—¿De verdad prefieres morir que beber sangre humana? —preguntó Evra.

—No lo sé —respondí con sinceridad.

—Te echaré de menos si mueres —aseguró Evra con tristeza.

—Bueno —dije con cierta incomodidad—, tal vez no lleguemos a ese extremo. Tal vez haya otra forma de sobrevivir, una forma que el señor Crepsley no quiera contarme hasta que no quede otro remedio.

Evra soltó un gruñido. Sabía tan bien como yo que no existía ninguna otra forma.

—Voy a ver cómo está mi serpiente —dijo—. ¿Quieres venir y sentarte un rato con nosotros?

—No —contesté—. Será mejor que duerma un poco. Tenemos que levantarnos temprano, y la verdad es que estoy muy cansado.

Nos dimos las buenas noches. No me dirigí directamente a la caravana del señor Crepsley; en lugar de eso, paseé por el campamento mientras pensaba en la conversación que había mantenido con Evra y me preguntaba qué se sentiría al morir. Ya había «muerto» una vez, y había sido enterrado, pero no era lo mismo. Si moría de verdad, sería para siempre. La vida se acabaría, mi cuerpo se pudriría y después...

Alcé la vista hasta las estrellas. ¿Era allí adonde me dirigiría? ¿Al otro lado del universo? ¿Al Paraíso de los vampiros?

Fue un momento de lo más extraño. Cuando vivía en mi casa casi nunca pensaba en la muerte; era algo que solo le ocurría a la gente vieja. Sin embargo, en esos momentos, estaba a punto de enfrentarme a ella.

Deseé que alguien pudiera tomar la decisión por mí. Debería preocuparme por la escuela y por formar el equipo de fútbol, no por beber sangre humana o dejarme morir. No era justo. Era demasiado joven. No debería tener que...

Vi una sombra que se escabullía por delante de una tienda cercana, pero no le presté mucha atención. No fue hasta que oí un fuerte chasquido cuando me pregunté quién podría ser. No debería haber nadie allí fuera. Todo el mundo relacionado con el espectáculo estaba en la gran carpa. ¿Sería alguien del público?

Decidí investigarlo.

Seguí la dirección que había tomado la sombra. La noche era oscura y, tras unas cuantas vueltas, le perdí la pista. Estaba a punto de abandonar la búsqueda cuando oí otro chasquido, esta vez más cerca.

Miré a mi alrededor y supe de inmediato de dónde procedían los ruidos: ¡de la jaula del hombre lobo!

Tomé una profunda bocanada de aire para aplacar mis nervios y corrí hacia allí tan deprisa como pude.

CAPÍTULO VEINTIOCHO

La hierba estaba húmeda, así que se doblaba sin hacer el menor ruido bajo mis pies. Cuando llegué a la caravana que había justo antes de la del hombre lobo, me detuve a escuchar con detenimiento.

Se oía un ligero tintineo metálico, como si alguien estuviese moviendo unas cadenas muy gruesas.

Abandoné el lugar donde me ocultaba.

Había luces suaves a ambos lados de la jaula del hombre lobo, así que pude verlo todo a la perfección. Lo habían llevado de vuelta a la jaula después de su actuación, como siempre. Había un pedazo de carne en su jaula, y lo normal habría sido que se estuviera dando un festín. Sin embargo, esa noche no comía. Esa noche estaba concentrado en algo diferente.

Había un hombre corpulento delante de su jaula. Llevaba unas tenazas enormes y había cortado algunas de las cadenas que mantenían la puerta cerrada.

El tipo intentaba sin éxito desenmarañar las cadenas. Masculló un juramento por lo bajo y levantó las tenazas para cortar otro eslabón.

—¿Qué estás haciendo? —grité.

El hombre dio un respingo, sobresaltado, dejó caer las tenazas y se dio media vuelta.

Como ya me había imaginado, era RV.

En un principio mostró una expresión culpable y asustada, pero cuando vio que estaba solo, recobró parte de su aplomo.

—¡No te acerques! —me advirtió.

—¿Qué estás haciendo? —quise saber.

—Liberando a esta pobre y maltratada criatura —dijo—. No encerraría en esta jaula ni al más salvaje de los animales. Es inhumano. Voy a soltarlo. He llamado a la policía y vendrán aquí por la mañana, pero antes quería hacer un trabajito por mi cuenta.

—¡No puedes hacer eso! —chillé—. ¿Estás loco? Ese tipo es un salvaje. ¡Matará a todo ser vivo que se encuentre en un radio de diez kilómetros a la redonda si lo sueltas!

—Eso es lo que tú dices —señaló RV con desprecio—. No lo creo. Según mi experiencia, los animales reaccionan en función de cómo los tratan. Si los tratas como si fueran monstruos enloquecidos, se comportan como tales. Sin embargo, si los tratas con respeto, amor y humanidad…

—No sabes lo que estás haciendo —le dije—. El hombre lobo no es como los demás animales. Aléjate de ahí antes de que provoques alguna desgracia. Podemos hablar de esto. Podemos…

—¡No! —gritó—. ¡Estoy harto de hablar!

Se volvió de nuevo hacia las cadenas para seguir intentando retirarlas. Metió el brazo en la jaula y tiró de las cadenas más gruesas a través de los barrotes. El hombre lobo lo observaba en silencio.

—¡Detente, RV! —grité antes de correr hacia él para impedir que abriera la puerta. Lo agarré por los hombros e intenté apartarlo de allí, pero no tenía fuerza suficiente. Lo golpeé en las costillas unas cuantas veces, pero solo conseguí arrancarle unas cuantas exclamaciones y que redoblara sus esfuerzos.

Traté de sujetarle las manos para obligarle a soltar las cadenas, pero los barrotes estaban en medio.

—¡Déjame en paz! —gritó RV. Giró la cabeza para hablarme cara a cara. Sus ojos tenían un brillo salvaje—. ¡No lograrás detenerme! —chilló—. No impedirás que cumpla con mi deber. Liberaré a esta víctima. Lograré que se haga justicia. Conseguiré…

Dejó de despotricar de repente. Su rostro se volvió mortalmente pálido y su cuerpo se estremeció antes de quedarse rígido.

Se oyó un crujido, un mordisco y un desgarro. Cuando miré hacia el interior de la jaula, me di cuenta de que el hombre lobo había entrado en acción.

Había cruzado la jaula de un salto mientras discutíamos, había aferrado los brazos de RV, se los había metido en la boca, ¡y se los había arrancado de cuajo desde los codos!

RV se apartó de la jaula conmocionado. Levantó los brazos mutilados y observó cómo la sangre manaba desde las heridas que había por debajo de sus codos.

Intenté arrebatarle al hombre lobo la parte inferior de sus brazos (si lograba recuperarlos, tal vez pudieran reimplantárselos), pero se movió demasiado rápido para mí, saltó para ponerse fuera de mi alcance y siguió masticándolos. En cuestión de segundos, los brazos se habían convertido en una masa sanguinolenta y supe que jamás volverían a servir de provecho.

—¿Dónde están mis manos? —gritó RV.

Volví a concentrar mi atención en él. Se miraba los muñones de los brazos con expresión desconcertada; todavía no había empezado a sentir el dolor.

—¿Dónde están mis manos? —gritó de nuevo—. Han desaparecido. Estaban aquí hace un momento. ¿De dónde sale toda esta sangre? ¿Por qué puedo ver los huesos que hay bajo mi piel? ¡¿Dónde están mis manos?! —gritó con todas sus fuerzas.

—Tienes que venir conmigo —le dije, fuera de mí—. Debemos encargarnos de tus brazos antes de que mueras desangrado.

—¡No te acerques a mí! —vociferó. Intentó alejarme de un empujón, pero entonces cayó en la cuenta de que no tenía manos—. ¡Tú eres el responsable de esto! —chilló—. ¡Tú me has hecho esto!

—No, RV, ha sido el hombre lobo —le expliqué, pero no me escuchaba.

—Es culpa tuya —insistió—. Me has quitado las manos. Eres un monstruo horrible y me has robado las manos. ¡Mis manos! ¡Mis manos!

334

Empezó a gritar de nuevo. Me acerqué a él, pero esta vez me apartó a un lado, se giró y echó a correr. Cruzó el campamento dando alaridos, agitando por encima de su cabeza los brazos mutilados y chorreantes de sangre. No dejó de gritar con todas sus fuerzas hasta que desapareció en la oscuridad.

—¡Mis manos! ¡Mis manos! ¡Mis manos!

Quería ir tras él, pero temía que me atacara. Corrí en busca del señor Crepsley y el señor Alto (ellos sabrían qué hacer), pero frené en seco al oír un inquietante gruñido detrás de mí.

Me di media vuelta muy despacio. El hombre lobo estaba frente a la puerta de la jaula, que se balanceaba de un lado a otro... ¡Abierta de par en par! De algún modo, había conseguido romper las cadenas que quedaban y se había liberado.

Permanecí completamente inmóvil mientras él me miraba y sonreía de manera salvaje. Sus largos y afilados dientes resplandecían bajo la tenue luz.

Miró a izquierda y a derecha, estiró los brazos y aferró los barrotes de ambos lados. Luego se agachó y tensó las piernas.

Se impulsó de un salto hacia mí.

Cerré los ojos y aguardé a que llegara el final.

Oí y sentí cómo aterrizaba a menos de treinta centímetros de donde yo estaba. Comencé a rezar mis últimas oraciones.

Pero luego lo oí volar por encima de mi cabeza y comprendí que había saltado por encima de mí. Durante un par de aterradores segundos, esperé sentir sus dientes atravesando mi nuca y arrancándome la cabeza.

Pero eso no ocurrió.

Confuso, me di la vuelta completamente atónito. ¡El hombre lobo se alejaba de mí! Vi una figura por delante de él que corría muy rápido entre los remolques y me di cuenta de que iba tras otra persona. ¡Me había rechazado por un bocado más sabroso!

Avancé unos cuantos pasos tambaleándome para seguir al hombre lobo. Sonreía en silencio mientras daba las gracias a todos los dioses. No podía creer lo cerca que había estado de la muerte. Cuando la criatura atravesó el aire volando, tuve la certeza de que...

Mis pies tropezaron con algo y me detuve.

Bajé la vista y vi una mochila. Debía de habérsele caído a la persona a la que el hombre lobo perseguía, y por primera vez me pregunté detrás de quién iba la salvaje criatura.

Cogí la mochila. Estaba llena de ropa, según pude apreciar a través del tejido. Un pequeño tarro cayó al suelo cuando le di la vuelta. Lo recogí, abrí la tapa y percibí el olor ácido de… ¡cebolletas en vinagre!

Mi corazón dejó de latir. Comencé a buscar como loco una etiqueta identificativa, rezando para que las cebolletas no significaran lo que me temía.

Mis plegarias no fueron escuchadas.

La etiqueta, cuando la encontré, mostraba una caligrafía pulcra de letras desunidas. La caligrafía de un niño.

«Esta mochila es propiedad de Sam Grest», rezaba la etiqueta, y su dirección aparecía justo debajo. «¡No le ponga las manos encima!», advertía al final, lo que resultaba bastante irónico después de lo que le había sucedido a RV instantes antes.

Sin embargo, no me dio tiempo a reírme de mi siniestro y retorcido chiste.

¡Sam! Por alguna razón, mi amigo se había presentado en el campamento esa noche (probablemente para viajar de polizón con el circo) y me había seguido. Fue a Sam a quien los pequeños y brillantes ojos del hombre lobo habían divisado detrás de mí. Fue Sam quien había huido a través del campamento para salvar su vida.

¡El hombre lobo perseguía a Sam!

CAPÍTULO VEINTINUEVE

No debería haberlos seguido por mi cuenta. Debería haber ido a buscar ayuda. Era una locura precipitarme hacia la oscuridad solo.

Pero el hombre lobo iba tras Sam, que quería unirse al circo. Sam, que me había pedido que fuéramos hermanos de sangre. El inofensivo, simpático y parlanchín Sam. El chico que me había salvado la vida.

No pensé en mi propia seguridad. Sam estaba en problemas y no había tiempo para ir a pedir ayuda a nadie. Tal vez acabara muerto, pero tenía que ir tras ellos, intentar salvar a Sam. Se lo debía.

Salí del campamento a toda velocidad. Las nubes se habían dispersado y vi que el hombre lobo desaparecía entre los árboles. Corrí hacia allí tan rápido como pude.

Oí su aullido poco después, lo que era una buena señal. Significaba que todavía no había dado caza a Sam. Si lo hubiera atrapado, estaría demasiado ocupado devorándolo como para aullar.

Me pregunté por qué no lo había atrapado todavía. Debería haberlo hecho. Aunque nunca lo había visto correr en campo abierto, estaba seguro de que era muy rápido. Tal vez estuviera jugando con Sam antes de matarlo.

Sus huellas se veían con claridad sobre el suelo húmedo nocturno, pero, de todos modos, habría podido seguirlos por los ruidos que hacían. Resultaba difícil correr en silencio a través de un bosque, sobre todo de noche.

Seguimos corriendo durante algunos minutos, Sam y el hombre lobo por delante y fuera del alcance de mi vista, y yo detrás de ellos. Empezaba a sentir las piernas muy cansadas, pero me obligué a continuar.

Pensé en lo que haría cuando los alcanzara. No tenía ninguna posibilidad de vencer al hombre lobo en una pelea de tú a tú. Tal vez pudiera aplastarle la cabeza con un palo o algo así, aunque las probabilidades eran escasas. Era fuerte y rápido, y había probado la sangre humana. Sería prácticamente imparable.

Mi única esperanza de éxito era interponerme en su camino y ocupar el lugar de Sam. Si me ofrecía en su lugar, tal vez se conformara conmigo y mi amigo pudiera huir.

No me importaba morir por Sam. Si ya había renunciado a mi humanidad por un amigo, no sería tan diferente entregar la vida por otro.

Además, de esa forma, si moría, sería por una buena causa. No tendría que preocuparme más por si debía beber sangre humana o morir de hambre. Caería luchando.

Al cabo de unos cuantos minutos más, me adentré en un claro y comprendí hacia dónde nos había conducido Sam: estábamos en la vieja estación de ferrocarril abandonada.

Lo cual demostraba que mi amigo aún pensaba con claridad. Aquel era el mejor lugar al que dirigirse, lleno de sitios para esconderse y de un montón de cosas (trozos de metal y cristal) que podían utilizarse en una pelea. Puede que ninguno de nosotros tuviera que morir. Puede que hubiera una oportunidad de ganar esa batalla.

Vi que el hombre lobo se había detenido en mitad del patio de la estación y olisqueaba el aire. Aulló de nuevo, un aullido agudo de esos que provocan escalofríos, y salió disparado hacia uno de los vagones oxidados.

Rodeé la parte trasera del vagón, moviéndome tan silenciosamente como pude. Una vez allí, escuché con atención, pero no oí nada. Me puse de puntillas y miré por una de las ventanas. Nada.

Volví a agacharme y me deslicé hasta la tercera ventanilla. Pero tampoco vi nada cuando miré en el interior.

Me disponía a mirar por la siguiente ventana cuando, de repente, vi que una barra de metal se movía hacia mi cara a toda velocidad.

—¡Para, Sam! ¡Soy yo! —susurré al tiempo que me tiraba al suelo. Se hizo el silencio durante un instante. Después, el rostro de Sam apareció en la ventanilla redonda.

—¿Darren? —murmuró—. ¿Qué estás haciendo aquí?

—Te he seguido —contesté.

—Creí que eras el hombre lobo. Iba a intentar matarte.

—Y casi lo consigues.

—Lo siento.

—Por el amor de Dios, Sam, no pierdas el tiempo con disculpas —protesté—. Estamos metidos en un buen lío. Tenemos que pensar en algo. Hay que salir de aquí cuanto antes.

Se apartó de la ventana. Se oyeron unos cuantos pasos y después apareció junto a la puerta del vagón. Miró a su alrededor para asegurarse de que el hombre lobo no andaba cerca, saltó al suelo y avanzó con sigilo hacia mí.

—¿Dónde está? —preguntó Sam.

—No lo sé —susurré—. Aunque está por aquí, en alguna parte. Lo vi venir en esta dirección.

—Tal vez haya encontrado otra cosa a la que atacar —murmuró Sam con tono esperanzado—. Una oveja o una vaca.

—Yo no apostaría por ello —repliqué—. No habría recorrido toda esta distancia para abandonar la presa en el último momento.

Nos agachamos juntos. Sam vigilaba la parte derecha y yo la izquierda. Percibía los temblores de su cuerpo, y estaba seguro de que él también notaba los del mío.

—¿Qué vamos a hacer? —preguntó mi amigo.

—No lo sé —respondí en un susurro—. ¿Alguna idea?

—Un par de ellas —dijo—. Podríamos conducirlo hasta la casa del vigilante. Podría caerse a través de los tablones rotos. Podríamos atraparlo allí abajo.

—Quizá —dije—. Pero ¿qué ocurriría si nos cayéramos también nosotros? Estaríamos atrapados. Él podría bajar de un salto y comernos cuando le diera la gana.

—¿Y las vigas? —preguntó Sam—. Podríamos encaramarnos a una viga y quedarnos allí, espalda con espalda. Podríamos coger unos palos y golpearlo si nos atacara. Allí solo puede alcanzarnos de una manera.

—Y tarde o temprano llegará alguien del Circo de los Extraños —susurré mientras reflexionaba—. Pero ¿qué pasará si decide romper uno de los extremos de la viga?

—Están bien hundidas en los ladrillos —dijo Sam—. No creo que pudiera romperlas solo con las manos.

—¿Crees que una viga soportaría el peso de los tres? —pregunté.

—No estoy seguro —admitió Sam—. Pero, al menos, si caemos desde esa altura, todo acabará rápido. Quién sabe, tal vez tengamos suerte y caigamos encima del hombre lobo. Podría amortiguarnos la caída y morir en el proceso.

Me reí por lo bajo.

—Ves demasiados dibujos animados. Pero es una buena idea. Mejor que cualquiera de las que se me ocurren a mí.

—¿Cuánto crees que tardará la gente del circo en llegar aquí? —preguntó Sam en un susurro.

—Depende de cuándo se den cuenta de lo que ha ocurrido —respondí—. Si tenemos suerte, habrán oído sus aullidos y estarán aquí en un par de minutos. Si no es así, tendremos que esperar hasta el final del espectáculo, y eso puede ser dentro de una hora, o tal vez más.

—¿Tienes alguna arma? —preguntó Sam.

—No —contesté—. No me dio tiempo a coger nada.

Me pasó una barra corta de hierro.

—Toma —dijo—. La cogí por si acaso. No es que sirva de mucho, pero es mejor que nada.

—¿Alguna señal del hombre lobo? —pregunté.

—No —respondió él—. Todavía no.

—Será mejor que nos pongamos en marcha antes de que aparezca —susurré, pero lo pensé mejor—. ¿Cómo vamos a llegar hasta la casa del vigilante? Hay un buen trecho, y el hombre lobo podría estar escondido en algún lugar del camino.

—Tendremos que echar a correr y rezar para que no sea así.

—¿Crees que deberíamos separarnos? —pregunté.

—No —dijo Sam—. Creo que es mejor que sigamos juntos.

—De acuerdo. ¿Estás preparado?

—Dame unos segundos —contestó.

Me giré y vi que respiraba hondo. Tenía la cara pálida, y su ropa estaba desgarrada y sucia a causa de la carrera por el bosque, pero parecía dispuesto a luchar. Era un personajillo bastante duro de roer.

—¿Por qué has vuelto esta noche, Sam? —murmuré.

—Para unirme al Circo de los Extraños —respondió.

—¿A pesar de todo lo que te conté sobre mí?

—Decidí arriesgarme —dijo—. Bueno, eres mi amigo y debemos permanecer al lado de los amigos, ¿no crees? Cuando me recuperé del susto, tu historia hizo que tuviera aún más ganas de unirme a vosotros. Quizá pueda ayudarte. He leído algunos libros sobre desórdenes de la personalidad. Quizá encuentre una cura para ti.

No pude evitar sonreír, a pesar de la horrible situación en la que nos encontrábamos.

—Eres imbécil, Sam Grest —susurré.

—Lo sé. —Esbozó una sonrisa—. Y tú también. Por eso formamos un buen equipo.

—Si salimos de esta —le dije—, puedes unirte a nosotros. Y no tendrás que preocuparte por la posibilidad de que te devore. Me inventé esa historia para asustarte.

—¿En serio? —preguntó.

—En serio.

—¡Puf! —Se enjugó la frente—. Ahora puedo respirar tranquilo.

—Siempre que el hombre lobo no te atrape —dije con una sonrisa—. ¿Estás listo?

—Estoy listo. —Convirtió las manos en puños y se preparó para correr—. A la de tres —susurró.

—Vale.

—Una… —empezó.

Nos volvimos hacia la casa del vigilante.

—Dos…

Nos preparamos para salir corriendo.

—Tr…

Antes de que pudiera acabar, un par de manos peludas aparecieron por debajo del vagón, donde (como comprendí demasiado tarde) se había escondido el hombre lobo. Los dedos rodearon las piernas de Sam, lo sujetaron por los tobillos y lo arrastraron hasta el suelo.

CAPÍTULO TREINTA

Sam empezó a gritar tan pronto como las manos le aferraron los tobillos. La caída lo dejó sin aire en los pulmones y lo silenció por un instante, pero un par de segundos después estaba gritando de nuevo.

Me puse de rodillas, agarré los brazos de Sam y tiré con todas mis fuerzas.

Pude ver al hombre lobo bajo el vagón, tumbado sobre su vientre peludo y con una sonrisa salvaje en la cara. La saliva chorreaba por sus mandíbulas.

Tiré con todas mis fuerzas y atraje a Sam hacia mí. Sin embargo, el hombre lobo se deslizó con él y se escurrió por debajo del vagón sin soltar a su presa.

Dejé de tirar y solté a Sam. Cogí la barra de hierro que él había dejado caer, me puse en pie de un salto y comencé a golpear los brazos del hombre lobo, que aulló con furia.

El lobo abrió una de sus peludas zarpas e intentó golpearme. Lo esquivé y le aticé con la barra en la mano que aún sujetaba a Sam. El hombre lobo gimió de dolor y aflojó los dedos.

—¡Corre! —le grité a Sam mientras lo ayudaba a ponerse en pie.

Corrimos juntos hacia la casa del vigilante. Oí los esfuerzos que hacía el hombre lobo por salir de debajo del vagón. Había estado jugando con nosotros, pero ya empezaba a estar furioso. Sabía que

343

echaría el resto para darnos caza. El juego se había acabado. No íbamos a lograr llegar a la casa del vigilante. Nos atraparía antes de que alcanzáramos la parte central del patio.

—Sigue… corriendo —le dije sin aliento a Sam; luego me di la vuelta y me enfrenté al hombre lobo, que se aproximaba a la carga.

El movimiento lo pilló por sorpresa y chocó conmigo. Su pesado cuerpo estaba cubierto de pelo y de sudor. La colisión nos envió al suelo. Caímos con las piernas y los brazos entrelazados, pero me liberé a toda prisa y lo golpeé con la barra de hierro.

El hombre lobo rugió con furia y trató de golpearme en el brazo. En esa ocasión acertó y me dio justo por debajo de la articulación del hombro. La fuerza del golpe me dejó entumecido el brazo, que se convirtió en un trozo inútil de carne y huesos. Dejé caer la barra para intentar cogerla con la otra mano.

Pero el hombre lobo fue más rápido. Cogió la barra y la arrojó a lo lejos, donde cayó en la oscuridad con un ruido metálico.

Se puso en pie muy despacio, con una sonrisa malvada. Por la expresión de sus ojos supe que, de haber podido hablar, habría dicho algo como: «Ahora, Darren Shan, ¡eres mío! Te has divertido un buen rato, pero ¡por fin ha llegado la hora de matarte!».

Me agarró por los costados, abrió la boca de par en par y se inclinó hacia delante para arrancarme la cara de un bocado. Olí el hedor de su aliento y vi trozos de carne de los brazos y de la camiseta de RV incrustados entre sus amarillentos dientes.

Antes de que pudiera cerrar las fauces, algo lo golpeó a un lado de la cabeza y le hizo perder el equilibrio.

Vi a Sam a su lado, con un trozo de madera en las manos. Volvió a golpear al hombre lobo, y esta vez consiguió que me soltara.

—¡Favor con favor se paga! —exclamó Sam con entusiasmo mientras atizaba al hombre lobo con el tronco una tercera vez—. ¡Vamos! Tenemos que…

No llegué a oír lo que dijo Sam. Porque, cuando empecé a acercarme a él, el hombre lobo lanzó a voleo uno de sus puños. Fue un golpe a ciegas, pero tuvo suerte y me dio en plena cara, haciéndome caer hacia atrás.

Sentí la cabeza a punto de explotar. Vi luces brillantes y estrellas enormes antes de desplomarme contra el suelo, inconsciente.

Cuando desperté segundos o minutos después (ni siquiera sabía cuánto tiempo había pasado), reinaba un silencio escalofriante en la estación de ferrocarril. No logré oír a nadie corriendo, gritando o luchando. Lo único que oí fue un ruido de masticación un poco más adelante.

Ñam, ñam, ñam.

Me senté muy despacio, sin prestar atención al espantoso martilleo que sentía en la cabeza.

Tardé unos instantes en acostumbrarme de nuevo a la oscuridad reinante. Cuando pude ver bien otra vez, me di cuenta de que observaba la espalda del hombre lobo. Estaba a cuatro patas, con la cabeza inclinada sobre algo. Era él quien masticaba tan ruidosamente.

El mareo del golpe hizo que me llevara un rato comprender que no estaba comiendo algo… sino a alguien.

¡¡¡Sam!!!

Me puse en pie como pude, sin preocuparme por el dolor, y corrí hacia delante, pero me bastó echar un vistazo a la masa sanguinolenta que había bajo el hombre lobo para saber que ya era demasiado tarde.

—¡¡¡NO!!! —grité antes de empezar a golpearlo como un poseso con la mano sana.

El hombre lobo gruñó y me apartó de un empujón. Me levanté de un salto y empecé a darle patadas y puñetazos. El hombre lobo volvió a gruñir y trató de apartarme de nuevo, pero me resistí y le tiré del pelo y de las orejas.

Aulló y por fin apartó la boca de mi amigo. Tenía el hocico manchado de rojo, un rojo oscuro y horrible, lleno de tripas y trozos de carne y de huesos.

Se abalanzó sobre mí, obligándome a tumbarme, y me inmovilizó con uno de sus largos y peludos brazos. Echó la cabeza hacia atrás y aulló al cielo nocturno. Luego, con un gruñido demoníaco, colocó sus dientes sobre mi garganta, decidido a acabar conmigo de un rápido mordisco.

CAPÍTULO TREINTA Y UNO

En el último instante aparecieron unas manos en la oscuridad que sujetaron la mandíbula del hombre lobo e impidieron que me mordiera.

Las manos le retorcieron la cabeza hacia un lado, logrando que soltara un alarido y se apartara de mí.

El atacante se encaramó a su espalda y lo mantuvo contra el suelo. Vi puños que volaban más rápido de lo que podía seguir con la vista e, instantes después, el hombre lobo estaba inconsciente en el suelo.

Su atacante se levantó y me ayudó a hacer otro tanto. Me descubrí mirando el sonrojado rostro lleno de cicatrices del señor Crepsley.

—He venido tan pronto como he podido —dijo el vampiro con tono sombrío mientras giraba mi cabeza con cuidado de izquierda a derecha para evaluar los daños—. Evra oyó los aullidos del hombre lobo. No sabía nada sobre ti y ese chico. Solo pensó que la criatura se había escapado. Se lo dijo al señor Alto, quien suspendió el resto del espectáculo y organizó una batida. Luego pensé en ti. Cuando vi que tu cama estaba vacía, busqué por los alrededores y seguí tu rastro.

—Creí... creí que iba a... morir —gemí; me resultaba muy difícil hablar. Tenía magulladuras por todo el cuerpo y me encontraba en estado de shock—. Estaba seguro. Creí... que... no vendría nadie. Yo...

346

Rodeé al señor Crepsley con el brazo bueno y lo estreché contra mí con fuerza.

—Gracias —lloriqueé—. Gracias. Gracias. Gracias...

Me detuve al recordar a mi amigo muerto.

—¡Sam! —grité. Solté al señor Crepsley y corrí hacia donde yacía su cuerpo.

El hombre lobo le había abierto el vientre en canal y se había comido gran parte de sus entrañas. Por sorprendente que parezca, Sam todavía estaba vivo cuando llegué hasta él. Sus párpados se movían con rapidez y su respiración era muy débil.

—¿Sam? ¿Estás bien? —susurré. Era una pregunta estúpida, pero fue la única que mis trémulos labios lograron formular—. ¿Sam? —Le acaricié la frente con los dedos, pero no mostró señales de haberme oído o sentido. Solo yacía allí, con los ojos clavados en mí.

El señor Crepsley se arrodilló y examinó el cuerpo de Sam.

—¿Puede salvarlo? —lloré. Él sacudió la cabeza muy despacio—. ¡Tiene que hacerlo! —grité—. Usted puede cerrar las heridas. Podemos llamar a un médico. ¡Puede darle alguna poción! Debe de haber alguna forma de...

—Darren —dijo el vampiro en voz baja—, no hay nada que podamos hacer. Está muriéndose. Las heridas son demasiado graves. En un par de minutos... —Suspiró—. Al menos tampoco siente nada. No sufrirá dolor.

—¡No! —chillé antes de abalanzarme sobre Sam. Lloraba amargamente y sorbía por la nariz con tanta fuerza que me hacía daño—. ¡Sam! ¡No puedes morir! ¡Sam! ¡Aguanta! Puedes unirte al circo y viajar por el mundo con nosotros. Puedes... puedes...

No pude decir nada más, así que bajé la cabeza, me aferré a Sam y dejé que las lágrimas se deslizaran por mi rostro.

En el patio desierto de la estación de ferrocarril, el hombre lobo yacía inconsciente detrás de mí. El señor Crepsley estaba sentado en silencio a mi lado. Bajo mi cuerpo, Sam Grest (el que había sido mi amigo y me había salvado la vida) permanecía inmóvil mientras se adentraba más y más en el sueño eterno tras una muerte horrible e injusta.

CAPÍTULO TREINTA Y DOS

Al cabo de un rato, sentí que alguien tiraba de la manga de mi brazo izquierdo. Miré a mi alrededor. El señor Crepsley estaba de pie a mi lado, con expresión angustiada.

—Darren —dijo—, sé que no es el momento más adecuado para decirte esto, pero hay algo que debes hacer. Por el bien de Sam. Y por el tuyo propio.

—¿De qué está hablando? —Me enjugué algunas de las lágrimas que recorrían mi rostro y alcé la cabeza para mirarlo a la cara—. ¿Podemos salvarlo? Dígame si es posible. Estaría dispuesto a hacer cualquier cosa.

—No hay nada que podamos hacer para salvar su cuerpo —me dijo el señor Crepsley—. Se está muriendo, y nada puede cambiar eso. Pero hay algo que podemos hacer por su espíritu. Darren —agregó—, debes beber la sangre de Sam.

Seguí mirándolo fijamente, pero era una mirada de incredulidad, no de esperanza.

—¿Cómo se atreve? —susurré con repugnancia—. Uno de mis mejores amigos está muriéndose y lo único que se le ocurre... ¡Usted está enfermo! Es un monstruo retorcido y enfermo. Debería morir usted, y no Sam. Lo odio. Lárguese de aquí.

—No me has entendido —dijo.

348

—¡Sí lo he entendido! —grité—. Sam se muere, pero lo único que le preocupa es que beba su sangre. ¿Sabe lo que es usted? Es usted un despreciable...

—¿Recuerdas la conversación que mantuvimos sobre la habilidad de los vampiros para absorber parte del espíritu de una persona? —preguntó.

Estaba a punto de llamarle algo horrible, pero su pregunta me desconcertó.

—¿A qué viene eso ahora? —quise saber.

—Darren, esto es importante. ¿Recuerdas esa conversación?

—Sí —contesté en voz baja—. ¿Por qué lo pregunta?

—Sam está muriéndose —dijo el señor Crepsley—. Dentro de unos minutos se habrá ido. Para siempre. Pero tú puedes mantener viva una parte de él si bebes su sangre ahora y tomas su vida antes de que lo hagan las heridas que le ha causado el hombre lobo.

No podía creer lo que estaba oyendo.

—¿Quiere que mate a Sam? —grité.

—No —dijo con un suspiro—. Sam ya ha sido asesinado. Pero, si lo rematas antes de que muera a causa de las mordeduras del hombre lobo, salvarás parte de sus recuerdos y sus sentimientos. Puede seguir vivo dentro de ti.

Sacudí la cabeza.

—No puedo beber su sangre —murmuré—. No la de Sam. —Bajé la vista hasta el pequeño cuerpo destrozado de mi amigo—. No puedo.

El señor Crepsley dejó escapar un suspiro.

—No te obligaré —dijo—. Pero piénsalo con detenimiento. Lo que ha sucedido esta noche es una tragedia que te perseguirá durante mucho tiempo, pero, si bebes la sangre de Sam y absorbes parte de su esencia, te será más fácil superar su muerte. Es duro perder a un ser querido, pero de esta forma no es necesario que lo pierdas por completo.

—No puedo beber su sangre —gimoteé—. Era mi amigo.

—Por esa misma razón debes beberla —dijo el señor Crepsley antes de darse la vuelta y dejarme solo para que tomara una decisión.

Clavé la vista en Sam. Parecía exánime, como si ya hubiese perdido todo lo que lo convertía en un ser humano vivo y único. Pensé en sus bromas, en sus interminables palabras, en sus esperanzas y sus sueños, y también en lo horrible que sería que todo eso desapareciera tras su muerte.

Me arrodillé y coloqué los dedos de mi mano izquierda sobre el cuello de mi amigo.

—Lo siento, Sam —susurré antes de clavar mis afiladas uñas en su carne suave. Me incliné hacia delante y coloqué la boca sobre los cortes que había hecho en su piel.

La sangre salió a borbotones y me produjo arcadas. Estuve a punto de apartarme, pero hice un esfuerzo por quedarme donde estaba y tragar. Su sangre estaba caliente y tenía un ligero sabor salado; se deslizaba por mi garganta como si fuera mantequilla, cremosa y espesa.

El pulso de Sam se fue apagando mientras bebía, y al final se detuvo. Pero yo seguí bebiendo, apurando hasta la última gota, absorbiendo su esencia.

Cuando por fin lo desangré, me di la vuelta y aullé a los cielos tal y como había hecho el hombre lobo. Durante un buen rato solo pude hacer eso, aullar y gritar como el animal salvaje y nocturno en el que me había convertido.

CAPÍTULO TREINTA Y TRES

El señor Alto y unos cuantos miembros más del Circo de los Extraños (incluidos cuatro gnomos) llegaron un poco después. Yo estaba sentado junto a Sam, demasiado cansado para seguir aullando. Tenía la mirada perdida en la distancia mientras la sangre de mi amigo se asentaba en mi estómago.

—¿Qué ha ocurrido? —le preguntó el señor Alto al señor Crepsley—. ¿Cómo ha escapado el hombre lobo?

—No lo sé, Hibernius —respondió el señor Crepsley—. No lo he preguntado y no pienso hacerlo, al menos hasta dentro de un par de noches. Darren no está preparado para un interrogatorio.

—¿El hombre lobo está muerto? —preguntó el señor Alto.

—No —respondió el señor Crepsley—, solo lo he dejado inconsciente.

—Gracias al cielo por su misericordia —suspiró el señor Alto. Chasqueó los dedos y los gnomos encadenaron al hombre lobo, que aún no había recuperado el conocimiento. Lo colocaron sin miramientos en la parte trasera de una de las caravanas del circo que acababa de aparecer.

Pensé en exigir la muerte del hombre lobo, pero ¿de qué habría servido? No era malvado, solo estaba loco. Matarlo habría sido algo sin sentido y cruel.

Cuando acabaron con el hombre lobo, los gnomos dirigieron su atención hacia los destrozados restos del cuerpo de Sam.

—Un momento —dije cuando se inclinaron sobre él para llevárselo—, ¿qué van a hacer con Sam?

El señor Alto tosió con cierta incomodidad.

—Yo... bueno... imagino que... pretenden «encargarse» de él —dijo.

Tardé un momento en comprender lo que eso significaba.

—¿Van a comérselo? —chillé.

—No podemos dejarlo aquí sin más —razonó el señor Alto—, y no tenemos tiempo para enterrarlo. Esta es la forma más fácil...

—No —dije con firmeza.

—Darren —intervino el señor Crepsley—, no deberíamos interferir en...

—¡No! —grité mientras me acercaba a grandes zancadas a los gnomos para impedir su avance—. Si quieren comerse a Sam, ¡tendrán que comerme a mí primero!

Los gnomos clavaron la vista en mí sin decir una palabra. Sus ojos verdes tenían una mirada hambrienta.

—Creo que les haría muy felices complacerte —dijo el señor Alto con tono seco.

—Hablo en serio —protesté—. No permitiré que se coman a Sam. Se merece un entierro digno.

—¿Para que puedan comérselo los gusanos? —preguntó el señor Alto. Dejó escapar un suspiro cuando lo miré con rabia y sacudió la cabeza irritado.

—Dejemos que el chico se salga con la suya, Hibernius —dijo el señor Crepsley con calma—. Puedes regresar al circo con los demás. Yo me quedaré para ayudarle a cavar la tumba.

—Está bien. —El señor Alto se encogió de hombros. Dio un silbido y señaló con el dedo a los gnomos, quienes, tras un instante de indecisión, retrocedieron y se agruparon en torno al dueño del Circo de los Extraños, dejándome a solas con el cadáver de Sam.

El señor Alto y sus ayudantes se marcharon. El señor Crepsley se sentó a mi lado.

—¿Cómo estás? —preguntó.

Hice un gesto negativo con la cabeza. No era tan sencillo responder a eso.

—¿Te sientes con más fuerzas?

—Sí —respondí en voz baja. Aunque no había pasado mucho tiempo desde que había bebido la sangre de Sam, ya notaba la diferencia. Mi sentido de la vista había mejorado, al igual que el del oído, y mi magullado cuerpo no me dolía tanto como debería.

—No tendrás que beber más en bastante tiempo —dijo.

—No me importa. No lo hice por mí. Lo hice por Sam.

—¿Estás enfadado conmigo? —quiso saber.

—No —respondí.

—Darren —dijo—, espero que...

—¡No quiero hablar de eso! —exclamé—. Tengo frío y me siento dolorido, miserable y solo. Quiero pensar en Sam, no malgastar mis palabras con usted.

—Como quieras —dijo antes de empezar a cavar con los dedos en la tierra. Me puse a cavar en silencio a su lado durante unos minutos, pero después me detuve y miré a mi alrededor.

—Ahora soy un auténtico ayudante de vampiro, ¿verdad? —pregunté.

Él asintió con aire triste.

—Sí. Lo eres.

—¿Eso lo hace feliz?

—No —contestó—. Me da lástima.

Mientras lo miraba confuso, una figura apareció a nuestro lado. Era el gnomo que cojeaba.

—Si crees que vas a llevarte a Sam... —le advertí, levantando una mano llena de tierra.

Antes de que pudiera ir más lejos, el gnomo saltó al pequeño hoyo que habíamos cavado y clavó sus anchos dedos grisáceos en la tierra para empezar a sacarla a puñados.

—¿Va a ayudarnos? —pregunté perplejo.

—Eso parece —dijo el señor Crepsley, colocándome una mano en la espalda—. Descansa —me aconsejó—. Podemos excavar más rápido nosotros solos. Te llamaré cuando llegue el momento de enterrar a tu amigo.

Asentí, me alejé a rastras y me estiré en la tierra, cerca de la tumba en ciernes. Un rato después, me aparté de allí y me senté a esperar entre las sombras de la vieja estación de tren. Estaba a solas con mis pensamientos. Y con la sangre roja y oscura de Sam en mis labios, entre mis dientes.

CAPÍTULO TREINTA Y CUATRO

Enterramos a Sam sin palabrerías (no se me ocurría nada que decir) y volvimos a cubrir la tumba. No la ocultamos, así que la policía la encontraría pronto y le proporcionaría un entierro como era debido. Quería que sus padres pudieran ofrecerle una ceremonia, pero, hasta entonces, ese simulacro de entierro lo protegería de los animales carroñeros (y también de los gnomos).

Cuando nos marchamos, me pregunté qué habría sido de RV. ¿Se habría desangrado hasta la muerte en el bosque? ¿Habría conseguido llegar a tiempo al médico? ¿O todavía seguía corriendo y gritando: «¡Mis manos! ¡Mis manos!»?

Me importaba un comino. Aunque RV había tratado de hacer lo correcto, todo aquello era culpa suya. Si no hubiera enredado con los candados de la jaula del hombre lobo, Sam seguiría con vida. No deseaba que RV estuviera muerto, pero tampoco recé por él. Lo dejé en manos del destino y de lo que este tuviera reservado para él.

Evra se sentó conmigo en la parte trasera de la caravana cuando el circo se puso en marcha. Empezó a decir algo pero se quedó callado, se aclaró la garganta y luego me puso la mochila sobre el regazo.

—Encontré esto —murmuró—. Pensé que te gustaría tenerla.

355

Aunque me escocían los ojos, leí el nombre («Sam Grest») y lloré amargamente sobre la mochila. Evra me rodeó con los brazos, me estrechó con fuerza y lloró conmigo.

—El señor Crepsley me contó lo sucedido —murmuró Evra al final mientras se limpiaba las lágrimas de la cara, algo más recuperado—. Dijo que bebiste la sangre de Sam para mantener su espíritu con vida.

—Eso parece —repliqué con voz débil, no muy convencido.

—Mira —dijo Evra—, sé lo mucho que detestabas la idea de beber sangre humana, pero has hecho esto por Sam. Fue un acto de bondad, no malvado. No deberías sentirte mal por haber bebido su sangre.

—Supongo que no —dije antes de gemir al recordarlo. Lloré un rato más.

El día siguió su curso y el Circo de los Extraños continuó avanzando, pero yo no podía quitarme a Sam de la cabeza. Cuando se hizo de noche, nos detuvimos a un lado de la carretera para una parada corta. Evra fue a buscar comida y bebida.

—¿Quieres algo? —preguntó.

—No —respondí con la cara pegada al cristal de la ventanilla—. No tengo hambre. —Mi amigo hizo ademán de marcharse, pero lo llamé para que no lo hiciera—. Espera un segundo.

Notaba un sabor raro en la boca. La sangre de Sam aún manchaba mis labios, salada y terrible, pero no era eso lo que había estimulado las papilas gustativas de la parte posterior de mi lengua. Había algo que deseaba y que jamás me había apetecido antes. Durante unos instantes no supe de qué se trataba. Luego identifiqué ese extraño anhelo y conseguí esbozar una leve sonrisa. Rebusqué en la mochila de Sam, pero el tarrito debía de haberse quedado atrás cuando nos marchamos.

Alcé la vista para mirar a Evra, me limpié las lágrimas de los ojos, me lamí los labios y pregunté con un tono de voz que se parecía mucho al del chico listillo que conocí:

—¿Tenemos cebolletas en vinagre?

LIBRO III

TÚNELES DE SANGRE

PRÓLOGO

El olor a sangre es repugnante. Centenares de animales muertos cuelgan de ganchos plateados; están rígidos y brillantes a causa de la sangre helada. Sé que no son más que animales (vacas, cerdos, ovejas), pero sigo pensando en ellos como si fueran humanos.

Doy un cuidadoso paso hacia delante. Las intensas luces del techo hacen que parezca de día. Debo actuar con cautela. Me sitúo detrás de los animales muertos con movimientos lentos. El suelo está resbaladizo por el agua y la sangre derramada, lo que hace que el avance resulte incluso más difícil.

Lo veo más adelante... al vampiro... al señor Crepsley. Se mueve tan despacio como yo, con los ojos clavados en el hombre gordo que se encuentra un poco más adelante.

El gordo. Él es la razón por la que estoy aquí, en este gélido matadero. Es el humano al que el señor Crepsley pretende asesinar. Él es el hombre al que tengo que salvar.

El gordo se detiene para examinar uno de los trozos de carne colgados. Tiene las mejillas regordetas y sonrosadas. Lleva guantes de plástico transparente. Le da unas palmaditas al animal muerto (el chirriante ruido que hace el garfio cuando el cadáver empieza a balancearse me provoca dentera) y luego empieza a silbar. Echa a andar de nuevo. El señor Crepsley lo sigue. Y yo también.

Evra se ha quedado atrás. Le he pedido que espere fuera. No tiene sentido que ambos arriesguemos la vida.

Acelero un poco el paso y me acerco lentamente. Ninguno de ellos sabe que estoy aquí. Si todo sale como lo he planeado, ninguno lo sabrá, al menos hasta que el señor Crepsley entre en acción. Nadie lo sabrá hasta que me vea obligado a actuar.

El gordo se detiene de nuevo. Se agacha para examinar algo. Retrocedo un paso a toda prisa por temor a que me descubra, pero entonces me doy cuenta de que el señor Crepsley se acerca a él. ¡Maldición! No hay tiempo para esconderse. Si este es el momento que ha elegido para atacar, tengo que acercarme más.

Avanzo varios metros de un salto, arriesgándome a que me oigan. Por suerte, el señor Crepsley tiene toda su atención puesta en el gordo.

Ahora estoy a tres o cuatro pasos del vampiro. Levanto el largo cuchillo de carnicero que hasta ahora había llevado a un costado. Tengo la mirada clavada en el señor Crepsley. No haré nada hasta que él lo haga (quiero darle la oportunidad de demostrar que mis terribles sospechas son infundadas), pero en el momento en que veo que se prepara para saltar…

Agarro con fuerza el cuchillo. He estado todo el día practicando el golpe. Sé con exactitud dónde debo clavarlo. Una cuchillada en la garganta del señor Crepsley y todo habrá acabado. Un vampiro menos. Un cadáver más que añadir al montón.

Los segundos transcurren con lentitud. No me atrevo a mirar lo que está examinando el hombre gordo. ¿Acaso no piensa incorporarse nunca?

Lo hace en este momento. El gordo comienza a ponerse en pie con dificultad. El señor Crepsley emite un siseo. Está preparado para arremeter contra él. Coloco el cuchillo en posición de ataque y trato de calmar mis nervios. El gordo ya está de pie. Oye algo. Mira hacia el techo (¡hacia allí no, idiota!), y el señor Crepsley salta. Cuando el vampiro se impulsa hacia lo alto, yo lo imito. Doy un fuerte alarido y apunto el cuchillo hacia él, decidido a matarlo…

CAPÍTULO UNO

Un mes antes…

Había un par de chicas observando a Cormac Miembros con expresión seria. Él extendía los brazos y las piernas y giraba el cuello para relajar los músculos. Luego, tras guiñarles un ojo a las chicas, se metió los dedos índice, corazón y anular de la mano derecha en la boca y se los arrancó de un mordisco.

Las muchachas gritaron y salieron corriendo. Cormac se echó a reír por lo bajo, sacudiendo los dedos nuevos que crecían en su mano.

Solté una carcajada. Al final, uno llega a acostumbrarse a ese tipo de cosas cuando trabaja en el Circo de los Extraños. El espectáculo itinerante estaba lleno de gente increíble, fenómenos de la naturaleza con geniales y, en ocasiones, espeluznantes poderes.

Además de Cormac Miembros, entre los artistas se contaban Rhamus Dostripas, que era capaz de comerse un elefante adulto o un tanque del ejército; Gertha Dientes, que podía atravesar el acero de un mordisco; el hombre lobo, mitad hombre, mitad lobo, que había matado a mi amigo Sam Grest; Truska, una hermosa y misteriosa mujer que podía dejarse crecer la barba a voluntad; y el señor Alto, que podía moverse más rápido que un rayo y parecía capaz de leer los pensamientos de la gente. El señor Alto era el dueño y el director del Circo de los Extraños.

Estábamos actuando en una pequeña ciudad y habíamos acampado junto a una vieja fábrica, en cuyo interior se representaba el espectáculo todas las noches. Se trataba de un depósito de chatarra desvencijado, pero ya me había acostumbrado a ese tipo de lugares. Podríamos haber actuado en los teatros más distinguidos del mundo y haber dormido en las más lujosas habitaciones de hotel (el circo tenía toneladas de dinero), pero era más seguro intentar pasar desapercibidos y atenernos a lugares por los que la policía y otros representantes de la ley raramente pasaban.

Mi apariencia no había cambiado mucho desde que abandoné mi casa con el señor Crepsley, casi un año y medio atrás. Puesto que era medio vampiro, envejecía a un ritmo cinco veces menor que los humanos, lo que significaba que, a pesar de que habían pasado dieciocho meses, mi cuerpo solo era tres o cuatro meses mayor.

Aún era de día cuando exploraba un vertedero con Evra, el chico serpiente, en busca de comida para los gnomos. Nadie, salvo quizá el señor Alto, sabía quiénes o qué eran, de dónde procedían o por qué viajaban con el circo. Su líder era un hombre horrible llamado señor Tino (¡a quien le gustaba comer niños!), pero no lo veíamos mucho por el circo.

—¡He encontrado un perro muerto! —gritó Evra al tiempo que lo sujetaba por encima de su cabeza—. Huele un poco mal. ¿Crees que les importará?

Olisqueé el aire (Evra estaba bastante lejos, pero podía percibir el olor del perro tan bien como un humano que estuviera al lado) y sacudí la cabeza.

—Servirá —dije. Los gnomos se comían casi cualquier cosa que les lleváramos.

Yo tenía un zorro y unas cuantas ratas en mi bolsa. Me sentía mal por matar a las ratas (las ratas eran muy simpáticas con los vampiros y por lo general se acercaban a nosotros como mascotas adiestradas cuando las llamábamos), pero el trabajo era el trabajo. En la vida, todos debemos hacer cosas que no nos gustan.

Había unos cuantos gnomos en el circo (alrededor de veinte) y uno de ellos había venido a cazar con Evra y conmigo. Había llegado al circo poco después de que lo hiciéramos el señor Crepsley y yo. Podía distinguirlo de los demás porque cojeaba un poco de la pierna izquierda. Evra y yo habíamos empezado a llamarlo Zurdo.

—¡Oye, Zurdo! —exclamé—. ¿Cómo va eso? —La pequeña figura de la capa azul no respondió (nunca lo hacía), pero se dio unos golpecitos en el estómago, lo que significaba que todavía debíamos conseguir más comida.

—Zurdo dice que hay que seguir —le dije a Evra.

—Me lo imaginaba… —replicó mi amigo con un suspiro.

Mientras buscaba otra rata, divisé una pequeña cruz plateada entre la basura. La cogí y la froté para quitarle la suciedad. Esbocé una sonrisa al contemplarla. ¡Y yo que solía creer que a los vampiros les aterrorizaban las cruces! La mayoría de cosas que salen en las pelis antiguas y en los libros son chorradas. Las cruces, el agua bendita, los ajos… Nada de eso afecta a los vampiros. No tenemos problemas con el agua corriente. No nos hace falta ser invitados para entrar en una casa. Proyectamos sombra y nos reflejamos en los espejos (aunque un vampiro completo no puede ser fotografiado, por algo relacionado con el movimiento de los átomos). No podemos cambiar de forma ni volar.

Una estaca en el corazón acabaría con un vampiro. Pero también un disparo certero, un incendio o un golpe con un objeto contundente. Somos más difíciles de matar que los humanos, pero no somos inmortales. Ni mucho menos.

Coloqué la cruz en el suelo y me aparté un poco. Concentré mi voluntad e intenté que volara hasta mi mano izquierda. La miré fijamente durante un minuto y después chasqueé los dedos de la mano derecha.

No ocurrió nada.

Lo intenté de nuevo, pero no sirvió de nada. Llevaba meses tratando de hacer eso sin éxito. El señor Crepsley conseguía que pareciera sencillo (un chasqueo de los dedos y el objeto aparecía en su mano, aunque se encontrara a varios pasos de distancia), pero yo no había logrado imitarlo.

Me llevaba bastante bien con el señor Crepsley. No era un mal tipo. No éramos lo que se dice buenos amigos, pero lo aceptaba como maestro y ya no lo odiaba como al principio, cuando me convirtió en medio vampiro.

Me guardé la cruz en el bolsillo y seguí con la caza. Después de un rato, encontré un gato medio muerto de hambre junto a los restos de un viejo horno microondas. También buscaba ratas.

Siseó con fuerza y se le erizaron los pelos del lomo. Fingí que me daba la vuelta, pero, después di un salto rápido, lo agarré del cuello y se lo retorcí. Emitió un pequeño grito ahogado y se quedó quieto. Lo metí en la bolsa y fui a ver qué tal le iba a Evra.

No me gustaba matar animales, pero la caza formaba parte de mi naturaleza. De todas formas, no les tenía ninguna simpatía a los gatos. La sangre de los gatos es venenosa para los vampiros. Beberla no me habría matado, pero me habría puesto enfermo. Y los gatos también son cazadores. A mi forma de verlo, cuantos menos gatos hubiera, más ratas tendría.

Esa noche, ya de vuelta en el campamento, volví a intentar mover la cruz con mi mente. Había terminado las tareas del día, y el espectáculo no comenzaría hasta un par de horas después, así que disponía de un montón de tiempo libre.

Era una noche gélida de finales de noviembre. Todavía no había nevado, pero amenazaba con hacerlo. Llevaba puesto mi colorido traje de pirata: una camisa verde claro, unos pantalones de color morado oscuro, una chaqueta dorada y azul, un fajín rojo alrededor de la cintura, un sombrero marrón con una pluma, y unos zapatos de piel suave con las puntas curvadas hacia arriba.

Me alejé de las caravanas y las tiendas hasta encontrar un lugar apartado a un lado de la vieja fábrica.

Coloqué la cruz sobre un trozo de madera frente a mí, respiré hondo, me concentré en el objeto y deseé que apareciera en la palma extendida de mi mano.

Nada.

Me acerqué más, de modo que mi mano se encontraba a escasos centímetros de la cruz.

—Te ordeno que te muevas —dije al tiempo que chasqueaba los dedos—. Te ordeno que te muevas. —Chasqueo—. Muévete. —Chasqueo—. ¡Muévete!

Grité la última palabra con más fuerza de la que pretendía y aplasté el pie contra el suelo, furioso.

—¿Qué estás haciendo? —preguntó una voz familiar detrás de mí.

Levanté la vista y vi que el señor Crepsley emergía de entre las sombras.

—Nada —respondí mientras intentaba esconder la cruz.

—¿Qué es eso? —quiso saber. Sus ojos no pasaban nada por alto.

—No es más que una cruz que encontré mientras cazaba con Evra —contesté antes de mostrársela.

—¿Qué estabas haciendo con ella? —preguntó el señor Crepsley con suspicacia.

—Intentaba lograr que se moviera —dije tras decidir que había llegado la hora de preguntarle al vampiro por sus secretos mágicos—. ¿Cómo lo hace usted?

En su rostro apareció una amplia sonrisa que arrugó la cicatriz que recorría su mejilla izquierda.

—Así que eso era lo que tanto te fastidiaba… —Rió entre dientes. Luego estiró la mano y chasqueó los dedos, haciéndome parpadear. Al instante siguiente, la cruz se encontraba en su mano.

—¿Cómo se hace? —pregunté—. ¿Acaso solo pueden hacerlo los vampiros completos?

—Te haré otra demostración. Esta vez, presta mucha atención.

Tras volver a colocar la cruz sobre el trozo de madera, se apartó y chasqueó los dedos. Una vez más, el objeto se desvaneció y reapareció en su palma.

—¿Lo has visto?

—¿Ver qué? —pregunté confundido.

—Una última vez —dijo—. Intenta no parpadear.

Me concentré en el pequeño objeto plateado. Oí el chasqueo de sus dedos y (con los ojos abiertos de par en par) me pareció atisbar un sutil movimiento entre la cruz y yo.

Cuando me giré para mirarlo, el señor Crepsley se pasaba la cruz de una mano a otra y sonreía.

—¿Ya lo has descubierto? —preguntó.

Fruncí el entrecejo.

—Me pareció ver... Parecía... —Mi rostro se iluminó—. ¡No ha movido la cruz! —grité entusiasmado—. ¡Se ha movido usted!

El vampiro sonrió de oreja a oreja.

—No eres tan tonto como pareces —me elogió a su acostumbrada forma sarcástica.

—Hágalo una vez más —le pedí. Esa vez no miré la cruz, sino a él. No fui capaz de seguir sus movimientos (era demasiado rápido), pero logré atisbar por un instante cómo se abalanzaba hacia delante, cogía la cruz y saltaba hacia atrás.

—Así que no puede mover cosas con la mente, ¿verdad? —pregunté.

—Por supuesto que no. —Se echó a reír.

—Entonces, ¿por qué chasquea los dedos?

—Para distraer la mirada —explicó.

—En ese caso, no es más que un truco —dije—. No tiene nada que ver con el hecho de ser un vampiro.

Él se encogió de hombros.

—No podría moverme tan rápido si fuera humano, pero sigue siendo un truco. Ya me entretenía con los trucos de ilusionismo antes de convertirme en vampiro, y aún me gusta practicar.

—¿Cree que yo podría aprender a hacerlo? —pregunté.

—Tal vez —contestó—. No puedes moverte tan deprisa como yo, pero podrías conseguirlo si el objeto estuviera cerca de tu mano. Tendrás que practicar mucho, pero, si lo deseas, puedo enseñarte.

—Siempre he querido ser mago —dije—. Pero... aguarde... —Recordé un par de ocasiones en las que el señor Crepsley había abierto cerraduras con un chasquido de los dedos—. ¿Qué pasa con las cerraduras? —quise saber.

—Eso es diferente. ¿Sabes lo que es la electricidad estática? —Mi rostro permaneció inexpresivo—. ¿Alguna vez te has pasado un peine por el pelo y lo has acercado luego a una hoja de papel?

—¡Pues claro! —exclamé—. El papel se queda pegado al peine.

—Eso es electricidad estática —explicó—. Cuando un vampiro relampaguea, se produce una fuerte carga de electricidad estática. Resulta que he aprendido a controlar esa carga, y por eso soy capaz de abrir cualquier cerradura.

Pensé en ello durante unos instantes.

—¿Y el chasqueo de los dedos? —pregunté.

—Resulta difícil deshacerse de las viejas costumbres —dijo esbozando una sonrisa.

—¡Pero es muy fácil deshacerse de los viejos vampiros! —rugió una voz a nuestras espaldas.

Antes de que lograra entender lo que ocurría, ¡alguien se acercó a nosotros y apretó un par de cuchillos afilados contra la delicada piel de nuestras gargantas!

CAPÍTULO DOS

Me quedé paralizado al sentir el contacto de la hoja y oír la voz amenazadora, pero el señor Crepsley ni siquiera parpadeó. Apartó el cuchillo de su garganta con suavidad y luego me arrojó la cruz plateada.

—Gavner, Gavner, Gavner... —dijo el señor Crepsley con un suspiro—. Siempre te oigo venir a más de un kilómetro de distancia.

—¡No es cierto! —dijo la voz con tono resentido al tiempo que alejaba la hoja de mi garganta—. Es imposible que me hayas oído.

—¿Por qué? —preguntó el señor Crepsley—. Nadie en el mundo respira con tanta fuerza como tú. Sería capaz de distinguirte entre una multitud de miles de personas con los ojos vendados.

—Una de estas noches, Larten... —murmuró el desconocido—. Una de estas noches te pillaré por sorpresa. Veremos si entonces pareces tan listo.

—Esa noche me retiraré con deshonor —bromeó el señor Crepsley.

Mi tutor me miró con una ceja arqueada; al parecer, le hacía gracia que todavía estuviera rígido y asustado, aunque ya me había figurado que nuestras vidas no corrían peligro.

—Deberías avergonzarte, Gavner Purl —dijo el señor Crepsley—. Has asustado al muchacho.

—Parece que eso es lo único que sé hacer. —El desconocido soltó un gruñido—. Asustar a los niños y a las viejas.

Me giré muy despacio para ver a ese hombre llamado Gavner Purl. No era muy alto, pero sí corpulento, con la constitución de un luchador. Su rostro era un amasijo de cicatrices y zonas oscuras, y sus ojos estaban ribeteados por una línea extremadamente negra. Llevaba el cabello castaño corto, e iba vestido con unos sencillos vaqueros y una camisa blanca holgada. Tenía una amplia sonrisa y unos brillantes dientes amarillentos.

Fue al observar las puntas de sus dedos y ver que tenía diez cicatrices cuando comprendí que era un vampiro. Así es como se convierten la mayoría de los vampiros: la sangre se introduce en su interior a través de la piel fina de la yema de los dedos.

—Darren, este es Gavner Purl —nos presentó el señor Crepsley—. Un viejo y leal amigo, aunque bastante torpe. Gavner, este es Darren Shan.

—Encantado de conocerte —dijo el vampiro mientras me estrechaba la mano—. Tú no me has oído llegar, ¿verdad?

—No —respondí con sinceridad.

—¡Toma ya! —exclamó con orgullo—. ¿Ves?

—Felicidades —dijo el señor Crepsley con tono seco—. Si alguna vez te ves obligado a colarte en una guardería, no tendrás problemas.

Gavner hizo una mueca.

—Veo que no te has vuelto más amable con los años —señaló—. Tan hiriente como siempre. ¿Cuánto tiempo ha pasado? ¿Catorce años? ¿Quince?

—Serán diecisiete en febrero —replicó el señor Crepsley de inmediato.

—¡Diecisiete! —exclamó Gavner, y soltó un silbido—. Más de lo que pensaba. Diecisiete años y sigues siendo igual de cáustico que siempre. —Me dio un suave codazo en las costillas—. ¿Sigue quejándose como una vieja gruñona cuando se despierta? —quiso saber.

—Sí —contesté, riéndome por lo bajo.

—Jamás logré sacarle algo positivo hasta la medianoche. Una vez tuve que compartir el ataúd con él durante cuatro meses. —Se estremeció al recordarlo—. Fueron los cuatro meses más largos de toda mi vida.

—¿Compartieron ataúd? —pregunté asombrado.

—No nos quedó más remedio —respondió Gavner—. Nos perseguían. Teníamos que permanecer unidos. No obstante, no volvería a hacerlo. Preferiría enfrentarme al sol y achicharrarme vivo.

—No eras el único que tenía motivos para quejarse —protestó el señor Crepsley—. Tus ronquidos estuvieron a punto de hacer que yo mismo me planteara la idea de salir a plena luz del día. —Tenía los labios fruncidos, pero estaba claro que le resultaba bastante difícil contener la risa.

—¿Por qué los perseguían? —pregunté.

—Da igual —se apresuró a responder el señor Crepsley antes de que pudiera hacerlo Gavner, tras lo cual fulminó con la mirada a su viejo compañero.

Gavner compuso una mueca.

—Fue hace casi sesenta años, Larten —dijo—. No me había dado cuenta de que era información confidencial.

—Al chico no le interesa el pasado —replicó el señor Crepsley con firmeza. (¡Por supuesto que sí me interesaba!)—. Estás en mi terreno, Gavner Purl, así que te pido que respetes mis deseos.

—Viejo murciélago retrógrado… —masculló Gavner, aunque asintió—. Bueno, Darren —dijo—, ¿a qué te dedicas en el Circo de los Extraños?

—Hago de todo —contesté—. Busco comida para los gnomos, ayudo a los artistas a prepararse para…

—¿Los gnomos aún viajan con el circo? —interrumpió Gavner.

—Más que nunca —respondió el señor Crepsley—. En estos momentos, hay alrededor de una veintena con nosotros.

Los vampiros intercambiaron una mirada cómplice, pero no hablaron más sobre el tema. No obstante, yo sabía que Gavner estaba preocupado, ya que sus cicatrices se habían concentrado en un ceño de aspecto feroz.

—¿Qué tal les va a los generales? —preguntó el señor Crepsley.

—La misma rutina de siempre —replicó Gavner.

—Gavner es un general vampírico —me dijo el señor Crepsley. Y eso sí que despertó mi interés. Había oído hablar de los generales vampíricos, pero nadie me había dicho con exactitud quiénes o qué eran.

—Disculpe —dije—, pero ¿qué es un general vampírico? ¿A qué se dedican?

—Vigilamos a los granujas como este —rió Gavner, dándole un codazo al señor Crepsley—. Nos aseguramos de que no traman ninguna fechoría.

—Los generales vampíricos supervisan el comportamiento del clan de los vampiros —añadió el señor Crepsley—. Se aseguran de que ninguno de nosotros matemos a inocentes o utilicemos nuestros poderes para hacer el mal.

—¿Cómo hacen eso? —quise saber.

—Si descubren que un vampiro se ha vuelto malvado —dijo el señor Crepsley—, lo matan.

—Ah. —Clavé la mirada en Gavner Purl. No parecía un asesino, pero todas esas cicatrices...

—Lo cierto es que casi siempre resulta un trabajo de lo más aburrido —dijo Gavner—. Soy más un policía de pueblo que un soldado. Jamás me ha gustado el término «generales vampíricos». Suena demasiado pomposo.

—Los generales vampíricos no solo toman medidas drásticas con los vampiros malvados —dijo el señor Crepsley—. También tienen la obligación de encargarse de los vampiros débiles o estúpidos. —Dejó escapar un suspiro—. Estaba esperando esta visita. ¿Quieres que nos retiremos a mi tienda para discutir el asunto, Gavner?

—¿Me estabas esperando? —preguntó Gavner con expresión sorprendida.

—Sabía que los rumores se extenderían tarde o temprano —comentó el señor Crepsley—. No he hecho ningún intento por esconder al chico u ocultar la verdad. Y te advierto que alegaré eso en mi defensa durante el juicio, cuando me llamen a declarar.

—¿Juicio? ¿Verdad? ¿Chico? —Gavner estaba desconcertado. Bajó la vista hasta mis manos, vio las marcas de las yemas de mis dedos y abrió la boca de par en par—. ¿El chico es un vampiro? —preguntó a voz en grito.

—Por supuesto. —El señor Crepsley frunció el entrecejo—. Pero seguro que ya lo sabías.

—¡No tenía ni la menor idea! —protestó Gavner. Me miró a los ojos con expresión concentrada—. Su sangre es débil —reflexionó en voz alta—. No es más que un medio vampiro.

—Naturalmente —dijo el señor Crepsley—. No tenemos por costumbre tomar como ayudantes a vampiros completos.

—¡Ni tampoco a niños! —espetó Gavner con un tono mucho más autoritario que antes—. ¿En qué estabas pensando? —le preguntó al señor Crepsley—. ¡Un crío! ¿Cuándo ocurrió? ¿Por qué no informaste a nadie?

—Hace casi un año y medio que le di mi sangre a Darren —señaló el señor Crepsley—. Y los motivos por los que lo hice son una larga historia. Con respecto a por qué no se lo he dicho todavía a nadie, la respuesta es fácil: eres el primero de nuestra especie con el que nos hemos topado. Lo habría llevado al próximo Concilio si no nos hubiéramos encontrado con un general antes. Ahora, eso ya no será necesario.

—¡Desde luego que sí! —exclamó Gavner con un resoplido.

—¿Para qué? —preguntó el señor Crepsley—. Tú puedes juzgar mis actos y emitir un veredicto.

—¿Yo? ¿Juzgarte a ti? —Gavner se echó a reír—. No, gracias. Te dejaré en manos del Concilio. Lo último que me hace falta es involucrarme en algo así.

—Disculpen —dije de nuevo—, pero ¿de qué va todo esto? ¿Por qué están hablando de juicios? ¿Y quién o qué es el Concilio?

—Te lo contaré después —contestó el señor Crepsley, que descartó mis preguntas con un gesto de la mano. Estudió a Gavner con curiosidad—. Si no estás aquí por el chico, ¿por qué has venido? Creí que la última vez que nos vimos dejé bastante claro que no quería tener nada más que ver con los generales.

—Lo dejaste claro como el agua —convino Gavner—. Puede que haya venido solo para hablar de los viejos tiempos.

El señor Crepsley sonrió con aire cínico.

—¿Despúes de abandonarme a mis suerte durante diecisiete años? Creo que no, Gavner.

El general vampírico tosió con discreción.

—Corren malos tiempos. No tiene nada que ver con los generales —se apresuró a añadir—. Se trata de un asunto personal. He venido porque creo que hay algo que deberías saber. —Hizo una pausa.

—Continúa —lo instó el señor Crepsley.

Gavner me miró y se aclaró la garganta.

—No tengo ningún inconveniente en hablar delante de Darren —dijo—, pero parecías ansioso por mantenerlo al margen de ciertas cosas cuando hablábamos sobre nuestro pasado hace un rato. Puede que lo que tenga que decirte no deba llegar a sus oídos.

—Darren —dijo el señor Crepsley de inmediato—, Gavner y yo continuaremos esta conversación en mi cuarto a solas. Por favor, busca al señor Alto y dile que no podré actuar esta noche.

No me hizo ninguna gracia (quería escuchar lo que Gavner tenía que decirle, ya que era el único vampiro al que había conocido, aparte del señor Crepsley), pero supe por su expresión adusta que no cambiaría de idea. Me di la vuelta para marcharme.

—Y una cosa, Darren —añadió el señor Crepsley—, sé que eres curioso por naturaleza, pero te lo advierto: no intentes escuchar a escondidas. Me decepcionaría mucho que lo hicieras.

—¿Quién se cree que soy? —dije—. Me trata como si fuera un…

—¡Darren! —me interrumpió—. ¡Nada de escuchar a escondidas!

Asentí con desánimo.

—Está bien.

—Anímate —dijo Gavner Purl mientras me alejaba con aire abatido—. Te lo contaré todo en cuanto Larten se dé la vuelta. —Cuando el señor Crepsley se giró con una mirada asesina, el general vampírico levantó las manos a toda prisa y se echó a reír—. ¡Solo bromeaba!

CAPÍTULO TRES

Decidí hacer el número con madame Octa (la araña del señor Crepsley) yo mismo. Era perfectamente capaz de controlarla. Además, sería divertido sustituir al señor Crepsley. Había salido a escena con él unas cuantas veces, pero siempre como su asistente.

Salí después de Hans el Manos (un hombre que era capaz de recorrer cien metros sobre sus manos en menos de ocho segundos) y lo pasé genial. El público aplaudió con entusiasmo, y más tarde vendí un montón de arañas de caramelo a los espectadores que las pedían a gritos.

Después del espectáculo fui a ver a Evra. Le hablé de Gavner Purl y le pregunté qué sabía sobre los generales vampíricos.

—No mucho —dijo—. Sabía de su existencia, pero nunca he conocido a ninguno.

—¿Qué es eso del Concilio? —pregunté.

—Creo que es una gran convención en la que se reúnen cada diez o quince años —contestó—. Una conferencia gigantesca en la que hablan de sus cosas.

Eso fue lo único que pudo decirme.

Unas cuantas horas antes del amanecer, mientras Evra atendía a su serpiente, Gavner Purl salió de la caravana del señor Crepsley (el vampiro prefería dormir en los sótanos de los edificios, pero no había habitaciones apropiadas en la vieja fábrica) y me pidió que paseara con él un rato.

El general vampírico caminaba despacio y se frotaba las cicatrices de la cara, como hacía el señor Crepsley cuando meditaba.

—¿Te gusta ser un medio vampiro, Darren? —preguntó.

—Lo cierto es que no —respondí con sinceridad—. Me he acostumbrado, pero era más feliz como humano.

Él asintió.

—¿Sabías que envejecerás a un ritmo cinco veces inferior que los humanos? ¿Te has resignado a una larga infancia? ¿No te molesta?

—Sí que me molesta —repliqué—. Antes estaba impaciente por crecer. Me fastidia que vaya a tardar tanto en hacerlo. Pero no hay nada que pueda hacer al respecto. Tengo las manos atadas, ¿no es cierto?

—Sí —admitió con un suspiro—. Ese es el problema de introducir nuestra sangre en una persona: no hay forma de eliminar la sangre vampírica. Por esa razón no lo hacemos con niños: solo queremos gente que sepa en lo que se está metiendo, que desee renunciar a su humanidad. Larten no debería haberte dado su sangre. Fue un error.

—¿Por eso hablaba el señor Crepsley sobre la posibilidad de ser juzgado? —quise saber.

Gavner asintió.

—Tendrá que rendir cuentas por su error —dijo—. Tendrá que convencer a los generales y a los príncipes de que no saldrán perjudicados por lo que hizo. Si no lo logra… —La expresión de Gavner se volvió seria.

—¿Lo matarán? —pregunté en voz baja.

Gavner sonrió.

—Lo dudo. Larten es muy respetado. Le echarán una buena bronca, pero no creo que nadie pida su cabeza.

—¿Por qué no lo juzga usted? —pregunté.

—Todos los generales tenemos derecho a juzgar a vampiros sin rango —dijo—. Pero Larten es un viejo amigo. En un juicio, es mejor ser imparcial. Incluso si hubiera cometido un verdadero crimen, me resultaría difícil castigarlo. Además, Larten no es un vampiro ordinario. Antes era un general.

—¿De verdad? —Clavé la mirada en Gavner Purl, atónito ante semejantes noticias.

—Y uno de los más importantes —añadió—. Estaba a punto de que lo nombraran príncipe vampírico cuando renunció.

—¿Un príncipe? —pregunté incrédulo. Me resultaba difícil imaginar al señor Crepsley con una corona y una capa real.

—Así es como llamamos a nuestros líderes —dijo Gavner—. Hay muy pocos. Solo los vampiros más nobles y respetados consiguen ese título.

—¿Y el señor Crepsley estuvo a punto de adquirirlo? —pregunté. Gavner asintió—. ¿Qué ocurrió? —quise saber—. ¿Cómo acabó viajando con el Circo de los Extraños?

—Dimitió —dijo Gavner—. Faltaban un par de años para su ordenación (para nosotros, el proceso de nombramiento de un príncipe es una ordenación), cuando una noche declaró que estaba harto de todo aquello y que no quería tener nada más que ver con los generales.

—¿Por qué?

Gavner se encogió de hombros.

—Nadie lo sabe. Larten nunca dio explicaciones al respecto. Puede que estuviera cansado de luchar y matar.

Quería preguntar contra quién debían luchar los generales vampíricos, pero, en cuanto dejamos atrás las últimas casas de la ciudad, Gavner Purl sonrió y estiró los brazos.

—El camino está despejado. —Soltó un gruñido de felicidad.

—¿Se marcha? —pregunté.

—Debo hacerlo —respondió—. Los generales tenemos una agenda apretada. Solo me detuve aquí porque me caía de paso. Me gustaría quedarme y charlar sobre los viejos tiempos con Larten, pero no puedo. De todas formas, creo que Larten no tardará en marcharse de aquí.

Eso llamó mi atención.

—¿Adónde irá? —quise saber.

Gavner sacudió la cabeza y sonrió.

—Lo siento. Me despellejaría vivo si te lo dijera. Ya he dicho más de lo que debería. No le contarás que te he dicho que era un general, ¿verdad?

—Si usted no quiere que lo haga, no —contesté.

—Gracias. —Gavner se agachó para mirarme cara a cara—. Larten puede ser un pelmazo a veces. Juega sus cartas con demasiada reserva, y sacarle información puede llegar a ser tan peligroso como husmear entre los dientes de un tiburón. Pero es un buen vampiro, uno de los mejores. No podrías tener un maestro mejor. Confía en él, Darren, y no te equivocarás.

—Lo intentaré. —Esbocé una sonrisa.

—Este puede ser un mundo peligroso para los vampiros —añadió Gavner en voz baja—. Más peligroso de lo que crees. Si te quedas con Larten, tendrás más posibilidades de sobrevivir que la mayoría de los nuestros. Uno no vive tanto como él sin aprender un buen puñado de trucos.

—¿Cuántos años tiene? —pregunté.

—No estoy seguro —respondió Gavner—. Creo que ciento ochenta o doscientos.

—¿Cuántos años tiene usted? —pregunté asombrado.

—Yo soy un chavalín —dijo—. Apenas paso de los cien.

—¡Tiene cien años! —exclamé con un pequeño silbido.

—Eso no es nada para un vampiro —señaló Gavner—. Apenas tenía diecinueve cuando recibí la primera sangre, y solo veintidós cuando me convertí en un vampiro completo. Llegaré a vivir alrededor de quinientos años, si los dioses vampíricos lo permiten.

—¡Quinientos años! —No podía imaginarme lo que sería llegar a ser tan viejo.

—¡Imagina cómo sería soplar las velas de una tarta así! —bromeó Gavner antes de enderezarse—. Debo marcharme. Tengo que recorrer ochenta kilómetros antes del amanecer. Tendré que ir a marchas forzadas. —Compuso una mueca—. Odio relampaguear. Siempre me provoca náuseas.

—¿Volveré a verlo? —pregunté.

—Es probable —replicó—. El mundo es un pañuelo. Estoy seguro de que nuestros caminos volverán a encontrarse una noche cálida y oscura. —Me estrechó la mano con fuerza—. Hasta pronto, Darren Shan.

—Hasta la próxima, Gavner Purl —dije.

—Hasta la próxima —convino antes de alejarse. Respiró hondo unas cuantas veces y comenzó a trotar. Al cabo de un rato empezó a correr a toda velocidad.

Yo me quedé donde estaba y lo observé hasta que relampagueó a la máxima velocidad y desapareció, momento en el cual me di la vuelta y regresé al campamento.

Encontré al señor Crepsley en su caravana. Estaba sentado junto a la ventana (cubierta por completo con cintas adhesivas oscuras para bloquear la luz del sol durante el día), con la mirada perdida y una expresión malhumorada.

—Gavner se ha ido —dije.

—Sí —asintió él con un suspiro.

—No se ha quedado mucho tiempo —comenté.

—Es un general vampírico —dijo el señor Crepsley—. Su tiempo no le pertenece.

—Me cae bien.

—Es un buen vampiro, y también un buen amigo —convino el señor Crepsley.

Me aclaré la garganta.

—Dijo que es posible que usted también se marche.

El señor Crepsley me miró con suspicacia.

—¿Qué más te dijo?

—Nada —mentí—. Le pregunté por qué no podía quedarse un poco más, y me dijo que no tenía sentido, ya que usted se marcharía también muy pronto.

El señor Crepsley asintió.

—Gavner me ha traído malas noticias —dijo con cautela—. Tendré que abandonar el circo durante un tiempo.

—¿Adónde piensa ir? —pregunté.

—A una ciudad —fue su vaga respuesta.

—¿Y qué pasará conmigo? —quise saber.

El señor Crepsley se rascó la cicatriz con aire pensativo.

—En eso estaba pensando —dijo—. Preferiría no tener que llevarte conmigo, pero creo que debería hacerlo. Tal vez te necesite.

—Pero me gusta estar aquí... —protesté—. No quiero marcharme.

—Tampoco yo —me espetó el señor Crepsley—, pero debo hacerlo. Y tú tendrás que venir conmigo. Recuerda: somos vampiros, no artistas de circo. El Circo de los Extraños es nuestra tapadera, no nuestro hogar.

—¿Cuánto tiempo estaremos fuera? —pregunté con tristeza.

—Días, semanas, meses. No sabría decírtelo con seguridad.

—¿Y si me niego a ir con usted?

El vampiro me observó con expresión amenazadora.

—Un ayudante que no obedece las órdenes no sirve para nada —dijo en voz baja—. Si no puedo contar con tu cooperación, tendré que tomar las medidas necesarias para acabar con nuestra relación laboral.

—¿Está diciendo que me despediría? —Sonreí con amargura.

—Solo hay una manera de manejar a un medio vampiro rebelde —replicó, y yo sabía cuál era esa manera: ¡clavarle una estaca en el corazón!

—No es justo —mascullé—. ¿Qué haré todo el día solo en una ciudad desconocida mientras usted duerme?

—¿Qué hacías cuando eras humano? —preguntó.

—Entonces las cosas eran diferentes —contesté—. Tenía amigos y una familia. Si nos marchamos, me quedaré solo otra vez, como cuando nos unimos al principio.

—Será bastante duro —comentó el señor Crepsley con tono compasivo—, pero no tenemos elección. Debo marcharme en cuanto caiga la noche (me marcharía ahora mismo si el amanecer no estuviera tan cerca), y tú tienes que venir conmigo. No queda otro... —Se quedó callado cuando le vino una idea a la cabeza—. Pues claro —dijo muy despacio—, podríamos llevar a alguien más con nosotros.

—¿Qué quiere decir? —pregunté.

—Evra podría acompañarnos.

Fruncí el entrecejo mientras reflexionaba sobre su propuesta.

—Vosotros dos sois buenos amigos, ¿no? —preguntó el señor Crepsley.

—Sí —dije—, pero no sé qué le parecerá la idea de marcharse. Y, además, está su serpiente. ¿Qué haríamos al respecto?

—Estoy seguro de que alguien podría cuidar de ella —dijo el señor Crepsley, que parecía cada vez más entusiasmado con la idea—. Evra sería una buena compañía para ti. Y es listo: podría mantenerte alejado de los problemas cuando yo no esté presente.

—¡No necesito una niñera! —protesté.

—No —convino el señor Crepsley—, pero no te vendría mal un guardián. Tienes la costumbre de meterte en líos cuando te dejo solo. ¿Recuerdas cuando me robaste a madame Octa? ¿Y el lío que se formó con aquel niño humano, Sam o como quiera que se llamase?

—¡Eso no fue culpa mía! —grité.

—Desde luego que no —dijo el señor Crepsley—. Pero ocurrió cuando andabas solo por ahí.

Hice una mueca, pero no dije nada.

—¿Quieres que se lo pregunte o no? —insistió el señor Crepsley.

—Se lo preguntaré yo —dije—. Usted es capaz de amenazarlo para que nos acompañe.

—Hazlo a tu manera. —El señor Crepsley se puso en pie—. Yo iré a explicarle las cosas a Hibernius. —Ese era el nombre de pila del señor Alto—. Estaré de vuelta antes del alba para poder darte las instrucciones pertinentes: quiero asegurarme de que estamos listos para viajar tan pronto como llegue la noche.

Evra tardó bastante en decidirse. No le gustaba la idea de dejar a sus amigos del Circo de los Extraños… y tampoco abandonar a su serpiente.

—No será para siempre —le dije.

—Lo sé —replicó él indeciso.

—Tómatelo como unas vacaciones —sugerí.

—Me gusta la idea de tener vacaciones —admitió—, pero sería agradable saber adónde vamos.

—A veces las sorpresas son más divertidas —dije.

—Y a veces no —murmuró Evra.

—El señor Crepsley se pasará el día dormido —le recordé—. Podremos hacer lo que nos dé la gana: hacer turismo, ir al cine, nadar... cualquier cosa que nos apetezca.

—Nunca he ido a nadar —dijo Evra, y supe por la forma en que sonreía que había decidido acompañarme.

—¿Le digo al señor Alto que vienes con nosotros? —pregunté—. ¿Y que busque a alguien que cuide de tu serpiente?

Evra asintió.

—De todas formas, a ella no le gusta el frío —dijo—. Pasará dormida la mayor parte del invierno.

—¡Genial! —Sonreí—. Lo pasaremos en grande.

—Lo pasaremos mejor que eso —dijo—, o será la última vez que vaya de «vacaciones» contigo.

Pasé el resto del día empaquetando y desempaquetando cosas. Solo podía llevar dos bolsos pequeños, uno para mí y otro para el señor Crepsley, pero (aparte de mi diario, que llevaba conmigo a todas partes) no sabía muy bien qué coger.

Entonces recordé a madame Octa (no pensaba llevarla con nosotros) y me apresuré a buscar a alguien que estuviera dispuesto a encargarse de ella. Hans el Manos accedió a cuidarla, aunque se negó en rotundo a permitirle salir de la jaula.

Al final, después de horas de correr de un lado para otro (el señor Crepsley lo tuvo fácil, ¡vejestorio astuto!), llegó la noche y el momento de la partida.

El señor Crepsley examinó el equipaje y asintió con rigidez. Le dije que había dejado a madame Octa con Hans y asintió de nuevo.

Fuimos a buscar a Evra y nos despedimos del señor Alto y de los demás antes de alejarnos del campamento para comenzar la marcha.

—¿Será capaz de relampaguear con nosotros dos a cuestas? —le pregunté al señor Crepsley.

—No tengo ninguna intención de relampaguear —replicó.

—¿Cómo viajaremos entonces? —quise saber.

—En autobús y en tren —contestó. Se echó a reír al ver mi expresión sorprendida—. Los vampiros pueden utilizar el transporte público, como los humanos. No hay ninguna ley que lo prohíba.

—Supongo que no —admití con una sonrisa; me pregunté qué opinarían los demás pasajeros si supieran que viajaban con un vampiro, un medio vampiro y un chico serpiente—. En ese caso, ¿nos vamos ya?

—Sí —respondió el señor Crepsley, y los tres nos encaminamos hacia la ciudad para coger el primer tren de salida.

CAPÍTULO CUATRO

Me resultaba extraño estar en una ciudad. El ruido y los olores casi me volvieron loco los dos primeros días: con mis sentidos agudizados, era como tener una licuadora pegada a la oreja, así que me quedaba en la cama durante el día y me cubría la cabeza con la almohada más gruesa que pude encontrar. No obstante, a finales de semana ya me había acostumbrado a la cantidad extra de ruidos y esencias y aprendí a pasarlos por alto.

Nos alojábamos en un hotel situado en la esquina de un barrio tranquilo de la ciudad. Por las noches, cuando había menos tráfico, los chicos del vecindario se reunían fuera para jugar al fútbol. Me habría encantado unirme a ellos, pero no me atrevía (con mi fuerza excepcional, podría acabar rompiéndole los huesos a alguien por accidente, o algo peor).

Al comienzo de la segunda semana ya habíamos caído en una agradable rutina. Evra y yo nos despertábamos todas las mañanas (el señor Crepsley se largaba solo todas las noches sin decirnos adónde) y desayunábamos a lo grande. Después salíamos a explorar la ciudad, que era grande, antigua y llena de cosas interesantes. Regresábamos al hotel al anochecer, por si acaso el señor Crepsley nos necesitaba para algo, y luego veíamos la tele o jugábamos a algún videojuego. Por lo general, nos íbamos a la cama entre las once y las doce.

Después de un año en el Circo de los Extraños, resultaba emocionante vivir como un ser humano normal. Me encantaba poder dormir hasta tarde por las mañanas y no tener que preocuparme de buscarles comida a los gnomos; era genial no tener que correr de acá para allá haciéndoles recados a los artistas; y sentarme por la noche, dándome un atracón de dulces y cebolletas en vinagre mientras veía la tele… ¡eso era lo mejor!

Evra también lo estaba pasando bien. Nunca había llevado una vida así. Había formado parte del mundo del circo desde que tenía uso de razón, primero con el odioso dueño de una barraca de feria y después con el señor Alto. Le gustaba el circo (a mí también me gustaba) y tenía ganas de regresar, pero tuvo que admitir que era agradable tomarse un respiro.

—Nunca me había dado cuenta de que la tele podía ser tan adictiva —dijo una noche, después de ver cinco programas del tirón.

—Mis padres nunca me dejaban verla mucho —le dije—, pero conocía a chicos en el colegio que la veían durante cinco o seis horas… ¡todas las noches de la semana!

—Yo no llegaría tan lejos —reflexionó Evra—, pero es divertida en pequeñas dosis. Puede que me compre una tele portátil cuando regresemos al Circo de los Extraños.

—Jamás he pensado en conseguir una tele desde que me uní al circo —comenté—. Allí ocurren tantas cosas que ni se me pasó por la cabeza. Pero tienes razón, estaría bien tener una tele, aunque solo fuera para ver las reposiciones de *Los Simpson*. —Era nuestra serie favorita.

En ocasiones me preguntaba qué tramaba el señor Crepsley (siempre había sido bastante enigmático, pero nunca tan reservado), aunque lo cierto es que tampoco me preocupaba demasiado: era agradable quitármelo de encima.

Evra tenía que ponerse un montón de capas de ropa cada vez que salíamos. No por el frío (aunque lo cierto era que hacía bastante frío: la primera nevada había caído un par de días después de nuestra llegada), sino por su aspecto. A pesar de que no le importaba que la gente lo mirara fijamente (ya estaba acostumbrado), resultaba más sencillo pasear por ahí cuando se hacía pasar por un humano normal. De esa forma no tenía por qué detenerse cada cinco o diez minutos para explicarle a un curioso desconocido quién y qué era.

Cubrir su cuerpo, sus piernas y sus brazos era fácil (pantalones, una camiseta y guantes), pero su rostro era más peliagudo: no tenía tantas escamas ni colores como en el resto del cuerpo, pero tampoco era la cara de una persona normal y corriente. Una enorme gorra de béisbol se encargaba de cubrir su largo cabello amarillo verdoso, y las gafas de sol ocultaban buena parte de la mitad superior de su rostro. Pero la mitad inferior…

Probamos con vendas y pinturas de color carne antes de dar con la solución: ¡una barba postiza! La compramos en una tienda de artículos de broma, y aunque parecía ridícula (nadie la tomaría por una barba auténtica), hacía su función.

—Menuda pareja debemos de formar —dijo Evra con una risilla mientras paseábamos por el zoo un día—. Tú con tu traje de pirata y yo con esta pinta. Es probable que la gente crea que somos unos lunáticos que se han fugado del manicomio.

—La gente del hotel ya lo piensa —aseguré con una risotada—. He oído a los botones y a las doncellas hablar de nosotros; creen que el señor Crepsley es un loquero y que nosotros somos sus pacientes.

—¿En serio? —Evra se echó a reír—. Pues imagina si supieran la verdad… ¡que vosotros sois un par de vampiros y que yo soy un chico serpiente!

—No creo que importara mucho —dije. El señor Crepsley daba buenas propinas, y eso era lo más importante—. «El dinero compra intimidad», como le oí decir a uno de los gerentes cuando una doncella se quejó de un chico que había estado paseándose desnudo por los pasillos.

—¡Yo lo vi! —exclamó Evra—. Creí que se le había cerrado la puerta de la habitación y no podía entrar.

—Pues no. —Esbocé una sonrisa—. Al parecer, llevaba paseándose por ahí de esa guisa cuatro o cinco días. Según el gerente, se aloja en el hotel un par de semanas todos los años y se pasa todo el tiempo paseándose por allí tal y como vino al mundo.

—¿Y se lo permiten? —preguntó Evra atónito.

—«El dinero compra intimidad» —repetí.

—Y yo que creía que el Circo de los Extraños era un sitio insólito para vivir… —murmuró Evra con sarcasmo—. ¡Los humanos son mucho más raros que nosotros!

Con el paso de los días, la ciudad tomó un aspecto cada vez más navideño, ya que todo el mundo se preparaba para la llegada del 25 de diciembre. Aparecieron árboles de Navidad; las luces y los adornos iluminaban las calles y las ventanas todas las noches; Santa Claus bajaba a tierra y recogía las cartas de pedidos; juguetes de todas las formas y tamaños llenaban los estantes de los almacenes, desde el suelo al techo.

Me moría de ganas de que llegara la Navidad: el año anterior había pasado desapercibida, ya que nadie en el Circo de los Extraños se molestaba en celebrarla.

Evra no entendía a qué venía tanto alboroto.

—¿Qué sentido tiene? —preguntaba una y otra vez—. La gente gasta una enorme cantidad de dinero en comprar regalos para personas que en realidad no los necesitan; se vuelven medio locos preparando una cena suculenta; se cultivan árboles y se crían pavos que luego se sacrifican en enormes cantidades… ¡Es ridículo!

Intenté decirle que era un día de paz y buena voluntad en el que las familias se reunían y compartían momentos de felicidad, pero no me escuchó. En su opinión, no era más que un estúpido y lucrativo negocio.

El señor Crepsley, por supuesto, se limitaba a resoplar cuando salía el tema.

—Una ridícula costumbre humana —solía decir. No quería tener nada que ver con la festividad.

Sería una Navidad muy solitaria sin mi familia (en esa época del año los echaba de menos más que nunca, sobre todo a Annie), pero de todas formas esperaba con ansia su llegada. El personal del hotel estaba preparando una gran fiesta para los huéspedes. Habría pavo, jamón, tarta y pasteles navideños. Yo estaba decidido a lograr que Evra se impregnara un poco del espíritu navideño: estaba seguro de que cambiaría de opinión cuando viviera la Navidad de primera mano.

—¿Quieres venir de compras? —le pregunté una gélida tarde mientras me enrollaba la bufanda alrededor del cuello (no la necesitaba, ya que la sangre vampírica me mantenía abrigado, y tampoco el grueso abrigo ni la sudadera, pero habría llamado la atención si hubiera salido sin ellos).

Evra echó un vistazo a través de la ventana. Había nevado y el mundo exterior parecía blanco y congelado.

—No —dijo—. No tengo ganas de ponerme ropa de abrigo otra vez. —Habíamos salido esa mañana para arrojarnos bolas de nieve el uno al otro.

—Vale —repliqué, contento de que no quisiera venir. Quería buscar algunos regalos para él—. Solo estaré fuera una hora o dos.

—¿Volverás antes de que oscurezca? —preguntó Evra.

—Tal vez —contesté.

—Será mejor que lo hagas. —Señaló con la cabeza la habitación en la que dormía el señor Crepsley—. Ya sabes cómo funciona esto: la noche que no estés aquí cuando se despierte será la noche que te necesite para algo.

Me eché a reír.

—Me arriesgaré. ¿Quieres que te traiga algo? —Evra sacudió la cabeza—. De acuerdo. Nos vemos luego.

Caminé sobre la nieve, silbando para mis adentros. Me gustaba la nieve: ocultaba la mayoría de los olores y amortiguaba gran parte del ruido. Algunos niños que vivían en el barrio estaban haciendo un muñeco de nieve. Me detuve a observarlos, pero me alejé antes de que me pidieran que los ayudara: era mejor no relacionarse con los humanos.

Mientras miraba el escaparate de unos grandes almacenes y me preguntaba qué comprarle a Evra, una chica se acercó y se detuvo junto a mí. Tenía la piel oscura y una larga melena negra. Parecía tener más o menos mi edad, aunque era algo más baja que yo.

—¡Barco a la vista, mi capitán! —exclamó a modo de saludo.

—¿Cómo dices? —repliqué desconcertado.

—El disfraz —señaló con una sonrisa al tiempo que tironeaba de mi abrigo abierto—. Lo encuentro genial. Pareces un pirata. ¿Vas a entrar o solo estás mirando?

—No lo sé —contesté—. Busco un regalo para mi hermano, pero no sé muy bien qué comprarle. —Esa era nuestra historia: Evra y yo éramos hermanos, y el señor Crepsley era nuestro padre.

—Ah. —Asintió—. ¿Cuántos años tiene?

—Un año más que yo —dije.

—Loción para después del afeitado —aseguró con firmeza.

Sacudí la cabeza.

—Todavía no se afeita. —Y nunca lo haría: no crecían pelos sobre las escamas de Evra.

—Está bien —dijo ella—. ¿Qué te parece un cedé?

—No escucha mucha música —repliqué—. Aunque puede que empezara a hacerlo si le regalara un reproductor de cedés.

—Son bastante caros —dijo la chica.

—Es mi único hermano —expliqué—. Se lo merece.

—En ese caso, entra a buscarlo. —Me ofreció la mano. A pesar del frío, no llevaba guantes—. Me llamo Debbie.

Le estreché la mano (la mía parecía muy blanca en comparación con el color oscuro de su piel) y le dije mi nombre.

—Darren y Debbie. —Esbozó una sonrisa—. Suena bien, como Bonnie y Clyde.

—¿Siempre hablas así con los desconocidos? —pregunté.

—No —dijo ella—. Pero nosotros no somos desconocidos.

—¿No?

—Te he visto por ahí —comentó—. Vivo en el barrio, a unas puertas del hotel. Por eso sabía lo de tu disfraz de pirata. Sales con ese chico tan raro que lleva gafas de sol y una barba postiza.

—Evra. Para él es el regalo que quiero comprar. —Intenté ubicar su rostro, pero no recordaba haberla visto con los demás niños—. No me había fijado en ti —dije.

—No salgo mucho —replicó ella—. He estado en cama a causa de un resfriado. Por eso te vi: me pasaba los días mirando por la ventana, observando la plaza. La vida se convierte en algo de lo más aburrido cuando estás en cama.

Debbie se echó el aliento en las manos antes de frotárselas.

—Deberías ponerte guantes —le aconsejé.

—Mira quién habla… —dijo con un resoplido. Había olvidado ponérmelos antes de salir—. De cualquier forma, por eso estoy aquí: perdí los guantes, así que he recorrido un montón de tiendas en busca de unos idénticos. No quiero que mis padres descubran que los he perdido el segundo día que salgo de casa.

—¿Cómo eran? —quise saber.

—Rojos, con un ribete de piel falsa en las muñecas —dijo—. Mi tío me los regaló hace unos meses, pero no me dijo dónde los compró.

—¿Has mirado ya en este lugar?

—Pues no —dijo—. Estaba a punto de hacerlo cuando te vi.

—¿Quieres entrar conmigo? —pregunté.

—Claro —dijo ella—. Odio ir de compras sola. Te ayudaré a elegir un reproductor de cedés si quieres. Sé un montón sobre ellos.

—De acuerdo —dije antes de empujar la puerta y sujetarla para que Debbie pasara.

—Venga, Darren —comentó ella con una risotada—, la gente va a pensar que estás loco por mí.

Sentí que me ruborizaba e intenté pensar en una buena réplica, pero no se me ocurrió nada. Debbie rió por lo bajo, entró en los grandes almacenes y me hizo un gesto para que la siguiera.

CAPÍTULO CINCO

El apellido de Debbie era Hemlock (que en inglés significa «cicuta»), razón por la cual ella lo detestaba.

—¡Imagina lo que es apellidarte como una planta venenosa! —exclamó con rabia.

—No es tan malo —dije—. A mí me gusta.

—Eso demuestra el mal gusto que tienes —se mofó ella.

Se había trasladado poco antes a la ciudad con sus padres. No tenía hermanos ni hermanas. Su padre era un genio de los ordenadores que viajaba con frecuencia por todo el mundo por asuntos de trabajo. Se habían trasladado cinco veces desde que ella nació.

Se mostró interesada al descubrir que yo también viajaba mucho. No le hablé del Circo de los Extraños, pero le dije que viajaba un montón con mi padre, que era un vendedor ambulante.

Quiso saber por qué no había visto a mi padre por el barrio.

—Os he visto a tu hermano y a ti un montón de veces, pero nunca a tu padre.

—Es bastante madrugador —mentí—. Se levanta antes del amanecer, y la mayoría de los días no vuelve hasta la noche.

—¿Os deja a los dos solos en el hotel? —Frunció los labios mientras reflexionaba sobre el tema—. ¿Y qué pasa con el colegio? —preguntó.

—¿Son estos los guantes que buscabas? —Evité la cuestión cogiendo un par de guantes rojos de un estante.

—Muy parecidos —dijo después de examinarlos—, aunque los míos tenían un tono más oscuro.

Fuimos a otra tienda y miramos un montón de reproductores de música. No llevaba mucho dinero, así que no compré nada.

—Después de Navidad los rebajarán, por supuesto —señaló Debbie con un suspiro—, pero ¿qué se puede hacer? Si te esperas, quedarás como un tacaño.

—No me preocupa el dinero —dije. Siempre podía pedirle más al señor Crepsley.

Después de buscar en un par de tiendas más sin encontrar los guantes, paseamos durante un rato, contemplando las luces que colgaban sobre las calles y en las ventanas.

—Me encanta esta hora de la tarde —dijo Debbie—. Es como si una ciudad se fuera a dormir y se levantara otra diferente.

—Una ciudad de noctámbulos —comenté, pensando en el señor Crepsley.

—Hummm... —Debbie me miró con expresión suspicaz—. ¿De dónde eres? No consigo identificar tu acento.

—De aquí y allá —respondí—. Un poco de todas partes.

—No vas a decírmelo, ¿verdad? —preguntó ella sin rodeos.

—A mi padre no le gusta que se lo diga a la gente —dije.

—¿Por qué no? —insistió.

—No puedo decírtelo. —Esbocé una débil sonrisa.

—Hummm... —refunfuñó ella, pero entonces cambió de tema—. ¿Cómo es tu hotel? —quiso saber—. Parece un sitio para gente remilgada. ¿Lo es?

—No —respondí—. Es mejor que la mayoría de los sitios en los que he estado. El personal no te regaña si juegas en los pasillos. Y algunos de los huéspedes... —Le hablé del tipo que se paseaba desnudo.

—¡Venga ya! —chilló—. ¡Me estás tomando el pelo!

—Es cierto —le aseguré.

—¿Y no lo echan de una patada?

—Paga bien. En lo que a ellos respecta, tiene todo el derecho a pasearse por ahí como le venga en gana.

—Tendré que pasarme por allí alguna vez —dijo sonriendo.

—Cuando quieras. —Yo también sonreí—. Pero no durante el día —me apresuré a añadir al recordar al señor Crepsley. Lo último que me apetecía era que Debbie se topara con un vampiro dormido.

Regresamos a nuestro barrio sin ninguna prisa. Me gustaba estar con Debbie.

Sabía que era una mala idea entablar amistad con los humanos (era demasiado peligroso), pero me resultó imposible rechazarla. No había estado con nadie de mi edad, salvo con Evra, desde que me convertí en medio vampiro.

—¿Qué les dirás a tus padres sobre los guantes? —pregunté cuando nos detuvimos frente a su casa.

Ella se encogió de hombros.

—La verdad. Me pondré a toser cuando se lo diga. Con un poco de suerte, sentirán pena por mí y no se enfadarán mucho.

—Eres mala —dije con una risotada.

—Con un apellido como Hemlock, ¿acaso te sorprende? —Sonrió y después me preguntó—: ¿Quieres subir un rato?

Consulté mi reloj. Dada la hora que era, lo más probable era que el señor Crepsley ya se hubiera levantado y se hubiera marchado del hotel. No me gustaba la idea de dejar a Evra mucho rato solo: podría enfadarse si le parecía que no lo estaba atendiendo bien y volver al Circo de los Extraños.

—Será mejor que no —le respondí—. Ya es tarde. Me estarán esperando.

—Como prefieras —dijo Debbie—. Pero puedes venir mañana, si quieres. A cualquier hora. Estaré en casa.

—¿No vas al colegio?

Ella negó con la cabeza.

—Como falta tan poco para las vacaciones, mi madre ha dicho que no tendré que volver al colegio hasta el año que viene.

—¿Y te ha dejado ir a buscar los guantes?

Debbie se mordió los labios con expresión avergonzada.

—No sabe que he salido a pasear —admitió—. Me marché en taxi y le dije que iba a ver a una amiga. Se suponía que también iba a regresar en taxi.

—¡Ajá! —exclamé sonriente—. Ahora puedo chantajearte.

—¡Inténtalo y verás! —Dio un resoplido—. Prepararé una poción y te convertiré en rana. —Sacó una llave de su bolso y se quedó quieta un momento—. Vendrás a verme, ¿verdad? Lo cierto es que sola me aburro bastante. Todavía no tengo amigos aquí.

—No tengo ningún inconveniente en venir a verte —dije—, pero ¿cómo le explicarás quién soy a tu madre? No puedes decirle que nos conocimos en un taxi.

—Tienes razón. —Entornó los ojos—. No había pensado en eso.

—No soy solo una cara bonita —bromeé.

—¡No eres ni siquiera eso! —Se echó a reír—. ¿Qué te parece si me paso por el hotel? —sugirió—. Podemos ir al cine desde allí, y le diré a mi madre que fue allí donde nos conocimos.

—Vale. —Le di mi número de habitación—. Pero no vayas muy temprano —le advertí—. Espera hasta las cinco o las seis, cuando ya haya oscurecido.

—De acuerdo. —Dio unos golpecitos en el escalón de la puerta con el pie—. ¿Y bien?

—¿Cómo que «¿Y bien?»? —repliqué.

—¿No vas a preguntármelo?

—¿Preguntarte el qué?

—Preguntarme si quiero ir al cine —dijo.

—Pero acabas de…

—Darren —dijo con un suspiro—, las chicas nunca invitan a salir a los chicos.

—¿No? —Estaba desconcertado.

—No te enteras de nada, ¿eh? —Rió entre dientes—. Lo único que tienes que hacer es pedirme que vaya contigo al cine, ¿vale?

—Vale —respondí con un gruñido—. Debbie, ¿te gustaría venir conmigo al cine?

—Lo pensaré —dijo antes de abrir la puerta y marcharse. ¡Chicas!

CAPÍTULO SEIS

Evra estaba viendo la tele cuando entré.

—¿Alguna novedad? —le pregunté.

—No —contestó.

—¿El señor Crepsley no ha preguntado por mí?

—Ni se dio cuenta de que no estabas. Últimamente se comporta de un modo extraño.

—Lo sé —dije—. Necesito tomar sangre humana, pero él ni siquiera lo ha mencionado. Por lo general, se pone bastante pesado para asegurarse de que me alimento a tiempo.

—¿Piensas alimentarte sin él? —preguntó Evra.

—Es probable. Me colaré en una de las habitaciones esta noche y beberé la sangre de algún huésped dormido. Utilizaré una jeringuilla. —No podía cerrar los cortes con saliva como lo hacían los vampiros completos.

Había recorrido un largo camino en un solo año. Poco tiempo atrás, habría aprovechado sin dudarlo la oportunidad de saltarme una toma; ahora me alimentaba porque quería hacerlo, no porque me lo ordenaran.

—Será mejor que tengas cuidado —me aconsejó Evra—. Si te pillan, al señor Crepsley le dará un ataque.

—¿Pillarme? ¿A mí? ¡Imposible! Me escabulliré dentro y fuera de la habitación como si fuera un fantasma.

Y así lo hice sobre las dos de la noche. Resultaba fácil para alguien con mis habilidades: con solo pegar la oreja a la puerta y escuchar los sonidos del interior sabía cuánta gente había en la habitación, y si eran de los que tenían el sueño ligero o de los que dormían como troncos. Cuando encontré una habitación abierta con un único hombre que roncaba como un oso, entré y tomé la cantidad de sangre que necesitaba. Una vez de vuelta en mi habitación, vacié la sangre en un vaso y me la bebí.

—Esto será suficiente para mantenerme con vida —dije al terminar—. Por lo menos hasta mañana, y eso es lo más importante.

—¿Qué tiene de especial mañana? —quiso saber Evra.

Le conté lo de Debbie y que habíamos quedado para ir al cine.

—¡Tienes una cita! —Evra se echó a reír con entusiasmo.

—¡No es una cita! —protesté—. Solo vamos a ir al cine.

—¿Solo? —Evra esbozó una sonrisa—. Con las chicas no existe la palabra «solo». Es una cita.

—Vale —dije—, es una especie de cita. No soy ningún estúpido. Sé que no puedo intimar mucho con ella.

—¿Por qué no? —preguntó Evra.

—Porque es una chica normal y corriente, y yo soy solo medio humano —respondí.

—Eso no debería impedirte salir con ella. No sabrá que eres un vampiro, no a menos que empieces a morderle el cuello.

—Ja, ja —me mofé con sequedad—. No se trata de eso. Dentro de cinco años ella será una mujer adulta, pero yo seguiré igual que ahora.

Evra sacudió la cabeza.

—Preocúpate por los próximos cinco días —me aconsejó—, no por los próximos cinco años. Has pasado demasiado tiempo con el señor Crepsley: te estás volviendo tan pesimista como él. No hay motivo para que no salgas con chicas.

—Supongo que tienes razón —admití con un suspiro.

—Por supuesto que la tengo.

Me mordí el labio con nerviosismo.

—Dando por hecho que sea una cita… —dije—, ¿qué tengo que hacer? Jamás he tenido una cita antes.

Evra se encogió de hombros.

—Yo tampoco, pero imagino que tienes que actuar con normalidad. Habla con ella, cuéntale unos cuantos chistes, trátala como a una amiga… Y después…

—¿Y después… qué? —pregunté cuando se quedó callado.

Mi amigo frunció los labios.

—¡Dale un beso! —exclamó antes de echarse a reír.

Le arrojé un cojín.

—Me arrepiento de habértelo contado —mascullé.

—Solo estaba bromeando. Pero voy a decirte una cosa. —Su expresión se volvió seria—. No se lo cuentes al señor Crepsley. Si se enterara, nos obligaría a trasladarnos a otra ciudad de inmediato, o al menos a otro hotel.

—Tienes razón —convine—. No le diré nada sobre Debbie cuando aparezca. No debería resultarme difícil, pues apenas lo veo. Y, cuando lo hago, no me dice casi nada. Parece que está inmerso en su propio mundo.

Aunque por entonces no lo sabía, se trataba de un mundo del que Evra y yo entraríamos a formar parte muy pronto… y también Debbie.

El día siguiente transcurrió muy despacio. Tenía un nudo de nervios en el estómago. Tuve que beber leche tibia para calmarme. Y Evra no fue de mucha ayuda que digamos. No dejaba de anunciar en voz alta el tiempo que quedaba: «¡Faltan cinco horas!», «¡Faltan cuatro horas!», «¡Faltan tres horas y media!»…

Por suerte, no tenía que preocuparme por la ropa: como solo tenía un traje, pensar en qué ponerme no suponía un problema. No obstante, pasé un par de horas en el baño, asegurándome de que estaba inmaculado.

—Tranquilízate —dijo Evra al final—. Estás genial. Me dan tentaciones de salir contigo y todo…

—Cierra la boca, estúpido —le espeté, aunque no pude contener la sonrisa.

—Bueno —dijo mi amigo—, ¿quieres que desaparezca de aquí antes de que llegue Debbie?

—¿Por qué? —pregunté.

—Tal vez no quieras que esté aquí —murmuró.

—Quiero presentártela. Ella cree que eres mi hermano. Parecería raro que no estuvieras aquí cuando ella venga.

—Es que… bueno… ¿cómo se lo explicarás? —preguntó Evra.

—¿Explicarle qué?

—Mi aspecto —respondió al tiempo que se frotaba las escamas del brazo.

—Ah… —dije cuando entendí por fin a lo que se refería. Debbie no sabía que Evra era un chico serpiente. Se esperaba a uno normal.

—Tal vez se asuste —señaló Evra—. Muchas personas se asustan cuando se encuentran cara a cara con alguien como yo. Quizá sea mejor que…

—Escucha —dije con firmeza—, eres mi mejor amigo, ¿verdad?

—Verdad. —Evra esbozó una pequeña sonrisa—. Pero…

—¡No! —exclamé—. Nada de peros. Me gusta mucho Debbie, pero, si no puede soportar tu aspecto, lo siento por ella.

—Gracias —dijo Evra en voz baja.

El señor Crepsley se levantó en cuanto se hizo de noche. Tenía un aspecto demacrado. Le preparé el «desayuno» (beicon, salchichas y chuletas de cerdo) para que pudiera comérselo enseguida y se marchara antes de que llegara Debbie.

—¿Se encuentra bien? —pregunté al ver cómo devoraba la comida.

—Sí —murmuró.

—Tiene un aspecto terrible —le dije con descaro—. ¿Se alimenta bien últimamente?

Sacudió la cabeza.

—No he tenido tiempo. Tal vez esta noche.

—Tomé sangre de un huésped anoche —dije—. Bastará para mantenerme en pie durante una semana o así.

—Bien —dijo con tono distraído. Era la primera vez que me conseguía mi propio alimento, y esperaba que me hiciera algún cumplido; sin embargo, a él no le importó lo más mínimo. Al parecer, había perdido todo interés en mí.

Lo limpié todo cuando se marchó y después me senté a ver la tele con Evra mientras esperaba a Debbie.

—No va a venir —dije después de lo que me parecieron un par de horas—. Me ha dado plantón.

—Relájate —dijo Evra con una carcajada—. No llevas sentado aquí más de diez minutos. Todavía es pronto.

Miré mi reloj… Mi amigo tenía razón.

—No puedo seguir con esto —gruñí—. No he salido nunca con una chica. Meteré la pata. Pensará que soy un plasta.

—No entiendo por qué estás tan tenso —dijo Evra—. Quieres salir con ella y vas a salir con ella, así que, ¿por qué preocuparse?

Abrí la boca para contestarle, pero me interrumpió la llamada de Debbie a la puerta. Olvidé los nervios en el acto y me levanté de un salto para dejarla entrar.

CAPÍTULO SIETE

Esperaba que Debbie se hubiera puesto elegante, pero llevaba unos vaqueros y una sudadera holgada bajo un abrigo largo y grueso.

Me fijé en que llevaba puestos unos guantes rojos.

—¿Encontraste los guantes? —pregunté.

Ella hizo una mueca.

—Estaban en mi habitación —gimió—. Se habían caído detrás del radiador. Y lo malo es que los encontré después de decirle a mi madre que había salido a la calle sin ellos. ¿Tu padre y tu hermano están aquí? —preguntó.

—El señor Crep... esto... papá ha salido. Pero Evra sí que está. —Hice una pausa—. Hay algo que deberías saber sobre Evra —le dije.

—¿Qué?

—No es como la gente normal.

—¿Y cómo es? —preguntó Debbie con una risotada.

—Verás —empecé a explicarle—, Evra es un...

—Mira —interrumpió Debbie—, no me importa lo raro que sea. Limítate a dejarme entrar y a presentármelo.

—Vale. —Sonreí con timidez y le hice un gesto para indicarle que entrara. Debbie pasó con confianza por delante de mí. No había dado más que un par de pasos cuando vio a Evra y se detuvo.

—¡Vaya! —exclamó—. ¿Eso es un disfraz?

Evra esbozó una sonrisa nerviosa. Estaba de pie delante de la tele y tenía los brazos cruzados con fuerza.

—Debbie —dije—, este es mi hermano, Evra. Es…

—¿Eso son escamas? —preguntó Debbie mientras avanzaba.

—Bueno… eh… —balbució Evra.

—¿Puedo tocarlas? —preguntó Debbie.

—Claro —le dijo Evra.

Deslizó los dedos por el brazo izquierdo de mi amigo (que llevaba una camiseta de manga corta) y luego por el derecho.

—¡Caray! —exclamó Debbie con asombro—. ¿Siempre has sido así?

—Sí —respondió Evra.

—Es un chico serpiente —expliqué.

Debbie se giró hecha una furia para mirarme.

—¡Me parece horrible que digas eso! —me dijo bruscamente—. No deberías insultarlo solo porque su aspecto sea diferente.

—No lo he insultado… —empecé a decir, pero ella me interrumpió.

—¿Cómo te sentirías si alguien se burlara de ese estúpido disfraz que llevas? —preguntó enfadadísima. Bajé la vista para observar mi atuendo—. ¡Pues claro! —se burló—. Yo podría haberte dicho muchas cosas sobre esa ropa tan estrafalaria, pero no lo he hecho. Imagino que si quieres ir por ahí como si fueras Peter Pan es cosa tuya.

—No pasa nada —dijo Evra—. Soy un chico serpiente. —Debbie lo observó con incredulidad—. De verdad que lo soy —juró—. Tengo muchas de las cualidades de las serpientes: mudo la piel, tengo sangre fría y mis ojos son como los suyos.

—Aun así —dijo Debbie—, no es agradable que te comparen con una serpiente.

—Lo es, si te gustan las serpientes —le aseguró Evra con una carcajada.

—Ah. —Debbie volvió a mirarme con expresión avergonzada—. Lo siento —dijo.

—No pasa nada —repliqué. Lo cierto era que me gustaba que hubiese reaccionado de esa manera; eso demostraba que no tenía prejuicios.

Debbie se sentía fascinada por Evra y no dejó de hacerle preguntas: qué comía, cada cuánto tiempo, si podía hablar con las serpientes… Al cabo de un rato, le pedí a Evra que le enseñara la lengua (tenía una lengua larguísima y era incluso capaz de metérsela por la nariz).

—¡Es la cosa más asquerosa y genial que he visto en toda mi vida! —gritó Debbie cuando Evra le mostró su habilidad para lamerse los agujeros de la nariz—. Me encantaría poder hacerlo. En el colegio se quedarían pasmados.

Al final llegó el momento de ir al cine.

—No volveré tarde —le dije a Evra.

—Por mí no te apresures… —replicó antes de guiñarme un ojo.

El cine estaba muy cerca, así que llegamos bastante antes de que empezara la película. Compramos palomitas y refrescos antes de meternos en la sala. Charlamos un poco durante los anuncios y los avances de los estrenos.

—Me gusta tu hermano —dijo Debbie—. Parece un poco tímido, pero supongo que es normal debido a su aspecto.

—Sí —admití—. La vida no es fácil para él.

—¿Hay alguien más en tu familia que parezca una serpiente? —quiso saber.

—No —respondí—. Evra es único en su especie.

—¿Tu madre no tiene un aspecto especial? —Le había dicho a Debbie que mis padres estaban divorciados y que Evra y yo pasábamos medio año con cada uno—. ¿Ni tu padre?

Esbocé una sonrisa.

—Mi padre también es raro —dije—, pero no como Evra.

—¿Cuándo podré conocerlo? —preguntó.

—Pronto —mentí. Debbie se había encariñado de inmediato con el chico serpiente, pero ¿cómo reaccionaría ante un vampiro?

Me daba la sensación de que no se encariñaría mucho con el señor Crepsley si llegaba a descubrir lo que era.

La película era una de esas estúpidas comedias románticas. A Debbie le hizo mucha más gracia que a mí.

Hablamos sobre la peli después, mientras caminábamos de vuelta a la plaza. Fingí que me había gustado más de lo que en realidad lo había hecho. Mientras paseábamos por un callejón oscuro, Debbie me dio la mano y se acurrucó contra mí en busca de apoyo, y eso hizo que me sintiera genial.

—¿No te da miedo la oscuridad? —preguntó.

—No —respondí. El callejón parecía bastante iluminado para mi agudizada vista de vampiro—. ¿De qué hay que tener miedo? —quise saber.

Ella se estremeció.

—Sé que es una estupidez —dijo—, pero siempre he tenido miedo a que un vampiro o un hombre lobo se abalanzaran sobre mí de repente para atacarme. —Soltó una carcajada—. Soy una boba, ¿eh?

—Claro —repliqué con una débil risotada—. Una boba.

Si ella supiera…

—Tienes las uñas muy largas —comentó.

—Lo siento —dije. Mis uñas eran increíblemente duras. No podía cortarlas con las tijeras, así que me veía obligado a mordérmelas para mantenerlas a raya.

—No hay por qué disculparse —señaló.

Cuando salimos del callejón, sentí que me examinaba a la luz de las farolas.

—¿Qué es lo que miras? —dije.

—Hay algo distinto en ti, Darren —reflexionó en voz alta—. Algo que no logro identificar con exactitud.

Me encogí de hombros en un intento por restarle importancia al tema.

—Es que soy muy guapo —bromeé.

—No —replicó ella con seriedad—. Es algo en tu interior. Lo veo en tus ojos algunas veces.

Aparté la mirada.

—Harás que me ponga rojo —refunfuñé.

Debbie me dio un apretón en la mano.

—Mi padre siempre dice eso mismo. Dice que soy demasiado inquisitiva. Mi mente va a mil por hora y siempre digo lo que se me pasa por la cabeza. Debería aprender a quedarme calladita.

Llegamos a la plaza y acompañé a Debbie hasta la puerta de su casa. Me quedé de pie frente a las escaleras, incómodo, preguntándome qué debía hacer a continuación.

Debbie solucionó el problema por mí.

—¿Quieres pasar? —preguntó.

—¿Tus padres no están en casa? —repliqué.

—No pasa nada… a ellos no les importará. Les dije que eras amigo de una amiga.

—Bueno… está bien —dije—. Si estás segura…

—Lo estoy —aseveró con una sonrisa; luego me dio la mano y abrió la puerta.

¡Estaba casi tan nervioso como la noche que me colé en el sótano del antiguo teatro de mi ciudad natal y robé a madame Octa mientras el señor Crepsley dormía!

CAPÍTULO OCHO

Resultó ser que me había preocupado en vano. Los padres de Debbie eran tan agradables como ella. Se llamaban Jesse y Donna (no me permitieron que los llamara señor y señora Hemlock), e hicieron que me sintiera como en casa nada más llegar.

—¡Hola! —dijo Jesse, el primero en verme cuando entramos en el salón—. ¿Quién es este?

—Mamá, papá, este es Darren —dijo Debbie—. Es un amigo de Anne. Me encontré con él en el cine y lo invité a venir. ¿Os parece bien?

—Por supuesto —aseguró Donna—. Estábamos a punto de cenar. ¿Te gustaría unirte a nosotros, Darren?

—Si no les importa... —respondí.

—Por supuesto que no —dijo ella con una sonrisa de oreja a oreja—. ¿Te gusta el pastel de carne?

—Es mi plato favorito —le aseguré. No era verdad, pero supuse que debía mostrar buenos modales.

Les conté algunas cosas sobre mí a Jesse y a Donna mientras cenábamos.

—¿Y no vais al colegio? —preguntó Jesse.

—Mi padre era profesor —mentí; había pensado bastante en ese tema desde el día anterior—. Nos da clases a Evra y a mí.

404

—¿Más pastel de carne, Darren? —preguntó Donna.

—Sí, por favor —contesté—. Está buenísimo. —Y lo estaba. Mucho mejor que cualquiera de los pasteles de carne que había probado en mi vida—. ¿Qué lleva?

—Unas cuantas especias extra —dijo Donna con una sonrisa orgullosa—. Antes era chef.

—Ojalá hubiera alguien como usted en el hotel. —Dejé escapar un suspiro—. La comida no es muy buena.

Me ofrecí a lavar los platos cuando acabamos, pero Jesse me dijo que lo haría él.

—Es mi forma de relajarme después de un duro día de trabajo —explicó—. No hay nada como restregar unos cuantos platos sucios, limpiar el polvo a las barandillas y pasar la aspiradora a las alfombras.

—¿Está bromeando? —le pregunté a Debbie.

—Lo cierto es que no —me aseguró—. ¿Os parece bien que subamos a mi habitación? —preguntó.

—Claro —le dijo Donna—. Pero no alarguéis demasiado la conversación. Todavía nos quedan por leer un par de capítulos de *Los tres mosqueteros*, ¿recuerdas?

—Uno para todos y todos para uno… —gimió Debbie con una mueca—. ¡Qué emocionante! ¡Estoy impaciente!

—¿No te gusta *Los tres mosqueteros*? —pregunté.

—¿A ti sí?

—Desde luego. He visto la película ocho veces por lo menos.

—Pero ¿alguna vez has leído el libro? —preguntó.

—No, pero leí un cómic sobre ellos una vez.

Debbie intercambió una mirada desdeñosa con su madre y ambas estallaron en carcajadas.

—Yo tengo que leer un poco de literatura clásica todas las noches —se quejó Debbie—. Espero que nunca descubras lo aburridos que pueden llegar a ser esos libros… Bajaremos pronto —le dijo a su madre antes de conducirme escaleras arriba.

Su habitación estaba en la tercera planta. Era una estancia grande y espaciosa, con grandes armarios y sin apenas pósteres o cualquier otro tipo de adorno.

—No me gusta el desorden —explicó Debbie cuando me vio echando un vistazo a mi alrededor.

Había un árbol de Navidad de plástico y sin adornos en uno de los rincones. Había otro en el salón, y había visto un par de ellos más en otras estancias mientras subíamos las escaleras.

—¿Por qué tantos árboles? —pregunté.

—Es cosa de papá —respondió Debbie—. Le encantan los árboles de Navidad, así que ponemos uno en cada habitación de la casa. Los adornos están en esas pequeñas cajas que hay debajo —Señaló una cajita que había bajo el árbol—, y las abrimos en Nochebuena para decorar los árboles. Es una bonita forma de pasar la noche, y te deja tan agotado que te duermes en cuanto apoyas la cabeza en la almohada.

—Suena divertido —dije con aire melancólico; recordaba muy bien lo que era decorar el árbol de Navidad con mi familia, en mi hogar.

Debbie me escrutó en silencio.

—Podrías venir en Nochebuena —dijo—. Y Evra. Tu padre también, si quieres. Podríais ayudarnos a decorar los árboles.

La miré fijamente.

—¿Lo dices en serio?

—Pues claro. Tengo que consultarlo con mis padres primero, pero seguro que no les importa. Ya nos han ayudado otros amigos en algunas ocasiones. Es más divertido con más gente.

Me alegraba mucho que me lo hubiera pedido, pero vacilé antes de aceptar.

—¿Quieres que se lo pregunte ya?

—No sé si todavía estaré aquí en Navidad. El señor Creps… Mi padre es impredecible. Va allí donde el trabajo lo lleve, siempre que sea necesario.

—Bueno, la oferta sigue en pie —dijo ella—. Si estáis aquí, genial. Si no —Se encogió de hombros—, nos las apañaremos solos.

Seguimos hablando de los regalos de Navidad.

—¿Vas a comprarle a Evra el reproductor de cedés? —preguntó Debbie.

—Sí. Y también unos cuantos cedés.

—Entonces solo nos queda tu padre —dijo—. ¿Qué le vas a regalar?

Pensé en el señor Crepsley y en qué podría gustarle. No tenía pensado comprarle nada (no le gustaban los regalos), pero era interesante pensar en lo que «podría» comprarle. ¿Qué podría interesarle a un vampiro?

No pude reprimir una sonrisa.

—Ya sé —dije—. Le regalaré una lámpara de rayos UVA.

—¿Una lámpara de rayos ultravioleta? —Debbie frunció el ceño.

—Para que pueda broncearse. —Me eché a reír—. Está bastante pálido. No le da mucho el sol.

Debbie no entendía por qué me reía con tantas ganas. Me habría gustado compartir la broma con ella (habría merecido la pena comprar la lámpara de rayos UVA solo para ver la expresión horrorizada del vampiro), pero no me atreví.

—Tienes un extraño sentido del humor —murmuró desconcertada.

—Créeme —dije—, si conocieras a mi padre sabrías por qué me río. —Le hablaría a Evra de mi idea en cuanto llegara a casa: él sí sabría apreciarla.

Charlamos durante una hora, más o menos. Luego llegó el momento de marcharme.

—¿Y bien? —dijo Debbie cuando me puse en pie—. ¿No vas a darme un beso de buenas noches?

Estuve a punto de desmayarme.

—Yo... bueno... esto... Eso es... —Me convertí en un guiñapo balbuciente.

—¿No quieres besarme? —preguntó Debbie.

—¡Sí! —exclamé—. Lo que pasa es que... yo... bueno...

—Vale, olvídalo —dijo Debbie mientras se encogía de hombros—. Me da lo mismo una cosa u otra. —Se puso en pie—. Te acompañaré hasta la salida.

Bajamos a toda prisa las escaleras. Quería despedirme de Jesse y de Donna, pero Debbie no me dio la oportunidad. Se dirigió directamente hasta la puerta de entrada y la abrió. Yo aún me esforzaba en ponerme el abrigo.

—¿Puedo venir mañana? —pregunté mientras luchaba por encontrar la manga izquierda del abrigo.

—Claro, cuando quieras —contestó ella.

—Oye, Debbie —dije—, siento no haberte besado. Es que…

—¿Te da miedo? —preguntó con una sonrisa.

—Sí —admití.

Ella se echó a reír.

—Vale —replicó—. Puedes pasarte por aquí mañana. Me gustaría que lo hicieras. Pero la próxima vez tendrás que ser un poco más valiente, ¿de acuerdo? —Y tras decir eso, cerró la puerta.

CAPÍTULO NUEVE

Me quedé junto a la puerta un buen rato, sintiéndome un estúpido. Emprendí el camino de regreso al hotel, pero no tenía ganas de volver… No quería admitir ante Evra lo idiota que había sido. Así pues, decidí dar un par de vueltas alrededor de la plaza para dejar que el aire frío de la noche llenara mis pulmones y me despejara la cabeza.

Se suponía que debía reunirme con Debbie al día siguiente, pero de pronto tenía la impresión de que no podría esperar tanto. Cambié de opinión, me detuve otra vez delante de su casa y observé los alrededores para asegurarme de que no había ninguna persona mirándome. No vi a nadie, y, dado que mi visión era mucho mejor, tuve la certeza de que nadie me veía a mí.

Me quité los zapatos y trepé por la cañería que recorría la fachada. La ventana del dormitorio de Debbie estaba a tres o cuatro pasos de la tubería, de modo que, cuando llegué a su altura, clavé mis durísimas uñas en la pared de ladrillo y avancé hacia ella.

Me quedé justo debajo de la ventana y esperé a que Debbie apareciera.

Unos veinte minutos después, la luz de su habitación se encendió. Golpeé el cristal suavemente con los nudillos, y luego volví a hacerlo un poco más fuerte. Se oyeron unos pasos que se acercaban.

Debbie separó un poco las cortinas y miró por la ventana, desconcertada. Tardó unos segundos en bajar la mirada y verme. Cuando lo hizo, a punto estuvo de caerse al suelo por la sorpresa.

—Abre la ventana —dije articulando las palabras con claridad con los labios por si acaso no podía oírme. Ella asintió, se puso de rodillas y subió el panel inferior de la ventana.

—¿Qué estás haciendo? —murmuró—. ¿Dónde te estás agarrando?

—Estoy flotando en el aire —bromeé.

—Estás loco —dijo Debbie—. Podrías resbalar y caerte.

—Estoy a salvo —le aseguré—. Soy un buen escalador.

—Debes de estar congelado —dijo al tiempo que le echaba un vistazo a mis pies—. ¿Dónde has dejado los zapatos? Entra, rápido, antes de que…

—No quiero entrar —interrumpí—. He subido hasta aquí porque… bueno… Yo… —Respiré hondo—. ¿La oferta sigue en pie?

—¿Qué oferta? —preguntó Debbie.

—La del beso —respondí.

Debbie parpadeó y luego esbozó una sonrisa.

—Estás como una cabra… —Soltó una carcajada.

—Completamente chiflado —admití.

—¿Te has tomados tantas molestias solo para eso? —preguntó. Asentí.

—Podrías haber llamado a la puerta —señaló.

—No se me ocurrió. —Sonreí—. Bueno… ¿qué te parece?

—Supongo que te mereces un beso —dijo—, pero hazlo rápido, ¿vale?

—De acuerdo —repliqué.

Debbie asomó la cabeza a través de la ventana. Me incliné hacia delante con el corazón desbocado y le di un picotazo en los labios. Ella sonrió.

—¿Ha merecido la pena subir hasta aquí? —preguntó.

—Sí —contesté. Estaba temblando, y no de frío.

—Espera —dijo—. Te daré otro.

Me besó con dulzura, y a punto estuve de soltarme de la pared.

Cuando se apartó, tenía una sonrisa enigmática. En el reflejo del cristal oscuro, me vi a mí mismo sonriendo como un imbécil.

—Nos vemos mañana, Romeo —dijo.

—Hasta mañana —repliqué con un suspiro de felicidad.

Cuando la ventana se cerró y se corrieron las cortinas, bajé hasta el suelo, muy satisfecho conmigo mismo. Emprendí el camino de regreso al hotel prácticamente flotando. Estaba cerca de las puertas cuando recordé mis zapatos. Volví a toda prisa a buscarlos, les quité la nieve de encima y me los puse.

Para cuando volví al hotel, había recuperado la compostura. Abrí la puerta de mi habitación y entré. Evra estaba viendo la tele. Estaba concentrado en la pantalla y apenas se dio cuenta de mi llegada.

—Ya he vuelto —dije mientras me quitaba el abrigo. No me respondió—. ¡Ya he vuelto! —repetí en voz más alta.

—Ah —masculló mi amigo al tiempo que me saludaba distraídamente con la mano.

—¿Te parece bonito? —le dije—. Creí que querrías saber cómo me ha ido la noche. Pero ahora sé lo que debo esperar. La próxima vez me limitaré…

—¿Has visto las noticias? —preguntó Evra en voz baja.

—Puede que te sorprenda, joven Evra Von —dije con tono sarcástico—, pero ya no ponen noticiarios en el cine. Bueno, ¿quieres que te cuente mi cita o no?

—Deberías ver esto —dijo Evra.

—¿Ver qué? —pregunté enfadado. Lo rodeé por detrás y vi que se trataba de un programa de noticias—. ¿El telediario? —Me eché a reír—. Apaga la tele, Evra, y te contaré…

—¡Darren! —exclamó Evra con un tono nada habitual en él. Levantó la vista para mirarme y vi que su rostro estaba cargado de preocupación—. Deberías ver esto —repitió, aunque esa vez más despacio. Fue entonces cuando me di cuenta de que no bromeaba.

Me senté y clavé la vista en la pantalla del televisor. Había una imagen del exterior de un edificio, pero luego la cámara enfocó el interior y recorrió las paredes. El texto de la parte inferior advertía a los televidentes que las imágenes pertenecían a una secuencia de archivo, lo que significaba que habían sido filmadas tiempo antes. Una reportera parloteaba sin cesar acerca del edificio.

—¿Qué es tan importante? —pregunté.

—Ahí es donde han encontrado los cadáveres —dijo Evra en voz baja.

—¿Qué cadáveres?

—Mira —me dijo.

La cámara enfocó una habitación oscura que parecía igual que las otras, mantuvo esa imagen durante unos segundos y luego, tras un fundido en negro, volvió a verse el exterior del edificio. El texto decía que esa nueva imagen había sido tomada un poco antes ese mismo día. Mientras miraba la tele, varios médicos y policías salieron del edificio empujando unas camillas que sostenían cuerpos inertes cubiertos por bolsas para cadáveres.

—¿Son eso lo que creo que son? —pregunté con un hilo de voz.

—Fiambres —confirmó Evra—. Seis por ahora. La policía aún no ha terminado de registrar el edificio.

—¿Qué tiene que ver todo esto con nosotros? —inquirí, nervioso.

—Escucha. —Subió el volumen.

La reportera hablaba a la cámara, en directo, y explicaba cómo y cuándo la policía había encontrado los cuerpos (un par de adolescentes se habían topado con ellos mientras exploraban el edificio desierto) y también cómo progresaba la búsqueda. Parecía bastante aturdida.

Un presentador del estudio le preguntó algo a la reportera sobre los cadáveres, y ella sacudió la cabeza.

—No —dijo—, la policía no ha proporcionado ningún nombre hasta ahora, y no lo hará hasta que se lo hayan notificado a los familiares de los fallecidos.

—¿Has averiguado algo más sobre la naturaleza de las muertes? —preguntó el presentador.

412

—No —contestó la reportera—. La policía ha dejado de suministrarnos información. Lo único que tenemos es lo que sabemos por los reportajes previos. Las seis personas (no sabemos si son hombres o mujeres) parecen ser víctimas de un asesino en serie o de algún tipo de sacrificio ritual. No sabemos nada sobre los dos últimos cadáveres, pero los cuatro primeros presentaban el mismo tipo de heridas y lesiones, todas muy extrañas.

—¿Podrías explicarnos una vez más en qué consistían esas lesiones? —le pidió el presentador.

La reportera asintió.

—Las víctimas (al menos las cuatro primeras) tenían la garganta degollada, lo que parece ser la causa de su muerte. Además, según parece (y debo hacer hincapié en que todo esto se basa en informes previos aún sin verificar), los cuerpos habían sido totalmente desangrados.

—¿Mediante succión o con algún tipo de aparato? —sugirió el presentador.

La reportera se encogió de hombros.

—Por el momento, nadie puede responder a eso, salvo la policía. —Hizo una pausa—. Y, por supuesto, el asesino.

Evra quitó el sonido, pero dejó las imágenes.

—¿Ves? —preguntó con suavidad.

—¡Oh, no! —exclamé con tono ahogado. Pensé en el señor Crepsley, que había salido todas las noches desde nuestra llegada y que merodeaba por la ciudad por razones que no quería revelar. Pensé en los seis cadáveres y en los comentarios de la reportera y del presentador: «... totalmente desangrados».

«Mediante succión o con algún tipo de aparato».

—El señor Crepsley —dije. Y durante un buen rato contemplé la pantalla en silencio, incapaz de decir nada más.

CAPÍTULO DIEZ

Me paseé frenético por la habitación del hotel, con los puños apretados y maldiciendo con rabia. Evra me miraba en silencio.

—Lo mataré —murmuré al final—. Esperaré a que se haga de día, retiraré las cortinas, le clavaré una estaca en el corazón, le cortaré la cabeza y le prenderé fuego.

—No eres de los que deja nada al azar, ¿eh? —intentó bromear Evra—. Supongo que también le sacarás el cerebro con una cuchara y rellenarás su cráneo con ajos.

—¿Cómo puedes bromear en un momento como este? —grité.

Evra titubeó.

—Tal vez no haya sido él.

—¡Venga ya! —exclamé—. ¿Quién más podría haber sido?

—No lo sé.

—¡Los habían desangrado! —chillé.

—Eso era lo que creían los periodistas —dijo Evra—. No lo sabían con seguridad.

—Quizá debamos esperar un poco —masculló—. Esperar a que mate a otras cinco o seis personas, ¿eh?

Evra suspiró.

—No sé lo que deberíamos hacer —dijo—. Pero creo que deberíamos tener alguna prueba antes de ir a por él. Cortarle la cabeza a una persona es bastante definitivo. Si más tarde descubrimos que estábamos equivocados, no habrá vuelta atrás. No podremos pegarle la cabeza de nuevo y decir: «Lo sentimos, hemos cometido un tremendo error, pero no nos guarde rencor, ¿vale?».

Tenía razón. Matar al señor Crepsley sin pruebas sería un error. Pero ¡seguro que era él! Todas las noches que había pasado fuera, su extraño comportamiento, el hecho de que no quisiera decirnos lo que hacía… Todo encajaba.

—Hay otra cosa —dijo Evra. Bajé la vista para mirarlo a la cara—. Supongamos que el señor Crepsley es el asesino.

—No me supone ningún problema imaginarme eso —gruñí.

—Pero ¿por qué iba a hacer algo así? —preguntó Evra—. No es su estilo. Lo conozco desde hace más tiempo que tú, y jamás he visto ni oído que hubiera hecho nada parecido a esto. No es un asesino.

—Es probable que matara a mucha gente cuando era un general vampírico —dije. Le había contado a Evra mi conversación con Gavner Purl.

—Sí —convino Evra—. Mataba a vampiros malvados que se lo merecían. Lo que intento decir es que, si ha matado a esas seis personas, tal vez también lo merecieran. Tal vez fueran vampiros.

Sacudí la cabeza.

—Renunció al cargo de general hace muchos años.

—Puede que Gavner Purl lo haya convencido para que vuelva a aceptar el puesto —señaló Evra—. No sabemos nada sobre los generales vampíricos ni sobre su manera de trabajar. Quizá esa sea la razón por la que el señor Crepsley vino aquí en primer lugar.

Sonaba bastante razonable, pero yo no lo creía.

—¿Seis vampiros malvados sueltos en una misma ciudad? —pregunté—. ¿Cuántas probabilidades hay de que eso sea posible?

—¿Quién sabe? —dijo Evra—. ¿Tú sabes cómo se comporta un vampiro malvado? Yo no, puede que formen bandas.

—¿Y el señor Crepsley los ha aniquilado sin ayuda? —pregunté—. Los vampiros son difíciles de matar. No le habría costado nada matar a seis humanos, pero ¿a seis vampiros? Ni hablar.

—¿Quién dice que trabaje solo? —dijo Evra—. Tal vez Gavner Purl esté con él. Tal vez haya un grupo de generales vampíricos en la ciudad.

—Tus argumentos se vuelven más débiles cada segundo que pasa —comenté.

—Es posible —dijo Evra—, pero eso no significa que esté equivocado. No lo sabemos, Darren. No puedes matar al señor Crepsley por una corazonada. Debemos esperar. Tenemos que reflexionar, ya verás como tengo razón.

Me calmé un poco y lo medité un rato.

—De acuerdo —dije con un suspiro—. Es inocente hasta que se demuestre lo contrario. Pero ¿qué vamos a hacer? ¿Sentarnos y fingir que nada de esto ha ocurrido? ¿Denunciarlo ante la policía? ¿Preguntárselo a la cara?

—Si estuviéramos en el Circo de los Extraños —reflexionó Evra en voz alta—, se lo contaríamos todo al señor Alto y dejaríamos el asunto en sus manos.

—Pero no estamos en el circo —le recordé.

—No —dijo—. Estamos solos. —Sus ojos rasgados se entornaron aún más mientras meditaba—. ¿Qué te parece esto? Lo seguimos todas las noches cuando se marche, vemos adónde va y qué es lo que trama. Si descubrimos que es el asesino, y que los cadáveres pertenecían a personas humanas, lo matamos.

—¿Estarías dispuesto a hacerlo? —pregunté.

Evra asintió.

—Nunca he matado a nadie antes —dijo en voz baja—, y no me gustaría nada tener que hacerlo. No obstante, si el señor Crepsley está asesinando a la gente sin una buena razón, te ayudaré a matarlo. Preferiría dejar este asunto en manos de otra persona, pero puesto que no hay nadie más… —Su expresión era seria y supe que podía confiar en él—. Pero debemos estar seguros —añadió a modo de advertencia—. Si existe la menor duda, no lo haremos.

—De acuerdo —dije.

—Y debe ser una decisión conjunta —agregó Evra—. Tienes que prometerme que no lo matarás sin mi aprobación.

—Está bien.

—Hablo en serio —me dijo—. Si yo creo que el señor Crepsley es inocente y tú vas a por él, haré todo cuanto esté en mi mano para detenerte. Incluso si eso significa… —Dejó la amenaza incompleta.

—No te preocupes —dije—. Te aseguro que no tengo muchísimas ganas de hacer esto. He llegado a acostumbrarme al señor Crepsley. Lo último que quiero es matarlo.

Decía la verdad. Me habría encantado que mis sospechas no fueran ciertas. Pero tenía el horrible presentimiento de que lo eran.

—Espero que estemos equivocados con respecto a esto —dijo Evra—. Es muy sencillo afirmar que vamos a matarlo, pero hacerlo será mucho más difícil. No es de los que se quedan quietos sin hacer nada cuando los atacan.

—Nos preocuparemos por eso en su momento —dije—. Ahora vuelve a poner el sonido de la tele. Con un poco de suerte, la policía resolverá el caso y el culpable será un humano chiflado que ha visto demasiadas películas de Drácula.

Me senté junto a Evra y pasamos el resto de la noche viendo las noticias, casi sin hablar, esperando a que el vampiro (¿el asesino?) regresara.

CAPÍTULO ONCE

Seguir al señor Crepsley no era tarea fácil. La primera noche lo perdimos al cabo de un par de minutos: subió como un rayo por una escalera de incendios y para cuando llegamos al tejado ya no se le veía. Paseamos por la ciudad unas cuantas horas con la esperanza de toparnos con él, pero no le vimos el pelo en toda la noche.

Aprendimos de esa experiencia. Al día siguiente, mientras el señor Crepsley dormía, fui a comprar un par de teléfonos móviles. Evra y yo los probamos antes de que oscureciera, y funcionaban bien.

Esa noche, cuando el señor Crepsley se encaminó hacia los tejados, Evra se quedó abajo. No podía moverse tan rápido como yo. Sin embargo, yo podía seguirle el rastro al vampiro y mantener informado a Evra, el cual nos seguiría desde el suelo.

Incluso a solas, resultaba difícil seguirle los pasos. El señor Crepsley se movía mucho más rápido que yo. Por fortuna, el vampiro no tenía ni idea de que lo perseguíamos, así que no iba a toda velocidad porque no creía que fuese necesario.

Lo tuve a la vista durante tres horas esa noche, pero lo perdí cuando bajó a ras de la calle e hizo un par de giros que no fui capaz de seguir. A la noche siguiente me mantuve pegado a él hasta el amanecer. A partir de esa noche, las cosas variaron: algunas lo perdía en menos de una hora; otras, le seguía el rastro hasta el alba.

No hizo gran cosa mientras yo lo seguía. Algunas veces se detenía en un lugar durante un buen rato, observando en silencio a la multitud de personas que había abajo (¿eligiendo quizá a su próxima víctima?). Otras veces no se detenía. Sus rutas eran impredecibles: podía seguir el mismo camino dos o tres noches seguidas, o tomar distintas direcciones cada noche. Resultaba imposible predecir sus movimientos.

Evra acababa exhausto todas las noches (siempre me olvidaba de que no contaba con mis poderes), pero nunca se quejó. Le dije que podía quedarse en casa unas cuantas noches si quería, pero hizo un gesto negativo con la cabeza e insistió en venir siempre conmigo.

Tal vez creyera que yo mataría al señor Crepsley si él no andaba cerca.

Tal vez tuviera razón.

No habían descubierto ningún nuevo cadáver después de esos seis que hallaron en el edificio vacío. Se había confirmado que todos los cuerpos habían sido desangrados, y que pertenecían a humanos normales y corrientes: dos hombres y dos mujeres. Todos eran jóvenes (el mayor de ellos tenía veintisiete años), y procedían de diferentes partes de la ciudad.

La decepción de Evra fue evidente cuando oyó que las víctimas eran personas normales: nuestra vida habría sido mucho más fácil si hubieran sido vampiros.

—¿Crees que los médicos son capaces de distinguir a los humanos de los vampiros? —preguntó.

—Por supuesto —dije.

—¿Cómo?

—Tienen diferentes tipos de sangre —respondí.

—Pero las víctimas aparecieron desangradas —me recordó.

—Las células son diferentes. Los átomos de los vampiros se comportan de manera extraña… Por eso no pueden ser fotografiados. Además, sus uñas y sus dientes son muchísimo más duros. Los médicos se habrían dado cuenta, Evra.

Intentaba mantener la mente abierta a todas las posibilidades. El señor Crepsley no había matado a nadie desde que empezamos a seguirlo, y eso era una buena señal. No obstante, quizá estuviese esperando a que el revuelo de los asesinatos se aplacara un poco antes de atacar de nuevo; tal y como estaban las cosas, cada vez que alguien llegaba tarde a casa después del colegio o del trabajo, se disparaban todas las alarmas de inmediato.

O quizá sí que hubiera matado a alguien. Tal vez sabía que lo seguíamos y solo asesinaba cuando estaba seguro de habernos despistado. Era poco probable, pero tampoco podía descartar por completo esa posibilidad. El señor Crepsley podía ser muy astuto cuando quería. En lo que a él se refería, no pensaba dar nada por sentado.

Aunque dormía durante la mayor parte del día (para poder mantenerme despierto por la noche), hice un esfuerzo por despertarme un par de horas antes de la puesta del sol para pasar algún tiempo con Debbie. Por lo general, iba a verla a su casa y nos sentábamos en su habitación para escuchar música y charlar (intentaba conservar todas mis energías para las persecuciones nocturnas), pero algunas veces íbamos a dar un paseo o de tiendas.

Estaba decidido a no permitir que el señor Crepsley arruinara mi amistad con Debbie. Me encantaba estar con ella. Era mi primera novia. Sabía que tendríamos que romper tarde o temprano (no me había olvidado de lo que era), pero no estaba dispuesto a hacer nada que acortara el tiempo que pasábamos juntos. Había renunciado a mis noches para seguir al señor Crepsley, pero no pensaba renunciar también a mis días.

—¿Por qué ya no vienes nunca después del anochecer? —me preguntó ella un sábado, cuando salimos de la primera sesión de la tarde. Ese día me había levantado más temprano que de costumbre para poder pasar el día con ella.

—Me da miedo la oscuridad —gimoteé.

—Hablo en serio —dijo ella mientras me daba un pellizco en el brazo.

—Mi padre no quiere que salga de noche —mentí—. Se siente un poco culpable por no estar con nosotros durante el día. Le gusta que Evra y yo nos sentemos con él por las noches y le contemos qué hemos hecho.

—Estoy segura de que no le importaría que salieras de vez en cuando —protestó Debbie—. Te dio permiso la noche de nuestra primera cita, ¿no es así?

Sacudí la cabeza.

—Me escabullí —dije—. Se cabreó muchísimo cuando lo descubrió. Estuvo sin hablarme una semana. Por esa razón no te lo he presentado… Todavía echa humo por las orejas.

—Parece un viejo cruel —dijo Debbie.

—Lo es. —Solté un suspiro—. Pero no hay nada que yo pueda hacer. Es mi padre. No tengo más remedio que aguantarlo.

Me sentía mal por mentirle, pero no podía decirle la verdad. Sonreí para mis adentros al imaginarme qué ocurriría si se lo contara todo: «¿Recuerdas a ese tipo que te dije que era mi padre? Pues no lo es. Es un vampiro. Ah, y además creo que es el responsable de la muerte de esas seis personas».

—¿Por qué sonríes? —preguntó Debbie.

—Por nada —me apresuré a responder, poniéndome serio

Resultaba extraño llevar esa doble vida (la de chico normal durante el día y la de rastreador de vampiros letal por las noches), pero me gustaba. De haberme ocurrido un año antes, me habría sentido confuso; habría dormido fatal, pensando en lo que ocurriría la noche siguiente; mis hábitos alimenticios se habrían visto afectados y estaría deprimido; probablemente hubiera decidido concentrarme en una cosa cada vez, y habría dejado de salir con Debbie.

Ahora no. Las experiencias que había vivido con el señor Crepsley y en el Circo de los Extraños me habían cambiado. Era capaz de interpretar dos roles diferentes. De hecho, me gustaba tanta variedad: perseguir al vampiro por las noches me hacía sentir importante (Darren Shan, ¡el protector de la ciudad durmiente!), y ver a Debbie por las tardes hacía que me sintiera como un chico humano normal. Tenía lo mejor de ambos mundos.

Pero eso acabó cuando el señor Crepsley se abalanzó sobre su siguiente víctima: el hombre gordo.

CAPÍTULO DOCE

Al principio no me di cuenta de que el señor Crepsley estaba siguiendo a alguien. El vampiro observaba una atestada calle de tiendas, donde había permanecido escrutando a los compradores durante casi una hora. Luego, sin avisar, subió a lo alto del edificio junto al que se había apostado y empezó a cruzar el tejado.

Llamé a Evra. Él nunca me llamaba, por miedo a que el vampiro pudiera oír mi teléfono.

—Se ha puesto en movimiento otra vez —dije en voz baja.

—Ya era hora —se quejó—. No soporto que se detenga. No te haces una idea del frío que se pasa aquí abajo cuando te quedas quieto.

—Ve a por algo para comer —le dije—. Se mueve bastante despacio. Creo que puedes tomarte cinco o diez minutos de descanso.

—¿Estás seguro? —preguntó Evra.

—Sí —respondí—. Te llamaré si ocurre algo.

—Vale —replicó mi amigo—. Me encantaría tomarme un perrito caliente y una taza de chocolate. ¿Quieres que compre algo para ti?

—No, gracias —contesté—. Nos mantendremos en contacto. Hasta luego. —Pulsé el botón de desconexión y empecé a seguir al vampiro.

No me gustaba comer cosas como perritos calientes, hamburguesas o patatas fritas mientras perseguía al señor Crepsley: su sentido del olfato podría detectar sin problemas aromas tan fuertes. Comía rebanadas de pan seco (que apenas olían a nada) para aplacar el hambre y llevaba agua del grifo en una botella para cuando tenía sed.

Al cabo de un par de minutos empecé a sentir curiosidad. Las demás noches se había quedado en un sitio determinado o había vagado por los alrededores sin rumbo fijo. Esa noche parecía tener un propósito fijo.

Decidí acercarme más. Era peligroso, sobre todo porque no iba muy deprisa (con lo cual era más probable que me viera), pero necesitaba ver lo que tramaba.

Recorrí dos terceras partes de la distancia que nos separaba (eso era todo lo que me atrevía a acercarme) y vi que estaba asomando la cabeza por el borde del tejado para observar lo que ocurría en la calle.

Contemplé la calle bien iluminada y no localicé a su víctima. Solo vi al hombre gordo cuando se detuvo bajo una farola para atarse los cordones de los zapatos.

¡Eso era! El señor Crepsley iba tras ese hombre gordo. Lo supe por la forma en que lo miraba, como si esperara que terminara de atarse los cordones y continuara la marcha. Cuando el gordo se incorporó por fin y empezó a caminar de nuevo, el señor Crepsley lo siguió.

Retrocedí unos cuantos pasos y llamé a Evra.

—¿Qué pasa? —preguntó.

Podía oír cómo masticaba su perrito caliente y también las voces de fondo.

—Hay movimientos —dije sin más.

—¡Mierda! —exclamó Evra. Oí que tiraba el perrito caliente y se alejaba de la gente que había a sus espaldas en busca de un lugar más silencioso—. ¿Estás seguro? —preguntó.

—Afirmativo —dije—. El objetivo ha sido localizado.

—De acuerdo. —Evra dejó escapar un suspiro. Parecía nervioso. No lo culpaba, yo también lo estaba—. De acuerdo —repitió una vez más—. Indícame tu posición.

Leí en alto el nombre de la calle.

—Pero no te apresures —le dije—. Se mueven despacio. Quédate un par de calles por detrás. No quiero que el señor Crepsley te vea.

—¡Yo tampoco quiero que me vea! —exclamó Evra con un resoplido—. Mantenme informado.

—Lo haré —prometí. Colgué el teléfono y empecé a perseguir al vampiro.

El señor Crepsley siguió al hombre gordo hasta un enorme edificio en el que el humano desapareció. El vampiro esperó media hora y luego rodeó el edificio muy despacio, inspeccionando las puertas y las ventanas. Yo lo seguí a duras penas, manteniendo las distancias, preparado para correr tras él si entraba.

No lo hizo. En lugar de eso, cuando acabó de examinar el lugar, se dirigió a un tejado cercano, desde donde tenía una vista perfecta de todas las entradas, y se sentó a esperar.

Le conté a Evra lo que ocurría.

—¿Se ha quedado sentado ahí arriba? —preguntó mi amigo.

—Está sentado y vigilando —confirmé.

—¿Qué clase de lugar es ese?

Leí el nombre que había en las paredes mientras pasaba junto a ellas y miré a través de un par de ventanas, pero podría haberle dicho a Evra qué tipo de edificio era solo por el nauseabundo olor a sangre animal que flotaba en el aire.

—Es un matadero —susurré.

Se produjo un largo silencio.

—Tal vez solo haya ido en busca de sangre animal —sugirió Evra al final.

—No. En ese caso, ya habría entrado. No ha venido aquí por los animales. Ha venido por el humano.

—Eso no lo sabemos —dijo Evra—. Tal vez esté esperando a que cierre antes de entrar.

—Pues tendrá que esperar mucho —señalé con una risotada—, porque esto permanece abierto toda la noche.

—Voy para allá —dijo Evra—. No te muevas hasta que llegue.

—Me pondré en movimiento cuando lo haga el señor Crepsley, estés aquí o no —aseguré, pero Evra ya había colgado y no me oyó.

Llegó al cabo unos minutos; su aliento apestaba a cebolla y mostaza.

—De ahora en adelante, tú también comerás pan seco —murmuré.

—¿Crees que el señor Crepsley detectará mi olor? —preguntó Evra—. Tal vez debería volver atrás y...

Sacudí la cabeza.

—Está demasiado cerca del matadero —dije—. El olor de la sangre eliminará todos los demás.

—¿Dónde está? —preguntó mi amigo. Señalé al vampiro con un dedo. Evra entornó los ojos, pero al final lo vio.

—No debemos hacer ningún ruido —advertí—. Incluso el más mínimo ruido provocaría que descendiera en picado sobre nosotros.

Evra se estremeció (aunque no sé si fue por el frío o por la posibilidad de que nos atacara) y se calmó un poco. Apenas pronunciamos palabra después de eso.

Teníamos que respirar dentro del hueco de las manos para evitar que se vieran las nubes de vapor de nuestro aliento. No habría pasado nada si estuviera nevando (la nieve habría ocultado las volutas de vapor), pero hacía una noche gélida y despejada.

Permanecimos allí sentados hasta las tres de la madrugada. A Evra le castañeteaban los dientes, y yo estaba a punto de mandarlo a casa antes de que muriera congelado cuando el gordo salió por fin. El señor Crepsley empezó a perseguirlo de inmediato.

Me di cuenta demasiado tarde de que el vampiro pasaría a nuestro lado en su camino de regreso. No teníamos tiempo para escondernos. ¡Iba a descubrirnos!

—No te muevas ni un milímetro —le susurré a Evra—. Ni siquiera respires.

El vampiro avanzó hacia nosotros, caminando con aplomo sobre los tejados helados con los pies descalzos. Estaba seguro de que nos veía, pero sus ojos estaban clavados en el humano. Pasó a menos de tres metros de nosotros (su sombra se proyectó sobre mí como un terrorífico fantasma) y después desapareció.

—Creo que se me ha parado el corazón —dijo Evra con voz trémula.

Oí los familiares latidos del corazón del chico serpiente (latía un poco más lento que el de un humano corriente) y sonreí.

—Estás bien —le aseguré.

—Pensé que nos había llegado la hora —susurró él.

—Yo también. —Me puse en pie y examiné el camino que había seguido el vampiro—. Será mejor que vuelvas a bajar a la calle —le dije a Evra.

—No va muy rápido —replicó él—. Puedo seguirle el ritmo.

Sacudí la cabeza.

—No hay forma de predecir cuándo acelerará el paso: puede que el hombre se meta en un taxi o tenga el coche aparcado por aquí cerca. Además, después de haber escapado por los pelos, es mejor que nos separemos: de esa forma, si atrapa a uno de nosotros, el otro puede regresar al hotel y fingir que no sabía nada.

Evra comprendió que mis argumentos eran lógicos y bajó a la calle por la siguiente salida de incendios. Yo empecé a seguir al vampiro y al gordo.

Regresaba por donde había venido y atravesó la calle desierta en la que lo habíamos visto por primera vez en dirección a un bloque de apartamentos.

Vivía en uno de los apartamentos centrales de la sexta planta. El señor Crepsley aguardó a que las luces del interior se apagaran y luego subió en el ascensor. Yo corrí escaleras arriba y lo vigilé desde el otro extremo del descansillo.

Esperaba que abriera la puerta y entrara (las cerraduras no suponían ningún problema para el vampiro), pero lo único que hizo fue examinar la puerta y las ventanas. Luego se dio la vuelta y regresó al ascensor.

Bajé las escaleras a toda prisa y volví a divisar al vampiro, que se alejaba de los apartamentos. Le dije a Evra lo que había ocurrido y hacia dónde se dirigía el señor Crepsley. Unos minutos después, mi amigo me alcanzó y seguimos juntos al vampiro, que avanzaba al trote por las calles.

—¿Por qué no ha entrado? —preguntó Evra.

—No lo sé —dije—. Puede que hubiera alguien más dentro. O puede que tenga planeado regresar más tarde. Una cosa es segura: ¡no subió hasta allí para entregar una carta!

Al cabo de un rato giramos una esquina para adentrarnos en un callejón y vimos al señor Crepsley inclinado sobre una mujer inmóvil. Evra soltó una exclamación ahogada y empezó a avanzar. Lo agarré del brazo y tiré de él hacia atrás.

—¿Qué estás haciendo? —preguntó furioso—. ¿Es que no lo ves? ¡Está atacando a esa mujer! Debemos detenerlo antes de que…

—No pasa nada —le dije—. No la está atacando. Se está alimentando.

Evra dejó de forcejear.

—¿Estás seguro? —preguntó con suspicacia.

Asentí.

—Está bebiendo del brazo de la mujer. Los cadáveres que encontraron en aquel edificio estaban degollados, ¿lo recuerdas?

Evra asintió con vacilación.

—Si te equivocas…

—No me equivoco —le aseguré.

Minutos más tarde, el vampiro continuó la marcha, dejando a la mujer atrás. Corrimos por el callejón para escrutar a la mujer. Tal y como yo había deducido, estaba inconsciente pero viva, y tenía una pequeña cicatriz en el brazo izquierdo, la única señal de que había sido víctima de un vampiro.

—Vámonos —dije poniéndome en pie—. Se despertará dentro de unos minutos. Será mejor que no estemos aquí cuando lo haga.

—¿Qué pasa con el señor Crepsley? —preguntó Evra.

Miré al cielo para calcular cuánto faltaba para el amanecer.

—No matará a nadie esta noche —dije—. Es demasiado tarde. Lo más probable es que vaya de camino al hotel. Vamos; si no llegamos antes que él, nos resultará muy difícil explicar dónde hemos estado.

CAPÍTULO TRECE

Al día siguiente, Evra fue al bloque de apartamentos justo antes de que oscureciera para vigilar al gordo. Yo me quedé en casa para seguir al señor Crepsley. Si el vampiro se dirigía a los apartamentos, me reuniría con Evra. Si iba a algún otro sitio, discutiríamos la situación y decidiríamos si Evra debía abandonar o no su puesto.

El vampiro despertó en cuanto se puso el sol. Parecía algo más alegre, si bien no habría desentonado en una funeraria.

—¿Dónde está Evra? —preguntó mientras devoraba la comida que yo le había preparado.

—De compras.

—¿Él solo? —El señor Crepsley hizo una pausa. Por un momento creí que albergaba alguna sospecha, pero solo buscaba la sal.

—Supongo que estará comprando los regalos de Navidad —dije.

—Creí que Evra estaba por encima de todas esas estupideces. De todas formas, ¿a qué día estamos?

—Estamos a veinte de diciembre —contesté.

—¿Y Navidad es el día veinticinco?

—Sí —respondí.

El señor Crepsley se frotó la cicatriz con aire pensativo.

—Para entonces, los asuntos que me retenían aquí habrán finalizado —dijo.

—Ah, ¿sí? —Intenté no parecer intrigado ni nervioso.

—Mis planes eran seguir adelante lo antes posible, pero, si queréis quedaros a pasar la Navidad aquí, lo haremos. El personal del hotel está preparando una especie de fiesta, ¿no?

—Sí —respondí.

—¿Os gustaría asistir?

—Sí. —Me obligué a sonreír—. Evra y yo pensamos intercambiar regalos. Vamos a cenar con el resto de los huéspedes, a comer pastelitos y a atiborrarnos de pavo. Usted también puede venir, si quiere. —Traté de fingir que quería que él también asistiera.

El señor Crepsley sonrió y negó con la cabeza.

—No me gustan nada esas tonterías —dijo.

—Como quiera —repliqué.

Lo seguí tan pronto como se marchó. Me condujo directamente hasta el matadero, y eso me sorprendió bastante. Tal vez no estuviera interesado en el gordo; quizá hubiera puesto los ojos en alguna otra cosa... o en alguna otra persona.

Lo comenté con Evra por teléfono.

—Es muy extraño —convino él—. Quizá quiera atraparlo a la entrada o a la salida del trabajo.

—Quizá —dije, no muy seguro. Había algo muy raro en todo aquello. El vampiro no se estaba comportando como yo esperaba.

Evra se quedó donde estaba para seguir al hombre gordo. Yo me escondí en un lugar seguro, cerca de una chimenea tibia que amortiguaba un poco el frío. No tenía una vista del matadero tan buena como la noche anterior, pero veía a la perfección al señor Crepsley, y eso era lo importante.

El gordo llegó a la hora prevista, y Evra no tardó en aparecer tras él. Avancé hacia el borde del tejado cuando los vi, preparado para saltar al suelo e intervenir si el señor Crepsley decidía atacar. Pero el vampiro permaneció inmóvil.

Y así estuvo toda la noche. El señor Crepsley permaneció sentado en su repisa; Evra y yo nos acurrucamos en la nuestra; los trabajadores siguieron con sus tareas en el matadero. A las tres de la madrugada, el gordo reapareció y se fue a casa.

El señor Crepsley lo siguió una vez más y, también una vez más, nosotros seguimos al señor Crepsley. En esta ocasión el vampiro no subió hasta el rellano, pero esa fue la única variación en la rutina.

La noche siguiente sucedió exactamente lo mismo.

—¿Qué está tramando? —preguntó Evra. Estaba congelado y se quejaba de calambres en las piernas. Le había dicho que se fuera a casa, pero estaba decidido a quedarse allí.

—No lo sé —respondí—. Quizá espere un momento en particular para actuar. Tal vez la luna deba estar en una determinada posición o algo así.

—Creí que los hombres lobo eran los únicos monstruos a los que afectaban los cambios lunares —dijo Evra medio en broma.

—Yo también —comenté—, pero no estoy seguro. Hay muchas cosas sobre los vampiros completos que el señor Crepsley aún no me ha contado. Podrías llenar un libro con las cosas sobre las que no sé nada.

—¿Qué haremos si ataca? —preguntó Evra—. ¿Crees que tendríamos alguna oportunidad contra él en una pelea?

—En una pelea de tú a tú, no —dije—. Pero en una sucia… —Saqué un largo cuchillo de carnicero oxidado, dejé que Evra lo recorriera con la mirada y volví a guardármelo bajo la camisa.

—¿De dónde has sacado eso? —preguntó mi amigo con voz ahogada.

—Vine a inspeccionar el matadero esta mañana, para familiarizarme con el trazado del edificio, y encontré este cuchillo en un contenedor de basura de la parte trasera. Supongo que está demasiado oxidado como para serle de utilidad a alguien.

—¿Es eso lo que piensas utilizar? —preguntó Evra en voz baja. Asentí.

—Le rebanaré la garganta —susurré—. Esperaré a que ataque, y entonces… —Apreté las mandíbulas con fuerza.

—¿Crees que podrás hacerlo? Ese hombre es muy rápido. Si desperdicias la primera oportunidad, es probable que no tengas una segunda.

—No se lo esperará —dije—. Puedo hacerlo. —Me enfrenté a Evra—. Sé que dijimos que haríamos esto juntos, pero quiero ir tras él solo cuando llegue el momento.

—¡De eso nada! —susurró mi amigo.

—Debo hacerlo —aseguré—. No puedes moverte tan sigilosamente como yo, y tampoco con tanta rapidez. Si vienes, serás un estorbo. Además —añadí—, si las cosas salen mal y no consigo mi objetivo, tú podrás quedarte cerca de él y encontrar otra oportunidad. Espera a que llegue el día y atácalo mientras duerme.

—Quizá esa sea la mejor solución —dijo Evra—. Quizá deberíamos esperar los dos. Estamos aquí para confirmar que es el asesino. Si lo es y conseguimos pruebas de ello, ¿por qué no esperamos y...?

—No —dije con suavidad—. No dejaré que mate a ese hombre.

—No sabes nada sobre él —señaló Evra—. ¿Recuerdas que te dije que era posible que esas seis personas fueran asesinadas porque eran malvadas? Bueno, pues puede que este tipo también esté podrido.

—No me importa —aseguré con terquedad—. Solo accedí a acompañar al señor Crepsley porque él me convenció de que no era tan malo, de que no mataba a la gente. Si es un asesino, yo también soy culpable, por haber creído en él y por haberlo ayudado durante todo este tiempo. No pude hacer nada para impedir los seis primeros asesinatos... pero, si puedo evitar el séptimo, lo haré.

—Vale —dijo Evra con un suspiro—. Hazlo a tu manera.

—¿No interferirás?

—No —prometió.

—¿Ni siquiera si la cosa se pone fea y da la impresión de que necesito ayuda?

Titubeó antes de asentir.

—De acuerdo. Ni siquiera en ese caso.

—Eres un buen amigo, Evra —dije mientras aferraba sus manos.

—¿De verdad lo crees? —sonrió con amargura—. A ver si opinas lo mismo cuando metas la pata, el señor Crepsley te atrape, pidas ayuda a gritos y veas que paso de ti. ¡Ya veremos qué clase de amigo me consideras entonces!

CAPÍTULO CATORCE

La noche del 22 de diciembre, el señor Crepsley entró en acción.

Evra lo vio. Yo me estaba tomando un respiro, descansando la vista (incluso los ojos de los medio vampiros se cansan después de horas de concentración), cuando Evra dio un súbito respingo y me agarró del tobillo.

—¡Se mueve!

Salté hacia delante justo a tiempo para ver cómo el vampiro brincaba desde el tejado del matadero. Abrió una ventana y se adentró rápidamente en el edificio.

—¡Ha llegado el momento! —gemí mientras me incorporaba y me ponía en marcha.

—Espera un segundo —dijo Evra—. Voy contigo.

—¡No! —exclamé—. Ya lo hemos hablado. Prometiste...

—No te acompañaré hasta el final —aclaró Evra—, pero tampoco pienso quedarme aquí sentado, loco de preocupación. Te esperaré dentro del matadero.

No había tiempo para discusiones. Asentí con rapidez y salí corriendo. Evra me siguió tan deprisa como pudo.

Me detuve junto a la ventana abierta y escuché con atención para detectar algún sonido de vampiro. El suelo estaba cubierto de polvo, así que las huellas del señor Crepsley eran muy visibles. Seguimos las pisadas hasta una puerta que conducía a un pasillo de baldosas. El polvo que se había pegado a sus pies marcaba ahora su trayecto sobre las baldosas.

Seguimos el rastro polvoriento por el pasillo y bajamos un corto tramo de escaleras. Nos encontrábamos en una zona bastante tranquila del matadero (los trabajadores estaban agrupados al otro extremo), pero nos movimos con mucha cautela de todas formas: sería una catástrofe que nos atraparan en ese momento tan crítico.

Puesto que el rastro de polvo se volvía más débil a cada paso, temí perder al vampiro. No quería tener que buscarlo a ciegas en el matadero, así que aceleré el paso. Y Evra también.

Cuando doblamos una esquina, vi una capa roja que me resultaba muy familiar y me detuve en seco. Retrocedí un paso para esconderme y arrastré a Evra conmigo.

Articulé con los labios las palabras: «No digas nada», y luego me asomé con mucho cuidado por la esquina para ver qué tramaba el señor Crepsley.

El vampiro estaba escondido detrás de unas cajas de cartón que estaban apiladas contra una de las paredes. No vi a nadie más, pero oí unos pasos que se aproximaban.

El gordo apareció por una puerta. Estaba silbando y revisaba unos documentos que llevaba en un portapapeles. Se detuvo frente a una enorme puerta automática y presionó un botón de la pared. La puerta se abrió hacia arriba con un fuerte chirrido.

El gordo colgó el portapapeles en un gancho de la pared y luego entró. Oí cómo presionaba un botón del otro lado. La puerta se detuvo, emitió un crujido y bajó al mismo ritmo lento con el que había subido.

El señor Crepsley se arrojó hacia delante cuando la puerta estaba a punto de cerrarse y se deslizó hacia el interior de la estancia.

—Vuelve a la sala de las cañerías y escóndete —le dije a Evra. Empezó a protestar—. ¡Hazlo! —exclamé con decisión—. Si te quedas aquí, te verá al regresar. Sube y espérame allí. Si logro detenerlo, iré a buscarte. Si no… —Tomé sus manos y se las apreté con fuerza—. Me alegro muchísimo de haberte conocido, Evra Von.

—Ten cuidado, Darren —dijo Evra con los ojos cargados de miedo. Pero no miedo por él, sino por mí—. Buena suerte.

—No necesito suerte —repuse con valentía antes de sacar el cuchillo—. Tengo esto.

Le di otro apretón en las manos y salí corriendo por el pasillo para colarme bajo la puerta, que se cerró justo detrás de mí, dejándome atrapado con el hombre gordo y el vampiro.

La sala estaba llena de cadáveres de animales colgados del techo mediante ganchos de acero. También estaba refrigerada para mantener la carne fresca.

El hedor de la sangre resultaba nauseabundo. Sabía que los cadáveres pertenecían a animales, pero no podía dejar de verlos como personas.

Las luces del techo eran increíblemente brillantes, así que debía moverme con mucho cuidado: una sombra descarriada podría significar mi muerte. El suelo estaba resbaladizo (¿agua?, ¿sangre?), así que debía mirar bien dónde ponía los pies.

La carne de los animales desprendía un extraño resplandor rosado, como resultado de la combinación entre la luz brillante y la sangre. ¡Ningún vegetariano querría entrar en un lugar como ese!

Tras unos segundos sin ver otra cosa que animales muertos, divisé al señor Crepsley y al gordo. Los seguí de inmediato y me mantuve a su paso.

El hombre gordo se detuvo para examinar uno de los animales. Debía de sentir frío, porque se echó el aliento en las palmas de las manos para calentárselas, y eso que llevaba guantes. Le dio una palmadita al animal cuando terminó de examinarlo (el gancho emitió un chirrido espeluznante cuando el cadáver empezó a balancearse de un lado a otro) y comenzó a silbar la misma melodía de antes.

Emprendió la marcha de nuevo.

Acababa de acortar la distancia que me separaba del señor Crepsley (no quería quedarme demasiado atrás), cuando de repente el gordo se agachó para examinar algo que había en el suelo. Me detuve y empecé a retroceder por temor a que viera mis pies, pero entonces me di cuenta de que el señor Crepsley avanzaba hacia el hombre agachado.

Maldije por lo bajo y corrí hacia delante. Si el señor Crepsley hubiera estado prestando atención, me habría oído, pero estaba demasiado concentrado en el humano que tenía delante.

Me detuve a unos pasos por detrás del vampiro y saqué el cuchillo oxidado. Habría sido el momento perfecto para atacar (el vampiro permanecía inmóvil, concentrado en el humano, ajeno a mi presencia. Era un objetivo perfecto), pero no lo hice. El señor Crepsley debía atacar primero. Tal y como le había dicho a Evra, si lo mataba, no podría devolverle la vida. No podía cometer ningún error.

Los segundos parecieron horas mientras el gordo permanecía agachado, estudiando lo que fuera que había llamado su atención. Al final, se encogió de hombros y se puso en pie. Oí el siseo del señor Crepsley y vi que su cuerpo se tensaba. Levanté el cuchillo.

El gordo debió de oír algo, porque alzó la vista al techo (hacia el lugar equivocado; debería haber mirado hacia atrás) un instante antes de que el señor Crepsley saltara.

Yo había anticipado ese movimiento, pero aun así me pilló desprevenido. Si me hubiera abalanzado hacia delante al mismo tiempo que el vampiro, quizá hubiera conseguido clavarle el cuchillo en el lugar donde apuntaba: su garganta. Sin embargo, dudé una fracción de segundo y fallé.

Chillé y salté tras él sin dejar de gritar a pleno pulmón, en parte para evitar su ataque y en parte porque me aterrorizaba mi propio comportamiento.

El grito logró que el señor Crepsley se diera la vuelta. Sus ojos se abrieron con incredulidad. Puesto que ya no miraba hacia delante, chocó contra el hombre gordo y ambos cayeron al suelo.

Caí sobre el señor Crepsley cuchillo en mano. La hoja se clavó en la parte superior del hombro del vampiro y se hundió profundamente en la carne. Él soltó un rugido de dolor e intentó alejarme de un empujón. Lo empujé contra el suelo (se encontraba en una posición difícil, y su ventaja en peso y fuerza no le servía de nada) y eché el brazo hacia atrás con la intención de utilizar todas mis fuerzas para asestarle una cuchillada profunda y letal.

Jamás llegué a efectuar el corte mortal. Porque cuando eché el brazo hacia atrás le di a alguien. A alguien que caía hacia abajo. A alguien que había saltado desde lo alto. A alguien que gritó cuando lo herí y que rodó para alejarse de mí tan rápido como pudo.

Olvidé al vampiro por un instante y eché un vistazo por encima del hombro a la figura que rodaba. Supe que se trataba de un hombre, pero eso fue lo único que pude adivinar hasta que se detuvo y se puso en pie.

Cuando se incorporó y clavó su mirada en mí, deseé que hubiera seguido rodando lejos de la estancia.

Su imagen era aterradora. Era un hombre alto y corpulento, de hombros amplios. Estaba vestido de la cabeza a los pies con un traje blanco impecable, estropeado tan solo por las manchas de polvo y sangre provocadas al rodar por el suelo.

Su piel, su cabello, sus ojos, sus labios y sus uñas contrastaban de forma increíble con el blanco de su traje. Su piel estaba llena de manchas de color púrpura. Todo lo demás era de un color rojo oscuro, como si estuviera empapado en sangre.

Desconocía quién o qué era esa criatura, pero supe de inmediato que era malvada. Todo en él parecía advertir al respecto: el modo en que permanecía de pie, su mueca de desprecio, el brillo de locura que chisporroteaba en sus insólitos ojos rojos y la forma en que sus labios carmesí se fruncían sobre sus afilados dientes.

Oí que el señor Crepsley soltaba una maldición antes de intentar ponerse en pie. Aún no lo había conseguido cuando el hombre del traje blanco gritó y corrió hacia a mí a una velocidad que ningún humano habría podido alcanzar. Bajó la cabeza y me embistió con ella, con lo que me dejó sin respiración y a punto estuvo de romperme las paredes del estómago.

Caí sobre el señor Crepsley y volví a tirarlo al suelo de manera involuntaria.

La criatura de blanco soltó un alarido y vaciló un instante, como si se planteara atacar, pero luego se agarró a uno de los animales colgados y se izó hacia arriba. Pegó un salto, se sujetó al alféizar de una ventana (fue entonces cuando me fijé por primera vez en que el techo de la sala estaba rodeado de ventanas), rompió el cristal y escapó del lugar.

El señor Crepsley volvió a maldecir y me apartó de un empujón. Se sujetó a uno de los cadáveres y saltó hacia el alféizar para ir tras el hombre de la piel púrpura, aunque hizo una mueca de dolor a causa de la herida que tenía en el brazo izquierdo. Se quedó allí un momento, escuchando con atención. Luego bajó la cabeza y agachó los hombros.

El hombre gordo (que no había dejado de lloriquear como un bebé) se puso de rodillas y empezó a alejarse a cuatro patas. El señor Crepsley lo vio y, después de un último y desesperado vistazo por la ventana, se dejó caer al suelo y se acercó al humano, que intentaba ponerse en pie.

Observé con impotencia cómo el señor Crepsley ayudaba al gordo a incorporarse y clavaba una mirada asesina en su rostro: si pretendía matar a ese hombre, yo no podría hacer nada para detenerlo. Me dolían las costillas como si me hubiera atropellado un carnero. Respirar me resultaba doloroso. Me era imposible moverme.

Sin embargo, el señor Crepsley no tenía intención de asesinarlo. Lo único que hizo fue exhalar su aliento en la cara del hombre, que se puso rígido y cayó al suelo inconsciente.

Luego el señor Crepsley se dio media vuelta y se acercó a mí con una mirada furiosa que jamás le había visto antes. Empecé a temer por mi vida. Me cogió y me zarandeó como si fuera un muñeco.

—¡Imbécil! —rugió—. ¡Estúpido mequetrefe entrometido! ¿Te das cuenta de lo que has hecho? ¿Te das cuenta?

—Yo… solo intentaba… evitar… —balbucí—. Creí que…

El señor Crepsley acercó su cara a la mía y soltó un gruñido.

—¡Se ha escapado! ¡Un asesino demente ha salido indemne gracias a tu condenada intromisión! Era mi oportunidad para detenerlo y tú… y tú…

No pudo decir nada más: la rabia había paralizado su lengua. Me dejó caer al suelo y se puso de rodillas sin dejar de gemir y maldecir (en ocasiones parecía a punto de llorar) con evidente indignación.

Paseé la mirada entre el vampiro, el humano dormido y la ventana rota, y comprendí (no hacía falta ser un genio para adivinarlo) que había cometido un terrible (y quizá fatal) error.

CAPÍTULO QUINCE

Se produjo un largo e incómodo silencio en el que los minutos transcurrieron lentamente. Me palpé las costillas; no tenía ninguna rota. Me puse en pie y apreté los dientes al sentir un terrible dolor en las entrañas. Estaría dolorido durante días.

Me acerqué al señor Crepsley y me aclaré la garganta.

—¿Quién era ese tipo? —pregunté.

Él me fulminó con la mirada y sacudió la cabeza.

— ¡Imbécil! —rugió—. ¿Qué hacías aquí?

—Intentaba evitar que lo matara —dije señalando al hombre gordo. El señor Crepsley me miró fijamente—. Me enteré de lo de esas seis personas muertas en las noticias —expliqué—. Creí que usted era el asesino. Lo seguí…

—¿Creíste que yo era el asesino? —preguntó el señor Crepsley a voz en grito. Asentí con desánimo—. ¡Eres más tonto de lo que pensaba! ¿Tan poco confías en mí que creíste…?

—¿Qué otra cosa podía pensar? —exclamé —. Nunca me cuenta nada. Desaparecía en la ciudad todas las noches sin decir una palabra de adónde se dirigía o qué iba a hacer. ¿Qué se supone que debía pensar cuando me enteré de que habían encontrado a seis personas muertas y desangradas?

El señor Crepsley pareció sorprendido, y luego pensativo. Al final asintió con expresión exhausta.

—Tienes razón. —Dejó escapar un suspiro—. Uno debe demostrar confianza si quiere que los demás confíen en él. Deseaba ahorrarte los detalles sangrientos. No debería haberlo hecho. Es culpa mía.

—No pasa nada —dije sorprendido por su tono amable—. Supongo que no debería haberlo seguido hasta aquí.

El señor Crepsley echó un vistazo al cuchillo.

—¿Pretendías matarme? —preguntó.

—Sí —admití avergonzado.

Para mi sorpresa, el vampiro rió con amargura.

—Eres un jovencito de lo más temerario, maese Shan. Pero ya lo sabía cuando te acepté como ayudante. —Se puso en pie y examinó el corte de su brazo—. Supongo que debería agradecer que esta herida no sea peor de lo que es.

—¿Se pondrá bien? —pregunté.

—Viviré —respondió él al tiempo que frotaba su saliva sobre el corte para sanarlo.

Alcé la vista hasta la ventana rota.

—¿Quién era ese tipo? —pregunté una vez más.

—La cuestión no es «quién» —dijo el señor Crepsley—, sino «qué». Es un vampanez. Su nombre es Murlough.

—¿Qué es un vampanez?

—Es una larga historia. No tenemos tiempo. Más tarde te explic…

—No —dije con firmeza—. He estado a punto de matarlo porque no sabía lo que pasaba. Explíquemelo ahora, para que no haya más malentendidos.

El señor Crepsley vaciló antes de asentir.

—Está bien —dijo—. Supongo que este es un lugar tan apropiado como cualquier otro. No creo que nos interrumpan. Pero no podemos perder el tiempo. Debo reflexionar sobre este indeseado e inoportuno giro de los acontecimientos y trazar un nuevo plan. Seré breve. Intenta no formular preguntas innecesarias.

—Lo intentaré —prometí.

—Los vampanez son… —Hizo una pausa en busca de las palabras adecuadas—. Antaño muchos vampiros despreciaban a los humanos y se alimentaban de ellos como los humanos se alimentan de los animales. Era bastante frecuente que desangraran hasta la muerte a un par de personas cada semana. Con el paso del tiempo, decidimos que eso no era aceptable, así que se establecieron leyes que prohibían los asesinatos innecesarios.

»La mayoría de los vampiros se mostraron de acuerdo en acatar las leyes (es más fácil para nosotros pasar desapercibidos entre los humanos si no los matamos), pero algunos sintieron que habíamos traicionado nuestra causa. Ciertos vampiros creían que los humanos habían sido puestos en este planeta para que nosotros nos alimentáramos.

—¡Eso es una locura! —grité—. Los vampiros empiezan como humanos. ¿Qué clase de…?

—Por favor —me interrumpió el señor Crepsley—, solo intento explicar lo que pensaban esos vampiros. No estoy excusando su comportamiento.

»Hace setecientos años, las cosas llegaron a un punto crítico. Setenta vampiros se separaron del resto y se autoproclamaron una raza independiente. Se llamaron a sí mismos vampanez y establecieron sus propias reglas y órganos de gobierno.

»Básicamente, los vampanez creen que está mal alimentarse de un humano sin matarlo. Creen que lo más noble es desangrar a una persona y absorber su espíritu (igual que tú absorbiste parte del de Sam Grest cuando bebiste de él), que es vergonzoso tomar pequeñas cantidades y alimentarnos como si fuéramos sanguijuelas.

—Así que siempre matan a la gente de la que se alimentan, ¿no? —pregunté. El señor Crepsley asintió—. ¡Eso es terrible!

—Estoy de acuerdo contigo —dijo el vampiro—. Y lo mismo pensaron los vampiros cuando los vampanez se distanciaron. Hubo una guerra tremenda. Muchos vampanez fueron asesinados. También muchos vampiros, pero íbamos ganando. Podríamos haberlos exterminado, pero… —Se interrumpió y sonrió con amargura—. Los humanos a los que tratábamos de proteger se interpusieron en el camino.

—¿Qué quiere decir? —pregunté.

—Muchos humanos sabían de la existencia de los vampiros, pero, mientras no los matáramos, nos dejaban en paz… Nos tenían miedo. No obstante, los vampanez empezaron a asesinar a la gente; a los humanos les entró el pánico y empezaron a luchar. Por desgracia, no sabían distinguir entre vampiros y vampanez, así que nos persiguieron y mataron a miembros de los dos bandos.

»Podríamos haber controlado a los vampanez —continuó el señor Crepsley—, pero no a los humanos. Estuvieron a punto de aniquilarnos. Al final, nuestros príncipes se reunieron con los vampanez y acordaron una tregua. Los dejaríamos tranquilos si dejaban de matar sin restricciones. Solo matarían cuando necesitaran alimentarse y harían todo lo posible por evitar que la humanidad se enterara de esos asesinatos.

»La tregua funcionó. Cuando los humanos se dieron cuenta de que estaban a salvo, dejaron de darnos caza. Los vampanez viajaron lejos para evitarnos (eso formaba parte del acuerdo), y lo cierto es que no hemos vuelto a saber casi nada de ellos en los últimos siglos, a excepción de unos cuantos conflictos y desafíos.

—¿Desafíos? —pregunté.

—Los vampiros y los vampanez llevan una vida bastante violenta —dijo el señor Crepsley—. Siempre nos estamos poniendo a prueba en luchas y competiciones. Los humanos y los animales son rivales interesantes, pero si un vampiro quiere ponerse a prueba de verdad, lucha contra un vampanez. Es bastante común que los vampiros y los vampanez se busquen los unos a los otros para luchar a muerte.

—Menuda estupidez… —dije.

El señor Crepsley se encogió de hombros.

—Así es como hacemos las cosas. El paso del tiempo ha cambiado a los vampanez —continuó—. ¿Te has fijado en que tenía el pelo, las uñas y los ojos rojos?

—Y los labios —añadí—. Y tenía la piel púrpura.

—Esos cambios son debidos a que beben más sangre que los vampiros. La mayor parte de los vampanez no son tan coloridos como Murlough (quien ha estado bebiendo enormes cantidades de sangre), pero todos tienen rasgos similares. Todos salvo los vampanez jóvenes, ya que tardan un par de décadas en adquirir esos colores.

Pensé en lo que me había contado.

—Entonces, ¿los vampanez son malvados? ¿Por eso los vampiros tienen tan mala reputación?

El señor Crepsley se frotó la cicatriz con expresión pensativa.

—Decir que son malvados no sería del todo cierto. Para los humanos lo son, pero para los vampiros son más unos primos descarriados que unos demonios infames.

—¡¿Qué?! —No podía creer que los defendiera.

—Depende del punto de vista —dijo—. Ya has aprendido a restarle importancia a beber de los humanos, ¿verdad?

—Sí —respondí—, pero…

—¿Recuerdas con cuánta firmeza te oponías a hacerlo al principio?

—Sí —contesté una vez más—, pero…

—Para muchos humanos, tú eres malvado —dijo—. Un joven medio vampiro que bebe sangre humana… ¿Cuánto tiempo crees que tardarían en intentar matarte si se conociera tu verdadera identidad?

Me mordí el labio inferior mientras meditaba sus palabras.

—No me malinterpretes —añadió el señor Crepsley—. No apruebo a los vampanez ni sus costumbres. Pero tampoco creo que sean malvados.

—¿Me está diciendo que le parece bien matar a los humanos? —pregunté con cautela.

—No —respondió—. Lo que estoy diciendo es que entiendo su punto de vista. Los vampanez matan a causa de sus creencias, no por diversión. Un soldado humano que mata en una guerra no es malvado, ¿verdad?

—Eso no es lo mismo —dije.

—Pero los límites son igual de confusos. Para los humanos, los vampanez son malvados, así de simple. Para los vampiros (y tú ahora perteneces al clan de los vampiros), no es tan fácil juzgarlos. Son parientes.

»Además —agregó—, los vampanez también tienen cualidades nobles. Son valientes y leales. Jamás incumplen su palabra: cuando un vampanez hace una promesa, se atiene a ella. Si un vampanez miente y sus congéneres lo descubren, lo ejecutarán sin hacer preguntas. Tienen sus defectos, y a mí no me caen muy bien, pero ¿malvados? —Suspiró—. No lo creo.

Fruncí el ceño.

—Pero pensaba matar a ese, ¿no? —le recordé.

El señor Crepsley asintió.

—Murlough no es un vampanez normal y corriente. Su mente está invadida por la locura. Ha perdido el control y mata de manera indiscriminada para alimentar su lunática codicia. De haber sido un vampiro, los generales lo habrían juzgado y ejecutado. Los vampanez, sin embargo, son más benevolentes con los miembros más desafortunados de su especie. Detestan tener que matar a uno de los suyos.

»Si un vampanez pierde la cabeza, es expulsado del clan, pero lo dejan en libertad. Si se mantiene apartado de los de su raza, no hacen nada por detenerlo o perjudicarlo. Murlough es…

Nos sobresaltamos al oír un gemido. Miramos hacia atrás y vimos que el gordo se estaba despertando.

—Vamos —dijo el señor Crepsley—. Continuaremos con nuestra charla de camino al tejado.

Salimos de la sala refrigerada y emprendimos el camino de vuelta.

—Murlough lleva vagando por el mundo muchos años —dijo el señor Crepsley—. Por lo general, los vampanez locos no duran tanto. Cometen errores estúpidos y los humanos no tardan en darles caza y eliminarlos. Sin embargo, Murlough es más listo que la mayoría. Todavía posee el suficiente sentido común como para matar sin mucho alboroto y esconder los cadáveres. ¿Conoces el mito que dice que los vampiros no pueden entrar en una casa a menos que los inviten a pasar?

—Claro —respondí—. Nunca lo he creído.

—Ni debías hacerlo. No obstante, al igual que la mayoría de los mitos, tiene parte de verdad. Los vampanez casi nunca matan a los humanos en sus hogares. Atrapan a sus presas en el exterior, las matan, se alimentan y después ocultan sus cadáveres o alteran las heridas para hacer que parezca una muerte accidental. Los vampanez que han perdido la cabeza olvidan esas reglas fundamentales, pero Murlough aún las recuerda. Por eso supe que no atacaría a ese hombre en su casa.

—¿Cómo supo que iba a atacarlo? —pregunté.

—Los vampanez son bastante tradicionalistas —explicó el señor Crepsley—. Seleccionan a sus víctimas con antelación. Se cuelan en sus casas mientras los humanos duermen y los marcan con tres pequeños arañazos en la mejilla izquierda. ¿No viste que el hombre gordo tenía esas marcas?

Sacudí la cabeza.

—No me fijé.

—Pues estaban ahí —me aseguró el señor Crepsley—. Eran bastante pequeñas (lo más probable es que creyera que se había arañado a sí mismo mientras dormía), pero resultan inconfundibles para alguien que sabe lo que busca: siempre están en el mismo sitio y siempre tienen la misma longitud.

»Así es como supe que atacarían a ese hombre. Hasta esa noche, había estado buscándolo a ciegas, peinando la ciudad con la esperanza de toparme con el rastro de Murlough. Vi al gordo por casualidad y lo seguí. Sabía que el ataque tendría lugar aquí o en el camino de su casa al trabajo, así que no tenía más que esperar a que Murlough entrara en acción. —El rostro del vampiro se ensombreció—. Y entonces tú apareciste en escena. —Fue incapaz de disimular la amargura que teñía su voz.

—¿Podrá encontrar a Murlough de nuevo? —pregunté.

Él negó con la cabeza.

—Descubrir a un humano marcado fue un golpe de suerte increíble. No sucederá dos veces. Además, puede que Murlough esté loco, pero no es ningún estúpido. Dejará de lado a los humanos que ya ha marcado y abandonará esta ciudad. —El señor Crepsley dejó escapar un suspiro triste—. Supongo que tendré que conformarme con eso.

—¿Conformarse con eso? —pregunté—. ¿No piensa perseguir-lo? —El señor Crepsley sacudió la cabeza. Me detuve en el descansillo (casi habíamos llegado a la sala de las cañerías) y lo miré, atónito—. ¿Por qué no? —rugí—. ¡Ese tipo está loco! ¡Está matando a la gente! ¡Tiene que atr…!

—No es asunto mío —dijo el vampiro con suavidad—. No tengo por qué preocuparme por criaturas como Murlough.

—En ese caso, ¿por qué se involucró en todo esto? —grité, pensando en todas las personas a las que ese vampanez iba a matar.

—Los generales vampíricos tienen las manos atadas en casos como este —dijo el señor Crepsley—. No se atreven a dar los pasos necesarios para eliminar a un vampanez loco por miedo a iniciar otra guerra. Como ya te he contado, los vampanez son muy leales. Buscarían venganza por el asesinato de uno de los suyos. Podemos matar a los vampanez en una lucha de igual a igual, pero si un general mata a un vampanez demente, sus aliados sentirían la necesidad de devolver el golpe.

»Me metí en esto porque esta es la ciudad donde nací. Viví aquí cuando era humano. Aunque todos mis conocidos murieron hace mucho tiempo, le tengo cariño… Considero que mi hogar está en esta ciudad, más que en ningún otro lugar.

»Gavner Purl lo sabía. Cuando averiguó que Murlough estaba aquí, comenzó a buscarme. Supuso (y con acierto) que no podría quedarme de brazos cruzados y permitir que un vampanez loco causara estragos. Fue un movimiento muy astuto por su parte, pero no lo culpo; en su lugar, yo habría hecho lo mismo.

—No lo entiendo —dije—. Creí que los generales vampíricos deseaban evitar una guerra.

—Y así es.

—Pero si usted matara a Murlough, ¿no se produc…?

—No —me interrumpió—. Yo no soy un general. Solo soy un vampiro sin ninguna conexión con los demás. Los vampanez habrían venido a por mí si hubieran descubierto que lo había matado yo, pero los generales no se habrían visto implicados. Habría sido algo personal. No habría desencadenado una guerra.

—Ya veo. Así que, ahora que su ciudad está a salvo, ya no piensa preocuparse más por él, ¿no?

—Exacto —dijo el señor Crepsley sin más.

No compartía la postura del vampiro: yo habría perseguido a Murlough hasta los confines de la Tierra… pero podía entenderlo. Había protegido a «su» gente. Ahora que la amenaza que se cernía sobre ellos había desaparecido, ya no consideraba que el vampanez fuera su problema. Era una típica muestra de la lógica vampírica.

—¿Qué pasará ahora? —quise saber—. ¿Volveremos al Circo de los Extraños y olvidaremos todo este asunto?

—Sí —respondió—. Murlough evitará esta ciudad en el futuro. Se escabullirá en medio de la noche y ahí acabará todo. Podemos retomar nuestras vidas y seguir con ellas.

—Hasta la próxima vez —dije.

—Solo tengo un hogar —replicó el vampiro—. Te aseguro que no habrá una próxima vez. Vamos —dijo—. Si tienes más preguntas, las responderé más tarde.

—De acuerdo. —Hice una pausa—. Lo que dijimos antes (aquello sobre no ocultarnos información importante), ¿sigue en pie? ¿Confiará en mí a partir de ahora y me contará las cosas?

El vampiro sonrió.

—Confiaremos el uno en el otro —dijo.

Le devolví la sonrisa antes de seguirlo hasta la sala de las cañerías.

—¿Cómo es posible que no viera las huellas de Murlough antes? —pregunté mientras seguía las pisadas que habíamos dejado al entrar en el edificio.

—Entramos por caminos diferentes —dijo el señor Crepsley—. No quería acercarme demasiado a él hasta que atacara, para que no me viera.

Estaba a punto de salir por la ventana cuando me acordé de Evra.

—¡Espere! —le grité al señor Crepsley—. Tenemos que ir a buscar a Evra.

—¿El chico serpiente también está metido en esto? —El vampiro se echó a reír—. Ve a buscarlo, deprisa. Pero no esperes que le cuente toda la historia también a él. Eso te lo dejaré a ti.

Fui en busca de mi amigo.

—Evra —lo llamé en voz baja. Al ver que no había respuesta, pronuncié su nombre un poco más alto—: ¡Evra! —¿Dónde se había escondido? Eché un vistazo y descubrí un par de solitarias huellas sobre el polvo que conducían hacia un amasijo de cañerías—. ¡Evra! —grité una vez más mientras seguía su rastro. Era probable que me hubiera visto hablando con el vampiro y no supiera qué estaba pasando—. No pasa nada —grité—. El señor Crepsley no es el asesino. Es otro...

Se oyó un súbito crujido cuando mis pies se toparon con algo y lo aplastaron. Retrocedí un paso y recogí el objeto para observarlo de cerca. Se me hizo un nudo en el estómago al comprender lo que era: los añicos de un teléfono móvil.

—¿Qué es eso? —preguntó el señor Crepsley, acercándose cautela. Le mostré el teléfono destrozado—. ¿Es de Evra?

Asentí.

—El vampanez debe de haberlo atrapado —dije horrorizado.

El señor Crepsley suspiró y agachó la cabeza.

—En ese caso, Evra está muerto —dijo sin más, y mantuvo la cabeza gacha cuando yo me eché a llorar.

CAPÍTULO DIECISÉIS

El señor Crepsley pagó la cuenta y nos marchamos del hotel tan pronto como llegamos, por si acaso el personal notaba la ausencia de Evra o por si el vampanez le obligaba a revelar nuestra situación.

—¿Y si logra escapar? —pregunté—. ¿Cómo podrá encontrarnos?

—No creo que consiga escapar —dijo el señor Crepsley con aire pesaroso.

Nos registramos en un nuevo hotel que estaba bastante cerca del otro. Si al recepcionista que había tras el mostrador le sorprendió que un hombre de expresión seria con una cicatriz en la cara y un chico consternado disfrazado de pirata se inscribieran a semejantes horas, disimuló muy bien sus sospechas.

Le supliqué al señor Crepsley que me contara más cosas sobre los vampanez. Me dijo que jamás se alimentaban de los vampiros (nuestra sangre era venenosa para los vampanez y para otros vampiros). Vivían algo más que nosotros, aunque la diferencia era mínima. Comían muy poca comida, ya que preferían mantenerse a base de sangre. Solo bebían de los animales como último recurso.

Escuché con atención. Era más fácil no pensar en Evra si tenía otras cosas en las que concentrarme. Sin embargo, cuando amaneció y el señor Crepsley se fue a la cama, me quedé pensando en lo que había ocurrido.

Observé cómo amanecía. Estaba cansado, pero no podía dormir. ¿Cómo podría enfrentarme a las pesadillas que me aguardaban? Me preparé un copioso desayuno, pero perdí el apetito después de un par de bocados y acabé por tirarlo a la basura. Encendí la tele y empecé a pasar los canales con rapidez sin prestar atención a lo que veía.

De vez en cuando pensaba que todo aquello tenía que ser un sueño. Evra no podía estar muerto. Debía de haberme quedado dormido en el tejado mientras vigilaba al señor Crepsley y lo había soñado todo. Evra me despertaría en cualquier momento. Le contaría mi sueño y ambos nos partiríamos de risa. «No te librarás de mí tan fácilmente», me diría él.

Pero lo cierto es que no se trataba de un sueño. Yo me había enfrentado al vampanez. Él se había llevado a Evra y o bien lo había matado, o bien se preparaba para hacerlo. Así eran las cosas, y debía enfrentarme a ellas.

El problema era que no me atrevía a hacerlo. Temía volverme loco. Así pues, en lugar de aceptar la verdad y asimilarla, la enterré en un recóndito lugar de mi mente (donde no podría molestarme) y me fui a ver a Debbie. Quizá ella lograra animarme.

Debbie estaba jugando en la plaza cuando llegué. Había nevado mucho durante la noche y estaba haciendo un muñeco de nieve con la ayuda de otros chicos del barrio. Se sorprendió al verme, pero le alegró que hubiera ido tan temprano. Me presentó a sus amigos, quienes me miraron con expresión recelosa.

—¿Quieres dar un paseo? —le pregunté.

—¿No puedes esperar a que termine el muñeco de nieve? —replicó ella.

—No —le dije—. Estoy nervioso. Necesito caminar. Puedo volver más tarde, si quieres.

—Da igual. Iré contigo. —Me miró con extrañeza—. ¿Te encuentras bien? Tienes la cara tan blanca como la pared, y tus ojos… ¿Has estado llorando?

—Estuve pelando cebollas —mentí.

Debbie se giró hacia sus amigos.

—Os veré luego —les dijo antes de enlazar su brazo con el mío—. ¿Quieres ir a algún lugar en particular?

—La verdad es que no —dije—. Elige tú y yo te seguiré.

No hablamos mucho mientras caminábamos, pero, en un momento dado, Debbie tironeó de mi brazo y dijo:

—Tengo buenas noticias. Les pregunté a mis padres si podías venir a casa en Nochebuena para ayudar con la decoración y me dijeron que sí.

—Genial —dije con una sonrisa forzada.

—También te han invitado a cenar —comentó ella—. Iban a pedirte que vinieras el día de Navidad, pero sabía que tenías planeado pasarlo en el hotel. Además, no creo que tu padre quisiera venir, ¿verdad?

—No —respondí con suavidad.

—Pero lo de Nochebuena te parece bien, ¿no? —preguntó Debbie—. Evra también puede venir. Comeremos temprano, sobre las dos o las tres, así que tendremos un montón de tiempo para decorar los árboles. Puedes…

—Evra no podrá venir —dije con sequedad.

—¿Por qué no?

Me esforcé por encontrar una buena excusa. Al final dije:

—Ha pillado la gripe. Está en la cama y no puede levantarse.

—Ayer parecía estar bien. —Debbie frunció el ceño—. Os vi a los dos saliendo por la noche. Parecía…

—¿Qué es eso de que nos viste? —pregunté.

—Por la ventana —replicó ella—. No es la primera vez que os veo salir después de que oscurezca. Nunca lo había mencionado antes porque imaginaba que me habrías contado lo que ocurría si quisieras que lo supiera.

—No está bien espiar a la gente —protesté.

—¡No os estaba espiando! —Debbie parecía herida por la acusación y por mi tono de voz—. Os vi de casualidad. Y si vas a comportarte de esta manera, puedes olvidar lo de Nochebuena. —Se dio la vuelta para marcharse.

—Espera —dije sujetándola del brazo (con cuidado para no hacerle daño)—. Lo siento. Estoy de muy mal humor. No me encuentro muy bien. Puede que Evra me haya pegado la gripe.

—La verdad es que no tienes buen aspecto —convino ella, algo más aplacada.

—Y si quieres saber adónde íbamos por las noches, te diré que íbamos a buscar a mi padre —dije—. Nos reuníamos con él después del trabajo y salíamos a cenar algo o a ver una peli. Te habría invitado, pero ya sabes cómo están las cosas con mi padre.

—Deberías presentarnos —dijo Debbie—. Te apuesto lo que quieras a que conseguiría caerle bien si me dieras la oportunidad.

Empezamos a caminar de nuevo.

—Bueno, ¿qué pasa entonces con lo de Nochebuena? —preguntó.

Sacudí la cabeza. Sentarme a cenar con Debbie y sus padres era lo último en lo que quería pensar.

—No puedo aceptar tu invitación —dije—. No estoy seguro de que estemos aquí. Puede que nos mudemos.

—¡Pero si Nochebuena es mañana! —exclamó Debbie—. Tu padre ya debería haberte contado sus planes a estas alturas.

—Es un tipo extraño —dije—. Le gusta dejar las cosas para el último momento. Puede que cuando vuelva del paseo descubra que ha recogido las cosas y que está listo para marcharse.

—No puede marcharse si Evra está enfermo —replicó ella.

—Puede y lo hará, si eso es lo que quiere —le dije.

Debbie frunció el entrecejo y dejó de caminar. Había una rejilla de ventilación un paso más adelante que desprendía aire caliente. Se acercó más y se situó sobre las barras.

—No irás a marcharte sin decírmelo, ¿verdad? —preguntó.

—Por supuesto que no —respondí.

—No me gustaría que desaparecieras de la noche a la mañana sin decirme nada —señaló, y pude ver las lágrimas que se acumulaban en las comisuras de sus ojos.

—Te prometo que en cuanto sepa cuándo nos marchamos, tú lo sabrás también. Te doy mi palabra. —Me hice una cruz sobre el pecho.

—Ven aquí —dijo mientras se acercaba para darme un enorme abrazo.

—¿A qué ha venido eso? —quise saber.

—¿Acaso tiene que haber una razón? —Sonrió antes de hacer un gesto con la cabeza—. Giraremos en la próxima esquina. Esa calle nos conducirá de vuelta a la plaza.

Enlacé mi brazo con el de Debbie con la intención de acompañarla hasta su casa, pero luego recordé que nos habíamos cambiado de hotel. Si regresaba a la plaza, ella esperaría a que entrara en el hotel. Si me veía escabullirme por otro lado, podría empezar a sospechar.

—Yo seguiré con el paseo —dije—. Te llamaré esta noche o mañana por la mañana para decirte si puedo ir o no.

—Si tu padre quiere marcharse, prueba a retorcerle el brazo, a ver si consigues que se quede —sugirió—. De verdad que me encantaría que vinieras.

—Lo intentaré —prometí, y la observé con tristeza mientras ella doblaba la esquina y desaparecía de mi vista.

Fue entonces cuando oí una risilla suave bajo mis pies. Bajé la vista y miré entre las barras de la rejilla de ventilación, pero no vi a nadie y pensé que debía de habérmelo imaginado. Sin embargo, en ese instante se oyó una voz procedente de las sombras.

—Me gusta tu novia, Darren Shan —dijo con una risilla estúpida. Supe de inmediato quién estaba allí abajo—. Un bocadito de lo más sabroso. Está como para comérsela, ¿no te parece? Tiene un aspecto mucho más apetecible que tu otro amigo. Mucho más sabrosa que Evra.

Era Murlough... ¡el vampanez demente!

CAPÍTULO DIECISIETE

Me puse de rodillas y miré entre las barras de la rejilla de ventilación. Estaba oscuro, pero al cabo de unos segundos conseguí distinguir la corpulenta figura del vampanez.

—¿Cuál es el nombre de tu novia? —me preguntó Murlough—. Hummm... ¿Anne? ¿Beatrice? ¿Catherine? ¿Diane? ¿Elsa? ¿Franny? ¿Geraldine? ¿Henrietta? ¿Eileen? ¿Josie?... —Se quedó callado, y pude ver que fruncía el ceño—. No. Espera. Eileen empieza por «E», no por «I». ¿Hay nombres de mujer que empiecen por «I»? Ahora mismo no se me ocurre ninguno. ¿Y a ti, Darren Shan? ¿Se te ocurre alguna idea? ¿Eh? ¿No se te ocurre nada? —Pronunció mi nombre de manera extraña, como si rimara con Jarwren.

—¿Cómo me has encontrado? —pregunté con un hilo de voz.

—Ha sido fácil. —Se inclinó hacia delante, poniendo mucho cuidado de evitar los rayos de sol, y se dio unos golpecitos con la mano a un lado de la cabeza—. Utilizando mi cerebro —dijo—. El joven Murlough tiene un buen cerebro, sí señor. Interpreté una melodía con tu amiguito... Serpentina Von. Me dijo cuál era vuestro hotel. Me quedé fuera. Vigilé con atención. Te vi pasar con tu amiga, así que te seguí.

—¿Qué quieres decir con eso de «interpreté una melodía»? —pregunté.

—Con mi cuchillo —explicó—. Con mi cuchillo y unas cuantas escamas. ¿Lo pillas? Escamas, como «escalas». Escamas en Serpentina, escalas en un piano. ¡Ja! ¡Te lo dije! ¡Tengo cerebro! Un estúpido no podría hacer bromas tan ingeniosas, chistes tan imaginativos. El cerebro del joven Murlough es del tamaño de...

—¿Dónde está Evra? —lo interrumpí al tiempo que golpeaba las barras de la rejilla para acallarlo. Tiré de ellas con fuerza para ver si podía llegar hasta él, pero estaban firmemente pegadas al suelo.

—¿Evra? ¿Evra Von? —Murlough realizó una extraña danza en la oscuridad que reinaba bajo la rejilla—. Evra está atrapado —me dijo—. Colgado por los tobillos. La sangre se le acumula en la cabeza. Chilla como un cerdito. Suplica que lo deje libre.

—¿Dónde está? —pregunté desesperado—. ¿Sigue con vida?

—Hay algo que me gustaría saber —dijo, haciendo caso omiso de mis preguntas—, ¿dónde os alojáis el vampiro y tú? Os habéis cambiado de hotel, ¿verdad? Por eso no te vi salir. ¿Qué hacías en la plaza, de todas formas? ¡No! —gritó cuando abrí la boca para responder—. ¡No me lo digas, no me lo digas! Dame la oportunidad de poner en funcionamiento mi cerebro. El joven Murlough tiene un gran cerebro. Se podría decir que casi se le sale por las orejas. —Hizo una pausa, movió sus ojillos de un lado a otro y luego chasqueó los dedos y dio un chillido—: ¡La chica! ¡La amiguita de Darren Shan! Ella vive en la plaza, ¿eh? Querías verla. ¿Cuál es su casa? ¡No me lo digas, no me lo digas! Lo adivinaré. La seguiré. Una chica de aspecto jugoso. Mucha sangre, ¿ehhh? Maravillosa sangre saladita. Casi puedo saborearla ya.

—¡Mantente alejado de ella! —grité—. Si te aproximas a esa chica, yo te...

—¡Cierra la boca! —rugió el vampanez—. ¡No me amenaces! No pienso tolerar las groserías de un medio vampiro esmirriado como tú. Vuelve a hacer algo así y acabaré con Serpentina.

Intenté calmarme.

—¿Eso significa que aún sigue con vida? —pregunté con voz trémula.

Murlough sonrió y con el dedo se dio unos golpecitos en la nariz.

—Tal vez sí, tal vez no. No hay manera de que lo sepas con certeza, ¿verdad?

—El señor Crepsley dice que los vampanez son fieles a su palabra —repliqué—. Si me das tu palabra de que sigue con vida, lo sabré.

Murlough asintió muy despacio.

—Está vivo.

—¿Me das tu palabra?

—Te doy mi palabra —afirmó—. Serpentina está vivo. Atado y colgado. Chillando como un cerdito. Lo guardo para Navidad. Será mi comida de Navidad. Serpiente en lugar de pavo. Te parece algo digno de un reptil, ¿ehhh? —Se echó a reír—. ¿Lo pillas? Digno de un reptil. No es uno de mis chistes más sutiles, pero no está mal. Serpentina se rió. Serpentina hace todo lo que le pido que haga. Tú también lo harías si estuvieses en su lugar. Colgado por los tobillos. Chillando como un cerdito.

Murlough tenía la irritante manía de repetirse constantemente.

—Oye —dije—, libera a Evra. Por favor, él nunca te ha hecho daño.

—¡Interfirió en mis planes! —gritó el vampanez—. Estaba a punto de alimentarme. Iba a ser glorioso. Habría desangrado a ese gordo y luego lo habría despellejado vivo y habría colgado su cadáver junto con el resto de los animales que había en la sala de refrigeración. Habría convertido en caníbales a unos pobres humanos inconscientes. Habría sido una broma genial, ¿ehhh?

—Evra no interfirió —expliqué—. Fuimos el señor Crepsley y yo. Evra estaba fuera.

—Dentro, fuera… No estaba de mi lado. Pero pronto lo estará. —Murlough se lamió sus labios rojos como la sangre—. De mi lado y en mi barriga. Nunca me he comido a un chico serpiente. Estoy impaciente por probarlo. Puede que lo rellene antes de comérmelo. Por aquello de que es Navidad.

—¡Te mataré! —grité al tiempo que tiraba de las barras de la rejilla una vez más. Perdí el control de nuevo—. ¡Seguiré tu rastro y te descuartizaré miembro a miembro!

—¡Madre mía! —Murlough se echó a reír con fingido terror—. ¡Por todos los cielos! Por favor, no me hagas daño, medio vampirillo. El joven Murlough es un buen tipo. Dime que me dejarás en paz…

—¿Dónde está Evra? —rugí—. Tráelo aquí ahora mismo o te…

—Bien —espetó Murlough—, ¡ya es suficiente! No he venido aquí para que me griten, no, señor. Hay muchos otros lugares a los que podría ir si quisiera que la gente me gritara, ¿ehhh? Así que cállate y escucha.

Me costó un esfuerzo tremendo, pero al final conseguí calmarme un poco.

—Bien —gruñó Murlough—. Eso está mejor. No eres tan estúpido como la mayoría de los vampiros. Darren Shan tiene un poquito de cerebro, ¿ehhh? No es tan listo como yo, claro está, pero ¿quién lo es? El joven Murlough tiene un cerebro más grande que… Bueno, basta ya. —Enterró las uñas en la pared que había bajo la rejilla y ascendió alrededor de medio metro—. Escucha con atención. —En ese momento parecía de lo más cuerdo—. No sé cómo me encontrasteis (Serpentina no me lo ha dicho, aunque interpreté bastantes escamas), y me da igual. Es vuestro secreto. Todos necesitamos guardar secretos, ¿a que sí, ehhh?

»Y me importa un comino el humano —continuó—. No era más que comida. Hay muchos más. Mucha más sangre en el carnoso mar humano.

»Ni siquiera me importas tú —dijo con un resoplido—. No me interesan los medio vampiros. Solo seguías a tu amo. Tú no me preocupas. Estoy dispuesto a dejarte vivir. A ti, a Serpentina y al humano.

»Pero el vampiro… Larten Crepsley. —Los ojos rojos del vampanez se llenaron de odio—. Él sí que me importa. Larten sabía que no debía inmiscuirse en mis asuntos. ¡Los vampiros y los vampanez no se mezclan! —gritó con todas sus fuerzas—. ¡Incluso los más tontos del mundo lo saben! Se llegó a un acuerdo sobre eso. No nos inmiscuimos en nuestros respectivos asuntos. Ha incumplido las normas. Debe pagar por ello.

—No ha incumplido ninguna norma —dije con tono desafiante—. Estás loco. Estás matando a gente por toda la ciudad. Alguien debe detenerte.

—¿Loco? —Esperaba que Murlough se pusiera furioso al oír el insulto, pero se limitó a reírse entre dientes—. ¿Eso es lo que te ha dicho? ¿Que estoy loco? ¡El joven Murlough no está loco! Soy el vampanez más cuerdo que haya existido nunca. ¿Estaría aquí si estuviera loco? ¿Tendría el sentido común necesario para mantener a Serpentina con vida? ¿Ves que me salga espuma por la boca? ¿Me oyes balbucir como un idiota? ¿Ehhh?

Decidí seguirle la corriente.

—Quizá no —dije—. Pareces bastante listo, ahora que lo pienso.

—¡Por supuesto que soy listo! El joven Murlough tiene cerebro. No se puede estar loco cuando uno tiene cerebro, no a menos que pilles la rabia. ¿Has visto a algún animal rabioso?

—No —respondí.

—¡Pues ahí lo tienes! —declaró con aire triunfal—. No hay animales locos, y tampoco Murloughs locos. Me sigues, ¿verdad?

—Te sigo —contesté en voz baja.

—¿Por qué se entrometió en mis asuntos? —preguntó Murlough. Parecía confundido y molesto—. No le había hecho nada a él. Jamás habría interferido en sus cosas. ¿Por qué tuvo que inmiscuirse y liarlo todo?

—Esta era su ciudad —expliqué—. Vivió aquí cuando era humano. Sintió que era su deber proteger a la gente.

Murlough me miró con absoluta incredulidad.

—¿Quieres decir que lo hizo por ellos? —preguntó con voz chillona—. ¿Por los «portadores de sangre»? —Se echó a reír como un loco—. ¡Debe de estar chiflado! Creí que quizá los quería para él. O que había matado a alguno de sus seres queridos. No pensé ni por un segundo que lo hiciera por... por... —Se echó a reír otra vez—. Eso zanja la cuestión —dijo—. No puedo dejar que un lunático como ese ande por ahí. Quién sabe qué hará la próxima vez. Escúchame, Darren Shan. Pareces un chico listo. Tú y yo haremos un trato. Encontraremos una forma de aclarar todo este lío, ¿ehhh?

—¿Qué clase de trato? —pregunté con suspicacia.

—Haremos un intercambio —dijo Murlough—. Sé dónde está Serpentina. Tú sabes dónde está el vampiro. Uno por otro. ¿Qué dices?

—¿Entregarte al señor Crepsley a cambio de Evra? —pregunté con una mueca de desprecio—. ¿Qué clase de trato es ese? ¿Cambiar a un amigo por otro? No creerás que yo haría…

—¿Por qué no? —preguntó Murlough—. El chico serpiente es inocente, ¿ehhh? Tu mejor amigo, según me dijo. El vampiro es quien te separó de tu familia, de tu hogar. Evra me dijo que lo odiabas.

—Eso fue hace mucho tiempo —repliqué.

—Aun así —continuó el vampanez—, si tuvieras que elegir entre los dos, ¿con quién te quedarías? Si sus vidas estuviesen en peligro y solo pudieras salvar a uno de ellos, ¿a quién salvarías?

No tuve que pensármelo mucho.

—A Evra —respondí al final.

—¡Ahí lo tienes! —gritó Murlough.

—Pero ¡la vida del señor Crepsley no corre peligro! —dije—. Quieres que yo lo utilice para salvarle el cuello a Evra. —Sacudí la cabeza con tristeza—. No lo haré. No lo traicionaré ni lo conduciré a una trampa.

—No tienes que hacerlo —aseguró Murlough—. Solo dime dónde está. El nombre del hotel y su número de habitación. Yo me encargaré del resto. Me colaré allí mientras duerme, haré lo que tengo que hacer y luego te llevaré hasta Evra. Te doy mi palabra de que os dejaré libres a los dos. Piénsalo, ¿ehhh? Sopesa las opciones. El vampiro o Serpentina. Tú eliges.

Negué con la cabeza una vez más.

—No. No hay nada en lo que pensar. Yo intercambiaré mi lugar con Evra, si eso…

—¡Tú no me interesas! —chilló Murlough—. Quiero al vampiro. ¿Qué haría yo con un estúpido niñato medio vampiro? No puedo beber de ti. No gano nada matándote. Me entregas a Crepsley o no hay trato.

—En ese caso, no hay trato —dije.

Tuve que esforzarme por controlar los sollozos que se agolparon en mi garganta al comprender lo que mis palabras significaban para Evra.

Murlough me escupió, asqueado. El escupitajo se estampó en la rejilla de ventilación.

—Eres un estúpido —gruñó—. Creí que eras listo, pero no lo eres. Que así sea. Encontraré al vampiro sin tu ayuda. Y a tu novia también. Luego los mataré a los dos. Espera y verás.

El vampanez se soltó de la pared y se dejó caer hacia la oscuridad.

—Piensa en mí, Darren Shan —gritó mientras se alejaba por un túnel—. Piensa en mí cuando llegue el día de Navidad, cuando mastiques el pavo y el jamón. ¿Sabes lo que estaré masticando yo? ¿Lo sabes? —Su carcajada dejó atrás un espeluznante eco mientras se alejaba por el túnel.

—Sí —respondí en voz baja. Sabía con exactitud lo que estaría masticando él.

Me puse en pie, me limpié las lágrimas de la cara y me fui a despertar al señor Crepsley para contarle mi encuentro con Murlough. Un par de minutos después, subí por una salida de incendios y me paseé por las azoteas con la esperanza de que el vampanez se hubiera quedado por las proximidades para ver si lograba dar conmigo.

CAPÍTULO DIECIOCHO

El señor Crepsley no se sorprendió demasiado al enterarse de que Murlough había estado vigilando el hotel (ya se esperaba algo así), pero se quedó bastante desconcertado al saber que yo había vuelto a la plaza.

—¿En qué estabas pensando? —protestó.

—No me dijo que debía permanecer alejado de allí —repliqué—. No lo creí necesario.

El vampiro soltó un gruñido.

—¿Por qué narices volviste allí?

Decidí que había llegado el momento de hablarle de Debbie. Me escuchó en silencio mientras me explicaba.

—Una novia... —dijo al final sin dejar de mover la cabeza con aire maravillado—. ¿Por qué creíste que lo desaprobaría? No hay ninguna razón por la que no puedas tener una novia. Incluso los vampiros completos se enamoran en ocasiones de los humanos. Es complicado, y muy desaconsejable, pero no hay nada de malo en ello.

—¿No está enfadado?

—¿Por qué iba a estarlo? Tus asuntos amorosos no son cosa mía. Actuaste correctamente: no hiciste promesas que no puedes cumplir y no olvidaste el hecho de que solo puede ser temporal. Lo único que me preocupa de tu amistad con esa chica es saber qué relación guarda con el vampanez.

—¿Cree que Murlough irá tras ella?

—Lo dudo —contestó—. Creo que se mantendrá alejado de la plaza. Ahora que sabemos que ha estado allí, esperará que vigilemos la zona en el futuro. De todas formas, deberías tener cuidado. No vayas a verla después de que oscurezca. Entra por la puerta trasera y mantente alejado de las ventanas.

—¿Le parece bien que siga en contacto con ella? —pregunté.

—Sí. —Esbozó una sonrisa—. Sé que crees que siempre te arruino la diversión, pero nunca ha sido mi intención hacer que te sintieras miserable.

Le devolví la sonrisa, agradecido.

—¿Y Evra? —quise saber—. ¿Qué le ocurrirá?

La sonrisa del señor Crepsley se desvaneció.

—No estoy seguro. —Reflexionó durante unos minutos—. ¿De verdad te negaste a entregar mi vida a cambio de la suya? —Parecía creer que podía habérmelo inventado para impresionarle.

—De verdad —respondí.

—Pero ¿por qué?

Me encogí de hombros.

—Dijimos que confiaríamos el uno en el otro, ¿recuerda?

El señor Crepsley se giró hacia un lado y se tapó la boca antes de empezar a toser. Cuando me miró de nuevo, parecía avergonzado de sí mismo.

—Te he subestimado mucho, Darren —dijo—. No cometeré ese error de nuevo. Tomé una decisión mucho más inteligente de lo que pensaba cuando te acepté como ayudante. Es un honor para mí tenerte a mi lado.

El cumplido hizo que me sintiera algo incómodo (no estaba acostumbrado a que el vampiro me dijera cosas agradables), así que compuse una mueca y traté de restarle importancia.

—¿Qué pasa con Evra? —pregunté de nuevo.

—Haremos todo lo posible por rescatarlo —dijo el señor Crepsley—. Es una pena que te negaras a cambiarme por él: de haber sabido que Murlough te haría esa oferta, podríamos haberle tendido una trampa. Ahora que has demostrado lo leal que eres, no te lo ofrecerá de nuevo. Nuestra mejor baza para derrotarlo se ha desvanecido. Pero todavía hay esperanzas —añadió—. Hoy estamos a veintitrés. Sabemos que no matará a Evra antes del veinticinco.

—A menos que cambie de opinión —señaló él.

—Me parece poco probable. Los vampanez no tienen fama de indecisos. Si dijo que no mataría a Evra hasta el día de Navidad, no lo hará. Tenemos esta noche y mañana por la noche para encontrar su guarida.

—Pero… ¡podría estar en cualquier parte de la ciudad! —grité.

—No —dijo el señor Crepsley—. No está en la ciudad. Está bajo ella. Oculto en los túneles. En los desagües. En las alcantarillas. Escondido del sol, libre para moverse hacia donde le plazca.

—No puede estar seguro de eso —dije—. Puede que solo estuviera allí hoy para poder seguirme.

—Si es así —dijo el señor Crepsley—, estamos acabados. Pero, si ha establecido su base allí, todavía tenemos una oportunidad. No hay tanto espacio bajo el suelo. Los ruidos se detectan con más facilidad. No será fácil, pero todavía hay esperanza. Anoche ni siquiera teníamos eso.

»Si todo lo demás falla —añadió— y terminamos con las manos vacías… —Su rostro se endureció—. Convocaré a nuestro mortífero pariente y le ofreceré el trato que tú mismo rechazaste antes.

—¿Se refiere a…?

—Sí —dijo con tono sombrío—. Si no encontramos a Evra a tiempo, entregaré mi vida a cambio de la suya.

Había bastante más espacio bajo el suelo del que el señor Crepsley había predicho. Aquello era un interminable y retorcido laberinto de túneles. Parecía haber conductos por todos lados, como si los hubieran construido al azar. Algunos eran lo bastante grandes para pasar de pie por ellos, otros apenas tenían el tamaño suficiente para atravesarlos a rastras. Muchos estaban todavía en uso, medio llenos de agua y desperdicios. Otros eran antiguos y estaban secos y agrietados.

El olor era repugnante. Una cosa estaba clara: era posible que llegáramos a ver u oír a Murlough o a Evra, pero ¡jamás seríamos capaces de olerlos!

El lugar estaba plagado de ratas, arañas e insectos. No obstante, pronto descubrí que, cuando los ignoras, ellos suelen hacer lo mismo.

—No entiendo qué necesidad hay de tantos túneles —dijo el señor Crepsley con seriedad tras varias horas de búsqueda infructuosa. Parecía que habíamos cruzado ya media ciudad, pero, cuando el vampiro asomó la cabeza sobre el suelo para comprobar nuestra posición, descubrió que habíamos recorrido poco más de un kilómetro.

—Supongo que construyeron los diferentes túneles en distintas épocas —dije. Mi padre solía trabajar para una compañía constructora y me había explicado algunas cosas sobre los sistemas subterráneos de alcantarillado—. Con el tiempo acaban por erosionarse y por lo general resulta más fácil hacerlos nuevos que arreglar los antiguos.

—Menudo derroche —señaló el señor Crepsley con desdén—. Podría construirse un pequeño pueblo en el espacio que ocupan estos malditos conductos. —Miró a su alrededor—. Parece haber más agujeros que cemento —dijo—. Me sorprende que la ciudad no se haya hundido todavía.

Al cabo de un rato, el señor Crepsley se detuvo y soltó una maldición.

—¿Quiere pararse un rato? —pregunté.

—No —dijo con un suspiro—. Debemos continuar. Es mejor buscar que sentarse y esperar. Al menos, de esa forma tendremos cierto control sobre nuestro destino.

Utilizábamos linternas en los túneles. Necesitábamos algo de luz: ni siquiera los vampiros pueden ver en plena oscuridad. Los haces de luz incrementaban las posibilidades de que Murlough nos viera antes de que lo localizáramos, pero era un riesgo que debíamos correr.

—No hay ninguna posibilidad de localizarlo telepáticamente, ¿verdad? —pregunté cuando nos detuvimos a descansar. Tanto arrastrarse y caminar en cuclillas resultaba agotador—. ¿No podría rastrear sus pensamientos?

El vampiro negó con la cabeza.

—No tengo ninguna conexión con Murlough —dijo—. Sintonizar las señales mentales de una persona requiere emisiones similares a las de un radar por ambas partes. —Levantó ambas manos y mantuvo los dedos índice separados unos treinta centímetros—. Digamos que este soy yo. —Sacudió el dedo índice derecho—. Y este es el señor Alto. —Movió el izquierdo—. Hace muchos años, aprendimos a identificar nuestras respectivas ondas mentales. Ahora, si quiero encontrar al señor Alto, emito una serie de ondas parecidas a las de un radar. —Dobló el dedo derecho arriba y abajo—. Cuando estas señales conectan con Hibernius, una parte de su cerebro devuelve las señales de forma automática, sin ser consciente de ello.

—¿Quiere decir que podría encontrarlo aun en el caso de que él no quisiera ser encontrado?

El señor Crepsley asintió.

—Por esa razón, la mayoría de la gente se niega a mostrar las ondas que le identifican. Solo deberías compartirlas con alguien en quien confíes de verdad. Hay menos de diez personas en todo el mundo que puedan localizarme o a las que yo pueda localizar de esa manera. —Esbozó una pequeña sonrisa—. Ni que decir tiene que ninguna de esas diez personas pertenece al clan de los vampanez.

No sabía si había entendido del todo el asunto de las ondas mentales, pero disponía de la información suficiente para saber que el señor Crepsley tampoco podía encontrar a Evra de esa manera.

Otra esperanza que había que tachar de la lista.

Sin embargo, la conversación me dio qué pensar. Estaba seguro de que había alguna forma de aumentar nuestras posibilidades. El plan del señor Crepsley (vagar por los túneles y rezar para toparnos con el vampanez) era bastante malo. ¿No había ninguna otra cosa que pudiéramos hacer? ¿No podíamos preparar una trampa y atraer a Murlough hasta ella?

Concentré todos mis sentidos en la búsqueda (no quería estar con la cabeza en las nubes si lográbamos encontrar al vampanez loco), y dediqué el resto de mis pensamientos a una reflexión más seria.

Algo de lo que había dicho el vampanez remoloneaba en cierta parte de mi cerebro, pero no acababa de identificarlo. Repasé toda nuestra conversación. Habíamos hablado sobre Evra, sobre Debbie, sobre hacer un trato y…

Debbie.

Me había provocado hablando de ella; había dicho que la mataría y bebería su sangre. En aquel momento creí que se trataba de una amenaza real, pero, cuanto más lo pensaba entonces, más me preguntaba hasta qué punto estaba interesado en ella realmente.

Debía de estar hambriento, encerrado allí abajo. Estaba acostumbrado a alimentarse con regularidad. Nosotros habíamos arruinado sus planes. Me había dicho que tenía planeado beber la sangre de Evra, pero ¿era cierto? Los vampiros no pueden beber la sangre de las serpientes, y estaba casi seguro de que los vampanez tampoco. Quizá la sangre de Evra resultara venenosa para él. Quizá Murlough pudiera matar al chico serpiente en Navidad, pero no beber de él como tenía planeado. Había comentado en un par de ocasiones lo sabrosa que parecía Debbie. ¿Acaso trataba de insinuar que Evra no le parecía sabroso?

Pasaba el tiempo y yo seguía dándole vueltas en mi cabeza. Cuando el señor Crepsley declaró que debíamos regresar a la superficie (tenía un reloj biológico), no dije nada por miedo a que Murlough nos estuviera siguiendo y escuchando lo que decíamos. Me quedé callado cuando salimos de los túneles, recorrimos las calles y regresamos a los tejados. Me mordí la lengua mientras nos colábamos por la ventana de nuestra habitación y nos sentábamos en nuestras repectivas sillas, agotados, tristes y pesimistas.

Pero entonces tosí vacilante para llamar la atención del vampiro.

—Creo que tengo un plan —dije antes de contárselo lenta y detalladamente.

CAPÍTULO DIECINUEVE

Fue Jesse quien respondió al teléfono cuando llamé a casa de Debbie. Pregunté si podía hablar con ella.

—Podrías si estuviera despierta. —Se echó a reír—. ¿Sabes qué hora es?

Miré mi reloj: faltaban unos minutos para las siete de la mañana.

—Ay —dije con tono abatido—. Lo siento. No me había dado cuenta. ¿Te he despertado?

—No —dijo él—. Tengo que ir a la oficina, así que ya estaba levantado. De hecho, me has pillado por los pelos... Estaba a punto de salir por la puerta cuando sonó el teléfono.

—¿Trabajas el día de Nochebuena?

—El mal nunca descansa —dijo con una risotada—. Pero solo estaré allí un par de horas. Tengo que atar algunos cabos sueltos antes de las vacaciones de Navidad. Regresaré mucho antes de la hora de comer. Hablando del tema, ¿vendrás a comer o no?

—Sí, gracias —respondí—. Por eso llamaba, para avisar de que iré.

—¡Genial! —Parecía realmente contento—. ¿Y Evra?

—Evra no podrá —dije—. Todavía no se encuentra bien.

—Vaya, qué lástima... Oye, ¿quieres que despierte a Debbie? Puedo...

—No pasa nada —me apresuré a decir—. Solo dile que estaré allí. ¿A las dos en punto?

—A las dos está bien —respondió Jesse—. Nos vemos luego, Darren.

—Adiós, Jesse.

Colgué y me fui directo a la cama. Todavía me zumbaba la cabeza a causa de la larga conversación que había mantenido con el señor Crepsley, pero me obligué a cerrar los ojos y a concentrarme en cosas agradables. Pocos minutos después, mi agotado cuerpo se adentró en el reino de los sueños y dormí como un bebé hasta la una de la tarde, cuando sonó la alarma del despertador.

Sentí un aguijonazo en las costillas cuando me incorporé, y vi que tenía el abdomen lleno de moratones púrpuras y azules en la zona donde me había golpeado la cabeza de Murlough. El dolor se aplacó un poco al cabo de un rato, pero debía procurar no hacer movimientos bruscos e inclinarme lo menos posible.

Me di una buena ducha y, una vez seco, me rocié con el desodorante por todos lados (era bastante difícil librarse del olor de las alcantarillas). Me vestí y cogí la botella de vino que el señor Crepsley había comprado para los padres de Debbie.

Llamé a la puerta trasera de la casa de Debbie, tal y como el señor Crepsley me había aconsejado que hiciera. La abrió Donna.

—¡Darren! —exclamó antes de darme un par de besos en las mejillas—. ¡Feliz Navidad!

—Feliz Navidad —repliqué.

—¿Por qué no has utilizado la puerta principal? —preguntó.

—No quería ensuciarte las alfombras —dije restregando los pies en el felpudo que había junto a la puerta—. Como la nieve está medio derretida, tengo los zapatos llenos de barro.

—Mira que eres bobo… —Sonrió—. Como si alguien se preocupara por las alfombras en Navidad. ¡Debbie! —gritó con la mirada clavada en las escaleras—. Ha venido a verte un apuesto pirata.

—Hola —dijo Debbie mientras bajaba los escalones. También me dio un beso en cada mejilla—. Papá me dijo que llamaste por teléfono. ¿Qué hay en esa bolsa?

Saqué la botella de vino.

—Es para tus padres —dije—. Mi padre me la dio para que la trajera.

—Ay, Darren, qué encanto… —dijo Donna. Cogió la botella de vino y llamó a Jesse—. Mira lo que ha traído Darren.

—¡Vaya! ¡Vino! —A Jesse se le iluminaron los ojos—. Y mucho mejor que el que hemos comprado nosotros. Hemos invitado al hombre adecuado. Deberíamos obligarlo a visitarnos más a menudo. ¿Dónde está el sacacorchos?

—Espera un momento —dijo Donna con una carcajada—. Aún no está lista la comida. Lo guardaré en el frigorífico. Vosotros id al salón. Os llamaré cuando todo esté preparado.

Comimos un poco de queso con galletitas saladas mientras esperábamos, y Debbie me preguntó si mi padre había decidido ya si nos mudaríamos o no. Le dije que sí, que nos marcharíamos esa noche.

—¿Esta noche? —Parecía consternada—. Nadie va a ningún sitio en Nochebuena, a no ser que sea a su casa. Debería ir a ese hotel, arrastrarlo fuera de la habitación y…

—Y allí es a donde vamos a ir —la interrumpí—. A casa. Mamá y papá van a reunirse de nuevo, al menos para el día de Navidad; será su regalo para Evra y para mí. Se suponía que era una sorpresa, pero oí a mi padre hablando por teléfono esta mañana. Por eso llamé tan temprano… estaba nervioso.

—Ah. —Sabía que a Debbie le habían disgustado esas noticias, pero intentó mostrarse fuerte—. Eso es genial. Apuesto a que es el mejor regalo que podríais haber esperado. Quizá arreglen las cosas y se reconcilien.

—Quizá —repliqué.

—Así que esta es vuestra última tarde juntos —señaló Jesse—. El destino ha separado a dos jóvenes románticos.

—¡Paapááá! —gimió Debbie, dándole un pequeño puñetazo—. ¡No digas esas cosas! ¡Me da vergüenza!

—Para eso están los padres —dijo Jesse con una sonrisa—. Nuestro trabajo es avergonzar a nuestras hijas delante de sus novios.

Debbie lo fulminó con la mirada, pero yo sabía que disfrutaba con las bromas.

Fue una comida deliciosa. Donna había sabido sacar partido a todos sus años de experiencia. El pavo y el jamón casi se deshacían en la boca. Las patatas asadas estaban crujientes y el nabo era tan dulce como un caramelo. Todo tenía un aspecto fantástico, y sabía incluso mejor.

Jesse contó algunos chistes que nos hicieron llorar de la risa, y Donna puso en práctica su truco de las fiestas: sostuvo un panecillo sobre su nariz. Debbie se llenó la boca de agua y tarareó «Noche de paz» haciendo gárgaras. Luego me llegó el turno de hacer algo divertido.

—Esta comida está tan buena —dije con un suspiro—, que me comería incluso la cubertería. —Mientras todos los demás reían, cogí una cuchara, le arranqué de un mordisco la parte más ancha, la mastiqué hasta triturarla y me la tragué.

Los ojos de todos los presentes estuvieron a punto de salirse de sus órbitas.

—¿Cómo has hecho eso? —chilló Debbie.

—Consigues algo más que polvo cuando pasas mucho tiempo en la carretera —dije antes de guiñarle un ojo.

—¡Era una cuchara de pega! —gritó Jesse—. Nos ha tomado el pelo.

—Dame la tuya —le dije.

El hombre vaciló, examinó su cuchara para asegurarse de que era auténtica y luego me la pasó. No tardé mucho en tragármela, ya que mis dientes de vampiro acabaron pronto con ella.

—¡Es increíble! —exclamó Jesse, que aplaudía con entusiasmo—. Probemos con el cucharón.

—¡Espera un momento! —gritó Donna cuando Jesse estiró el brazo sobre la mesa—. Todas las piezas forman parte de un juego y es muy difícil reemplazarlas. Lo próximo que le darás será la carísima vajilla de porcelana de mi abuela.

—¿Por qué no? —dijo Jesse—. La verdad es que nunca me han gustado esos viejos platos.

—Será mejor que tengas cuidado —le advirtió Donna al tiempo que fruncía la nariz—, o me encargaré de que seas tú quien se coma los platos.

Debbie sonreía y se inclinó hacia delante para apretarme con fuerza la mano.

—Tengo sed después de tanta cuchara —bromeé antes de ponerme en pie—. Creo que ya es hora de empezar con el vino. —Hice una pausa—. ¿Os parece bien que Debbie y yo tomemos un poco de vino?

Donna titubeó, pero Jesse sonrió y dijo:

—Vamos, Donna… ¡Es Navidad!

—Vale… Está bien —cedió Donna con un suspiro—. Pero solo esta vez. —Alzó la vista para mirarme a la cara—. ¿Quieres que abra la botella? —preguntó al tiempo que se levantaba.

—Lo cierto es que no —contesté mientras la empujaba con suavidad para que volviera a sentarse—. Has estado sirviéndonos toda la tarde. Ha llegado el momento de que alguien te sirva a ti, para variar.

—¿Habéis oído eso? —Donna miró a los otros dos con una sonrisa de oreja a oreja—. Creo que cambiaré a Debbie por Darren. Sería mucho más útil tenerlo a él al lado.

—¡Anda! —resopló Debbie—. ¡Pues que sepas que mañana no habrá regalo para ti!

Sonreí para mis adentros mientras cogía la botella de vino de la nevera y le quitaba el papel de aluminio de la parte superior. El sacacorchos estaba en el fregadero. Lo enjuagué y abrí la botella. La olí (no sabía mucho sobre vino, pero era evidente que olía muy bien) y busqué cuatro copas limpias. Rebusqué en mis bolsillos durante unos instantes y luego alteré el contenido de tres de las copas. A continuación serví el vino y regresé a la mesa.

—¡Hurra! —gritó Jesse al ver que me acercaba.

—¿Por qué has tardado tanto? —preguntó Debbie—. Estábamos a punto de enviar una batida.

—Tardé un rato en sacar el corcho —dije—. No tengo mucha práctica.

—Deberías haberte limitado a arrancarlo de un mordisco —bromeó Jesse.

—No se me ocurrió —dije con tono serio—. Lo haré la próxima vez. Gracias por el consejo.

Jesse me miró con vacilación.

—¡Casi logras engañarme! —Se echó a reír de repente y me señaló con un dedo—. ¡Casi lo logras!

El hecho de que repitiera el comentario me recordó a Murlough por un momento, pero aparté al vampanez de mis pensamientos de inmediato y levanté mi copa.

—Un brindis —dije—. Por los Hemlock. Puede que tengan un apellido venenoso, pero su hospitalidad es de primera. ¡Chinchín! —Había ensayado el brindis antes, y me salió tan bien como esperaba. Todos gimieron y se echaron a reír antes de alzar las copas y chocarlas contra la mía.

—¡Chinchín! —dijo Debbie.

—¡Chinchín! —añadió Donna.

—¡Salud! —exclamó Jesse.

Y todos bebimos.

CAPÍTULO VEINTE

Nochebuena, más tarde.
En el interior de los túneles.

Llevábamos alrededor de dos horas de búsqueda, pero parecía que había pasado más tiempo. Estábamos sudando y llenos de porquería; nuestros pies y nuestros pantalones estaban empapados de agua inmunda. Nos movíamos tan deprisa como podíamos, haciendo bastante ruido. Al principio me dolían las costillas, pero lo peor del dolor ya había pasado y apenas notaba un aguijonazo cuando me inclinaba, me agachaba o me giraba.

—¡Baja el ritmo! —susurró el señor Crepsley en varias ocasiones—. Nos oirá si sigues a este paso. Debemos tener cuidado.

—¡Al diablo con el cuidado! —grité como respuesta—. Es nuestra última oportunidad para encontrarlo. Tenemos que avanzar todo lo que nos sea posible. Me importa un bledo el ruido que hagamos.

—Pero… Murlough nos oirá… —empezó a decir el señor Crepsley titubeante.

—¡Le cortaremos la cabeza y se la rellenaremos con ajos! —rugí antes de comenzar a avanzar todavía más deprisa y haciendo aún más ruido.

Muy pronto llegamos a un túnel particularmente grande. El nivel del agua en la mayoría de los conductos era más alto que en los que habíamos recorrido la noche anterior debido a que la nieve se había derretido, pero aquel estaba seco. Tal vez fuera un desagüe de emergencia, para cuando los demás se desbordaban.

—Descansaremos aquí —dijo el señor Crepsley, dejándose caer al suelo. La búsqueda resultaba más dura para él que para mí, ya que era más alto y debía agacharse más.

—No tenemos tiempo para descansar —protesté—. ¿Acaso cree que Murlough descansa?

—Darren, tienes que tranquilizarte —dijo el vampiro—. Comprendo tu nerviosismo, pero no podremos ayudar a Evra si nos dejamos llevar por el pánico. Estás cansado, y yo también. No vendrá de unos minutos, de todas formas.

—No le importa en absoluto, ¿verdad? —gimoteé—. En algún lugar aquí abajo, Evra está siendo torturado, o cocinado, y lo único que le preocupa a usted son sus viejas piernas cansadas.

—Son bastante viejas —gruñó el señor Crepsley—, y lo cierto es que están cansadas; y seguro que las tuyas también. Siéntate y deja de comportarte como un crío. Si nuestro destino es encontrar a Evra, lo encontraremos. Si no…

Gruñí con odio mirando al vampiro y me situé delante de él.

—Deme esa linterna —le dije mientras trataba de arrancársela de las manos. La mía se me había caído poco antes y se había roto—. Seguiré solo. Usted siéntese aquí y descanse. Encontraré a Evra sin su ayuda.

—Basta —dijo el señor Crepsley, apartándome de un empujón—. Tu comportamiento es intolerable. Cálmate y…

Tiré con mucha fuerza y la linterna salió volando de las manos del señor Crepsley. Tampoco yo pude sujetarla, así que se hizo pedazos contra la pared del túnel. Nos quedamos sumidos en la más completa oscuridad.

—¡Serás imbécil! —rugió el señor Crepsley—. Ahora tendremos que regresar y coger otra. Nos has hecho perder un tiempo precioso. Te dije que ocurriría algo así.

—¡Cállese! —grité al tiempo que le daba un empujón en el pecho. El vampiro cayó al suelo con fuerza y yo retrocedí a ciegas.

—¡Darren! —vociferó el señor Crepsley—. ¿Qué estás haciendo?

—Voy a buscar a Evra —respondí.

—¡No puedes hacerlo! ¡No puedes ir a buscarlo solo! Vuelve aquí y ayúdame: me he torcido el tobillo. Regresaremos con linternas más potentes y avanzaremos más rápido. No puedes ir en su busca sin luz.

—¡Tengo oídos! —repliqué—. Y también sentido del tacto. Y, además, puedo gritar. ¡Evra! —chillé para demostrar lo que quería decir—. ¡Evra! ¿Dónde estás? ¡Soy yo!

—¡Basta! ¡Vas a conseguir que Murlough te oiga! ¡Ven aquí y guarda silencio!

Oí que el vampiro luchaba por ponerse en pie. Respiré hondo y eché a correr. Huí a toda prisa para adentrarme en el túnel y luego aminoré la marcha y encontré un pequeño conducto que salía del grande. Me agaché para entrar y empecé a arrastrarme por él. Los gritos del señor Crepsley se oían cada vez menos. Llegué a otra cañería y bajé por ella. Y luego por otra. Y otra. En menos de cinco minutos, había perdido al vampiro.

Estaba solo. En la oscuridad. Bajo tierra.

Me estremecí, pero me recordé a mí mismo por qué estaba allí y qué era lo que estaba en juego. Miré a mi alrededor en busca de un túnel más grande, palpando el camino con los dedos.

—Evra —lo llamé en voz baja. Me aclaré la garganta y después grité—: ¡Evra! ¡Soy yo, Darren! ¿Puedes oírme? Voy en tu busca. Si puedes oírme, grita. ¿Evra? ¿Evra? ¡Evra!

Sin dejar de chillar y de llamarlo, avancé a ciegas con las manos extendidas y los oídos atentos a cualquier sonido: una presa perfecta para todos los demonios de la oscuridad.

No sé muy bien cuánto tiempo estuve allí abajo. No había manera de calcular el tiempo en los túneles. Tampoco tenía sentido de la orientación. Era muy posible que me moviera en círculos. Me limitaba a avanzar llamando a Evra. Me había arañado las manos contra las paredes y sentía la parte inferior de las piernas y los pies entumecidos por el frío y la humedad.

En ocasiones notaba un soplo de aire fresco en la nariz, un recordatorio del mundo que había más arriba. Empezaba a moverme más aprisa siempre que sentía ese aire, por miedo a perder el coraje si me quedaba a respirarlo.

Iba descendiendo, adentrándome más y más en el sistema de túneles y cañerías. Me preguntaba cuánta gente habría estado allí abajo a lo largo de los años. No muchos. Puede que yo fuera el primer ser humano en muchas décadas (o, mejor dicho, medio humano) que hubiera pisado algunos de los conductos más antiguos. De haber tenido tiempo, me habría detenido para grabar mis iniciales en las paredes.

—¡Evra! ¿Puedes oírme! ¡Evra! —repetía una y otra vez.

Hasta el momento no había obtenido respuesta. Lo cierto era que tampoco esperaba que la hubiera. Aunque lograra encontrar la guarida de Murlough, era muy probable que Evra estuviera amordazado. El vampanez no era de los que pasan por alto un pequeño detalle como ese.

—¡Evra! —grité con voz ronca; mis cuerdas vocales empezaban a resentirse por el esfuerzo—. ¿Estás ahí? ¿Puedes oír...?

De pronto, sin avisar, una mano me golpeó con fuerza en la espalda y me envió contra el suelo. Grité de dolor y me giré, intentando en vano atisbar algo en la impenetrable oscuridad.

—¿Quién anda ahí? —pregunté con voz trémula. La única respuesta fue una risilla entre dientes—. ¿Quién está ahí? —insistí con voz ahogada—. ¿Señor Crepsley? ¿Es usted? ¿Me ha seguido hasta aquí abajo? ¿Es usted...?

—No —me susurró Murlough al oído—. No lo soy. —Encendió una linterna y la colocó justo delante de mis ojos.

La luz resultaba cegadora. Solté una exclamación y cerré los ojos, olvidando cualquier posibilidad de defenderme. Eso era lo que el vampanez había estado esperando. Antes de que pudiera reaccionar, se agachó, abrió la boca y exhaló su aliento sobre mi cara. El aliento de los no muertos… el gas que dejaba inconscientes a las personas.

Intenté apartarme, pero ya era demasiado tarde. El gas estaba en mi interior. Avanzó por mis fosas nasales, por mi garganta y llegó hasta mis pulmones, provocándome un ataque de tos que me dobló en dos.

Lo último que recuerdo es que me desplomé hacia delante y que los pies púrpuras y descalzos de Murlough se hacían más grandes a medida que caía hacia ellos.

Y después… nada. Solo oscuridad.

CAPÍTULO VEINTIUNO

Cuando desperté, me encontré cara a cara con una calavera. Pero no se trataba de una calavera antigua... Todavía tenía restos de carne, y uno de los globos oculares aún estaba adherido a su cuenca.

Grité y traté de apartarme, pero no pude. Miré hacia arriba (¿hacia arriba? ¿Por qué no hacia abajo?) para observar mi cuerpo y descubrí que estaba atado con cuerdas. Tras un instante de pánico y confusión, noté que había otra cuerda en torno a mis tobillos, y entonces me di cuenta de que estaba colgado cabeza abajo.

—El mundo parece diferente desde ahí, ¿ehhh? —dijo Murlough. Me retorcí un poco (no podía mover las piernas ni los brazos, pero podía girarme), y lo vi sentado cerca de la calavera, mordisqueando una de sus uñas. Estiró un pie y golpeó la calavera para que empezara a balancearse—. Saluda a Evra —dijo con una risilla.

—¡No! —grité al tiempo que me impulsaba hacia delante con la boca abierta para intentar morderle la pierna. Por desgracia, la cuerda no llegaba tan lejos—. ¡Prometiste que no lo matarías antes de Navidad! —vociferé.

—¿Quieres decir que todavía no estamos en Navidad? —preguntó Murlough con aire inocente—. ¡Vaya! Lo siento. He cometido un pequeño error, ¿ehhh?

—Te mataré —juré—. Voy a mat...

Me callé al instante cuando oí un gemido. Me giré y descubrí que no estaba solo. Había alguien colgado boca abajo a menos de un metro de mí.

—¿Quién es? —pregunté, aunque tenía la certeza de que era el señor Crepsley—. ¿Quién está ahí?

—¿D-D-Darren? —preguntó la persona con un hilo de voz.

—¿¿¿Evra??? —lo llamé incrédulo.

Murlough se echó a reír y encendió una brillante luz. Mis ojos tardaron un rato en adaptarse a la claridad. Cuando lo consiguieron, pude ver la silueta y los rasgos familiares del chico serpiente. Parecía hambriento, exhausto y asustado… pero estaba vivo.

¡Evra estaba vivo!

—Te he engañado, ¿verdad? —se regocijó Murlough antes de acercarse.

—¿Qué haces aquí, Darren? —gimió Evra. Tenía la cara llena de cortes y moratones, y pude ver una zona rosada en el brazo y el hombro derechos, allí donde las escamas habían sido arrancadas con brutalidad—. ¿Cómo te ha…?

—¡Cállate ya, reptil! —gruñó Murlough. Le dio una patada a Evra que lo hizo sacudirse en su cuerda.

—¡No hagas eso! —rugí.

—Impídemelo. —Murlough se echó a reír—. Y tú —le advirtió a Evra—, quédate calladito. Si vuelves a abrir la boca sin permiso, serán tus últimas palabras, ¿entendido? —Evra asintió con debilidad. Le habían quitado las ganas de pelea a base de palizas. Daba lástima verlo. Pero al menos seguía con vida. Eso era lo más importante.

Empecé a fijarme en todo lo que me rodeaba. Nos encontrábamos en una caverna bastante grande. Estaba demasiado oscuro como para distinguir si se trataba de una estancia natural o fabricada por el hombre. Evra y yo colgábamos de una barra de acero. Había varios esqueletos diseminados por el suelo. Se oía el goteo del agua en alguna parte, y vi un tosco catre en uno de los rincones.

—¿Por qué me has traído aquí? —quise saber.

—Serpentina se sentía solo —respondió Murlough—. Se me ocurrió que serías una buena compañía para él, ¿ehhh?

—¿Cómo me encontraste?

—No fue difícil —contestó él—. Os oí al vampiro y a ti a kilómetros de distancia. Os seguí. Murlough conoce estos túneles tan bien como sus dientes, sí, señor. El joven Murlough es listo. Lleva aquí abajo mucho tiempo. Y no ha estado tocándose las narices.

—¿Por qué no nos atacaste? —pregunté—. Creí que querías matar al señor Crepsley.

—Y lo haré —aseguró Murlough—. A su debido tiempo. Esperaba el momento oportuno. Pero tú saliste corriendo y me pusiste las cosas más fáciles. El joven Murlough no pudo rechazar semejante regalo. Me encargaré del vampiro más tarde. Por ahora me conformaré contigo. Contigo y con Serpentina.

—El señor Crepsley estaba solo —insistí—. No tenía linterna. Estaba a oscuras. Y, sin embargo, decidiste venir en mi busca. Eres un cobarde. Estabas demasiado asustado como para atacar a alguien de tu tamaño. No eres más que un...

El puño de Murlough colisionó contra mi mandíbula y me hizo ver las estrellas.

—Vuelve a decir eso —dijo entre dientes—, y juro que te cortaré una oreja.

Miré con odio al vampanez, pero contuve la lengua.

—¡Murlough no le tiene miedo a nada! —me dijo—. Y mucho menos a un viejo vampiro como Crepsley. ¿Qué clase de vampiro confraterniza con críos, ehhh? No merece la pena molestarse con él. Lo aniquilaré más tarde. Tú tienes más agallas. Tienes la sangre más caliente. —Murlough se inclinó y me pellizcó las mejillas—. Me gusta la sangre caliente —dijo en voz baja.

—No puedes beber de mí —dije—. Soy medio vampiro. Está prohibido.

—Puede que ya no me importen las prohibiciones. Ahora voy por libre. No respondo ante nadie. Las leyes de los vampanez no se aplican aquí abajo. Hago lo que quiero.

—Es venenosa —jadeé—. La sangre de los vampiros es venenosa para los vampanez.

—¿De veras?

—Sí. Al igual que la sangre de las serpientes. No puedes beber de ninguno de nosotros.

Murlough hizo un mohín.

—Lo de la sangre de las serpientes es cierto —refunfuñó—. Bebí un poco de la suya… solo para probarla, ya sabes, solo para probarla… y vomité al cabo de unas horas.

—¡Te lo dije! —exclamé con aire triunfal—. No somos buenos para ti. Nuestra sangre no te sirve de nada. No puedes bebértela.

—Tienes razón —murmuró Murlough—, pero sí que puedo derramarla. Puedo mataros y comeros, aunque no pueda beber vuestra sangre. —Nos empujó a ambos y empezamos a balancearnos hacia los lados con fuerza. Me sentí mareado.

En ese momento, Murlough fue a buscar algo. Cuando regresó, llevaba dos enormes cuchillos en la mano. Evra comenzó a gimotear al ver el brillo de las hojas de acero.

—¡Vaya! ¡Así que Serpentina recuerda para qué sirven! —Soltó una diabólica carcajada. Frotó los cuchillos entre sí, provocando un agudo y chirriante sonido que me dio escalofríos—. Lo hemos pasado muy bien con estos dos, ¿verdad, reptil?

—Lo siento, Darren —sollozó Evra—. Me obligó a decirle dónde estabas. No pude evitarlo. Me arrancó las escamas y… y…

—No pasa nada —dije con calma—. No es culpa tuya. Yo también habría hablado. Además, no me atrapó por eso. Abandonamos el hotel antes de que él lo encontrara.

—Y al parecer también abandonasteis los cerebros —dijo Murlough—. ¿Creíais que podríais colaros en mi guarida, salvar al chico serpiente y escapar como alegres corderillos? ¿No pensasteis que soy el amo de estos dominios y que haría cualquier cosa para deteneros?

—Sí que se me ocurrió —dije en voz baja.

—Pero viniste de todas formas, ¿ehhh?

—Evra es mi amigo —afirmé—. Haría cualquier cosa por él.

Murlough sacudió la cabeza y soltó un resoplido.

—Ahora habla la parte humana que hay en ti. Si fueras un vampiro completo, no dirías esas cosas. Me extraña que Crepsley llegara tan lejos contigo antes de huir.

—¡No ha huido! —grité.

—Sí, sí que ha huido. —Murlough soltó una carcajada—. Lo seguí hasta arriba. Por esa razón no fui antes a buscarte, ¿ehhh? Corrió como si el sol le pisara los talones.

—Estás mintiendo —repliqué—. Él jamás huiría. No me abandonaría.

—¿No? —preguntó el vampanez con una sonrisa—. No lo conoces tan bien como crees, chaval. Se ha largado. Ha abandonado el juego. Es probable que a estas alturas se encuentre cerca de dondequiera que viniese. Ha huido con el rabo entre las piernas.

Murlough saltó hacia delante sin previo aviso y agitó ambos cuchillos frente a mi rostro, uno a cada lado. Grité y cerré los ojos, a la espera del derramamiento de sangre. Sin embargo, los mantuvo a cinco milímetros de mi piel, me dio un golpecito en las orejas con la hoja y luego se apartó.

—Solo estaba probando —dijo—. Quería ver cuánto coraje tienes. Parece que no mucho, ¿ehhh? No mucho. Serpentina no gritó hasta la cuarta o la quinta cuchillada. Vas a resultar mucho menos divertido de lo que pensaba. Puede que no merezca la pena torturarte. Quizá te mate sin más. ¿Te gustaría eso, medio vampiro? Sería lo mejor: sin dolor, sin sufrimiento, sin pesadillas. Serpentina tiene pesadillas. Cuéntale lo de tus pesadillas, reptil. Dile que te despiertas sobresaltado, gritando y llorando como un bebé.

Evra apretó los labios y no dijo nada.

—¡Oh, no! —Murlough esbozó una sonrisa desdeñosa—. Te haces el valiente delante de tu amigo, ¿no es así? ¿Has recuperado las agallas? Bueno, no te preocupes… no tardaré mucho en volver a quitártelas.

Frotó la hoja de los cuchillos entre sí y nos rodeó para colocarse detrás de nosotros, donde no podíamos verlo.

—¿Por cuál de los dos empezaré? —meditó en voz alta mientras se paseaba a nuestras espaldas—. Creo… Creo que comenzaré… —Se quedó callado. Noté que se me erizaba el vello de la nuca— … ¡por ti! —exclamó de pronto antes de abalanzarse… sobre mí.

CAPÍTULO VEINTIDÓS

Murlough tiró de mi cabeza hacia atrás. Sentí cómo la hoja del cuchillo penetraba en la delicada piel de mi garganta. Me puse rígido, a la espera del corte. Deseaba gritar, pero la hoja me lo impedía. «Ya está —pensé—. Se acabó. Vaya una forma más asquerosa e inútil de morir...»

Sin embargo, el vampanez solo estaba jugando conmigo. Apartó muy despacio el cuchillo y soltó una cruel risotada. Tenía todo el tiempo del mundo. No había ninguna razón para apresurarse. Quería jugar con nosotros todo lo posible.

—No deberías haber venido —murmuró Evra—. Fue una estupidez. —Hizo una pausa—. Pero gracias de todas formas —añadió.

—¿Tú me habrías abandonado? —pregunté.

—Sí —afirmó, pero yo sabía que mentía.

—No te preocupes —le dije—. Encontraremos una forma de salir de esta.

—¿Una forma de salir de esta? —canturreó Murlough—. No digas estupideces. ¿Cómo vais a escapar? ¿Pensáis mordisquear las cuerdas hasta romperlas? Puede que lo consiguierais si las alcanzarais con los dientes, pero no es así. ¿Vas a romperlas con tu superfuerza de vampiro? De eso nada. Son demasiado resistentes. Las probé yo mismo de antemano, ¿sabes?

»Afróntalo, Darren Shan… ¡Estáis acabados! Nadie va a venir a rescataros. Nadie os encontrará aquí abajo. Voy a tomarme mi tiempo; os cortaré en trocitos diminutos y os dejaré diseminados por toda la ciudad como si fuerais confeti. No hay nada que podáis hacer por evitarlo, así que ¡afróntalo de una vez!

—Al menos deja que Evra se vaya —supliqué—. Me tienes a mí. No lo necesitas. Piensa en lo horrible que sería para él que lo dejaras marchar: tendría que continuar con su vida sabiendo que yo morí en su lugar. Sería una carga espantosa. Sería incluso peor que matarlo.

—Tal vez —rezongó Murlough—. Pero soy un tipo sencillo. Y me gustan los placeres sencillos. Es una buena idea, pero, si no te parece mal, prefiero cortarlo en rodajitas para que sufra. Es menos complicado.

—Por favor —sollocé—. Deja que se marche. Haré lo que quieras. Yo… yo… ¡Te entregaré al señor Crepsley!

Murlough se echó a reír.

—No sigas. Ya tuviste la oportunidad de hacerlo y la desperdiciaste. Además, ahora no podrías conducirme hasta él. Seguro que ya ha cambiado de hotel otra vez. Puede que incluso haya abandonado la ciudad.

—¡Seguro que hay algo que pueda darte! —grité desesperado—. Debe de haber algo que pueda… —Me quedé callado.

Casi pude oír cómo se erguían las orejas de Murlough.

—¿De qué se trata? —preguntó él tras unos segundos de silencio—. ¿Qué ibas a decir?

—¡Espera un momento! —protesté—. Tengo que reflexionar sobre una cosa. —Sabía que Evra me miraba con atención y esperanza, aunque era consciente de que mi amigo estaba medio resignado a la idea de que ninguno de los dos escaparía de allí.

—Date prisa —me apremió Murlough al tiempo que se situaba delante de mí. Su rostro púrpura no se apreciaba bien con la escasa luz de la caverna, así que sus ojos y sus labios parecían tres globos rojos flotantes, y su cabello decolorado, una extraña especie de murciélago—. Habla mientras aún seas capaz.

—Solo pensaba una cosa… —me apresuré a decir—. Después de esto abandonarás la ciudad, ¿verdad?

—¿Abandonarla? —chilló Murlough—. ¿Abandonar mis hermosos túneles? ¡Jamás! Me encanta estar aquí. ¿Sabes cómo me siento aquí abajo? Como si estuviera dentro del cuerpo de la ciudad. Estos túneles son como venas. Esta caverna es el corazón, desde donde la sangre de la ciudad fluye hacia dentro y hacia fuera. —Esbozó una sonrisa y, por primera vez, su expresión perdió todo rastro de crueldad—. ¿Te lo imaginas? —preguntó con voz suave—. Vivir en un cuerpo, recorrer libremente las venas, los túneles de sangre, como te venga en gana…

—De cualquier forma —afirmé con valentía—, tendrás que marcharte.

—¿A qué viene todo eso de que tendré que marcharme? —preguntó, pinchándome con el cuchillo . Estás empezando a fastidiarme…

—Solo soy realista —dije—. No puedes quedarte aquí. El señor Crepsley sabe dónde estás. Regresará.

—¿Ese cobarde? Lo dudo. Estará demasiado…

—Regresará con ayuda —lo interrumpí—. Con otros vampiros.

Murlough dejó escapar una risotada.

—¿Te refieres a los generales vampíricos?

—Sí —repliqué.

—¡Bobadas! No pueden venir a por mí. Existe un acuerdo entre vuestra raza y la mía. No interferirán. Crepsley ya no es un general, ¿verdad?

—No —respondí—, no lo es.

—¡Ahí lo tienes! —gritó Murlough con expresión satisfecha—. Y no podría venir tras de mí ni aunque lo fuera. Así son nuestras reglas, leyes y estilo de vida, y se aplican tanto a los vampiros como a los vampanez.

—Los generales vendrán de todas formas —insistí en voz baja—. Antes no podían, pero ahora sí. Puede que esta noche. Mañana a más tardar. Quizá el señor Crepsley lo tuviera todo planeado desde un principio.

—¿De qué demonios estás hablando? —Murlough parecía inquieto.

—Hace un rato dijiste una cosa muy interesante —señalé—. Te extrañaba que el señor Crepsley hubiese bajado aquí conmigo. No dije nada en ese momento, pero, ahora que lo he pensado, estoy de acuerdo contigo: es muy extraño. Pensé que quería ayudarme a encontrar a Evra, pero…

—¿Qué? —chilló Murlough al ver que yo no continuaba—. Di lo que piensas. Suéltalo ya o… —Alzó los cuchillos de forma amenazadora.

—El pacto entre vampiros y vampanez —dije—. Dice que los unos no pueden interferir en los asuntos de los otros, ¿no es así?

—Sí —convino Murlough.

—A menos que sea para defender o vengar a los suyos.

Murlough hizo un gesto afirmativo con la cabeza.

—Así es.

Esbocé una pequeña sonrisa.

—¿No lo ves? Yo soy medio vampiro. Si me matas, los generales tendrán una excusa para venir a por ti. El señor Crepsley lo tenía todo planeado. —Respiré hondo y miré a Murlough a los ojos—. Permitió que me encontraras. Quería que me atraparas. Deseaba que me mataras.

Murlough abrió los ojos de par en par.

—No —gimió—. Él no haría algo así.

—Es un vampiro —afirmé—. Por supuesto que lo haría. Esta es su ciudad y yo no soy más que su ayudante. ¿Qué sacrificarías tú en su lugar?

—Pero… pero… —El vampanez se rascó la cara con nerviosismo—. ¡No fui yo quien hizo el primer movimiento! —gritó—. ¡Vosotros me perseguisteis!

Negué con la cabeza.

—El señor Crepsley te persiguió. Yo soy inocente. No supongo ninguna amenaza. Si me matas, te considerarán responsable de mi muerte. Los generales caerán sobre ti y ningún vampanez moverá un dedo por defenderte.

Murlough asimiló en silencio lo que le había dicho y luego empezó a saltar sin moverse del sitio, maldiciendo de forma salvaje. Dejé que la rabia lo consumiera durante un rato antes de decir:

—Todavía no es demasiado tarde. Deja que me vaya. Y libera también a Evra. Huye de la ciudad. Así no podrán tocarte.

—Pero me encantan estos túneles… —gimió Murlough.

—¿Te gustan tanto como para morir por ellos? —pregunté.

Entornó los párpados.

—Eres muy listo, ¿verdad? —preguntó con un gruñido.

—No mucho —dije—. Si lo fuera, no habría bajado hasta aquí. Con todo, sé reconocer la verdad cuando la tengo delante de las narices. Mátame, Murlough, y firmarás tu sentencia de muerte.

La criatura bajó los hombros, y yo supe que estaba a salvo. Ahora solo debía preocuparme por Evra…

—Serpentina —dijo Murlough con tono amenazador—. Él no es un vampiro. No hay nada que me impida matarlo, ¿ehhh?

—¡No! —grité—. Si haces daño a Evra, yo mismo iré a ver a los generales y les diré…

—¿Qué les dirás? —intervino Murlough—. ¿Crees que les importará? ¿Crees que se arriesgarían a una guerra por un simple reptil? —Se echó a reír—. El joven Murlough tiene ganas de matar. Puede que no pueda asesinar al pequeño medio vampiro, pero no conseguirás que Serpentina se salve también. Mira, Darren Shan. Mira cómo le abro una nueva boca al chico serpiente… ¡En el estómago!

Agarró las cuerdas que rodeaban a Evra y tiró de él con su mano izquierda. Con la derecha, colocó uno de los cuchillos en la posición adecuada y se preparó para realizar el primer corte.

—¡Espera! —grité—. ¡No lo hagas! ¡No lo hagas!

—¿Por qué no iba a hacerlo? —se burló Murlough.

—¡Me cambiaré por él! —exclamé—. Mátame a mí en lugar de a Evra.

—De eso nada —replicó Murlough—. Tú eres medio vampiro. No hay trato.

—¡Te entregaré a otra persona! ¡A alguien incluso mejor!

—¿A quién? —preguntó Murlough con una risotada—. ¿A quién podrías entregarme, Darren Shan?

—Te entregaré… —Tragué saliva con fuerza, cerré los ojos y susurré las terribles palabras…

—¿Qué es lo que has dicho? —preguntó Murlough, deteniéndose con recelo—. Habla. No te he oído bien.

—He dicho… —Me lamí los labios y me obligué a pronunciar las palabras de nuevo, aunque esta vez en voz más alta—. He dicho que te entregaré a mi novia. Si liberas a Evra, te llevaré hasta… Debbie.

CAPÍTULO VEINTITRÉS

Mi repugnante oferta fue acogida por un desconcertado silencio. Evra fue el primero en romperlo.

—¡No! —gritó—. ¡No lo hagas! ¡No puedes hacerlo!

—Debbie por Evra —dije, pasando por alto las súplicas de mi amigo—. ¿Qué te parece?

—¿Debbie? —Murlough se rascó las mejillas muy despacio. Tardó unos segundos en averiguar a quién me refería. Luego lo recordó y esbozó una sonrisa—. ¡Ah! ¡Debbie! La sabrosa novia de Darren Shan. —Sus ojos chisporrotearon cuando empezó a pensar en ella.

—Ella te sería más útil que Evra —afirmé—. Podrías beber de ella. Dijiste que te gustaría hacerlo. Dijiste que estás seguro de que tendría buena sangre.

—Sí —convino Murlough—. Salada. Jugosa. —Se alejó un paso de Evra—. Pero ¿por qué elegir? —reflexionó en voz alta—. ¿Por qué no quedarme con los dos? Matar al chico serpiente ahora, beber de Debbie después. No será difícil encontrarla. Puedo vigilar la plaza mañana, descubrir dónde vive, y en cuanto llegue la noche… —Sonrió.

—No tendrás tiempo —dije—. Debes abandonar la ciudad esta noche. No puedes esperar.

—¿Todavía sigues con eso? —protestó Murlough—. Si te dejo marchar (como me has convencido de que haga), no tendré que marcharme.

—Sí, tendrás que hacerlo —lo contradije—. A los vampiros les llevará un tiempo descubrir que sigo con vida. Los generales bajarán directamente a estos túneles en cuanto lleguen. Al final descubrirán que estoy vivo, pero si te matan antes…

—¡No se atreverían! —chilló Murlough—. ¡Eso desataría una guerra!

—Pero ellos no lo sabrían. Creerían que están en su derecho. Pagarían caro su error, pero eso a ti ya no te supondría ningún consuelo. Tienes que marcharte lo antes posible. Puedes regresar dentro de un par de semanas, pero, si te quedas por aquí ahora, te buscarás muchos problemas.

—El joven Murlough no quiere marcharse —aseguró la criatura con un mohín—. Me gusta estar aquí. No quiero irme. Pero tienes razón. —Dejó escapar un suspiro—. Debo irme, al menos durante unas cuantas noches. Debo encontrar un sótano oscuro y abandonado. Esconderme. Pasar inadvertido.

—Por esa razón, Debbie sería mejor que Evra —insistí—. Seguro que estás hambriento. Tendrás que alimentarte antes de partir, ¿no es así?

—Claro que sí —convino Murlough mientras se frotaba su abultada barriga.

—Sin embargo, alimentarte sin planearlo bien es peligroso. Los vampiros están acostumbrados a hacerlo, pero los vampanez no, ¿verdad?

—No —dijo Murlough—. Somos más inteligentes que los vampiros. Más prevenidos. Lo planeamos. Marcamos nuestro alimento con antelación.

—Pero ahora no puedes hacer eso —le recordé—. Necesitas un tentempié rápido que te permita conservar las fuerzas mientras estás fuera. Yo puedo proporcionarte eso. Si accedes a lo que te pido, te llevaré hasta Debbie. Puedo lograr que entres y salgas de la casa sin que nadie se entere.

—¡Basta, Darren! —rugió Evra—. ¡No quiero esto! ¡No puedes…!

Murlough le dio un fuerte puñetazo en el estómago para hacerlo callar.

—¿Cómo sé que puedo confiar en ti? —dijo entre dientes el vampanez—. ¿Cómo sé que no me estás engañando?

—¿Cómo podría? —repliqué—. Átame las manos a la espalda. Sujeta un cuchillo contra mi cuello. Deja a Evra aquí donde está… Yo regresaré después a buscarlo, una vez que tú te hayas alimentado y te hayas ido. Si intento algo, nos condenaré a ambos a la muerte. No soy ningún estúpido. Sé lo que hay en juego.

Murlough canturreó de forma desafinada mientras se lo pensaba.

—No puedes hacer algo así —gimió Evra.

—Es la única manera —aseguré en voz baja.

—No quiero cambiar mi vida por la de Debbie —dijo—. Prefiero morir.

—Ya veremos si piensas lo mismo mañana —protesté.

—¿Cómo puedes hacer esto? —preguntó mi amigo—. ¿Cómo puedes entregarla como si no fuera más que… más que…?

—¿Una humana? —dije sin rodeos.

—Yo iba a decir «un animal».

Esbocé una pequeña sonrisa.

—Para un vampiro, son lo mismo. Tú eres mi mejor amigo, Evra. Debbie no es más que una humana de la que me he encaprichado.

Evra sacudió la cabeza.

—Ya no te reconozco —dijo con tristeza antes de girarse hacia el otro lado.

—De acuerdo. —Murlough tomó una decisión. Apartó los cuchillos y los arrojó al aire. Cerré los párpados con fuerza, pero solo cortó la cuerda que rodeaba mis tobillos. Caí al suelo como un saco de patatas—. Lo haremos a tu manera —declaró el vampanez—. Pero si te pasas un pelo de la raya…

—No lo haré —dije mientras me ponía en pie—. Bueno, ¿me das tu palabra?

—¿Qué?

—Todavía no me has dado tu palabra. No pienso marcharme sin que lo hagas.

El vampanez compuso una mueca.

—Chico listo —dijo con un gruñido—. Está bien. Te doy mi palabra: la chica por Serpentina. Debbie por Evra. ¿Te basta con eso?

Negué con la cabeza.

—Di que me liberarás cuando hayas terminado con Debbie. Di que no impedirás que vuelva a buscar a Evra. Di que no nos harás daño a ninguno después.

Murlough se echó a reír.

—Vaya, eres un chico muy, muy listo, sin duda. Casi tan listo como el joven Murlough. Está bien. Te dejaré marchar. No haré nada para impedir que vuelvas, ni os haré daño una vez que estéis libres. —Levantó un dedo—. Pero si alguna vez regresáis a esta ciudad, o si nuestros caminos se cruzan en el futuro, acabaréis muertos. Esto es un pacto temporal, no una garantía a largo plazo. ¿Entendido?

—Entendido.

—Muy bien. ¿Nos vamos?

—¿No piensas quitarme algunas de estas cuerdas? —pregunté—. Apenas puedo caminar.

—Con «apenas» me basta. —Murlough soltó una carcajada—. No voy a correr ningún riesgo contigo. Me da la impresión de que no dejarías pasar la oportunidad de tenderme una trampa. —Me dio un fuerte empujón en la espalda. Me tambaleé, pero recuperé el equilibrio y empecé a andar.

Eché un vistazo por encima del hombro para dirigirme a Evra.

—No tardaré mucho —dije—. Volveré antes del amanecer y regresaremos a casa, al Circo de los Extraños, ¿vale?

No me respondió. Se negaba incluso a mirarme.

Me di la vuelta con un suspiro y emprendí el camino de salida de la guarida. Murlough me guió a través de los túneles; no dejaba de tararear cancioncillas espeluznantes mientras me seguía los pasos y me contaba lo que pensaba hacer cuando le pusiera sus asquerosas manos encima a Debbie.

CAPÍTULO VEINTICUATRO

Atravesamos los túneles con rapidez. Murlough hizo marcas en las paredes con las uñas a medida que pasábamos. No quería hacerlo, pero le dije que no habría trato si no lo hacía. De esa forma, cuando regresara solo tendría que seguir las marcas. Era mucho más sencillo que intentar recordar cada giro y cada recoveco.

Murlough tenía que cargar conmigo siempre que se requería gatear o trepar. Detestaba estar tan cerca de él (su aliento apestaba a sangre humana), pero tuve que soportarlo. No parecía dispuesto a aflojar las cuerdas que me rodeaban los brazos bajo ninguna circunstancia.

Salimos de los túneles por una alcantarilla próxima a la plaza. Murlough me izó hasta la superficie y me tiró al suelo de un violento empujón cuando pasó un coche cerca.

—Hay que tener cuidado —dijo entre dientes—. Los policías revolotean como moscas por la ciudad desde que encontraron los cadáveres. Resulta muy molesto. En el futuro, enterraré los huesos con más cuidado.

Se sacudió parte del polvo que manchaba su traje blanco cuando se puso en pie, pero no se molestó en limpiar el mío.

—Tendré que conseguir ropa nueva cuando vuelva —dijo—. Qué contrariedad… Uno nunca puede visitar al mismo sastre dos veces, ¿ehhh?

—¿Por qué no? —quise saber.

Me miró con una ceja enarcada.

—¿De verdad crees que alguien olvidaría mi cara? —preguntó mientras señalaba su piel púrpura y sus rasgos rojos—. Nadie lo haría. Por eso debo matar a los sastres una vez que me han tomado las medidas y me han ajustado el traje. Robaría la ropa de los grandes almacenes si pudiera, pero tengo una constitución poco común. —Se dio unas palmaditas en su abultada barriga y se echó a reír—. Vamos —añadió—. Tú delante. Ve por la parte trasera. Habrá menos posibilidades de que nos vean.

Las calles estaban casi desiertas (era Nochebuena, y la nieve derretida provocaba muchos resbalones), así que no nos encontramos con nadie. Caminamos con dificultad por el barro y Murlough no dejó de tirarme al suelo cada vez que pasaba un coche cerca. Me estaba hartando de eso (no podía poner las manos para detener la caída y mi cara se llevaba lo peor del golpe), pero él se echaba a reír cuando me quejaba.

—Te hará más fuerte, ¿ehhh? —dijo—. Endurecerá tus músculos.

Por fin llegamos a casa de Debbie. Murlough se detuvo frente a la oscura puerta trasera y miró a su alrededor con nerviosismo. No se veían luces en las casas cercanas, pero aun así vacilaba. Por un momento, creí que iba a echarse atrás.

—¿Asustado? —pregunté en voz baja.

—¡El joven Murlough no le teme a nada! —se apresuró a exclamar.

—En ese caso, ¿a qué esperas?

—Pareces impaciente por llevarme hasta tu novia —señaló con suspicacia.

Encogí los hombros lo mejor que pude bajo las cuerdas.

—Cuanto más espere, peor me sentiré —dije—. Sé lo que hay que hacer. No me gusta, y seguro que después me sentiré fatal, pero lo único que quiero ahora es acabar de una vez para poder ir en busca de Evra y encontrar un lugar cálido en el que pueda tumbarme a descansar. Tengo los pies congelados.

—Pobre medio vampiro… —dijo Murlough con una risilla entre dientes. Luego utilizó una de sus afiladas uñas de vampanez para recortar un círculo en el cristal de la puerta trasera. Metió la mano, abrió la puerta y me empujó hacia el interior.

Escuchó con atención en busca de algún ruido en la casa.

—¿Cuánta gente vive aquí? —preguntó.

—Tres personas —respondí—. Debbie y sus padres.

—¿No tiene hermanos ni hermanas? —Negué con la cabeza—. ¿Ningún invitado?

—Solo están ellos tres —repetí.

—Podría darle un mordisquillo a uno de los padres cuando termine con la chica —murmuró.

—¡Eso no forma parte del trato! —protesté.

—¿Y qué? Nunca dije que los dejaría en paz. Dudo que tenga hambre después, pero quizá vuelva alguna otra noche y me los lleve uno por uno. Creerán que se trata de una maldición familiar. —Se echó a reír por lo bajo.

—Eres repugnante —señalé con un gruñido.

—Solo dices eso porque te caigo bien. —Volvió a reír entre dientes—. Vamos —dijo, concentrado de nuevo en el asunto que nos había llevado hasta allí—. Sube las escaleras. La habitación de los padres primero. Quiero asegurarme de que están dormidos.

—Por supuesto que están dormidos —dije—. Estamos en mitad de la noche. Los habrías oído si estuvieran despiertos.

—No quiero que ninguno de ellos me interrumpa —declaró.

—Mira —dije con un suspiro—, si quieres ver a Jesse y a Donna… pues vale, te llevaré hasta ellos. Pero es una pérdida de tiempo. ¿No sería mejor que entráramos y saliéramos lo más deprisa posible?

El vampanez lo pensó unos instantes.

—Está bien —dijo—. Pero, si se despiertan de repente, el joven Murlough los matará. Sí, los matará y será culpa tuya.

—De acuerdo —repliqué antes de empezar a subir las escaleras.

Fue un trayecto largo y tenso. Las cuerdas me impedían moverme con mi sigilo habitual. Cada vez que crujía un escalón, me en-

495

cogía y me detenía. Murlough también estaba nervioso: retorcía las manos y respiraba hondo cada vez que yo hacía un ruido y me detenía.

Cuando llegué hasta la puerta de Debbie, apoyé la cabeza contra la hoja de madera y suspiré con tristeza.

—Es esta —dije.

—Quítate de en medio —ordenó antes de apartarme de un empujón. Permaneció allí, olisqueando el aire, y luego sonrió—. Sí —dijo—, puedo oler su sangre. Y apuesto a que tú también la hueles, ¿ehhh?

—Sí —respondí.

Giró el picaporte y abrió la puerta con cuidado. Dentro estaba oscuro, pero nuestros ojos se habían acostumbrado a la tremenda oscuridad de los túneles, así que no tardaron en adaptarse.

Murlough echó un vistazo a la estancia, fijándose en los armarios, las cómodas, los pósteres, los escasos muebles y el árbol de Navidad sin adornos que había junto a la ventana.

La silueta de Debbie apenas se distinguía bajo las mantas de su cama; se giró un poco, como suele hacer una persona cuando tiene un mal sueño. El olor de su sangre impregnaba el aire de la habitación.

Murlough avanzó un poco, pero luego se acordó de mí. Me ató al picaporte de la puerta, tiró con fuerza de la cuerda para cerciorarse de que el nudo era seguro, y luego pegó su cara a la mía con una sonrisa desdeñosa.

—¿Has contemplado antes cómo muere una persona, Darren Shan? —preguntó.

—Sí —contesté.

—Es maravilloso, ¿no te parece?

—No —aseguré sin rodeos—. Es horrible.

El vampanez suspiró.

—No eres capaz de apreciar la belleza. Da igual. Eres joven. Aprenderás a medida que crezcas. —Me sujetó la barbilla con dos de sus dedos púrpuras y el pulgar—. Quiero que observes —dijo—. Que observes cómo le abro la garganta. Que observes cómo succiono su sangre. Que observes cómo le robo el alma y la hago mía.

Intenté apartar la vista, pero él me sujetó con más fuerza y me obligó a mirarlo de nuevo.

—Si no me observas —me advirtió—, iré directo a la habitación de sus padres en cuanto termine aquí y los mataré también. ¿Entendido?

—Eres un monstruo —dije con voz ahogada.

—¿Entendido? —repitió con tono amenazador.

—Sí —respondí al tiempo que liberaba mi barbilla de un tirón—. Te observaré.

—Buen chico. —Rió entre dientes—. Un chico listo. Nunca se sabe... quizá te guste. Tal vez esto te haga cambiar de opinión. A lo mejor quieres venir conmigo cuando me marche. ¿Qué opinas, Darren Shan? ¿Quieres abandonar a ese viejo y aburrido vampiro y convertirte en el ayudante del joven Murlough? ¿Ehhh?

—Acaba de una vez —dije sin molestarme en ocultar mi desagrado.

Murlough atravesó la estancia sin hacer ruido. Sacó los cuchillos mientras se acercaba y los hizo girar como si fueran un par de bastones. Empezó a silbar, pero muy bajito, tanto que nadie sin un agudísimo sentido del oído habría podido escucharlo.

Bajo la colcha seguían produciéndose ligeros movimientos.

Contemplé con el estómago revuelto cómo se acercaba a su presa. Me había ordenado que lo observara, pero de cualquier forma no podría haber apartado los ojos de él. Era una visión aterradora, pero fascinante, como contemplar el rápido acercamiento de una araña a una mosca. Solo que esta araña llevaba cuchillos, comía seres humanos y había tejido su red por toda la ciudad.

Se aproximó a la cama por el lado más cercano a la puerta y se detuvo a medio paso de distancia. Sacó algo que llevaba en uno de sus bolsillos. Forcé la vista y descubrí que se trataba de una bolsa. Tras abrirla, cogió una especie de polvos parecidos a la sal y los echó sobre el suelo. Deseaba preguntarle para qué servían esos polvos, pero no me atreví a decir nada. Supuse que eran una especie de ritual que los vampanez llevaban a cabo cuando asesinaban a alguien. El señor Crepsley me había contado que eran muy dados a los rituales.

Murlough caminó alrededor de la cama y esparció la «sal» mientras murmuraba palabras que yo no entendía. Cuando terminó, volvió a situarse a los pies de la cama, me echó un vistazo para asegurarse de que lo observaba y después, con un rápido movimiento (casi demasiado rápido para que yo pudiera seguirlo con la vista), dio un salto que lo dejó con un pie a cada lado de la silueta dormida que se agitaba bajo las colchas, retiró las mantas y movió los cuchillos con rapidez para efectuar cortes asesinos que abrirían la garganta de Debbie y acabarían con su vida en un instante.

CAPÍTULO VEINTICINCO

Los cuchillos de Murlough surcaron el aire en dirección a la zona donde debería haber estado el cuello de Debbie y atravesaron el blando tejido de las almohadas y del colchón.

Pero no a Debbie.

Porque no estaba allí.

Murlough se quedó contemplando a la criatura atada a la cama, que tenía el hocico y las pezuñas atados con tanta fuerza como mis propias ligaduras.

—Es una... una... —Le temblaba la mandíbula. No consiguió articular ni una palabra más.

—Es una cabra —concluí en su lugar con una torva sonrisa en los labios.

Murlough se giró muy despacio y su rostro mostraba una expresión de desconcierto absoluto.

—Pero... pero... pero...

Mientras farfullaba e intentaba averiguar lo que había ocurrido, las puertas de uno de los armarios se abrieron y el señor Crepsley saltó desde el interior.

El vampiro tenía un aspecto aún más siniestro que el vampanez, con su ropa y su capa de color rojo sangre, el corto cabello pelirrojo y su horrible cicatriz.

Murlough se quedó paralizado al ver al señor Crepsley. Los ojos rojos parecieron salírsele de sus órbitas y su piel púrpura se aclaró un par de tonos cuando la sangre desapareció de su rostro.

Me esperaba una larga y excitante batalla, como en las películas. Creí que primero intercambiarían algunos insultos, que luego el señor Crepsley sacaría un cuchillo o una espada, y que después se batirían en una lucha de envites y retiradas a lo largo de la habitación, provocándose al principio pequeños cortes y luego heridas más serias.

Pero no fue así. Se trataba de una batalla entre dos depredadores nocturnos extraordinariamente rápidos a quienes solo les preocupaba matar a su adversario, no impresionar a un público ávido de acción. Solo hubo cuatro movimientos en la lucha, que llegó a su fin en menos de dos confusos y frenéticos segundos.

El señor Crepsley realizó el primer movimiento. Movió su mano derecha a la velocidad del rayo y arrojó un puñal por el aire que le acertó a Murlough en la parte superior izquierda del pecho, unos centímetros por encima de su objetivo: el corazón. El vampanez retrocedió y cogió aire para gritar.

Mientras Murlough tenía la boca abierta, el señor Crepsley saltó hacia delante. No le hizo falta más que ese enorme salto para colocarse al lado de la cama, en la posición apropiada para luchar cuerpo a cuerpo con el vampanez.

Ese fue el segundo movimiento de la pelea.

El tercero lo hizo Murlough… y fue el único que pudo hacer. Presa del pánico, trató de atacar al señor Crepsley con el cuchillo que llevaba en la mano izquierda. La hoja relampagueó al atravesar el aire a una velocidad escalofriante, y habría acabado con la vida del vampiro de haberse clavado en su objetivo. Pero no lo hizo. Pasó casi diez centímetros por encima de la cabeza del vampiro.

Cuando el brazo de Murlough acompañó al cuchillo en la estocada, dejó un hueco que el señor Crepsley aprovechó muy bien. Con la mano derecha desnuda, asestó el golpe letal. Extendió los dedos para dejar que sus cinco durísimas uñas actuaran como afilados puñales y enterró la mano en el vientre de Murlough.

Y cuando digo que la enterró, ¡lo digo en el sentido literal de la palabra!

Murlough jadeó y se quedó mortalmente inmóvil. Dejó caer el cuchillo y bajó la mirada. La mano del señor Crepsley había penetrado hasta el antebrazo bajo la piel del abdomen del vampanez.

El vampiro la dejó en su interior unos instantes antes de sacarla a toda velocidad, arrastrando las tripas y un torrente de sangre oscura con ella.

Murlough soltó un gemido, se dejó caer de rodillas (con lo que casi aplasta a la cabra) y luego se desplomó en el suelo, donde rodó hasta ponerse de espaldas y trató de cerrar el agujero de su barriga con la saliva que había escupido en la palma de sus manos.

Pero el agujero era demasiado grande. La saliva cicatrizante del vampanez era inútil. No había nada que pudiera hacer para sellar la herida o para evitar que su preciada sangre siguiera manando de ella. Estaba acabado.

El señor Crepsley se apartó del vampanez agonizante, cogió una de las sábanas de la cama y se limpió la mano con ella. Su rostro carecía de toda expresión. No parecía complacido ni apenado por lo que había hecho.

Al cabo de un par de segundos, Murlough comprendió que la situación no tenía remedio. Se giró para apoyarse sobre su vientre sin apartar la mirada de mí y comenzó a arrastrarse en mi dirección con los dientes apretados para aguantar el dolor.

—¿Señor Crepsley? —dije con voz trémula.

El vampiro observó al vampanez cómo se arrastraba y sacudió la cabeza.

—No te preocupes. No puede hacerte daño. —Pero, para no correr ningún riesgo, se acercó, me liberó y se quedó a mi lado, preparado para atacar de nuevo si era necesario.

Fue un largo y angustioso trayecto para el vampanez. Casi sentí pena por él, pero solo tuve que pensar en Evra colgado boca abajo y en lo que tenía pensado hacerle a Debbie para recordarme que se merecía todo aquello.

Se detuvo en más de una ocasión, y llegué a pensar que moriría a mitad de camino, pero parecía decidido a pronunciar sus últimas palabras. Luchó por avanzar, incluso a sabiendas de que eso apresuraría el momento de su muerte.

Cayó de bruces a mis pies y respiró con fuerza sobre la alfombra. La sangre manaba a chorros de su boca y yo sabía que su final estaba a punto de llegar. Levantó un dedo tembloroso y lo dobló para indicarme que me agachara.

Miré al señor Crepsley con expresión interrogante.

El vampiro se encogió de hombros.

—Ahora es inofensivo. Depende de ti.

Decidí averiguar lo que el vampanez moribundo tenía que decirme. Me incliné hacia delante para acercarme a su boca. Solo le quedaban unos segundos de vida.

Sus ojos rojos se movieron sin rumbo fijo dentro de sus cuencas. Luego, con un tremendo esfuerzo, se concentraron en mí y los labios de Murlough esbozaron una última sonrisa desdeñosa. El vampanez levantó la cabeza tan alto como pudo y susurró algo que no pude oír.

—No te he oído —le dije—. Vas a tener que hablar más alto. —Puse la oreja más cerca de su boca.

Murlough se lamió los labios para limpiarse parte de la sangre y poder coger aire. Luego, con su último aliento, pronunció las palabras que parecían tan importantes para él.

—Eres… un ch-ch-ch-chico… muy listo, ¿ehhh? —dijo entre hipidos; luego sonrió con la mirada vacía y cayó hacia delante.

Estaba muerto.

CAPÍTULO VEINTISÉIS

Metimos el cadáver de Murlough en una enorme bolsa de plástico. Más tarde lo arrojamos a los túneles de sangre que tanto amaba. Para él, un sepulcro más adecuado que ningún otro.

A la cabra también la metimos en una bolsa de plástico, pero le hicimos un par de agujeros para que pudiera respirar. Imaginamos que Murlough mataría a la cabra, que habíamos robado previamente de la sección infantil del zoo de la ciudad. El señor Crepsley quería llevarla al Circo de los Extraños (habría sido un buen aperitivo para la serpiente de Evra o para los gnomos), pero le convencí de que debíamos dejarla libre.

Después limpiamos todo. Murlough había dejado un buen rastro de sangre que había que retirar. No queríamos que los Hemlock la descubrieran y empezaran a hacerse preguntas. Trabajamos con rapidez, pero aun así tardamos un par de horas.

Una vez terminada la limpieza, subimos al ático y bajamos los cuerpos dormidos de Jesse, Donna y Debbie para acostarlos en sus respectivas camas.

Habíamos planeado cada minuto de la noche. ¿El vino que había llevado para la cena? Le puse la droga cuando estaba en la cocina. Añadí una de las pociones del señor Crepsley al vino, un brebaje sin sabor que los dejó inconscientes a todos en menos de diez minutos. Dormirían unas cuantas horas más y despertarían con dolor de cabeza, pero sin otros efectos secundarios.

Sonreí al preguntarme qué pensarían cuando se despertaran en la cama, completamente vestidos, sin recordar nada de la noche anterior. Sería todo un misterio que jamás resolverían.

No teníamos un plan perfecto. Podrían haber salido mal un montón de cosas. Para empezar, no había ninguna garantía de que Murlough me encontrara cuando huí a toda prisa tras haber «discutido» con el señor Crepsley, y tampoco de que no me matara de inmediato si lo hacía.

Podría haberme amordazado cuando me atrapó, en cuyo caso no podría haberlo convencido de que debía dejarme con vida. O podría haber hecho caso omiso de mis advertencias sobre los generales vampíricos; le había dicho la verdad al respecto, pero el problema era que Murlough estaba loco. No había forma de predecir el comportamiento de un vampanez demente. Podría haberse tomado a risa la amenaza de los generales y descuartizarme de todas formas.

Convencerlo para que aceptara a Debbie por Evra era la parte más complicada. Para que funcionara, mi actuación debía ser perfecta. Si le hubiera hecho la oferta de buenas a primeras, Murlough podría haber sospechado algo y no habría caído en la trampa. No creo que hubiera picado de estar en sus cabales, sin importar lo buena que hubiera sido mi actuación, así que su demencia jugó a nuestro favor.

Y, por supuesto, estaba el problema de acabar con él. Podría haber vencido al señor Crepsley. En ese caso, habríamos muerto los seis: el señor Crepsley, Evra, Debbie, Donna, Jesse y yo.

Había sido una jugada peligrosa (e injusta para los Hemlock, que ignoraban por completo cuál era su papel en esa trama letal), pero a veces uno debe correr riesgos. ¿Era prudente arriesgar la vida de cinco personas por salvar una? Probablemente, no. Pero era algo muy humano. Si algo he aprendido de mi encuentro con el vampanez demente es que incluso los no muertos pueden llegar a ser humanos. Nosotros debíamos serlo... Sin esa pizca de humanidad, seríamos como Murlough, monstruos nocturnos sedientos de sangre.

Acurruqué a Debbie bajo las sábanas limpias. Tenía una pequeña cicatriz en el tobillo izquierdo, de donde el señor Crepsley le había sacado sangre. Necesitaba su sangre para rociarla sobre la cabra a fin de confundir el sentido del olfato de Murlough.

Alcé la vista para mirar al vampiro.

—Ha actuado muy bien esta noche —le comenté en voz baja—. Gracias.

Él sonrió.

—Hice lo que había que hacer. Era tu plan. Debería ser yo quien te diera las gracias, aunque lo cierto es que te interpusiste en mi camino la primera vez que lo tuve a tiro. A mi modo de ver, ahora estamos en paz, así que no tenemos nada que agradecernos.

—¿Qué ocurrirá cuando los vampanez descubran que lo hemos asesinado? —pregunté—. ¿Vendrán a por nosotros?

El señor Crepsley dejó escapar un suspiro.

—Con un poco de suerte, no encontrarán el cadáver. Y si lo hacen, espero que no sean capaces de seguir las pistas de su muerte hasta nosotros.

—Pero ¿y si son capaces? —insistí a fin de conseguir una respuesta.

—En ese caso nos perseguirán hasta los confines de la Tierra —dijo—. Y nos matarán. No tendremos ni la menor oportunidad frente a ellos. Acudirán por decenas y los generales no nos ayudarán.

—Ah —dije—. Ojalá no lo hubiera preguntado.

—¿Preferirías que te hubiese mentido?

Sacudí la cabeza.

—No. No más mentiras. —Sonreí—. Pero creo que es mejor que no se lo digamos a Evra. Lo que no sepa, no pòdrá preocuparle. Además, ya está bastante enfadado conmigo tal y como están las cosas. Creyó que estaba dispuesto a entregar la vida de Debbie a cambio de la suya. Está furioso.

—Se calmará cuando le expliquemos lo sucedido —aseguró el señor Crepsley con confianza.

Vacilé y miré a Debbie.

—¿Puedo quedarme a solas con ella un par de minutos? —pregunté.

—Por supuesto —dijo el señor Crepsley—. Pero no tardes mucho; está a punto de amanecer y no quiero pasarme todo el día de mañana atrapado en esos túneles dejados de la mano de Dios. Te esperaré abajo —declaró antes de marcharse.

Miré mi reloj. Eran casi las cuatro de la noche. Eso significaba que ya estábamos a 25 de diciembre. Ya era Navidad.

Trabajé deprisa. Coloqué el árbol de Navidad a un lado de la cama de Debbie, abrí la caja de los adornos y cubrí el árbol con las bolas de purpurina, las figuritas, las tiras de espumillón y las luces parpadeantes. Cuando terminé, giré a Debbie para que estuviera de cara al árbol. Sería lo primero que viera cuando abriera los ojos por la mañana.

Me sentía mal por marcharme sin despedirme, así que esperaba que eso lo compensara. Cuando se despertara y viera el árbol, sabría que no me había ido sin más. Sabría que había pensado en ella y, con suerte, no me guardaría rencor por desaparecer de una manera tan repentina.

Permanecí junto a ella unos segundos, admirando su rostro. Probablemente, esa sería la última vez que la viera. Parecía tan dulce allí dormida… Sentí la tentación de buscar una cámara y hacerle una foto, pero no me hacía falta: siempre recordaría esa imagen con todo detalle. Se uniría a la imagen de mis padres, la de mi hermana, la de Sam… la de esos rostros amados que jamás desaparecerían de la galería mental de mi memoria.

Me incliné hacia delante, le di un beso en la frente y le aparté un mechón de pelo de los ojos.

—Feliz Navidad, Debbie —dije en voz baja.

Luego me di la vuelta y me marché… para ir a rescatar a Evra.

AGRADECIMIENTOS

Este desmadre lleno de extraños jamás hubiera salido a la luz de no ser por los esfuerzos de mis leales ayudantes de «cocina»:

Biddy & Liam, «la Horrible Pareja»,

Domenica de Rosa «la Diabólica»,

Gillie Russell «la Gruñona»,

Emma «la Exterminadora» Schlesinger, y

«el Señor de la Noche Carmesí», Christopher Little

También debo dar las gracias a mis compañeros de festín: las Horribles Criaturas de HarperCollins, y los macabros alumnos de la Askeaton Primary School (y otras) que se prestaron voluntariamente a hacer de conejillos de indias y alimentaron mis pesadillas para hacer que este libro fuera de lo más tenso, oscuro y escalofriante.

ÍNDICE